하에다마처럼 모시는 것

HAEDAMA NO GOTOKI MATSURUMONO
by Shinzo Mitsuda

Copyright © Shinzo Mitsuda 2018
All rights reserved.
Original Japanese edition published by Hara Shobo.

This Korean language edition published by arrangement with Hara Shobo, Tokyo in care of Tuttle-Mori Agency, Inc., Tokyo, through Imprima Korea Agency, Seoul.
Korean translation copyright ⓒViche, an imprint of Gimm-Young Publishers, Inc. 2025

이 책의 한국어판 저작권은 임프리마 코리아 에이전시를 통한 저작권사와의 독점 계약으로 비채에 있습니다.
저작권법에 의해 한국 내에서 보호를 받는 저작물이므로 무단전재와 무단복제를 금합니다.

이 책은 고단샤의 문고본《碆霊の如き祀るもの》(2021)를 토대로 번역하였습니다.

하에다마처럼 모시는 것

미쓰다 신조 — 심정명 옮김

婆霊の如き祀るもの

三津田信三

비채

차례

들어가기에 앞서 ········ 9

[1장] 네 가지 괴담 ········ 11
    창해의 목: 에도시대
    망루의 환영: 메이지시대
    대숲의 마: 쇼와시대(전전)
    뱀길의 요괴: 쇼와시대(전후)

[2장] 여행길에 오르다 ········ 129
[3장] 구난도 ········ 147
[4장] 도쿠유 촌 ········ 166
[5장] 사사메 신사 ········ 186
[6장] 대숲 신사의 변사 ········ 209
[7장] 도쿠간사 ········ 236
[8장] 다케야 ········ 259
[9장] 괴담 살인사건 ········ 280

[10장] 다시 대숲 신사로	297
[11장] 하에다마님 축제	313
[12장] 당식선	327
[13장] 망루 위의 실종	352
[14장] 사사부네	371
[15장] 다루미 동굴의 괴사	390
[16장] 일지와 과거장	407
[17장] 수사 상황	429
[18장] 큰 헛간의 액사	444
[19장] 사건을 둘러싼 무수한 수수께끼	466
[20장] 귀환	479
종장	536

| 참고문헌 | 542 |

고라 지방 지도

도조 겐야의 취재노트 스케치에서

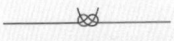

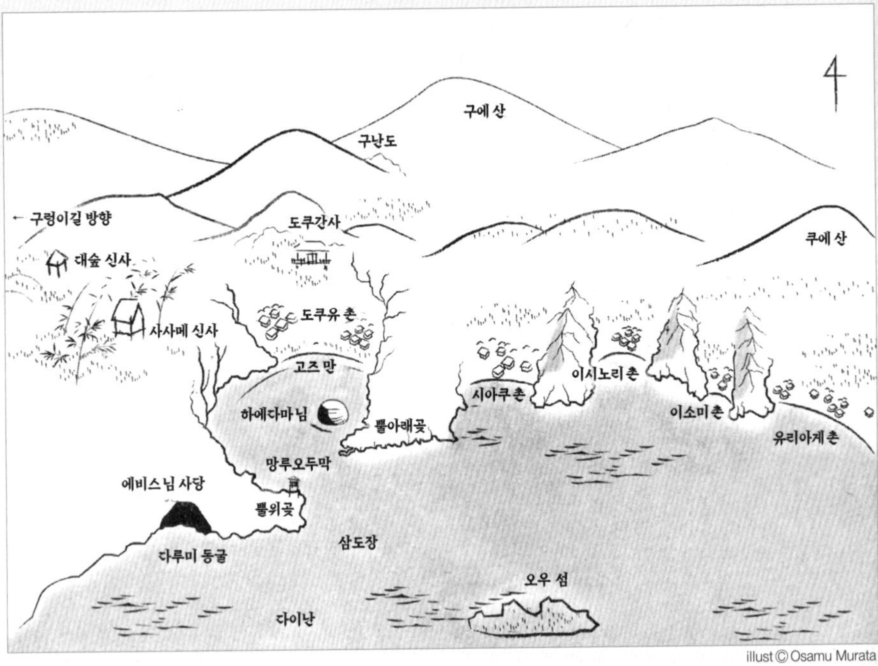

illust © Osamu Murata

주요 등장 인물

괴담에 등장하는 인물

고스케 어부 소년. 〈창해의 목〉 체험자
조넨 수행중인 어린 승려. 〈망루의 환영〉 체험자
다키 해독제 장수 소녀. 〈대숲의 마〉 체험자
이지마 가쓰토시 닛쇼방적 사원. 〈뱀길의 요괴〉 체험자

도쿠유 촌

가고무로 간키 사사메 신사 신관
가고무로 스즈카케 간키의 손녀. 사사메 신사의 무녀
신카이 도쿠간사 주지
기지 마사루 '다케야'라는 칭호를 가진 죽세공 직인
기지 다케토시 마사루의 조카
요시마쓰 주재소 순사부장
사바오 어부
호라이 뿔위곶 육지 쪽 부분의 오두막에 사는 뜨내기

유리아게 촌

오가키 히데토시 대대로 마을 대표를 맡아온 가계의 가장
오가키 히데쓰구 히데토시의 손자. 겐야의 대학 후배. 영명관 편집자
가키누마 도루 오가키 가의 몰락한 분가 사람

세 마을

요네타니 시아쿠 촌 의사
이노우에 이시노리 촌 촌장
젠도 이소미 촌 로쿠조사 주지

그 외

노조키 렌야 이단의 민속학자
구루메 사부로 닛쇼방적 임원

미도지마 현경 본부의 경부
모리와키 같은 소속 형사. 미도지마의 부하
무라타 같은 소속 형사. 미도지마의 부하
겐자키 같은 소속 경부
사와다 같은 소속 형사. 겐자키의 부하

도조 겐야 도조 마사야라는 필명을 쓰는 괴기환상 작가
소후에 시노 괴상사 편집자
아부쿠마가와 가라스 재야의 민속학자

✻ 일러두기

1. 모든 주는 옮긴이주입니다.
2. 동음이의어를 이용했거나 같은 발음의 단어를 여러 방식으로 표기한 원서의 특성을 살리기 위해, 이 책에서는 다음과 같이 구분하여 적었습니다.

　　獲備数様 : 에비스님　　エビス : '에비스'
　　碍霊様 : 하에다마님　　ハエダマ : '하에다마'　　蠅玉 : 하에다마˙

들어가기에 앞서

 여기에 기록한 고라 지방 도쿠유 촌에 전해지는 세 가지 괴담과 유리이게 촌에 전해지는 한 가지 괴담은 영명관의 오가키 히데쓰구 군에게 들은 원형 그대로가 결코 아니다. 원형에 내가 조사한 갖가지 정보를 더한 뒤 의도적으로 재구성한 것이다.

 물론 민속학적인 견지에서 보면 원래 이야기를 바꾸지 않고 수록해야겠지만, 이 이상한 '괴담 살인사건'의 자료로 쓸 경우 그것만으로는 정보가 너무 부족하기 때문에 이러한 조치를 취하기로 했다. 양해 바란다.

 또 이 기록이 어떠한 형태로든 공표되는 시기가 온다면, 그것은 고라 지방 다섯 마을의 명칭이 행정 서류에서 완전히 없어지고 사람들의 기억에서도 말끔히 사라졌을 때임을 명기해두고자 한다.

쇼와 어느 해 음력 2월에
도조 마사야 또는 도조 겐야

1장
네 가지 괴담

[창해의 목: 에도시대]

고스케는 암초로 뒤덮인 도쿠유 촌의 얕은 바다로 조각배를 저어 나가기 시작했다. 할아버지에게서 아버지로, 아버지에게서 그로 대물림된 배는 당장이라도 썩어 부서질 것 같았지만, 아직은 넓은 바다에 가까스로 떠 있었다.

새 배가 생기면 좋을 텐데.

고기를 잡으러 나와 밀려오는 파도에 흔들릴 때마다 그는 마음속으로 생각했다.

그러면 배도 약간은 안정될 텐데.

파도가 조금이라도 높아지면 아무래도 바닷물이 선내로 왈칵 흘러 들어올 것만 같은 공포를 느끼고 만다. 혹시라도 배가 새것이 되면 그런 두려움도 분명 없어지리라. 가뜩이나 서툰데 배마저 이 모양이어서야 더 큰일이다.

안타깝게도 고스케의 집에는 조각배를 새로 장만할 여유 같은 건 털끝만치도 없었다. 가족이 먹고사는 게 고작인데 새 배라니 허황된 꿈이다.

"고기잡이라 해봤자 어차피 문어나 잡으니 말이지."

이럴 때 고스케는 으레 이렇게 중얼거리며 자기 자신을 위로한다. 설사 번듯한 조각배를 손에 넣은들 그것을 활용할 만한 어업은 공교롭게도 이 고장에서는 결코 불가능했기 때문이다.

마을은 바다에 면해 있었다. 남쪽 면은 전부 바다다. 하지만 뿔처럼 튀어나온 두 개의 곶에 둘러싸인 데다 해변에서 난바다까지 암초지대가 이어져 있다. 이 때문에 마을 사람들은 대형선을 가질 수 없었고 충분한 크기의 항구도 짓지 못했다.

이렇게 되면 어업도 앞바다에 한정된다. 자연히 갯바위 어업이 중심이 되는데, 그중 하나가 문어잡이였다. 특히 초가을에 잡히는 '뼈 없는 문어'는 마을 어부들에게는 무척 귀중했다. 바다가 날뛰기 시작하는 겨울철이 되기 전에 어획량을 얼마나 늘릴 수 있을 것인가. 누구나 필사적이었다.

옛말에 "가을 가지는 며느리에게 먹이지 마라"라고 했다. 이렇게 맛있는 걸 며느리한테 먹이기는 아깝다는, 며느리 구박의 일종이다. 완전히 같은 의미로 "여름 문어는 며느리에게 먹이지 마라"라는 속담이 있는데, 그 반대가 뼈 없는 문어다. 즉 맛있지 않다는 말이다.

문어에 뼈가 없는 것은 당연할진대 이런 이름이 붙은 것도 아마 미각 때문일 것이다. 문어는 여름이 끝나는 시기가 되면 해안의 얕은 여울로 와서 산란을 한다. 모든 생물이 그렇듯 산란 후에는 영양 부족에 빠진다. 이것이 뼈 없는 문어에 해당하니, 절대 맛있을 리 없다. 분명히 말해 맛이 없다.

그렇다 한들 도쿠유 촌 사람들에게는 대단히 고마운 음식이었다. 고스케 가족에게도 마찬가지다. 단, 아직 어린 그에게는 이 문어잡이조차 버거웠다. 바다에 조각배를 띄우는 것만으로도 늘 필사적으로 애써야 했다.

마을 어부 대다수는 갯바위 어업밖에 못하는 스스로를 어딘지 모르게 부끄러워하는 구석이 있다. 그래서 무리해서라도 난바다로 배를 젓는 사람이 수년에 몇 명씩은 반드시 나오지만 누구든 보기 좋게 실패한다. '다이난大難'이라 불리는 난바다 쪽 해역에는 매우 복잡한 해류가 지나고 있었다. 조각배로 거기에 나가는 것이니 처음부터 성패는 뻔했다. 살아 돌아오면 그나마 다행이고, 돌아오지 않은 어부도 벌써 여럿이다. 그러다 보니 다이난 구역에서도 어부의 조난이 특히 많은 곳을 언제부터인가 '과부 터'라 부르게 됐다.

난바다에서의 무모한 고기잡이에 비하면 앞바다에서 하는 갯바위 어업은 안전했다. 하지만 익숙지 않은 고스케에게는 드넓은 바다에서 하는 과혹한 어업과 전혀 다를 바 없다. 배가 낡아서 안정적이지 않은 것이 아니라 자신의 미숙함 때문임을 그도 잘 알고 있었다.

그러나 가르쳐줄 할아버지와 아버지는 이미 없다. 형들은 타지로 고용살이를 나가서 벌써 몇 년째 돌아오지 않고 있다. 마을 어부들에게 청하면 가르쳐주지만, 당연히 육친 같을 수는 없다 보니 마음고생이 상당했다. 마을 전체가 가난하고 다들 언제나 굶주려 있었다. 그런 상황에서 문어 잘 잡는 법을 전수받기도 어지간히 어려웠다. 결국 방해가 되지 않게끔 조심하면서 어깨 너머로 배우는 수밖에 없었다.

마을 사람들이 기아로 괴로워할 때면 하에다마님이 당식선唐食船을 보내주신다.

더 어릴 적에 고스케는 이 전승을 믿었다. 당식선이란 먹을 것을 가득 싣고 바다 저편에서 온다는 전설의 배다. 여름이 슬슬 끝나고 가을이 시작될 무렵, 추위와 굶주림이 도래하는 겨울이 되기 전에 그 배는 나타난다고 한다.

지금은 솔직히 반신반의였다. 그게 사실이라면 진즉에 당식선이 나타났을 것 아닌가. 아무리 기다려도 그런 건 오지 않는다. 대신 이 시기에는 마을에서 어쩐지 여자아이가 없어진다. 매년은 아니지만 결코 드문 일도 아니었다. 할아버지에게 물어도 언짢은 얼굴로 "살기 위해서다"라고 무뚝뚝하게 대답할 뿐이었다. 여자아이는 살기 위해 사라진 건가? 하지만 대체 어디로, 어째서, 왜…… 이런 의문이 꼬리를 물고 솟아났다.

게다가 이제는 많이 줄어들었다 해도, 이 시기에는 '가선家船'이 돌아와서 마을 인구가 늘어난다. 가선이란 글자 그대로 배 자체를 집 삼아 바다에서 사는 어민을 가리킨다. 배가 집이고 집이 배인 것이다. 평소에는 해상을 떠돌아다니면서 생활하지만, 백중날이나 정월처럼 특별한 시기에는 일단 출신지로 돌아오는 이들이 많다. 그것이 도쿠유 촌에서는 폭풍우가 들이치기 전인 딱 지금 시기에 해당한다. 돌아온다고 한들 먹을 것이 없기는 매한가지이기 때문에 요 몇 년은 보지 못했다.

　마을 주민이든 가선 사람이든 결국은 손수 먹고살 길을 마련할 수밖에 없다.

　고스케가 어린 마음에 도달한 결론이었다. 갯바위 어업을 어렵잖게 해내는 어른들이 오히려 당식선을 신앙한다는 사실이 그는 못내 이상했다.

　고스케는 노를 움직여 조각배를 멈추고는 갈고랑이장대를 손에 들었다. 이곳은 두 개의 곶에 에워싸인 고즈 만의 거의 끄트머리로, 다른 어부들과는 조금 떨어진 장소다. 여기라면 아무도 불만을 표하지 않을 것이다.

　이 고장에는 갯바위 어업에도 정해진 구역이 있어서 보통은 자식에게 대물림된다. 단 부모 자식 사이에 어부로서의 명확한 계승이 있을 경우에 한했다. 형들은 조야한 데다 어획량도 적은 갯바위 어업을 싫어해서 고용살이의 길을 택했다. 그리고 고스케는 어부 일을 배우기 전에 할아버지, 아버지와 이번 생의 이별을 경험하고 말았다.

　그러다 보니 마을의 갯바위 어업에서는 신참 취급을 받았다. 낡은 조각배를 타고 어획량이라고는 기대할 수 없는 이름뿐인 어장에서 아직 익숙지 않은 문어잡이를 한다. 실로 삼중고라 할 상황이었다. 하지만 가족이 살아가기 위해서는 뼈 없는 문어를 잡아야만 했다.

　고스케가 조각배 위에서 손에 들고 있는 것은 대나무로 만든 갈고랑이장대였다. 바다와는 반대편인 마을 산을 따라 울창한 대나무 숲이 펼쳐져 있기 때문에 갈고랑이장대를 만드는 데는 부족함이 없었다. 실제로 마을에서 어업을 하지 않는 집 대다수는 죽세공이 생업이었다. 풍부한 대나무로 남편들이 밥바구니나 소금바구니, 어롱, 키, 소쿠리나 차주걱 따위를 만들고 아내들은 구에 산을 넘어 행상을 나간다. '다케야'대나무 가게'라는 뜻으로, 죽세공이 생업인 전통적 가문이나 상점을 지칭'라는 칭호를 가진 직인의 집조차 죽세공만으로는 먹고살 수 없었다. 다른 집과 마찬가지로 남아 있는 아이나 노인이 바닷가에 나가 바지런히 미역, 톳 같은 해초 또는 조개류 따위를 딴다.

아무리 어획량을 기대할 수 없다 한들 '육지의 고도孤島'인 도쿠유촌에서 경작할 토지를 가지지 못한 사람은 어찌 됐든 종국에는 바다에 의지하는 것 말고는 살아갈 방도가 없었다.

그렇담 처음부터 바다에 나가주겠어.

고스케는 어린 마음에도 이렇게 결심해 지금에 이른다. 바다에 나갈 때마다 후회에 사로잡히지만, 조금씩이나마 고기 잡는 실력이 는다는 것이 그에게는 무엇보다도 위안이었다.

고스케는 갈고랑이장대를 고쳐 잡고 느릿느릿 해수면에 찔러 넣었다. 곧게 뻗은 가느다란 대나무 끝에 갈고랑이가 달렸고 그 옆에 빨간 천이 묶여 있다. 이것을 무성하게 자란 해초 옆에서 흔들흔들 움직인다. 그러면 해초 안쪽에 숨어 있던 문어가 먹이인 갑각류라 착각하고 쓱 모습을 드러낸다. 이때 갈고랑이로 걸어서 잡는 것이 문어잡이다.

간단해 보이지만 막상 해보면 다르다. 좀체 잘 되지 않는다. 우선 빨간 천을 움직이는 것이 어렵다. 그냥 흔들기만 해서는 안 되고, 문어가 진짜 먹이라고 착각하게 만들어야 한다. 하지만 문어라는 생물은 겉모습으로는 상상할 수 없을 정도로 똑똑하다. 미숙한 고스케에게 속을 만큼 바보는 절대 아니었다.

운 좋게 문어가 해초 안쪽에서 나와도 갈고랑이로 걷기가 또 어렵다. 애당초 바닷속 갈고랑이장대를 다루는 것은 지난한 일이었다. 육상에는 없는 해수의 저항이라는 방해물이 있기 때문이다. 이 점을 고려해서 재빨리 걸어야만 했다.

이렇듯 천과 갈고랑이의 움직임에는 습득해야 할 요령이 있었고, 그 이전에 갈고랑이장대를 조종하기 위한 힘이 필요했다. 그런데 고스케에게는 아직 둘 다 없었다.

도무지 성과가 보이지 않는 문어잡이에 몰두하다가 문득 정신을 차려 보니 조각배가 뿔위곶에서 만 바깥으로 흘러나가려 하고 있었다. 다른 어부들 구역을 침범하지 않게끔 키를 잡으며 뿔밑곶 방향을 무의식적으로 피한 결과, 아무래도 생각보다 뿔위 쪽으로 너무 다가간 듯했다.

마을 앞바다를 에워싼 두 개의 곶 중 더 높고 길게 튀어나온 서쪽은 뿔위, 그보다 낮고 짤막한 동쪽은 뿔밑이라 부른다. 뿔밑곶 끄트머리에서 만 안쪽으로 들어간 곳 부근에 바다에서 얼굴을 내민 크고 둥그런 바위가 있다. 잘 살펴보면 바위 표면에 새끼줄 잔해 같은 것이 가까스로 달라붙어 있다. 원래는 금줄이었는데 요 일 년 사이 풍랑에 된통 시달려 영 볼품없어졌다. 금줄을 치기 위해 거대한 바위 양쪽에 세워둔 긴 대나무 두 그루는 이미 떠내려가고 없다.

보기에 따라서는 인간의 잘린 머리처럼 보이기도 하는 이 암초를 마을 사람들은 '하에다마님'이라 부르며 섬기고, 예로부터 소중하게 모셔왔다. 그런 까닭에 이 부근에서는 갯바위 어업이 금지되어 있을 뿐 아니라 하에다마님 가까이 가는 것조차 꺼린다. 고스케가 무심코 뿔위 방향으로 노를 저은 것도 마을 어부라면 당연한 반응이었다.

다만 얄궂게도 하에다마님 주위는 갯바위 어업에는 실로 안성맞춤인 어장이다. 그러다 보니 과거에는 굶주림을 견디지 못한 어부가 밀어를 한 적도 있었다 한다. 하지만 그 대가는 너무나 컸다.

한 어부가 동료에게 들키지 않으려고, 다들 갯바위 어업에 나가는 것보다 더 이른 아침에 조각배에 올라탔다. 그리고 그가 하에다마님에게 다가가서 금기를 어겼을 때였다.

우와아아아앙.

하에다마님 암초에서 마치 짐승 울음소리 같은 것이 느닷없이 불길하게 울려 퍼졌다고 한다.

어부는 몹시 전율했지만 이제 와 어쩔 수는 없다. 이미 금기는 깼다. 기왕 이렇게 된 것 끝까지 해보자는 생각에 어쨌든 밀어를 계속했다.

결과는 대어였다. 어부는 기뻐 날뛰며 집으로 돌아갔지만, 그를 제외한 가족 모두가 조개를 먹고 식중독에 걸려 죽었다. 그리고 가족의 장례식이 끝난 뒤 정신이 이상해진 어부가 바위에 뚫려 있는 '하에다마님의 입'이라 불리는 구멍에 머리를 처박고 숨이 끊어져 있는 것을 동료 어부가 발견했다고 한다.

그 뒤로 아무도 하에다마님 부근에서는 갯바위 어업을 하지 않게 됐다. 그뿐이랴, 일 년에 한 번 큰 축제가 있을 때 외에는 일절 가까이 가지 않았다. 다만 골치 아픈 것은 어디서부터 어디까지가 금어 구역인지 명확히 선을 그을 수 없다는 점이었다. 어디까지나 막연하게 '하에다마님 주변은 절대 안 된다'라고 정해져 있을 뿐, 어업이 금지된 영역이 명확하지는 않다.

하에다마님 근처에 구역이 있는 어부들은 무척 곤란했다. 금어 구역을 침범할 생각은 추호도 없지만, 하에다마님 가까이 갈수록 어획량은 늘어난다. 그래서 누구나 아슬아슬한 지점에서 고기를 잡았다. 그렇다 한들 이 행위는 대단히 위험했다. 늘 배 위치를 확인하지 않으면 까딱 잘못하다가 전혀 모르는 사이에 하에다마님의 신역神域에 들어가고 만다.

한 어부는 갯바위 어업에 열중한 나머지 조각배 조작을 소홀히 했다. 그 사실을 깨닫고 퍼뜩 바다에서 얼굴을 들었더니 하에다마님께 꽤 다가가 있었다. 황급히 돌아가려 하는데 수면에 두둥실 떠 있는 희고 동그란 것이 눈에 들어왔다.

저게 뭐지……?

찬찬히 뜯어보고 있자니 그것이 어부를 물끄러미 보는 것 같다는 느낌이 들기 시작했다. 눈 코 입이 있는 것도 아닌데 마치 사람의 잘린 머리가 해수면에서 얼굴을 내밀고 있는 것 같다.

오싹해진 어부는 황급히 조각배 방향을 돌려서 급히 그 자리를 떠났다. 필사적으로 노를 젓는 동안에도 그것이 내내 응시중임을 알 수 있었다. 하지만 어부는 결코 눈길을 주지 않았다. 혹시라도 쳐다봤다가는 그것이 쫓아올 것 같았기 때문이다.

사람의 잘린 머리 같은 이 새하얀 것을 하에다마님 근처에서 목격하는 어부가 그 뒤에도 나왔다. 마을 노인들은 "그건 '망것'임이 분명해"라며 무서워했다. 바다에서 죽은 인간이 성불하지 못하고 나타서 동료를 늘리기 위해 바다로 끌어들이려고 한다. 그것이 망것이다.

물이 얕은 암초지대가 이어지는 도쿠유 촌 앞바다에서는 하여튼 난파되는 배가 많다. 그중에는 하에다마님께 선체 옆구리를 부딪치는 바람에 무참하게 침수되어 가라앉는 배도 있었다. 그렇게 되면 승선해 있던 사람은 거의 살아남지 못한다.

"하에다마님을 모시는 건 망것을 잠재우기 위해서야."

할아버지는 이렇게 말한 뒤에 비밀 이야기라도 하듯 작은 목소리로 가르쳐주었다.

"마을을 굶주림에서 구해주시는 당식선 주위에도 실은 망것이 우글우글 달라붙어 헤엄치고 있어. 그러니까 조심해야 된다."

마을 사람 누구에게 물어도 아니라고 하겠지만 너는 명심해두라고 할아버지가 무서운 얼굴로 말했다.

"좋게만 들리는 이야기도 때로 그 뒤엔 다른 면이 있는 법이야."

하에다마님 암초 부근이 절호의 어장인 동시에 무시무시한 장소라는 것도 할아버지의 이 말에 딱 들어맞았다.

나한테는 구역이 없어서 다행이야.

하에다마님에 얽힌 무서운 이야기를 들을 때마다 그 순간만큼은 고스케도 마음속 깊이 안도했다. 할아버지와 아버지가 가지고 있던 구역이 하에다마님 근처여서 더욱 그랬다. 집안의 구역이 남아 있다면 굶주릴 걱정도 조금은 덜했을 테지만 무서운 건 역시 무섭다.

그런데도 지금 고스케는 모르는 사이에 뿔위곶을 넘어 만 바깥으로 나가 있었다. 고즈 만과 다이난 사이의 해역은 '삼도장'이라 불린다. 삼도천 강가가 이 세상과 저 세상의 경계이듯 삼도장도 평온한 만 안쪽과 위험한 다이난의 딱 경계선 같은 공간이다. 그렇다고 해서 안전하냐면 그렇지도 않다.

폭이 그리 넓지 않은 기다란 곶 반대편에 왔을 뿐인데 마치 드넓은 바다에라도 나온 듯한 불안에 사로잡힌다. 고즈 만과 마찬가지로 이 부근 수심도 아직 얕을 텐데, 엄청나게 깊은 바다 위를 조각배로 표류하는듯 조마조마하다. 무엇보다 북서쪽 방향에 솟아 있는 절벽의 모습은 별세계라 착각할 정도로 기괴했다.

뿔위곶과 뿔밑곶에 에워싸인 만 안쪽에 머물러 있으면, 어디서 고기잡이를 하든 늘 해변 풍경을 볼 수 있다. 하지만 일단 곶 바깥으로 나가면 드넓은 바다 외에 보이는 것이라고는 깎아지른 낭떠러지뿐이다. 사람이 아예 다가갈 수 없을 정도로 가파른, 새까맣고 높다란 바위벽이 흡사 위에서 덮쳐올 것처럼 솟아서 동서로 뻗어 있었다.

불안해져서 조각배 뒤쪽을 올려다보니 뿔위곶 끄트머리에 서 있는 망루가 고스케를 가만히 내려다보고 있었다. 거기에 마을 사람의 모습이라도 보였다면 그나마 안심할 수 있었겠지만, 개미 한 마리 보이지 않았다. 애초에 망루에 사람이 올라가 있는 모습을 아직 한 번도 본 적이 없었다.

그렇다면 전방 절벽 위에 외따로 선 에비스님 사당을 우러러보고 있는 편이 차라리 더 나았을지 모른다. 다만 문제는 그 가파른 암벽 아래편에 있었다. 두껍고 검은 판자를 뜯어서 몇 장씩 포개어놓은 듯한 암벽과 바다가 접하는 밑부분에, 구멍이 입을 떡 벌리고 있다. 결코 크지는 않지만 조각배라면 넉넉히 들어갈 만한 동굴이다. 그렇다고 해서 안쪽을 들여다보는 사람은 없다.

왜냐하면 '다루미 동굴'이라 불리는 그 동굴 안에 난파선 사망자들의 주검을 마을 사람들 손으로 매장했기 때문이다.

마을에 묘지가 없지는 않다. 매장지가 따로 있음에도 난파선 사망자는 전원 다루미 동굴에 묻는 것이 규칙이었다. 타지 사람이어서가 아니라 앙화를 겁냈기 때문이다. 특별한 연유가 있는 고인들을 자신들의 조상과 함께 공양할 수는 없다. 그래서 새로운 매장지로 다루미 동굴을 선택했고, 이와 동시에 하에다마님을 모시기 시작했다고 한다.

그런 이야기를 고스케는 돌아가신 할아버지에게서 여러 번 들었다. 단, 늘 똑같은 내용은 아니었다. 나이를 한 살 먹을 때마다 할아버지가 이야기하는 내용이 조금씩 어려워진다. 그리고 무서워진다.

"하에다마님의 진정한 무서움은 조만간 싫어도 알 날이 올 게다."

할아버지는 늘 이렇게 중얼거리면서 이야기를 끝맺었다. 그때의 얼굴이, 되도록이면 모르는 게 약이라고 말하는 것만 같아서 달갑지 않았다. 평소의 할아버지는 인자해서 아주 좋아했지만 매년 하에다마님과 관련된 이야기를 할 때만은 마치 딴 사람처럼 꺼림칙했다. 어린 고스케가 반드시 울음을 터뜨릴 정도로.

할아버지는 다루미 동굴에 들어간 적이 있는데, 고스케는 그 이야기를 딱 한 번 들었다.

동굴 안은 횃불 불빛이 없으면 칠흑같이 어둡다고 한다. 마을에서는 소나무 줄기나 뿌리로 만드는 보통 횃불이 아니라 대나무 횃불이 쓰인다. 죽세공으로 생긴 대나무 찌꺼기를 단단히 묶어서 한쪽 끝에 불을 붙인다. 소나무보다 그을음이 적고 불이 잘 붙는다는 이점이 있었다.

이 대나무 횃불을 비추며 동굴로 들어가면 바로 오른편에 안쪽으로 뻗은 바위 밭이 나타난다. 한동안 그 위를 걷다보면 무수한 자갈이 굴러다니는, 마치 삼도천 강가 같은 곳이 나온다. 구불구불한 자갈밭을 따라 더 들어가면 이번에는 모래땅이 출현한다. 거기에는 대나무가 두 그루 서 있고 금줄이 쳐져 있다. 이 모래땅은 일종의 경내로, 안쪽에 난파선 사망자 공양비가 있다. 도리이 같은 대나무 양편에는 크고 작은 돌이 쌓여 있고, 그것을 따라 부러진 작살과 갈고랑이장대, 찢어진 그물과 망가진 우뭇가사리 긁개 따위가 빼곡하게 놓여 있다. 풍어를 기원하는 공물이라고 한다.

폭 좁고 길게 이어지는 땅 왼쪽에는 바닷물이 도도히 흐르고 있어 정말로 삼도천처럼 보인다. 그 때문인지 강을 건넌 사람은 아무도 없다. 건너편에도 동굴은 뻗어 있지만, 횃불 불빛으로는 끝까지 볼 수 없는 새카만 어둠이 있을 뿐 완전한 미답지인 모양이다. 출입구 구멍의 크기로는 상상도 할 수 없을 만큼 동굴 안은 넓다고 한다.

그런 다루미 동굴의 구멍을 고스케가 보고 있는데 난바다에서 커다란 범선이 지나가서 단숨에 주의가 그쪽으로 쏠렸다.

사백 석현대 단위로 약 60톤급 선박은 될까?

그의 시선에는 동경의 빛이 어렸다. 바람으로 부푼 돛에 번藩의 가문家紋이 없는 것으로 봐서 어디 상선임이 분명하다.

저기에 탈 수만 있다면.

갯바위 어업은 고사하고 애초에 어부 노릇을 할 필요가 없다. 바다에 배를 띄우고 있는데 아예 어업을 하지 않아도 되는 것이다. 이 놀라운 사실이 어쨌든 고스케에게는 신선했다.

아니, 꼭 타지 않아도 돼.

저런 거대한 배가 어려움 없이 들어올 수 있는 만이 있어 이곳이 기항지로서 번창하기만 하면 어쨌든 그는 만족이었다. 그렇게 되면 일거리도 이것저것 찾을 수 있고, 마을 또한 분명 발전할 것이다.

점차 멀어지는 상선을 눈으로 배웅하면서 고스케는 그런 꿈을 꾸고 있었다. 그래서 조각배가 생각보다 다루미 동굴 가까이 흘러왔음을 뒤늦게 깨달았다.

원래 있던 자리로 돌아가야 돼…….

제정신으로 돌아온 그가 허둥지둥 노에 손을 뻗으려 하고 있을 때 **그것**이 눈에 들어왔다.

바다에 둥실둥실 떠다니는 희고 동그란 것.

마치 지금 막 다루미 동굴에서 나온 것처럼, 그것은 입을 떡 벌린 구멍 앞에 떠 있었다.

설마…….

할아버지에게 들은, 금어 구역인 하에다마님 암초 쪽에 나타난다는 망것과 꽤 비슷한 느낌이 든다.

하지만…….

그건 하에다마님 쪽에 나타나지 않나? 앞에 보이는 것은 다루미 동굴이다. 두 곳은 너무나 멀리 떨어져 있다.

고스케는 이렇게 생각하려고 했다. 하지만 두 곳 다 난파선 사망자를 공양하는 장소다. 한쪽에 망것이 나온다면 다른 한쪽에 나타난

대도 이상하지 않다. 아니, 실제로 꼭 그렇게 보이는 것이 거기에 있었다.

　새하얀 잘린 머리 같은 것.

　그것이 수면에 얼굴을 내밀고 고스케를 가만히 보고 있다. 아무리 눈을 크게 뜨고 봐도 하얀 덩어리로만 보이는데, 왜인지 정면을 보고 있음을 알 수 있었다. 그리고 그를 일념으로 주시하고 있다.

　양팔에 오소소 닭살이 돋았다.

　여기서 빨리 벗어나야 해.

　노를 쥔 손에 힘이 들어갔다. 하지만 꿈쩍도 하지 않는다. 고스케는 자각하지 못했지만 그는 공포에 질린 나머지 굳어 있었다.

　희고 동그란 것이 갑자기 움직이기 시작했다.

　삐쭉, 삐쭉.

　바다에 반쯤 가라앉았다가 다시 얼굴을 내미는 듯한 동작을 거듭하며 조금씩 조각배로 다가온다. 그 움직임은 묘하게 경묘해서 즐거워 보이기까지 하지만, 물론 고스케에게는 아니었다. 그가 느낀 것은 소름 끼치는 공포였다.

　이 공포심이 겨우 고스케의 몸을 움직였다. 서둘러 노를 저어 고즈 만을 향해 필사적으로 조각배를 몰기 시작했다. 그러면서도 자꾸만 뒤를 돌아보았다. 거리를 좁혀서 쫓아오면 큰일난다. 분명 바닷속으로 끌려 들어갈 것이다.

　……죽어도 싫어.

　노를 젓는 손에 저도 모르게 힘이 들어갔다. 조금만 더 가면 뿔위곶을 넘을 수 있을 것 같았다. 하에다마님은 고즈 만 안쪽에 있으니 안쪽으로 들어간다고 안전하다는 보장은 없지만, 여차하면 마을 어부들에게 도움을 구할 수 있다는 사실이 무엇보다도 든든했다.

그런데 조각배가 뿔위곶 끄트머리에 다다르기 전에 돌연 희고 동그란 것이 바다에 가라앉았다.

풍덩.

이 소리와 함께 해수면 아래로 싹 사라졌다.

저건 다루미 동굴에서 그리 멀어지지 못하나? 혹은 만 안쪽으로는 들어오지 못하나? 어느 쪽이든 살았다 싶어 고스케는 가슴을 쓸어내렸다.

원래 어장까지 돌아갔을 때 그는 완전히 피폐해져 있었다. 아무것도 할 기분이 들지 않는다. 하지만 오늘은 아직 한 마리도 잡지 못했다. 아무 성과 없는 상태에서 돌아갈 수는 없다.

고스케는 크게 숨을 내쉬어 마음을 다잡은 다음 갈고랑이장대를 손에 들고 문어잡이를 재개했다. 해초 안쪽에서 유인해내는 것은 그만두고 이번에는 바위 그늘을 노릴 작정이었다. 장대 끝에 묶은 빨간 천을 흔들면서 뼈 없는 문어가 걸려들기를 하염없이 기다렸다.

흔들흔들, 흔들흔들.

물속에서 환상적으로 흔들리는 빨간 천을 바라보고 있다가 불현듯 시야 한구석에서 묘한 것이 꿈틀대고 있음을 깨달았다.

자연스럽게 시선을 돌리자 목덜미에 섬뜩하니 소름이 돋았다. 거기서 믿을 수 없는 광경을 보고 저도 모르게 비명을 지를 뻔 했다.

새하얀 사람 그림자 같은 것이 바다 밑을 천천히 걷고 있었다.

게다가 고스케의 조각배를 향해 일직선으로 다가오고 있다.

그것에게는 해저의 어떠한 기복도 전혀 문제가 아닌 듯했다. 아무리 성가신 암초가 앞길을 막아도 쉽사리 넘으면서 계속 나아간다.

아까 그 잘린 머리.

그 정체를 알아차린 순간 고스케는 온몸의 털이 곤두섰다. 간신히 달아났다고 생각했건만, 실은 바닷속에서 줄곧 쫓아오고 있었음을 알고 두 다리가 덜덜 떨렸다.

그것에게는 목 아래가……

제대로 붙어 있는 것처럼 보인다. 잘린 머리뿐인 존재도 무섭지만, 사람을 닮은 형태인데 사람과는 명백히 다른 존재 쪽이 더 무시무시할지 모른다.

그런 정체 모를 무언가가 바다 밑을 흔들흔들 걷고 있었다. 이쪽으로 육박해 오고 있었다.

빨리 달아나야 돼.

이번에는 굳어지지 않고 대단히 재빠르게 움직일 수 있었다. 갈고랑이장대를 바닷속에서 올려 바닥에 둔 뒤 노로 손을 뻗었다.

그런데 거기서 퍼뜩 당황했다.

어디로 달아나야 되지?

평소 같으면 해변을 향해 필사적으로 저어가서 서둘러 조각배를 뭍에 끌어 올린 다음 집까지 달려갔을 것이다. 하지만 그 결과 무시무시한 사태를 초래하면 어떡하나.

저것이 집까지 따라오면……

아무리 그래도 바다에서 나가면 괜찮겠지 싶었다. 그러나 저것은 만 안쪽으로는 못 들어올 거라는 판단이 이미 틀렸다. 같은 실수를 저지르지 말라는 법도 없다. 조금이라도 불안하다면 그만두어야 한다. 저것을 절대로 집에 데려갈 수는 없다.

대체 어디로 달아나야······.

해변으로 돌아갈 수 없다면 남은 것은 고즈 만 바깥으로 나가는 수뿐이다. 하지만 제 무덤을 파는 것이나 매한가지 아닐까. 아니면 다루미 동굴에서 멀어지기만 하면 저것은 자연히 사라질까?

앗, 다루미 동굴로 유인하면······.

당치도 않은 방안이 떠올랐다. 저것은 그 동굴에서 나온 것처럼 보였다. 그렇다면 원래 있던 곳에 되돌려 보내면 되지 않나.

그러나 그야말로 완전히 제 무덤을 파는 꼴이 되리라. 삼도천 강가로 올라갈 수 있다 한들 저것에 추적당하면 끝 아닌가. 삼도천에서 노를 저어 달아난다 한들 어디까지 이어져 있을지 모르는 이상 하늘에 운을 맡기는 꼴이다. 그 이전에 다루미 동굴 안은 칠흑같이 어둡다. 도저히 달아날 길이 없다.

고스케가 이렇게 꾸물대는 동안에도 그것은 이쪽으로 오고 있었다. 아니, 벌써 조각배 바로 밑까지 왔는지도 모른다.

찰박.

배꼬리에서 물소리가 들렸다. 그것의 새하얀 한 손이 바다에서 쑥 뻗어 나와 뱃전을 붙잡는 것 같아서 황급히 배를 출발시켰다.

지푸라기라도 잡는 심정으로 주위를 빙 둘러보다 문득 하에다마 님이 눈에 들어왔다. 그 순간 그는 할아버지에게 들은 이야기를 떠올렸다.

고스케가 태어나기 전에 할아버지가 구에 산에서 암귀버섯을 채

집하다가 그만 유귀버섯을 따고 말았다. 암귀버섯은 맛있지만 유귀버섯에는 독이 있다. 하지만 얄궂게도 둘은 꼭 닮았다. 평소에 버섯 채집을 하는 사람이라면 분간이 가능하다지만 어부인 할아버지에게는 무리였다. 덕분에 고스케의 어머니가 유귀버섯을 먹고 식중독에 걸리고 말았다. 실수를 깨달은 할아버지는 어머니에게 사안초를 달여 먹였다. 사안초는 약초의 일종인데 단독으로 쓰면 독이라 여겨진다. 다른 식물과 섞음으로써 겨우 사용 가능하다. 수면제도 되지만 취급을 잘못하면 두 번 다시 눈을 뜨지 못하는 일이 생긴다. 그만큼 위험한 존재였지만 할아버지는 사안초만을 어머니에게 주었다. 그 결과 유귀버섯 독이 중화되어 어머니는 살아났다고 한다.

독으로 독을 없앤다.

그런 속담이 있는 것을 할아버지의 이 이야기로 알았고, 하에다마님을 본 순간 떠올린 것이다.

그렇기는 하지만 물론 고스케도 주저했다. 까딱하다가는 독이 배가 되어 스스로를 망칠 수도 있기 때문이다. 완전히 반대되는 결과가 나와도 이상하지 않다.

게다가 하필이면 어릴 때와 재작년 이렇게 딱 두 번, 가을 초입에서 초겨울에 걸쳐 거센 바람이 부는 한밤중에 하에다마님 쪽에서 들려오는 끔찍한 포효 소리에 잠에서 깬 경험이 그의 뇌리에 확 되살아났다.

오오오, 으아아.

이런 비명 소리 같은 굉음이 요란하게 울려 퍼졌다. 순식간에 온몸의 피가 얼어붙을 정도로 겁에 질린 고스케는 엉엉 울었다.

그러자 할아버지는 뭐라고 형용할 수 없을 정도로 괴로운 얼굴을 했다.

"네가 울면 어떡하냐. 저건 하에다마님이 통곡하시는 거다."

이런 말로 고스케를 달래려 했지만 완전히 역효과였다. 너무 무서워서 한숨도 자지 못했다.

그때의 전율이 똑똑히 되살아나는 것 같아서 고스케는 안절부절못했다.

쏴아아, 찰박찰박.

결국 그를 움직인 것은 배꼬리에서 갑자기 들린 물소리였다. 우물쭈물하는 사이에 그것에 따라잡힌 모양이다.

고스케는 급히 노를 젓기 시작했다. 하에다마님을 향해 조각배를 똑바로 움직여 갔다.

고즈 만에서 열심히 뼈 없는 문어를 잡고 있던 마을 어부 모두 한동안은 알아차리지 못했다. 하지만 한 사람, 또 한 사람씩 묘하게 안달복달하는 고스케를 목격하고 이상하다는 듯 쳐다보기 시작했다.

얼마 안 있어 미심쩍게 여긴 사람이 그에게 말을 걸었다.

"어이, 고스케. 뭘 그렇게 허둥대고 있어?"

"대관절 너 어디에 갈 생각이냐?"

이윽고 고스케에게 주의를 기울이던 모두가 그의 조각배가 향하는 곳을 눈치챘는지 그때까지보다 더 큰 목소리를 냈다.

"고스케, 기다려. 기다리라고."

"그쪽으로 가면 안 돼. 멈춰."

"하에다마님께 다가가는 놈이 어디 있어!"

"이 바보가! 당장 키 돌려어!"

고스케의 조각배가 멈추지도 않고 진로를 바꾸지도 않은 채 하에다마님께 일직선으로 돌진하는 것을 안 어부들은 황급히 자신들의 배를 움직여 그의 앞길을 막으려 했다. 하지만 이미 늦었다. 고스케의 조각배는 바야흐로 하에다마님께 닿으려 하고 있었다.

이제부터 어떻게 하면 되지?

하에다마님 주위를 도나? 암초 바로 앞에서 해변으로 방향을 바꾸나? 아니면 하에다마님께 배를 대나? 가장 효과적인 방법이 무엇인지, 당연하지만 고스케는 몰랐다.

이제 곧 이 중요한 판단을 내리지 않으면 그대로 암초에 처박는 꼴이 되는, 바로 그때였다.

하에다마님 바위 그늘에서 흰 얼굴 같은 것이 불쑥 나타났다.

그 순간 오싹하는 오한을 등줄기에 느끼면서도 고스케는 키를 크게 꺾고 있었다. 조각배는 순식간에 하에다마님에게서 멀어져 해변을 향해 간다. 뒤에서 마을 어부들의 배도 뒤쫓듯이 그를 따랐다. 문어잡이를 하는 사람은 이제 아무도 없었다.

해변에 도착한 고스케가 조각배에서 내려 그대로 물가에 쓰러져 있었더니 그 뒤로 어부들이 잇따라 올라와서 "무슨 일이 있었던 거냐?" 하고 저마다 캐물었다. 그 모습을 본 마을 사람들도 모여들기 시작해 해변은 금세 소란스러운 분위기에 휩싸였다.

그런데 고스케가 숨을 헐떡거리며 사정을 이야기하는 사이에 주위의 술렁거림이 싹 사라졌다. 언젠가부터 해변은 지금까지의 떠들썩함이 거짓말인 양 정적으로 뒤덮였다. 게다가 한 사람, 또 한 사람,

달아나듯 잰 걸음으로 그 자리를 떠나는 사람이 생기기 시작했다. 결국 마지막까지 남은 것은 그날 고기잡이를 하러 나갔던 어부들뿐이었다.

"하에다마님뿐만 아니라 다루미 동굴에도 절대 가까이 가지 말아야겠어."

"정말로 무서운 곳이야."

"갯바위 어업만 제대로 하면 그렇게 걱정할 일도 없을 게야."

고스케에게 말을 거는 것도 아니고 다들 마음대로 떠들고 있다.

이윽고 마을 어부들을 통솔하는 사람이 다시금 주의를 환기하여 그날 고기잡이는 중지됐다. 불만을 터뜨리며 고스케 탓이라고 불평하는 사람도 있었지만, 그래도 조각배를 다시 띄우는 어부는 전무했다. 하나같이 하에다마님 암초를 몹시 두려워하는 눈빛으로 바라보고 있었다.

다음 날부터 고스케는 아예 고기잡이를 하러 나갈 수 없어졌다. 고즈 만에서는 하에다마님 가까이 가지 않고, 만 바깥으로 나가지만 않으면 괜찮다고 생각은 했다. 하지만 아무리 해도 조각배에 탈 수가 없었다. 설사 타고 바다로 노 저어 나간다 한들 도저히 바닷속을 들여다볼 수 없을 것 같았다.

바다 밑에서 새하얀 얼굴이 나를 올려다보고 있으면……

저도 모르게 그런 상상을 하고 만다. 그렇게 되면 더는 무리였다. 집에서 해변까지는 갈 수 있어도, 조각배 옆에 서봤자 거기서 발이 움츠러들어 아무것도 할 수 없다.

하지만 언제까지나 고기를 잡지 않을 수는 없다. 집에서는 어린

아이인 고스케에게 완전히 의지하고 있었다. 이대로 가다가는 가족이 배를 곯고 만다.

보다 못한 나이 많은 어부가 고스케에게 말을 건넸다.

"어느 지방 어부든 바다에서 죽은 사람을 만나면 대개는 길조라고 생각들 해. 당장은 무리라도 고기를 잡고 돌아가는 길에는 꼭 건져주겠다고 하고 그 대신 대어를 약속받는 거지."

"죽은 사람한테요?"

놀라서 되묻는 그에게 어부는 엄숙하게 고개를 끄덕였다.

"에비스님은 알지?"

"사사메 신사에서 모시는 신이요."

"그렇기도 하지만 우리에게는 당식선을 불러오는 고마운 신이시지. 하지만 원래는 보물선을 타고 계시는 칠복신 중 하나야."

당식선은 사사메 신사의 유래에도 기록돼 있다. 음식을 가득 싣고 이국에서 찾아오는 배를 말한다. 그 배를 불러들이는 것이 에비스님이었다.

"그와는 별개로 어부가 바다에서 발견한 표류 시체도 '에비스'라 부르며 섬기는 풍습이 각지에 있단다."

"대어를 가져다주니까요?"

"그래, 그렇다고 들었다. 고기를 잡고 돌아오는 길에 죽은 사람을 발견한 해역에 돌아가면 잘 기다리고 있다더구나."

"……그 죽은 사람이요?"

단박에 믿을 수는 없었지만 어부의 표정은 어디까지나 진지했다.

"네가 봤다는 망것도 근본을 따져보면 '에비스'다. 즉 대어를 약속해주는 존재야. 그렇게 생각하면 고기잡이를 나가지 않는 게 조금 아깝다 싶지?"

어부의 이야기 덕분에 고스케는 가까스로 조각배에 탈 수 있었다. 그렇다 한들 처음에는 바닷속을 들여다보기가 두려웠다.

갈고랑이장대 끝의 빨간 천을 흔들고 있으면 해초 속에서 뼈 없는 문어가 아니라 그 흰 얼굴이 쑥 나오지 않을까. 겁이 나서 좀체 집중할 수가 없다. 그럼에도 불구하고 문어잡이는 순조로웠다. 신기할 정도로 척척 잡힌다. 장소를 옮기지 않았는데도 처음에 조각배를 세운 뿔위곶 근처에서 눈 깜짝할 새에 어롱이 가득 찼다.

그게 에비스님이었다니…….

고스케는 잠깐 휴식하면서도 여전히 믿을 수 없다고 생각했다. 하지만 실제로 대어를 만났다. 그 증거가 가득 찬 어롱이다.

싱글벙글 웃으면서 어롱을 들여다보다가 뼈 없는 문어 사이에서 그를 올려다보는 흰 얼굴과 눈이 마주쳤다.

며칠 뒤 고스케는 형들과 똑같이 고용살이를 하러 나갔다. 세월이 지난 뒤 마을에 돌아오는 일은 있었어도 다시는 바다에 나가려 하지 않았다.

[망루의 환영: 메이지시대]

조넨은 도쿠간사鬪磐寺 산문山門에서 나와 긴 돌계단을 내려가기 시작했다.

북쪽 뒤편에는 이미 봄기운이 완연한 구에 산이, 남쪽 전방에는 두 개의 곶에 에워싸인 고즈 만과 그 너머에 지는 해를 받아 반짝이는 드넓은 바다가 펼쳐져 있다.

절 반대편인 서쪽의 높은 곳에는 대숲을 등지고 있는 사사메 신사가 보인다. 저 숲 어딘가에 그가 아직 가본 적 없는 '대숲 신사'가 있을 것이다.

이 풍경을 보고 있으면 자못 한가로운 고장이라 여겨진다.

하지만 실제로 도쿠유 촌에서 느끼는 것은 그저 초라함이었다. 마을 여기저기서 눈에 띄는 것은 견딜 수 없는 가난이다.

깊은 숲이 우거진 준험한 구에 산을 배후에 두고 뿔위와 뿔밑이라는 두 곳에 에워싸인 만을 마주한 마을은 급한 사면과 좁은 해변으로 이루어져 있었다. 그러다 보니 평탄한 땅이 거의 없어 전답도 자연히 계단식 논밭뿐이다. 게다가 토지가 척박한 탓에 수확은 별로 기대할 수 없다. 그렇다고 어업이 성한가 하면 또 아니었다. 만 안쪽은 암초가 많고 물이 얕아 애초에 큰 배를 가질 수 없다. 거기다 만 바깥에는 복잡한 해류가 흘러 마을 어부들의 조각배로는 감당이 불가능한지라 아무래도 갯바위 어업에 의지할 수밖에 없었다.

그런 마을의 유일한 산업이 죽세공이다. 구에 산에 대나무는 풍부했기 때문에 '다케야'라는 칭호를 가진 직인의 집이 있을 정도로 예부터 대나무 가공 기술이 발달했다. 다만 공교롭게도 그것으로 온 마을이 먹고살 만큼 성하지는 않았다. 애당초 번성할 정도의 산업으로 만들고 싶어도 처음부터 무리가 있는 이야기였다. 상품 유통에 큰 문제가 있었기 때문이다.

북쪽은 험하고 깊은 산에, 동서는 오가기 불편한 바위산에 가로막힌 마을에서는 육상으로 짐을 운반하는 일이 과혹하기 그지없었다. 짐꾼이라도 고용하면 모르지만 일당이 비싸다. 마을에 그럴 여유는 없었다. 남은 것은 남쪽의 트여 있는 바다인데, 조각배밖에 쓸 수 없어서야 대량 운송은 무리다. 실로 사방팔방이 다 막힌 상태였다.

그러다 보니 마을의 생업은 옛날부터 하나같이 어정쩡하다고 할 수 있었다. 사면에서 농민들이 경작하는 계단식 논밭도, 직인들이 가내에서 하는 죽세공도, 어부들이 날씨가 거친 초가을부터 초겨울에 해변에서 하는 자염도, 그리고 앞바다의 갯바위 어업도, 결코 그것만으로는 먹고살 수 없었다. 그런 의미에서는 진정한 농민도, 죽세공 직인도, 어부도 없었던 셈이다. 누구나 여러 가지 일을 겸했다. 그러지 않으면 살아갈 수 없었다.

마을 사람들의 생활을 우선하기에 사원은 있어도 묘지는 없다. 매장에 적합한 토지가 조금이라도 있으면 이미 계단식 논밭을 일구었다. 고인의 평안을 추구하려면 그 전에 살아 있는 사람의 안녕이 필요하다.

그러면 죽은 마을 사람들은 대체 어디에 매장되는가.

뿔밑곶에서 남남동 방향으로 간 곳에 있는 난바다에 오우 섬이라 불리는 무인의 땅이 있다. 별칭이 묘지섬인 데서 알 수 있듯 여기에 도쿠간사의 묘지가 있었다. 아니, 섬 일부를 매장지로 쓴다기보다 섬 자체가 무덤이었다.

오우 섬을 이용하는 것은 도쿠유 촌만이 아니었기 때문이다. 엄청나게 두꺼운 벽 같은 바위산을 사이에 두고 동쪽 옆에 있는 시아쿠 촌도, 또 그 동쪽 옆에 있는 이시노리 촌도, 이 섬에 묘지가 있었다.

세 마을에서는 누가 세상을 떠나도 반드시 오우 섬에 매장됐다. 설사 마을 유력자라도 마찬가지다. 이시노리 촌 동쪽 옆에 있는 이소미 촌만이 산 쪽 사면에 묘지가 있는데, 세 마을에 비해 가구 수가 적기 때문이었다.

서쪽 끝의 도쿠유 촌에서 동쪽으로 시아쿠 촌, 이시노리 촌, 이소미 촌, 유리아게 촌으로 이어지는 부근 일대는 예로부터 '고라'라 불린다. 모든 마을이 동서의 바위산 사이에 끼어 있는 데다 해안가가 좁고 암초가 이어지는 얕은 바다라는 불리한 지형을 가지고 있었다. 그중 이소미 촌에만 조금 풍족한 만이 있었지만, 어디까지나 다른 네 마을과 비교했을 경우다. 가구 수 차이가 다소 있을지언정 기본적으로는 꼭 닮은 다섯 촌락이 늘어서 있었다.

메이지시대가 되자 유리아게 촌 북쪽에 솟아 있는 쿠에 산 도쿠간사 뒤편 구에喰壊 산과 유리아게 촌 뒤편 구에久重 산의 혼동을 피하기 위해 후자를 '쿠에 산'으로 표기하였다을 넘어간 내륙에 헤이베이 정이 생긴다. 이윽고 헤이베이 정은 방적업으로 발전하지만, 조넨이 넷째 아들로 나고 자란 상인 집안은 아버지의 사업 실패로 급속히 기울고 말았다. 그래서 평소부터 신심이 깊던 아버지가 입을 줄이기 위해 그를 출가시켰다. 세상 사람들에게는 누구나 아는 속담을 내세웠다.

아이 하나가 출가하면 구족이 극락에서 난다.

즉 아이가 한 사람이라도 출가하면 그 공덕으로 고조부에서 현손에 이르는 일족 구대가 모두 극락에서 다시 태어난다는, 편리한 속담이다.

조넨 입장에서는 어떻든 매한가지였다. 전자보다 후자가 더 훌륭한 출가 이유라는 생각은 아무래도 들지 않았다. 오히려 입을 줄이기 위해서라는 편이 현실적으로 가족에 도움이 되는 만큼 더 고매하지 않나 느꼈다.

다만 아버지도 그도 중요한 문제에 너무 무지했다. 메이지 새 정부가 공포한 태정관 포고 1873년에 메이지 정부 최고 관청인 태정관이 공포한 법령 등에 따라 이미 신불분리와 폐불훼석 신사에서 불교색을 없애는 신불 분리 정책에 따라 일어난 불교 배척 운동으로 각지의 불당, 불상이 파괴되었다이 널리 이루어지고 있었다는 사실에 어두웠던 것이다. 당시에는 전국적으로 수많은 절이 폐쇄되어 환속하는 승려도 적지 않았다. 두 사람에게 다행인 것은 지방에 따라 상당한 차이가 있었다는 점이리라. 불교가 성행하는 지역에 비하면 고라 근방에서는 조치가 아직 느슨했다. 그럼에도 불구하고 예정보다 일찍 헤이베이 정 사원에서의 수행을 일단락 짓고 고라 지방에서도 서쪽 끝에 위치한 도쿠유 촌 도쿠간사에 굳이 파견된 것은 역시 폐불훼석의 파괴 행위를 저어했기 때문일까.

솔직히 조넨은 여기 오기 전에는 불안해서 어쩔 줄 몰랐다. 아무리 다른 지역과는 떨어져 있는 땅이라지만 절에 대한 공격이 거세지 않을까 염려했다.

그런데 그것은 완전한 기우에 그쳤다. 마을 사람들이 도쿠간사를 대하는 태도는 사사메 신사를 대할 때와 하나도 다르지 않았다. 차별이라고는 아예 없었다. 애당초 절의 주지와 신사의 신관이 예사로 사이좋게 지냈다.

타지방에는 없는 오우 섬이라는 특유의 묘지 때문일까?

조넨은 이렇게 생각했지만 아무래도 아닌 듯했다. 그렇다면 시아쿠 촌과 이시노리 촌의 절도 똑같아야 할 텐데, 두 마을에서는 절의 입장이 명백히 약했기 때문이다. 지리적인 문제도 있어 고라 지방의 각 사원은 옛날부터 서로 가깝지 않았다고 한다. 그래도 신불분리와 폐불훼석의 폭풍이 전국을 휩쓸 때 어느 절이든 종파를 넘어 단결하려고 했듯이 이 지방에서도 사원들 간의 연계가 생겼다고 한다. 하지만 도쿠간사만큼은 그 단결에 합세하지 않았다. 주지에게 무슨 생각이나 신념이 있어서가 아니다. 그럴 필요가 전혀 없기 때문이었다.

고라에서도 도쿠유 촌은 특히 가장 외진 땅에 위치한다. 그렇다고 해서 마을 사람들의 유대가 다른 곳보다 강하다고 보기는 어려울 듯했다. 엄혹한 자연과 가난한 마을이라는 상황은 시아쿠 촌, 이시노리 촌, 이소미 촌도 마찬가지였다. 그럼 다른 마을보다 배타적인가 하면 딱히 그렇게 보이지도 않는다. 오히려 가장 가구 수가 적은 이소미 촌이 외지인을 경계하는 풍조가 강하다고 들었다.

다른 세 마을에는 없고 도쿠유 촌에 있는 것은 무엇인가.

아니면 도쿠유 촌에는 없는데 다른 세 마을에 있는 것을 찾아야 하나?

도쿠간사에서 수행을 시작하고 시간이 좀 지나자, 언젠가부터 조넨은 이런 생각을 하게 됐다. 사념인 줄은 알지만 아무래도 신경이 쓰여서 어쩔 수 없었다. 이 마을 절에 뼈를 묻을 각오라면 제대로 이해하고 있어야 하지 않을까 생각했다.

주지에게 한 번 확실히 물어본 적이 있었다. "생각이 지나치구나" 혹은 "그게 이 마을의 좋은 점이지" 같은 말로 얼버무릴까 봐 걱정했는데, 뜻밖에도 진지하게 대답해주었다. 단, 아무것도 해결되지는 않았다.

"조만간 때가 되면 싫어도 알 수도 있고, 모를 수도 있다. 그러니 조금만 더 기다려라."

단순한 변명이 아니라 주지의 본심 같았다.

"제가 미루어 헤아리는 것은 도저히 무리입니까?"

그래서 조넨도 구태여 물었는데, 주지는 잠깐 침묵한 뒤 이렇게 말했다.

"그래도 보는 눈이 있으면 모르지는 않을 게다."

하지만 침묵하는 동안 주지의 표정이 묘하게 무서웠던 것이 마음에 걸렸다.

왜 그렇게 무서운 얼굴을 했을까.

틈만 나면 우선 이 점을 생각하게 됐다. 그러다 '무서운 얼굴'에서 출발한 연상을 통해 이 마을에는 '무서운 장소'가 꽤 많다는 사실을 문득 깨달았다.

마을을 내려다보는 험준한 구에 산.

마을 난바다에 떠 있는 매장지 오우 섬.

대숲 미로가 있는 사사메 신사의 대숲 신사.

고즈 만의 거대하고 둥근 바위를 모신 하에다마님.

에비스님 사당 아래쪽에서 입을 벌리고 있는 다루미 동굴.

바로 떠오른 것만도 이만큼이나 존재한다. 게다가 구에 산에는 산귀가 얼쩡대고 오우 섬에는 도깨비불이 날아다니며 대숲 신사에는 마물이 나오고 하에다마님과 다루미 동굴에서는 망것이 바닷속을 걸어 다닌다…… 하고 사람들은 남몰래 두려워했다.

헤이베이 정에도 마의 장소는 있었지만 결코 넓다고는 할 수 없는 도쿠유 촌에 이만큼이나 점재하는 것은 아무리 생각해도 이상하지 않은가.

조넨은 이 의문을 골똘히 파고들다가 퍼뜩 생각이 미쳤다.

그래서인가?

마을 사람들이 두려워하는 것이 많기 때문에 싫든 좋든 모두 서로 협력해야만 한다. 도쿠유 촌 사람들은 그렇게 생활해왔다. 그러다 보니 자연히 다른 마을보다 촌 내부의 단결력이 강해졌다. 거기에는 도쿠간사도 당연히 포함된다. 그래서 이 마을은 신불분리와 폐불훼석의 외압에도 결코 영향을 받지 않은 것 아닌가.

조넨은 당초에 느끼던 불안이 싹 사라지고 가슴에 걸린 것이 내려간 듯한 기분을 느꼈다. 하지만 곧장 새로운 의문이 솟았다.

도쿠간사 주지나 사사메 신사의 신관 그리고 마을 노인들에게 이 땅에 전해지는 갖가지 괴이한 존재에 대해 듣다가 그는 묘한 사실을 깨달았다.

사사메 신사의 제신은 아메노우즈메노미코토와 에비스님이다. 이 신사가 모시는 하에다마님도 실은 에비스님이라고 한다. 그리고 어부들 사이에서 바다에서 발견된 주검은 '에비스'라 불린다. 이 '에비스'가 성불하지 못하고 귀신이 되면 바다에 출몰하는 망것이 된다고 한다. 이 망것이 오우 섬에 건너가면 밤중에 날아다니는 도깨비불로 화한다는 듯하다. 이 도깨비불이 육지까지 날아와 대숲에 들어가면 마물이 된다고 한다. 게다가 마물이 구에 산에 올라가면 이번에는 산귀로 변한다고들 하는 것이다.

각각의 이야기만 들었을 때는 딱히 걸리는 것이 없었다. 하지만 이렇게 모아보면 그 이상함을 알 수 있다.

어쩌면 이 모든 괴이한 존재의 정체는 다 같은 것 아닌가?

그런 의혹이 떠올랐다. 한데 신인 에비스님과 죽어서 표류하는 '에비스'를 동일시하는 것이 옳을지 어떨지. 단순한 억지에 지나지 않는다면 이 의혹도 그저 망상으로 끝나리라.

조넨은 망설인 끝에 사사메 신사의 신관에게 물어보았다. 그러자 신관은 뜻밖에도 "그렇다" 하고 선선히 인정했다. 놀라고 있었더니 신관이 찬찬히 설명해주었다.

"에비스님은 일반적으로 칠복신 중 하나라 여겨지기 때문에 자못 일본의 신 같지만, 실제로는 외래의 신이네. 또 어부들 사이에서 옛날에는 고래를 의미했지. 표착신해변으로 떠밀려 온 표착물을 신격화하여 받아들인 존재의 얼굴을 가진 것도 그런 처지 때문이야."

그래서 바다를 떠다니는 주검을 '에비스'라 부른다는 것을 알고 조넨은 납득했다. 동시에 자신의 생각이 틀리지 않았다는 사실에 퍽 겁이 났다.

그게 전해졌는지 신관이 희한하다는 듯 물었다.

"논의 신과 산의 신이 실은 같은 신이라는 것을 조넨 씨는 모르시는가?"

조넨이 고개를 끄덕이자 역시 큰 마을 사람이구먼 하는 웃음을 띠며 말했다.

"봄이 되면 산의 신이 내려오셔서 논의 신이 되시네. 그리고 가을이 되면 논의 신이 돌아가셔서 다시 산의 신이 되시고."

"모내기부터 수확 시기에 걸쳐 산의 신이 논의 신이 된다. 그런 말씀입니까?"

"그렇지. 한데 반대로 표현하면 대체 어떻게 될까?"

조넨이 대답을 못 하고 있자 신관이 말했다.

"가을이 되면 논의 신이 산에 들어가셔서 산의 신이 되신다. 그리고 봄이 되면 하산하셔서 논의 신이 되신다."

"주체가 산의 신에서 논의 신으로 바뀌는군요."

"에비스님은 칠복신 중 한 분인 동시에 또 표류하는 죽은 자이기도 해. 거기에는 아무 모순이 없네. 불교에는 윤회라는 사상이 있지. 모든 생명은 무한한 환생을 거듭해. 그러니까 조금도 무서울 게 없어요."

이렇게 깨우침을 받은 덕분에 확실히 그때는 불안감이 옅어졌다.

하지만 다시 절에서 매일 수행하며 마을에서 생활하다 보니 얼마 지나지 않아 조넨은 자신이 역시 무언가 저어하고 있음을 깨달았다.

대체 무엇을······.

그것을 알 수 없었기 때문에 저어했는지도 모른다. 아니, 저어하는 것이 아니라 무서워하는 것인가? 아니면 꺼리는 것에 가까울까?

이런 경우는 주지에게 상담하기보다 신관에게 가르침을 청하는 편이 훨씬 안심된다는 사실을 조넨은 이미 학습했다. 그렇다고 이제 와서 종교를 바꿀 수도 없다. 아니, 불교에서 신도神道로 바꾸면 단지 종교를 바꾸는 것으로 끝나지 않으리라. 더 큰 변화가 된다.

다만 얄궂게도 세간에서는 이미 신불분리와 폐불훼석이 이루어지고 있었다. 여기서 그가 절에서 신사로 옮긴다 한들 아무런 문제도 되지 않을뿐더러 오히려 칭찬과 환영을 받을 것이 틀림없다.

하지만 조넨은 그럴 생각이 없었다. 그는 전국적으로 신도가 기세를 늘리고 불교가 쇠퇴해가는 가운데 출가했는데, 맨 처음 몸을 맡긴 헤이베이 정의 절에서 꽤 특이한 환경에 있는 도쿠유 촌의 도쿠간사로 옮긴 뒤, 하에다마님을 비롯한 이 고장 특유의 신앙을 접함으로써 신불에 대한 신심 자체가 크게 흔들리고 있었기 때문이다.

신심을 갖는 데에 신불의 구별 같은 것은 없다.

실은 어린 시절부터 이런 마음을 가지고 있었다. 그렇기는 해도 출가를 한 이상 부처님을 섬길 생각이었다. 하지만 지금은 신불 문제보다도 그 신앙에 미혹이 생겼다. 아직 단언할 수는 없지만 그런 기분이 움트는 것을 느끼고 있었다.

"그런 고민은 열심히 염불을 외면 해결된다."

대개의 문제에 대한 주지의 답변은 늘 똑같았다.

"망루에 올라가서 시험 삼아 명상이라도 해보면 어떻겠나?"

반면 신관은 이런 방법을 권했다. 명상은 불교의 주 종목인 줄 알았는데 용어는 다를지언정 신도에도 있는 모양이다. 애초에 종교라는 이름이 붙어 있다면 명상은 피할 수 없는 수행의 일환이 아니겠냐고 신관은 말했다.

뿔위곶 끄트머리에 세워진 망루는 목조로 된 높은 대 위에 지붕과 사방 벽이 있는 오두막을 얹은 물건이다. 어업이 성한 지역이라면 등대나 방향잡이 역할을 했겠지만, 여기서는 당연히 아니었다. 범선 수송이 주였던 시대에 난파로 인한 해난사고를 방지하기 위해 세운 것이라고 했다.

망루오두막에서는 두껍고 긴 전망널이 바다로 뻗어 있는데, 그 끝에 매달린 쇠바구니에 표식이 되는 불을 피웠다고 한다. 즉 역할로 보면 거의 등대와 다름없는 셈이다. 그렇게 해서 난바다를 지나는 배에 이 해역에 암초가 존재함을 알렸을 것이다. 참고로 '방향잡이'란 나침반이 없던 시대에 바다에 나간 어선이 육지를 보고 자신의 위치를 파악하기 위한 표식으로 쓰던 존재를 가리킨다. 대부분은 산 정상이나 높은 지대에 자라난 수목 또는 신사불각 건물 같은 것이었다.

그런 망루가 지금도 남아 있는 것은 사사메 신사 신관이 수리해서 늘 명상 장소로 쓸 수 있게 신경을 썼기 때문이다. 참고로 신관이 명상을 하는 장소는 전부 세 군데 있다고 한다. 망루와 대숲 신사 그리고 나머지 하나는 비밀이라고 한다. 조넨은 구에 산 어딘가가 아닐까 짐작할 뿐 위치까지는 모른다. 이 세 장소에서 신관은 짧을 때는 십 몇 초에서 십 몇 분, 길어지면 반나절에서 하루에 걸쳐 명상을 한다. 시간은 관계없고 문제는 알맹이라고 신관은 말하지만, 지금 조넨에게는 우선 시험해보는 것이 중요했다.

하지만 마을을 통과해 뿔위곶 시작 부분까지 온 시점에서 조넨의 발은 일단 멈추었다. 전방의 망루를 바라보기만 해도 주저하는 마음이 끓어오른다. 실물을 본 순간 겁을 먹은 모양이다. 순간적으로 발길을 돌리려던 찰나 그의 몸이 굳었다.

곶 시작 부분의 암벽 밑에 허름한 판잣집이 서 있는데, 그 집 작은 창문으로 호라이가 내다보고 있었기 때문이다. 늘 뒤집어쓰고 있는 꾀죄죄한 천주머니에 딱 하나 뚫린 구멍으로 눈알을 번뜩 내비치며……

이름도 나이도 출신지도 불확실한 이 남자는 듣자니 몇 년 전에 바다에서 마을로 흘러왔다고 한다. 그리고 마음대로 오두막을 짓고 거기에 정착해버렸다. 그때 이미 머리에 천주머니를 덮어쓰고 있었기 때문에 맨 얼굴을 본 사람은 아무도 없다. 한쪽 눈밖에 없는지 어떤지조차 모른다. 마을 사람에 따라서는 "오른쪽 눈으로 내다본다" "아니, 왼쪽 눈으로 봤다"라며 지금도 의견이 갈리기 때문이다.

보통은 마을에서 쫓겨났겠지만 아무래도 바다에서 온 사람이기도 하다 보니 마을 사람들 중 누구도 박대할 수 없었던 모양이다. 그 뒤로 이 속세를 떠난 사람은 모두에게 '호라이 씨'라 불리며 마을 사람들의 후의로 생활하고 있었다.

그 호라이가 오두막 안에서 조넨을 지그시 바라보고 있다.

자신의 두려움을 간파당한 것 같아 대단히 겸연쩍어진 조넨은 그대로 곶 끝까지 걸어갔다. 저런 속세를 떠난 것 같은 자라도 보고 있다고 생각하면 조금은 용기가 솟아나는 것 같으니 희한하다.

하지만······.

바닷바람을 뺨으로 느끼면서 망루를 올려다본 조넨은 또다시 겁을 먹었다. 명상 장소가 두껍고 긴 전망널 끝이었기 때문이다. 그 아래는 물론 바다다.

곶 가장자리에 서서 발밑의 바다를 보고만 있어도 두 다리가 움츠러드는 느낌인데, 저런 망루 위 심지어 널빤지 끝에 앉는다고 생각하니 벌써부터 현기증이 나는 것 같았다.

주지의 제안이라면 냉큼 발길을 돌렸을지 모른다. 다름 아닌 신관의 조언이었으니 우선 망루에 올라가보자고 조넨은 전향적으로 생각했다.

끼익, 끼익.

망루오두막으로 오르는 사닥다리계단에 발을 걸치자 바람 소리에 섞여 희미하게 삐걱대는 소리가 들린다. 평소 같으면 신경도 쓰지 않았겠지만 지금은 묘하게 불길함을 느꼈다. 그것이 악귀의 울음소리처럼 들렸을 뿐 아니라 단이 헐거워져 있어서 부러지지나 않을지 걱정되기도 했다.

마을에서 이곳을 사용하는 사람은 신관뿐이다. 게다가 어느 정도 빈도로 사용하는지도 모른다. 신관의 다망함을 생각하면 그리 빈번하지는 않을 것이다. 그렇다면 모르는 사이에 단이 약해져 있어도 이상하지 않다.

아냐, 그 신관님이라면…….

그렇게 건성은 아닐 텐데 하고 조넨은 고개를 저었다. 그에게 권한 체면상 분명 사전에 망루의 안전성 정도는 확인했을 것이다.

걸핏하면 무너지는 다리를 조넨은 어떻게든 계속 움직였다. 그리하여 시간은 걸렸지만 망루 위에 세워진 오두막까지 어찌어찌 올라갈 수 있었다.

내부는 생각했던 것보다 좁았고, 북동쪽 구석에 작은 옷장이 하나 있을 뿐인 무척 살풍경한 광경이었다. 머리 위에는 맞배지붕으로 된 색다를 것 하나 없는 천장이 있었다. 바닥 중앙에 뚫린 네모난 구멍 아래로는 지금 막 올라온 사닥다리계단이 뻗어 있다. 북쪽과 동서쪽 벽은 판자로 되어 있고 창문은 하나도 없다. 바다 방향인 남쪽 정면 벽에는 문짝 하나만 한 직사각형 공간이 있는데, 바닥에서 허공을 향해 긴 널빤지가 뻗어 있다. 이러니 바다에서 강한 비바람이 치면 오두막 안은 흠뻑 젖을 것이 분명하다.

공중으로 뻗은 전망널 끝에서 명상을 하는 것이니 비가 오면 싫어도 젖겠지만.

다시 발길을 돌리고 싶은 기분을 느끼면서도 조넨은 구석의 옷장에 눈길을 주었다. 거기에 수건과 갈아입을 옷과 우산이 들어 있다고 신관에게 들었다. 비에 젖었을 때는 자유롭게 사용해도 된다고 했다.

준비만반인가.

아무래도 부족한 것은 조넨의 마음자세뿐인 듯하다. 그는 크게 심호흡하고 슬금슬금 신중한 발걸음으로 천천히 널빤지 위로 걸음을 뗐다.

그 찰나, 바람을 강하게 느꼈다. 결코 강풍은 아니지만 곶에서 불던 바람보다 꽤 센 것은 틀림없다.

휘이이이잉…… 하는 바람의 울부짖음.

쏴아아아아…… 하는 파도의 굉음.

두 소리가 귀청을 때리는 것만으로도 머릿속까지 쾅쾅 울렸다. 조용한 줄만 알았던 망루 위가 이렇게 시끄러울 줄은 몰랐다.

전망널은 길이가 여섯 자를 넘었는데 반쯤 가는 데에도 꽤 시간이 걸렸다. 폭에는 조금 여유가 있지만 아무런 위안도 되지 않았다.

지금 당장 엄청난 강풍이 불면 바다로 곤두박질친다.

뇌리를 스치는 것은 그 걱정뿐이다. 바로 밑이 바다일 경우 보통은 살아날 확률이 올라갈 것 같지만 여기서는 아니었다. 해변에서 난바다까지 암초가 많은 얕은 물이 이어지기 때문에 이 정도 높이에서 떨어졌다가는 바닷속 바위에 머리를 세게 부딪쳐 운이 나쁘면 죽을 것이다.

대체 뭘 위해…….

나는 이런 위험에 몸을 맡기고 있는가. 다행이라 해야 할지, 머리가 혼란스러운 사이에 널빤지 끝에 도착했다.

거기서 무릎을 꿇고 정좌하는 것이 또 대단히 무서웠다. 평형감각을 잃고 단숨에 추락한다. 이번에는 그런 두려움에 사로잡혔다. 선 상태에서 우선 쭈그렸다가 양쪽 무릎을 동시에 짚으면서 정좌한다. 너무나도 익숙한 이 일련의 동작이 아무리 해도 되지 않았다. 의식하면 할수록 몸을 어떻게 움직여야 하는지 정말로 알 수 없어진다.

……생각하지 마.

무심결에 스스로에게 말했다. 나날의 수행 속에서 자연스럽게 하듯 정좌한다. 그뿐이다. 자연에 몸을 맡기는 것이다.

일상적인 장면에서는 생각할 수 없을 만큼 시간을 들이면서도 조넨이 정좌할 수 있었던 것은 역시 평소 수행한 덕택임이 분명하다. 그에게 자각은 없었지만 그런 의미에서는 주지의 가르침에 구원을 받은 셈이다.

하지만 진정한 고생은 그 뒤부터였다.

전망널 끝에 앉아 서서히 두 눈을 감았지만, 추락의 공포가 노상 머리를 스치는 상태에서 명상 같은 것이 될 리가 없다. 절 본당에서 부처님 앞에 정좌하는 것과는 당연하게도 사정이 전혀 다르다.

이래서야 명상은 고사하고 오히려 사념뿐이야.

저도 모르게 눈을 뜨니 저녁 해에 물들어 둔탁하게 빛나는 드넓은 바다가 느닷없이 눈에 들어왔다. 현기증이 날 것 같아서 황급히 시선을 내리자 시야 오른쪽 구석에 다루미 동굴이 보였다.

억지로 두 눈을 감고 머리를 든다. 어떻게든 마음을 진정시키려고 의도적으로 호흡한다. 한동안 들이쉬고 내쉬고 반복하다 보니 아주 조금은 평상심을 되찾은 것 같았다.

그렇구나.

이런 상황에서도 명상을 할 수 있다면 이미 그 사실만으로 커다란 수련을 하나 달성한 셈이다. 분명 신관은 이 뜻을 전하고 싶었던 것이다.

천천히 두 눈꺼풀을 들어 올리자 적동색으로 반짝이는 창해가 점점 넓어지며 끝없이 펼쳐져 있었다. 조금 전에 본 것과 같은 경치인데 이토록 기분이 다를 수 있나. 완전히 새로운 마음가짐으로 저녁 어스름의 넓은 바다를 바라보는 사이에 불현듯 조넨의 뇌리에 떠오른 말이 있었다.

보타락도해 補陀落渡海.

수행자가 작은 목조선에 올라타서 그대로 바다 저편으로 떠나는, 몸을 던지는 수행이다. 다만 선내에 음식은 전혀 없다. 또 배에 돛이나 노도 없기 때문에 항해를 전혀 할 수 없다. 배면서도 결코 배가 아닌 존재라 하겠다. 그저 물결의 일렁거림에 따라 떠다니며 일념으로 불로불사의 나라를 지향하고서 성불하기 위함이었다.

시대와 장소에 따라서는 자신의 의사가 아니라 강제로 보타락도해를 당하는 수행자도 드물게 있다고 들었다.

그런 일만은 절대 겪고 싶지 않다…….

모처럼 가라앉힌 마음이 또다시 술렁거리는 것을 느끼면서 조넨은 두 눈을 감았다. 그리고 다시금 고요한 기분을 느끼려 했다.

그런데 얼마 안 가 오른쪽 대각선 아래편이 어쩐지 신경 쓰이기 시작했다. 그것도 여기서 꽤 떨어져 있는 곳에서 왠지 묘한 기척이 느껴진다.

그 방향에 있는 것은 다루미 동굴이었다. 아까 시야에 언뜻 들어온, 절벽 아래에 입을 벌린 으스스한 동굴이다.

왜…….

그런 게 신경 쓰이는가? 머리를 숙인 자세로 왼쪽 대각선 아래에 눈길을 주면 만 반대편에 하에다마님 암초가 보일 터다. 조금 전에는 우연히 오른쪽에 시선을 주었을 뿐이다. 어디까지나 우연히, 아주 조금 눈에 들어왔을 뿐인 다루미 동굴이 왜 마음에 걸리는가.

이대로는 명상을 할 계제가 아니었기 때문에 조넨은 다시 두 눈을 뜨고 고개를 숙여 오른쪽 대각선 아래를 봤다.

그러자 새까맣게 입을 벌린 동굴 구석, 해수면에 닿을락말락한 부근에 뭔가 회색빛을 띤 것이 둥실 떠 있는 것이 눈에 띄었다. 꽤 작게 보이지만 둥글었다. 그런 정체 모를 것이 동굴 출입구 가장자리에 보인다.

저건…….

게다가 그것을 바라보고 있자니 그쪽도 이쪽을 올려다보고 있는 듯한 느낌이 왠지 모르게 들기 시작했다. 망루 전망널 위에 앉은 조넨을 그 영문 모를 무언가가 일념으로 응시하고 있는 것 같다는 생각이 들었다.

말도 안 돼.

저건 그냥 표류물이고 단지 저곳에 흘러갔을 뿐이다. 그러고 보니 여기서 명상해도 된다는 허락을 받았을 때 주지가 유쾌하게 주의를 주지 않았던가.

"조심해야 돼. 혹여 망루에서 떨어지면 해류의 영향으로 다루미 동굴에 빨려 들어가서 시체도 못 건지게 되니까."

조넨이 마음을 다잡고 고개를 들려 했을 때였다. 그 회색빛을 띤 동그란 것이 믿을 수 없는 움직임을 보였다.

사사삭 하고 헤엄치듯 동굴 가장자리에서 바깥으로 나온 것이다.

보통은 반대 아닌가? 표류물은 다루미 동굴 안으로 빨려가서 해수면에서 사라질 터다. 그런데 저것은 정반대의 움직임을 보이고 있다. 게다가 이동하면서도 마치 얼굴을 들듯 이쪽을 올려다보고 있는 느낌이 들어 견딜 수 없다.

그럴 리가…….

조넨이 저도 모르게 응시한 것과 그것이 갑자기 물밑으로 퐁 가라앉은 것이 거의 동시였다. 그래서 정체는 여전히 수수께끼지만, 역시 그냥 표류물에 지나지 않았다고 생각하기로 했다. 동굴 안에서 밖으로 나온 것도 분명히 지금 이 시간대의 해류와 관계있으리라. 어부도 아닌 풋내기인 그가 수박 겉핥기로 알고 있는, 이 해역에서 죽은 사람의 주검은 전부 다루미 동굴로 흘러간다는 지식만으로 판단한 것이 애초에 틀렸던 것이다.

고개를 들고 자세를 바로잡은 다음 천천히 두 눈을 감는다. 하지만 또다시 뭔가가 방해한다. 지금 막 스스로 내린 결론이 역시 마음에 걸리는가? 아니, 그게 아니다. 저것 자체에 묘한 기시감이 있기 때문 아닌가?

바다를 떠다니는 회색의 둥근 것…….

그건 다루미 동굴 안에서 나타났다…….

"앗."

조넨은 소리를 내는 동시에 두 눈을 번쩍 떴다.

주지에게 들은 마을 옛날이야기 가운데 에도시대의 괴담이 있었다. 고스케라는 아이가 조각배로 갯바위 어업을 하러 나갔다가 거기서 괴이한 존재와 조우하는 이야기다.

거기 나온 게…….

희고 동그란 사람 얼굴 같은 것이었다. 그게 다루미 동굴 앞 해수면에 둥둥 떠 있는 것을 고스케가 목격한다.

……비슷하지 않나?

색깔은 흰색과 회색으로 조금 다르지만 비슷하다고 해도 좋을 것이다. 황급히 아래쪽에 눈길을 주지만 이제 아무것도 보이지 않는다. 완전히 바닷속으로 가라앉은 모양이다.

하지만…….

고스케도 같은 체험을 하지 않았던가. 바닷속으로 사라졌다고 안심했더니 실은 바다 밑에서 그를 향해 이동하고 있지 않았던가.

어쩌면…….

지금 이 순간 그것은 바다 밑을 걷고 있을지도 모른다. 마침 조넨이 앉아 있는 전망널 바로 밑을 지나는 참일 수도 있다.

어째서…….

외해에서 고즈 만으로 들어오기 위해? 거기서 하에다마님에게 가는 걸까? 아니면 해변에 올라올 생각인가? 그리고 뿔위곶을 향한다면……. 이 망루에 올라오는 것이 저것의 목적이라면…….

아무리 그래도 지나친 생각이다.

저것은 틀림없이 환영이야.

조넨은 고개를 옆으로 세차게 저었다. 명상중에는 갖가지 사념이 생기게 마련이라고 신관이 사전에 충고해주었다. 그중에는 마적인 존재의 유혹도 있다고도 분명히 말했다. 그런 것들은 진짜 같은 뛰어난 환영을 보여준다고.

하지만 아직 명상은 시작도 못 했다. 이런 상태에서 갑자기 마물이 나타날까? 조금만 냉정해지면 도저히 있을 수 없는 망상임을 알 수 있다.

이제 무슨 일이 있더라도 절대 감은 눈을 뜨지 말자.

그런 결의를 가슴에 품고 우선 조넨은 마음을 가라앉히려 했다. 신관에게 배운 호흡법을 시험하다 보니 흥분이 가라앉았다. 하지만 아무래도 뇌리 한쪽 구석에서 뭔가를 상상하고 만다.

그것은 지금 어디쯤에 있는가?

환영이나 망상에 지나지 않음을 아는데도 그것이 어디 있을지 생각하고 있다. 이 생각을 도통 멈출 수가 없다.

"아무리 해도 사념을 떨칠 수 없을 때는 철저하게 파고들어서 생각해보는 것도 한 가지 방법일지 몰라."

신관의 조언이 언뜻 머리를 스친다. 하지만 조넨은 지금 경우는 다르다는 느낌이 들었다. 그것에 관해서는 떠올리기만 해도 무슨 해를 입을 것 같다. 하물며 파고들어서 생각하다니 당치도 않다.

그럼에도 불구하고 뇌리에서 떠나지 않는다. 도리 없이 의식해버린다. 그렇다고 머릿속이 꽉 찬 것도 아니다. 어디까지나 머리 한 구석에 그것이 둥지를 틀고 있는 느낌이다.

벌써 만 안쪽으로 들어와 슬슬 하에다마님에게 다가갈 때쯤인가? 아니면 해변을 목표로 똑바로 나아가고 있는 참인가?

두 가지 광경이 떠오르기는 하지만 회색 인영이 바다 밑을 흔들흔들 걷고 있는 것은 둘 다 마찬가지였다. 단, 전자라면 그것이 암초 쪽으로 사라질지 몰라도 후자라면 망루까지 올라오는 것 아닌가 하는 큰 불안이 남는다.

한동안 조넨의 뇌리에서는 바닷속에서 꿈틀대는 회색 그림자가 어른거렸다.

찰박.

이윽고 그것이 바다에서 해변으로 올라오는 영상이 불현듯 떠올랐다.

……이쪽으로 왔나?

순간적으로 겁이 났지만 모든 것은 망상에 지나지 않는다며 다시금 스스로를 타일렀다.

사박사박.

그것이 모래밭을 걷기 시작했다. 회색 인영을 보지 못하는 마을 사람이 있다면 그 인물에게는 갑자기 모래 위에 찍히는 발자국만 보일까?

처덕처덕.

이윽고 바위밭에 도달하면 거기부터는 오르막이다. 마을 사람이라면 곶이 시작되는 부분까지 우회해야 하지만 그것은 과연 어떨지.

처덕처덕.

그 전에 호라이가 알아차리지 않나? 아니면 다른 사람에게는 보이지 않는가?

죽죽.

그것이 암벽을 무난히 오르기 시작했다. 바닷속 암초지대를 걸을 수 있으니 경사가 험한 곶의 측면인들 아무 문제도 없을 것이다.

삭삭.

뿔위곶에 오르면 다음은 초지를 지난다.

찰싹찰싹.

그 초지를 가로지르기만 하면 곧장 흙길로 나온다. 나머지는 망루까지 똑바로 걷기만 하면 끝이다.

……끼익.

지금, 정말 무슨 소리가 들리지 않았나? 그것도 사닥다리계단이 희미하게 삐걱거리는…….

……끼이익.

봐, 역시 들린다. 망상이 아니다. 환청과도 다르다. 확실히 사닥다리계단이 삐걱거리고 있다. 누군가가, 무언가가 망루 계단에 발을 걸치고 있다.

……끼익, 끼익, 끼이익.

그것이 계단을 오르기 시작했다. 이건 현실이다. 빨리 눈을 뜨고 일어나 여기서 달아나야 한다.

……

아니다, 이 자체가 사념이다. 모든 것은 상상에 지나지 않는다. 그런 소리가 들린다고 스스로 믿으려 하고 있을 뿐이다.

……끼익, 끼익.

정말 그런가? 이 소리는 실제로는 들리지 않는가? 하지만 희미하게나마 확실히 울리고 있다. 귀청을 때리고 있다. 그뿐 아니다. 조금씩 커지고 있지 않은가? 점차 올라오고 있지 않은가? 뭔가가 사닥다리계단을 오르고 있다. 절대 틀림없다.

……탁.

그것이 망루오두막 바닥에 섰음을 조넨은 알았다. 끝내 계단을 다 오른 것이다.

……처덕처덕.

그리고 걸음을 뗐다. 오두막 안을, 그를 향해.

……처덕처덕.

젖은 맨발로 판자를 깐 바닥을 밟고 있다. 그런 발소리가 뒤쪽에서 들려온다.

……쩌벅쩌벅.

소리가 바뀌었다. 오두막에서 나와 전망널에 올라섰기 때문이다.

……쩌벅쩌벅.

천천히 다가온다. 벌써 반 정도는 지났다.

……기익.

널빤지가 둔탁한 소리를 낸다. 조넨뿐 아니라 그것이 올라와 있다는 증거 아닌가.

　……쩌벅쩌벅.

　벌써 거의 바로 뒤까지 와 있다.

　……쩌벅.

　그것이 멈추었다. 조넨 바로 뒤에 정체를 알 수 없는 뭔가가 우두커니 서 있다. 그를 그저 내려다보면서 가만히 서 있다.

　조넨은 여전히 두 눈을 감은 채로 얼굴도 정면을 향하고 있었다. 그러니 알 턱이 없는데도 짐작할 수 있었다. 등에 느껴지는 꺼림칙한 기척만으로 바로 뒤의 상황이 눈에 보이는 것 같다.

　목덜미에 오싹 소름이 돋았다. 그게 등줄기를 따라 내려가더니 곧장 오한으로 변했다. 몸이 부르르 떨리고 단숨에 체온이 떨어진 느낌이 들었다.

　그런 작은 움직임만으로도 그는 전망널에서 추락하는 공포를 맛보았다. 하지만 그 이상으로 무시무시한 것이 바로 뒤에 있었다.

　널빤지에서 떨어지는 것은 물론 무섭다. 하지만 더 무서운 것은 영문을 모르는 존재에게 붙잡히는 일이리라. 그 뒤에 어떻게 될지 전혀 상상조차 할 수 없으니…….

　후우우.

　공기가 흔들렸다. 바닷바람이 아니다. 좀 더 가까운 곳에서 무언가가 움직인 느낌이 든다.

　뒤에 있는 그것…….

　조넨은 반사적으로 방어태세를 취했다.

　지그시.

오른쪽 옆에서 돌연 그것의 시선을 느꼈다. 믿을 수 없게도 정말로 그의 바로 옆에서. 이 감각이 옳다면 그것은 공중에 떠 있다고 생각할 수밖에 없다.

스으으윽.

그 시선이 느닷없이 조넨의 정면으로 이동했다. 그는 이 한순간의 움직임으로 무슨 일이 일어나고 있는지 알아차린 기분이었다.

공중에 떠 있는 것이 아니다.

지금 눈을 번쩍 뜨면 그것과 정면으로 얼굴을 마주하는 꼴이 될지도 모른다. 그의 바로 뒤에서 목만 길게 뺀 그것과 대면하는…….

사사삭.

그것의 목이 갑자기 뒤쪽으로 돌아가는 기척이 느껴졌다.

그대로 물러가라.

조넨은 필사적으로 빌었지만 등 뒤의 상황에 변화는 없다. 여전히 가만히 선 상태로 그저 그를 내려다보고 있다.

그래. 독경을…….

뒤늦게나마 두 손을 모으고 조넨은 경을 외기 시작했다. 자세를 바로 하고 합장을 하면서 열심히 기도했다.

……지.

그러자 뒤에서 희미하게 소리가 들렸다.

……지이.

귀를 기울이면 안 된다는 생각에 어쨌든 독경을 계속했다.

……지이이오오.

하지만 뒤의 목소리는 조금씩 커진다.

······지이이오오오니에.

머지않아 뭐라고 말하려는지 짐작이 가서 그는 몸서리를 쳤다.

······지이이오오오니에에엔.

'조넨'이라는 이름을 부른 것이다. 어떻게 알고 있지? 다루미 동굴에서 망루까지 올라온 것은 우연이 아니었나? 동굴에서 그것이 나오는 모습을 그가 우연히 목격했기 때문에, 그래서 들러붙은 건가? 여기 있는 것이 그라는 사실을 알고 일부러 온 건가? 하지만 왜······.

머리가 혼란스러웠다. 그것의 존재 자체에 대한 공포에 더해 자신을 노린 것 같다는 사실에 아무튼 전율했다.

꽉.

느닷없이 오른쪽 어깨를 붙잡힌 조넨은 비명을 지를 뻔했다.

꽉.

이어서 왼쪽 어깨도 잡히는 바람에 이제 살아 있는 것 같지도 않았다.

······조우네에엔.

게다가 귓가에서 이름이 불리자 끝내 그는 절규했다.

"우와아아아악."

거기서 누가 몸을 흔드는 바람에 전망널에서 떨어질 뻔했던 찰나 반대로 엄청나게 센 힘이 그를 단단히 눌렀다.

조넨은 날뛰면서 몸을 뒤틀었다. 널빤지에서 추락하는 공포보다 그것이 덮치고 있다는 무서움이 더 견딜 수 없었기 때문이다.

그때 돌연 염불이 들려왔다.

퍼뜩 몸이 반응하여 자연스럽게 움직임이 멈추었다. 거기서부터 제정신을 차리기까지는 금방이었다. 그는 전망널 위에 누워 있고 주지가 그를 단단히 누르고 있었다.

"이, 이건 대체······."

"겨우 정신이 들었느냐?"

주지는 크게 숨을 내쉬더니 양팔의 힘을 뺐다.

"그, 그럼 아까부터 제 이름을 부르고 양 어깨를 누른 건······."

"나다."

다시 숨을 내뱉으면서 주지가 불평하기 시작했다.

"네가 무턱대고 날뛰어서 까딱 둘 다 떨어져 죽을 뻔했다."

"죄, 죄송합니다."

황급히 사죄하는 조넨을 일으키더니 주지는 신중한 발걸음으로 그를 망루오두막으로 이끌었다.

해는 진즉에 졌는지 어느새 사위는 완전히 깜깜해졌다. 여기서 발을 잘못 디뎠다가는 그야말로 끝장이다.

무사히 오두막까지 돌아간 뒤에 두 사람은 동시에 안도의 한숨을 내쉬었다.

"너 같은 제자를 둬서 나도 정말 고생이구나."

아직도 구시렁구시렁 불평하는 주지에게 싹싹 빌면서도 조넨은 망루에서 겪은 믿을 수 없는 체험을 이야기했다.

"하지만 역시 망상이었던 모양입니다."

그러고는 명상을 행하는 어려움을 새삼 배웠다고 털어놓았다. 시간이 흘러도 돌아오지 않는 제자를 걱정해 상황을 살피러 온 주지의 행동과 문제의 망상이 중간부터 합쳐지는 바람에 이런 사태에 이르렸다는 분석은 물론 입 밖에 내지 않았다. 결과적으로 구해준 것은 사실이다. 이 부분은 순순히 감사해야 한다는 생각이 들었다.

그런데 조넨의 이야기를 대강 들은 뒤에 주지가 믿을 수 없는 말을 입에 담았다.

"내가 마을에서 볼일을 끝내고 슬슬 절에 돌아가려 하는데 호라이 씨가 오지 뭐냐. 늘 덤덤하고 무슨 일에도 동요하지 않는 사내가 보기 드물게 겁에 질린 눈치인 거야. 내가 '왜 그러나' 물었더니 곳쪽을 몇 번씩 돌아보면서 '방금 전에 망루로 흔들흔들 걸어가는 회색빛을 띤 무슨 묘한 걸 봤다' 하고 호소하더구나. 나는 바로 '이거 큰일이군' 생각했지. 그래서 이렇게 올라왔네만⋯⋯."

이 사건이 있고 나서 며칠 뒤 조넨은 헤이베이 정의 절로 돌아갔다. 그리고 결국 환속하고 말았다. 그 뒤로는 그에 관해 아무것도 전해지지 않는다.

[대숲의 마: 쇼와시대(전전)]

해독제 장수 다키는 눈앞의 단애절벽에 나 있는 엄청나게 좁은 길을 도저히 믿을 수 없다는 얼굴로 망연히 바라보았다.

설마 구렁이길이라는 곳이 이렇게 지독한 길이었다니⋯⋯.

짊어지고 있던 고리짝을 엉겁결에 내려놓고 그녀는 그 자리에 주저앉았다.

여기까지의 산길도 결코 평탄하지는 않았다. 이 장사를 하다 보면 방문하는 곳은 대개 지방의 시골이다. 때로는 힘든 고개를 넘거나 깊은 계곡의 출렁다리를 건너거나 숲에서 덤불을 헤치거나 발 딛기 어려운 바위 밭을 지나는 등의 고생을 할 수밖에 없다. 그래서 다리와 허리가 단련된 덕인지 다소 험한 곳이어도 우는소리는 하지 않게 되었다.

그래도 이건…….

양쪽에 나무가 울창하게 우거진 산길을 땀을 뻘뻘 흘리면서 끝까지 오르자마자 눈앞에 바다가 펼쳐졌다. 여름의 강한 햇살을 받아 해수면이 예쁘게 반짝이고 있다. 우아, 하고 감동하기는 했지만 곧장 두 다리가 떨렸다. 그곳이 단애절벽 끄트머리였기 때문이다. 막아서는 것 하나 없이 완전히 수직으로 떨어진다. 게다가 아래에는 절벽을 따라 바위 밭이 좌우로 이어져 있다. 만일 잘못해서 추락하면 온몸의 뼈가 산산조각날 것이 분명하다.

그런 벼랑 끝에서 왼쪽으로 눈을 돌리자 머리를 훌쩍 뛰어넘는 높이의 암벽이 동쪽 방향으로 죽 뻗어 있다. 다키가 걸어온 산길은 원래는 여기가 막다른 곳이었던 듯하다. 여기서부터는 동서 어느 쪽으로도 나아갈 수 없다. 물론 바다로 내려갈 수도 없다. 완전한 종점이다.

그런데 동쪽의 깎아지른 벽면에 웬 길이 나 있었다. 정확하게는 절벽을 파낸 구멍이라고 해야 하나, 알파벳 'C' 같은 형태로 암벽이 뚫려 있다. 실로 구렁이가 빠져나간 흔적 같다. 옛날 사람들이 끌과 망치 같은 것을 써서 몇십 년에 걸쳐 파냈음이 분명하다. 그 위업에는 절로 고개가 숙여졌지만 동시에 불만도 생겼다.

조금만 더 잘 만들어주지…….

이것이 억지 주문임은 다키도 충분히 잘 안다. 선조들의 고생을 상상하면 벌을 받을 만큼 제멋대로인 불평이란 것을 알고는 있다. 하지만 눈앞에 뻗어 있는 '길'을 이제부터 걷는다고 생각하니 푸념 한마디쯤은 저절로 나온다.

　절벽에 낸 구멍은 처음에야 'C'자에 가깝지만 곧 'D'자를 좌우로 반전시켜서 세로획을 뺀 것 같은 모양을 이루고 있다. 즉 낭떠러지 쪽으로 미끄러지는 것을 막아줄 만한 테두리가 완전히 없어진다. 다키가 서 있는 벼랑에서도 그것을 쉬이 알아볼 수 있었다. 그렇다고 해서 바다 쪽에 추락을 방지할 울타리가 있는 것도 아니다. 게다가 구멍 크기는 어른이 머리를 숙이고 혼자 겨우 걸을 수 있을 정도다. 빈손이어도 위험해 보이는데 그녀는 크고 무거운 고리짝 짐까지 짊어지고 가야 한다.

　시간을 대폭 절약할 수 있을 줄 알고 이쪽 길을 선택한 것을 진심으로 후회했다. 하지만 물론 이미 늦었다.

　다키는 본가가 농번기에 들어가는 4월부터 10월에 걸쳐 곳곳의 지방 마을을 돌아다니며 약을 파는 해독제 장수였다. '해독제'라고 하면 거창하지만 두통, 어지럼증, 치통, 식중독, 복통, 부인병, 변비, 두드러기 등에 효능 있는 것으로 특별하지는 않다. 다만 해독제 성분은 집안에 전해지는 비법이라 절대로 입 밖에 내서는 안 된다. 실로 전가의 비약이었다.

　다키가 나고 자란 마을에서는 여자들은 농번기가 되면 누구나 해독제 장사를 하러 나간다. 물론 갑자기 행상을 하지는 않는다. 경험자인 스승의 제자로 들어가면, 젊을 적에는 그가 함께 데리고 다닌다. 이렇게 해서 장사에 필요한 지식과 지혜를 스승에게 배운다. 그런 뒤에 독립하는데, 혼자서 행상을 다니는 사람은 거의 없다. 젊은 여인이 홀로 돌아다니는 것은 부주의하다는 염려도 있거니와 여관에 묵을 때 방을 같이 써서 숙박비를 절약하는 등 여럿이서 움직이면 편리한 점이 실은 많기 때문이다. 게다가 뭐니 뭐니 해도 아직 경험이 부족한 동안 다양한 상황에서 서로 도울 수 있다는 것이 이점이었다.

다키에게도 같은 마을에서 어릴 때부터 친하게 지낸 유키코라는 동료가 있었다. 두 사람은 어제 마지막으로 행상을 한 노즈노 지방의 다이료 정에서 각자 다른 민가에 묵었다. 그때 유키코는 그 집의 일을 거들다가 운 나쁘게도 왼쪽 발목을 다쳤다. 상대방이 후의로 숙박을 제공해줄 때는 반드시 집안일 등을 솔선해서 하라는 가르침을, 두 사람은 스승에게 받았다. 그래서 일을 거들었는데 그것이 되레 나쁜 결과를 가져온 것이다.

그 집 사람들은 딱해하며 고라 지방에 있는 마을 이야기를 해주었다. 꽤 후미진 지역에 있기 때문에 해독제 행상을 나가면 환대를 받고 많이 팔 수 있을 게 틀림없단다. 단, 거의 육지의 고도 같은 곳이라 엄청난 산길을 걸어가야만 한다. 그만큼 시간도 걸린다. 마을은 다섯 개 있는데, 마을끼리의 육지 교통도 나쁘다. 옆 마을에 가려고 해도 역시나 고된 산길을 걸을 필요가 있다. 다만 심부름 삯을 주고 조각배로 태워다달라고 하는 방법도 있으니 이 점은 그다지 걱정하지 않아도 될지 모른다.

이야기를 들은 유키코는 돌연 마음이 동했다. 지금의 자신에게는 무리여도 다키에게 맡기자고 생각한 것이다. 해독제 행상에 관해 스승은 여러 중요한 사실을 가르쳐준다. 하지만 고객은 별개였다. 애석하게도 스승이 제자에게 오랜 고객을 넘겨주는 풍습은 없었다. 처음부터 전부 개척해야만 했다.

유키코에게 이야기를 듣고 다키도 할 마음이 들었다. 이번에는 자신이 다섯 마을을 돌지만, 다음에 왔을 때는 마을의 가구 수를 고려한 다음 둘이 분담하면 된다. 두 사람은 상의한 결과 이동의 불편함을 생각할 때 한 마을에 하루는 걸린다고 계산해서 엿새째에 가이류 정에서 만나기로 했다. 다섯 번째 마을보다 더 동쪽에서 번성하고 있는 곳이 가이류 정이다. 유키코는 고라 지방의 다섯 마을에서 신규 고객을 개척해볼 생각이었다.

단, 문제가 된 것이 다이료 정에서 맨 처음에 방문할 도쿠유 촌까지의 도정이다. 지금도 쓰이고 있는 구난도九難道라는 산길은 꽤 멀리 돌아간다. 이름 그대로 아홉 개의 난소가 있는 데다(실제로는 더 많다는 모양이지만) 전체적으로 비탈이 가파르고 오르내림도 심하다고 한다. 당연히 시간도 걸린다. 아무리 산길에 익숙한 다키여도 여인의 걸음으로는 꼬박 하루가 걸린다는 것이다. 설사 동이 틀 때 출발하더라도 도저히 그날 안에는 도착하지 못한다고 한다.

그런데 그런 산길 중간에 샛길이 하나 있다. 그곳을 통해서 가면 지금은 다니는 사람이 거의 없는 '지름길'로 나갈 수 있다. 구렁이가 빠져나갔다고들 하는 곳이다. 여기를 통과하면 거의 반나절 만에 갈 수 있다. 그렇다 한들 험하고 위험하기도 하기 때문에 상당히 조심해야 한다.

이런 이야기를 유키코를 재워준 집의 이미 어부를 그만둔 노인이 슬쩍 들려주었다는 모양인데…….

얼토당토않은 할아버지네.

동그란 절단면이 반쯤 이지러진 구멍처럼 보이는 암벽 길을 눈앞에 두고 다키는 투덜거렸다. 정말 그 노인이 여기를 지나가본 적이 있을까? 오래전에 다른 사람에게 들은 이야기를 그냥 유키코에게 했을 뿐 아닌가? 생각해보면 어부 일을 하던 노인이 이곳을 지날 만한 용건은 한 번도 없었을 것 같다. 자신의 지나친 사려 부족을 그녀는 진심으로 후회했다.

그렇다고 해서 되돌아갈 수도 없다. 그런 짓을 하면 하루를 통째로 허비해버린다. "그 집 사람들한테 받았어"라며 밀감을 하나 나누어준, 닷새 뒤에 가이류 정에서 합류할 유키코를 위해서라도 여기는 어떻게든 이겨내야만 한다.

"좋았어."

다키는 구호와 함께 일어서서 몸차림을 신중히 가다듬었다. 우선 양팔의 토시와 양다리의 각반을 다시 감는다. 그다음에는 앞치마를 풀고 기모노 띠를 고쳐 맸다. 앞치마를 다시 하고 삿갓을 고쳐 쓴 다음, 마지막으로 고리짝을 짊어졌다.

일련의 익숙한 동작이 그녀를 조금은 진정시켜주었다. 덕분에 그다지 주저하지 않고 암굴 길에 발을 들일 수 있었다. 이곳만 통과하면 맨 앞에 있는 도쿠유 촌에 도착할 수 있다. 그것만 생각하면서 어쨌든 나아가기로 결심했다. 하지만 그런 결의에 의지해 전진할 수 있었던 것도 열 몇 걸음이 고작이었다.

오른쪽을 보면 안 된다.

이렇게 생각하며 앞에만 눈길을 주지만, 의식하면 할수록 신경이 쓰인다. 게다가 바위 밭을 걷는 이상 늘 발밑을 조심해야만 한다. 자연히 고개를 숙이게 된다. 그러면 오른쪽의 깎아지른 절벽이 어쩔 수 없이 시야에 들어온다. 바다까지 쭉 내려가는 광경이 아무래도 눈에 들어온다. 그 순간 엄청난 높이에 두 다리가 얼어붙으면서 어쩔한 현기증을 느낀다. 황급히 왼쪽 암벽에 몸을 기대고 멈춰 서서 숨을 고른다.

이것을 몇 번이나 반복하는 지경이었다. 그러다 보니 도통 나아가지지를 않는다. 거리를 거의 벌지 못하는 상태다.

전진을 막는 것은 단애절벽의 공포만이 아니었다. 산길을 오를 때는 그저 더워서 견딜 수가 없었다. 하지만 여기서는 해풍이 분다. 처음에는 시원하고 기분 좋다고 기뻐했는데 얼마 지나지 않아 몸이 뼛속부터 식어가는 느낌이 들어서 되레 싫어졌다. 또 때로는 강풍이 옆으로 들이치는 바람에 몸이 기우뚱 흔들리기도 해서 그럴 때마다 오싹했다. 바람은 바다 쪽에서 불어오기 때문에 암벽 쪽으로 몸이 기울기는 한다. 그렇다고 해서 안심이냐 하면 아니다. 군데군데 암벽에서 스며 나온 물이 발밑을 적시고 있었다. 그런 데서 강풍을 맞으면 설사 암벽 쪽으로 쓰러진다 한들 발이 주르륵 미끄러져서 그대로 추락할 우려가 있다.

결국 여기서는 조금만 방심해도 목숨을 잃는다. 주의를 게을리하지 말아야 한다는 생각에 긴장을 잠시도 늦출 수 없다.

다키는 옆에서 불어오는 바람을 견디고 발밑에 주의를 기울이면서도 가능한 한 오른쪽으로는 눈길을 주지 않으려 했다. 그렇게 해서 몇 걸음씩 어쨌든 앞으로 나아갔다. 그러는 사이사이 이따금 전방을 슬쩍 내다본다. 하지만 저 앞까지 뻗은 암굴 길이 거의 줄어들지 않은 것처럼 보인다. 등 뒤를 돌아보면 그럭저럭 전진한 게 분명한데, 앞쪽에는 과혹한 길이 끝없이 이어져 있다. 그 광경이 걸핏하면 결의를 꺾으려 한다. 어떻게든 극복할 수 있었던 것은 스승님 밑에서 쌓은 수업과 유키코의 후의를 허사로 만들고 싶지 않다는 마음 덕분이었다.

영원히 끝나지 않을 것처럼 느껴지던 암굴 길도 마침내 모퉁이에 도달했다. 단, 방향을 꺾기가 무서웠다. 또 똑같은 길이 저 멀리까지 이어져 있을지도 모른다. 이런 상상만으로도 엄청난 절망감에 사로잡혔다.

주뼛주뼛 모퉁이에서 고개를 내밀자 길은 스물네댓 자쯤 앞에서 오르막을 이루고 있었다. 그 너머는 보이지 않지만 다행히도 암굴 길에서 벗어날 수 있을 것 같은 분위기다.

다키는 조급해지는 마음을 억누르고 지금까지보다 더 신중히 발을 내디뎠다. 스승이 곧잘 입에 담던 속담이 불현듯 떠올랐기 때문이다.

"백 리를 가는 사람은 구십 리가 반이라 생각한다."

백 리 길을 걷고자 하는 사람은 구십 리까지 온 시점에서 겨우 절반을 왔다고 생각하고 결코 마음을 놓아서는 안 된다는 의미라고 배웠다. 지금의 자신이 바로 그런 상태임을 그녀는 현명하게도 깨닫고 있었다.

암굴 길을 무사히 빠져나가자 또다시 깎아지른 낭떠러지 위의 바위 밭이었다. 그곳까지 지나니 대숲이 나타났다. 도쿠유 촌에서는 죽세공이 성하다고 들었기 때문에 다키는 순식간에 기뻐졌다. 이 풍경은 곧 마을에 도착한다는 증거 아닐까. 이렇게 느꼈다.

그런데 아무리 가도 대숲에서 나갈 수가 없었다. 대나무 군락이 어디까지나 이어져 있다. 줄곧 펼쳐져 있다. 마치 끝이 없는 것 같다.

그런 일이……

있을 리 없다고 생각하지만 대숲 깊숙이 들어감에 따라 불안감이 점차 커져갔다. 자꾸 무서워진다. 되돌아가려 해도 이미 왔던 방향을 알 수가 없다.

어떡하지.

망연자실하는 참에 겨우 대나무 군락에서 벗어났다. 키 작은 풀이 자라난 들판 같은 곳으로 나왔다.

어…….

하지만 거기서 다키가 본 것은 또다시 대숲이었다. 그것도 들판 한가운데에 왠지 원을 그리듯 밀집해서 자라나 있다. 흡사 그 자리의 대나무 군락을 원형으로 남겨두기 위해 일부러 주위의 대나무를 베어냈을 뿐 아니라 뿌리까지 뽑아 지면을 고른 듯한, 참으로 기묘한 광경이다. 독립해 있는 그 대숲의 높이가 주위보다 낮은 데다 깔끔하게 맞춰져 있는 것도 어딘지 이상하다.

뭐, 뭐야 이거?

조금 거리를 두면서 기묘한 대숲 주위를 돌다가 입을 떡 벌리고 있는 공간을 발견했다. 마치 출입구인 양, 사람 하나가 지나갈 폭만큼 대나무가 없었다. 게다가 좌우 대나무 상부에는 웬 금줄이 쳐져 있는 것 아닌가.

뭔가 모신 곳이라는 뜻인가?

다키는 한동안 출입구 같은 곳을 바라보다가 혹시나 하고 나머지 부분도 돌아보았다. 하지만 그 공간 외에는 대나무가 원을 그리듯 자라고 있을 뿐 달리 아무런 변화도 없다.

이 안에 대체 뭐가······.

대나무와 대나무 사이를 들여다보려 해도 빽빽해서 안쪽이 전혀 보이지 않는다. 출입구라 여겨지는 장소로 돌아와봤지만, 역시 새까매서 그 중심을 확인할 수는 없었다.

하지만 금줄이 쳐져 있는 걸 보면······.

대숲 안쪽에 모셔져 있는 건 무슨 신이라는 이야기다. 즉 신사를 수호하는 대숲인 셈일까?

그런 건 들어본 적이 없는데······.

다키는 고개를 갸웃거리면서도 여기서는 참배를 해야겠다고 판단했다. 새로운 고장에 가면 신사나 불각뿐 아니라 도조신 민간신앙에서 마을 어귀, 길 등을 지킨다고 믿는 신이나 지장에도 꼭 참배하는 마음가짐을 스승이 가르쳤기 때문이다.

"그 지역 신들에게 여기서 장사를 하겠습니다 하는 인사를 꼭 하여라."

그것이 예의라고 했다. 참배를 등한히 했기 때문에 행상이 통 안 풀린 해독제 장수가 과거에 있었다고 한다.

다키도 유키코도 이제껏 스승의 가르침을 잘 지켰다. 새삼스럽게 여기서 자신만 어길 생각은 추호도 없었다.

그럼에도 어쩐지 망설여졌다. 눈앞에 입을 벌린 대숲 안으로 들어갈 마음이 아무래도 들지 않는다. 금줄을 몇 번씩 올려다보며 여기에는 신이 계신다고 스스로를 타일러도 이상하게 조금도 안심이 되지 않았다.

그렇다고 해서 이대로 지나치기는 꺼려졌다. 아니, 절대 안 될 일이다. 행상을 하러 간 곳에서는 화장을 금지하고 연애를 금하는 등 해독제 장수의 규칙과 마찬가지로, 스승의 가르침도 소홀히 할 수 없다. 그것을 깨고 싶지는 않았다.

다키는 금줄 앞에서 인사를 한 다음 주저할 대로 주저하다가 짊어지고 있던 고리짝을 내려 원형 대숲 옆에 걸쳐 세웠다. 좁아 보이는 참배길로 들어가는 데 방해된다고 생각했기 때문이다. 평소 같으면 짐을 두고 가지는 않겠지만 여기서는 괜찮을 것이다. 거기다 원형 대숲은 그렇게 크지 않다. 중심에 사당이 모셔져 있다 한들 왕복하는 데 시간이 걸릴 것 같지도 않았다.

그녀는 금줄을 향해 다시 한번 고개를 숙이고는 도리이 같은 두 대나무 사이로 슬며시 발을 디뎠다.

······자그락.

참배길에 깔린 굵은 자갈이 발밑에서 울리는 동시에 시야에 빠르게 그늘이 졌다. 거의 아무것도 보이지 않는다. 보통 나뭇잎 사이로 빛이 새어 들어와 어두컴컴한 정도일 텐데, 졸지에 새까만 어둠 속에 던져진 기분이다.

무심코 하늘을 올려다보자 좌우의 대나무가 앞으로 갈수록 안쪽으로 호를 그리면서 무수한 잎사귀와 함께 머리 위를 덮고 있다. 그래서 햇빛이 별로 들어오지 않는 모양이다. 이렇게 무리지어 있는 대숲을 그녀는 지금까지 본 적이 없었다. 애초에 대나무가 이렇게까지 군생하는 식물일까?

대숲에 들어와 한 걸음도 나아가지 못하고 멈춰 서 있었지만, 이내 눈이 조금 익숙해졌다. 어렴풋하게나마 주위 상태를 조금씩 분간할 수 있었다.

뜻밖에도 참배길이라 여겨지는 길은 몇 걸음 만에 곧장 왼쪽으로 꺾이고 있었다. 금줄 너머로 들여다봤을 때 새까맣게 보인 것도 무리는 아니었다.

다키는 순순히 왼쪽으로 꺾었다. 일고여덟 걸음쯤 나아간 곳에서 길은 오른쪽으로 꺾였다. 주뼛주뼛 방향을 바꾸니 두세 걸음 만에 다시 오른쪽으로 꺾이고 또 대여섯 걸음쯤에서 왼쪽으로 꺾였다. 이윽고 갈림길이 나타났는데 거기서 오른쪽으로 가니 막다른 길이었다. 갈림길로 돌아가 왼쪽으로 가자 계속 나아갈 수 있었지만 그 뒤에도 똑같은 길이 이어져서 그녀는 아주 당황하고 말았다.

미로 같아······.

아니, 실제로 대숲의 참배길은 완전한 미로였다. 대숲의 둘레가 그리 크지 않으니 금방 중심에 도달할 수 있겠다고 생각했지만 오판이었던 셈이다. 다키는 후회했다. 규모는 전혀 다르겠지만, 소문으로 들은 후지 산 수해樹海에서 길을 잃은 기분이다. 수해에 발을 들였더라면 의지할 데 없는 망막함에 두려움을 느꼈을지도 모른다. 그에 비해 이 대숲에는 분명 밀집의 공포가 있었다. 안쪽으로 들어감에 따라 좌우의 대나무가 조금씩 좁혀 들어오는 듯한 불안감에 사로잡힌다. 당장이라도 대나무 군락에 눌려 찌부러질 것 같은 전율이 따라다닌다. 이미 어른이 겨우 걸을 수 있는 폭인데 줄어들기까지 했다가는 몸을 비스듬히 하지 않으면 지나가지 못할 것이다. 구렁이 길보다 훨씬 걷기 쉬울 텐데도 전혀 그렇게 느껴지지 않았다. 말 그대로 애로다.

이렇게 대숲에 들어온 것 자체를 다키는 뒤늦게 뉘우치고 있었다.

지역의 신께 참배하는 거니까.

스스로를 납득시키려 했지만 거기에 속임수가 있는 느낌이 들었다. 대숲 안쪽에 이 지역의 신이 모셔져 있는 것은 거의 틀림없으리라. 하지만 그것이 외지인이 관여해도 되는 존재인지 아닌지는 당연히 모른다.

평범한 신이 아닐지도······.

대숲 미로를 안쪽으로 나아감에 따라 그런 두려움이 서서히 싹트기 시작했다.

부자연스러운 원형 대숲, 유일한 출입구에 쳐놓은 금줄, 너무나도 밀도가 높은 대나무 군락, 미로로 된 참배길······ 무얼 보더라도 이질적이다.

스승이나 경험자가 들려준 고생담에는 방문 지역에서 보고 들은 기묘한 풍습이나 신앙에 관한 것이 적지 않았다. 진기한 이야기라서만이 아니라 외지인으로서 무엇을 조심해야 하는지 일러주기 위함이리라. 다만 그 내용이 신불에 얽힌 것이어도 무시무시하다고 여겨지는 이야기가 왠지 많았다. 이 순간 그녀가 떠올린 것은 어느 지방의 아궁이 신 이야기였다.

  옛날 옛적 어떤 마을에 농부가 한 사람 있었다. 그는 여행에서 돌아오는 길에 비가 내리는 바람에 도조신의 숲 안쪽에서 비를 피했다. 말을 탄 사람이 지나가다가 마을에서 두 번의 출산이 있으니 같이 가서 이름을 지어주자고 도조신에게 권했다. 하지만 도조신은 지금은 비를 피하는 손님이 있어서 갈 수 없다고 거절했다. 말을 탄 사람은 홀로 마을로 향했다.

  얼마 지나서 말을 탄 사람이 돌아왔다. 그리고 본가에서는 남자아이가, 분가에서는 여자아이가 태어났다고 했다. 단, 여자아이에게는 복이 있는데 남자아이에게는 없다고 했다. 하지만 이 둘을 부부로 만들면 잘 풀린다는 것이다.

  이 이야기를 들은 농부는 급히 마을로 돌아갔다. 자기 집에서는 남자아이가, 옆 분가에서는 여자아이가 태어난 뒤였다. 그는 분가와 상의해서 장차 아이들을 혼인시키자는 약속을 나누었다.

  이윽고 두 사람은 어른이 되어 부모들끼리 한 약속대로 결혼했다. 농부가 도조신의 숲에서 들은 대로 집안은 점차 번창했다. 하지만 남편은 그것이 아내 덕분임을 인정하고 싶지 않았다. 그러는 동안 마음에 안 드는 점만 늘어갔기 때문에 어느 날 팥찹쌀밥을 지어 붉은 소에 매단 다음 아내를 태워서 먼 들판으로 내쫓았다.

  아내는 붉은 소에 탄 채 울면서도 행선지를 소에게 맡기고 있었더니 산속 외딴집에 도착했다. 집주인은 친절해서 여러모로 돌봐주었다. 달리 갈 곳도 없어서 결국 그녀는 외딴집에 시집갔다. 그러자 집 살림살이가 순식간에 좋아졌다. 고용인을 몇 명씩 두게 되어 아무런 부족함 없는 신분이 되었다.

비슷한 시기에 남편의 집은 급속히 몰락하기 시작했다. 종국에는 대대로 이어받은 전답까지 내놓아야 할 형편이 된 그는 영락해 소쿠리 장수가 됐다.

소쿠리 장수는 여기저기 행상을 다녔지만 좀처럼 장사가 잘 되지 않았다. 어느 때 산속의 번듯한 집을 찾아갔더니 남아 있던 소쿠리를 전부 사주었다. 다른 데서는 여전히 팔리지 않기 때문에 그 뒤로 그는 매일같이 산속 집에 가서 소쿠리를 팔았다.

어느 날, 늘 소쿠리를 사주는 안주인이 소쿠리 장수의 얼굴을 지그시 보면서 "어째서 당신은 그렇게 몰락했소. 전 부인의 얼굴도 잊어버렸소"라고 말했다. 그제야 그도 눈앞의 여자가 다름 아닌 자신이 내쫓은 아내임을 알고 소스라치게 놀라 거품을 물고 죽어버렸다.

그녀는 그를 불쌍히 여겨 시신을 부뚜막 뒤쪽 봉당에 묻고 모란떡을 만들어 올렸다. 그러고 있는데 집안 식구가 고용인을 데리고 돌아오자 "오늘은 부뚜막 뒤에 아궁이 신을 모신 것을 축하하러 모란떡을 지었으니 마음껏 먹어라"라고 말했다.

그 후 그 지방 농민의 집에서는 아궁이 신을 모시게 됐다고 한다.

다키의 본가도 부엌에 아궁이 신을 모셨기에 친숙한 신이었다. 그런데 신의 유래가 갑작스럽게 죽은 농민의 시신이라니 충격이었다. 게다가 죽은 이유가 결코 칭찬받을 일이 아니다. 그렇기 때문에 가엾게 여긴 전처도 모실 수밖에 없었으리라. 하지만 남들에게는 아무런 관계도 없지 않은가. 오히려 전 남편의 송장을 남몰래 묻어버린 행위가 참으로 무서웠다.

그런 의견을 다키가 조심스럽게 입에 담았더니 이 이야기를 들려준 여성은 웃으면서 말했다.

"신이 되신 스가와라 미치자네 공과 다이라 마사카도 공도 신분이 다르다고는 하나 농민과 마찬가지로 원래는 인간이었어. 게다가 두 사람은 앙화를 일으켰기 때문에 그걸 잠재우려 신으로 모셨지. 하지만 아궁이 신이 된 농민은 달라. 과연 무서운 건 어느 쪽일까?"

듣고 보니 그 말이 옳다고 일단 수긍했다. 하지만 나중에 생각해 보니 역시 아닌 것 같았다.

미치자네 공과 마사카도 공의 신은 원래 신분을 따지기 이전에 애당초 존재 자체가 멀었다. 하지만 아궁이 신은 대개의 집 부엌에 모셔져 있다. 서민의 생활에 단단히 녹아들어 있는 신이다. 그럼에도 불구하고 실은 꺼림칙한 유래가 있었음을 알면 어쩐지 무서워진다. 무리한 반응도 아닐 것이다.

그런데 다키도 독립해 행상을 다니면서 각지의 전승을 접할 기회가 늘자 아궁이 신 이야기가 결코 특이한 것이 아님을 알게 됐다. 그 지방에서만 특별히 모시는 신 중에는 마찬가지로 무시무시한 내력을 가진 존재가 뜻밖에 많았다.

이 대숲의 신도 어쩌면……

아니, 상대가 신이면 그나마 낫다. 여기에 끔찍한 요괴가 봉인되어 있을지도 모르지 않는가?

그러고 보니 아궁이 신 이야기를 가르쳐준 여성에게서 꽤 기분 나쁜 전승을 들은 기억이 있다. 일본 각지를 늘 이동하는, 하늘과 산과 바다와 땅에 깃든 마물 네 자매가 있다는 것이다. 이것과 만난 자는 암운과 심산과 해저와 지하로 끌려 들어간다고 한다.

여기서 마주친다면 산의 마물인가……

무수한 대나무로 만들어진 미로를 걸으면서 다키는 몸을 부르르 떨었다. 어지간해서는 그런 것과 마주칠 리 없다고 생각하는데도 몸은 바들바들 떨리고 있었다.

정말 쌀쌀한 건지도 몰라……

햇살이 거의 들어오지 않는다고는 해도 이 정도로 우거진 대숲이다. 무더운 게 당연한데 서늘했다. 대나무 도리이를 통과했을 때는 공기가 이렇게까지 차지는 않았다. 아무래도 참배길을 안쪽으로 나아감에 따라 기온이 떨어지고 있는 듯하다.

안쪽으로…….

정말 대숲 중심지로 향하고 있는지 심히 불안했다. 실제로는 그저 대나무 군락 안에서 빙글빙글 원을 그리며 하염없이 걷고 있을 뿐인지도 모른다. 그 원에서 안으로 들어가지도, 바깥으로 나가지도 못하고 줄곧 돌기만 할 뿐인지도 모른다.

내가 여기 들어온 걸 아무도 몰라…….

이렇게 생각한 순간 오싹한 떨림이 등줄기를 타고 내려갔다.

언제까지나 대숲 미로를 헤매기만 할 뿐 아무리 해도 나가지 못하다가 죽어버린다. 하지만 그녀의 말로를 아무도 알아차리지 못한다. 가이류 정에서 기다리던 유키코는 걱정이 돼서 고라의 마을에 찾으러 오지만 아무런 실마리도 없다. 애초에 다키는 마을에 들어가지 않았으니 당연하다.

그렇게 되면 유키코는 분명 구렁이길까지 갈 것이 틀림없다. 도중에 이곳을 찾아낼까?

하지만 그녀도 발을 들였다가는……

다키의 전철을 밟게 된다. 아니면 도쿠유 촌 사람들에게 "그 대숲에는 들어가지 말라"라고 사전에 충고를 받을까?

그래. 마을에서 누가 오면…….

나를 찾아주겠지 하고 기뻐하려다 다키는 금세 가망이 별로 없음을 깨달았다. 대숲 참배길을 걸어 여기까지 오는 도중에 몇 번이나 거미줄을 손으로 걷었다. 발밑의 굵은 자갈을 내려다봐도 밟힌 흔적이 거의 눈에 띄지 않는다. 꽤 오랫동안 이곳에는 아무도 들어오지 않았다는 증거 아닌가.

이런 곳에서 난…….

인생을 마감하는가 절망하면서 이제 몇 번째인지도 잊어버린 좌회전을 하자 느닷없이 눈앞이 트이더니 대숲 중심으로 확 나왔다.

어라…….

그때까지 무섭고 나쁜 생각밖에 떠오르지 않았기 때문에 단숨에 얼굴이 환해졌다. 하지만 그 미소도 오래 지속되지는 않았다.

원형 대숲 한복판에는 마찬가지로 원형인 초지가 있었다. 다다미 열 몇 장 넓이는 될까? 대숲 둘레를 감안하면 좀 생각하기 어려운 넓이다. 이만한 공간이 내부에 있다면 참배길은 더 짧았어야 하는 것 아닌가? 아니면 미로로 만들었기 때문에 그토록 길게 느껴졌을 뿐인가? 아니, 그렇다 쳐도 이상하다. 너무나 기괴하다.

원형 초지에는 바깥과 마찬가지로 키 작은 풀이 나 있었다. 딱히 손질되어 있는 것처럼 보이지는 않지만 그렇다고 해서 잡초가 무성하지도 않다. 그런 초지 안쪽에 사당이 외따로 모셔져 있었다. 꽤 오래되어 신성해 보이는 것을 제외하면, 여느 시골에서나 볼 수 있는 맞배지붕에 격자창이 달린 익숙한 사당이다.

그럼에도 다키는 어쩐지 무섭다는 생각이 들었다. 빽빽이 자란 대나무를 등지고 원형 초지 너머에 진좌해 있는 사당이 마치 정체 모를 요괴의 거처 같은 느낌을 떨칠 수 없었다.

사당 양옆에 그녀보다도 키가 큰 대나무 봉이 하나씩 흡사 사자상 대신인 양 서 있었다. 아니, 위쪽에는 금줄이 쳐져 있으니 출입구에 있던 두 그루 대나무와 마찬가지로 도리이인지도 모른다. 여섯 자는 될까? 밑동에는 조릿대 잎이 달린 가지를 각각 찔러놓았다.

이 도리이 같은 대나무와 가지의 존재가 색다른 점이었는데, 그 외에는 정말 평범한 사당으로만 보였다. 하지만 왠지 이질적으로 느껴진다.

아니야, 저기에는 신이…….

이렇게 고쳐 생각하려 하지만 아무리 해도 주저하게 된다. 그 증거로 다키의 발은 자리에 뿌리를 내린 것처럼 움직이지 않았다. 초지에 한 걸음도 발을 들일 수가 없다.

뒤돌아서 나간다.

가장 현명한 선택 아닌가. 여기서 인사를 하고 두 손을 모아도 일단은 참배를 한 형태가 된다. 평소라면 절대 허용할 수 없는 행동이지만 이번 경우는 괜찮은 걸로 하자.

이렇게 결심했을 터인데 왜인지 사당이 자꾸만 다가온다. 정신을 차려보니 그녀가 초지 안쪽을 향해 가고 있었다. 제 의사와는 관계없이 모르는 사이에 두 발이 앞으로 나가고 있었던 듯하다.

……부르고 있어.

양팔에 오소소 닭살이 돋았다.

꼬르륵.

게다가 왠지 갑자기 배에서 소리가 났다. 그런가 싶더니 갑자기 엄청난 공복감이 느껴졌다. 삽시간에 한쪽 배가 아파올 정도로 급격한 허기였다.

확실히 이제 곧 점심때다. 도쿠유 촌에 도착하면 우선 점심을 먹을 예정이었다. 하지만 그렇다고 해서 갑자기 공복감을 느끼는 건 묘하지 않나.

역시…… 여기 이상해.

굶주린 배 속 깊숙한 곳에서 오싹하는 공포심이 올라온다. 덕분에 공복감이 일순 사라졌다. 공포는 굶주림조차 능가하는가?

하지만 곧 배에서 소리가 나기 시작했다. 아귀에라도 홀린 것처럼 아무튼 배가 고파서 견딜 수 없다.

시장 귀신.

그때 다키는 스승에게 들은, 산속에서 인간에게 빙의해 아사시키는 요괴가 문득 떠올랐다. 이것에 씌면 배가 고픈 나머지 움직이지도 못하고, 까딱 잘못하면 죽고 만다. 살기 위해서는 소량이라도 좋으니 뭔가 음식을 입에 넣어야 한다. 그러니 도시락을 먹을 때는 반드시 조금 남겨놓으라고 했다.

앗, 하지만…….

지난밤 다이료 정에서 재워준 집 안주인이 오늘 아침에 준 도시락은 고리짝에 넣어두었다. 그리고 고리짝은 대숲에 들어오기 전에 내려놓고 와버렸다.

어떡하지…….

울음을 터뜨릴 것 같은 그녀의 눈에 사당이 확 들어왔다.

엇?

어느 틈에 벌써 초지 안쪽에 도착했다. 눈앞에 오래된 사당이 진좌해 있었다.

쿵.

다음 순간, 지나친 공복감에 다키는 그 자리에 주저앉아버렸다.

……배고파.

이제 그 생각밖에 머리에 없다. 다른 생각은 할 수가 없었다.

이대로 여기서 아사하는 건가?

자신의 최후를 떠올리니 오싹해진다. 그렇게 죽는 것만은 싫다고 고개를 가로저으려 하지만 그럴 기력도 없었다.

그렇지. 사당에 모신 신께 기도를 해서…….

살려달라고 하는 수밖에 없다며 다키는 어쨌든 합장하고 고개를 숙였다. 뭐라고 빌면 좋을지 몰라 곤란했지만, 그러는 사이에 자연히 마음속에 말이 떠올랐다.

제물로 올릴 음식을 가지고 돌아올 테니 부디 살려주세요.

이 말을 거듭 마음속으로 외는 사이에 조금씩 공복감이 사라지는 것 같았다. 여전히 배는 고프지만 한때만큼 허기진 느낌은 없었다.

이 틈에…….

다키는 앉은 채로 납죽 엎드린 다음 사당 쪽으로 등을 돌리고 쏜살같이 도망쳤다. 풀이 양 손바닥에 닿아 따끔따끔 아팠다. 하지만 신경 쓸 겨를이 없다. 사당에서 멀어짐에 따라 다시 공복감이 커지기 시작했기 때문이다. 초지에서 나가기 전에 그 장렬한 허기가 또다시 덮쳐온다면 틀림없이 그대로 쓰러져서 두 번 다시 일어나지 못하리라.

……어질.

너무나 큰 공복감에 현기증이 났다. 순간적으로 어떻게 버텨보지만 이래서야 쓰러지는 것도 시간문제일지 모른다.

전방에 입을 떡 벌리고 있는 대숲 출구가 무척이나 멀어 보였다. 아무리 팔다리를 움직여도 도통 가까워지지 않는다. 공복감은 더해지기만 할뿐더러 몸에서 힘마저 차츰 빠져나간다. 이제 두 손 두 발에 힘도 들어가지 않았다.

털썩.

급기야 다키는 초지에 쓰러졌다. 온몸이 나른하고 아무튼 힘들다. 그런데도 얼굴에 닿는 풀이 서늘해서 기분이 좋았다. 이대로 누워 있고 싶다. 한순간이라도 이렇게 느낀 스스로에게 그녀는 전율했다.

……싫어, 죽고 싶지 않아.

다키는 힘을 쥐어짜서 초지 위를 기기 시작했다.

죽, 죽, 주죽.

두 손으로 붙잡은 풀을 뽑듯이 하며 조금씩 전진한다. 다행이었던 것은 원형 초지의 절반을 지난 부근부터 배고픈 정도가 서서히 줄어들기 시작했다는 점이다. 저 사당에서 충분히 멀어질 수 있다면 허기도 없어지는 것 아닌가?

……조금만 더 ……앞으로 조금만 더.

스스로를 필사적으로 격려하면서 다키는 최후의 힘을 쥐어짜듯 계속 기었다.

조금만 더 가면…….

초지에서 참배길의 굵은 자갈로 오른손을 뻗은 순간, 몸의 나른함이 쏙 덜어졌다.

……살았다.

그 뒤로는 정신없이 초지에서 빠져나갔다.

그런데 온몸이 편해지기는 했지만 후유증이라도 있는지 하반신에 힘이 들어가지 않는다. 하는 수 없이 옆 대나무에 매달려서 어찌어찌 일어섰다. 그리고 비틀거리는 발걸음으로 한시라도 빨리 이 끔찍한 장소를 벗어나려고 했을 때.

……끼익.

엄청나게 희미한 소리가 등 뒤에서 들린 것 같아서 퍼뜩 발길을 멈추었다.

……끼이이익.

이번에는 확실히 들렸다. 자못 오래된 널문을 여는 것 같은 소리가…….

……사당 격자문.

도저히 있을 수 없는 상황이 홀연히 다키의 뇌리에 떠올랐다. 뒤돌아 확인하고 싶었지만 어떻게 해도 몸이 움직이지 않는다.

……삭.

그러자 다른 소리가 들렸다.

……삭, 삭.

누군가가 발바닥을 스치듯이 초지를 걷는 소리처럼 들렸다.

거짓말…….

오래된 사당 격자문이 열리고 그 안에서 무언가가 나와서 초지를 걸어 이쪽으로 오고 있다. 그런 광경이 선연히 보이는 듯하다.

그런 일은…….

절대 있을 수 없다고 생각했지만 등 뒤에서 이상한 기척이 조금씩 다가오고 있는 것은 틀림없는 사실이었다.

……삭, 삭, 삭.

발을 끌 듯이 걸어오는 모습이 흡사 공복 때문에 두 다리에 힘이 들어가지 않는 것처럼 느껴져서 오싹했다.

대나무에 두 손을 짚은 채 달아나야 한다고 생각했지만 아직 충분히 회복되지 않았는지 비틀거렸다.

……자그락.

참배길의 굵은 자갈을 밟는 두 다리도 전혀 안정적이지 않다. 그래도 이를 악물고 한 발씩 앞으로 내디딘 것은 바로 뒤에 다가오는 무언가의 기척이 너무나도 꺼림칙했기 때문이다.

싫어, 싫어, 싫어.

다키는 마음속으로 몇 번씩 고개를 크게 저었다. 반 광란 상태로 계속 저었다.

저것에 따라잡히면 나는 분명 이상해진다.

이 압도적인 공포심이 힘을 주었다. 초지에서 미로로 들어가 몇 걸음 걷자 금세 오른쪽 직각으로 꺾인다. 이제 뒤를 돌아보아도 사당은 결코 보이지 않는다. 그것이 지금 다키에게는 어쨌든 기뻤다.

발걸음은 여전히 힘이 없지만 다키는 겨우겨우 참배길을 되돌아가기 시작했다. 좌우 어느 한쪽의 대나무에 줄곧 매달리면서 가능한 한 서둘렀다. 한시바삐 여기서 나가고 싶다. 그 마음만으로 앞으로 나아가서 세 번째 모퉁이를 돌았을 때였다.

……직, 직.

바닥에 끌리던 발이 참배길로 들어선 소리가 귀청을 때렸다.

……자그락자그락.

다키의 발소리에 맞추듯이.

……직, 직.

그것이 발을 끄는 소리가 등 뒤에서 대숲을 울린다. 아니, 정확히는 뒤쪽이 아니었다. 대나무 벽을 사이에 둔 상태로 다키는 그것과 대치하고 있었다. 불과 몇 초 전에 지나온 통로를 지금은 그것이 걷고 있다. 거의 그녀의 왼편에 해당한다.

보면 안 돼.

이렇게 강렬히 생각하면서도 시선은 왼쪽을 향하고 있었다. 빽빽이 자란 대나무 군락 너머로 건너편 통로를 들여다보려 했다.

……어른, 어른어른.

하지만 눈에 비치는 것은 그곳을 걷고 있는 무언가의 그림자뿐이다. 사람 비슷한 것이 이동하고 있음은 분명하지만, 그 정체까지는 알 수 없다. 대나무 사이의 좁은 틈새로 어른어른하는 움직임밖에 보이지 않기 때문에 그 이상은 어떤 판단도 할 수 없다.

하지만 다키에게는 충분했다. 사람처럼 보이지만 사람일 수는 없는 것이 나를 쫓아오고 있다. 그 사실을 확인한 것만으로도 다시금 몸이 떨렸다.

……자그락자그락.

굵은 자갈을 흩뜨리듯이 밟으며 다키는 걸음을 재촉했다. 뒤에서 오는 그것과 조금이라도 멀어지고 싶어서 가능한 한 잰걸음으로 나아갔다. 양손으로 한쪽 대나무에 매달리는 것이 아니라 양팔을 벌려 좌우의 대나무를 잇달아 붙잡으면서 참배길을 되돌아갔다. 다리뿐만 아니라 팔 힘도 써서 어쨌든 달아나려고 했다.

막혔어…….

몇 번째인가 꺾은 모퉁이 앞에는 대나무 벽밖에 없었다. 막다른 길이다. 황급히 되돌아가는 길이 엄청나게 무서워서 심장이 멎을 뻔했다. 당장이라도 그것이 참배길 모퉁이를 돌아 얼굴을 쑥 내밀지 않을까. 이런 두려움 때문에 살아 있는 것 같지 않았다.

서둘러 분기점까지 돌아가 다른 길을 골랐다. 얼마간 나아간 곳에서 문득 기분 나쁜 상상이 들었다.

그녀가 실수로 미로의 막다른 길에 들어선 동안 뒤의 무언가에 추월당했다면 대체 어떻게 되는가?

곧 어딘가에서 다키가 그것을 따라잡게 되는 것 아닌가? 꺼림칙한 것에게서 달아나는 줄 알았는데 품속에 뛰어드는 꼴이 된다면…….

……또 막혔어.

비명이 나오려는 것을 필사적으로 참았다. 반쯤 미친 상태로 길을 잘못 든 지점까지 되돌아가 올바른 방향으로 나아간다.

……직, 직.

그러고 있는 동안에도 발을 끄는 소리가 바로 근처에서 들려온다. 이제는 그 발소리가 뒤쪽에서 들리는지, 실은 앞쪽에서 들려오는지 전혀 판단할 수가 없었다. 대나무 벽을 사이에 둔 건너편이라는 것 외에는 아무것도 알 수 없다.

저도 모르게 하늘을 올려다보지만 끝이 안쪽으로 휜 대나무와 그 잎 사이로 어둠침침하게 흐린 하늘 일부가 조금 보일 뿐 아무런 도움이 되지 않는다. 지금 대숲 미로의 어디쯤에 있는지, 다키는 완전히 정신을 못 차리고 있었다.

……직, 직.

그래도 그녀가 걸음을 멈추지 않은 것은 몹시 기분 나쁜 발소리가 결코 그치지 않았기 때문이다.

몇 번째인지 모를 모퉁이를 돌았을 때 또다시 분기점이 나왔다. 오른쪽으로 대여섯 걸음을 갈지, 왼쪽으로 일고여덟 걸음을 나아갈지 당장 결정해야만 한다.

이런 광경에 다키는 기시감을 느꼈다. 대나무 도리이를 통과해 참배길을 조금 따라간 부근에서, 이렇게 긴 통로의 거의 절반쯤에서 오른쪽으로 꺾지 않았나? 좌우로 뻗은 길은 곡선을 그리고 있지만, 그 둥근 정도는 완만해 보였다. 즉 원둘레에 다가가고 있다는 증거다. 그리고 기억이 맞는다면 그녀는 왼쪽에서 왔을 것이다.

다키는 망설임 없이 왼쪽으로 나아갔다. 직진하다가 막힌 곳에서 이번에는 오른쪽으로 돈다.

앗…….

오른쪽으로 꺾은 길은 다시 오른쪽으로 꺾였다. 하지만 서너 걸음 정도 앞에서 막혀 있었다. 그곳은 막다른 길이었다.

말도 안 돼…….

기억이 완전히 잘못됐던 모양이다. 애초에 미로가 된 길을 제대로 기억할 수 있을 리 만무했던 것이다.

당장 돌아가야 돼.

다키는 서둘러 걸음을 돌리려 했다.

……직, 직.

동시에 그것이 아까의 분기점으로 들어온 것을 알 수 있었다. 여기서 그녀가 돌아가면 그것과 정면으로 얼굴을 마주치게 생겼다.

얼굴에서 핏기가 싹 가셨다. 당장 빈혈로 쓰러질 것 같았다.

이쪽으로 오지 마!

저쪽으로 가!

다키는 필사적으로 빌었다. 일념으로 기도했다. 진심으로 바랐다.

……직, 직.

그것이 걷기 시작했다. 그 발소리에 귀를 기울였다. 그리고 다키는 절망했다.

이쪽으로 온다…….

매달리는 마음으로 눈앞과 왼쪽의 대나무 군락을 보았다. 어디를 찾아봐도 빠져나갈 수 있는 조금의 틈도 없다. 한쪽 손 정도는 들어갈 것 같지만 대숲에 몸을 밀어 넣기는 무리였다. 설사 가능하다 해도 거기서 꼼짝도 못 하게 될 것이 빤했다.

……직, 직.

그 사이에도 그것은 다가오고 있었다. 조금만 더 있으면 모퉁이에 도달할 것 같다. 그것이 모퉁이를 돌아 막다른 길로 들어오면 대체 어떻게 되는가?

얼핏 상상만 해도 다키는 절규할 것 같았다. 무슨 일이 일어날지 모르는데도 정신이 이상해질 것 같다.

……직, 직.

그것이 모퉁이에 도착했다. 그리고 오른쪽으로 꺾고, 한 번 더 오른쪽으로 꺾어서…….

다키는 앞을 막고 있는 대나무 벽을 향한 채 그 자리에 쭈그려 앉았다. 양손으로 머리를 감싸고 공벌레처럼 몸을 웅크렸다.

……직, 직, 지익.

그것이 바로 뒤에서 딱 멈추었다. 그림자가 드리운 것처럼 느껴졌지만 실제로 그랬는지는 모른다.

그녀를 가만히 보고 있다. 그저 내려다보고 있다. 그 점은 분명했다. 엄청나게 기분 나쁜 기척이 등 전체에 강하게 전해져 왔다. 당치도 않은 오한이 몇 번씩 덮쳐와 더는 살아 있는 기분이 들지 않았다.

잡아먹힐 거야.

불쑥 그런 생각이 들었다. 본능적으로 알아챈 걸까?

쩌어어어어어억.

그것이 등 뒤에서 입을 크게 벌리기 시작했다. 턱이 빠지겠다 싶을 정도로 입이 쩍 벌어졌다. 다키의 머리를 통째로 집어삼킬 수 있을 만큼 커다랗게 벌리고 있다.

물론 본 것은 아니지만 그런 기척이 농후하게 느껴져서 학질에 걸린 것처럼 몸이 덜덜 떨렸다.

……꿈적, 꿈적, 꿈적.

그것의 목이 꿈틀거리는 소리까지 정말 들려올 것 같아서 온몸에 닭살이 돋았다.

……이제 끝이야.

자신의 인생은 이런 영문 모를 대숲에서 끝난다. 그 사실이 무시무시할 뿐 아니라 슬프고 또 화가 났다. 하지만 비애나 분노보다 더 큰 것은 역시 공포였다.

싫어. 죽고 싶지 않아.

그러지 않아도 죽음은 두렵건만 정체 모를 것에 잡아먹힌다고 생각하기만 해도 머리가 이상해져서 그야말로 죽어버릴 것 같았다.

싫어, 싫어, 싫어, 엄마…….

집에 있는 엄마 얼굴이 떠오른다. 엄마 냄새가 난다. 엄마 온기를 느낀다.

다키는 두 손으로 제 몸을 꼭 껴안았다. 엄마에게 안겨 있는 것처럼 자신을 끌어안았다. 제 몸에 무슨 일이 일어난다 해도 엄마가 지켜줄 거라고 스스로에게 일렀다.

그때였다. 기모노 품에 닿은 오른손에 문득 위화감이 들었다. 반사적으로 오른손을 집어넣어 꺼내보니 밀감이었다.

앗.

완전히 잊고 있었는데 그것은 유키코와 헤어진 오늘 아침에, 그녀가 신세 진 집에서 얻었다며 나누어준 밀감이었다.

다키는 몸을 움직여서 밀감을 쥔 오른손을 등 뒤로 휙 내밀었다.

…….

그러자 돌연 등 뒤의 기척이 가라앉았다.

……스륵.

눈 깜짝할 사이에 오른손에서 밀감의 무게가 사라졌다. 다만 그 순간 축축하게 젖은 수건이 손끝에 닿은 듯한 기분 나쁜 감촉이 들어서 황급히 오른손을 뺐다.

그러고 나서 오륙 초쯤 지났다.

……직, 직.

그것이 멀어져 가는 발소리가 겨우 등 뒤에서 들리기 시작했다. 다키는 그 자리에 털썩 엉덩방아를 찧듯 앉았다.

……살았어.

밀감 한 개가 그녀를 구한 셈이다. 유키코에게 아무리 감사해도 모자랄 정도다.

그렇기는 해도 다키는 발을 끄는 소리가 완전히 들리지 않을 때까지 앉아 있었다. 쭈뼛쭈뼛 일어나서 참배길을 돌아올 때도 계속 귀를 기울였다. 그 뒤로는 대나무 도리이 출입구까지 시간이 거의 걸리지 않았다. 그토록 헤맨 것이 거짓말같이 남은 길은 한 번도 틀리지 않고 찾아갈 수 있었다.

원형 대숲에서 나오자마자 어찔한 현기증을 느꼈다. 하늘은 흐린 데도 무척 눈부시게 느껴졌다. 깜깜한 지하 창고에서 갑자기 밖으로 나온 듯한 기분이다.

가능하면 조금 쉬고 싶었지만 한편으로는 서둘러 벗어나고 싶은 마음도 있었다.

다키는 고리짝을 다시 짊어지고는 들판 뒤로도 이어지는 대숲에 들어갔다. 솔직히 이제 대나무는 진절머리가 났지만 여기를 지나지 않으면 도쿠유 촌에는 갈 수 없을 것 같다.

새로운 대숲을 빠져나오니 신사의 경내였다. 사사메 신사라고 되어 있다. 역시 대나무와 무슨 관계사사메篠目 신사의 '사사篠'는 조릿대를 가리킨다가 있는 걸까?

과연 고민이 되었지만 그 지역의 신사와 절은 무시할 수 없다. 평소처럼 인사를 해두어야 한다. 그녀는 이렇게 생각했다.

일단 경내에서 나가 도리이 앞에 섰다. 거기서 몸차림을 정돈하고 마음을 진정시킨 다음 공손하게 고개를 숙이고 다시 경내로 들어간다. 손 씻는 곳에서 입과 손을 깨끗이 한 다음 참배길 가장자리를 걸어 배례전까지 갔다. 방울을 울리고 새전을 조용히 새전함에 넣고는 절을 두 번 하고 나서 손뼉을 두 번 친다. 그러고는 마을에서 행상하는 것의 허락을 구하고 성공을 빌었다.

참배한 뒤에 다키는 경내 옆에 서 있는 '가고무로'라는 문패가 달린 집 앞에서 예의 바르게 안내를 청했다.

신관이 나오기에 해독제 행상에 대해 이야기하자 마을 사람들을 소개해준다고 했다. 그녀가 조심스럽게 그 전에 도시락을 먹고 싶다고 부탁하자 흔쾌히 몸채 툇마루를 내주었다.

다키는 집안일 거드는 여성에게 차를 얻어 점심을 먹었다. 거기에 신관이 얼굴을 내밀었기 때문에 자연히 오는 길의 이야기가 나왔는데, 구렁이길에서 왔다고 설명하자 그는 꽤 놀랐다.

"몇십 년도 더 전부터 마을에는 그 길로 다니는 사람이 없는

데……."

 딱하다는 듯한 신관의 말을 듣고 그녀는 유키코를 재워준 집의 어부 출신 노인에게 새삼 부아가 치밀었다.

 "그래도 무사히 지나와서 정말 다행이오. 고생이 많았겠어요."

 신관은 위로의 말을 건넨 다음 그 외에는 별일이 없었는지 아무렇지 않게 물었다.

 그게…….

 순간적으로 다키는 대숲에서 겪은 일을 꺼내려다가 그만두었다.

 금줄이 쳐져 있었던 것을 보면 대숲을 모시고 있는 것은 사사메 신사임이 분명하다. 이 신사의 신관을 상대로 그런 이야기를 해도 괜찮을까? 그녀는 피해자나 마찬가지지만, 만일 허가 없이 대숲에 들어간 것을 책망하기라도 하면 귀찮아진다. 이제부터 할 행상에도 지장이 생길지 모른다. 그런 위험을 감수할 수는 없다.

 "구렁이길 다음에 엄청난 대숲에서 고생했지만 덕분에 이 경내로 나올 수가 있어서 한시름 놓았습니다."

 다키가 무난한 대답을 하자 신관이 안심했는지 웃는 얼굴을 보였다. 그 때문에 오히려 더 저 대숲 사당에는 무슨 말 못 할 사정이 있는 것 같다고 느꼈다. 하지만 긁어 부스럼이라는 말도 있다. 지독한 일을 겪은 것은 사실이지만 이대로 모르는 척하고 그 끔찍한 경험을 잊어버리는 게 제일이다. 다키는 이렇게 생각했다.

 신관이 한마디 보태주기도 해서 마을에서는 장사가 썩 잘됐다. 밤에는 신사에서 묵고, 다음 날 아침에는 마을 어부가 공짜로 옆 시아쿠 촌까지 태워주었다. 그 마을에서도, 다음 이시노리 촌에서도, 또 그다음 이소미 촌에서도 행상은 순조로웠다. 이소미 촌에서 유리아게 촌으로 데려다준 어부에게는 돈을 지불했다.

마지막 유리아게 촌이 가구 수도 가장 많고 다섯 마을 가운데 제일 번창하고 있었다. 그 때문인지 앞선 네 마을처럼 유력자가 다리를 놓아주는 것이 아니라 손님이 다른 손님에게 소개해주는 형태로 장사를 하게 됐다. 촌이라고는 하지만 그 방식은 정町과 다르지 않았다.

유키코와는 약속대로 엿새째에 가이류 정에서 합류했다. 서로의 성과를 얼추 보고한 다음 다키는 대숲에서 겪은 일을 이야기했다.

"그렇게 무서운 일을 겪다니……"

완전히 겁을 먹은 유키코는 다음에 자신이 도쿠유 촌에 가는 것을 꺼렸다.

"그 대숲은 마을 변두리에 있는 신사보다 더 변두리에 있으니까 가까이 가지만 않으면 괜찮아. 만일 간다 해도 대나무 도리이 안으로 들어가지만 않으면 돼."

다키가 필사적으로 달래서 어찌어찌 수습했을 정도다.

그 뒤로도 두 사람은 서로 협력하여 해독제 행상을 계속했다. 겨우 고향 마을에 돌아간 것은 그해 늦가을이었다.

그런데 두 사람이 집에 돌아온 다음 날 아침, 다키의 행방이 묘연해졌다. 다시 행상을 나간 것은 물론 아니다. 애초에 고리짝도 두고 맨몸으로 나갔다. 다만 기묘하게도 찬합에 식은 밥과 남은 반찬을 담아 가지고 간 흔적이 있었다.

마을 사람들이 근방을 찾아다녔지만 도통 보이지 않았다. 짐작 가는 곳 없느냐는 물음에 유키코가 "설마……" 하고 주저하면서 대숲 이야기를 했더니 그 말을 들은 마을 노인이 이렇게 말했다.

"다키는 제물로 바칠 음식을 가지고 오겠다고 **그것**에게 약속을 해 버렸어. 그러니까 그 애는 거기로 돌아갔을 거야."

도쿠유 촌 사사메 신사의 신관에게 황급히 연락을 취했다. 하지만 그쪽에서는 다키는 오지 않았다고 한다. 마을에서 그녀의 모습을 본 사람은 아무도 없다는 답변이었다.

그래도 신관은 나중에 상태를 보러 대숲 신사에 갔다고 한다. 그것이 예의 대숲의 명칭이었다. 그러자 사당 앞에 찬합이 놓여 있었다고 한다. 다만 안은 비어 있었다. 구석구석까지 핥아먹은 것처럼 밥풀 하나 없었다.

그런 연락이 왔을 뿐, 그 길로 다키는 행방불명이 되었다고 한다.

【뱀길의 요괴: 쇼와시대(전후)】

이지마 가쓰토시는 헤이베이 정에서 유리아게 촌까지 이어지는 쿠에 산 산길을 차를 몰고 돌아가는 중이었다. 처음에야 녹음이 울창한 출퇴근길을 즐길 수 있었지만, 이제 그런 여유라고는 아예 없다. 일하느라 지친 상태에서 앞으로 두 시간 정도 신경을 소모해야 하기 때문이다.

그가 출퇴근을 위해 왕복하는 비포장 산길은 차 한 대가 겨우 지나갈 만한 폭이다. 혹시라도 맞은편에서 차가 오면 어느 한쪽이 다른 차를 기다리기 위한 대피소까지 후진해서 돌아가야 할 판이다.

대피소가 상당수 설치돼 있다고는 하지만 이게 보통 일이 아니다. 더욱이 몹시도 구불구불한 길이기 때문에 운전중에는 조금도 긴장을 늦출 수 없다. 핸들과 기어를 끊임없이 조작해야 해서 운전을 좋아하는 그도 때로는 두 손을 들고 싶어진다.

이지마가 사는 유리아게 촌에서 그가 근무하는 헤이베이 정의 닛쇼방적 공장까지는 이 산을 넘는 길 말고 해안선을 달리는 길도 있다. 단, 바다를 따라 난 길은 가이류 정과 가이린 정 두 곳을 통과하면서 크게 우회하기 때문에 넉넉잡아 네 시간은 걸린다. 그에 비해 산길은 두 시간 정도면 된다. 아무리 운전이 힘들더라도 대다수는 이쪽 길을 선택할 것이다. 그럼 처음부터 헤이베이 정에 살면 좋았겠지만 그렇게 간단한 문제가 아니었다.

일본의 방적업은 전쟁 전에 면포 수출로는 세계 제일을 자랑했다. 그러다 제2차대전으로 급격히 쇠퇴한다. 하지만 패전 후 오 년의 세월을 거치며 다시금 융성해져 오늘에 이른다. 이 면방적업 세계에서 일익을 담당하고 있는 것이 헤이베이 정의 닛쇼방적이다.

이 회사 덕분에 헤이베이 정도 대단히 번창하고 있었다. 개발이 진척되고 상업시설도 많이 생겨 인구도 늘어만 갔다. 단, 그러다 보니 물가도 올랐다. 특히 임대 아파트 부족으로 집집마다 집세가 뛰었다.

닛쇼방적에 경사스럽게 취직한 뒤 이웃 정에 있는 아버지의 먼 친척 집에서 임시방편으로 신세 지던 이지마도 저렴한 물건을 구하려 주변 정들을 찾아 다녔다. 하지만 다들 똑같은 생각을 하는지, 멀리까지 나가보아도 좀체 조건이 맞는 방을 찾을 수 없었다.

그러고 있는데 회사 임원인 구루메 사부로에게 유리아게 촌 이야기를 들었다. 보통은 일반 사원과 임원이 이야기를 나눌 기회는 없지만, 구루메는 '현장 애호가'로 알려진 인물로 평소부터 곧잘 공장 안을 둘러보곤 했다. 그런 가운데 특별히 친하게 지내는 사원이 몇 있었는데, 이지마도 그중 한 명이었다.

"……촌에 사신다고요?"

놀라서 장소를 물어보니 헤이베이 정에서 차로 산길을 달려 두 시간 남짓이나 걸린다고 한다. 그가 무심코 떨떠름한 얼굴을 했더니 구루메가 의미심장하게 웃었다.

"그것도 일이 년만 참으면 분명 나한테 감사하게 될걸."

"무슨 뜻입니까?"

호기심에서 물어본 이지마에게 구루메가 술술 말해주었다.

1953년에 '정촌 합병 촉진법'이 시행되고 같은 해 '정촌 합병 촉진 기본 계획'을 내각 회의에서 결정한 결과, 향후 전국적으로 시정촌의 합병이 추진될 것이다. 이는 헤이베이 정도 예외가 아니어서 실제로 헤이베이 시가 될 계획이 있다고 한다. 그리고 이야기에 나온 유리아게 촌은 요 몇 년 사이에 인구가 착실히 늘고 있었다. 따라서 다른 네 마을과 합병해 '고라 정'이라는 하나의 정이 될 가능성이 생겼다고 한다.

"다른 네 마을의 인구는 대략 도쿠유 촌이 천오백 명, 시아쿠 촌이 천사백 명, 이시노리 촌이 천사백 명, 이소미 촌이 팔백 명이야. 거기에 유리아게 촌의 이천육백 명을 더하면 칠천칠백 명이 되지. 정이 되기 위해서는 팔천 명이 필요한데, 이건 좀 오래된 자료라 지금은 더 많을 거야. 고라 정의 탄생은 꽤 현실성이 있다 이거지."

그렇게 되면 헤이베이 시와 새로 생긴 고라 정을 연결하는 도로나 과거의 유리아게 촌과 다른 네 마을을 잇는 도로도 반드시 함께 만들어진다. 필시 버스 노선도 생길 것이다. 즉 새로 생긴 고라 정 중에서도 지금의 헤이베이 정과 가장 가까운 유리아게 촌이 개발되는 것은 거의 틀림없다. 넛쇼방적 사원을 염두에 둔 공동주택 단지를 세울 계획이, 그것도 독신뿐만 아니라 가족 단위를 대상으로 한 계획이 실은 이미 존재한다.

그런 정보를 구루메는 꽤나 득의양양하게 가르쳐주었다.

요는 정이 되어 개발된 뒤에 옮겨가기보다 지금 미리 이사하는 편이 두루두루 유리하지 않겠느냐는 이야기다. 확실히 일리가 있기도 하고 이 이상 친척 집에 폐를 끼칠 수도 없다는 생각이 들어 이지마는 유리아게 촌 이주를 마음먹었다. 언젠가는 구입할 작정이었던 차도 대출로 샀다. 홀가분한 독신이라 이사하는 수고도 그리 들지 않았다.

다만 "일이 년만 참으면"이라는 구루메의 말은 미심쩍다고 봤다. 확실히 정촌 합병은 일이 년 뒤에 이루어질지 모른다. 하지만 실제로 도로가 뚫리는 것은 거기서 또 일이 년 뒤 아닌가. 최단으로 잡아도 이 년 정도, 자칫하다가는 사 년 이상 현 상태의 출퇴근이 이어지게 된다.

그래도 처음에는 문제없다고 판단했지만, 아무래도 지나치게 낙관한 모양이었다. 4월 하순에 유리아게 촌으로 옮겨와서 넉 달 남짓만에 그는 몹시도 지쳐버렸다.

지금은 여름이니까 그나마 나을지 모른다. 차로 산속을 달리고 있으면 창문으로 기분 좋은 바람이 들어온다. 먼지 많은 동네에서 돌아오는 길이면 이 상쾌함에 잠시 마음이 씻기는 기분이 든다. 하지만 그런 기분도 유리아게 촌 사람들이 '뱀길'이라 부르는 끝없이 구불구불 휘어지는 길을 운전하다 보면 금세 날아가버린다. 오히려 반대로 기분 나쁜 진땀이 흐르는 상황에 처하기 십상이다.

머지않아 겨울이 오면 대체 어떻게 될까? 산속에는 눈이 쌓이는 곳도 있다고 한다. 길이 얼어붙을지 모르니 타이어체인이 필요해진다. 당연히 이제까지보다 더 신중하게 운전해야 할 것이다. 그 결과 두 시간으로는 출퇴근하지 못하게 되리라.

그뿐이 아니다. 아침은 아직 밝지만 돌아가는 길은 깜깜한 어둠이다. 헤드라이트 불빛만으로 이렇게 구불구불한 눈길을 미끄러질까 걱정하면서 달려야 한다. 정말이지 상상하는 것만으로도 등줄기가 오싹해진다.

오싹하다는 말이 나왔으니 말인데…….

요즘 산속에서는 무시무시한 사건이 연이어 일어나고 있었다. 하나같이 자연의 장난으로 볼 수밖에 없는 내용이지만, 그렇다고 단정하기에는 망설여진다. 그런 기분 나쁨이 아무리 해도 남는다. 참으로 불가해한 현상이다.

산속 내리막길을 달리고 있는데 바로 몇 미터 앞에 커다란 바위가 떨어졌다.

아침부터 하늘이 맑게 개서 비 한 방울 내리지 않았는데, 돌아가는 산길에 굉장히 질퍽거리는 곳이 있어서 하마터면 핸들을 놓칠 뻔했다.

 몇 안 되는 직선로에서 속도를 조금 내는 순간 느닷없이 옆의 숲에서 키 큰 나무가 넘어져서 까딱하면 맞을 뻔했다.

 엄청난 수의 나무 열매 같은 것이 산길에 굽이굽이 뿌려져 있어서 그것을 밟는 바람에 타이어가 피를 뒤집어쓴 것처럼 새빨갛게 물들어버렸다.

 유리아게 촌에 사는 닛쇼방적 사원들 일부가 이제까지 이런 기묘한 꼴을 몇 번 당했다. 다들 자동차 통근이지만 근무하는 부서가 각기 다르기 때문에 출퇴근 시간도 조금 다르다. 따라서 두 대의 차가 동시에 같은 현상에 조우한 적은 현재로서는 없다.

 "처음에는 내가 피곤한 건가…… 싶었어."

 실은 모두가 산속에서 무서운 일을 겪고 있음을 알기까지, 다들 자신의 정신적 문제라 여기고 있었다. 모든 사건이 해 질 무렵에 일어나기 때문에 더욱 그렇게 생각했는지도 모른다. 이를 공유하게 된 것은 타이어에 남은 진흙이나 나무 열매가 들러붙어 생긴 더러움 같은 증거가 구체적으로 나온 뒤부터였다.

 인원은 아직 적지만 그들도 이지마와 같은 이유로 일찌감치 유리아게 촌으로 이주한 사람들이었다. 다 똑같이 평화장이라는 공동주택에 입주해 있다. 그러다 보니 "우리가 외지인이라서 마을 사람들이 짓궂은 장난을 치는 것 아닌가"라고 의심하는 사람도 나왔다. 하지만 유리아게 촌에 살기 시작하고 나서 누구도 그런 차별을 당한 적은 없다. 오히려 헤이베이 정과 닛쇼방적 덕분에 앞으로 마을이 발전할 거라고 촌민들은 기뻐했다. 그래서 무척 친절히 대해주었다.

출퇴근의 어려움을 제외하면 매우 살기 좋은 곳이라 할 수 있었다.

물론 개중에는 헤이베이 정 사람이라는 것만으로 싫어하는 이들도 조금은 있다. 하지만 그런 인물은 대개 성미가 까다로운 괴짜라 마을에서도 고립돼 있었다. 일례를 들면 가키누마 도루라는 쉰 살 전후의 사내다. 가키누마 가는 유래를 따지자면 마을의 최대 지주인 오가키 가의 분가로, 나름대로 유복했다. 그보다 더 위로는 도쿠유 촌 사사메 신사로까지 거슬러 올라간다고 한다. 조상이 오가키 가에 데릴사위로 들어와서 그 자손이 분가가 됐다는 사정이 있었다. 그 정도로 역사가 오래된 가계임에도 불구하고 도루는 자기 대에서 단숨에 가세를 기울여버리고 말았다. 전부 무능함과 거만한 성격 때문이라고 한다. 그의 아내는 아이를 데리고 친정으로 돌아가서 이혼 신고서만 보내 왔다고 들었다. 그 뒤로 그는 자산을 조금씩 떼어내 팔면서 넓은 집에 혼자 살고 있었다.

그렇다고 해서 가키누마 도루가 이지마나 사원들에게 짓궂은 장난을 칠 것 같지는 않다. 만일 산속의 현상이 인위적인 것이라면 한두 사람의 힘으로는 절대 무리이기 때문이다. 아무리 봐도 여러 명이서 한 짓이라는 이야기다. 하지만 가키누마 도루는 마을 내에서 거의 고립돼 있었다. 애초에 그는 제 의사로 완전한 은둔 생활을 하고 있다. 그런 인물이 헤이베이 정 사람을 싫어하는 소수의 사람과 일치단결해서 악질적인 행위를 거듭할까?

얼마 지나지 않아 촌민들 중에도 같은 피해를 당하는 사람이 생겼다. 그때까지 닛쇼방적 사원들만 경험한 이유는 단지 헤이베이 정까지 왕복하는 사람이 그들 말고는 별로 없었기 때문임을 알게 됐다.

산속의 괴이 현상은 그 뒤에도 형태를 바꾸어 계속됐다. 이지마와 사이가 좋은 구보사키가 해가 거의 넘어가 어스레해진 뱀길을 달리다가 대피소에 누가 서 있음을 깨달았다. 그런데 옆에 차가 없다.

길에서 벗어나 떨어졌나?

구보사키는 황급히 차를 세우려다가 반대로 액셀을 밟아 달아났다고 한다.

"그놈은 온몸이 허여스름해서는 멀뚱히 서 있었어. 게다가 몸이 흠뻑 젖어 있는 것 같았고."

그런 사람 같은 것이 서 있었기 때문에 엉겁결에 속도를 내서 그 자리에서 달아났다는 듯하다.

사람 같은 기분 나쁜 존재의 출몰은 구보사키의 목격담 이후 순식간에 모두 경험하게 됐다. 거기에는 소수나마 촌민들도 포함됐다. 다만 묘한 것은 보는 사람에 따라 그 모습이 달라졌다는 점이다.

온몸이 허여스름하고 흠뻑 젖어 있다.

몸이 나뭇가지나 잎뿐이라서 초록색 덩어리로 보였다.

머리 꼭대기에서 발끝까지 그림자처럼 새까맸다.

몸이 빨갛게 타고 있는데도 주위는 어둠에 휩싸여 있었다.

다행히도 이지마는 아직 목격한 적이 없다. 그렇다 한들 언제 마주칠지 모른다고 생각하니 귓갓길이 더더욱 꺼림칙해졌다.

산속의 불가해한 사건, 특히 가장 마지막에 나온 목격담과 과연 관계가 있는지는 불분명하지만, 7월 중순 무렵부터 마을에서 작은 불이 자주 났다. 게다가 전부 다 수상쩍었다. 화재가 난 곳이 바닷가의 어부 오두막, 전답의 헛간, 마을 공동우물의 지붕 같은 묘한 장소뿐이었다. 논 수로와 가까운 헛간이 탔다는 이유로 이 수상한 불은 물과 관계있다고 주장하는 사람도 있었지만, 그 이유까지는 아무도 몰랐다.

그뿐이 아니었다. 8월 백중날 축제에서 사람들에게 나눠준 버섯국이 원인인 식중독이 발생했다. 다행히 가벼운 구토와 설사로 끝났지만 피해자는 십수 명에 이르렀다. 버섯국 재료를 조달한 것도, 그 요리를 담당한 것도 다 마을 부인회. 다들 독버섯 같은 것은 따지 않았다고 증언했다. 하지만 보건소에서 남은 버섯국을 조사해보니 냄비에서 유귀버섯이라는 독버섯이 발견됐다. 맛있는 암귀버섯과 외양이 거의 똑같다는 듯하다. 그래서 잘못 봤다고 판단됐다. 다른 재료와 섞여서 독성이 조금은 중화됐는지 다행히 심각한 사태에 이르지는 않았다. 참고로 피해자 가운데 닛쇼방적 사원은 한 사람도 없었다.

이쯤 되니 전부터 일부 촌민 사이에서만 수군거리던 소문이 삽시간에 온 마을에 퍼졌다. 뒤늦게나마 이지마와 다른 사원들도 그 소리를 들었다.

'하에다마'의 앙화 아닌가?

물론 무슨 소리인지 도통 알 수 없었다. 아니, 그보다 '앙화'라는 것이 요즘 세상에 있을 리 만무하다.

"이런 시골 사람들은 역시 미신을 잘 믿어."

이지마처럼 산길로 출퇴근하지만 이건 확실히 괴이하다고 할 만한 현상과는 여태 맞닥뜨리지 않은 마에카와가 이렇게 말하며 웃었다. 하지만 그에게 동조하는 사람은 적었다.

"너도 조만간 그런 여유 없어질걸."

오히려 마에카와에게 정색하고 충고하는 사람이 있었을 정도다.

이윽고 구보사키가 고생고생해서 평화장 집주인의 아들에게 '하에다마'에 관한 소문을 자세히 듣고 왔다. 왜 어려웠느냐면 그런 이야기가 외지인 사이에 퍼지면 마을의 인상이 단숨에 나빠지기 때문이다. 닛쇼방적 사원뿐 아니라 관계자나 가족까지 조만간 정이 될 이 지역에 불러들이려 하는데, 지금부터 이상한 소문이 나면 지장이 생긴다고 오가키 가를 비롯한 마을 유력자들은 생각했다고 한다.

집주인 아들에게서 캐낸 이야기가 참 요령부득했다.

'하에다마'라는 것은 한자로 '蠅玉'이라 쓴다. 고라 지방 서쪽 끝에 위치한 도쿠유 촌에서 오래전부터 두려워하는 요괴다. 그것이 도쿠유 촌 배후에 있는 구에 산을 타고 유리아게 촌의 쿠에 산까지 넘어와서 뱀길에 바위를 떨어뜨리거나 나무를 쓰러뜨리는 등 갖가지 괴이 현상을 일으켰다. 왜냐하면 하에다마˙는 고라 땅에 외지인이 들어왔을 뿐 아니라 산과 숲의 개발까지 계획되고 있다는 데에 대단히 화가 났기 때문이다. 그래서 자신의 기괴한 모습까지 산속을 지나는 사람들에게 보였다. 그 모양새가 목격한 인물에 따라 다른 것은 상대가 인간이 아니라는 증거다. 하지만 전혀 그만둘 낌새가 보이지 않아서 이번에는 마을 사람들에게 경고하기 시작했다. 그것이 연달아 발생한 작은 화재나 식중독 사건이었다는 것이다.

"애초에 하에다마˙란 게 뭔데?"

이 중요한 의문에 집주인 아들은 만족스러운 대답을 하지 못했다고 한다. 다만 소문을 캐낸 구보사키의 감으로는 일종의 '토지 신'이 아닌가 싶었다.

이야기를 얼추 듣고 나서 이지마는 고개를 갸웃하며 말했다.

"예로부터 그 지역에서 모시던 신이 외지인의 침입과 토지 개발에 진노했다. 그건 이해가 되는데 우리나 마을 사람들이 겪는 현상이…… 구체적인 사건이…… 정말로 일어날 수 있을까?"

그날 마에카와의 방에 모여 있던 사람들 가운데 이지마의 의견에 찬동을 표한 것은 그 방의 주인뿐이었다. 나머지는 전부 고개를 숙여버렸다.

하지만 구보사키만이 금방 고개를 들더니 의미심장한 어조로 이야기를 꺼냈다.

"내가 어릴 적에 마을 변두리에 있던 오래된 사당을 길을 넓히기 위해 딴 곳으로 옮겼거든. 마을 늙은이들도 그 사당에 뭐가 모셔져 있는지 모를 정도로 옛날부터 있었다더라고. 그런데 사당을 이전한 다음 날에 거기서 가장 가까운 집 할멈이 돌연 세상을 뜬 거야. 며칠 뒤에는 둘째로 가까운 집 갓난아기가 갑자기 죽었고. 그리고 또 며칠 뒤에 셋째로 가까운 집에서 감기로 누워 있던 부인이 느닷없이 눈을 감았어."

구보사키는 이지마를 가만히 바라보았다.

"알겠어?"

"사당에서 가까운 집부터 순서대로 사망자가 나오기 시작했다, 이건가."

바로 대답한 이지마에게 고개를 끄덕이면서도 구보사키는 더 불쾌한 지적을 했다.

"게다가 죽은 건 그때 그 집에서 가장 약해져 있던 사람이야. 그래서 우연처럼도 보였지만 그렇게 생각한 사람은 거의 없었다더군. 급히 사당을 원래 장소로 되돌리고 신관에게 새로 참배를 해달라고 했어. 덕분에 네 번째 집에서 사망자가 나오는 일은 없었지."

"그것과 똑같은 일이 여기서 일어나고 있다는 말이야?"

"외지인인 내가 단언은 못 하지. 하지만 하에다마˚ 이야기는 우습게 여기지 않는 편이 좋을 것 같아."

"아니, 절대 그럴 생각은……."

이지마는 황급히 부정했지만 마에카와는 달라진 기색이 없었다. 마을 사람뿐 아니라 동료들까지도 구제 불능의 미신가라고 어이없어하는 듯했다.

그가 이렇게까지 강한 태도를 취할 수 있었던 것은 원래 성격이 그렇기도 했지만 실은 같은 평화장 주민인 노조키 렌야라는 사내의 영향이 컸을지도 모른다. 노조키라는 희귀한 성씨를 가진 이 인물은 저서도 있는 이단의 민속학자로, 취재를 위해 고라 지방에 체류중이라고 한다. 방값은 내지 않은 모양이다. '연구를 위해서'라고 집주인을 설득해서 완전히 무상으로 쓰고 있다는 소문이었다. 게다가 평화장의 방은 어디까지나 베이스캠프로 사용하고, 듣자니 평소에는 각 마을의 신사나 절이나 유력자 집에 신세를 지고 있다고 한다. 당연히 한 푼도 치르지 않은 채 말이다.

노조키가 무엇을 조사하고 있는지는 마에카와도 몰랐지만, 아무래도 무류의 애주가들이라 죽이 맞는지 곧잘 둘이서만 술을 마시곤 했다. 그래서 싫다는 마에카와를 시켜 억지로 하에다마˚ 이야기를 물어보게 했는데, "너희 때문에 '그런 걸 믿느냐'라며 나까지 웃음거리가 됐잖아"라는 결과가 나왔다. 다만 노조키는 묘한 대사도 입에 담았다.

"'하에다마' 같은 요괴가 존재할 리 없지만 '하에다마'가 무시무시한 건 사실이야."

무슨 뜻이냐고 마에카와에게 물어도 "내가 어떻게 알아?" 하며 화를 낸다. "선생님은 학자니까 분명 무슨 생각이 있겠지"라는 말밖에 하지 않는다.

평화장 집주인 아들에 따르면 노조키 렌야는 마을 사람들에게 이야기를 캐내는 데는 무척 열심인 주제에 제 의견을 물으면 바로 입을 닫는다고 한다. 그런 것이 취재인지 몰라도 상대방에게 정보를 얻기만 하고 자신은 뭐 하나 주려 하지 않는다. 그런 태도가 다른 마을에서도 문제가 되고 있다는 듯하다. 또 노조키는 왠지 가키누마 도루와도 접촉중이어서 그 점이 유리아게 촌 사람들의 불안을 묘하게 부추기는 측면도 있다는 이야기였다.

이지마는 해가 차츰 저물어가는 쓸쓸한 뱀길을 달리면서 아까부터 이 일련의 사건을 떠올리고 있었다.

노조키 렌야는 차치하더라도, 구보사키와 같은 이들이 걱정하는 것도, 그들을 마에카와가 차가운 눈으로 보는 것도 둘 다 이해가 되는 만큼 이지마는 난처했다. 자신은 아직 산길 일부가 진창이 된 현상밖에 겪지 못했다. 그날은 비가 내리지 않았기 때문에 꽤 으스스한 일이라 느꼈지만, 개인적으로는 지하수 같은 것이 원인이 아닐까 생각하고 있었다. 따라서 하에다마* 소문을 무턱대고 믿을 정도의 두려움은 없었다.

 하지만 이렇게 깊숙한 뱀길로 돌아가다 보면 문득 불안을 느끼는 순간이 있다. 예컨대 바로 지금, 그의 차가 전방에 보이기 시작한 대피소에 접어들었을 때처럼.

 사람 같아 보이지만 사람 아닌 것이 서 있지는 않을까……?

 이런 공포를 순간적으로 느끼고 만다. 그쪽으로 시선을 주지 않으려고 눈초리에 괜한 힘이 들어간다.

 한창 운전하는 중에 바위나 나무에 방해를 받는 것은 물론 위험하고 무섭다. 그렇다 한들 아직 사고라고 생각할 여지가 있다. 하지만 사람 비슷한 것의 출현은 다르다. 그 자리에 정체 모를 무언가가 분명히 있는 것이다. 한둘이 아닌 여러 명의 목격자가 그렇게 증언하고 있으니 틀림없다. 무얼 위해 어디서 왔는지 도통 알 수 없는 것이 거기에 우뚝 서 있다. 마치 기다리고 있던 것처럼…….

 절대 마주치기 싫다.

 이지마는 새삼 이렇게 생각하면서 차를 몰았다. 자기뿐만 아니라 마에카와도 그것과는 조우한 적이 없다. 이대로 아무 일 없이 끝났으면 좋겠다고 이지마는 간절히 기도했다.

 언제까지고 익숙해지지 않는 산길을 그저 신중히 운전한다. 이윽고 커브가 심한 곳에 들어섰기 때문에 속도를 줄이면서 꺾었다. 그러자 다음 대피소가 시야에 확 들어왔다. 하지만 그 찰나 이지마는 움찔했다.

 뭔가 있다.

 뱀길 중간에 설치된 대피소는 산을 깎아낸 쪽 아니면 골짜기를 향해 튀어나온 쪽 좌우 둘 중 한 곳에 마련돼 있다. 전자는 산 표면이 배경이 되기 때문에 거기에 차가 세워져 있거나 사람이 서성거리고 있어도 알아보기 쉽지만, 후자는 뒤쪽이 숲의 나무로 덮여 있기 때문에 주행중인 차에서 일별한 것만으로는 뚜렷이 보이지 않는다. 길이 구불구불한 상태에서는 더더욱 그렇다.

방금 뭔가가 서 있는 것 같았던 대피소도 산길이 금방 꺾여버리자 이제 나무들 너머로만 보였다.

자연히 속도가 떨어진 차 안에서 필사적으로 응시했다.

흘긋, 흘긋, 흘긋, 흘긋.

확실히 뭔가 언뜻 보이기는 하는데, 나무들로 보인다. 그런가 하면 숲에 있는 수목과는 아무리 봐도 역력히 다른 것 같기도 하다.

산길이 또다시 구부러져서 마침내 바로 정면 왼쪽에 뭔가가 우뚝 서 있는 대피소가 나타났을 때였다.

도롱이를 쓰고 있는 건가?

아무래도 그것이 지푸라기를 엮어서 만든 우비용 도롱이를 덮어 쓰고 있는 듯하다는 것을 알아차렸다.

뭐야, 마을 사람인가……?

안도한 것도 잠시, 대피소에 차가 서 있지 않다는 것을 이지마는 퍼뜩 깨달았다. 그러면 도롱이를 쓴 인물은 어떻게 여기까지 왔나? 대체 무슨 볼일이 있어 이런 곳에 서 있나?

마을과 더 가까운 지점이라면 확실히 전답이 있기는 하다. 거기서 농사일을 하기 위해 마을 사람들은 경트럭을 운전한다. 그는 그런 경트럭 앞뒤를 달리거나 스쳐 지난 적이 몇 번이나 있었다.

하지만 이런 산속에…….

마을 전답 같은 것이 있을 리 없다. 설사 그가 모르는 외떨어진 땅이 존재한다 해도 여기까지 오려면 반드시 차가 필요하다. 하지만 대피소에는 차 그림자도 보이지 않는다. 게다가 비는 애당초 전혀 내리고 있지 않다.

이런 생각이 한순간에 이지마의 머릿속을 오갔다. 그래서 새삼 전방의 **그것**이 예사롭지 않다는 사실을 인정한 참에 간신히 도롱이의 머리 부분이 눈에 들어왔다.

……새까맣다.

까맣고 동그란 것이 도롱이 위에 얹혀 있다. 그렇다고 해서 완전한 구형은 아니다. 더 일그러진 느낌이 든다. 이때 그가 반사적으로 떠올린 건.

거대한 검은 양배추…….

인간의 머리만 한 양배추였다. 다만 흰색 섞인 녹색이 아니라 터무니없이 까맣다.

그런 이형의 모습이 눈에 들어온 순간 이지마는 액셀을 밟고 있었다. 바로 전방에 급커브가 있었지만 개의치 않고 밀고 나갔다.

끼이이이익.

엄청난 브레이크 소리가 산속에 울려 퍼지는 동시에.

부아아아아앙.

길모퉁이 주변에 성대한 흙먼지가 일었다. 그 탓에 시야가 나빠졌지만 그는 다시 속도를 올렸다. 조금이라도 대피소에서 멀어지고 싶다는 일념으로 죽을힘을 다해 운전했다.

이러다가 사고 내겠다.

겨우 자제심이 작동한 것은 조금만 더 갔다가는 차가 커브를 채 돌지 못하고 골짜기 바닥으로 처박힐 뻔했을 때다.

거기서부터는 일변하여 이지마는 이번에는 굼벵이 운전으로 차를 몰았다.

저게…….

사람들이 조우했다는 하에다마°일까? 하지만 이제까지의 목격담과는 꽤 다른 모습 아니었나? 여기까지 생각했을 때 오히려 누구 하나 똑같은 것을 목격하지 않았다는 기분 나쁜 사실이 떠올랐다.

상대는 괴이한 존재니까…….

보는 사람에 따라 외관이 바뀌는 걸까? 거기에 무슨 의미가 있나? 만일 있다고 한다면, 검은 머리와 도롱이 몸을 목격한 나는 대체 어떻게 되지?

내내 걱정하면서도 굼벵이 운전을 계속하는 사이에 다음 대피소가 가까워졌다. 이번에는 산 쪽 대피소이지만 시야에 언뜻 들어온 순간 몸이 움찔 반응했다.

아무것도 없다.

안도한 뒤에 그는 속도를 조금 올렸다. 산속에서는 해가 빠르게 진다. 가능하면 깜깜해지기 전에 마을로 돌아가고 싶었다.

그간 들은 사람들의 목격담으로는 이형의 존재와 조우해서 겁이 났지만, 그 뒤 산길에서 또 무서운 일을 겪었다는 사람은 없었다. 그런 것과 만난 일은 재앙이지만, 지금은 너무 많이 생각하지 말고 어쨌든 마을까지 무사히 운전하면 된다.

이지마는 마음을 다잡고는 속도를 조금 더 올렸다. 덕분에 다음 골짜기 쪽 대피소가 생각보다 빨리 나타났다. 그곳을 의식하지 않고 잽싸게 지나가려고 했을 때였다.

어라.

아까와 똑같은 외관을 한 **그것**이 거기에 우뚝 서 있었다. 그런 무서운 광경이 순식간에 두 눈동자에 뛰어 들어왔다.

마, 말도 안 돼…….

전전 대피소에서 여기까지, 그것이 이지마의 차를 추월해서 앞지를 수 있을 리 없다. 첫째로 그것은 차가 없다. 아니, 설사 있었다 해도 완전히 외길이다. 그에게 전혀 들키지 않고 여기에 먼저 올 수 있을 리 없다.

아니면 숲속을…….

그것은 최단거리로 이동한 걸까? 멀리 돌아가는 뱀길보다는 확실히 숲으로 오면 거리가 짧을지 모른다. 그렇다 한들 숲에는 나무가 무수히 떼지어 있으며 바위가 굴러다니고 덤불이 무성하다. 더군다나 높낮이 차도 있다. 구불구불한 산길보다 자칫하면 몇 갑절은 힘들지 않겠는가.

그것이 인간이라면…… 그렇겠지만.

대피소에 도착하기까지의 몇 초 사이에 이런 의문과 생각이 떠올랐다. 하지만 이번에도 이지마는 액셀을 세게 밟아 단숨에 그 자리에서 벗어났다. 전과 다른 점이라면 두 개 정도 커브를 꺾은 부근에서 곧장 속도를 늦췄다는 것이다.

적어도 쫓아오지는 않는 모양이다.

이렇게 판단할 수 있었기 때문이다. 그렇다고 해서 공포심이 옅어진 것은 당연히 아니다. 오히려 더 커졌을지 모른다. 이형의 존재를 목격한 사람은 여럿 있지만, 연이어 본 사람은 그가 처음이다. 이 사실이 정말이지 견딜 수 없이 무서웠다.

다, 다음 대피소에도······.

그것이 서 있으면 어떡하지? 물론 멈추지 않고 곧장 달려갈 뿐이겠지만 그걸로 끝날까? 그것을 계속 목격하는 사이에 뭔가 당치도 않은 일이 내 몸을 덮치는 것 아닐까?

이지마는 전전긍긍하면서 차를 몰았다. 이제 와 되돌아갈 수도 없다. 게다가 방향을 전환하기 위해서는 다음 대피소까지 갈 필요가 있다. 그곳을 지나고 싶지 않아서 방향을 돌아가려는 건데, 완전히 본말전도 아닌가.

아니지, 이제 퇴근길 절반은 지났나?

넉 달이나 다닌 길인데도 지금이 산속 어느 부근인지 여전히 알 수 없어지곤 했다. 특히 돌아가는 길은 황혼 녘의 운전이 많기 때문에 더욱 판단하기 어렵다. 그래도 경과 시간과 이동 거리를 볼 때 반 이상은 왔다고 짐작할 수 있었다.

계속 차를 몰고 있으니 문제의 대피소가 불쑥 나타났다.

······없다.

다행히 아무것도 보이지 않아서 모르는 사이에 들어가 있던 어깨 힘이 슥 빠졌다.

이제 나오지 마라.

이지마는 기도하면서 운전했다. 빨리 돌아가고 싶어 속도를 올리고 싶었지만 억지로 눌렀다. 불안정한 정신 상태일 때 차를 빨리 몰아서는 안 된다. 그런 상식이 가까스로 작동했다.

한동안 달리자 전방에 다음 대피소가 보이기 시작했다. 그 순간 핸들을 쥔 손이 크게 떨려서 차체가 좌우로 비틀거렸다. 속도를 너무 올리고 있었다면 틀림없이 사고를 냈으리라.

어, 어, 어떻게…….

크게 휘어진 커브의 나무들 너머로 **그것** 같은 것이 보인다. 여전히 대피소에 멀거니 서 있다.

왜 나만 사람들과 다른 일을 당하는가? 불합리하지 않나, 화가 나기까지 했다. 사람 비슷한 것과 만난다 해도 다른 목격자처럼 한 번이었으면 좋겠다.

이치에 맞지 않는 존재에 이지마가 공포와 분노를 느끼는 동안에도 차는 자꾸만 그것에 다가간다. 눈을 돌리고 싶지만, 무서운 것을 보고 싶은 마음도 솔직히 있었다. 그래서 그는 지나갈 때 저도 모르게 흘깃 보고 말았다.

설마…….

그 결과 기분 나쁜 사실을 깨달았다. 그렇다 한들 뒤를 돌아보면서까지 확인할 용기는 없었다. 그대로 차를 몰면서 세 번이나 본 그것의 모습을 머릿속에서 비교해 보았다.

……조금씩 돌아보고 있어.

맨 처음에 목격한 그것은 뒤를 보고 있지 않았던가. 그러니까 얼굴에 해당하는 부분은 까맣고 아무것도 없었다. 두 번째 그것은 기분상 몸을 약간 비틀고 있었던 것 같다. 그리고 지금의 세 번째 그것은 명백히 몸의 방향을 트는 중이었다. 만일 다음에 만난다면 완전히 이쪽을 보고 있지 않을까.

공포가 증대했다. 네 번째 만났을 때는 그것과 눈이 마주칠지도 모른다. 이렇게 상상만 해도 몸이 싹 식었다. 해가 저물고 있다고는 해도 아직 덥다. 게다가 먼지가 이는 산속 길이다. 그럼에도 불구하고 차디찬 냉기가 차내에 감돌기 시작했다.

대피소 쪽을 보지 않으면 돼.

이렇게 생각하지만 자신은 없다. 호기심에 못 이겨 눈을 돌릴지도 모른다. 아까도 지나가기 직전까지 그럴 생각은 조금도 없었다. 하지만 그것을 보고 말았다.

게다가 무시하는 바람에 그것이 차 앞에 뛰어들어서 억지로라도 시선을 맞추려고 하면 대체 어떻게 하나?

아무리 생각해도 있을 수 없는 상황을 순간적으로 상정하는 스스로에게 이지마는 소름이 끼쳤다.

……난 이상해지고 있어.

한편으로는, 절대 불가능하다고 단언할 수는 없지 않은가 하고 느끼는 면도 있었다. 그것은 명백히 그를 의식적으로 앞지르고 있다. 이 점은 틀림없다. 즉 자신의 존재를 이쪽에 보여주고 싶은 것이다. 맨 처음에 뒤를 보였다가 점차 돌아보는 동작을 하며 변죽을 울리는 것도 그 때문임이 분명하다. 그렇다면 마지막에는 반드시 눈을 맞추려 하지 않겠는가.

거기까지 생각하자 다시금 오싹해졌다.

영문을 알 수 없는 존재가 어떤 행동을 취할지 그야말로 영문을 알 수 없지 않은가. 그런데도 그는 마치 그 마음을 읽을 수 있다는 양 이것저것 상상하고 있었다.

……머리가 이상해졌다는 증거야.

졸음을 쫓을 때와 마찬가지로 이지마는 뺨을 두드리고 나서 목을 흔들었다.

어쨌든 다음에 그것이 나타난다 해도 기필코 무시한다. 그대로 아무 일도 없었다는 듯이 자연스럽게 지나간다.

이렇게 단단히 결의하고 있는데 앞쪽에 대피소가 보이기 시작했다. 저도 모르게 움찔했지만 아무것도 없다. 거기에 서 있는 건 없다.

"휴우."

입으로 크게 숨을 내뱉으며 다시금 정신을 바짝 차렸다.

그런데 다음 대피소에 들어섰을 때도 그것의 모습은 보이지 않는다. 물론 나타나지 않는 편이 좋지만, 그것이 돌아보려 하고 있는 것 아닌가 하는 고찰 자체가 헛고생이 된 것 같아 무척 복잡한 기분이 들었다.

……잠깐.

하지만 그는 여기서 어떤 사실을 깨달았다.

지금까지 지나온 대피소에서 그것이 서 있었던 것은 골짜기 쪽뿐 아닌가? 산 쪽 대피소에서는 한 번도 발견하지 못한 것 같다. 지금 막 지나온 곳도 산 쪽이었다.

이건 무엇을 뜻하는가?

하지만 아무리 생각해도 모르겠다. 그야말로 이유 같은 건 없나? 그냥 우연인가? 그런 일이 세 번 이어졌을 뿐인가?

이럭저럭하는 사이에 대피소가 나타났지만 산 쪽이다. 그것은 서 있지 않았다.

……역시 그렇구나.

차를 계속 운전하면서 이지마는 가슴이 두근거리는 것을 느꼈다. 다음 대피소는 과연 산 쪽일까, 골짜기 쪽일까? 그것의 출현보다 이 점이 더 신경 쓰여서 견딜 수 없었다.

한동안 산길을 따라 딸리니 전방에 대피소가 보이기 시작했다.

골짜기 쪽이다.

무성한 나무숲을 응시하니 사이사이로 도롱이 같은 것이 어른거렸다. 그 위에는 거무스름하고 동그란 것이 확실히 있는 것 같다.

그것이 있었다.

커다란 커브를 신중하게 돌아 전방 왼쪽에 대피소가 나타났을 때 그는 순간적으로 망설였다. 액셀을 밟아야 할까, 이대로 속도를 늦춘 상태에서 저곳을 지나가야 할까.

망설이는 동안에도 대피소는 자꾸 다가온다. 시선을 똑바로 앞으로 향하고 있어도 그것의 모습이 시야에 들어오게 된다. 실제로는 몇 초밖에 안 될 텐데 터무니없이 긴 시간으로 느껴지고, 차창의 풍경도 선명히 보이는 것 같았다.

대피소에 접어들기까지 그것에 눈을 돌려야 할지 말지 망설이고 또 망설였다. 하지만 거기서 예상 밖의 사건이 일어났다.

그것이 허리를 숙여 차 안의 그를 들여다본 것이다.

"힉."

이지마의 입에서 한심한 목소리가 새어나왔다. 다음 순간, 그는 액셀을 밟고 있었다. 상상하던 일이 진짜가 돼버렸기 때문이다.

새까맣고 동그란 덩어리에 눈알이 하나뿐……

그 외눈이 그를 노려보고 있었다.

눈 깜짝할 사이에 대피소를 지나고 나서 문득 백미러에 눈길을 주니 그것이 산길로 뛰어나오는 참이었다.

쫓아온다!

액셀을 더 밟으려다 눈앞으로 들이닥친 커브를 퍼뜩 알아차렸다. 심지어 크게 왼쪽으로 꺾이고 있다.

황급히 브레이크를 밟고 기어를 내리는 동시에 재빨리 핸들을 돌렸다.

기이이이익.

흙먼지가 자욱하게 피어오르는 가운데 차는 꽁무니를 흔들면서 무사히 커브를 돌았다. 뱀길 운전에 익숙해서 살았지, 초기였다면 채 돌지 못하고 분명 골짜기 쪽으로 굴러떨어졌을 것이다.

헉헉.

안도와 흥분의 숨을 몰아쉬면서도 곧장 백미러를 들여다보았다.

없다.

쫓아온 게 아닌가? 하지만 대피소에서 산길로 도롱이를 크게 펄럭이면서 뛰어나오는 모습이 백미러에 똑똑히 비쳤다.

아니지…….

거기서 이지마는 생각해냈다. 그것은 산길을 굳이 쫓아오지 않아도 된다. 얼마든 앞지를 수 있으니 애초에 달릴 필요가 전혀 없다.

즉 이 앞 대피소에서…….

기다리고 있지 않을까? 하지만 이번에는 그냥 우뚝 서 있는 것이 아니다. 덮쳐올지도 모른다. 이쪽이 속도를 올려서 지나가려 해도 아랑곳 않고 달려드는 것 아닐까?

거기서부터 다음 대피소가 나타날 때까지는 그야말로 긴장의 연속이었다. 산 쪽이면 일단은 안심이지만 골짜기 쪽임을 안 순간 심장이 쿵 내려앉는다. 그리고 필사적인 눈빛으로 나무들 너머 그것의 모습을 찾기 시작한다.

혹시 새까만 머리나 도롱이 일부라도 눈에 들어오면 대피소 바로 앞까지는 속도를 늦추고 안전운전으로 가다가 바로 앞에서 단숨에 액셀을 밟아 달아날 작정이었다. 그런 안이한 작전이 실제로 도움이 될지 지독히 불안했지만, 달리 유효한 방책이 떠오르지 않으니 별수 없었다.

……골짜기 쪽인가? 하지만 없다.

……산 쪽이다, 살았어.

……골짜기 쪽 ……없지?

이렇게 분주한 생각을 몇 번씩 거듭하는 사이에 겨우 유리아게 촌 근방까지 돌아올 수 있었다. 하지만 그곳과 마을 사이에는 '어둠고개'라 불리는 장소가 있다. 딱히 괴담이 전해지는 것은 아니다. 주위 나무들이 너무나 울창하게 우거져 있어 낮에도 어둡다는 이유로 붙은 명칭이라고 한다.

평소의 이지마라면 특별히 신경 쓰지 않고 지나갔을 것이다. 하지만 지금은 아니다. 어둠고개에는 골짜기 쪽에 문제의 대피소가 있었기 때문에 더욱 그렇다.

그것이 기다리고 있다면 반드시 저기다.

자연히 차 속도가 떨어진다. 무심코 서행운전을 하며 시간을 질질 끌게 된다. 그러면서 어떻게든 해결책을 찾아내려고 했다.

그렇다 한들 외길이다. 저 고개를 넘지 않는 한 결코 마을로 돌아갈 수 없다. 단숨에 달려 빠져나간다 해도 저 어둠이 문제였다. 헤드라이트를 켜고 있어도 그렇게 속도를 내지는 못한다. 그런 장소다.

……그것은 있다.

분명 있다.

어떻게 하면…….

어둠고개로 이어지는 오르막길 바로 아래에서 이지마는 급기야 차를 멈추고 말았다.

날은 거의 저물었다. 우물쭈물하는 사이에 사위가 깜깜해질 것이다. 그 전에 고개를 넘는 편이 그나마 나을 것이 분명하다. 그도 이렇게 생각하지만 좀체 차를 출발시킬 마음이 들지 않았다.

어찌할 바를 모르던 이지마가 무심코 주위를 둘러봤을 때였다. 왼편 나무들 사이로 희미하게 번지는 불빛이 눈에 들어왔다.

앗, 오가키 씨의…….

그 순간 그의 가슴에 희망의 불빛이 반짝 켜졌다.

오가키 가는 유리아게 촌에서 대대로 마을 대표를 맡아온 가문이었다. 패전 후 농지개혁을 겪고서도 여전히 마을의 최대 지주인 땅부자다. 그런 오가키 가의 외떨어진 전답이 불빛 부근에 있었다. 은퇴한 히데토시 옹은 "몸을 안 움직이면 노망이 난다"가 입버릇으로, 거의 매일같이 경트럭을 타고 이 전답까지 다닌다고 한다.

구보사키에게 들은 이 이야기를 이지마는 불현듯 떠올렸다.

급히 차를 후진시켜서 지나쳐 온 왼쪽 샛길까지 돌아갔다. 뱀길에서 분기점이 있는 곳은 여기뿐일지도 모른다. 잡초가 우거졌으면서도 자동차 바퀴 자국이 남아 있는 좁은 길로 들어가 한동안 직진한 다음 왼쪽으로 꺾는다. 그러자 전방에 커다란 헛간이, 왼편에 커다란 덤불이 나타났다. 그 덤불 사이로 보이는 길을 따라가면 분명 외떨어진 전답으로 빠질 것이다. 그쪽에는 작은 헛간도 있다지만 여기서는 보이지 않는다.

이지마는 차를 세워 내리고는 보통 민가 이층집만 한 크기의 큰 헛간으로 걸어갔다. 왼쪽 측면 상부에 채광용 창이 있고, 거기서 전등 불빛이 새어나오고 있었다. 평소 같으면 필시 지저분한 불빛으로만 보였겠지만, 지금은 엄청나게 따뜻한 빛같이 느껴져서 자못 마음이 든든했다.

부끄러움을 무릅쓰고 같이 돌아가자고 하자.

양쪽으로 열리는 헛간 문 앞에 선 그는 이렇게 생각하면서 사람을 불렀다.

"실례합니다. 계십니까?"

하지만 아무런 응답도 없다. 그래도 꺾이지 않고 계속했다.

"마을 평화장에서 신세 지고 있는 닛쇼방적 사람입니다. 헤이베이정 공장에서 마침 돌아오는 길인데요······."

불이 켜져 있고 널문에도 빗장이 걸려 있지 않은 것으로 봐서 분명히 누가 있다. 그런데도 대꾸가 없어서 이번에는 눈앞의 커다란 널문을 두드렸다.

"죄송합니다. 오가키 씨, 안 계십니까?"

목소리를 더 높였지만 헛간 안에서는 역시 대답은커녕 소리 하나 들리지 않는다.

"⋯⋯엽니다. 실례 좀 하겠습니다."

그는 미심쩍게 생각하면서도 양쪽으로 열리는 널문 한쪽을 조금만 당겨서 열고 목을 집어넣었다.

맨 먼저 눈에 들어온 것은 갖가지 농기구였다. 그것이 실내에 어수선하게 놓여 있다. 나머지는 장작을 넣는 난로와 그 주위에 있는 의자 몇 개뿐이고 사람은 아무도 없었다.

⋯⋯이상한데.

이지마가 문득 고개를 들자 이층 부분의 바닥이 눈에 들어왔다. 민가와는 달리 헛간의 앞쪽 절반은 천장까지 뚫려 있고 뒤쪽 절반에만 이층이 있어 바닥이 깔려 있다. 오른쪽 구석에 보이는 사다리를 타고 올라가는 듯하다.

"오가키 씨."

혹시나 하고 이층을 향해 불러봤지만 여전히 대답이 없다. 헛간 안은 쥐죽은 듯 고요하다.

설마 저 위에 쓰러져 있나?

은퇴한 뒤에도 전답에서 일할 만큼 건강한 노인이⋯⋯ 싶기는 했지만, 밭일을 하던 중에 덜컥 죽어버리는 사람도 세상에는 있다고 들었다.

이지마는 조금 주저하다가 헛간으로 들어가서 사다리를 올랐다. 도움을 청하러 왔는데 이런 사태가 되리라고는 생각도 하지 못했다.

하지만 오가키가 정말로 쓰러져 있다면 그게 문제가 아니다. 바로 차에 태워 헤이베이 정의 병원까지 옮겨야 한다.

사다리에서 이층 바닥 위로 얼굴을 내밀었을 때 우선 눈에 들어온 것은 난잡하게 쌓인 지푸라기 더미였다. 그것이 대량 보일 뿐 그 외에는 아무것도 없다. 오가키의 모습도 눈에 띄지 않는다. 신중을 기하기 위해 다가가서 지푸라기 더미 뒤쪽도 들여다봤지만 역시 아무도 없다.

뭐야, 불을 깜빡하고 안 끈 건가?

이 상태로 판단하건대 그럴 가능성이 가장 높을 것이다. 이렇게 생각한 순간, 이지마는 자신의 멍청함을 깨달았다.

애초에 헛간 앞에는 경트럭이 없었다.

오가키가 아직 전답에 나가 있거나 이 헛간에 머물고 있다면 여기까지 타고 온 트럭이 어딘가에 주차돼 있을 터다. 그게 눈에 띄지 않는 이유는 오가키가 이미 차를 몰고 마을에 있는 집으로 돌아갔다는 증거 아닌가.

애먼 시간만 허비하고 말았다.

이지마는 고개를 푹 숙였다. 그렇지만 차에서 내려 몸을 움직인 덕분에 알게 모르게 기분전환이 된 모양이다. 퍼뜩 정신을 차려 보니 차 안에서 느끼던 압도적인 공포심이 제법 옅어져 있었다. 이 정도면 어둠고개도 넘을 수 있을 것 같다.

얼른 돌아가자.

지푸라기 더미 앞에서 발길을 돌려 사다리로 가려고 했을 때였다. 그의 얼굴에서 단숨에 핏기가 가셨다.

채광용 창에서 새까만 얼굴이 들여다보고 있다.

그 얼굴은 평범한 민가 이층 정도의 높이인 창문에 떠 있었다. 그리고 하나밖에 없는 눈으로 그를 뚫어져라 보고 있었다.

휘청거리다가 하마터면 일층으로 떨어질 뻔했으나 이지마는 간신히 버텼다. 두세 걸음 뒷걸음치고 나서 얼굴을 드니 검은 얼굴은 외눈을 더 크게 뜨고 그를 가만히 노려보고 있었다.

도우도토, 도우도토, 도우도토, 동동…….

그리고 별안간 묘한 소리가 들리기 시작했다. 검은 얼굴 쪽에서 들리는 것 같았지만 그것이 입을 벌리고 있는 기색은 없었다. 애당초 입 같은 것은 보이지 않는다. 얼굴 밑부분보다 더 아래쪽, 땅바닥 언저리에서 울리는 것처럼 들린다.

도우도토, 도우도토, 도우도토, 동동…….

눈은 위에 있지만 입은 아래에 달려 있다.

그런 요괴의 모습을 상상할 뻔했다. 도롱이를 입은 몸의 배 부근에 뚫린 입을 떡 벌리고 있다. 거기서 낮고 어둡고 기분 나쁜 소리가 일정한 박자를 새기듯이 새어나온다. 머리와 도롱이가 어떤 식으로 이어져 있는지는 모르지만, 로쿠로쿠비목이 자유자재로 늘어나는 요괴처럼 늘어나 있을지도 모른다.

불길한 상상과 귀에 닿는 소리를 떨쳐버리려고 이지마는 순간적으로 고개를 흔들었다.

도우도토, 도우도토, 도우도토, 동동…….

하지만 그 소리는 전혀 그치지 않는다. 그치기는커녕 이동하기 시작했다. 그와 동시에 검은 얼굴이 옆으로 슥 움직였다. 그가 바라보는 방향에서 오른쪽으로…… 헛간 안쪽으로…….

이대로는 이층 부분의 채광용 창 너머로 저 검은 얼굴과 대면할 판이다. 거기에 그치는 것이 아니라 저것이 창문을 깨고 들어올지도 모른다. 하지만 지금 당장 달아났다가는 저것이 입구까지 앞질러 올 염려가 있다. 더 오른쪽으로 움직여서 안쪽으로 충분히 유인한 다음 사다리를 뛰어 내려가 달아나야 한다.

너무나 큰 두려움에 몸이 경직되면서도 한편으로는 뜻밖에 냉정한 판단을 내릴 수 있는 스스로에게 이지마는 놀랐다.

똑바로 쳐다보지는 않으려 하면서, 천천히 이동하는 검은 얼굴을 시야 한구석에 포착했다. 이쪽을 응시하고 있다는 건 뼈저리게 느껴지지만, 절대로 눈을 맞추지 않는다. 실은 귀를 막고 싶었지만 어떻게든 참았다. 순간적인 움직임에 방해가 되기 때문이다.

도우도토, 도우도토, 도우도토, 동동…….

듣기도 싫은 끔찍한 소리를 들으면서 저것이 헛간 안쪽에서 세 번째 채광용 창을 지나가기를 기다렸다가…….

그 순간, 그는 사다리를 급히 뛰어 내려갔다. 다음 창문에 도달하기 전에 검은 얼굴은 판자벽을 따라 이동해야만 한다. 그러고 있는 동안에는 헛간 안을 들여다볼 수 없을 것이다.

마지막 몇 단은 뛰어내려서 일층 바닥에 착지하자마자 정면 문을 향해 이지마는 쏜살같이 달렸다. 고개를 돌려 오른쪽 뒷벽 상부에 있는 창문을 올려다보고 싶은 충동을 억누르면서 문을 열고 단숨에 헛간 밖으로 달아났다.

그 뒤에는 차를 향해 다시 뛰어서 재빨리 올라탄 다음 시동을 걸었다. 그러고는 방향을 전환하려는데 그 불길한 뭔가의 모습이 돌연 그의 눈에 들어왔다.

헛간 왼쪽 측면과 엄청나게 우거진 덤불 사이, 온통 어스름이 내려앉은 장소에서 길고 가느다랗게 뻗은 도롱이 요괴 같은 것이 온몸을 구불텅구불텅 꼬고 있었다. 그 위쪽에 검은 얼굴이 붙어 있었는지 어땠는지 이지마는 모른다. 어두워서 보이지 않기도 했지만 기분 나쁜 꿈틀거림이 눈에 보인 순간 얼굴을 돌렸기 때문이다.

거기서 마을까지 어떻게 돌아갔는지는 거의 기억에 없다. 어둡고 개를 넘은 것은 틀림없을 테지만 기억에는 별로 남아 있지 않다.

다음 날, 이지마는 평소대로 출근했다. 하지만 마을까지 돌아갈 수 없었다. 차가 뱀길에 접어든 곳에서 저도 모르게 되돌아오고 말았다. 그날 밤은 원래 기거하던 친척 집에서 묵었다.

그다음 날에도 출근했으나 역시 마을에는 아무리 해도 돌아갈 수 없었다. 평화장 동료 하나가 일을 마칠 때까지 기다렸다가 차를 같이 타자고 부탁할까 생각했지만 부끄러워서 그만두었다. 이제까지 평화장의 누구도 똑같은 방법을 시도하지 않은 것 또한 똑같은 이유 때문이었으리라.

이지마가 직접 운전하는 차로 유리아게 촌 평화장까지 가까스로 돌아갈 수 있었던 것은 예의 괴이한 존재와 조우하고 나흘 뒤였다.

그다음 날부터 그때까지와 똑같은 출퇴근이 시작됐다. 다만 마을에서 닛쇼방적까지 다닐 수는 있어도 예전처럼 일에 집중할 수가 없었다. 근무중에도 혼이 빠져나간 것처럼 멍해진다. 업무상 실수도 늘어서 상사가 화를 내는 판이었다. 임원인 구루메도 무척 걱정해서 평화장까지 굳이 문안을 왔을 정도다. 이대로는 회사에서 잘리겠다고 주위 모두가 걱정했다.

그러고 있는데 평화장 주인이 이지마의 방에 찾아와 마을 만에서 매년 이 시기에 열리는 '하에다마님 축제'라는 의식의 옛날 사진을 보여주었다. 올해도 가까운 시일 안에 열릴 테니 다 같이 구경하면 좋을 거라며 집주인 나름대로 기운을 북돋아주려 했던 모양이다.

사진을 보고 있을 때는 아무 일도 없었다. 그런데 집주인이 오가키 가에서 특별히 빌려온 축제 상황을 녹음한 테이프를 듣는 사이에 이지마는 허둥지둥 짐을 싸더니 그 길로 평화장에서 뛰쳐나가 원래 있던 친척 집으로 돌아가버렸다.

마을 사람들의 구호에 섞여 그 소리가 들려왔기 때문이다.

도우도토, 도우도토, 도우도토, 동동…….

얼마 지나 이지마는 회사를 그만두고 헤이베이 정에서도 떠났다고 한다.

2장 여행길에 오르다

　도조 겐야는 꾸불꾸불 뻗어 올라가는 가파르고 험준한 산길을 그저 호기심 어린 눈으로 올려다보고 있었다.
　……대단한데.
　지금은 아무도 다니지 않는 폐도는 단지 가파르기만 할 뿐 아니라 좌우로 구불구불 휘어 있고, 평탄함과는 거리가 먼 움푹 팬 길에는 흙 속에서 뱀이 얼굴을 내민 것처럼 무수한 나무뿌리가 우글거리는 데다 그 사이사이에 크고 작은 암석이 굴러다녀서 아무튼 걷기가 지독히 힘들었다. 하지만 옛날 사람들은 이 같은 험로도 무거운 짐을 지고 오갔던 것이다. 그것도 분명 겐야 일행보다 훨씬 더 빠른 걸음으로…….
　"……이제 진짜 못 걷겠어요."
　폐도를 따라 걷기 시작하고 나서 그야말로 몇 번째인지 모를 우는 소리가 소후에 시노의 입에서 새어나왔다. 참고로 그녀는 겐야 5미터쯤 뒤에서 조금 큼지막한 바위에 걸터앉은 채 고개를 푹 꺾고 어깨로 크게 숨을 내쉬고 있다.

도조 겐야는 '도조 마사야'라는 필명으로 괴기소설이나 변격 탐정 소설을 집필하는 작가였다. 무엇보다도 일본 각지에 전해지는 괴담 기담에 사족을 못 써서 종종 창작 제재로도 선택할 정도다. 따라서 취미와 실익을 겸한 괴이담 수집을 위해 그는 거의 항상 여행중이었다. 민속학에서 말하는 '민속 탐방'을 바지런히 실천하고 있는 것이다. 도쿄의 셋집에 돌아가는 건 일 년에 몇 번뿐, 전부 합쳐도 한 달이 될까. 집필도 여행지의 여관에서 하고, 원고는 마을 우체국에서 출판사로 발송한다. 교정지를 받는 곳도 그런 숙소였다. 그가 문단에서 '방랑 작가' 혹은 '유랑하는 괴기소설가'라 불리는 까닭이다.

언젠가부터는 또 다른 호칭이 따라다니게 됐는데, 바로 '탐정 작가'다. 그는 방문한 땅에서 어째서인지 기괴한 사건에 휘말리는 경우가 많다. 그것도 지역과 관련된 무시무시한 괴이담에 얽힌 살인사건이 대부분이라 정신을 차려보면 자연스럽게 아마추어 탐정 역할을 하고 있다. 게다가 사건을 그럭저럭 해결로 이끌기도 했다.

도조 겐야를 억지로 한마디로 설명하자면 '방랑하는 괴이담 수집가이자 탐정 작가'쯤 될까.

한편 소후에 시노는 패전 후 설립된 출판사 중 하나인 '괴상사'의 편집자였다. 도조 겐야를 위시한 몇몇 작가를 담당하는 동시에 탐정 소설 전문지 《서재의 시체》 기획과 편집도 일부 맡아 하는, 상당히 재능 있는 여성이다.

작가와 편집자 조합은 물론 드물지 않다. 취재 여행에 나서는 전자에 후자가 동행하는 경우도 마찬가지일 것이다. 실제로 올해 6월에 소후에 시노는 나라의 하미 지방을 방문한 도조 겐야를 따라갔다. 거기서 그가 미즈치님 의식에 얽힌 신남 연쇄살인사건에 휘말린 것도 평소와 같았다. 단, 그전과 달랐던 점은 그녀도 사건의 여파로 대단히 무서운 일을 당했다는 것이다.

그 경험으로 이골이 났을 테니 소후에 군도 앞으로는 내 민속 탐방에 동행하지 않겠지.

겐야는 남몰래 이렇게 생각하고 안도했다. 딱히 소후에 시노가 싫어서는 아니다. 본인에게 말할 생각은 절대 없지만, 그녀만큼 '재색을 겸비한 편집자'도 없다고 실은 예전부터 경탄하고 있었다. 그렇다면 상대방에게 말해주면 좋겠으나 그럴 마음은 전혀 없다.

그런 말을 하면 소후에 군은 틀림없이 우쭐댈 거거든.

시노가 스스로를 '지'라고 말할 때는 기분이 무척 좋거나 반대로 꽤 화가 났을 때인데, 그런 경우에는 일단 좋은 일이 없다. 겐야에게 칭찬을 받으면 그녀는 분명 기뻐서 어쩔 줄 모를 것이다. 그러면 뭔가 소동이 일어나서 그도 속절없이 휩쓸려 들어간다. 이런 전개가 눈에 보이는 만큼 겐야로서도 신중하지 않을 수 없다.

일 잘하는 소후에 시노가 곁에 있으면 여러모로 도움을 받는다. 이것은 사실이었다. 그렇다 한들 그녀에게 문제의 버릇이 있는 한 가급적 동행을 저지하고 싶었다.

그런데 시노는 이후에도 기회가 있을 때마다 겐야의 여행에 따라오려고 한다. 아무리 눈치껏 "여인의 다리로는 좀 힘들 거야"라고 넌지시 거절해도 통하는 법이 없다. "걱정하실 필요 없어요. 우는소리는 절대 안 할 거니까요"라고 자신만만하게 대답한다. 그런데도 으레 여행중에는 엄청나게 언짢아한다. 왜냐하면 겐야가 가는 곳이 왕왕 벽지였기 때문이다.

하여간 가는 것만도 힘든 지역이 몹시 많다. 가장 가까운 역까지 전차를 타고 다시 버스로 갈아탄 다음 그 뒤로는 마차에 좀 흔들리면 된다……로 끝나면 오히려 횡재다. 거기서 또 장장 몇 킬로미터를 걸어야만 하는 전개도 드물지 않다. 거기다 목적지에 도착하기까지의 길이 엄청난 험로거나 한다.

딱 지금 그들이 걷고 있는 폐도처럼.

물론 겐야는 이런 지독한 산길에 익숙했다. 뿐만 아니라 좋아했다. 인간의 영위가 남긴 흔적이 지금껏 남아 있으나 정작 중요한 사람 모습은 어디에도 보이지 않는, 오랜 시간 아무도 발을 들이지 않은 땅을.

그런 장소에 서면 그는 으레 어떤 감개를 느꼈다.

어떤 사람들이 이곳을 이용했을까? 그들은 왜 없어졌을까? 대체 모두 어디로 가버렸을까?

다만 개중에는 그런 여유를 부릴 수 없는 곳도 존재한다. 그 지방 사람들이 이른바 '마의 장소'로 두려워하는 곳이다. 사람의 출입을 받아들이지 않고 오히려 배제하는 땅이다.

이 폐도에는 그런 기색이 없나?

구렁이가 주르르 기어간 흔적 같은 비탈길을 올려다보면서 겐야는 문득 생각했다. 뭔가가 마음에 걸리는 것도 같았다. 어째서일까

고개를 갸웃하다가 퍼뜩 뇌리에 다른 산길이 떠올랐다.

부름산의 구렁이 비탈길······.

올해 4월, 도조 겐야는 고도 지방 구마도의 집락을 방문했다. 거기에는 사람들이 흉산이라며 두려워하는 부름산이 있었는데, 눈앞의 폐도와 똑같이 가운데가 움푹 팬 비탈길이 역시나 산으로 뻗어 있었다. 그곳을 동네 사람들이 '구렁이 비탈'이라 불렀던 것이 겐야는 불현듯 떠올랐다.

그때는 여섯 지장님의 동요에 빗댄, 참으로 처참한 연쇄살인사건과 조우했지.

이렇게 회고한 순간, 그는 기분 나쁜 예감에 사로잡혔다.

설마······.

이것은 이번에도 사건에 휘말릴 전조인가? 눈앞의 비탈길은 그런 무서운 미래를 예고하고 있는 것인가?

하지만······.

겐야는 고개를 옆으로 저었다. 단지 산길의 형상이 닮았다는 이유만으로 그렇게까지 생각하는 것은 너무나도 어리석다. 첫째로 이 폐도에는 부름산의 구렁이 비탈에서 느낀 꺼림칙함이 없다. 완전히 쇠퇴하여 잊힌 슬픔이야 느껴지지만 적어도 마적인 것에 위협받는 무서움이 감돌지는 않는다.

내가 어떻게 됐나?

겐야는 다시금 산길을 바라보았다.

"선생님, 태평하게 그런 데서 뭘 멍하니 서 계시는 거예요?"

소후에 시노의 원망 담긴 목소리가 비탈길 아래에서 들려왔다.

"아니, 별로······."

멍하니 있었던 것은 아니라고 대꾸하기 위해 돌아봤다가 겐야는 웃음을 터뜨릴 뻔했다. 그 정도로 시노가 자못 딱한 얼굴을 하고 있었기 때문이다.

역시 소후에 군에게 어울리는 건 도쿄의 거리야.

치장을 하고 길거리를 활보하는 모습이 분명 그녀에게는 어울린다. 이런 폐도를 걷는 여행은 아무리 생각해도 무리다.

그렇다 한들 그녀도 이번만큼은 과연 치마가 아니라 바지를 착용하고 있다. 물론 등산화도 신었다. 그런 의미에서는 확실히 본인 나름대로는 산행에 걸맞은 복장으로 온 것이리라. 하지만 체력과 정신력의 문제는 별개임을 어쩌랴.

덧붙이자면 겐야는 평소처럼 여기서도 청바지 차림이었다. 하도 입어서 구깃구깃 낡은 것을 부러 입고 왔다. 그러지 않으면 산길에서는 다리에 달라붙어 걷기 불편하기 짝이 없다. 청바지 애호가인 겐야도 그 점은 신중히 고려했다.

소후에 군한테는 무리라고 그렇게 입에 침이 마르도록 말했건만······.

겐야는 마음속으로 한숨을 내쉬고 발밑을 조심하면서 비탈길을 돌아 내려갔다.

"······선생님, 돌아보자마자 지를 보고 훗 웃으셨죠?"

말도 안 되는 트집이 아니라 대단히 날카로운 불만을 시노가 제기했다.

"아, 아니······ 안 웃었어."

그렇다 한들 인정하면 일이 커지기 때문에 겐야는 필사적으로 부정했다.

"얼버무리셔도 소용없어요. 지는 똑똑히 봤거든요."

말이 채 끝나기도 전에 그녀는 옆에 있는 오가키 히데쓰구에게 확인을 구했다.

"그렇지? 네가 보기에는 선생님 표정이 어떻든?"

"……흠."

히데쓰구는 진지한 얼굴로 한동안 겐야를 보았다.

"선생님의 진의는 모르겠지만 확실히 조금 웃으신 것 같은 느낌이 듭니다."

당치도 않은 소리를 한다.

……이봐, 이봐.

겐야는 무심코 입속으로 제동을 걸었다.

어떤 의미에서는 이렇게 소후에 시노가 동행하게 된 '원인'이 오가키 히데쓰구에게 있었기 때문에 더더욱 좀 봐달라는 생각이 들었다. 이럴 줄 알았다면 두 사람에게는 말하지 않고 혼자 출발했을 텐데. 후회스러웠지만 물론 때는 늦었다.

오가키 히데쓰구는 겐야의 대학 후배였다. 그렇기는 하지만 히데쓰구가 입학했을 때 그는 이미 없었다. 겐야는 재학중에 이미 작가 활동을 시작해서, 졸업한 뒤에는 일찌감치 민속 탐방을 다녔다. 기무라 유미오라는 공통의 은사가 존재했음에도 불구하고 얼굴을 맞댈 기회가 없었던 것도 별수 없다.

두 사람이 알게 된 것은 히데쓰구가 대학을 나와 취직한 '영명관'

이라는 신흥 출판사에서 다섯 달 조금 못 되게 서점을 도는 업무를 하다가 이번 9월에 편집부에 배정된 뒤였다. 이 출판사에서 겐야는 연구서《민속학에 나타난 괴이 현상》을 본명으로 출판했다. 그때 편집 담당자의 후임이 오가키 히데쓰구였다. 그는 학생 시절에 곧잘 은사에게 도조 겐야에 대해 들었던 모양이다. 그래서 기무라에게 소개를 부탁해 겐야에게 만남을 청했다. 소후에 시노가 아무런 연줄도 없이 불쑥 만나러 왔던 과거 사례와 비교할 것까지도 없이, 이 절차에서 히데쓰구의 타고난 성실함이 느껴진다.

도조 겐야로서는 은사의 소개도 있는 데다 출신 대학 후배다. 흔쾌히 수락하고 만나봤더니 두 번째 책 집필을 의뢰해 왔다. 그때 잡담을 하다 오가키 히데쓰구가 고향에 전해지는 괴담을 이야기했는데, 겐야가 그것을 덥석 물었음은 말할 필요도 없다.

괴담은 전부 네 가지였다. 겐야가 〈창해의 목〉〈망루의 환영〉〈대숲의 마〉라 명명한 세 가지는 고라 지방 서쪽 끝에 위치한 도쿠유 촌이 무대로, 에도시대와 메이지시대와 전전의 괴이담이다.

나머지 하나인 〈뱀길의 요괴〉는 히데쓰구가 나고 자란 유리아게 촌에서 닛쇼방적 공장이 있는 헤이베이 정까지 이어지는 산길을 무대로 요 몇 개월 사이에 일어난 무척 불가해한 체험담이었다. 게다가 이것은 현재진행중인 이야기라고 한다.

그래서 겐야는 당장 9월 하순에 고라 지방을 찾아가기로 했다. 먼저 유리아게 촌에 가려 했는데, 히데쓰구에게 이런저런 이야기를 듣다 보니 고라 지방에서 맨 처음에 개척된 도쿠유 촌으로 향하는 편이 좋을지도 모르겠다고 생각을 바꿨다. 애초에 세 가지 괴담이 홍

미롭기도 했지만, 네 번째 이야기의 원흉인 듯한 하에다마*라는 괴이한 존재가 도쿠유 촌의 하에다마님에서 유래하는 것 같다고 짐작할 수 있었기 때문이다.

괴이한 현상이 생겨난 땅인 도쿠유 촌.

지금도 괴이한 일이 벌어지고 있는 유리아게 촌.

어느 쪽을 우선할지 망설이는 겐야에게 결정타가 된 것이 노조키 렌야에 관한 정보였다. 이 이단의 민속학자는 일주일쯤 전부터 도쿠유 촌의 도쿠간사에 머물면서 뭔가 열심히 조사중인 듯하다. 노조키의 동향을 안 것은 오가키 히데쓰구가 유리아게 촌의 지인을 통해 여러 가지로 정탐해준 덕분이다. 겐야가 아무래도 현지에 먼저 들어간 민속학자를 신경 쓰고 있음을 히데쓰구는 헤아린 모양이다. 실로 편집자의 귀감이다.

노조키 렌야의 민속학 연구 대상은 그 지방에 얽힌 특유의 괴이 현상이기 때문에 도조 겐야와 고스란히 겹친다. 그렇다고 겐야도 그 이유뿐이었다면 선배가 한참 민속 탐방을 하고 있는 마을에 구태여 발을 들이지는 않았을 것이다. 오히려 예의상 피했으리라. 하지만 노조키 렌야의 강압적이고 제멋대로인 취재 방식과 관련해서는 꽤 곱지 않은 소문이 돌았다. 민속학자로서 그래도 되겠느냐는 비판도 일부에서는 나오고 있었다.

물론 도조 겐야는 학자가 아니다. 그냥 민속학자와 마찬가지로 일본 각지에서 민속 탐방을 한다. 그는 가능한 한 지방 사람들에게 불쾌감을 주지 않는다는 것을 제일의 신조로 삼고 있었다. 옛날이야기를 함으로써 자칫하면 당사자 혹은 마을의 이미 잊힌 부정적인 면을 되새김질하는 꼴이 된다. 민속 탐방에는 그런 위험이 늘 따라다닌다. 이쪽은 이야기를 듣고 수집한 다음 돌아가면 그만이지만, 저쪽은 다르다. 지방에 머물며 이제까지와 같은 일상생활을 계속해 나가야 한다. 봉인돼 있던 이야기를 하는 바람에 그것이 맥없이 허물어져버린다면 대체 어떻게 책임질 것인가. 아무리 생각해도 그런 책임을 질 수 있을 리 없다.

언제였나, 도조 겐야가 이런 신조를 소후에 시노에게 이야기한 적이 있다.

"선생님답네요."

시노는 빙긋 웃더니 감탄했다는 듯 고개를 끄덕였다.

"그 말씀에 거짓이나 꾸밈이 없다는 건 제가 제일 잘 알아요. 하지만……."

이렇게 말을 이은 시노의 웃는 얼굴이 갑자기 사악한 미소로 바뀌었다.

"모르는 요괴 이름이나 한 번도 들어본 적 없는 진기한 괴담이 귀에 들어오자마자 그전까지는 느낌 좋은 청년이었다가 마치 사람이 바뀐 것처럼 상대방이 이야기를 해줄 때까지 절대로 포기하지 않고, 자라처럼 물고 늘어져서 놔주지 않으며, 철저하게 따져 물어 무슨 일이 있어도 말을 하게 만든다…… 선생님의 아주 고약한 이 버릇은 어떨까요?"

"……."

사실이기 때문에 겐야는 전혀 반론하지 못했다.

"그 지방 사람들에게 불쾌감을 주지 않는다는 선생님의 신조에 어쩌면 반하는 것 아닌가요?"

시노가 고개를 귀엽게 갸우뚱거리면서 정곡을 찔렀다.

이렇듯 겐야에게도 문제는 있었지만, 그렇다고 해서 노조키 렌야 건을 이대로 못 본 체할 마음은 들지 않았다. 직접 가서 노조키가 초래할 피해를 조금이라도 막을 수 있으면 좋겠다고 그는 생각했다.

이렇게 해서 첫 번째 목적지는 도쿠유 촌으로 정해졌다. 경우에 따라서는 거기서 시아쿠 촌과 이시노리 촌, 이소미 촌을 거쳐 유리아게 촌까지 고라 지방 다섯 마을을 돌아볼 수도 있기 때문에 이렇게 변경한 것이 오히려 좋을지 모른다.

다음은 마을까지 가는 방법인데, 히데쓰구에 따르면 과거에는 마을끼리 왕래하기도 어려울 정도로 길이 정비되어 있지 않았다. 하지만 지금은 유리아게 촌에서 도쿠유 촌까지 다섯 마을을 연결하는 도로가 생겼다. 그래서 사실은 도쿠유 촌을 방문하려면 일단 헤이베이 정에서 산길을 따라 유리아게 촌으로 들어가는 것이 가장 빠른 길이라고 한다.

히데쓰구의 이야기가 여기서 끝났다면 일은 간단히 마무리됐을지 모른다. 겐야가 혼자 출발해 지금쯤 헤이베이 정에서 대절한 차를 타고 열심히 유리아게 촌으로 향하는 중이었으리라. 하지만 히데쓰구는 그만 괜한 한마디를 입에 담고 말았다.

"듣자니 옛날에는 여러 개의 산을 사이에 두고 이웃하는 노즈노의 다이료 정이라는 곳에서 도쿠유 촌까지 통하는 길이 두 개 있었다고 합니다. 지금은 둘 다 폐도가 됐겠지만요."

"오호, 폐도라."

이 말이 겐야의 호기심을 자극했다. 자세히는 모른다고 고개를 젓는 히데쓰구에게 겐야는 고향에 꼭 알아봐달라고 신신당부했다.

그 결과, 단애절벽을 도려낸 구렁이길이라는 길은 상당한 위험이 따르기에 통행이 금지됐지만, 또 하나 산속으로 빠지는 구난도는 폐도 취급을 받기는 해도 아직 사람이 겨우겨우 다닐 수는 있을 것이다, 단 아무쪼록 조심할 필요가 있다는 정보를 얻었다.

겐야는 여기에 몹시 마음이 동했지만 그 사실을 알자마자 히데쓰구가 정색하고 이렇게 덧붙였다.

"그러시면 이야기를 드린 책임이 있으니 제가 먼저 다이료 정으로 가서 구난도를 걸어본 다음에 길이 안전한지 확인해보고 오겠습니다."

"……엇. 아, 아니, 그렇게 수고를 끼쳐서야 회사에 미안하지."

겐야가 황급히 거절했지만 히데쓰구는 물러서지 않았다.

"제가 괴담만 가르쳐드렸다면 취재를 나가시는 선생님과 동행하지는 않을 겁니다. 하지만 구난도의 존재를 알려드렸기 때문에 선생님이 그곳을 지나신다면 제게도 책임이 생깁니다."

"그렇다고 해서 굳이 사전에 폐도를 조사할 필요는……."

"아니요. 만에 하나의 일이 생긴 뒤에는 늦습니다. 구난도 어디에서 조심해야 할지 꼼꼼히 알아보고 올 테니 그 뒤에 함께 가시죠."

"아니, 하지만……."

"선생님께 집필 의뢰를 드린 이상 영명관도 결코 무관하지 않습니다."

"아니, 아니, 관계없다고 생각해. 게다가 풋내기인 나를 '선생님'이라 부르는 건 좀 그만두는 편이……."

 하지만 아무리 말해도 히데쓰구는 듣지 않았다. 그러기는커녕 이번 건을 회사 출장으로 처리하고 말았다. 정말이지 무시무시한 수완의 소유자다.

 "취재 여행으로 해드리지 못해 정말 죄송합니다. 그랬다면 선생님 경비도 저희 회사에서 전부 댈 수 있었는데요."

 고개를 숙이는 오가키 히데쓰구를 보고 가까운 장래에 반드시 우수한 편집자가 되겠다 싶어 겐야도 무심결에 혀를 내둘렀다.

 이렇게 해서 본의 아니게도 이번 여행에는 동행자가 생겼다. 그렇지만 히데쓰구는 고라 지방 출신이다. 도쿠유 촌 사사메 신사의 가고무로 간키 신관과도 안면이 있다고 한다. 단순한 길 안내인으로서만이 아니라 두루두루 취재에 도움이 되어줄 것 같지 않은가.

 전환이 빠른 겐야는 긍정적으로 받아들이기로 했다. 하지만 그게 끝이 아니었다. 이 건을 전해 들은 괴상사의 소후에 시노가 두 사람을 진보 정의 카페 '에리카'로 불러내더니 웬걸 자신도 동행하겠다는 말을 꺼낸 것이다.

 "저기 말이지, 소후에 군. 잘 모르는 것 같은데 우리가 지날 구난도라는 곳은……."

 겐야는 넌지시 타이르려고 했다.

 "그 길에 관한 설명은 오가키 군한테 미리 듣고 왔죠."

 아무 문제도 없다는 양 시노는 만면에 웃음을 띠었다.

 "그런 산길이라면 지금까지도 함께 다녔잖아요. 나라 하미 지방의 후타에 산에 올랐을 때도……."

"아아, 똑똑히 기억나. 먼저 간 나에게 '도조 겐야 바보! 사람도 아냐! 악마!'라고 욕했지."

"너무해요, 그런 옛날 일을……."

"그리고 내려갈 때 부득이한 사정으로 소후에 군을 남겨두고 내가 먼저 가려고 했더니 '악마, 잔인해, 피도 눈물도 없어, 사람도 아냐, 요괴나 좋아하고, 냉혈한'이라고 욕했고."

"역시 저는 편집자네요. 표현이 풍부하기도 하지."

"요괴나 좋아한다는 건 그렇다 치고, 나머지는 너무 심하지 않아?"

"그건 괜찮고요?"

"응."

겐야는 솔직히 고개를 끄덕였다.

"하지만 제가 진심으로 그런 말을 했다고 생각하세요?"

"응."

간발의 틈도 두지 않고 겐야가 다시 고개를 끄덕이자 그것이 눈에 들어오지 않았다는 의사 표시인지 시노는 얼굴을 쓱 돌렸다.

"한 번 더 분명히 설명하는데, 구난도는 오랫동안 아무도 걷지 않은 폐도야. 글자 그대로 쇠퇴한 길이지. 그러니까 걸어가는 도중에 예상 밖 난관에 부딪힐지도 몰라. 꽤 위험하고 힘든 곳을 기어이 지나가야만 할지도 모르고. 아니, 그럴 가능성이 무척 커. 게다가 이른 아침에 다이료 정을 나서도 그날 안에는 도쿠유 촌에 도착하지 못한다고 해. 즉 산속에서 노숙을 해야만 하는 거야."

과연 시노도 주춤하는 것을 겐야는 놓치지 않았다.

"노숙이니까 욕탕도 없고 볼일도 덤불 속에서 봐야겠지. 하늘이 흐리면 밤은 그야말로 칠흑같이 캄캄해. 자고 있으면 바스락바스락, 삭삭…… 하는 소리가 곧잘 들려. 분명 야생동물이 호기심으로 다가오는 거겠지만 실제로는 뭔지 알 수가 없으니 말이야."

"무, 무슨 뜻이에요?"

"뭔가 다른 정체 모를 존재……일 가능성도 없다고는 할 수 없다는 거지."

"……"

"깊은 산속에는 지금도 인간이 그 정체를 알지 못하는 존재가 있는 것 같거든. 그런 게 밤이 되면 모여들어. 자고 있는 옆으로 슬며시 다가오지."

"……"

시노는 완전히 겁을 먹고 있었다.

"그런 무지막지하게 위험한 곳에 소후에 군처럼 수월폐화_{달과 꽃이 부끄러워 고개를 못 들 정도의 미인}에 천향국색_{천하제일의 향기와 빛깔, 나라에서 제일가는 미인}이며 선자옥질_{신선의 자태에 옥의 바탕, 심신이 모두 아름다운 사람}이라 칭송해 마땅한 여성을 나는 도저히 데려갈 수가 없어."

"서, 선생님……. 그렇게까지 지를……."

시노는 완전히 감동해서 거의 울기 직전이었다. 이대로 아무 일도 없었다면 이번에는 남자 둘의 여행이 되었을 터다.

그런데 여기서 오가키 히데쓰구가 쓸데없는 한마디를 입에 담고 말았다.

"소후에 선배, 조금도 걱정하실 필요 없습니다. 도조 선생님은 제가 잘 보필할 테니 부디 안심하세요."

잘되라고 한 말이겠지만 이 대사가 시노의 그릇된 편집자 정신에 불을 확 붙인 모양이다.

"선생님을 제대로 보필할 수 있는 건 지뿐인데요."

"네?"

히데쓰구는 어리둥절한 얼굴이다.

"게다가 당신이랑 나는 같은 회사에 다니지 않아요."

"네?"

"그러니까 당신한테 '선배'라느니 불릴 이유가 전혀 없다고요."

"아아, 그런 의미가 아니라 편집자 선배로서……."

"어쨌든 지는 가겠어요."

소후에 시노는 이미 오가키 히데쓰구를 보고 있지 않았다. 도조 겐야의 얼굴만 똑바로 보고 있었다.

"저기, 소후에 군. 지금껏 설명했다시피……."

겐야는 달래는 어조로 맞서보았다.

"걱정하실 필요 없어요. 우는소리는 절대 안 할 거니까요."

시노의 이 한마디로 동행은 결정되었다.

이렇게 해서 오가키 히데쓰구는 도조 겐야 일행보다 사흘이나 먼저 다이료 정 여관에 들어가서 바지런히 구난도를 다니기 시작했다. 다만 도쿠유 촌까지 왕복하는 것은 큰일이기 때문에 실제로는 전 여정의 반 정도를 조사하는 데 그쳤다고 한다.

"아니, 충분해. 정말 도움이 될 거야."

가장 가까운 버스 정류소까지 마중 나온 히데쓰구에게 겐야는 정중히 고개를 숙였다.

문제는 예상대로라고 해야 하나, 소후에 시노였다. 도쿄를 출발할 당시에도, 전차를 타고 있는 동안에도, 버스로 갈아탔을 때도, 그녀는 기분이 좋았다. 멀미는 조금 했던 모양이지만 그 정도로 우는소리를 내서야 도조 겐야의 취재를 따라다닐 수 없다. 버스 정거장에서 숙소까지 걸어서 이십 몇 분 거리인 것에도 별로 불만을 표하지 않았다.

게다가 여관 사람들도 친절해서, 욕탕은 온천이지 식사는 맛있지 방은 깨끗하지 이루 말할 데 없이 극진한 대접이었다. 히데쓰구가 사전에 교섭해두었기 때문인지도 모르지만 아무튼 잘 고른 숙소였음은 틀림없다.

여관 주인이 겐야와 시노에게 히데쓰구가 얼마나 고생해서 구난도를 정찰했는지 알려준 것도 수확이었다. 아무래도 그는 매일 밤 그날 탐색한 결과를 주인 부부에게 말한 모양이었다. 주인에게 이 이야기를 듣지 않았더라면 겐야와 시노는 히데쓰구가 얼마나 힘들었는지 모르고 넘어갔을 수도 있다.

"정말 고마워."

겐야가 감사의 마음을 전하자 히데쓰구는 쑥스러워서 고개를 숙여버렸다.

"좋은 곳이네요."

한편 시노는 후배 편집자가 얼마나 분투했는지를 듣고서도 일하러 왔다는 사실을 잊은 것처럼 태평한 대사를 내뱉고 있었다.

그런 그녀에게 그늘이 드리우기 시작한 것은 오늘 아침이다. 아직 동트기도 전에 깨웠더니 갑자기 심기가 불편해졌다. 더구나 거의 눈이 떨어지지 않는데도 전날 밤에 여관에서 만들어준 주먹밥을 먹으라고 강요당하자 한층 더 부루퉁해졌다.

"아침을 챙겨 먹지 않으면 산길을 걷지 못해."

겐야가 몇 번씩 계속 말하자 마지못해 겨우 입에 집어넣는 형편이었다.

알아서 출발할 테니 괘념치 말라고 겐야가 미리 거절해두었음에도 의리 있게 일찍 일어난 여관 주인의 배웅을 받으며 이른 아침의 마을을 걷고 있으니 그래도 시노의 기분이 서서히 나아졌다.

"동트기 전 공기는 맑아서 기분이 좋네요."

그것이 폭풍 전야의 고요함이었음을 물론 겐야만은 알아차리고 있었다.

3장 구난도

 세 사람은 우선 여관 북쪽 방향에 있는 변두리의 버스 정류소까지 걸었다. 도조 겐야와 오가키 히데쓰구는 사전에 의논한 대로 곧장 함석과 베니어판으로 만든 정류장 뒤로 돌아갔지만, 소후에 시노가 도통 따라오지 않는다.

"……어라? 소후에 군?"

 겐야가 정류장 앞쪽으로 되돌아가 보니 그곳 긴 의자에 걸터앉아 있었다. 아직 잠이 덜 깬 얼굴로 오도카니 앉아 있는 모습이 퍽 귀여웠다.

"뭐 하고 있어?"

 그의 입에서 나온 말은 이랬지만.

"엥…… 버스 타는 거 아니에요?"

"이거야 원."

구난도 입구는 현재 버스 정류장 뒤쪽이라고 어젯밤에도 겐야와 히데쓰구가 화제로 삼았다. 그 자리에는 물론 시노도 있었다.

"저기요. 버스를 타도 도쿠유 촌에는 못 가요. 이제부터 우리는 이 뒤의 폐도를 걸어간다고요."

겐야는 끈기 있게 설명하면서 시노를 정류장 뒤로 이끌었다.

"와, 예쁘다."

다행인 것은 주위에 우뚝 솟은 삼나무와 노송나무 숲의 나뭇잎 사이로 마침 햇살이 비쳐들기 시작해서 폐도 출발점에 굴러다니는 이끼 낀 크고 작은 바위가 무척 환상적으로 보였다는 점이다. 이 광경에 완전히 마음을 빼앗긴 모양이었다.

덕분에 처음의 구절양장 길에서도 시노의 걸음은 순조로웠다. 그것이 빨리도 무너지기 시작한 것은 출발하고 한 시간쯤 지났을 즈음이다. 비교적 완만하던 산길이 점차 짐승이 다니는 길로 착각할 만큼 좁아지기 시작했다. 발에 감기는 잡초도 이상하리만치 무성해서 걷기 힘들기 짝이 없었다. 게다가 기분 좋던 이른 아침의 맑은 공기가 언젠가부터 산속의 냉기로 변했다. 그 때문에 안면과 양손이 묘하게 차갑다. 그런데도 몸을 움직이고 있다 보니 옷 속은 온통 땀이 나서 하여튼 덥다. 하지만 멈춰 서서 잠깐 휴식을 취하면 순식간에 온몸이 식는다. 그런 상태가 줄곧 이어지고 있었다.

"……지는 이제 안 되겠어요."

겐야가 두려워하던 첫 마디가 시노 입에서 나온 이후, 어쨌든 격려해서 올라가게 한다, 산의 괴담으로 겁을 줘서 걷게 한다, 다음 휴식을 미끼로 전진시킨다……를 반복했다. 히데쓰구도 힘을 보탰지만 어쩐지 별 도움이 되지 않는다.

예컨대 시노가 숨을 헐떡거리며 거의 매달리는 어조로 물었다고 하자.

"······아직 못 쉬나요?"

"조금만 더 가면 쉴 수 있으니까 좀만 더 힘내."

설사 다음 휴식까지 시간이 좀 걸린들 겐야였다면 거짓말도 방편이려니 하며 애써 밝은 표정으로 이렇게 대꾸했으리라. 하지만 우직한 히데쓰구는 아니었다.

"아까 휴식하고 나서 아직 삼십 분도 안 지났어요. 앞으로 삼십 분은 더 걸어야 하는데, 딱 그 부근에서 걷기 불편한 급사면에 접어듭니다. 그러니까 그곳을 지난 다음에 쉬는 게 좋겠죠. 그러면 앞으로 사십 분인가······. 급사면에서 시간을 뺏기면 오십 분은 걸릴지도 몰라요."

그 결과 시노는 절망한 나머지 우뚝 서버리고, 이리하여 일행의 걸음도 멈추고 만다.

역시 혼자 여행이 제일이야.

겐야가 아련하게 산 저편을 떠올린 것도 무리는 아니다. 그렇다 한들 시노를 어르고 달래지 않는 다음에야 언제까지고 도쿠유 촌에 닿을 수 없다. 아니, 그 전에 노숙할 예정인 조망고개에조차 도착하지 못할 염려도 있었다.

구난도를 따라 도쿠유 촌까지 걷는 계획은 히데쓰구가 면밀히 짜낸 것이다. 정확한 지도가 있는 것은 아니다. 그가 참고할 수 있었던 것은 도쿠유 촌 사사메 신사의 가고무로 간키 신관이 편지로 가르쳐준 구난도에 대한 정보뿐이었다.

편지에는 다이료 정의 버스 정류장 뒤로 들어가면 어떤 산길이 어디까지 이어져 있고 도중에 어떤 난소가 기다리고 있으며 어디 부근에 휴식이나 수분 보충이나 노숙에 적합한 장소가 있는가 같은 주의사항이 대강의 거리와 소요 시간까지 포함해 복잡기괴한 자필 지도와 함께 상세하게 적혀 있었다.

단, 어디까지나 간키 신관의 기억에 근거한 정보라서 거리나 시간도 어림짐작에 지나지 않는다. 그 증거로 히데쓰구는 구난도를 실제로 걸어본 결과 신관의 기록과 다른 점을 여럿 발견한 판이었다. 그는 자신의 발견을 지도에 추가했지만 그것도 전체 여정의 반 정도다.

"역시 하룻밤은 노숙을 하고 마을까지 한 번은 왕복해볼 걸 그랬어요."

몹시 후회하는 히데쓰구를 겐야는 열심히 위로했다.

"그랬으면 기진맥진해서 이렇게 안내해주지 못했을 거야. 게다가 오가키 군이 중간까지라도 길을 알고 있다는 게 참 든든하거든."

시노는 넌 선생님의 안전을 확인하기 위해 먼저 갔다 온 거 아니냐는 얼굴로 히데쓰구를 보고 있다. 하지만 불평할 기력도 없는지 결국은 잠자코 있었다.

겐야는 당근과 채찍을 골라 쓰면서 어쨌든 시노가 한 걸음이라도 더 걷게 하려고 했다. 그러기 위한 최고의 당근은 점심 휴식이고, 최대의 채찍은 산에 얽힌 괴담을 들려주는 일이었다. 여정 관리는 히데쓰구에게 맡기고 겐야는 오로지 시노를 돌보는 데 매진하기로 했다. 이런 역할 분담이 이 궁지에서 벗어나는 유일한 방법이라고 생각했기 때문이다.

예상은 적중했다. 덕분에 오전의 여정은 어찌어찌 돌파할 수 있었다. 덧붙이자면 그녀의 짐은 이미 겐야와 히데쓰구가 나눠 들고 있었다.

그런데 오후도 반쯤 지났을 무렵부터 다름 아닌 도조 겐야에게 변화가 생기기 시작했다. 혼자 데꺽데꺽 걸어가서 정신을 차려보면 시노나 히데쓰구보다 앞에 나가 있다. 마치 동행인의 존재를 한순간 잊어버리고 크나큰 자연 속에 몸을 던지듯이.

그런 겐야의 행동을 눈치챈 오가키 히데쓰구가 불안 어린 목소리로 시노에게 말했다.

"도조 선생님, 좀 이상하시지 않습니까?"

"아아, 저거."

하지만 시노는 지극히 태연해 보였다.

"저럴 때 선생님은 자연에 있는 요괴와 교류하고 있는 것처럼 보이니까 어쩔 수 없지."

결국 이 자리에 제삼자가 있었다면 실로 삼인삼색이라 생각했을지 모른다.

그렇다 쳐도 가장 발목을 잡는 사람은 영락없이 소후에 시노다. 겐야가 뜻밖에도 부름산의 구렁이 비탈을 떠올린 지점에서 급기야 그녀는 진정으로 항복하고 말았으니까.

그런 시노를 비웃었다는 오해를 겨우겨우 푼 겐야에게 히데쓰구가 심각한 얼굴로 말했다.

"이대로 가다가는 일몰 때까지 조망고개에 도착하는 건 절대 무리입니다."

"그러면 노숙 장소를 더 앞쪽으로 당길 수밖에 없나?"

"그러네요."

겐야는 맞장구를 친 히데쓰구가 주머니에서 꺼내 펼친 편지의 지도를 내려다보며 생각했다. 히데쓰구가 확인한 여정의 범위를 세 사람은 이미 지나 왔다. 이 뒤부터는 신관의 편지와 지도에 의지하는 수밖에 없다.

"여기서 두세 시간으로 갈 수 있는 거리에서…… 아니지, 두 시간이라 보는 편이 역시 좋겠어."

한 시간이나 단축한 것은 물론 소후에 시노의 느린 걸음걸이를 고려했기 때문이다.

"네. 다만 두 시간으로는 좀 힘들 것 같습니다."

"으음. 노숙에 적합한 장소가 좀체 없는 건가."

지도의 해당 지점은 심하게 오르락내리락하는 산길이다. 가능하면 조금이라도 탁 트인 평지가 좋다.

"여기는?"

겐야가 가리킨 부분에는 '봉화터'라는 글자가 있었다.

"듣자니 에도시대에 난바다를 지나는 범선과 도쿠유 촌을 향해 봉화를 피웠던 자리랍니다. 선박에는 이 부근이 수심 얕은 암초지대임을 가르쳐주기 위해서지요. 그리고 마을에는 난파할지도 모르는 배의 존재를 알리는 역할을 했다고 합니다."

이 부근이라고 히데쓰구가 가리킨 곳은 도쿠유 촌에 면해 있는 해역이었다.

"그런 봉화터라면 어느 정도의 평지를 기대해볼 수 있겠군."

"네. 가장 무난한 선택 아닌가 싶습니다."

히데쓰구도 찬성했기 때문에 오늘 밤 야영지는 조망고개에서 봉화터로 변경됐다.

"자, 그렇게 정했으면 꾸물대고 있을 수 없지."

겐야는 명쾌한 목소리로 말하면서 천천히 시노 쪽을 돌아보았다.

"소후에 군, 이제부터 삼십 분에 한 번은 쉴게."

"앗, 진짜로요?"

그때까지는 한 시간에 한 번이었기 때문에 그녀는 기뻐 보였다.

"단, 딱 오 분만이야."

"네에에에?"

"그것도 서서, 절대 앉으면 안 돼."

"무슨……."

겐야는 말문이 막힌 시노를 일으켜 세우고는 투덜투덜 불평에 아랑곳 않고 그저 재촉했다. 거기서부터는 그녀를 계속 어르고 달랬다.

그렇게 애쓴 덕분에 어찌어찌 해가 지기 전에 봉화터에 도착할 수 있었다. 바다를 면하고 있는 단애절벽 위로, 다다미 여섯 장쯤 넓이에 바닥에는 요철이 거의 없는 초지가 덤불로 에워싸여 있었다.

"……여기예요? 도착한 건가요?"

말없이 고개를 끄덕이는 도조 겐야를 보고 소후에 시노는 그 자리에 비슬비슬 주저앉았다.

"해냈다……. 선생님이 세운 계획대로 지가 걸어 왔네요."

그런 스스로를 칭찬하고 싶다는 양 중얼거린다.

아니, 그게 아니잖아.

겐야는 입 밖에 내지 않고 마음속으로 투덜거렸다.

"저기, 애초에······."

그런데도 오가키 히데쓰구가 목적지인 조망고개 건을 다시 꺼내려 하기에 겐야는 황급히 입을 열었다.

"어, 소후에 군."

"네, 뭔가요?"

꽤 지치기는 했지만 오늘은 더 걷지 않아도 된다는 것을 아는 만큼 그녀는 기분이 상당히 좋았다.

"저기, 그거 말인데."

"네, 뭘까요."

난처한 겐야가 주위를 둘러보니 돌을 쌓아놓았던 것 같은 흔적이 초지 한가운데에 희미하게 보였다.

"봐, 여기. 분명 아궁이 흔적이야."

"아궁이?"

고개를 갸웃거리는 시노 옆에서 히데쓰구도 신기하다는 얼굴을 하고 있다.

"봉화를 피우기 위한 아궁이를 여기에 만들었던 거야."

"하지만 봉화는 모닥불로 피우는 거 아니에요?"

히데쓰구도 같은 생각인지 옆에서 고개를 주억거리고 있다.

"모닥불을 피우는 목적은 불을 지피는 데 있는데, 봉화의 경우에는 연기를 어떻게 피워 올릴 것인지가 중요해."

"앗, 그렇군요."

히데쓰구는 바로 이해한 모양이지만 시노는 아니었다.

"모닥불을 피워도 연기는 나는데요."

"하지만 그게 하늘 높이 올라가는 건 아니야. 여기서……."

겐야는 도쿠유 촌 방향을 가리켰다.

"마을은 아예 안 보여. 그 말인즉슨 마을에서도 이 봉화터를 보지 못한다는 거지. 그러니까 봉화를 피울 때도 상당한 높이까지 연기를 상승시킬 필요가 있어. 평범한 모닥불로는 그런 연기는 못 내거든."

그러자 히데쓰구가 비로소 깨달았다는 얼굴을 했다.

"즉 모닥불과 달리 봉화는 나뭇가지나 잎을 태우는 게 아니군요."

"물론 마른 풀 같은 건 쓰지만 수지를 다량 포함하고 있는 관솔이나 솔잎이 주가 되지."

겐야의 지적에 히데쓰구는 수긍이 간 모양이었다.

"그러고 보니 솔잎을 태웠다가 연기가 심하게 나서 두 손 들었던 적이 있습니다."

이렇게 대답하면서도 애용하는 수첩에 열심히 메모한다. 이번 민속 탐방 동안 그는 도조 겐야가 이야기하는 다양한 민속학 지식을 전부 기록해서 공부할 생각인 듯하다. 참고로 수첩 맨 앞쪽에는 겐야에게 들은 탐정소설 강의가 소상하게 기록돼 있다.

"응. 그 연기를 이용한 게 '솔잎 태우기'라 불리는 고문이야. 여우에 홀린 것을 씻을 때에도 솔잎 태우기를 썼지."

"연기에 숨이 막혀서 여우가 떨어지는 거예요?"

히데쓰구의 어조는 과연 반신반의였다.

"그렇게 생각됐던 셈인데, 실제로는 여우에 홀린 사람을 태워 죽이는 경우도 많았어."

"어머, 무서워라."

시노가 겁먹은 얼굴을 하면서도 고개를 갸웃했다.

"그런데 선생님, 왜 봉화는 한자로 '늑대의 연기狼煙'라고 쓰는 거예요?"

"역시 소후에 군, 제법 날카로운 지적이야."

겐야가 곧장 칭찬하자 시노는 "헤헤" 웃으며 부끄러워했다.

"듣고 보니 그러네요."

히데쓰구도 흥미가 있는 듯해서 겐야는 설명했다.

"관솔이나 솔잎보다 더 중요시되던 게 실은 늑대 똥이거든."

"······말도 안 돼."

기겁하는 시노와 마찬가지로 히데쓰구도 놀라워했다.

"연기가 하늘로 똑바로 올라갈 수 있게 해주는 효과가 늑대 똥에 있다고 여겨졌기 때문이야."

"진짜요?"

시노의 추궁에 겐야는 쓴웃음을 지었다.

"어디까지나 전승이니까 진위 여부는 모르지. 하지만 굳이 '늑대의 연기'라 쓴 것을 보면 무슨 효과는 있었을지도 몰라."

"흠. 재미있네요."

희미하게 남아 있는 아궁이의 돌무더기 흔적을 한동안 바라보던 시노는 갑자기 퍼뜩 주위를 돌아보았다.

"자, 잠깐만요, 선생님. 그 말인즉슨 이 부근에 느, 늑대가 나온다는 거잖아요!"

"쉿……."

겐야는 집게손가락을 입술에 대고 시노에게 다가가면서 작은 목소리로 말했다.

"큰 소리를 내면 놈들한테 들려."

"……."

그녀가 황급히 두 손으로 입을 틀어막는 것을 보고 겐야는 빙긋 웃었다.

"일본에서 늑대가 마지막으로 목격된 건 메이지시대야."

"……선생니임."

시노가 때리는 시늉을 했기 때문에 겐야는 급히 달아나서 아궁이 흔적까지 갔다.

"그건 그렇지만 좀 묘하군."

발밑에 굴러다니는 돌을 내려다보면서 도쿠유 촌 방향으로 눈길을 던졌다.

"뭐가 말입니까?"

히데쓰구의 물음에 이번에는 바다를 보면서 겐야는 대답했다.

"이곳에서라면 확실히 난바다의 범선을 빨리 발견할 수 있었을지 몰라. 그리고 봉화를 피워도 범선에서든 마을에서든 틀림없이 잘 보였겠지."

"저도 그렇게 생각합니다."

"그렇지만 배가 이 부근 해역에서 난파할 위험이 있는 건 악천후 시기일 거야. 즉 비바람이 거셀 때지. 그런 상황에서 과연 봉화를 만족스럽게 피워 올릴 수 있었을까?"

"아아, 그거라면······."

히데쓰구가 아무것도 아니라는 투로 말했다.

"신관님이 말씀하신 적이 있어요. 결국 이 봉화터는 거의 쓰이지 않았다고."

"그 말을 먼저 하라고."

시노가 말꼬리를 잡았지만 히데쓰구는 동요하지 않았다.

"그래서 원래 야영할 예정이었던 구에 산 조망고개를 새로운 파수대로 쓰면서 횃불 신호를 보내기로 했답니다. 하지만 그리 잘 되지 않아서 고즈 만에 툭 튀어나온 뿔위곶 끄트머리에 망루를 만들었다더군요."

"과연."

겐야는 바다를 바라보면서 뭔가 더 생각하는 눈치였다.

"이거, 눈 깜짝할 사이에 해가 지겠어."

하지만 하늘을 올려다본 뒤에 곧장 모닥불 준비에 돌입했다.

남은 주먹밥과 통조림으로 저녁을 먹고 내일 여정에 대해 간단히 의논한 다음 세 사람은 잠자리에 들었다.

침상을 마련할 때는 시노가 불만을 터뜨릴 것이 예상되었기 때문에 겐야는 자기가 쓰려고 가지고 온 미군 불하 침낭을 잽싸게 건네주었다.

"이건 뭐예요?"

쓰레기봉투라도 만지는 듯한 취급에 겐야는 한숨을 내쉬었다.

"침낭이야. 미국인은 전쟁터에서 이 안에 들어가서 잤지."

"와, 진짜 편리한 걸 많이 만드는 나라네요."

시노가 순수하게 감복하는 듯해서 겐야는 안심하고 사용법을 가르쳐주었다. 이게 있으면 벌레 때문에 고생하지도 않겠다며 그녀는 무척 기뻐했다.

이런 침낭이 전쟁터에서 종종 시체 넣는 주머니로 사용되었다는 사실은 물론 알리지 않았다. 지금은 무엇보다 그녀가 조금이라도 쾌적하게 쉬어서 피로가 남지 않게끔 하는 것이 중요했으니까.

소후에 군에게 겁을 주고 그 반응을 즐길 상황이 아니니 말이지.

시노가 들으면 느닷없이 격분할 혼잣말을 마음속으로 중얼거리면서 겐야도 잠자리를 마련하고 누웠다.

"역시 이렇게 일찍은 못 자겠어요. 선생님, 무슨 이야기 좀 해주세요."

세 사람이 누운 뒤 처음에는 이렇게 말하던 시노도 겐야가 이야기를 별로 하기도 전에 쌕쌕 숨소리를 내기 시작했다. 본인이 느끼는 이상으로 꽤 지쳤던 것이리라. 이어서 히데쓰구가 잠들고, 두 사람이 잠든 것을 확인하고 나서 겐야도 잠이 들었다.

다음 날은 거의 동트는 것과 동시에 기상했다. 야외에서 잤기 때문에 싫어도 햇빛을 느끼게 된다. 그렇게 오래 자고 있을 수도 없다. 소후에 시노가 일찍 일어났다고 불평하지 않은 것이 그 가장 큰 증거이리라.

건빵과 통조림으로 조식을 먹고 곧장 출발했다. 오늘은 적어도 오후의 이른 시간까지는 조망고개에 도착해야만 한다. 그러지 않으면 일몰 전에 도쿠유 촌에 들어가지 못한다. 그 경우에는 조망고개에서 또다시 노숙하는 꼴이 된다.

이 같은 내용을 첫 번째 휴식 때 겐야는 시노에게 단단히 일렀다.

"그런 건 싫어요."

침낭은 사용감이 좋았던 모양이지만, 아무리 그래도 이틀 연속 노숙은 피하고 싶은지 시노가 고개를 크게 가로저었다.

"이번에 신세 질 사사메 신사에 가면 맛있는 저녁식사와 시원하게 땀을 뺄 수 있는 욕탕, 그리고 느긋하게 쉴 수 있는 이불을 분명 준비해주시지 않을까?"

기회를 놓칠세라 도조 겐야가 강조하자, 그녀는 어제 같은 우는소리는 별로 내지 않고 묵묵히 걷게 됐다. 그가 마음을 놓은 것은 말할 필요도 없다.

"저, 선생님, 조금 전에 휴식할 때 말씀하신 신사의 식사 말인데요······."

그러자 오가키 히데쓰구가 두 번째 휴식 때 굳이 뭔가 말을 꺼내려 했다.

"참, 오가키 군, 오늘 수분 보충 지점 말인데."

겐야는 황급히 화제를 돌렸다. 여기서 "실은 신사의 식사는 맛이 없습니다"라는 둥 고지식하게 털어놓기라도 했다가는 시노의 사기가 순식간에 떨어진다. 그것만큼은 피하고 싶었다.

"앗, 물이라면······."

다행히 히데쓰구는 순순히 주머니에서 지도를 꺼냈다.

"급수 장소가 몇 군데 적혀 있는데, 그중에서도 흥미로운 곳이 여기입니다."

그가 가리킨 곳에는 '극락수 지옥수'라는 글자가 있고 그 옆에 '굴과 폭포'라 적혀 있는 것이 보였다. 사전에 지도를 확인한 겐야도 실은 신경 쓰이던 지점이다. 하지만 무엇보다 전체 여정의 계획을 짜는 것이 먼저였기 때문에 일단은 뒤로 미루는 사이에 아무래도 깜빡한 듯하다.

"여기 말인가? 조망고개와 도쿠유 촌의 딱 중간 정도군."

"산을 사이에 두고 바다 쪽에 다루미 동굴이 있는 느낌일까요."

지도에는 도쿠유 촌의 간단한 약도도 있기 때문에 히데쓰구도 그 자리에서 바로 지적할 수 있었으리라.

"그래, 극락수 지옥수의 의미는?"

겐야가 흥미진진하게 물었지만 히데쓰구는 머리를 긁적였다.

"그게, 잘 모르겠습니다."

"너 말이야."

시노가 옆에서 끼어들었지만 겐야가 대충 달랬다.

"신관님 편지에는 아무것도 쓰여 있지 않았고?"

"그게 묘합니다. 가진 물에 여유가 있을 때 말고는 여기서 물을 마시지 말라는 주의사항……."

"오호."

겐야의 눈빛이 별안간 날카롭게 빛났다.

"좋아, 가보지."

"아닙니다, 선생님. 극락수 지옥수까지는 아직 꽤 거리가 있으니까……."

히데쓰구의 말이 들렸는지 안 들렸는지, 겐야는 이미 성큼성큼 앞으로 걸어가고 있었다.

"저렇게 되면 도조 겐야는 어지간해선 못 말려."

"곤란하게 됐네요."

시노의 지적에 히데쓰구는 곤혹스러움을 드러냈지만 그녀는 아무렇지 않게 말했다.

"괜찮아. 내가 '이제 못 걷겠어' 하면 선생님도 별수 없이 걸음을 멈출 테니까."

실제로 그렇게 됐기 때문에 히데쓰구는 감탄할 뻔했다. 하지만 그냥 시노가 떼를 썼을 뿐 아닌가 하는 데 생각이 미치자 이번에는 기가 막혔다. 그래도 작가인 도조 겐야와 편집자인 소후에 시노 사이에는 상당히 강한 유대감이 있는 것 아닌가……. 막연하게나마 생각했다. 그리고 자신도 어엿한 편집자가 되기 위해서는 선배를 보고 배워야만 하겠다고 대단히 감복하는 것이었다.

히데쓰구가 올려쳤다가 내려쳤다가 한 시노였지만 명백히 어제의 그녀와는 달랐다. 걷는 거리와 시간이 늘어남에 따라 투덜투덜 불평을 하며 때로는 "이제 안 되겠어"라며 주저앉기도 했으나 아주 열심히 잘 걸었다.

점심 휴식을 취한 뒤에도 험준한 바위 밭에서 애를 먹은 것을 제외하면 거의 순조로웠다. 덕분에 구에 산 조망고개에는 예정보다 조금 늦어진 정도로 도착할 수 있었다.

겐야는 봉화터와 똑같이 단애절벽 가에 서서 왼쪽 아래 방향을 가리켰다.

"혹시 저게 도쿠유 촌의 뿔위곶인가?"

"네. 그 끝에 보이는 것이 괴담에 나온 망루입니다."

히데쓰구가 옆에 나란히 서서 감개무량한 목소리로 말했다.

"저 마을에는 어린 시절부터 그야말로 몇 번이나 가봤는데 이렇게 다른 방향에서 바라보는 건 처음이에요. 잘 아는 곳인데도 대단히 신선하게 보입니다."

"익숙한 장소를 전혀 다른 시점에서 바라보는 행위는 꽤 흥미롭게 마련이지."

두 사람이 도쿠유 촌을 내다보면서 이야기를 하고 있는데 시노가 가까이 오며 말했다.

"선생님, 그렇게 가장자리에 서 있으면 위험하잖아요."

그러고는 깎아지른 단애절벽 아래로 눈길을 준 순간 느닷없이 겐야의 한쪽 팔을 꽉 붙잡았다.

"소후에 군의 갑작스러운 행동이 훨씬 더 위험해."

평소라면 겐야의 반격을 뭐라고 받아쳤겠지만 이번에는 팔을 붙잡은 채 말이 없었다.

"그건 그렇다 치고……."

그렇다고 겐야가 시노를 신경 쓰느라 곧장 그 자리를 뜨지는 않았다. 그녀의 안전을 확인한 뒤 도쿠유 촌에서 단애절벽 아래쪽으로 시선을 옮기면서 희한하다는 듯 말했다.

"왜 그러세요?"

시노가 곧장 되물었지만 그는 먼 곳을 바라보는 눈빛으로 말했다.

"이 풍경을 보고 왜 콘월이 떠올랐을까?"

"콘…… 뭐라고요?"

"영국 남서부에 위치한 콘월 반도 말이야."

"여기 경치랑 거기가 비슷한가요?"

"확실히 콘월에도 이런 단애절벽이 있어. 게다가 해안에는 기괴한 형태를 하고 있거나 구멍이 뚫린 바위가 여기저기 솟아 있기도 하고."

"하에다마님이잖아요."

시노가 기운차게 지적했지만 겐야는 고개를 저었다.

"하지만 내가 실제로 그 풍경을 본 건 아니야. 어디까지나 책에서 얻은 지식에 지나지 않아. 이 풍경을 보고 바로 연상하는 건 좀 이상하지 않나?"

"……그러네요. 그 외에 비슷한 점은 없어요?"

"굳이 꼽자면 민간전승이 많다는 점일까. 유명한 아서왕 전설은 아니지만 켈트 민족의 땅이기도 한 콘월에는 그야말로 수많은 요정 이야기가 전해지니까."

"어머, 귀엽네요."

천진난만하게 기뻐하는 시노에게 겐야는 쓴웃음을 지었다.

"요정이라 해도 개중에는 사악한 것도 많아. 결코 사랑스럽기만 한 존재가 아니야."

"선생님은 금세 또 그런 소리를……."

불만스러워 보이는 시노와 달리 히데쓰구는 조금 납득이 간다는 어조로 말했다.

"선생님은 제게서 사전에 도쿠유 촌의 세 가지 괴담을 들으셨지요. 그리고 지금 이 풍경을 보셨고요. 그 때문에 선생님 무의식이 무시무시한 전승과 암초지대의 조합에서 예전에 책에서 읽으신 콘월에 대한 지식을 자연스럽게 끄집어낸 게 아닐까요?"

"……과연."

히데쓰구의 해석에 겐야는 무척 감탄했다.

"그럴지도 모르겠어."

하지만 겐야는 수긍하면서도 여전히 마음에 걸린다는 기색을 보였다. 그런 그를 바라보는 시노의 눈빛이 어딘지 불안해 보인다는 것을 히데쓰구는 문득 깨달았다.

이때 도조 겐야는 후에 자신이 '괴담 살인사건'이라 명명하게 될 무시무시한 사건의 발생을 이미 예감하고 있었을까?

그렇다 한들 겐야 역시 모르고 있었던 것이다. 그 사건이 이미 일어났다는 것을……

4장 도쿠유촌

"……슬슬……쉬어……가요."

소후에 시노의 숨넘어가는 목소리에 도조 겐야는 하는 수 없이 걸음을 멈추었다.

때마침 걷기 힘든 급사면을 내려와서 구불구불 휘어지는 작은 개천을 따라 난 산길을 계속 걸어가려던 참이었다.

"그새?"

겐야가 어이가 없어서 되물은 것도 무리가 아니다. 시노의 희망으로 급사면을 내려오기 전에 한 번, 거기까지 올라가기 전에 한 번 짧은 휴식을 취했기 때문이다.

"그새……라니, 선생님, 여기 새가 어디 있어요."

"농담이 나오는 걸 보면 아직 기력이 있다는 증거야."

"……아니에요."

시노는 힘없이 고개를 저었다.

"아까 두 번 휴식할 때는 서 있었잖아요. 게다가 겨우 숨 좀 돌렸나 했더니 금방 출발하고. 그런 건 휴식이라 칠 수도 없어요."

"하지만 소후에 군 말대로 휴식했다가는 오늘 밤도 노숙해야 돼."

"……."

부루퉁하게 입을 다물어버린 시노를 앞에 두고 오가키 히데쓰구는 지도를 꺼내 한동안 내려다보았다.

"아무래도 벌써 극락수 지옥수 근처까지 온 것 같습니다."

"엇, 좀 더 가야 하는 거 아니야?"

겐야는 놀라서 지도를 보았다.

"저도 그렇게 판단했지만, 지도상 봉화터에서 도쿠유 촌까지의 거리와 시간에 아무래도 오차가 있는 듯합니다."

"그렇다면 예정보다 여유가 있다는 건가?"

"그럼 쉬어요."

당연하다는 듯 주장하는 시노에게 겐야는 말했다.

"아니, 그러면 극락수 지옥수까지 가서 거기서 휴식하지."

"네에?"

불만을 터뜨리는 그녀를 달래는 동시에 격려하는 곡예를 부리면서 겐야는 길을 서둘렀다. 여정에 여유가 있다면 되레 걸음을 늦추어야겠지만, 그의 마음은 이미 '수수께끼의 극락수 지옥수'로 단숨에 날아가고 있었다.

한동안 요철이 적어 걷기 쉬운 산길을 개울을 따라 나아갔더니 오른쪽 전방에 가느다란 폭포 같은 물줄기가 보였다.

"저거 아닌가?"

겐야가 가리킨 암벽 상부에 뻥 뚫린 굴이 있었다. 아무래도 물은 그곳에서 흘러나오는 듯하다.

"폭포라고 할 정도는 아니네요."

히데쓰구 말대로 수량이나 물 흐름이 결코 풍부하지 않다. 폭포라는 단어가 주는 인상과는 거리가 먼 가느다란 물줄기가 암벽을 따라 졸졸 흘러 내려오는 것에 지나지 않는다.

"분명 옛날에는 더 기세가 있었을 거야."

겐야는 재빨리 개울을 뛰어넘어 암벽에 발을 걸쳤다.

"자, 잠깐만요, 선생님, 뭘 어쩌려고 그러세요? 안 돼요!"

시노의 당황한 목소리를 뒤로하고 겐야는 눈앞의 암벽을 기어오르려고 했다. 잡거나 디딜 만한 곳이 충분히 있는 데다 그리 높지도 않다. 이렇게 되면 굴 안을 들여다보고 싶은 것이 도조 겐야라는 인간이다.

"선생님, 안 됩니다."

하지만 히데쓰구가 만류한 순간 겐야의 발이 둔해졌다.

"구난도를 가기 위해 어느 정도 위험을 감수하는 건 어쩔 수 없습니다. 하지만 그 외의 위험한 행위는 가능한 한 피하셔야지요."

"······시간에 여유가 있어도?"

돌아보고 미련이 남는 듯 묻는 겐야에게 히데쓰구가 단호하게 고개를 저었다.

"선생님이라면 크게 고생하지 않고 저기까지 올라갔다 내려오실 수 있겠지만, 만에 하나의 일이 생기면 안 됩니다."

"맞아요."

시노까지 덤벼드는 바람에 겐야도 단념할 수밖에 없었다.

"아니, 그보다……."

더 중요한 일이 있다는 양 시노는 개울을 뜻밖에 가볍게 뛰어넘어 겐야에게 다가왔다.

"제가 제지하는 건 무시하시더니 오가키 군이 주의를 주면 들으시는 건가요?"

"……그, 그런 건 아니야."

힘없이 부정하는 겐야 앞에 시노의 잔소리가 끝없이 이어졌다.

"휴, 목이 타네요."

한참 겐야에 대한 불평을 늘어놓더니 시노는 속이 시원해진 동시에 목마름을 느낀 모양이다. 암벽을 따라 흐르는 가느다란 물을 꿀꺽꿀꺽 마셨다.

"으악! 뭐야, 이거?"

그런데 돌연 입에 머금고 있던 물을 뱉더니 연신 침을 퉤퉤 뱉기 시작했다.

"왜 그래?"

"짜요."

"엇…… 이 솟아나는 물이?"

겐야는 같은 물을 손끝에 적셔 핥아보았다.

"이건…… 바닷물이야."

"네?"

시노는 이해를 못 하는 것 같았지만 히데쓰구는 암벽에 뚫린 굴을 올려다보면서 "앗" 하고 큰 소리를 냈다.

"저 굴은 분명 삼도장이랑 통해 있어요."

"그렇구나. 그래서 이곳이 극락수 지옥수라 불린 거로군."

수긍하는 겐야 옆에 시노만 덩그러니 남겨졌다.

"두 사람만 알고, 치사해요."

"잘 들어, 소후에 군. 이 가느다란 폭포 같은 건 평소에는 저 개울과 마찬가지로 담수가 흐를 게 분명해. 하지만 내 생각에, 조석潮汐 관계로 거기에 해수가 섞일 때가 있을 거야. 어쩌면 날씨의 영향으로 파도가 높아지거나 해도 같은 현상이 일어날지 몰라. 어쨌든 마셔보지 않으면 담수인지 해수인지 구별할 수 없지."

"그래서 담수일 경우에는 극락수고, 해수를 먹으면 지옥수라는 건가요?"

시노도 일단은 순순히 감탄하려 했다.

"근데 지가 마실 때 왜 바닷물이 되죠?"

거기서 겐야에게 화풀이를 한 것은 자못 그녀답다.

그렇지만 극락수 지옥수 소동 덕분에 얄궂게도 휴식은 충분히 취했는지 그 뒤로 소후에 시노의 발걸음은 쾌조였다.

"이게 아무래도 마지막 난관인 모양입니다."

히데쓰구가 이렇게 설명한 험준한 벼랑바위를 오른 뒤, 한동안 걸어간 고갯길 끝에 아주 미덥지 못한 가느다란 출렁다리가 나타났다.

"……오가키 군, 아까 그게 마지막 난관 아니었어?"

불만과 불안이 뒤섞인 시노의 어조에 히데쓰구는 꽤 당황하면서 말했다.

"이상하네. 편지에는 출렁다리를 건너면 바로 마을이라고만 적혀 있고 딱히 주의사항은 없었는데요."

그래도 그는 정직하게 시노에게 고개를 꾸벅 숙였다.

"죄송합니다. 제 조사 부족입니다."

"이 다리도 옛날에는 아마 더 안전했을 거야. 그러니까 신관님도 굳이 적어두지 않았겠지."

겐야가 구원의 손길을 뻗었다.

"그런 장소가 이곳 말고도 꽤 있었으니까요."

히데쓰구는 동조하면서도 미안한 얼굴을 하고 있다.

"예정보다 빨리 도착할 것 같아 정말 다행이야."

"네. 선생님께서 전체 계획을 세워주신 덕분입니다."

겐야가 안도하자 히데쓰구도 겨우 원래 표정으로 돌아갔다.

"아니지, 그것도 신관님 편지와 지도가 있었기 때문이야. 두 가지를 얻은 공적은 물론 오가키 군에게 있고."

"아니요, 저 같은 게······."

"두 분이 서로 겸손하신 와중에 죄송하지만."

시노가 끼어들었다.

"설마, 이 낡아빠진 출렁다리를 건너는 건 아니겠죠?"

두 사람의 태연한 얼굴을 번갈아 보지만 시노 본인은 새파랗게 질려 있다.

"응, 건널 거야."

당연하다는 듯 대답하는 겐야에게 시노는 고개를 마구 저었다.

"그런······ 아무리 봐도 위험하잖아요."

"아니, 괜찮을 거야. 게다가……."

겐야는 주위를 둘러보는 동작을 하고 나서 말했다.

"다른 길은 없어. 있다고 해봤자 아까 그 개울까지 내려가서 험한 낭떠러지를 몇 시간씩 하염없이 올라가는 것밖에 없지. 한순간의 공포와 장시간의 고행, 어느 쪽이 나을까?"

"……."

이렇게 밀어붙이자 시노도 더는 아무 말 할 수 없었다.

"그렇게 됐으니 소후에 군, 앞장서."

"아니…… 왜 제가?"

퍼뜩 놀란 그녀는 방어태세를 취했다.

"선생님은 저를 먼저 보내서 출렁다리가 정말로 안전한지 아닌지 확인하실 생각이시네요."

"……저기 말이야."

"선생님, 너무해! 지를 인신공양하다니……."

"이거 참."

겐야는 하늘을 올려다보고는 차분히 타이르는 어조로 말했다.

"겉보기는 나쁘지만 이 출렁다리는 아직 그런대로 사용 가능해. 그렇지만 만에 하나를 생각해서 셋 중에 가장 체중이 가벼운 소후에 군이 먼저 건너가는 게 좋겠다고 판단했을 뿐이야."

"……네?"

시치미를 딱 뗀 시노의 반문에 겐야는 쓴웃음을 지을 수밖에 없었다. 그래도 우선 그녀의 안전을 고려했다는 사실이 효과가 있었는지 시노는 김샐 정도로 순순히 출렁다리를 건넜다. 겐야나 히데쓰구보다 세 배의 시간을 요한 것은 어쩔 수 없었다 할지라도.

출렁다리를 건넌 뒤에는 길에도 양옆 낭떠러지에도 보기 좋게 돌이 깔려 있어서 단숨에 사람 사는 마을 가까이 왔음을 알 수 있었다. 단, 어느 돌에나 이끼가 끼어 있어서 아직 산속에 붙잡혀 있는 기분이 들었다. 십 몇 년 전까지는 출렁다리 이쪽이 마을이고 저쪽이 산이라는 명확한 구별이 있었음이 분명하다. 그러던 것이 조금씩 산에 침식되기 시작했다. 우선 출렁다리가 먹히고, 이어서 돌을 쌓은 길이, 그리고 낭떠러지가 마찬가지로 산의 영역으로 화한 듯하다.

하지만 가까운 장래에 산이 완전히 패배하는 날이 온다.

마지막으로 출렁다리를 건넌 겐야는 반사적으로 돌아보며 이렇게 생각했다. 자신들을 괴롭히면서도 무사히 잘 통과시켜준 자연에 감개를 느꼈다.

헤이베이 정이 헤이베이 시가 되고 도쿠유 촌에서 유리아게 촌까지가 합병되어 고라 정이 됐을 때, 다섯 마을의 배후에 있는 산들은 개발되어 필시 예전 모습을 찾아볼 수 없게 되는 것 아닌가.

이 돌길 풍경도 사라지는 건가……

습기가 축축하게 차고 어둠침침해서 결코 쾌적하다고는 할 수 없는 장소였지만 뭐라 말할 수 없는 풍취가 있었다. 옛날 옛적 구난도를 지나 마을로 돌아온 사람들은 출렁다리와 그 너머에 깔린 돌길과 낭떠러지를 보며 분명 진심으로 안도했으리라.

"선생님, 도착했어요."

언제까지고 움직이지 않는 겐야를 기다리다 지쳤는지, 앞서 간 시노의 목소리가 들렸다.

"……응."

건성으로 대답하고 몇 번이나 돌아보면서 겐야는 남은 돌길을 걸었다.

깔려 있는 돌 표면의 이끼가 점차 사라지더니 어둠침침함도 덜해지기 시작했을 무렵 좌우 낭떠러지가 돌연 끊어지고 눈앞이 확 트였다.

"앗."

겐야의 입에서 절로 감탄하는 한숨이 새어나왔다.

시노와 히데쓰구 두 사람은 그보다 조금 더 앞에서 멈춰 있다. 마찬가지로 눈앞의 경치에 홀린 듯 그저 망연히 서 있었다.

"여기서 보는 경치가 이렇게 좋을 줄은…… 저도 몰랐습니다."

불쑥 중얼거린 히데쓰구의 말에 시노가 의아한 듯 말했다.

"이곳 신사의 신관님이랑은 전부터 잘 아는 사이 아냐?"

"네. 여기는 어릴 적부터 그야말로 몇 번이나 왔습니다. 하지만 구난도를 통해 도쿠유 촌에 온 건 처음이에요."

겐야는 시선을 돌리지 않고 히데쓰구에게 말했다.

"조망고개에서도 말했지만 익숙한 장소일수록 그때까지 본 적 없는 지점에서 바라봤을 때 신선한 인상을 받는 법이니까."

"그걸 지금 아주 실감하고 있습니다."

산의 험준한 사면이 바다를 향해 내려가는 가운데 힘겹게 개간했음이 분명한 계단식 논밭, 그 사이에 점점이 무리지어 있는 민가, 종횡으로 뻗어 있는 미로 같은 길. 구에 산을 넘은 세 사람이 본 것은 모형 정원 같은 도쿠유 촌의 풍경이었다.

그들이 서 있는 곳은 마을 북북동 모서리로, 바로 근처에 도쿠간 사가 있다. 절 반대편인 북북서쪽 구석에는 이제부터 향할 사사메 신사가 보인다. 절에서 남쪽으로 똑바로 내려가면 뿔밑곶으로, 신사에서 똑같이 내려가면 뿔위곶으로 나간다. 다만 둘 다 직진하는 길은 없기 때문에 이리저리 뒤얽힌 마을 안을 통과해야만 한다.

마을 동서쪽 끝에 튀어나온 두 곶은 고즈 만을 끌어안고 있다. 그것이 지금 저무는 저녁 해를 받아 환상적으로 반짝반짝 빛나고 있다. 도원경 같은 경치가 세 사람의 눈앞에 나타나 있었다.

"이렇게 아름다운 마을인데 과거에는 굶주림으로 고생한 거군요."

히데쓰구가 이야기한 〈창해의 목〉을 떠올렸는지 시노가 슬픈 얼굴을 했다.

"어촌으로만 보이는데 중요한 어업을 변변히 할 수가 없었다니 조상들도 오죽이나 고생했을까."

겐야도 같은 감정을 느꼈는지 무척 심각한 표정을 짓고 있다. 하지만 거기서 일변하여 밝은 어조로 말했다.

"그런데 소후에 군, 이 마을이 어째서 도쿠유 촌이라 불리는지 알겠어?"

"갑자기요?"

시노는 약간 당황하면서도 도조 겐야의 묘한 언동에는 익숙하다는 강점을 발휘해 곧장 사고를 전환한 모양이었다.

"도쿠유犢幽 촌의 '도쿠犢'라는 글자는 뭔가 너무 어려워서 모르겠지만 두 번째 '유幽'는 유령을 뜻하잖아요. 즉 오가키 군한테 들은 것처럼 여기는 괴담이 풍부한 지방인 거죠."

"있잖아, 가장 오래된 고스케의 괴담도 에도시대야. 마을은 그 전에도 분명 존재했으리라고 보는데."

"그런 거야?"

시노의 질문에 히데쓰구가 고개를 끄덕였다.

"신사나 절에 남아 있는 고문서를 보면 그 점은 확실한 것 같습니다."

"애당초 도쿠유 촌의 '유'는 유령을 의미하는 게 아니야. '암석'을 나타내는 거지."

재차 타격을 가하는 겐야의 말에 시노는 뾰로통해졌다.

"그런 걸 어떻게 알아요."

"그리고 도쿠유 촌의 '도쿠'는 송아지를 의미하는데······."

겐야는 의미심장하게 말을 끊고는 천천히 시노에게서 고즈 만으로 시선을 돌렸다.

"앗, 지 알았어요."

그 순간 시노가 매우 기뻐하는 목소리로 말했다.

"마을 동서에 있는 곶이 소의 두 뿔처럼 바다를 향해 튀어나와 있기 때문이군요. 그래서 곶에도 뿔위, 뿔아래라는 이름이 붙어 있는 거예요."

"오오, 역시 소후에 군! 정답이야."

"헤헷."

겐야가 짐짓 추켜세워준 것을 아무렴 시노도 알아차린 듯했지만 그래도 기뻐하는 것이 그녀답다.

"하지만 선생님, 왜 유령의 '유' 자가 암석이라는 의미가 되는 거예요?"

"그 글자가 붙는 장소의 지형은 산이나 골짜기일 때가 많아. 바위를 뜻하는 '이와岩'는 오래전에는 '이하'라 읽혔어. 이게 '유하'로, 이어서 '유후'로, 그리고 '유'로 음운이 변한 거지. 나머지는 '유'에 유령의 '유'나 석양을 뜻하는 '유히夕陽'의 '유'를 끼워 맞춘 데 지나지 않아. 저녁놀이 바다를 이토록 아름답게 물들이는 땅이니까 석양의 '석'을 차용해서 '도쿠유 촌犢夕村'이라고 썼어도 별로 상관없었던 셈이지."

"즉 유령의 '유' 자 자체에 특별한 의미는 없다는 거예요?"

"응, 그렇게 되지."

"뭐야, 오가키 군이 괴담을 들려주고 도쿠유 촌의 한자를 알려줬을 때 얼마나 무서운 곳일까 하고 좀 기대했단 말이에요."

말은 이렇게 하지만 소후에 시노는 상당한 겁쟁이였다. 그것을 알고 있는 만큼 겐야는 이쪽에서 놀려주고 싶었지만, 자제심을 발휘해서 그만두었다. 가을의 황혼은 길게 느껴져도 방심하면 금방 어두워진다. 놀고 있을 여유는 없다.

"갈까?"

겐야가 재촉하자 히데쓰구는 "네"라고 대답하면서도 어딘지 눈치가 이상하다.

"왜 그러나?"

"그게…… 아무래도 수첩을 두고 그냥 온 것 같습니다."

"대체 어디에?"

"극락수 지옥수에서는 확실히 있었으니까……."

히데쓰구는 생각해내는 동작을 하면서 말했다.

"그 뒤에도 몇 번 수첩을 꺼내서……."

"선생님이 말씀하신 민속학 지식을 저 친구는 메모하거든요."

옆에서 시노가 설명했지만 겐야도 물론 그의 행위는 눈치채고 있었다.

"정말 열심히 공부한다니까, 이 친구."

"그런 말씀은 뭔가 걸리는데요."

시노가 이렇게 시비를 걸어온 참이었다.

"잠깐 돌아가서 가지고 오겠습니다."

히데쓰구가 갑자기 발길을 돌리려 해서 겐야는 놀랐다.

"지금? 말도 안 돼. 수첩을 찾아 돌아올 즈음에는 해가 완전히 져 버려. 아니, 그렇게 빨리 돌아올 수 있을지 없을지도……."

"서둘러 다녀오면 어떻게든 맞출 수 있을 것 같습니다."

"두고 온 장소도 모르는데?"

"몇 군데 짐작 가는 곳이 있으니까 분명 괜찮을 겁니다."

"설사 그렇다 해도 관두는 편이 나아. 산에서 뭔가 분실했을 때는 그날 중에 찾으러 돌아가면 안 된다는, 산일하는 사람들의 법도도 있거든."

"왜죠?"

시노가 물어서 겐야가 대답했다.

"분실물을 찾으러 돌아간 사람은 두 번 다시 돌아오지 못하기 때문이야."

"싫다, 무서워……."

"명확한 이유가 있는 건 아니지만 굳이 설명해보자면 하루 일이 끝나서 지쳐 있을 때 더 피로해질 만한 행위는 자제하는 편이 좋다는 조상들의 지혜겠지. 그러니까 오가키 군도 내일 가는 편이 나아."

히데쓰구는 겐야의 충고에 순순히 따랐다.

거기서부터 겐야 일행은 히데쓰구의 인도로 사사메 신사를 향해 걷기 시작했다. 나름대로 거리가 있으나 거의 바로 정면에 보이는데도 곧장 갈 수 있는 길은 없는 모양이다. 일단 사면을 내려가서 마을 안을 통과할 필요가 있다.

도중에 마을 사람 몇몇과 마주쳤는데 다들 히데쓰구를 알고 있었다. 그가 잘 모를 때도 대개의 상대방은 "아아, 유리아게 촌 오가키 씨 댁의……"라며 잘 안다는 얼굴을 한다. 그가 도쿄의 출판사에서 일한다는 사실도 다들 아는 듯하다. 유리아게 촌에서도 유명한 오가키 가 사람이기 때문이리라.

그런데 마을 사람 누구 하나도 히데쓰구와 이야기를 나누는 동안에 결코 겐야와 시노에게 눈길을 주려 하지 않는다. 무시한다기보다 두 사람의 존재가 신경 쓰여 어쩔 줄 모르겠지만 부러 참고 있는 눈치다.

실제로 히데쓰구가 마을 사람과 서서 이야기할 때 옆을 지나는 사람들은 겐야와 시노를 대놓고 빤히 본다. 하지만 그들이 눈길을 주면 시선을 획 돌려버린다. 대단히 흥미가 있지만 일면식도 없는 사람이기 때문에 그런 태도를 취하는 걸까?

그 증거로 히데쓰구가 두 사람을 "이쪽은 제가 신세 지고 있는 작가 도조 겐야 선생님과……"라고 소개하자마자 다들 말을 걸어왔다.

그야말로 붙임성 좋게 어디에서 무얼 하러 왔는지 등 이것저것 묻는다. 하지만 겐야가 조금이라도 깊은 대화를 할라치면 곧장 입을 닫아버린다. 꽤나 성가시다.

수는 적지만 마을에는 차도 다니고 있었다. 다만 차와 마주치면 길가로 피해야 한다. 폭이 너무 좁아 차와 사람이 같이 지나갈 수 없기 때문이다.

그런 길 곳곳에서 지장이나 석비 혹은 곡물신의 사당과 조우한다. 하나같이 작고 아담하게 모셔진 이유는 공간이 별로 없어서일 것이다. 신심 깊은 사람이 많은지 그 전부에 뭔가 공물이 있다는 것을 겐야는 자연스레 알아차렸다. 그리고 또 하나……

"이건 사사부네조릿대 잎을 자르고 접어 만드는 장난감 나뭇잎 배로군."

그가 가리킨 귀여운 지장 발밑에는 길고 가느다란 조릿대 잎을 꺾어 만든 작은 배가 놓여 있었다.

"어머, 귀여워라."

말이 채 끝나기도 전에 시노는 그것을 손바닥에 올려놓고 바라보기 시작했다.

"여기에만 있지는 않았지?"

겐야의 지적에 그녀는 고개를 갸우뚱했다.

"다른 지장님께도 바쳐져 있었어요?"

"지장님만이 아니야. 이제까지 본 곡물신 사당이나 무슨 석비에도 사사부네가 바쳐져 있었어."

"그랬나?"

히데쓰구 쪽을 보며 시노가 물었다.

"네. 예로부터 고라 지방에서는 사사부네를 공물 중 하나로 여겼습니다. 다만 유리아게 촌처럼 그 풍습이 이제는 쇠퇴해버린 마을도 있어요. 가장 강하게 남아 있는 곳은 역시 도쿠유 촌일까요."

"죽세공이 성한 어촌답죠?"

"그렇군."

시노가 동의를 구하자 겐야도 맞장구를 쳤다. 그럼에도 그는 어쩐지 사사부네를 줄곧 곰곰이 보고 있었다. 왠지는 그도 모른다.

소후에 군의 감상은 딱히 틀리지 않은 것 같아.

그런데 시노의 손바닥에 놓인 사사부네가 묘하게 신경 쓰인다. 그녀가 지장 발밑에 돌려놓은 뒤에도 겐야는 좀체 눈을 떼지 못했다.

"선생님, 왜 그러세요?"

"에도가와 란포 선생이 중학생 때 친구와 《중앙소년》이라는 동인지를 냈는데, 그때 필명이 '사사부네'였다는 생각이 나서."

시노의 질문에 순간적으로 이런 지식을 늘어놓았지만 물론 겐야가 마음에 걸린 것은 다른 문제다. 하지만 그것이 무엇인지 통 모르겠다.

마을을 서쪽으로 빠져나가자 긴 계단과 오르막길이 나타났다. 어느 쪽으로도 사사메 신사에 갈 수 있지만, 히데쓰구는 전자를 선택했다.

계단을 다 오르니 도리이가 있고, 그곳을 통과하자 오른편에 손 씻는 곳이 있었다. 세 사람은 거기서 손과 입을 헹구었다. 그런 다음 참배길을 신문神門까지 걸어가서 배례전에 인사를 올렸다.

"신관님 댁은 경내 서쪽입니다."

다시 히데쓰구의 인도로 참배길을 반쯤 돌아와서 오른쪽으로 꺾은 다음 돌이 깔린 길을 더 걸어가자, 낡았지만 차분한 풍치가 있는 커다란 단층집 앞으로 나왔다. 문패에는 '가고무로'라고 붓으로 써 놓았다.

"계십니까?"

히데쓰구가 미닫이문을 열고 다소 긴장한 어조로 안내를 청했다.

그러자 하얀 통소매 옷에 심홍색 하카마_{일본 전통의상에서 기모노 위에 입는 느슨한 하의} 차림을 한, 아직 성인이 아닌듯 보이는 청초한 분위기의 귀여운 여성이 안에서 바로 나왔다.

"스, 스즈카케 씨, 오랜만입니다."

히데쓰구가 갑자기 수줍어하는 것을 겐야도 시노도 알 수 있었다. 두 사람이 터지려는 웃음을 필사적으로 참고 있는데 여성이 현관 바닥에 무릎 꿇어 앉고는 깊숙이 고개를 숙였다.

"잘 오셨습니다."

그리고 고개를 들어 새삼 겐야를 봤는지 뽀얗고 예쁜 양 볼에 희미한 홍조가 확 떠올랐다.

선생님은 지저분한 몰골을 하고 있어도 역시 괜찮은 남자니까.

시노는 마음속으로 몰래 자랑스러워졌지만 문득 옆의 겐야에게 눈길을 주고는 저도 모르게 "정신 차려"라고 한마디 할 뻔 했다. 평소에는 여성에게 거의 관심을 보이지 않는 그가 보기 드물게 가고무로 스즈카케를 넋을 잃고 보는 것 같았기 때문이다.

선생니임!

시노가 소리치며 손을 들기도 전에 안에서 남자 하나가 나왔다.

"앗, 기지 씨……."

히데쓰구가 곧바로 이름을 입에 담았지만 아무래도 눈치가 이상하다. 단, 그것은 기지라 불린 서른 전후의 남자도 어쩐지 똑같았다. 히데쓰구를 힐끗 보기만 할 뿐 말 한마디 하지 않았다.

"지금 마침 돌아가시려던 참이었어요."

스즈카케의 태도도 어딘지 어색하다. 세 사람이 하나같이 묘한 분위기를 조성하고 있어 그 자리의 공기가 이상하게 느껴졌다.

"스즈카케 씨라, 참으로 기분 좋은 울림을 가진 이름이네요."

그런 상태를 충분히 의식하면서도 겐야는 짐짓 아무것도 모르는 듯이 갑자기 시노에게 말을 붙였다.

"소후에 군도 그렇게 생각하지 않아?"

"어…… 앗, 네. 뭐라고 할까요. 엄청나게 사랑스럽고 굉장히 청량할 것 같은 이름이네요."

이 감상에는 스즈카케도 쿡 웃었다.

"확실히 그렇군."

겐야도 웃으며 맞장구를 쳤다.

"하지만 소후에 군, 스즈카케라는 건 실은 산에서 수행하는 승려가 의복 위에 입는 삼베 법의를 말해."

"……옷 이름이라고요?"

"나라 오다이가하라의 오미네 산이 스즈카케의 발상지지. 수행승은 도를 닦는 사람이니까 여기서 등산 수행을 해. 구난도 같은 건 상대도 되지 않는 혹독한 산지로 들어가야만 하지. 거기는 산 한쪽 면이 스즈타케, 즉 조릿대로 덮여 있어. 길이 험한 정도가 아니야. 그런

길 없는 길을 승려는 수행하기 위해 걷는 거지. 게다가 조릿대 잎은 딱딱하기 때문에 손발에 상처가 나기 쉬워. 그걸 방지하기 위해 스즈카케를 입어."

"그 말씀을 듣고 나니……."

"이름에 대한 인상도 조금 달라지나?"

"스님의 가사袈裟 같은…… 뭔가 말향抹香 냄새가……. 근데 여기는 신사네요. 죄, 죄송합니다. 정말, 선생님이 쓸데없는 설명을 하시니까 그렇죠."

"그렇지 않아. 이게 다 단어의……."

"그게 쓸데없다고요."

시노가 겐야를 때리는 시늉을 하자 스즈카케가 재미있다는 듯 작게 웃었다.

하지만 히데쓰구와 기지는 변함없이 무표정했다. 화난 얼굴을 한 기지는 그렇다 쳐도 평소의 히데쓰구라면 겐야와 시노의 대화에 함께할 터인데 잠잠했다.

참고로 기지는 처음부터 겐야와 시노 두 사람을 무시하는 태도를 취했다. 마을 사람들과 완전히 똑같은 반응이다. 정확히 말하면 시노만 힐끔 보았다. 그때 그가 두 눈을 크게 뜬 것은 마을에서는 결코 볼 수 없는 모습을 한 여성을 목전에서 보았기 때문인지도 모른다.

겐야와 시노의 입씨름 덕분에 스즈카케는 그 자리의 이상한 분위기에서 가까스로 해방된 듯했다.

"어머, 내 정신 좀 봐, 손님을 이런 곳에 계속 서 계시게 하고……. 실례했습니다. 자, 어서 들어오세요."

"고맙습니다."

"그러면 사양 않고 들어갈게요."

 젠야와 시노가 가볍게 인사하고 귀틀에 올라앉아 등산화를 벗기 시작하자 기지는 외면하듯이 휙 밖으로 나갔다.

 그때 그는 스즈카케와 히데쓰구에게 힐끔 눈길을 주었다. 하지만 전자에 대한 애정이 넘치는 시선과 달리 후자를 향한 일별에서는 새빨갛게 타오르는 뜨거운 증오가 느껴졌다. 만일 시선만으로 사람을 죽일 수 있다면 히데쓰구는 벌써 죽었을지 모른다.

5장 사사메 신사

"자, 오가키 군도 어서 들어가."

소후에 시노의 재촉에 우두커니 서 있던 오가키 히데쓰구는 퍼뜩 정신을 차렸다.

"할아버지는 회합이 있어서 이시노리 촌에 나가셨는데 곧 돌아오실 거예요."

가고무로 스즈카케의 말로는 평소부터 다섯 마을의 대표(물론 공적인 대표는 아니라고 한다)가 고라 지방의 어느 마을에서 정기적으로 모인다고 한다. 이번에는 중간에 위치한 이시노리 촌이다. 그들은 옛날부터 '고라 오 인방'이라 불리는데 거기에는 오가키의 조부도 포함된다.

그런 설명을 하며 스즈카케는 세 사람을 객실로 안내했다.

"그런데 언제 돌아오실지는 모르니까 먼저 땀을 씻으셔요."

친절하게도 목욕을 권한다.

"아니요, 신관님이 돌아오시기 전에 그렇게 마음대로……."

도조 겐야가 사양했지만 스즈카케는 더 열심히 권했다.

"선생님, 지금은 후의를 받아들여요."

이런 말을 꺼내는 시노를 겐야는 즉시 나무랐다.

"저기요, 선생님, 아마 자각을 못 하시는 거겠지만…… 우리 꽤나 더러운 꼴을 하고 있지 않을까요?"

하지만 그녀의 이 한마디에 사양 않고 욕탕을 빌리기로 했다.

"조금 전에 본 기지 씨는 어떤 분이시지?"

남성들의 강한 권유로 우선 소후에 시노가 욕탕으로 가고 히데쓰구와 둘이 남았을 때 겐야가 불쑥 물었다.

"이 마을에서 '다케야'라는 칭호를 가진 죽세공 직인 가문의 차남으로, 기지 마사루라는 사람입니다. 까탈스러워 보이는 느낌이 자못 완고한 직인 같지 않았습니까?"

"실력에 자신이 있다는 증거인가?"

히데쓰구의 야유를 가볍게 넘기면서 겐야는 마음속으로 고개를 갸웃했다.

이제까지 오가키 히데쓰구의 입에서 남을 비판하는 듯한 말은 나온 적이 없었다. 아직 알고 지낸 지 얼마 안 되기도 했지만, 그런 종류의 언동은 뜻밖에 곧장 드러나는 법이다. 그의 경우에는 성실한 성격이 그런 면에도 나타나 있었다.

그럼에도 기지에 대해서는 뭔가 속뜻이 있는 것처럼 말했다. 두 사람 사이에 스즈카케를 넣으면, 세 사람 사이에 무엇이 있는가? 한

번 물어보고 싶다고 겐야가 생각하는 사이에 히데쓰구는 감쪽같이 화제를 바꾸어버렸다.

이것이 고라 지방에 전해지는 괴이담 수집, 또는 연루된 사건에 관한 조사라면 겐야도 분명 억지로 추궁했을 것이다. 하지만 아무래도 남녀 사이의 미묘한 관계에서 빚어진 문제 같다고 짐작되는 만큼 적극적으로 나설 수 없었다. 얼마 안 가 도쿠유 촌에서 가을에 열리는 하에다마님 축제 이야기가 나오자 겐야의 관심은 완전히 옮겨가고 말았다.

시노가 목욕을 마친 다음에 겐야가 들어갔다. 산행 뒤의 목욕은 또 각별했다. 특히 이번에는 노숙을 했기 때문에 무엇보다도 고마웠다. 몸의 더러움이 씻기는 동시에 심신의 피로까지 사라지는 것을 알 수 있었다.

겐야는 멍하니 욕조에 몸을 담그고 이 마을에서의 민속 탐방에 대해 생각해보았다.

물론 다른 네 마을도 돌아볼 작정이지만, 고라 지방에서 맨 처음에 개척된 것이 도쿠유 촌이다. 네 가지 괴담 중 세 가지가 이 땅에 전해진다. 그리고 '현대의 괴담'이라 할 수 있는 네 번째는 유리아게 촌이 무대임에도 불구하고 그 뿌리에서는 하에다마님 신앙이 느껴진다. 즉 전부 도쿠유 촌과 연결되어 있는 듯하다. 어느 정도 머무르면서 곰곰이 두고 볼 가치가 이 마을에는 충분히 있다고 겐야는 판단했다.

다만 네 번째 〈뱀길의 요괴〉는 요주의일지도 모른다. 다른 세 이야기와는 괴이함의 성질이 명백히 다르다. 퍼져가는 방식도 이해되지 않는다. 게다가 현재진행형이다. 간과할 수 없는 점이 지나치게 많다. 그러므로 설사 시아쿠 촌과 이시노리 촌과 이소미 촌 세 곳은 건너뛰더라도 유리아게 촌에는 반드시 가야 한다. 겐야는 다시금 이렇게 생각했다.

그가 욕탕에서 나오고 교대하듯 히데쓰구가 들어가자마자 객실에서 시노가 속삭였다.

"암만 봐도 짐작했던 것처럼 삼각관계 같아요."

"응, 뭐가?"

그녀는 믿을 수 없어 하며 어이없다는 얼굴을 했다.

"당연히 오가키 군이랑 스즈카케 씨, 거기다 기지 마사루 세 사람의 관계 이야기죠. 스즈카케 씨 쪽은 두 남자에게 그렇게까지 마음이 없을지도 모르지만, 남자 두 명은 분명 스즈카케 씨한테 반했다고요."

"여, 역시 그래?"

혹시나 싶기는 했지만 그래도 놀라는 겐야에게 시노는 어쩔 수 없다며 어깨를 으쓱했다.

"뭐, 선생님이 그쪽 방면에 어두우신 건 어제오늘 일이 아니니까요."

"삼각관계라는 사실을 히데쓰구 군에게 들었어?"

자랑스럽게 고개를 끄덕이는 그녀의 이야기를 듣고 겐야는 그렇구나 수긍했다.

히데쓰구는 어린 시절부터 할아버지 히데토시에게 이끌려 곧잘 사사메 신사에 오곤 했다. 유리아게 촌의 오가키 히데토시와 도쿠유 촌 사사메 신사의 신관인 가고무로 간키가 오래전부터 스즈카케가 이야기한 다섯 마을 대표를 맡고 있었기 때문이다. 그러다 보니 히데쓰구와 스즈카케는 서로 떨어진 다른 마을에서 자랐지만 소꿉친구 같은 관계가 되었다.

"바다에 빠져죽을 뻔한 히데쓰구 군을 스즈카케 씨가 구해준 적도 있대요. 그분은 돌고래처럼 헤엄을 잘 친다는데, 그래도 보통은 반대 아닌가요."

이야기 중에 신랄한 비평도 나왔지만 겐야도 그 부분을 파고들지는 않았다. 그런 짓을 하면 눈 깜짝할 사이에 중요한 이야기가 딴 데로 새기 때문이다.

한편 기지 마사루는 다케야의 차남이라 역시 어린 시절부터 사사메 신사에 드나들었다. 그래서 아무래도 일찍부터 스즈카케를 점찍어두고 있었던 듯하다. 그녀가 열여섯이 됐을 때 간키 신관에게 결혼 허락을 구했다. 하지만 당사자인 스즈카케에게는 그럴 마음이 없었다. 할아버지를 통해 넌지시 거절했으나 기지는 신관이 반대했다고 믿어버렸다. 심지어 히데쓰구와의 혼담을 강요하기 위해 스즈카케의 의사와 반대로 청혼을 거절했다고, 본인에게 유리하게 곡해하고 말았다.

"어쩌다 그런 생각을?"

겐야의 의문에 마치 보고 온 사람처럼 시노가 대답했다.

"스즈카케 씨가 누구든지 차별 없이 상냥하게 대하니까요. 그걸 기지 마사루가 크게 오해한 거죠."

"이런, 존칭은 붙여야지."

"아름답고 상냥한 여인이란 그것만으로도 남성에게 죄를 짓게 마련이네요. 저도 같은 처지라 잘 알겠어요."

"듣고 있어? 소후에 군."

물론 그녀의 귀에 겐야의 주의는 들어가지도 않는다.

"그 뒤 기지는 신관님이 없을 때를 노려 여기에 오게 됐대요."

"그렇군. 그래, 오가키 군은?"

겐야의 물음에 시노는 느닷없이 흥분한 목소리로 말했다.

"그게 말이죠, 한심하지 뭐예요. 스즈카케 씨한테도, 신관님한테도 자기 마음을 아직 한 번도 털어놓은 적이 없다잖아요."

"잠깐만 있어봐. 오가키 군 마음을 직접 확인한 거야?"

"아아, 정말."

시노는 속이 탄다는 얼굴이었다.

"아까 그 모양새를 보면 일목요연하잖아요."

"……응, 뭐, 나도 그렇지 않을까 싶기는 했는데."

"틀림없어요."

시노는 딱 잘라 말했다.

"다만 오가키 군도 아무래도 신관님이 어려운가 봐요. 애초에 오가키 가랑 가고무로 가 사이에는 대대에 걸친 무슨 불화가 있는 모양이더라고요."

"일찍이 가고무로 가에서 오가키 가에 데릴사위로 들어간 사람이 있었는데, 그 사람이 분가인 가키누마 가의 조상에 해당하고, 그 가키누마 가는 지금은 몰락했다…… 그런 관계가 있는 듯하지만, 그 외에 또 무슨 문제가 있을지도 모르겠군."

"옛날부터 이어진 가문 간 분쟁인가요. 어쨌든 이번 구난도에 관한 편지랑 지도도 선생님의 취재가 있었기 때문에 오가키 군도 부탁할 수 있었던 거예요."

이야기를 듣고 겐야는 일말의 불안을 느꼈다. 사사메 신사의 가고무로 간키 신관이 대하기 힘든 성격일 경우 이 마을의 민속 탐방에 영향이 가기 때문이다.

하지만 다행히 완전한 기우였다.

도조 겐야가 소후에 시노와 둘이서 이야기를 나누고 있는데 느닷없이 추레한 승복을 입은 노인이 객실로 들어왔다. 인상으로 보건대 거의 아무 쓸모도 없지만 신관이 호의로 어쩔 수 없이 고용한 허드렛일 하는 사람 같은 느낌이다.

"야아, 오래 기다리게 했구먼."

그런데 그 사람이 사사메 신사의 신관인 가고무로 간키였다.

"헛……."

"……그게 그러니까."

그렇다 한들 두 사람 다 바로 대답이 나오지는 않는다. 신관의 평소 차림이라고 하면 보통 흰 기모노에 물색 하카마 아닌가? 그런데 승려들이 잡무를 할 때 입는 옷을 입고 있으니 흡사 불목하니 같다. 게다가 오래 입어서 꽤 낡았다. 두 사람의 반응도 무리는 아니었다.

그래도 겐야가 먼저 알아차린 것은 역시 다양한 지방에서 민속 탐방을 해온 경험의 산물이었으리라.

"아아, 신관님이시군요. 댁을 비우신 사이에 마음대로 들어와서 정말 죄송합니다."

"무슨 말씀을. 그런 건 개의치 마시게."

"고맙습니다."

겐야가 꾸벅 인사하고 자신과 소후에 시노를 소개하고 있는데 히데쓰구가 욕탕에서 나왔다. 하지만 간키 신관의 모습을 본 순간 그 자리에서 굳어버렸다.

"오오, 히데쓰구냐. 무사히 도착해서 다행이다. 내 지도가 조금은 도움이 됐으려나?"

"……아, 네."

겐야는 두 사람의 대화를 듣고 히데쓰구가 일방적으로 신관을 어려워한다는 것을 알았다. 호방하고 대범해 보이는 신관에 비해 히데쓰구는 지나치게 성실한지도 모를 일이다.

그러고 나서 간키 신관이 목욕하기를 기다렸다가 저녁식사를 했다. 신관은 고양이 세수하듯 얼른 들어갔다 나왔기 때문에 겐야 일행은 조금도 기다린 것 같지 않았다.

"지금이 봄이었다면 아주 맛있는 죽순 요리를 대접했겠네만 이 계절에는 아무것도 없어서 말이지."

간키 신관은 아쉬워했으나 나온 요리는 무척 맛있었다. 듣자니 집안일을 거들어주는 마을 여성이 있다지만 거의 스즈카케가 만들었다고 한다.

"손녀분을 신부로 맞는 남자는 정말 행복하겠어요."

시노가 히데쓰구에게 의미심장한 눈빛을 보냈지만 본인은 고개만 숙이고 있었다.

"아니, 아직 어려서……."

히데쓰구의 반응을 아는지 모르는지, 아직 결혼하기에는 이르다는 양 신관은 쓴웃음을 지으며 부정했다.

"정말이지 아가씨처럼 이렇게 미인이고 귀여운 어른이 되면 좋겠는데."

이어서 이렇게 말했기 때문에 시노는 펄쩍 뛸 듯이 기뻐했다. 지금 이야기 들었느냐는 얼굴로 곧장 겐야를 봤을 정도다.

"아가씨……가 누구지?"

하지만 문제의 겐야는 작은 목소리로 히데쓰구에게 물어보는 형편이었다.

평소의 시노였다면 "당연히 지잖아요"라면서 분통을 터뜨릴 참이었지만, 겐야를 가볍게 노려보기만 한 뒤 말했다.

"하지만 마을 남성들은 스즈카케 씨를 놔두지 않겠죠."

마침 요리를 가지고 온 그녀에게 웃음을 던지며 화제를 어떻게든 그쪽 방면으로 가져가려 한다.

"그런데 신관님, 도쿠유 촌 명칭의 내력 말인데……."

하지만 겐야가 옆에서 재빨리 끼어든 데다 간키 신관도 즉각 응하는 바람에 스즈카케 이야기는 싹 사라지고 말았다.

여기서도 시노는 보기 드물게 화를 내지 않았다. 예의 없게 남의 이야기를 자르다니 도무지 도조 겐야답지 않다고 생각했기 때문이다. 분명 나름대로 생각이 있어서 일부러 화제를 돌렸음이 분명하다. 오래 알고 지냈기에 그렇게 헤아린 듯하다.

나중에 겐야에게 확인했더니 그냥 남녀의 삼각관계에 흥미가 없었을 뿐임을 알고 격노하게 되지만, 지금은 아무래도 상관없는 일이다.

겐야의 해석을 얼추 들은 신관은 꽤 감탄한 표정을 지었다.

"이거 놀랍구먼. 그게 맞아."

"마을이 생긴 건 언제쯤입니까?"

"그걸 잘 모르겠네."

간키 신관에 따르면 도쿠간샤의 과거장고인의 속명, 향년, 사망연도 등을 기록한 명부 덴쇼 19년1591년에 '도쿠유 촌의 다로자에몬'이라는 기술이 있다고 하니 아즈치모모야마시대오다 노부나가와 도요토미 히데요시가 전국시대를 끝내고 정권을 잡은 시기로, 대략 1568-1600년에는 이미 존재했음을 알 수 있지만, 촌으로서 어느 정도 형태가 잡힌 것은 에도시대에 들어서고 나서가 아닐까 싶었다.

"이쪽 신사에는 그런 기록이 없습니까?"

겐야가 묻자 신관은 머리를 긁적였다.

"뭐, 있다면 있는데. 문헌이 오래되기로는 도쿠간샤에 못 미치지."

"대개의 절에는 꽤 오래전 과거장도 남아 있곤 하니까요."

"선생은 지방에 가면 절의 과거장을 보시는가?"

간키 신관의 물음에 답하기에 앞서 겐야는 진지한 표정을 했다.

"인생의 대선배인 신관님께서 저 같은 애송이를 '선생'이라 부르시는 건 이상합니다. 그런 건 괘념치 마시고……."

"아니, 아니, 선생이야말로 괘념치 마시게. 히데쓰구가 신세 지고 있는 작가 선생이시니까 내가 '선생'이라 부르는 건 당연해."

"하지만……."

"게다가 인생의 대선배 노릇을 하다 보면 타인을 보는 눈도 조금은 밝아지지. 그 눈이 이분은 '선생'이라 부르기에 적합하다, 이렇게 판단했거든."

"아, 아니……."

"그래, 절의 과거장을 보시겠는가?"

간키 신관이 재차 묻기에 겐야는 대답할 수밖에 없었다.

"아, 네. 과거장에는 그 지역에서 돌아가셔서 장례를 치른 모든 사람의 기록이 있습니다. 거기서 읽어낼 수 있는 정보는 그야말로 방대해요. 다만 제가 가장 주목하는 건 기록된 이름보다는 그 사람의 출신지일지도 모릅니다."

그러자 시노가 옆에서 다소 당황한 기색으로 말했다.

"하지만 선생님, 다 이 마을 출신 아니에요?"

"많은 고인이 그렇긴 하지만 거기에는 타지에서 온 사람도 포함돼 있어. 즉 과거장만 봐도 그 시대의 사람 흐름을 파악할 수 있지."

"과연 대단하구먼."

아무래도 간키 신관은 겐야가 더더욱 마음에 든 모양이다.

"우리에게도 대대의 신관이 기록한 일지철 같은 게 있으니 괜찮다면 보시겠나?"

"꼬, 꼬, 꼭 부탁드립니다."

겐야가 흥분한 것은 말할 필요도 없다. 그는 기쁜 웃음을 띠면서 신관에게 깊이 고개를 숙였다.

한동안 하에다마님에 관한 이야기가 이어진 뒤에 겐야는 아무렇지 않은 어조로 말했다.

"그러고 보니 도쿠간사에는 민속학자가 체재하고 있다는 소문을 설핏 들었습니다만······."

"아아, 그자?"

그때까지 기분 좋게 이야기하고 있던 간키 신관의 표정과 말투가 순식간에 바뀌었다.

"그자는 학자 선생이라고는 도저히 말할 수가 없어."

"어째서입니까?"

"도쿠간사 신카이 주지도 나도, 절의 과거장이나 신사의 일지를 봐도 상관없다고 허가하긴 했지. 하지만 그래도 예의라는 게 있지 않나."

술로 벌게진 신관의 얼굴이 더욱 붉어졌다.

"그 노조키라는 자는 자기 이름대로 정말 남의 집 안을 엿보는'엿보기'를 뜻하는 일본어 '노조키'와 발음이 같다 짓을 태연하게 저질러. 어느 마을에 든 건드리면 아픈 과거가 간혹 있게 마련이지. 이곳으로 말하자면 역시 빈곤에서 오는 굶주림이야. 물론 학문을 위해 그런 걸 조사한다면 나도 얼마든지 협력하고말고. 하지만 놈은 아니야. 그건 엄청나게 수준 낮은 엿보기 취미에 지나지 않네. 게다가 그자는 단순한 흥미 본위가 아니라 악의가 느껴질 만큼 아주 질 나쁜 뭔가를 분명 가지고 있어."

이단의 민속학자인 노조키 렌야는 완전히 간키 신관의 노여움을 살 만한 행위를 한 모양이다. 그 때문에 사사메 신사 출입을 금지당했다고 한다.

"도쿠간사 주지스님은 어쩌고 계십니까?"

노조키가 절에서 쫓겨나지는 않은 듯해서 의문을 느낀 겐야가 물었다.

"그 친구는 땡중이거든."

신관이 쓴웃음을 지으며 대꾸했다.

"……그 말씀인즉슨?"

"그 신카이라는 중은 숙박비만 얼마간 받을 수 있으면 만족이야."

간키 신관의 말투에는 비난 어린 느낌이 전혀 없다. 그런 땡중이라는 사실을 오히려 즐기고 있는 것 같았다.

"게다가 여자를 좋아해서."

더욱이 이런 폭로까지 했기 때문에 겐야는 허둥지둥했다.

"신카이한테 말하면 고라 오 인방도 거기서 거기라고 비난하겠지만. 아니, 내가 아니라 오 인방 중에도 있는 땡중 이야기야."

더한 문제 발언을 한 뒤 황급히 자신은 그렇지 않다고 부정한다.

"허, 그것 참……."

겐야는 대답에 궁해하면서도 원래 화제로 돌리려고 말했다.

"한데 숙박비 건은 좀 의외입니다. 노조키 렌야는 상당히 인색하다고 들어서요."

그러자 신관은 또다시 쓴웃음을 지었다.

"아니, 돈을 내고 있는 건 절에서 같이 체재하는 닛쇼방적의 구루메 씨라네."

"네?"

여기에는 히데쓰구도 놀랐는지 무심코 반응했다.

"어째서지요?"

겐야의 의문에 신관은 애석하다는 듯 고개를 저었다.

"구루메 씨는 싹싹하고 좋은 분이야. 다섯 마을이 합병되고 나면 닛쇼방적이 잘 지내야 하는 건 원래의 유리아게 촌만이 아니다, 다른 마을과도 협력하고 싶다며 벌써부터 말씀하고 계시지. 그러기 위한 사전 교섭을 이 마을부터 순서대로 하려던 차에 운 나쁘게 노조키 같은 놈한테 걸리다니 참 안 됐어."

아무래도 노조키는 입에 발린 말로 유리아게 촌 평화장 주인을 설득했듯 닛쇼방적 임원인 구루메 사부로도 구워삶은 모양이다.

"그래도 구루메 씨라면 그리 걱정할 필요는 없겠지만, 마을 사람들이 되면 또 이야기가 달라지지."

"마을의 어느 분이 노조키 씨와 친해지셨습니까?"

간키 신관의 입에서 나온 이름이 '다케야의 기지 마사루'였기 때문에 겐야도 시노도 그리고 히데쓰구도 깜짝 놀랐다.

"그 친구 집은 이 마을에서도 오래된 가문이니 필시 뭔가 쓸모가 있겠다 싶었겠지. 유리아게 촌 오가키 가의 분가였다가 지금은 몰락한 가키누마 도루한테도 접촉하고 있다 들었으니, 그런 의미에서는 꽤 눈치가 빠른 자일지도 모르겠어."

그런 재능은 인정할 수밖에 없다고 신관은 야유하듯 말했다.

"내가 집을 비웠을 때 그놈이 기지와 같이 찾아와서 스즈카케를 귀찮게 하는 모양이라 아주 골치일세. 스즈카케는 누구한테나 상냥해서 말이지."

손녀 이름을 입에 담을 때는 간키 신관도 눈꼬리가 처지면서 퍽 따스한 눈빛이 되는 것을 겐야는 놓치지 않았다.

"스즈카케의 부모는 저 애가 아직 어릴 때 잇따라 세상을 떠났어.

나도 다를 바 없는 처지였으니까 저 애의 적적함이야 사무치도록 잘 알지."

이 조부에게서 결혼 승낙을 얻어내기란 이만저만한 일이 아니겠어. 시노는 이런 얼굴을 하면서 히데쓰구를 말끄러미 보았다. 하지만 당사자는 신관 쪽을 보고 있어서 전혀 눈치채지 못한 듯하다.

"그래도 물론 응석받이로 키우거나 제멋대로 굴게 두지는 않았네."

이렇게 단언하는 간키 신관의 얼굴에는 무어라 말할 수 없는 긍지가 느껴졌다.

"훌륭한 규수가 되신 건 분명 신관님이 애정을 가득 담아 열심히 키우셨기 때문이 아닐까요."

"선생은 참 입에 발린 말을 잘하시는구먼."

간키 신관은 미소를 지었으나 두 눈이 조금 촉촉해 보였다. 그러더니 갑자기 겐야를 찬찬히 뜯어보고 나서 말했다.

"그런데 선생은 독신이신가?"

"아, 참."

시노가 느닷없이 영문 모를 소리를 내더니 말했다.

"이제껏 오가키 군한테 이 지방에 전해지는 네 가지 괴담을 듣고 있었는데요……."

그러고는 강제로 화제를 바꾸었는데 여기에 가장 먼저 넘어간 사람이 겐야였다. 그는 네 가지 괴담에 임시로 제목을 붙였다고 설명했다.

"그래서 〈창해의 목〉과 〈망루의 환영〉은 일단 둘 다 물에 빠져 죽은 사람의 망령이 아닌가 짐작됩니다. 반대로 〈뱀길의 요괴〉는 하에다마님이 하에다마*로 둔갑했다 해도 좀 종잡을 수 없다고 해야 하나, 저는 해석하기가 좀체 쉽지 않은 괴이 현상으로 느껴집니다."

"그 이야기엔 유리아게 촌에서 일어난 기괴한 사건도 포함되고요."

보충할 생각으로 시노가 끼어들었지만 겐야는 일부러 그것에 대해서는 언급하지 않았다. 작은 화재나 식중독 등 실제로 마을 사람 가운데 피해자가 나온 사건과 괴담을 지금 시점에서는 한데 묶지 않는 편이 좋겠다고 판단했기 때문이다.

"세 가지 괴담과 비교하면 〈대숲의 마〉는 사당에 모셔진 무언가에 원인이 있는 듯하다는 걸 아는데도 그 정체는 수수께끼에 싸여 있다……는 특이함이 있습니다."

"흠. 〈대숲의 마〉라니 이름 한번 잘 붙였군."

신관이 감탄한 목소리로 말했다.

"어째서지요?"

겐야는 반사적으로 물었을 뿐이다.

"사당이 모셔진 대숲 신사는 예부터 죽마竹魔가 산다고들 했거든."

대답을 듣자마자 예의 나쁜 버릇이 단번에 발휘되고 말았다.

"주, 주, 죽마!"

그의 절규에 간키 신관과 히데쓰구가 동시에 기겁한 얼굴을 했다.

"그, 그건 필시 대, 대나무의 마물이라 쓰, 쓰지 않습니까?"

아무래도 신관은 응, 응 고개를 끄덕이는 것이 고작인 듯하다.

"으음, 죽마라고요. 저는 학생 시절에 무사시사고 미쓰쿠리 가의 대숲에서 두 명의 아이가 실종된 사건과 조우한 적이 있습니다. 대단히 불가해한 상황에서 아이들이 사라져버렸다는 수수께끼였지요. 그곳 대숲에도 사당이 있고 집구석 신이 모셔져 있었는데, 그게 천마라 불리는 천구 같은 존재로……."

"죄송합니다."

정신없이 이야기하는 겐야 옆에서 시노가 얼굴을 내밀고 신관에게 사죄했다. 하지만 당사자인 겐야의 귀에는 물론 그녀가 사죄하는 말 따위는 들어오지 않는다.

"이 나라에서 천구라는 명칭이 처음 등장하는 것은 《일본서기》입니다. 수도의 하늘을 동쪽에서 서쪽으로 흘러간 유성을 '비유성 시 천구야非流星 是天狗也'라고 기록하고 있어요. 저것은 유성이 아니라 천구라는 거지요."

"도조 선생님은 본인이 모르는 요괴의 명칭을 입에 담은 상대방에게 하여튼 정신 못 차리고 이야기를 거는 버릇이 있어서요……."

"하긴 앞서 중국에서 천구는 흉사를 알리는 별이라고 간주하던 시기가 있었는데 그것이 일본에 전해졌겠지요."

"이렇게 되면 선생님은 좀처럼 멈추지를 않아요."

"그 뒤에 천구라는 이름은 《대경》이나 《우쓰보 이야기》에 보이듯 헤이안시대부터 빈번히 등장하게 됩니다. 하기야 《우쓰보 이야기》에는 '저 먼 산에서 누가 소리를 내며 논단 말이냐. 천구의 짓이겠지'라고 되어 있으니까 자연계의 기묘한 현상을 설명하는 데에도 천구가 쓰였음을 알 수 있지요."

"자기 머릿속에 떠오른 걸 그 자리에서 다 말씀하실 때까지 이 이야기가 장장 이어지곤 하죠."

"시간이 지나 《곤자쿠 이야기》에서 천구는 불교에 적대하는 일종의 마물로 등장합니다. 이때까지는 어디까지나 불가사의한 존재였는데, 여기서 불적佛敵이 되는 셈이에요. 하기야 이 책은 불교 설화의 성격이 강하기 때문에 이 점은 감안해서 볼 필요가 있습니다."

"다음에는 가마쿠라시대일까요."

"흥미로운 것은 《헤이케 이야기》의 '천구라 하는 것은 사람이되 사람이 아니고 새이되 새가 아니며 개이되 개가 아니니 팔다리는 사람 머리는 개 좌우에 날개가 돋아 날아다니는 존재니라'라는 기술입니다. 이는 우리가 상상하는 천구의 상과 꽤 가까울지도 몰라요. 또 이 책에는 '꼴사납도다. 도모야스에게는 천구가 씌었다, 하며 비웃음을 샀다'라고도 돼 있는데, 천구가 인간에게 빙의한다고 여겨졌던 셈입니다. 게다가 오만한 승려는 '성불하지도 못하고 지옥에도 떨어지지 못하여 이러한 천구라는 존재가 되었다'라고 쓰여 있습니다."

"이 상태면 당분간은 안 끝나겠네요."

"그 뒤의 《겐페이 성쇠기》에도 교만하고 무도한 법사는 천구로 전락한다고 기록돼 있습니다. 그냥 한마디로 천구라 해도……."

"이 폭주를 멈추기 위해서는 선생님의 관심을 원래의 괴이 현상으로 돌려야만 해요."

이제까지 겐야와 시노 두 사람에게 번갈아가며 눈길만 돌리던 간키 신관은 퍼뜩 정신을 차린 모양이었다.

"그러고 보니 죽마라는 건 비축한다는 한자를 쓴 '축마蓄魔, '죽마'와 일본어 발음이 같다'라고 꽤 오래된 일지에 나와 있었던 게 지금 문득 생각이 났는데."

"……."

겐야의 설명이 딱 그쳤다. 그런가 했더니 엄청난 기세로 신관에게 다가갔다.

"축마라고요! 그, 그건 어떤 의미입니까?"

신관은 시노의 설명으로 겐야의 묘한 버릇을 완전히 이해했는지 딱히 놀란 눈치도 없이 오히려 미소를 띠면서 답했다.

"대숲 신사의 사당은 왜, 언제 모셔졌는지 소상히는 모르네. 뭐, 말하자면 대숲 신사 자체가 수수께끼니까."

"하지만 신사에 남아 있는 일지에는 죽마에 관한 언급이 있는 거지요?"

"거기 기록된 건, 사당은 지독한 기근이 있었던 시대에 아사한 사람을 모신 곳 아닌가 하는 고찰이야."

"과연. 그렇게 생각하면 〈대숲의 마〉 괴담도 수긍이 갑니다. 그렇긴 해도 괴담 내용을 사당의 유래로 보는 건 조금 생각해볼 필요가 있을까요?"

"아니, 괴담이라는 건 원래 그런 역할을 가지고 있는 법이지."

"앗, 그러네요. 그래서 축마 말인데……."

겐야의 재촉에 간키 신관은 재미있다는 얼굴을 했다.

"굶주리지 않기 위해서는 평소부터 비축을 하는 것이 중요하다며 검약에 애쓰던 마을 주민이 있었네. 하지만 기근이 왔을 때도 이 사내는 중요한 비축물을 쓰려 하지 않았지."

"그러기 위한 비축이었는데도요?"

"그런 본말전도가 없었지. 그 탓에 사내도, 그 가족도 아사했어.

그런 아픈 이야기가 전해지는 데서 대숲 신사의 사당은 원래는 그 가족을 모신 곳이 아닌가 했던 걸세."

"그런 고찰을 몇 대나 앞의 신관님이 하신 건가요?"

"옛날 사람은 나와 달라서 우수했나 보이."

유쾌하게 웃는 신관에게 겐야도 미소를 보냈다.

"하지만 모셨다는 건 그 전에 앙화가 있었다는 뜻이 되지 않습니까?"

"음. 그런데 그런 기술은 안 보여."

"일부러 쓰지 않았다……."

"있을 법하지."

겐야는 고개를 끄덕였다.

"그러니까 '대나무의 마'가 아니라 '비축하는 마'라고 그 신관님은 생각하셨던 거군요?"

"거기만 읽으면 꽤나 재치 있는 사람이다 싶지만 원래 이야기는 마음 아프고 무시무시하니 말이지."

"그런 한편으로 대숲 신사의 마는 하에다마님이기도 하다는 해석이 옛날부터 있지 않습니까?"

겐야의 지적에 신관은 심각한 얼굴을 했다.

"죽마와 하에다마님을 비교하면 그야 하에다마님 쪽이 오래됐어. 마을에서 뭔가 좋지 않은 일이 생기면 전부 하에다마님 탓이 되지. 그래서 죽마의 정체도 하에다마님이라고 언젠가부터 말하게 된 것 아니겠나."

여기서부터 화제는 대숲 신사에서 고즈 만의 하에다마님으로 옮겨갔다. 조만간 하에다마님 축제가 열린다는 정보는 이미 히데쓰구에게 들었다. 다만 정확한 날짜가 왠지 미정이었다.

"옛날부터 몇 월 며칠이라고 딱 정해져 있지는 않아서 말이네."

간키 신관의 설명이 겐야에게는 뜻밖으로 여겨졌다.

"드문 일이네요. 그렇다 해도 무슨 기준은 없습니까?"

"없지만도 않아. 뭐, 말하자면 여름이 거의 끝나고 가을이 시작될 무렵이라 적어도 겨울이 오기 전인 셈이지."

"대단히 막연하군요."

"지금의 달력이면 8월 하순부터 9월 중순인가?"

"그런데 올해는 아직……."

신관의 얼굴이 흐려졌기 때문에 순간적으로 겐야도 입을 다물고 말았다. 지역의 전통적인 행사를 언급할 때는 역시 예의를 지킬 필요가 있다.

"유리아게 촌의 묘한 소동은 이미 알고 계시는 모양이군?"

간키 신관이 마음을 바꾸었는지 이렇게 확인해 왔다. 조금 전에 시노가 덧붙인 말을 분명 기억하고 있었으리라.

"네. 오가키 군에게 들었습니다."

"하에다마님 축제는 도쿠유 촌에서 거행하는데, 실은 유리아게 촌도 조금은 관계가 있어. 작은 당식선이 그 마을에서 바다로 나가기로 돼 있거든."

당식선이란 〈창해의 목〉에서도 언급된, 음식을 가득 싣고 바다 저편에서 찾아온다는 전설의 배다.

"아아, 그래서군요."

사정을 이해했다는 양 겐야가 목소리를 높이자 신관이 감탄했다.

"야아, 역시 선생이시구먼. 내가 조금 이야기한 것만으로 벌써 알아차렸다니, 이거 참 놀라워."

"어, 의미를 모르겠는데요?"

시노의 호소에 겐야가 대답했다.

"유리아게 촌에서 일어나는 괴이한 현상의 원흉은 하에다마*라는 소문이 이미 있어. 게다가 일부에서는 그 정체가 하에다마님 아니냐고도 말하고 있지. 그럴 때 해당 축제의 관례대로라고는 해도, 하에다마님 축제의 당식선이 유리아게 촌에서 출항하면 마을 사람들이 어떻게 느끼겠어?"

"……그러네요."

납득하는 시노에게 간키 신관이 변명하듯 말했다.

"대부분의 마을 사람은 물론 축제를 이해하고 있네. 단지 젊은 사람이나 타지에서 온 사람들이 어떤 반응을 보일까. 그런 불안이 있는 이상 이번엔 미루는 편이 좋겠다고 오 인방도 결론을 낸 거야."

그래서 자꾸 미뤄지고 있었지만 드디어 모레 거행된다고 한다.

겐야와 신관의 대화는 그 뒤로 줄곧 이어졌다. 시노가 하품을 하고 히데쓰구가 꾸벅꾸벅 졸아도 두 사람은 마냥 즐겁게 이야기를 나누었다.

"손님들이 피곤하시겠어요."

겨우 파한 것은 눈치를 살피러 온 스즈카케의 한마디 덕분이다. 시노와 히데쓰구가 얼마나 감사했던지.

당연히 겐야는 조금 불만스러운 표정이었다.

"내일 아침을 먹은 뒤에 대숲 신사로 안내하지."

하지만 간키 신관의 한마디에 금세 웃는 얼굴이 되었다.

이때 겐야는 조망고개에서 느낀 기묘한 감각을 깡그리 잊고 있었다. 그가 그것을 다시 떠올리는 건 대숲 신사에서 터무니없이 무시무시한 사건과 조우한 뒤였다.

6장 대숲 신사의 변사

도조 겐야 일행은 사사메 신사의 별채에 묵었다. 겐야와 오가키 히데쓰구가 같은 방, 소후에 시노는 그 옆방이다. 이틀 동안 산을 걸은 피로에다 저녁에 마신 술도 효력을 발휘했는지 세 사람 다 눈 깜짝할 사이에 잠에 빠져들었다.

다음 날 아침, 맨 먼저 눈을 뜬 이는 겐야였다. 시노는 취재 여행지에서도 대개 나중에 일어난다. 편집자로서 어떤가 싶지만 먼저 몰래 나갈 수 있다는 이점도 있기 때문에 아무 말도 하지 않기로 했다. 그녀는 둘째 치고, 취침과 기상 시간까지 꼼꼼해 보이는 히데쓰구마저 좀체 이부자리에서 나오지 않는다는 데에 겐야는 조금 놀랐다. 하지만 생각해보면 히데쓰구는 본격적인 산행 전에 예비 조사로 구난도에 들어갔다 왔다. 겐야와 시노보다 더 피곤한 것이 당연할지 모른다.

아침식사를 마친 뒤 겐야 일행은 가고무로 간키 신관의 안내로 대숲 신사로 향했다.

사사메 신사 주위는 도쿠유 촌의 민가가 늘어선 남쪽을 제외하면 훌륭한 대숲이었다. 신관의 말로는 대숲 신사 주변 외에는 전부 마을 사람에게 개방중이라고 한다.

"하긴 마을이 이 대숲의 덕을 보는 것도 향후 몇 년이겠지."

"왜지요?"

바야흐로 대숲 속의 좁은 길을 걸으면서 겐야가 물었다. 참고로 대숲 안은 아침인데도 아직 꽤 어둑어둑했다.

간키 신관은 세 사람을 안내하면서 일말의 쓸쓸함이 느껴지는 어조로 말했다.

"다섯 마을을 합병해서 정이 되면 이 부근의 대숲도 넓은 도로가 된다는 이야기가 있거든."

"좀 아깝네요."

주위에 펼쳐진 대숲을 둘러보면서 겐야가 솔직한 의견을 말했다.

"조상 대대로 여기 대숲이 있었다 생각하면 그야 죄송한 기분이 들지."

"그렇다고 해서 마을 합병에 반대하시는 건……?"

"물론, 그럴 리 없지."

겐야가 떠보았지만 신관은 딱 잘라 부정했다.

"시대와 함께 토지는 개척되고 마을은 커지게 마련이네. 발전이라는 거겠지. 하지만 이렇게 좁고 바다에 면해 있는 곳에서는 여간해선 그리 되지도 않아."

그 때문에 도쿠유 촌은 몇백 년에 걸쳐 해안을 따라 몇 번씩 동쪽으로, 더 동쪽으로 다른 마을을 만들어 이주해 갔다고 한다. 다만 재미있는 것은 도쿠유 촌 다음에 개척된 곳이 옆 마을인 시아쿠 촌이 아니라 가장 멀리 떨어진 유리아게 촌이라는 점이다. 그 뒤로는 시아쿠 촌, 이시노리 촌, 이소미 촌이 순서대로 만들어지고 이윽고 다섯 마을로 이루어진 고라 지방이 탄생했다.

"고라 오 인방이라는 모임은 옛날부터 있었어. 각 마을 대표라지만 면면은 제각각이지. 나 같은 신사의 신관이 있나 하면 시아쿠 촌은 의사, 이시노리 촌은 촌장, 이소미 촌은 절의 주지, 유리아게 촌은 에도시대부터 마을 정사를 보던 부농 출신, 이런 식으로 다 달라."

유리아게 촌의 부농 출신이란 물론 오가키 히데쓰구의 조부인 오가키 히데토시를 말한다.

"단지 다들 조상이 도쿠유 촌 출신이라는 것뿐……."

"즉 새로운 마을을 개척할 때 중심이 돼서 움직인 사람들 각자의 자손인 거군요."

"그렇지. 그래도 별로 특별한 권력을 얻은 건 아니네. 그 집의 후계자가 된 것만으로 좋든 싫든 고라 오 인방에 들어가버리거든."

"그렇긴 해도 실은 고라 지방의 숨은 권력자이거나 한 건 아닙니까?"

겐야는 농담처럼 물었지만 본심은 진지했다.

지방에는 왕왕 그 땅에서만 통용되는 조직이나 계 같은 것이 있다. 그것을 이해하느냐 이해하지 못하느냐로 민속 탐방의 성패가 크게 갈린다는 사실을 그는 경험으로 배웠다. 그리고 문제의 고라 오 인방에는 숨겨진 커다란 힘이 있지 않을까 하는 느낌이 들었다.

그런데 돌연 간키 신관이 큰 소리로 웃더니 말했다.

"야아, 그게 정말이라면 나도 좀 더 좋은 옷을 입고 있겠지."

신관의 의복은 어제와 마찬가지로 마치 농사일이라도 하러 나가는 듯한, 애초부터 더러워져도 상관없어 보이는 물건이었다.

"마을 사람 누구라도 좋으니 잡고 물어보면 알 거야. 오 인방이 도움이 되는 일이 뭐 하나라도 있느냐고. 그야 다들 우리를 생각해서 말을 흐리겠지만 실수로라도 구체적인 건 하나도 안 나올걸."

"말하자면 고라 오 인방이란 일종의 명예직입니까?"

"오오, 작가 선생은 다르구먼. 역시 표현이 기가 막혀. 우선은 마을 사람들이 한 수 위로 봐주기는 해. 하지만 그것뿐이네."

이렇게 단언한 뒤에 신관은 썩 싫지만은 않은 표정으로 말했다.

"오 인방 자체에는 아무런 이익도 없지만 선조가 각 마을의 시조나 마찬가지라는 데에는 우리도 감사해야겠지."

"어떤 의미입니까?"

의아해하는 겐야에게 간키 신관은 장난꾸러기 아이 같은 웃음을 지었다. 그때.

"꺄아악."

느닷없는 시노의 비명이 들리는 바람에 대화는 거기서 중단되고 말았다.

"왜 그래?"

겐야의 물음에 그녀는 굳어진 얼굴로 말했다.

"뭐, 뭐, 뭔가가…… 있어요."

"뭐? 어디에?"

그는 급히 주위를 둘러보았지만 딱히 아무것도 보이지 않는다. 그저 무수히 많은 대나무가 비죽비죽 자라 있을 뿐이다.

"소후에 군, 어느 방향에서 무엇을 본 거야?"

겐야는 다시 질문하면서도 시노가 땅바닥에만 눈을 두고 있다는 것을 간신히 깨달았다.

"바삭바삭…… 하는 소리가 저 대나무 밑동 근처에서 들렸어요."

"아가씨, 그건 뱀일걸."

전혀 대수롭지 않다는 신관의 말투에 시노는 눈을 희번덕거리고 있다. 그녀에게는 '클 대' 자가 열 개는 붙는 긴급사태일지 몰랐다.

"선생님, 도로 가요."

"응. 그럼 우리는 대숲 신사에 가 있을게."

"그게 아니라……."

두 사람의 어긋나는 대화를 듣고 안 되겠다 싶었는지 히데쓰구가 도움의 손길을 내밀었다.

"선배님, 괜찮아요. 신관님 뒤를 따라서 발밑을 조심하며 걸으면."

"난 오가키 군의 선배가 아니라고 몇 번 말하면 알겠니."

일단 항의는 했지만 겐야에게 찰싹 달라붙은 듯한 자세 때문인지 시노의 대사에는 평소 같은 박력이 없다.

"소후에 군, 이러면 걷기가 힘들어서……."

오죽하면 겐야도 무심코 쓴소리가 나올 뻔했다.

"그래서 아까 이야기로 돌아가면……."

하지만 신관의 이 한마디로 등 뒤에 있는 시노의 존재가 전혀 신경 쓰이지 않게 됐다.

"고라 오 인방의 선조가 각 마을의 시조에 가깝다는 사실에 여러분은 감사해야만 한다는 이야기였지요."

"이 주위의 대숲이 사사메 신사의 땅이듯 다른 오 인방의 집도 저마다 마을 북쪽의 산림을 소유하고 있네. 히데쓰구의 조부인 오가키 히데토시는 유리아게 촌 쿠에 산이고. 그러니까 다섯 마을을 연결하는 큰 도로가 뚫리면 그 땅의 대금이 각자의 주머니에 들어가는 셈이야."

"허, 과연."

꽤 현실적인 이야기인 만큼 보통은 좋지 않은 인상을 받을지도 모른다. 하지만 신관이 담박하게 하는 말은 듣고 있으니 되레 기분이 좋을 정도였다.

그렇지만 겐야도 마음에 걸렸기 때문에 단도직입적으로 물었다.

"그러니까 대숲이 없어져도 어쩔 수 없다고 생각하십니까?"

"애당초 마을 합병이라는 건 나라의 정책일세. 우리가 아무리 발버둥 친들 어찌 되는 일이 아니지. 그러면 처음부터 받아들여서 조금이라도 마을이 좋아지기를 바라고, 또 오래된 배례전도 겨우 보수할 수 있겠다 생각하는 편이 낫다 이 말이지. 그렇게 되면 아메노우즈메노미코토님도 분명 용서해주실 거야."

"사사메 신사의 주 제신인 아메노우즈메노미코토는 소위 '예능'의 신이신데······."

이렇게 말을 꺼내다 겐야는 퍼뜩 깨달은 모양이다.

"아마테라스 대신이 아마노이와토 동굴에 숨었을 때 아메노우즈메노미코토는 조릿대 잎을 흔들며 춤을 추었다는 기술이 《고사기》에 있지요. 야나기타 구니오 선생도 《무녀고》에서 언급하고 계십니다. 무녀가 춤을 출 때 손에 드는 물건 중에 조릿대가 있는 것도 아메노우즈메노미코토의 조릿대 잎에서 온 거고요. 즉 대숲에 둘러싸인 데다 '사사메'라는 명칭을 가진 신사의 제신이 아메노우즈메노미코토인 건 정곡을 찌르고 있는 셈입니다."

이렇게 자신의 생각을 얼추 이야기한 다음 가장 중요한 문제를 건드렸다.

"하지만 그렇게 되면 대숲 신사는 대체 어떻게 되나요?"

"대숲 신사 자체를 남기는 건 무리겠지. 사당만 다른 장소로 옮겨서 다시 모시는 게 좋을지도 몰라."

간키 신관은 대답과 동시에 걸음을 딱 멈추었다.

"여기가 대숲 신사일세."

그 말을 듣고도 겐야는 한순간 어안이 벙벙했다. 그러고는 눈앞을 유심히 보고 그곳에 자라 있는 것이 대나무가 아니라 키 큰 잡초 무리임을 깨달았다.

"대숲 신사 주위는 분명 들판 같은 장소였던 게······?"

"옛날에는 그랬던 모양이지만 내가 신관이 되기 전부터 이미 이런 상태였네."

"이 안의 사당도······."

"아니, 아니. 아무리 그래도 잘 모시고 있지. 그래봤자 몇 달에 한 번 여기 올까 말까지만."

신관은 이렇게 설명하면서 울창하게 우거진 잡초 너머로 보이는 밀집한 대숲을 따라 왼쪽으로 돌기 시작했다.

"이렇게 보니 대숲 신사는 지금까지 걸어온 대숲과 비교해도 밀집 정도가 정말 엄청나네요."

마냥 감탄하는 겐야에게 시노와 히데쓰구도 동의하듯 말없이 고개를 끄덕였다.

이윽고, 누군가가 발을 들였는지 잡초가 흐트러져 있는 장소로 나왔다. 발길로 어중간하게 만들어진 길 끝을 보니 유독 대나무가 자라 있지 않은 공간이 마치 축제일에 설치된 귀신의 집 입구처럼 어둑어둑한 입을 떡 벌리고 있었다.

그 입 한끝의 대나무 위에서 다른 편 대나무 위로 금줄이 쳐져 있다. 첫눈에 연상되는 것은 역시 도리이일지 모른다.

"여기가 입구야. 히데쓰구도 어릴 때 오고 처음이지?"

간키 신관의 말을 듣는 히데쓰구의 얼굴은 기분 탓인지 약간 긴장돼 있었다. 어쩌면 이 대숲에는 별반 좋은 기억이 없을지도 모른다. 오히려 무서운 추억이 있는 눈치다.

신관은 대나무 도리이 앞에서 가볍게 인사한 뒤 마치 제 발로 대숲 신사 입으로 빨려 들어가듯 어둑어둑한 가운데로 슥 사라졌다.

이어서 겐야가 들어가려 하자 뒤에서 옷을 꽉 잡아당긴다.

"응?"

놀라서 돌아보니 역력히 겁을 집어먹은 시노의 얼굴이 있었다.

"드, 들어가는 거예요?"

"물론이지. 그러려고 왔잖아."

"하지만…… 이 안은 미로잖아요."

"그러니까 분명 더더욱 즐거울 거야."

시노가 믿을 수 없다는 눈빛으로 봤지만 벌써 겐야는 빨리 발을 들이고 싶어서 어쩔 줄 몰랐다.

"모처럼 왔으니까 셋이 간격을 두고 순서대로 가기로 하지."

"왜, 왜요?"

놀라움을 숨기지도 않고 따지는 시노를 겐야는 희한하다는 표정으로 보았다.

"이 안이 미로니까 그렇지. 셋이서 뭉쳐 다니는 것보다 혼자 헤매면서 나아가는 편이 아무리 생각해도 재미있잖아."

"선생님, 머리가 이상하시네요."

농담인 줄 알았지만 시노는 진지한 얼굴을 하고 있다.

"즐겁다느니 재미있다느니, 정상이 아니에요."

"그럼 소후에 군은 여기서 기다리는 걸로……."

겐야가 다시 대숲 신사에 들어가려고 하자마자 시노가 등에 꼭 매달렸다.

"아니, 소후에 군……."

"혼자 들어가는 것도, 혼자 남는 것도 둘 다 싫어요."

"그게 무슨……."

그러고 있는데 히데쓰구가 묘하게 깨달음을 얻은 어조로 말했다.

"선생님, 여기서는 함께 들어갈 수밖에 없을 것 같습니다."

"엥, 모처럼의 미로인데……."

"뭣하면 저만이라도 나중에 들어갈까요?"

"그럼그럼, 그렇게 해."

곧장 응한 사람은 시노였지만 사이를 두지 않고 겐야가 말했다.

"좋아, 셋이서 들어가지."

말이 채 끝나기도 전에 대나무 도리이를 잽싸게 통과했다. 그 뒤를 시노가 황급히 쫓고, 히데쓰구가 뒤를 이었다.

사사메 신사 주위에 펼쳐진 대숲 자체가 어둑어둑했지만 대숲 신사 안은 한층 더 어두웠다. 분명 대나무의 밀집 정도가 다르기 때문이리라. 햇빛을 바라고 하늘을 올려다봐도 양편 대나무가 위로 갈수록 안쪽으로 호를 그리면서 무수한 잎과 함께 머리 위를 뒤덮고 있어 역시나 어둑어둑하다. 또 생각 이상으로 미로 폭이 좁아서 어른 한 명이 가까스로 지나갈 수 있을 정도였다. 그 압박감이 말도 못 하게 강하다. 마치 당장이라도 대나무 군락이 좌우에서 바작바작 다가올 것만 같다.

혼자 들어오고 싶었던 겐야조차 두세 번 미로 모퉁이를 도는 사이에 언제부터인가 등 뒤에 있는 시노의 존재를 든든하게 느끼고 있음을 깨닫고 철렁했다.

자그락자그락.

대숲 신사 안쪽에서 굵은 자갈을 밟는 발소리가 들려온다. 간키 신관일 것이다. 그 사실을 아는데도 어쩐지 으스스하게 느껴진다.

다른 뭔가가 걸어가고 있다.

그런 감각에 사로잡혀서, 정신이 들어보니 가만히 귀를 기울이며 그 자리에 멈춰 서 있었다.

"저건…… 신관님이겠죠?"

시노가 뒤에서 속삭였다. 그녀도 똑같이 의심하는 모양이다.

"당연하지."

응당 그렇다는 듯이 대답은 했지만 겐야의 어조에서 확신이 느껴지지 않는다. 그것을 민감하게 알아차렸을 시노 역시 아무 말도 하지 않았다.

두 사람은 잠자코 귀를 기울이며 한참을 꼼짝하지 않고 있었다.

"저기…… 선생님?"

히데쓰구가 부르는 소리에 겐야는 퍼뜩 제정신이 들었다.

"응. 앞으로 갈까?"

겐야가 걸음을 떼고, 변함없이 그의 등 뒤에 매달려 있는 시노의 뒤를 히데쓰구가 따라간다.

자그락자그락.

세 사람의 발소리가 좁은 미로에 울린다.

겐야에게 몸을 딱 붙인 시노가 몇 번씩 뒤를 돌아보는 기색을 보였다. 그것이 그에게도 전해지는 만큼 묘하게 신경이 쓰인다.

"뭘 하는 거야?"

마침내 겐야가 돌아보고 물었다.

"뒤에서 오는 게 진짜 오가키 군인지 확인하고 있어요."

얼토당토않은 대답이 돌아왔지만 그렇게 의심하고 싶은 마음이 이해되는 만큼 아무 말도 하지 못했다.

"엇…… 아니, 물론 접니다. 이상한 소리 하, 하지 마십시오."

그때까지 동요하는 것처럼 보이지 않던 히데쓰구가 갑자기 쭈뼛거리기 시작했다. 그 역시 이 장소에서 심상치 않은 뭔가를 감지하고 있는 듯하다.

"좀, 붙지 말라고."

거기서부터는 히데쓰구까지 시노의 등에 제 몸을 붙이고 나섰다.

"그러는 선배도 선생님한테 매달려 있잖아요."

"선배라 부르지 말라고 하잖아. 그리고 나랑 선생님은 괜찮아. 그만큼 좋은 관계니까."

"소후에 군, 오해 살 만한……."

겐야가 항의하려고 했을 때였다.

"어이, 큰일 났어어!"

대숲 신사 안쪽에서 느닷없이 간키 신관이 외치는 소리가 들렸다.

"빨리 와줘!"

"무슨 일입니까!"

겐야는 외치는 동시에 쏜살같이 달려갔다.

"앗, 선생님! 기다려요."

시노와 히데쓰구도 곧장 뒤를 따랐지만 겐야와 두 사람은 순식간에 흩어지고 말았다. 각자 미로 속에서 눈 깜짝할 사이에 길을 잃었기 때문이다.

"선생니임, 어디예요?"

시노의 불안한 외침 소리를 들으면서 겐야는 어쨌든 앞으로 달렸다.

그녀에게는 오가키 군이 있다. 괜찮다.

이렇게 생각했기 때문이지만 설사 시노가 홀로 남겨졌다 해도 그는 틀림없이 대숲 신사 안쪽을 향해 갔을 것이다.

몇 번이나 막다른 길에 들어섰다가, 다소 길게 이어진 통로 끝에서 왼쪽으로 90도 꺾은 순간 눈앞이 확 트이더니 당치도 않은 광경이 불쑥 겐야의 두 눈에 들어왔다.

잡초가 무성한 작은 원형 초지의 거의 한복판에 남자가 쓰러져 있다. 언뜻 큰대자로 누워서 자고 있는 듯 보이지만, 죽은 것은 확실했다. 조금 떨어져 있는데도 부패한 냄새가 진동하기 때문이다.

그런 이상한 시체 옆에 간키 신관이 새파랗게 질린 얼굴로 무릎을 꿇고 있었다. 그 표정에 공포가 들러붙어 있는 것이 예상 밖의 뭔가를 목도했다는 눈치다. 하지만 그의 반응은 당연했다. 남자의 상태에서 시체를 발견한 두려움 이상으로 소름 끼치는 오싹함을 느꼈음이 분명하다.

가장 먼저 눈에 들어오는 것은 움푹 들어간 두 눈구멍과 뺨이다. 푹 꺼진 눈구멍, 앙상한 뺨이라는 표현이 가볍게 느껴질 정도로 남자는 심하게 패여 있었다. 게다가 얼굴 피부 전체가 부자연스러울 만치 딱 달라붙어 있다. 두께가 전혀 없어서 바로 밑의 두개골이 느껴진다.

시체의 첫 번째 인상은 실로 해골 그 자체였다.

"이, 이 사람은……."

마을분이냐고 겐야는 묻고 싶었지만 신관에게서 돌아온 이름에 간이 철렁했다.

"노조키 렌야 씨야."

"뭐, 뭐라고요?"

얼굴을 다시 보았지만 애초에 그를 사진으로만 본 겐야가 알 리 만무하다.

"이건 설마……."

하지만 신원 확인보다 더 신경 쓰이는 문제가 있었다.

"……아사일까요?"

바로 남자의 이상한 사인이었다. 끔찍한 얼굴 상태로만 판단해도 굶어죽은 것은 틀림없어 보인다.

"그렇다는 생각밖에 안 들어. 이건 그런 죽음이야."

겐야의 진단에 신관도 찬성했다.

"하지만……."

노조키는 특별히 묶여 있지도 않았고 두 다리 중 어느 쪽을 다친 것처럼 보이지도 않았다. 즉 평범하게 걸어서 여기서 나갈 수 있었을 터다. 그럼에도 불구하고 대숲 신사 한가운데서 아사했다. 이 불가해한 상태는 대체 무엇인가.

"해냈다!"

그러고 있는데 영 어울리지 않는 밝은 목소리가 주위에 울렸다. 시노와 히데쓰구 두 사람이 간신히 미로를 빠져나와 여기에 도착한 것이다.

"선생님, 진짜 힘들었어요. 거미줄을 덮어쓰지를 않나, 조릿대 잎에 손이 베이지를 않나……."

말을 하다 말고 시노는 갑자기 입을 다물었다. 그녀 뒤편에서 얼굴만 내민 히데쓰구는 완전히 굳어 있었다.

"그, 그, 그 사람은……."

"응, 사망했어."

겐야는 간신히 목소리를 짜낸 그녀에게 대답하고 나서 간키 신관에게 물었다.

"괜찮으십니까?"

"……응, 아무렇지 않네."

천천히 일어서는 신관에게 겐야는 손을 빌려주었다.

"가능한 한 빨리 주재순사에게 알릴 필요가 있습니다. 그와 동시에 현장 보존을 위해 여기서 누가 파수를 서야 하고요."

"그렇지."

긴카 신관은 고개를 끄덕이고 말했다.

"히데쓰구, 서둘러 가서 주재순사를 불러 와라."

"……아, 알겠습니다."

그는 황급히 발길을 돌리려다가 불안한 얼굴을 했다.

"하지만 이 미로가……."

"소후에 군, 저 친구와 함께 돌아가주겠어?"

겐야의 가벼운 부탁에 시노는 울 것 같은 얼굴로 항의했다.

"길을 알았다면 진즉에 도착했다고요."

"그러면 내가 같이 가지."

신관은 이렇게 말하더니 히데쓰구를 재촉하려다 시노의 손바닥에서 피가 난다는 사실을 알아차린 모양이었다.

"조릿대 잎에 베이면 참 아프지."

어제와 똑같은 승복 품에 손을 넣더니 꽤 지저분한 넝마 같은 수건을 꺼냈다.

"고, 고맙습니다."

감사 인사를 하면서도 쓸 마음은 아무래도 안 드는지 시노는 수건으로 옷에 묻은 거미줄을 털었다. 자연스레 피한 신관과 겐야에 비하면 역시 도시 사람이다. 거미줄에 그대로 돌진한 모양이다.

시노만큼은 아니지만 그 뒤에서 히데쓰구도 같은 동작을 하고 있다. 그 말인즉슨 그 역시 이미 시골 생활을 잊었다는 뜻인가.

그런 히데쓰구를 어딘지 애처롭게 바라본 뒤에 신관은 다시금 시노에게 눈길을 돌렸다.

"그럼 베인 상처용으로 다른 걸……."

"앗, 괘, 괜찮아요."

시노는 명백히 싫어하고 있건만 신관은 사양한다고 받아들였나 보다.

"아니, 아니, 더 있으니까 사양 말게나."

이러면서 끄집어낸 것은 더 더럽고 너덜너덜한 수건이다.

"선생니임."

구원을 요청하는 가련한 목소리에 속절없이 겐야가 그녀를 도우러 나섰다.

"자, 이걸 쓰도록 해."

그가 내민 깨끗한 손수건을 시노가 어찌나 기쁘게 받아 들었는지.

"그럼, 뒤는 부탁하네."

간키 신관은 가볍게 고개를 숙이고 나서 히데쓰구와 함께 재빨리 미로를 되짚어 갔다.

자그락, 자그락, 자그락…… 굵은 자갈을 밟는 두 사람의 발소리가 사라진 뒤에는 바람에 흔들려 대나무 잎이 스치는 쏴…… 소리밖에는 들리지 않았다. 주위가 기분 나쁠 정도로 갑자기 잠잠해졌다.

"······선생님, 이쪽으로 와보세요."

이미 시노 곁을 떠나 시신을 찬찬히 관찰하고 있던 겐야를 그녀가 왠지 작은 목소리로 불렀다.

"왜 그래?"

당사자는 그녀 쪽은 거들떠보지도 않고 손수건과는 별개로 늘 지니고 다니는 수건으로 코를 감싼 채 일념으로 시신을 보고 있다.

"왜긴요, 혼자 있음 무섭잖아요."

"내가 있잖아."

"그러니까, 더 가까이에······."

"그러면 소후에 군이 이쪽으로 오면 돼."

"······시, 싫어요, 그런 시체 옆에 누가."

시노는 강하게 거부했지만 겐야는 이미 듣고 있지 않았다.

"여기서 노조키 씨에게 대체 무슨 일이 일어난 거지?"

시신 주위를 돌면서 열심히 생각하고 있다.

"······사인은 뭔데요?"

무서워하면서도 호기심은 있는지 시노가 질문했다.

"고인의 상태를 볼 때 필시 아사겠지."

"네? 여기서요?"

시노는 대숲 신사 한복판의 트여 있는 공간을 놀란 듯 둘러보며 말했다.

"왜 안 나간 건데요?"

"글쎄. 보아하니 노조키 씨는 손발도 묶여 있지 않아. 대숲 신사에 감금돼 있었던 건 아니란 뜻이지."

"설사 묶여 있었대도 얼마든지 기어서 달아날 수 있고요."

"이대로는 굶어죽는다는 걸 알면 누구라도 그렇게 하겠지."

"그런데 이 사람은 왜……."

달아나지 않은 거예요, 하고 말하려다 시노는 문득 겁먹은 표정을 지었다.

"아무래도 노조키 씨에게 이 초지 공간은 나갈 수 없는 밀실이었던 것 같군."

"딱히 닫혀 있지도 않은데……."

"응. 어째서인지 그에게는 완전히 밀실이었어. 열린 밀실이지."

"선생님……."

거기서 시노는 한층 겁에 질린 눈치로 말했다.

"〈대숲의 마〉 괴담이랑 좀 비슷하지 않아요?"

"그 이야기의 체험자인 다키 씨도 여기서 급격한 굶주림을 느꼈으니."

"……똑같아요."

희미하게 떨기 시작한 시노에게 겐야가 냉정히 지적했다.

"하지만 다키 씨는 일단 미로 안으로 돌아갔어. 반면 노조키 씨는 여기서 조금도 벗어나지 못했지. 이 차이는 뭘까?"

시노는 고개를 갸우뚱했다.

"다키 씨는 일찌감치 달아나려 했지만 이 사람은 우물쭈물한 거 아닐까요?"

"노조키 씨는 필시 무슨 조사를 위해 대숲 신사에 들어왔을 거야. 그래서 몸의 이변을 알아차렸을 때도 바로 나가려 하지는 않았어."

"잘못됐음을 깨달았을 때는 이미 늦었다……."

그러자 겐야가 마치 스스로에게 말하듯 중얼거렸다.

"하지만 그러면 대숲 신사의 괴이 현상을 완전히 인정하게 돼."

"……그렇죠."

시노는 작은 목소리로 맞장구치면서 주위를 기분 나쁘다는 듯 둘러보았다.

"하지만 그렇게라도 생각하지 않으면 이런 데서 아사하는 게 설명되지 않아요. 암만 미로가 있다 해도 설마 헤매느라 못 나간 건 아닐 거잖아요."

시노의 이 말에 겐야가 반응했다.

"그렇군. 만일 그의 지각에 무슨 장해가 생겼다고 한다면……."

"무슨 뜻이에요?"

"여기에 들어왔을 때는 누군가 동행자가 있었어. 그래서 문제가 없었지. 그런데 나갈 때는 혼자뿐이었다면……."

"미로를 빠져나가지 못했을 수도 있다는 말씀이신 건가요?"

겐야는 조금 생각하고 나서 고개를 저었다.

"……아니야, 역시 틀려."

"그런 장해 같은 건 실제로는 없으니까요?"

"물론 여러 가지 있지. 단, 만일 그렇다고 한다면 그의 시신은 미로 중간에서 발견되지 않았을까?"

"앗, 그래요. 어떻게든 미로를 빠져나가려 했지만 길을 잃어서 못 나가게 됐고, 도중에 힘이 다해서 그대로 죽어버렸다. 분명 그런 상태가 됐을 거예요."

"응. 하지만 노조키 씨는 이 공간 거의 한복판에서 이렇게 숨이 끊어져 있었어……."

전술했듯 시신은 한자 '대' 자처럼 양 팔을 옆으로 벌리고 있다. 키는 크지도 작지도 않으며 몸은 살이 조금 찐, 전형적인 중간 체형이다. 두 다리도 오므리고 있지는 않고 몸통 폭만큼 벌어져 있다.

그 모습만 보면 잔디밭에 호쾌하게 드러누워 있는 것처럼 보이지만, 그곳은 잡초로 뒤덮인 대숲 신사의 중심이다. 게다가 그는 하필이면 그대로 아사한 상태다.

기묘한 점은 이외에도 있었다. 시신이 입고 있는 것은 웬걸 검정 법의였다. 지금이 쌀쌀한 계절이었다면 도쿠간사에서 나올 때 슬쩍 빌려 입었다고 볼 수도 있다. 주지의 법의를 일반인이 마음대로 빌리다니 보통은 생각하기 어렵지만, 상대는 노조키 렌야. 오히려 있을 수 있는 일이다. 하지만 아직 춥지도 않은 시기인데 그런 행위를 할까? 게다가 법의는 너무 커서 중간 체형인 그의 몸에는 전혀 맞지 않는다. 어째서 그는 이런 볼품없는 차림을 하고 있는가? 적어도 오픈칼라 셔츠와 바지에는 그런 부자연스러움은 보이지 않는데. 다만 의복은 온통 주름져 있고 엄청나게 더러웠다. 그 점만은 공통된다.

기묘한 점은 또 있다. 시신의 오른 손바닥에 왠지 긴 대나무 봉이 놓여 있었다. 절명하기 직전까지 오른손 다섯 손가락으로 움켜쥐고 있었나? 어째서 이런 물건을 구태여 손에 들고 있었을까?

그뿐만이 아니다. 부자연스럽게 법의를 입고 용도를 알 수 없는 대나무 봉을 든 상태로, 대숲 신사의 중심을 차지하는 원형 초지를 여하튼 걸어 다닌 듯했다. 마구 짓밟힌 잡초 상태를 봐도 거의 틀림없을 것이다. 마치 미로로 들어가는 입구를 찾지 못해서 초지 안에서 우왕좌왕한 것처럼.

겐야는 다시금 시신 오른손의 대나무를 주의해서 보았다.

"이 대나무는 저 사당에 있던 것 아닐까?"

겐야가 사당 앞까지 가자 시신을 빙 우회해서 시노도 따라왔다.

"비슷한 대나무 봉이 여기 쓰러져 있네요."

"거기에 금줄이 달려 있지? 필시 노조키 씨가 쥐고 있던 대나무와 함께 이 사당 좌우에 세워져 있었을 거야."

"그러고 보니 〈대숲의 마〉 괴담에서 다키 씨보다 키가 큰 대나무 봉이 흡사 돌사자 대신이라는 듯 사당 양 옆에 하나씩 서 있었다고 했죠."

"아무래도 노조키 씨는 그중 왼쪽 대나무를 뽑은 듯해."

"왜요?"

"이 상황을 보면 그 대나무로 아직 금줄이 달려 있는 오른쪽 대나무를 쳐서 쓰러뜨린 다음 사당을 내려친 것 같은데……."

겐야가 짐작한 대로 사당 지붕이나 격자문에는 뭔가에 가격당한 흔적이 있었다. 단, 그것은 어쩐지 묘하게 약해 보이는 정도의 폭력의 흔적이었다.

"왜 굳이 사당을 때렸을까?"

시노는 으음 하고 작게 신음하고 나서 갑자기 얼굴을 반짝이며 말했다.

"여기서 못 나가게 된 이유는 선생님 추리대로 그 사람의 지각에 장해가 있었기 때문이에요. 본인은 분명 몰랐겠죠. 그렇기 때문에 아무리 해도 미로를 통과할 수 없다는 걸 알고 머릿속이 막 혼란스러워진 거예요."

"아무리 생각해도 나가지 못하는 이유를 알 수 없으니 무리도 아닌가."

"그 사람은 이단의 민속학자잖아요."

시노의 느닷없는 확인에 겐야가 우선 고개를 끄덕이자 그녀는 다소 득의양양한 얼굴로 말했다.

"그러니 문득 생각한 게 아닐까요?"

"뭘?"

"이건 어쩌면 죽마의 앙화가 아닌가…… 하고."

겐야가 입을 다물어도 시노는 계속 떠들었다.

"그 사람은 뭔가를 조사하러 여기 왔어요. 그런 민속학자니까 분명 〈대숲의 마〉 괴담도 알았겠죠. 죽마라는 이름도 들어봤을지 몰라요. 그러니까 상식으로는 믿을 수 없는 상황에 처했을 때 요괴 때문이 아닌가 의심한 거예요. 만일 그러면 사당을 파괴하면 살 수 있을지도 모른다고 생각했다는 것도 꽤 자연스럽지 않나요?"

"과연. 소후에 군치고는 믿을 수 없을 만큼 앞뒤가 맞는 해석이군."

"또 그런다. 선생님, 지를 칭찬하는 게 부끄럽다고 해서 그런 식으로 말하지 않으셔도 된다고요."

겐야는 기분이 좋아진 시노의 대꾸를 말없이 넘겼다.

"노조키 씨가 죽마의 요괴라 여겨 사당을 파괴할 작정이었다면 그 흔적이 묘하게 약한 건 좀 이상하지 않아?"

"그건 말이죠."

시노는 조금 뜸을 들였다.

"분명 배가 너무 고파서 힘이 안 난 거예요."

"인간이 아사하기까지 며칠쯤 걸리는지 알아?"

"글쎄요…… 일주일에서 열흘요?"

"물만 있으면 더 살 수 있어. 하지만 물이 없으면 보통은 너댓새면 죽어버리지."

"그렇게 빨리……."

시노가 말을 맺지 못하고 무섭다는 표정을 지었다.

"가령 닷새째에 숨이 끊어졌다 치고, 사당을 대나무로 두들길 힘이 조금이라도 남아 있는 건 아무리 그래도 사흘째까지 아닐까?"

"그러네요. 하루나 이틀째면 아직 기력이 있었을지도 몰라요."

"그러면 봐, 사당을 약하게 공격할 수밖에 없는 상태가 될 때까지 요괴 탓이라는 생각에 이르지 못했다는 이야기가 돼."

"……앗, 네."

대답하는 시노의 말투에서는 아까까지의 자신감이 느껴지지 않는다.

"게다가 소후에 군, 노조키 렌야라는 인물은 완전한 합리주의자였어."

"네?"

그녀가 항의하는 목소리를 냈다.

"그런 정보는 사전에 말씀해주시지."

"하지만 소후에 군도 〈뱀길의 요괴〉 이야기는 듣지 않았어? 이지마 씨가 마에카와 씨를 시켜 하에다마*에 대해 물어보게 했을 때 노조키 씨는 '그런 걸 믿느냐'라며 마에카와 씨를 비웃었다고 해. 이건만 봐도 그가 쉽게 요괴를 믿지 않는다는 걸 알 수 있을 텐데."

"아앗, 그래서네요."

시노가 갑자기 엉뚱한 소리를 내면서도 무척 기뻐하며 말했다.

"맨 처음에는 그 사람도 물론 요괴 탓이라고는 생각하지 않았죠. 하지만 아무리 해도 대숲 신사에서 빠져나갈 수 없다는 걸 알고 인정할 수밖에 없어진 거예요. 하지만 그때는 이미 공복이 한계에 달해서 힘이 거의 안 났어요. 이렇게 생각하면 설명이 돼요."

"어디 보자."

겐야로서는 드물게 시노가 낸 해석을 진지하게 음미하는 얼굴이었다.

"소후에 군의 추리를 뒷받침하는 상황 증거도 있을 것 같고."

"네? 어디에?"

겐야는 주위의 잡초를 둘러보았다.

"이렇게 짓밟힌 걸 보면 노조키 씨는 이 원형 공간 안을 마구 돌아다녔다고 생각할 수밖에 없어. 대체 뭐 때문에?"

"죽마가 미로 출구를 숨기는 바람에 필사적으로 찾았다……."

"그렇게 보이지."

스스로 말해놓고도 시노는 기분 나쁘다는 듯이 주위에 시선을 던졌다.

"다른 상황 증거가 아무래도 세 군데 있는 것 같아."

겐야는 사당에서 조금 오른쪽으로 이동해서 대숲이 있는 곳을 가리켰다.

"대숲 신사의 바깥둘레에 비하면 안둘레는 대나무 밀집 정도가 다소 낮다고 생각하지 않아?"

"듣고 보니 확실히 그러네요."

"그중에서도 이곳은 특히 대나무와 대나무 사이의 간격이 넓어. 그래서 잘 보면 억지로 여기를 빠져나가려 한 것 같은 흔적이 뚜렷이 남아 있지."

"아, 진짜다."

"비슷한 흔적은 다른 곳에도 보여."

이번에는 사당 왼편으로 이동한 겐야는 두 군데를 가리켰다.

"양쪽 다 억지로 빠져나가려 했지?"

"하지만 무리였던 거네요."

"미로라고는 해도 밖으로 통하는 참배길이 있는데 왜 구태여 이런 곳으로 나가려고 몇 번씩이나 시도했을까?"

"지각에 어떤 장해가 있어서……."

"소후에 군의 추리를 뒷받침하기 위해서는 적어도 그 사실을 밝혀낼 필요가 있겠군."

"진짜요?"

조건부라고는 해도 겐야가 자신의 해석을 간단히 받아들였다는 것이 시노는 대단히 기뻤다. 그 때문인지 그가 시신 곁으로 돌아가자 아무런 주저 없이 따라갔다. 다만 겐야와 마찬가지로 그의 손수건으로 코를 덮고 있다.

"실례하겠습니다."

하지만 겐야가 고개를 숙이고 나서 수건으로 감싼 오른손으로 당연한 듯이 시신의 더러운 법의를 뒤지기 시작하자 저도 모르게 질겁하는 눈치를 보인 것은 역시 시노답다.

"잠깐만요, 선생님, 그건 좀 아니지 않나요?"

"별반 시신을 움직이는 건 아니니까."

일단은 변명하면서 겐야는 법의 안쪽을 샅샅이 조사했다.

"딱히 아무것도 없나?"

이어서 셔츠를 보기 시작했다가 앞주머니에서 나온 것을 보고 그는 할 말을 잃었다.

"이건……."

"어머, 사사부네잖아요."

반면 시노의 반응은 지극히 평범하다.

"마을 길가의 지장님께 올려져 있던 거랑 똑같네요."

"……응. 하지만 이 사람이 왜 이런 걸 가지고 있지?"

"글쎄요. 주웠다든지."

시노는 전혀 개의치 않는 듯했지만 반대로 겐야는 뭔가가 걸리는 모양이었다.

"그 외에는 아무것도 없나요?"

그녀의 재촉에 겨우 시신 검사를 재개했을 정도다.

"……없군. 바지는 어떨까?"

"잠깐만요, 선생님, 이제 그만 하시는 편이……."

"있다."

바지 뒷주머니에서 나온 것은 한 권의 수첩이었다.

"아무래도 본인 물건 같은데."

처음부터 페이지를 넘겨가며 보니 예의 네 가지 괴담을 메모한 것 등 고라 지방에 관한 기술이 많이 있었다.

"이 사람은 대관절 뭘 조사하고 있었던 거죠?"

"수첩만 봐서는 이 지방의 전승에 대해서인 것 같은데……."

"그러면 선생님이랑 완전히 똑같잖아요."

"단, 노조키 씨의 경우는……."

그것만으로는 끝나지 않는 성가신 문제가 있지만……이라는 말을 하려다가 겐야는 숨을 삼켰다.

"왜 그러세요?"

바싹 다가서는 시노에게 그는 잠자코 수첩의 한 페이지를 펼쳐 보여주었다.

"어…… 이건 어떤 의미일까요?"

거기에는 다음과 같은 참으로 불가해한 두 문장이 조금 떨리는 필치로 기록돼 있었다.

모든 것은 반대였나?
하에다마님의 정체는 인어인가?

7장 도쿠간사

"인어……."

도조 겐야는 이렇게 중얼거리고는 그 자리에 붙박여버렸다.

"저기요, 선생님?"

소후에 시노가 말을 걸어도 일절 대답이 없다.

"여보세요? 여기요."

바로 옆에서 외쳐도 조금도 움직이지 않는다.

"야, 도조 겐야!"

있는 힘껏 이름을 부르자 겨우 제정신을 차리는 판국이었다.

"앗, 미안."

"뭘 또 그렇게 생각하고 계셨어요?"

흥미진진해하는 시노에게 겐야는 고개를 갸웃했다.

"그게…… 묘해. 또다시 콘월이 문득 머릿속에 떠올라서……."

"거기에 인어 전설이라도 전해지나요?"

"응. 제너라는 마을의 교회에는 중세 때 만들어진 '인어 의자'가 예배당 한쪽 구석에 놓여 있거든. 그 의자 옆판에는 빗과 거울을 손에 든 인어가 새겨져 있어."

"와아. 어떤 이야기가 있는데요?"

"옛날 옛적 그 교회에 언젠가부터 일요일이면 아름다운 검은 옷을 입은 부인이 찾아오기 시작했어. 부인은 아리따운 목소리로 찬미가만 부르고 금방 돌아가버렸지. 하지만 마을 사람 모두 신비한 노랫소리에 홀린 나머지 아무도 그녀의 태생을 물어보려 하지 않았어."

"노래를 듣기만 해도 만족이었다는 거군요."

"다만 검은 옷을 입은 부인이 돌아간 뒤에는 그녀가 앉았던 의자가 늘 젖어 있었어."

"……괴담이잖아요."

"하지만 미성을 가진 사람은 검은 옷을 입은 부인만이 아니었어. 교회지기의 아들 매슈도 그야말로 훌륭한 찬미가를 불렀지. 두 사람은 당연하게도 서로 끌리다 이윽고 사랑에 빠졌어."

"좋네요."

아사한 시신이 바로 근처에 있는 것도 잊고 시노는 황홀해했다.

"그런데 이 두 사람이 자취를 감춘 거야."

"야반도주예요?"

의문에는 답하지 않고 겐야는 이야기를 계속했다.

"그리고 몇 년 뒤, 마을 사람들은 달 뜨는 밤이 되면 만에서 두 사람의 아름다운 노랫소리가 들려온다는 것을 깨달았다고 해."

"즉 부인은 인어였고, 그가 동료가 됐다는 건가요?"

"여기에는 다른 이야기도 전해져와. 어떤 배가 만에서 닻을 내리고 있었더니 파도 사이에서 인어가 나타났어. 그러고는 선장에게 '당신 배의 닻이 우리 동굴을 막고 있습니다. 매슈와 아이들이 갇혀서 밖으로 못 나오고 있어요. 부디 치워주세요'라고 부탁했지."

"역시 두 사람은 함께 살고 있었군요."

"이 이야기를 들은 마을 사람들은 오랜 수수께끼가 풀렸다며 기뻐했어. 두 사람이 결혼해서 아이까지 얻고 행복하게 살고 있다는 걸 알았으니까."

"좋은 이야기잖아요."

"이런 식으로 이야기하면 그렇긴 한데……."

겐야의 의미심장한 말투에 시노는 의아한 얼굴을 했다.

"무슨 뜻이에요?"

"예를 들어 매슈 부모님 입장에서 이 이야기를 들으면…… 검은 옷을 입은 부인은 소중한 아들을 꾀어서 데리고 간 지독한 여자가 되지 않을까?"

"하지만 자유연애잖아요."

"게다가 상대는 인어야. 부모 입장이라면 무작정 축복할 수 있을까 어떨까."

"그렇지만……."

"더욱이 인어 전설은 이런 이야기만 있는 게 아니야. 그 노랫소리로 남자를 사로잡아 바다로 유인한 다음 파도 사이로 가라앉혀버린다는 이야기도 많아. 즉 마물로서의 인어지. 실제로 콘월의 다른 만에는 '인어 바위'라 불리는 장소가 있어. 거기서 나지막하게 노래하는 인어의 목소리가 들리면 근처를 지나는 배는 반드시 난파한다고 해. 또 그 노랫소리에 넘어가서 헤엄쳐 간 젊은이는 두 번 다시 돌아오지 못한다고 하고."

"하지만 선생님……."

시노가 수긍할 수 없다는 얼굴로 말했다.

"하에다마님은 난파한 배에 타고 있다가 죽은 사람을 공양하고 있잖아요."

"바, 바, 바로 그거야, 소후에 군."

겐야는 갑자기 흥분했다.

"이 부근은 암초지대 때문에 옛날부터 선박 난파가 잦았어. 그 희생자를 모신 것이 방금 말한대로 하에다마님이고. 하에다마巖靈 님의 '하에巖'는 암초를 의미해. '다마靈'는 필시 인간의 혼을 가리키겠지. 이 명칭만 봐도 거기에 담긴 진혼의 뜻을 읽어낼 수 있어. 설마 노조키 씨가 이런 사실과 해석에 어두웠으리라고는 생각되지 않아. 그럼에도 불구하고 하에다마님의 정체가 인어가 아닌지 아무래도 의심하고 있었던 듯해. 이상하지 않아?"

"또 다른 문장인 '모든 것은 반대였나?'에 그런 의미가 있다든가요?"

"그렇다면 '하에다마님의 정체는 인어인가?' 다음에 그 문장을 쓰지 않았을까? 먼저 쓰여 있는 걸 보면 우선 이쪽을 알아챘다. 그리고 나서 인어 의혹이 생겼다……."

"으음……. 그럼 고라 지방에도 인어 전설이 있다든지?"

"사전에 조사한 바로는 그런 이야기는 없었어. 설사 있었다 해도 오가키 군이 벌써 가르쳐주지 않았을까?"

"어젯밤 신관님과 이야기할 때도 분명 한 번은 나왔겠죠."

거기서 시노는 어쩐지 기분 나쁘다는 듯이 다시금 수첩을 내려다보았다.

"그러면 이 인어라는 건……."

"전혀 다른 의미를 띠고 있을지도 몰라."

"예를 들면요?"

"지금 문득 떠오른 건……."

겐야가 대답하려 하는데 갑자기 미로에서 간키 신관이 나왔다. 이 윽고 뒤처져서 주재순사가 그 뒤를 따르고, 그러고 나서 히데쓰구도 모습을 드러냈다.

"도조 선생, 이쪽이 주재순사인 요시마쓰 씨야."

소개받은 사람은 삼십대 중반쯤으로, 묘하게 거들먹거리는 것처럼 보이는 무서운 표정을 한 남자다.

"순사부장 요시마쓰다."

계급을 유난히 강조하며 이름을 밝힌 그는 노조키 렌야의 시신에 두 눈을 고정했다가 대뜸 시선을 돌렸다.

"듣자 하니 당신은 탐정이라던데 이 남자는 무슨 사건에라도 휘말렸나?"

대단히 거만한 어조로 겐야에게 물었다.

"네? 아, 아뇨, 저는 타, 탐정 같은 게……."

"숨기지 마라!"

요시마쓰가 느닷없이 호통을 치는 바람에 난처해진 겐야 옆에서는 시노가 벌써부터 히데쓰구를 물어뜯고 있었다.

"오가키 군. 너 선생님에 관해 도대체 어떻게 이야기한 거야?"

"본업은 작가지만 민속학자이시기도 합니다. 게다가 민속 탐방을 간 지방에서 조우한 사건을 훌륭하게 해결하는 탐정의 면모도 있으시고……."

히데쓰구는 진지하게 설명하기 시작했지만 시노가 곧장 말을 끊었다.

"그러면 안 돼. 정말이지 글러먹었어."

말이 채 끝나기도 전에 시노는 요시마쓰를 향해 몸을 돌렸다.

"순사부장님, 잠깐 괜찮으실까요?"

"뭐, 뭐야, 당신은?"

시노가 자아내는 세련된 여성의 분위기에 아무래도 요시마쓰는 동요한 듯하다.

"도조 겐야 선생님의 담당 편집자입니다. 소후에 시노라고 해요. 이런 여행지에서는 비서 역할도 다하고 있고요."

아니, 아니, 다하고 있지 않잖아.

겐야가 이렇게 말꼬리를 잡지 않았음은 물론 말할 필요도 없다. 지금은 요시마쓰의 심증을 조금이라도 개선하고 싶다. 거기에는 그녀의 달변이 필시 도움이 되리라. 순간적으로 이렇게 판단했기 때문이다.

"순사부장님은 전전에 '쇼와의 명탐정'이라고 널리 칭송받은 도조 가조 선생님을 아세요?"

"아, 그야 이름은 잘 알지."

"도조 겐야 선생님은……."

"소후에 군!"

겐야가 끼어들려 했지만 시노는 아랑곳하지 않고 말했다.

"도조 가조 선생님의 아드님이세요."

"뭐?"

"아버지는 아무 관계도 없잖아."

요시마쓰의 말문이 막힌 것과 겐야가 차갑게 내뱉은 것은 거의 동시였다.

"하지만 선생님에게 탐정의 재능이 있는 것도……."

시노는 계속하려 했지만 겐야가 얼음장 같은 시선을 던지자 저도 모르게 가슴이 뜨끔해서 그대로 입을 다물었다.

조금이라도 아버지에 대해 언급할라치면 선생님은 바로 고집불통이 된단 말이야…….

두 사람 사이에 어떤 불화가 있는지, 작가와 편집자로 오래 알고 지냈어도 여전히 시노는 아무것도 모른다. 전전에 화족 가문을 싫어한 도조 가조가 집을 뛰쳐나와 사립탐정인 오에다 다쿠마의 제자로 들어간 결과 쇼와의 명탐정이 태어났다는 이야기는 그녀도 물론 알고 있었다.

하지만 겐야가 어째서 그런 아버지와 마찬가지로 집을 나왔는지, 그 이유는 아무것도 듣지 못했다. 애초에 겐야 앞에서 아버지 이야기는 일절 할 수가 없었다. 어떤 편집자라도 그 점은 똑같았다. 업계에서 도조 부자의 관계를 소상히 아는 사람은 거의 전무하다고 할 수 있었다.

그렇기는 해도 누구나 그 사실에는 경의를 품고 있었다.

"이 남자 말이 맞아. 사건이 일어나면 부친이 누구든 그야 아무 관계도 없지."

일단은 시노의 폭탄 발언에 말문이 딱 막힌 요시마쓰였지만, 겐야 스스로 물러나는 바람에 금세 회복하고 말았다.

"당신 설마 시신을 건드리지는 않았겠지?"

겐야는 주재순사의 거만한 말투를 별로 개의치도 않는 눈치였다.

"그게 말입니다, 이, 이런 게 나왔어요."

오히려 공을 세웠다고 기뻐하는 아이처럼 사사부네와 수첩을 내밀었다.

"뭐, 뭐라고?"

주재순사는 눈을 희번덕거리면서 겐야를 노려보았다.

"어디 있었어?"

"사사부네는 셔츠 앞주머니, 수첩은 바지 뒷주머니입니다. 참고로 바지의 다른 쪽 뒷주머니는 아직 뒤져보지······."

"건드리지 마!"

시신에 다가가려는 겐야에게 주재순사의 화난 목소리가 날아들었다.

"두 개 다 본관에게 넘기고 너는 당장 시신에서 떨어져."

겐야에게 명령하는 순사에게 시노가 곧장 트집을 잡았다.

"잠깐만요, 당신. 선생님을 '너'라고 부르다니······."

"진정해, 소후에 군."

겐야가 황급히 중재하려 들었지만 그 전에 순사는 간키 신관 쪽으로 가버렸다. 아무래도 시노를 상대하기는 껄끄러운 모양이다.

요시마쓰는 신관에게 시체 발견 상황에 대해 들은 다음, 대숲 신사 밖에 대기시켜놓은 듯한 청년단 두 사람에게 파수를 부탁하고 자신은 일단 주재소로 돌아갔다. 현경 본부에 연락하기 위해서다.

그리고 겐야 일행 네 명은 요시마쓰의 명령으로 사사메 신사에서 대기하게 됐다.

"그런데 현경분들이 마을에 도착하는 건 언제쯤일까요?"

대숲 가장자리에서 요시마쓰와 헤어지자마자 겐야가 신관에게 물었다.

"어디 보자. 아무리 서둘러도 점심 전쯤인가?"

"그러면 저는 잠시……."

"선생님, 어디 가시려고요?"

시노가 틈을 주지 않고 묻자 겐야는 얼버무렸다.

"마을 안을 조금 어슬렁거려볼까 하고……."

"대충 그렇게 말해놓고 실은 도쿠간사에 가실 생각이군요."

움찔하는 겐야의 반응이 이미 대답이나 매한가지였다.

"아니, 뭐, 어슬렁거리는 도중에 문득 절에 들를지도 모르지만……."

"몰래 살펴보시려고요?"

"아, 아니야."

"저도 같이 가겠어요."

당연하다는 듯 동행하려는 시노를 겐야는 황급히 만류했다.

"그럴 필요는 없어."

"취재지에서는 선생님의 비서라고 아까 순사님한테도 설명했다고요."

"그건 거짓말도 방편이다, 뭐 이런……."

"거짓말이라니 무슨 뜻이에요, 거짓말이라니."

"아니, 아니, 순사 요시마쓰 씨가 신사에 왔는데 내가 없으면 큰일이잖아. 그때는 소후에 군이 거짓말을 해서라도 어떻게든 모면해줘야지. 이런 부탁을 할 수 있는 사람은 세상이 아무리 넓다 해도 한 명밖에 없어. 소후에 군만 믿는다고. 이런 말을 하고 싶었던 거야."

겐야가 진지한 표정으로 시노를 딱 보았다.

"……어머, 그건 뭐, 그렇긴 하지만요."

그녀는 수줍어하면서도 썩 싫지만은 않은 얼굴을 했다.

"그럼, 그렇게 된 걸로."

겐야는 시노에게 웃음을 지었다.

"잘 부탁드립니다."

그런 다음 간키 신관에게는 꾸벅 절을 한 다음 히데쓰구에게는 한 손을 들어 인사하고 나서 홀로 신사 계단을 내려갔다.

목표하는 곳은 물론 도쿠간사다.

왜 노조키 렌야는 대숲 신사 안에서 아사했는가? 그 진상은 당연히 아직 짐작도 가지 않는다. 그렇기는 하나 그가 어떤 소동을 일으킨 결과가 아닐까 하는 예측 정도는 충분히 가능했다. 그것을 알아보기 위해서는 그가 체재하고 있던 도쿠간사를 찾아가는 것이 제일이다.

그렇다고 해서 딱히 살펴보려는 건 아니야.

마치 스스로 다짐하듯 겐야는 마음속으로 중얼거렸다. 만일 정말로 노조키에게 원인이 있다면, 그는 피해자이기 이전에 가해자였을 가능성이 생긴다. 그 경우 피해자는 틀림없이 마을 사람일 것이다. 그리고 만에 하나 그 인물이 노조키 살해의 범인이라 해도 가능한 한 구하고 싶었다. 그것이 노조키와 마찬가지로 민속 탐방을 하고 있는 자신의 소임이 아닌가 겐야는 생각한 것이다.

그냥 사고라면…….

노조키 렌야에게는 미안하지만 안심할 수 있을 텐데 하고 생각하면서 마을을 걷고 있다가 겐야는 문득 이질감을 느꼈다. 어제와 똑같이 마을 안을 이동하고 있을 뿐인데 아무래도 묘한 감각에 사로잡힌다. 단 하룻밤 사이에 마을 분위기가 달라진 것 같다.

뭐지, 이건?

한동안은 이상해서 견딜 수 없었지만, 이내 어제와의 커다란 변화를 깨닫고 아아…… 하고 수긍했다.

길에서 지나치는 마을 사람 누구도 그를 결코 보려 하지 않는다.

어제는 무례하다고 여겨질 정도로 빤히 봤다. 하지만 일단 히데쓰구가 소개하고 나면 다들 붙임성 있게 이야기를 걸어왔다. 겐야와 시노에 대해 묻기만 할 뿐 이쪽 질문에는 별로 대답해주지 않았지만, 적어도 우호적이었다.

하지만 지금은 꽤 데면데면하다. 아니, 오히려 피한다고 해야 하나? 꺼림칙한 존재를 눈앞에 두고 누구 하나 관여하기 두려워 모르는 척하는, 그런 느낌이다.

대숲 신사에서 일어난 변사 소식이 벌써 온 마을에 퍼졌구나.

겐야는 이렇게 확신했다. 주재순사 요시마쓰가 퍼뜨렸으리라는 생각은 들지 않지만, 파수를 서는 데에는 마을 청년단이 협력하고 있다. 대숲 신사 밖에 서 있는 두 사람에게 다른 청년단원이 접촉했을 가능성은 꽤 높지 않을까.

게다가 피해자는 흡사 〈대숲의 마〉 이야기와 관계있는 것처럼 다름 아닌 아사를 했다. 그런 외지인의 시체가 두 외지인의 방문에 맞춘 듯이 발견되었다.

긁어 부스럼이다.

마을 사람들이 설사 이렇게 생각했다 한들 무리도 아니다.

겐야는 마을 안의 길을 가능한 한 기척을 죽이고 걸었다. 그가 눈에 띔으로써 마을 사람들에게 불필요한 불안을 주지 않기 위해서다. 그러다 보니 몇 미터 가는 것만으로도 엄청난 정신적 피로가 느껴졌다. 하지만 그만두지 않고 계속 그렇게 했다.

덕분에 도쿠간사 돌계단 아래까지 왔을 때는 저도 모르게 안도의 한숨이 나왔다.

겐야가 천천히 돌계단을 올라가고 있자니 어제 여기 도착해서 내려다본 광경이 불현듯 뇌리에 되살아났다. 그래서 반쯤 올라갔을 때 마을의 아침 풍경을 눈에 담으려고 고개를 빙 돌리다가……

거기서 굳어졌다. 이어서 등줄기에 오싹하는 오한을 느꼈다. 순간적으로 발을 헛디디지 않은 것은 실로 행운이었을지 모른다.

마을 도처에서 몇 개나 되는 눈이 겐야를 올려다보고 있었다…….

그리고 뒤를 돌아본 직후에 싹 사라졌다. 집에 있던 사람은 안으로 들어가고 길에 있던 사람은 다시 걷기 시작했으며 배 위에 있던 사람은 바다로 얼굴을 돌리는 식으로, 모든 시선이 곧장 다른 곳을 향했다.

……이거 큰일인데.

마을 사람들에게 받아들여지지 않으면 민속 탐방 같은 것은 도저히 할 수 없다. 물론 지금껏 폐쇄적인 마을은 그야말로 여러 번 경험했다. 그렇다고 해서 기가 죽을 겐야가 아니었지만, 아무리 그래도 이번 경우는 사정이 좀 너무 다르다.

유리아게 촌 평화장을 베이스캠프로 민속학자라는 수상쩍은 남자가 뭔가 조사를 하고 있다. 그 노조키 렌야가 왠지 도쿠유 촌에 나타났다. 얼마 안 돼 이번에는 같은 학문에 종사한다는 작가가 자못 어울리지 않는 미인 편집자와 함께 찾아왔다. 동행한 사람은 유리아게 촌의 오가키 히데쓰구다. 그의 조부인 히데토시는 사사메 신사 신관 가고무로 간키와 무슨 불화가 있다는 말이 들린다. 히데쓰구 자신도 가고무로 스즈카케를 둘러싸고 마을 다케야의 기지 마사루와 관계가 악화되었다고 한다. 이상한 말썽이라도 생기지 않으면 좋을 텐데 하고 걱정하던 차에 노조키 렌야의 변사체가 대숲 신사 안에서 발견됐다는 소식이 들려왔다. 아무래도 사인은 아사 같다. 저 대숲 신사에서 하필이면 굶어죽다니, 어떤 무서운 일을 당한 건가?

마을 사람들의 심중을 헤아리면 이렇게 되지 않을까.

겐야는 도쿠유 촌에서 고즈 만 그리고 오우 섬으로 시선을 옮기면서 다시금 대숲 신사의 변사 사건을 해결해야겠다고 통감했다. 자신은 결코 탐정이 아니다. 하지만 이 문제를 종언시키기 위해 그런 역할이 필요하다면 기꺼이 탐정이 될 생각이었다.

남은 돌계단을 마저 올라가니 맞이해주는 산문을 지나려다가 양복을 입은 사십대 중반 남자와 하마터면 머리를 부딪칠 뻔했다.

"아, 이거 실례했습니다."

정중하게 고개를 숙이는 상대방을 보고 순간적으로 겐야는 그 인물이 누구인지 알아차렸다.

"아닙니다, 저야말로. 불쑥 죄송하지만 혹시 닛쇼방적 구루메 씨 아니십니까?"

"네. 확실히 저는 구루메 사부로가 맞습니다만."

어리둥절한 눈치의 구루메에게 겐야는 간단한 자기소개를 했다.

"그런데 노조키 렌야 씨 일은 이미 알고 계십니까?"

솔직하게 물어보자마자 구루메는 미간을 찡그렸다.

"네. 신카이 주지스님께 지금 막……."

들은 참이라고 대답한다. 아무래도 마을 사람 누군가가 벌써 절에 변고를 알렸나 보다.

"그러고 보니 발견한 건 사사메 신사 신관님과 타지에서 오신 작가 선생님이라고 들었는데……."

구루메의 확인하는 듯한 어조에 겐야는 곧장 반응했다.

"네, 저입니다. 물론 선생님도 뭣도 아닙니다만. 저 외에도 담당 편집자 남녀 한 명씩이 있었습니다."

"그 남성은 유리아게 촌 오가키 히데토시 씨의 손자분이죠?"

"오가키 히데쓰구 군과는 아시는 사이입니까?"

"아니요. 하지만 히데토시 씨한테 이야기는 종종 듣고 있어서요."

상대는 유리아게 촌의 최대 지주다. 닛쇼방적 임원으로서 그 손자 이야기를 잊을 리 없다는 것일까.

"즉 선생님은 노조키 선생님과 함께 민속학 일을 하고 계셨던 거군요."

구루메의 완전한 지레짐작이지만 겐야는 이 오해를 풀지 않았다. 그러기 위해 '선생님'이라는 호칭에도 구태여 이의를 제기하지 않기로 했다.

"네, 대충. 뭐라고 해야 하나, 직접적인 관계는 없지만 학문의 세계라는 건 제법 좁아서 아무래도 이런저런 영향을 주고받습니다."

그래도 명백한 거짓말은 싫기 때문에 몹시 우회적으로 말했다.

"어느 업계나 그건 똑같겠지요."

하지만 상대방이 간단히 수긍해서 마음이 놓였다.

"선생님들 일에 오가키 히데쓰구 씨도 편집자로서 관여하고 있었다는 말씀일까요?"

구루메가 재차 오해했지만 이번에야말로 겐야는 그 사실을 이용했다.

"네. 그래서 이제 막 돌아가신 분에 대해 이것저것 파헤치는 게 결례인 줄 알면서도 노조키 씨가 어떤 민속학적 조사를 하고 계셨는지 가르쳐주십사 하고 여기 주지스님을 뵈러 왔습니다."

"아, 선생님 사정은 잘 알겠습니다. 담당자가 갑자기 세상을 떠난 경우에도 일은 일대로 진행해야 하니까요."

겐야는 마음속으로 머리를 숙이면서 어디까지나 아무렇지 않은 듯 물었다.

"그런데 구루메 씨는 노조키 씨한테서 관련된 이야기를 뭔가 듣지 않으셨습니까?"

한동안 곰곰이 생각해내려는 기색을 보인 뒤에 구루메는 면목 없다는 듯 고개를 저었다.

"……아니요, 안타깝지만 특별히는. 게다가 설사 들었다 한들 저는 학문에 대해서는 무지해서요."

하지만 어디까지나 말 나온 김에 덧붙인다는 느낌으로 뜻밖의 정보를 가르쳐주었다.

"민속학 조사와는 관계없지만, 고라 지방의 마을 합병 건에는 아무래도 반대였던 것 같습니다."

여기에는 겐야도 놀라서 곧장 물었다.

"왜지요?"

"이 지방의 자연과 전통이 함부로 파괴되기 때문이라고 하셨습니다."

노조키 렌야가 다분히 할 법하지 않은 말이다. 겐야가 거기에 또 놀라고 있었더니 "실은……" 하면서 털어놓는 어조로 구루메가 이야기를 꺼냈다.

"닛쇼방적과는 별개의 회사지만 저희는 관광업으로도 사업을 확장하고 있습니다. 그래서 다섯 마을을 연결하는 새로운 도로가 완성되는 날에는 고라 지방의 각 해안을 정비해서 해수욕장으로 만들 계획을 세우기 시작한 참이에요."

"그런 중요한 이야기를 저 같은 사람한테 하셔도 될지……."

"아니, 아니, 괜찮습니다. 이 관광계획 자체는 최근에 부상했지만,

사사메 신사 신관님을 비롯해 이미 고라 오 인방 여러분께는 말씀드렸으니까요."

구루메가 웃음을 띠면서 대답했기 때문에 겐야도 사양하지 않고 물었다.

"그래, 신관님은 어떤 반응을?"

"해수욕장만 만들 게 아니라 가령 고즈 만에서 다루미 동굴까지 유람선을 띄운다든지, 다양한 안도 전해드렸더니 아무래도 곤혹스러워하시더군요."

그건 그렇겠지 하고 겐야는 생각했지만 구루메의 다음 말을 듣고 고라 같은 지방의 엄혹함을 새삼 인식한 기분이 들었다.

"하지만 신관님이나 오가키 씨나 오 인방의 나머지 세 분이나 마을의 발전을 생각하면 좋은 일이라고 최종적으로는 이해하신 것 같습니다. 거꾸로 말씀드리면 그런 계획이라도 없는 한 설사 마을끼리 합병해도 유리아게 촌 이외의 마을은 앞날이 그리 밝지 않다는 뜻이겠지요."

"……알 것 같습니다."

당사자도 아닌데 그 사실을 인정하기가 겐야는 어쩐지 괴로웠다.

"구루메 씨가 도쿠간사에서 체재하고 계시는 것도 관광계획 때문입니까?"

"네, 그것도 있지만……."

갑자기 말을 흐렸기 때문에 겐야는 어라 싶었다.

"노조키 선생님이 전화해서, 잠깐 상의할 게 있다고 하셨거든요."

예상 밖 대답이 돌아와서 겐야는 반사적으로 몸을 내밀었다.

"무, 무슨 일로요?"

"그런데 제가 얼굴을 보여도 조금만 기다리라고 하시고는 아무 말씀도 안 하시더군요. 신카이 주지스님께는 미리 말해놓았으니 한동안 절에 머무르라는 소리까지 들은 판입니다. 게다가 외출하신 뒤로 돌아오시질 않아서……."

"그게 언젭니까?"

"노조키 선생님이 도쿠간사에 오신 건 20일이라고 들었습니다. 제가 온 건 22일입니다. 선생님이 외출했다가 돌아오지 않은 게 23일 아침이고요."

오늘은 28일이다. 즉 노조키 렌야가 절에 돌아오지 않은 지 딱 닷새가 된 셈이다. 인간이 아사하기에는 거의 충분한 날수 아닌가.

"실례지만 노조키 씨와는 어디서, 어떤 경위로 알게 되셨습니까?"

"유리아게 촌 평화장입니다. 그 건물에는 저희 회사 젊은 사원이 여럿 신세를 지고 있어서요……."

구루메의 설명은 〈뱀길의 요괴〉의 이지마 가쓰토시의 이야기를 뒷받침하는 것이었다. 이야기의 흐름에 맞게 예의 괴담을 화제로 꺼내보았다.

"이지마 군에게는 미안하게 됐지요."

어둡고 무거운 대답이 돌아온다.

"구루메 씨가 그런 괴이한 일을 겪으신 적은?"

"아뇨, 없습니다."

그의 말투에서 이런 종류의 문제에는 부정적이거나 적어도 회의적임을 느낄 수 있었다.

"앗, 오래 붙잡아서 죄송합니다."

갑자기 깨달았다는 듯이 겐야가 사과했다.

"나가시는 길에 방해를 해서 어쩌지요."

"아뇨, 아뇨. 저도 노조키 선생님 일을 자세히 알고 싶어서 다케야에 가려고 했을 뿐이라, 이렇게 도조 선생님을 만나 뵐 수 있어 오히려 도움이 됐습니다."

움찔한 건 얼굴에 드러내지 않고 겐야는 아무렇지 않게 말했다.

"다케야라 하시면 기지 마사루 씨 집의 칭호지요?"

"알고 계셨습니까?"

"오가키 군에게 조금 들었습니다."

"아, 그랬군요."

이렇게 응수하는 구루메는 스즈카케를 둘러싼 삼각관계를 아는 것처럼 보이기도 했다. 겐야는 그 점을 파고들어야 하나 생각했다.

"그래서 노조키 선생님 건 말인데요……"

하지만 넌지시 재촉당하는 바람에 대숲 신사에서 발견한 정황을 설명하는 처지가 됐다. 지금까지 이런저런 이야기를 실컷 들은 이상 이쪽만 아무 말도 하지 않을 수는 없는 노릇이다.

"그런데 어째서 아사를……."

상세한 내용을 알고 나니 놀라움이 더 커진 모양이다. 구루메는 경악하고 있었다.

"엉뚱한 질문입니다만……."

겐야는 노조키에게 어떤 지각의 장해가 있지 않았는지 물어봤다.

"글쎄, 어떨까요. 아직 그렇게까지 깊이 아는 사이는 아니어서요.

잘 모르겠습니다."

"그렇겠지요. 여러모로 감사합니다."

두 사람은 서로 가볍게 인사하고 산문 앞에서 헤어졌다.

그러고 나서 겐야는 안내를 청해 도쿠간사의 신카이 주지와 만날 수 있었지만, 현관 앞에 서서 이야기하는 것으로 끝나고 말았다. 노조키 렌야에 대해 물으려 해도 상대방이 아무것도 몰랐기 때문이다.

"우리는 방을 빌려주고 식사만 내줄 뿐이야."

주지의 대답은 간단했다.

"절의 과거장 같은 걸 노조키 씨에게 보여주시지 않았습니까?"

의아하게 여긴 겐야가 물었다.

"아아, 그런 건 마음대로 하라고 그 학자한테는 말해놨지."

결코 시치미를 떼는 것이 아니라 정말로 방임한 듯하다.

"사사메 신사와 달리 우리 절의 보물고에 보물 같은 건 없으니."

"신사에는 있습니까?"

겐야의 지적에 신카이 주지는 웃으며 대답했다.

"거기 보물고에도 진짜 보화는 없을 거라 생각하지만 민속학자에게 보물이 될 만한 거라면 그야 있겠지."

"과연."

간키 신관이 말하던 역대 신관의 일지철을 말하는 것이리라.

"그런데 노조키 씨는 닷새 전에 외출한 뒤로 이쪽에는 돌아오시지 않았다고······."

"그렇다더군."

"모르고 계셨습니까?"

"부엌일을 하는 사람한테 요 며칠은 식사를 내지 않았다는 말은 들었는데, 우리는 숙박비만 받을 수 있으면 별문제 아니거든. 저쪽 평화장인지 하는 곳에라도 돌아갔겠거니 하고 우리 쪽 사람들은 생각한 것 같아."

주지 본인은 전혀 신경을 쓰지 않았던 셈이다.

"댁은 지금 사사메 신사에 묵고 있나?"

"네."

느닷없는 물음에 겐야는 어리둥절해서 대답했다.

"어떻게, 여기로 옮길 생각은 없고? 동행인 미인 편집자랑 합쳐서 싸게 쳐줄 텐데."

얼토당토않은 말을 한다.

"오가키 가의 히데쓰구도 있으면 우리 쪽이 더 편할걸."

아무래도 신카이 주지는 가고무로 간키와 오가키 히데토시 혹은 가고무로 가와 오가키 가의 대립을 비아냥대고 있는 듯하다. 아니면 히데쓰구의 삼각관계를 말하는 걸까?

"제안은 감사합니다만 오가키 히데쓰구 군 소개로 사사메 신사에 신세를 지고 있어서요, 그러기도 어렵습니다."

"오호, 히데쓰구가."

주지는 흡사 거기에 오가키 히데쓰구의 어떤 의도가 숨어 있지는 않은지 생각하는 듯한 얼굴을 했다.

"묘한 질문이겠습니다만 주지스님의 법의가 한 벌 없어지지 않았습니까?"

"내 법의? 왜 그런 걸 묻나?"

"실은……."

대숲 신사에서 발견된 노조키 렌야 시신의 상태를 겐야는 설명하기 시작했다.

"그렇지. 우선 그 설명을 해줘야지."

신카이 주지의 재촉을 받고 지금 막 구루메에게 한 설명을 되풀이하는 형편이었다.

"그런 무서운 일이……."

어딘지 표표하고 만만치 않아 보이는 인상의 주지였지만 이때만큼은 신묘한 얼굴을 보였다.

"시신이 입고 있던 법의에 대해 짚이시는 곳은 없습니까?"

겐야의 질문에 주지는 원래 표정으로 돌아갔다.

"내가 이제 입지 않는 낡은 법의를 마음대로 꺼내 갔겠지."

"왜인지 아시겠습니까?"

"그야 사사메 신사에 몰래 숨어들기 위해서지."

전혀 예상 밖의 의견에 겐야는 깜짝 놀랐다.

"그 학자는 신사에서 제멋대로 굴다가 신관의 노여움을 사서 출입금지를 당했다고 들었어."

"그런 모양이더군요."

"하지만 그 정도로 물러설 종자가 아니야."

간키 신관이 말했다시피 신카이 주지는 땡중이로군 하고 겐야도 느끼고 있었지만, 아무래도 사람 보는 눈은 정확한 모양이다.

"그래서 내 법의를 입고, 그 뭐냐."

"변장을 했다?"

"그래그래, 그거야. 이 절도 그렇고 신사도 그렇고 남들이 드나드는 건 자유거든. 까딱하면 집에까지 마음대로 들어와. 그래도 출입 금지를 먹은 놈이 얼쩡거리면 그건 수상쩍지."

"그래서 주지스님으로 변장했다는 말씀이십니까?"

"나인 척했다기보다, 요는 그 학자로 보이지만 않으면 된다고 생각했겠지. 그래도 신관이나 스즈카케를 맞닥뜨리면 그런 건 금세 들통나. 그러니 어디까지나 설핏 눈에 띄었을 때를 뭐, 대비한 거겠지. 멀리서 보는 정도면 얼마든 속일 수 있으니까. 그런 거 아니겠나."

"일종의 위장복인가요."

"말 한번 잘하는구먼."

"그렇게까지 해서 노조키 씨는 대체 뭘 조사하고 있었을까요?"

"글쎄. 사사메 신사의 비밀일까?"

"그, 그런 게 있습니까?"

저도 모르게 다가서는 겐야에게 주지는 빙긋 웃으며 말했다.

"그래서 비밀을 들킨 신관이 대숲 신사의 마물을 부려서 그 학자를 아사시켰다고 하면 댁은 어떻게 하겠나?"

"네……?"

"거처를 여기로 옮기겠나?"

이렇게 말하며 호쾌하게 너털웃음을 터뜨렸지만 두 눈은 전혀 웃고 있지 않아 겐야는 등줄기가 서늘해졌다.

8장 다케야

 도조 겐야는 도쿠간사에서 물러나 또다시 도쿠유 촌에서부터 고즈 만, 그리고 난바다의 오우 섬을 바라보며 돌계단에 선 채 궁리해보았다.

 사사메 신사로 돌아갈까, 아니면 다케야에 가볼까.

 신사에서는 겐야의 부재가 진즉에 들통나서 주재순사 요시마쓰가 노발대발하고 있을 것이다. 아니면 소후에 시노가 타고난 말주변으로 잘 무마했거나. 어찌 됐든 현경 수사 관계자는 아직 도착하지 않았을 것 같다.

 물론 경찰이 왔다고 해서 뭔가 유익한 새 정보를 얻을 수 있으리라는 법도 없다. 오히려 경찰 조사가 끝나면 외부인은 꺼지라는 듯이 매몰찬 취급을 받는 결말일 것이다. 그렇기는 하나 겐야는 이제까지도 비슷한 상황에서 그 나름으로 경찰의 수사 상황을 어떻게든 알아내던 경험이 있었다. 이번에도 가능한 한 그것을 활용할 요량이었다.

그러니까 시간을 유효하게 쓰기 위해서라도 다케야에서 기지 마사루를 만나는 것도 나쁘지 않을지 모른다. 지금이라면 구루메 사부로도 있을 테니 그에게 소개를 부탁하면 기지 마사루와도 지장 없이 이야기할 수 있을 것이다. 신사에서 얼굴을 마주했다고는 해도 그쪽이 겐야를 인식했는지 어떤지는 불확실하다. 설사 기억한다 한들 그런 상황에서의 만남이었다. 좋은 인상을 받았으리라고는 도무지 생각하기 어렵다. 여기는 막 알게 된 구루메를 (표현은 나쁘지만) 이용하자고 겐야는 생각했다.

문제는 다케야 위치를 모른다는 점이다. 도쿠간사 돌계단을 내려가 마을에 들어섰는데도 어느 쪽으로 가면 좋을지 알 수가 없다. 적어도 어제 오가키 히데쓰구가 앞장서서 걸은 길 쪽에서는 보지 못했다. 지금 있는 정보는 그것뿐이다. 마을 사람에게 물어보려 한들 겐야를 보자마자 하나같이 길을 피하거나 집에 들어가버린다. 이래서야 위치를 묻기는 영원히 불가능할 것 같다.

역귀 취급이로군.

저도 모르게 쓴웃음을 지으면서도 겐야는 망연자실했다. 하지만 대번에 기운을 다시 차렸다.

어슬렁어슬렁 찾아볼까?

그렇게 넓은 마을이 아니다. 다행히 시간도 있다. 애당초 겐야는 미지의 지역을 방황하는 것을 괴이담 수집 다음으로 좋아했다.

그런데 한동안 걸어 다니다가 겐야는 다시 망연자실하고 말았다.

이래서야 언제 도착할 수 있을지 모르겠는데.

도쿠유 촌의 민가는 배후의 구에 산에서 고즈 만까지 미끄러지듯이 이어지는 사면에 실로 밀치락달치락하듯 세워져 있다. 때문에 집과 집 사이를 지나는 길이 좁은 데다 매우 복잡하게 얽혀 있었다. 더욱이 심하게 오르락내리락해서 느긋한 산책에는 명백히 부적합했다. 조금이라도 방심했다가는 지금 자신이 어디에 있는지 놓치고 만다. 올려다보면 사사메 신사의 도리이와 도쿠간사의 산문이 눈에 들어오기 때문에 대강의 위치는 알 수 있을 텐데, 그것이 아무 도움도 되지 않는다. 그 사실이 참을 수 없이 불안감을 부추겼다.

마치 대숲 신사 안에서 헤매고 있는 듯한…….

그쪽이 평면의 미로였다면 이쪽은 입체라는 느낌이다. 그렇다면 전자보다 후자의 미로 쪽이 훨씬 성가시리라. 게다가 넓지 않다고 해도 저 대숲 신사에 비하면 충분히 크다. 그런 마을 안을 걸어서 돌아다니고 있으니 큰일은 큰일이다.

아니, 꼭 그렇지만도 않나?

겐야의 뇌리에 홀연 노조키 렌야의 이상한 죽음이 떠올랐다. 그는 대숲 신사 안에서 나가지 못하고 아사한 것이다. 아무리 그래도 지금의 겐야에게 굶어죽을 염려는 없다. 아무리 해도 길을 모르겠으면 어느 집에 물어볼 수 있다. 몇 집은 사람이 없는 척할지도 모르지만 끈질기게 방문하다 보면 머지않아 누군가가 응해주리라.

노조키가 대숲 신사에서 직면했을 정체 모를 상황보다는 지금 겐야의 처지가 얼마나 나은지 모른다.

하지만 슬슬 누군가에게 도움을 청하지 않으면…….

이대로는 끝이 없다. 어느새 겐야는 꽤 아래쪽까지 와 있었다. 도리이와 산문의 위치로 추측하건대 마을의 삼분의 이쯤은 내려왔을까. 이대로 계속 내려가면 금세 해안으로 나갈 것 같다.

……딸각딸각, 데굴데굴.

묘한 소리가 들린다 싶더니 좁은 언덕길 위에서 작은 대나무 통 하나가 데굴데굴 굴러 내려왔다. 그리고 통을 뒤쫓다시피 작은 사내아이가 나타났는데, 그 얼굴을 보고 겐야는 한순간 흠칫했다.

까마귀 천구까마귀의 얼굴과 날개를 가진 전설 속 요괴 가면을 쓰고 있었기 때문이다.

작은 까마귀 천구는 겐야가 통을 줍자마자 길 한복판에 딱 멈춰 섰다. 그리고 호기심과 불안이 뒤섞인 모양새로 겐야를 가만히 살피는 듯한 동작을 보였다.

"안녕."

겐야가 인사를 해도 아이는 미동조차 없다.

"까마귀 천구 님의 정체는 다케야 아이 아닐까?"

순간적으로 이런 말이 나온 것은 그 아이가 대나무 통으로 놀고 있었기 때문이다. 이것만으로는 당연히 정황 증거로도 약해 빠졌지만 이럴 때 겐야의 감은 뜻밖에 잘 맞는다. '기지'라는 성씨가 아니라 마을 사람들이 친숙할 것 같은 '다케야'라는 칭호를 입에 담은 것도 무의식적인 계산이 작용했기 때문이다. 이것도 오랜 민속 탐방 경험 덕택일까?

그러자 아이가 갑자기 가면을 벗었다. 가면 아래에서 나온 것은 어촌 마을 아이치고 드물게 피부가 흰, 아주 귀여운 사내아이였다.

아이는 경계심을 노골적으로 드러내면서도 고개를 끄덕였다. 그 모습이 흡사 다케야 아이임을 자랑스러워하는 듯해 겐야는 흐뭇해졌다. 마을 내에서도 긴 역사를 가진 다케야 일가는 옛날부터 모두에게 존경을 받고 있음이 틀림없다.

"그 다케야에 가고 싶은데 길을 잃어버렸어. 살려준다 생각하고 날 좀 안내해줄래?"

겐야가 생긋 웃으면서 통을 내밀자 아이도 덩달아 얼굴이 풀어질 뻔했다. 그런데도 억지로 참듯이 얼굴을 찡그리고는 한껏 위엄을 보이면서 통을 받아 든 것은 왜인가? 평소에 아버지에게 "사내가 실실거리지 마라"라는 말이라도 듣는 걸까?

제멋대로 한 상상에 우스꽝스럽게도 겐야가 마음 아파하고 있었더니 아이가 이쪽이라고 손짓하며 언덕길을 되돌아가기 시작했다.

거기서 바로 코앞이었다. 길 오른쪽에 다른 집보다 정면 폭이 넓고 바깥 유리문을 활짝 열고 있는 집이 보였다. 들여다볼 것도 없이 옥내에 다케야 작업장이 있었고, 육십대와 삼십대 후반으로 보이는 두 남자가 그저 묵묵히 일을 하고 있다.

"안녕하십니까? 일하시는데 죄송합니다."

겐야가 상쾌하게 말을 걸었지만 우중충한 무언의 대꾸가 돌아올 뿐 그 자리의 분위기는 몹시 무거웠다.

"사사메 신사에 신세를 지고 있는 도조 겐야라 하는데, 마사루 씨는 댁에 계십니까?"

그래도 지지 않고 계속했지만 대나무를 깎는 희미한 소리만 작업장에 울릴 뿐 두 사람은 여전히 입을 다문 채였다.

도움을 청하기 위해 아이가 있던 쪽으로 눈을 돌렸으나 모습이 보이지 않는다. 두리번거리고 있었더니 한 채 더 간 옆집 모퉁이에서 얼굴을 내밀고는 고개를 끄덕끄덕한다. 이쪽으로 오라고 하고 싶은 듯하다.

"실례했습니다."

　겐야는 가볍게 인사하고 다케야 앞을 떠났다. 젊은 쪽 남자가 겨우 고개만 들어 그를 흘끗 쳐다보았다. 그와 동시에 재빨리 주위를 둘러보았는데, 쓸데없는 안내인이라도 있지 않나 확인한 것인지도 모른다.

"마사루 삼촌한테 볼일이 있구나?"

　옆으로 가자 아이가 이렇게 묻는다.

"응. 삼촌 어디 있는지 알아? 그리고 네 이름은?"

"이쪽."

　아이가 냉큼 걸음을 뗐기 때문에 겐야는 뒤를 따라갔다.

"나는 도조 겐야라고 해. 그래, 네 이름은?"

"기지, 다케토시."

　단념하지 않고 다시 묻자 아이는 부끄러워하는 얼굴로 살짝 돌아보며 성과 이름을 구분해서 가르쳐주었다.

"다케토시구나, 반가워. 그런데 아까 다케야에 있던 사람들은 네 아버지와 할아버지일까?"

　앞을 본 채로 고개를 끄덕이는 다케토시의 모습을 보기만 해도 자신의 아버지와 할아버지에게 외경심을 품고 있음을 손에 잡히듯이 알 수 있었다. 어쩌면 공경하기보다는 두려워하는 마음이 더 강할지도 모른다.

겐야는 그것이 참 견디기 어려웠다. 아무 관계도 없는 남의 집 가정사다. 애초에 민속 탐방을 위해 체재중인 그가 어떻게 할 수 있는 문제도 아니다. 그런 사실은 알고도 남는다. 하지만 그렇기 때문에 더더욱 괴롭게 느껴지는 것이리라.

겐야가 혼자 번민하고 있는데 앞을 걷던 다케토시가 주위를 둘러보며 갑자기 발걸음을 멈추더니 말했다.

"……탐정이지?"

누가 들을까 겁나는지 입에 손을 댄 귀여운 모습으로 속삭여서 겐야도 깜짝 놀랐다.

"그래서 내 정체도 바로 맞힌 거지?"

"어, 어떻게……."

아느냐고 물어보려다 그랬다가는 탐정임을 인정한 게 된다는 사실을 깨닫고 주저했더니 다케토시는 한층 더 뜻밖인 대사를 자못 득의양양하게 입에 담았다.

"삼촌이 그렇다고 했어."

"마사루 씨가……."

거기까지 소문이 퍼졌나 하고 겐야는 조금 당황했다. 하지만 되짚어보면 구루메에게도 신카이에게도 탐정의 'ㅌ' 자도 말하지 않았다. 외지인인 구루메는 그렇다 쳐도 마을에서 남몰래 화제가 되고 있다면 그 주지가 모른다는 건 이상하다. 그러면 기지 마사루는 어떻게 알았나?

불현듯 오가키 히데쓰구와 가고무로 스즈카케의 얼굴이 떠올랐다. 두 사람 중 누군가가…… 하고 생각하려다가 그럴 리 없다며 고개를 가로저었다. 가고무로 가의 현관에서 세 사람이 어땠는지를 보면 오히려 두 사람은 기지 마사루를 피하지 않을까? 설사 만날 기회가 있었다 한들 굳이 겐야를 화제로 삼을까?

……어쩐지 나쁜 예감이 들어.

찜찜한 기분을 안고 어느새 겐야는 '이소야'라고 쓰인 간판이 나와 있는, 꽤 초라한 식당 앞에 서 있었다.

다케토시는 미닫이문을 드르륵 열고 익숙한 눈치로 들어간다.

"어라, 다케 왔네."

안에서 연배가 있는 여성의 사근사근한 목소리가 들렸다.

하지만 이어서 겐야가 포렴을 걷고 들어가자마자 퉁명스럽게 말한다.

"우리는 11시부터예요."

그 낙차에 겐야는 당황했다.

"아주머니, 이 선생님은 마사루 삼촌의 손님이에요."

"선생님?"

이소야의 주인으로 보이는 여성은 다시금 겐야에게 눈길을 주고는 갑자기 부끄러워하는 표정을 보이며 말했다.

"하지만 마사루 씨는 평소처럼 구루메 어르신이랑 안에서……"

의미심장한 눈빛으로 가게 안쪽의 장지를 곁눈질한다. 아무래도 두 사람은 이곳 다다미방에 있는 모양이다. 주인의 어투로 보면 마치 밀회라도 하는 것 같다.

"앗, 구루메 씨도 함께 계십니까?"

당연히 그 가능성은 겐야의 머리에 있었지만 여기서는 시치미를 떼기로 했다.

"어머, 선생님, 구루메 어르신을 아세요?"

"네. 도쿠간사에 찾아뵀을 때 이런저런 이야기를 나눴습니다."

"어머, 어머, 주지스님도 아시는군요."

거짓말은 하지 않았기에 겐야는 싱긋 웃으며 고개를 끄덕였다.

"에이, 그러시면."

완전히 경계를 푼 듯한 주인이 안쪽 장지 앞에 서서 다른 손님도 없는데 작은 소리로 속삭였다. 그러자 장지가 조용히 열리더니 의심쩍은 표정의 구루메 사부로가 얼굴을 쑥 내밀었다.

구루메는 주인을 보고 나서 겐야에게 시선을 던지더니 퍼뜩 거북한 표정을 지었지만 그것도 한순간이었다. 금세 빈틈없는 미소를 짓더니 말했다.

"아까는 실례했습니다. 이른 점심이십니까?"

주인에게 용건을 들었을 텐데 이런 뭉때리는 대사를 뱉는다. 하지만 겐야는 아랑곳 않고 말했다.

"저야말로 감사했습니다. 그러고 나서 주지스님과 이야기를 나눈 뒤에 유명한 다케야를 한번 보려고 마을로 내려는 왔는데 칠칠치 못하게 길을 헤맸지 뭡니까. 그러다 다케토시랑 만나서 이쪽으로 안내를 받은 덕분에 살았습니다."

"그랬습니까? 아니, 하지만······."

구루메가 무슨 말을 하려 했는지 결국은 알 수 없었지만 어조로 볼 때 겐야를 모양새 좋게 내쫓으려 했음은 거의 틀림없을 것 같다.

8장 | 다케야

다만 그럴 수 없었던 이유는 장지 그늘에서 불쑥 얼굴을 내민 기지마사루의 이 한마디가 있었기 때문이다.

"아아, 탐정 선생을 만나 뵙다니, 이거 감격입니다."

"마사루 씨, 여기는······."

그가 입에 담은 '탐정'이라는 말에 구루메는 흠칫하면서도 저항해 보려 한 듯하다. 하지만 마사루에게는 전혀 통하지 않았다.

"그런 데 서 있지 말고 자, 이쪽으로."

마사루가 겐야에게 연신 손짓을 한다. 사사메 신사에서 만났을 때의 무뚝뚝함이 지금은 조금도 보이지 않는다. 아무래도 꽤 취한 듯하다.

"고맙다."

겐야는 안으로 들어가기 전에 허리를 숙여 다케토시와 눈높이를 맞추고 감사를 전했다. 자신의 소임이 끝났음을 깨달은 다케토시는 섭섭해하는 것 같았지만 그렇다고 동석할 수는 없는 노릇이다.

"사장님, 이 아이가 좋아하는 뭐 단것이라도 조금 먹여주시겠습니까? 값은 제가 지불하겠습니다."

"네네, 잘 알았어요."

말하지 않아도 다 안다는 양 대답하는 주인에게 뒤를 맡기고 겐야는 안쪽 다다미방으로 들어갔다. 구루메도 체념했는지 더는 아무 말도 하지 않는다.

"선생, 안으로 쭉쭉 들어오쇼."

마사루가 지금까지 자신이 진을 치고 있던 상석을 비워주었기 때문에 황급히 거절했다. 하지만 억지로 거기에 앉혀지고 말았다.

"자, 우선 한잔."

마사루가 곧장 컵을 내밀고 병맥주를 따라주었기 때문에 겐야도 일단은 받으면서 말했다.

"그런데 마사루 씨, 어째서 저를 보고 탐정이라고 하셨습니까?"

중요한 의문을 제기했지만 대답을 듣자마자 나쁜 예감이 더해지고 말았다.

"그거야 선생의 활약을 읽었으니까."

"……어디에서요?"

무난하게 예상이 됐지만 겐야는 구태여 물었다.

"그 왜, 뭐더라. 맞다,《엽기인》이라는 잡지."

걱정했던 대로 최악의 대답이 돌아왔다.

문제의《엽기인》이란 패전 후 얼마 되지 않았을 무렵에 창간된 지게미 소주 잡지 중 하나다. 여하간 에로티시즘과 그로테스크로 가득한 실화를 소개하는 것이 전매특허로, 선정적인 지면 구성이 오락에 목말라 있던 대중의 마음을 사로잡았는지 삽시간에 성공을 거두었다. '실화'라는 이름을 내걸었어도 내용의 진위 여부는 의심스러웠지만…….

지게미 소주 잡지라는 것은 세 홉만 마시면 고주망태가 된다는 지게미 소주에 빗댄, 말하자면 멸칭이다. 저속한 지면 구성뿐 아니라 꽤 조악한 용지를 써서 제본도 대충 한 잡지기 때문에 세 호만 내면 망한다. 따라서 세 홉만 마시면 고주망태가 된다는 지게미 소주에 빗대 지게미 소주 잡지라 불렸다.

그《엽기인》에 〈도조 마사야의 괴기하고 농밀한 탐정 이야기〉라는 기사가 종종 실린다고 한다. 어디까지나 전해 들은 말인 까닭은 겐야 자신도 실물을 본 적이 없기 때문이다. 애당초 '괴기'는 그렇다 치더라도 '농밀'은 대체 뭔가.

소후에 시노의 말에 따르면 아무래도 무시무시한 내용 같았다.

"기사 대부분은 선생님이 민속 탐방을 한 마을에서 기기괴괴한 사건에 휩쓸린다는 이야기예요. 다만 거기서 선생님은 사건을 들여다보는 과정에서 한밤중에 미인 과부의 집에 숨어들어간다든지, 아직 어린 아가씨를 유혹한다든지, 음란한 행위를 되풀이하죠."

"어, 어째서?"

"단서를 얻기 위해서라는 설정이 일단 있기는 한데, 거의 관계없어요. 요는 남성 독자에게 먹히라고 집필자가 마음대로 쓰고 있는 거겠죠. 진짜로 선생님이 곳곳의 마을에서 그런 음행을 하고 있지 않다면 말이지만……."

"하, 하지 않았어. 절대로 아니야. 뭐, 뭐, 뭐야, 그 의심의 눈초리는?"

이렇듯 성가신 잡지다. 정말이지 민폐도 이런 민폐가 없다.

왜 겐야를 노리는지, 그것이 아직껏 수수께끼였다. '쇼와의 명탐정'이라 칭송받던 아버지 도조 가조와 달리 겐야는 별로 유명인도 뭣도 아니다. 소수의 열광적인 애독자와 발행처 편집자 그리고 경찰 관계자 일부에게 나름대로 알려진 정도고 일반 대중 사이에서의 지명도는 무에 가깝다.

그럼에도 불구하고 《엽기인》에서는 웬 '실재하는 탐정 작가'로 다뤄진다. 대략적으로는 틀리지 않지만, 중요한 사건이나 그의 언동

전부가 통째로 거짓말이니 지독하다.

"역시 아버님이 그분이라서가 아닐까요?"

전에 시노가 드물게 조심하면서 이렇게 말한 적이 있다. 게다가 도조 가조의 본가는 원래 화족이다. 그 아들이 괴기환상 작가인 데다 실제로 지방의 사건과 조우해 훌륭히 해결한 실적도 있다. 이것을 《엽기인》 같은 지게미 소주 잡지가 기삿거리 삼아 우습고 재미있게 써대지 않을 리 없다. 그녀의 의견은 이러했다.

딱 하나 위로가 된다면 본명 '도조 겐야'가 아니라 필명 '도조 마사야'가 쓰인다는 점인가. 그 덕분에 《엽기인》이 이야깃거리로 등장해도 다른 사람이라고 시치미를 떼고 달아나기도 했다. 하지만 이번처럼 그것이 처음부터 통용되지 않는 경우가 최근 아무래도 늘어난 것 같았다.

"저, 그 기사는 거의 거짓말입니다."

그래서 겐야는 먼저 확실히 부정한다. 그러면 대부분의 사람들은 멍한 얼굴을 한다.

"선생님도 참, 겸손하시기는."

그러고는 믿지 않는 경우가 많다. 괴기한 이야기나 탐정 이야기 쪽이 아니라 농염한 쪽 이야기가 소문날까 꺼려서 부정하는 것이라고 대개의 남성 독자가 멋대로 믿어버린다.

이렇게 되면 겐야가 아무리 말하고 설명해도 헛일이다. 그래서 요즘은 그도 마음을 단단히 먹고 역이용하려고 나설 때가 많다. 상대방이 그를 탐정이라고 오해하고 있다면 거기에 편승해서 정보를 얻자는 것이다.

"노조키 씨가 변사체로 발견된 건은 이미 알고 계시지요?"

여기서도 당장 겐야는 뻔뻔하게 나가기로 했다.

"암, 벌써 온 마을에 소문이 났어. 게다가 지금 구루메 씨한테 자세한 내용을 들었고."

필시 겐야가 이야기한 상세 내용을 구루메는 그저 되풀이했을 뿐이리라. 그렇다 한들 지적해봤자 의미는 없다.

"그렇다면 이야기가 빠르겠군요. 마사루 씨는 노조키 씨와 친하게 지내셨다고 들었습니다. 대체 그에게 무슨 일이 있었다고 생각하십니까?"

겐야는 단도직입적으로 물었다. 상대방이 취해서 입이 가벼워졌을 가능성 또한 찰나에 떠올린 것은 말할 필요도 없다.

"그야 뻔하지, 선생."

마사루는 단정적인 어투로 힘주어 말한 다음 한손으로 겐야에게 흐늘흐늘 손짓하면서 갑자기 목소리를 낮추었다.

"노조키 선생은 분명 사사메 신사의 비밀을 봐버린 거야."

"어떤 비밀을요?"

마사루는 잠시 말문이 막혔다가 대답했다.

"그런 걸 내가 어떻게 알아. 하지만 가까운 시일 안에 가르쳐주겠다고 약속했다고. 그런데 그 전에 제거당한 거지."

"누구한테요?"

마사루는 잠깐 입을 떡 벌렸다가 평소 목소리로 돌아갔다.

"그야 당연히 신관이지. 선생, 괜찮겠어? 명탐정이잖아. 정신 단단히 차리셔야 하는데."

"사사메 신사의 비밀을 들킨 가고무로 간키 신관이 그것이 외부로 새어나갈까 두려워서 노조키 렌야 씨를 아사시켰다는 거군요."

그러자 마사루가 갑자기 엄청나게 득의양양한 표정을 했다.

"똑똑히 들은 건 아니지만, 노조키 선생은 아무래도 그걸 빌미로 신관을 협박하려 한 것 같은 부분이 있어."

"마을 사람들에게 말하겠다, 이렇게요?"

"마을 놈들이라기보다는 더 바깥쪽이겠지. 요새 이 근방에서는 마을 합병 이야기가 나오고 있거든. 그 뒤에 관광지로 만든다는 이야기도 진행중이고. 어떤 마을이든 그야 환영이지. 그래서 고라 오 인방도 음지에서 부지런히 움직이고 있는 상태야. 그런 때에 사사메 신사의 비밀이 새어나가면 까딱하다간 합병 이야기가 없어질지도 몰라. 노조키 선생은 아무래도 신관을 더 강하게 협박하기 위해 유리아게 촌 가키누마 도루도 끌어들여서 이른바 합병 반대 모임을 만들려고 했던 것 같아. 가키누마를 포함해 유리아게 촌 사람 네 명이 이미 협력을 약속했다는 소문도 있고."

취기 때문인지 마사루는 얼토당토않은 정보를 선뜻 입에 담았다.

"헤헤, 고라 사 인방이지."

마사루는 웃으며 말했다.

"나도 분명 그 인원에 들어가 있었을 거야. 그러면 고라 오 인방에 대항해서 고라의 신 오 인방이 됐을 텐데. 마을끼리 합병해도 아무 득도 못 보는 사람도 꽤 있으니 말이지. 그래서 신관이……."

"아니, 마사루 씨. 아까부터 말씀드렸다시피 그건 아닙니다."

맨 처음에 인사를 한 뒤로 줄곧 잠자코 있던 구루메가 여기서 끼어들었다.

"만약에 말입니다, 사사메 신사에 바깥소문을 꺼릴 만한 비밀이 있었다 해도 그게 새어나가는 정도로 마을 합병이 무산되는 일은 일단 없어요. 시, 정, 촌 합병을 추진하는 건 어쨌든 나라니까요. 그리고 합병만 성사되면 관광지화 이야기도 아마 착착 진행될 겁니다."

"그러면 신사뿐 아니라 마을 전체의 비밀일지도 모르지."

"그런데도 마사루 씨는 아무것도 모르고요?"

구루메의 날카로운 지적에 마사루는 어물거리다가 말했다.

"그 비밀은 신관이나 주지 같은 일부 사람들 사이에서만 전해지는 거야."

"잠깐만 괜찮을까요?"

겐야는 일단 양해를 구하고 말했다.

"요코미조 세이시 선생의 탐정소설에《팔묘촌》이라는 작품이 있습니다."

"오오, 그 제목은 잘 알지. 내가 전에 읽은 건 하마오 시로의《박사 저택의 괴사건》이지만."

반기듯이 말하는 마사루에게 겐야는 그쪽을 읽은 사람이 더 드뭅니다, 하고 마음속으로만 받아쳤다.

"사백 년 전에 아마고 일족의 패잔 무사 여덟 명이 마을에 옵니다. 처음에는 환대하던 마을 사람들도 머지않아 그들이 가지고 있는 군자금에 눈이 멀기 시작하지요. 그리고 독이 든 술을 먹인 다음 최후의 일격을 가해서 돈을 빼앗으려 합니다. 그런데 살해당한 패잔 무사의 앙화인지, 사건에 가담한 마을 사람들이 죽기 시작해요. 그래서 마을 사람들은 여덟 명을 여덟 개 무덤의 신으로 모셔서 어떻게 든 앙화를 가라앉히려 했습니다. 이 작품에는 우선 이런 흉흉한 배경이 있습니다."

"그래서 '팔묘촌'인가?"

마사루가 단순히 반가워하는 것처럼 보이는 것은 원래 이런 이야기를 좋아하기 때문일 것이다. 《엽기인》도 필시 그 연장선임이 틀림없다. 하마오 시로를 읽은 것을 보면 탐정소설도 애독하고 있으리라는 것을 알 수 있다.

반면 구루메는 뜬금없이 무슨 소리를 하느냐는 얼굴이다. 그래도 방해하지 않은 것은 그의 성격 때문인가? 또는 탐정이라고 일컬어지는 겐야의 이야기를 우선은 들어보자고 생각했기 때문인가?

"네. 마을 이름의 유래가 사백 년 전 사건에 있는 셈입니다."

겐야는 일단 대답하고 나서 뒤를 이어갔다.

"본 줄거리에 해당하는 이야기의 시대는 1949, 1950년 무렵입니다. 단, 그보다 이십 몇 년 전에 마을에서는 대량 살인사건이 벌어졌지요. 어떤 남자가 미쳐서 하룻밤에 서른두 명이나 참살한 겁니다. 살해당한 패잔 무사들의 수를 네 배하면 서른두 명이 됩니다. 그래서 마을 사람들은 이 또한 여덟 무덤 신의 앙화라고 무서워하는데요……. 뭐 내용 설명은 이쯤 하면 되겠지요."

거기서 겐야는 주로 구루메 쪽을 보며 말했다.

"이 《팔묘촌》과 똑같은 사건이 도쿠유 촌에서 실제로 일어났다고 가정하고, 그것이 마을 합병과 관광지화 이야기에 크게 영향을 주리라고 생각하십니까?"

"아니오. 그럴 일은 없습니다."

구루메는 즉시 고개를 저었다.

"패잔 무사 사건은 사백 년이나 전입니다. 이제 와서 그런 걸 신경 쓰는 사람이 얼마나 있겠어요. 그리고 이십 년 전 사건은 한 사람이 벌인 짓이죠. 죄가 있는 건 범인뿐이에요. 그런 규모의 참극이 일어난 마을이라는 인상은 확실히 나쁠지 모릅니다. 그렇다고 해서 나라에서 추진하는 마을 합병이 그런 일로 간단히 무산되리라고는 도저히 생각되지 않네요."

"그 반대라면 어떨까요? 즉 사백 년 전 사건은 한 사람이 한 짓이고, 이십 년 전 사건은 마을 사람들의 죄였을 경우입니다."

"그건…… 합병하는 다른 마을 사람들이 꽤 싫어할 요소가 될 것 같군요. 하지만 정말로 도쿠유 촌에서 그만한 사건이 일어났다면, 아무리 다 같이 은폐했다 한들 적어도 옆 마을 정도에는 쉽사리 들통나지 않겠습니까? 아니, 그 전에 마사루 씨를 비롯해 마을의 젊은 사람들에게도 숨기지 못하겠지요."

"즉 옛날 비밀이라면 더 이상 문제가 되지 않는다. 새로운 비밀이라면 애당초 숨기기가 어렵다. 그런 말씀이시지요?"

두 사람이 서로 납득하고 있자 마사루가 맹렬히 이의를 제기했다.

"그러니까 분명 사사메 신사만의 비밀인 거지."

"그 정도로는 마을 합병 건이 무산되지 않는다고 아까도 말씀드렸죠."

구루메가 확인하듯 말했다.

"그럼 신관만 개인적으로 협박한 거네."

마사루는 또다시 의견을 원래대로 돌렸다.

"하지만 노조키 씨는 입 밖으로 확실히 말하지는 않았을지언정 이 건이 마을 합병과 얽혀 있다는 듯한 냄새를 풍겼던 것 아닙니까?"

겐야의 지적에 마사루는 "아앗" 하고 머리를 쥐어뜯었다.

"이제 아무것도 모르겠어. 그런 건 탐정 선생이 밝혀달라고. 내가 할 수 있는 말은 노조키 선생은 신관한테 당한 게 틀림없다, 이거야."

그 뒤로는 토라진 양 맥주만 줄곧 마셔대기 시작했다.

슬슬 점심시간이기 때문에 겐야는 사사메 신사에 돌아가기로 했다. 구루메가 이소야에서 점심을 같이 먹자고 제안했지만 정중히 거절했다. 경찰이 벌써 도착했을지 모른다. 발견자 중 하나인 겐야가 없으면 아무리 그래도 곤란할 것이다.

안쪽 방에서 나가자 다케토시의 모습은 이미 보이지 않았다. 그가 먹은 과자의 대금을 주인에게 지불하고 신사까지 가는 길을 물은 다음 겐야는 이소야를 뒤로했다.

왜 구루메 사부로는 기지 마사루를 만나러 갔을까?

사사메 신사로 가는 도중에 새삼스러운 의문이 불현듯 겐야의 뇌리에 떠올랐다.

구루메는 분명 노조키 렌야를 통해서 마사루를 알게 되었을 것이다. 노조키와 마사루는 필시 뱃속에 간키 신관에 대한 꿍꿍이를 품고 있다는 점에서 의기투합하지 않았을까? 하지만 마을 합병을 무난히 진행시키고 싶은 구루메는 두 사람과는 반대편에 있다.

그래서인가.

겐야는 어쩐지 납득이 가는 것 같았다.

간키 신관과 기지 마사루는 노조키가 유리아게 촌 오가키 가의 분가이면서 지금은 몰락한 가키누마 도루에게 접촉했다고 말하고 있다. 마사루에 따르면 이는 합병 반대파 모임을 만들어 자신에게 유리하게끔 써먹기 위해서라고 한다. 이미 고라 사 인방이 되었다고도 한다.

구루메는 이 움직임을 재빨리 간파한 것 아닐까? 어쩌면 이미 가키누마 도루와 만나 이야기를 나눴을지 모른다. 하지만 가키누마에게서는 원하는 반응을 얻어내지 못했다. 그러던 차에 노조키가 불러내서 기지 마사루와 알게 됐다. 그 결과 마사루도 반대파에 들어갈 가능성이 있음을 알았기 때문에 빠른 시일 내에 싹을 뽑기로 했다.

딱 들어맞지는 않더라도 아주 틀린 것은 아니지 않을까?

마침 이런 생각을 하고 있을 때 사사메 신사 돌계단 아래에 도착했다. 천천히 한 단씩 발을 디디면서 겐야는 다시금 대숲 신사의 괴이한 죽음에 대해 생각했다.

이소야에서는 그렇게 말했지만 여러 정황 증거에 비추어 볼 때 아무래도 중요한 용의자는 간키 신관이 돼버리는군.

단, 역시 동기가 지나치게 모호하다. 사사메 신사의 비밀이라 해봤자 실제로 뭐가 판명된 것도 아니다. 설사 도쿠유 촌의 비밀이라 바꾸어 말한들 다를 바 없다. 동기 측면이 확실해지지 않는 한 신관의 용의가 확고해지는 일은 일단 없지 않을까?

조금은 낙관하면서 돌계단을 다 올라갔을 때였다.

"오호, 뻔뻔스럽게 돌아올 줄이야."

눈앞에 대단히 험악한 얼굴을 한 주재순사 요시마쓰가 느닷없이 나타났다.

"앗, 이거 죄송합니다. 마음대로 나다녀서……."

여기서는 우선 머리를 숙이고 사죄하자고 겐야는 생각했다.

"도조 겐야, 노조키 렌야 살해용의로 체포한다."

그런데 요시마쓰가 갑자기 한손을 붙잡더니 수갑을 채워버렸다.

9장 괴담 살인사건

도조 겐야는 잠시 어리둥절했다.

"아, 아무리 그래도 이건……."

수갑 채워진 두 손을 내밀면서 요시마쓰 순사에게 항의했다.

"허가 없이 나간 건 확실히 바람직하지 못했다고 생각하지만 그렇다고 체포라니 좀 과하지 않습니까?"

"착각하지 마. 분명히 말했다시피 너는 노조키 렌야 살해용의로 체포된 거야."

요시마쓰의 으스대는 말투는 명백히 진심이었다.

"그, 그런 말도 안 되는……. 대체 무슨 증거로……."

"그런 건 현경 미도지마 경부님께 물어보면 돼. 본관은 경부님의 명령을 받아 너를 체포한 거니까."

겐야는 매우 나쁜 예감이 들었다. 현경의 미도지마라는 경부가 노조키 렌야 아사 사건의 상황을 파악하고, 발견자 중 하나인 도조 겐야가 어떻게 관여했는지를 정확히 이해했음에도 불구하고 요시마쓰에게 체포를 명했다면 상당히 불길한 사태다.

정말로 내가 중요 용의자라고 생각했기 때문이 아니다.

분명 다른 이유가 있다. 그리고 그것이 능히 짐작 가는 만큼 대단히 우울해졌다.

아버지구나······.

이제까지 도조 가조는 민간 사립탐정으로서 셀 수 없을 만큼 경찰에 협력했다. 더구나 원래 화족 출신이기도 해서 경찰 조직 상층부와도 관계가 깊다. 단, 그렇다고 해서 모든 경찰관이 그에게 심취한 것은 당연히 아니다. 특히 현장에서 활약하는 수사 관계자 일부에게는 사갈蛇蝎처럼 미움받고 있다고 들었다. 물론 본인 앞에서 그것을 언동으로 드러낼 정도로 배짱 두둑한 경찰관은 한 사람도 없겠지만.

그렇기 때문에 도조 가조의 아들이고 탐정 활동도 하고 있다는 소문의 도조 겐야가 눈앞에 나타나면 부모의 원수라도 만난 것처럼 대응하는 경찰관이 극히 드물지만 있다. 일부에서는 겐야와 아버지의 불화설이 나돌기 때문에 그것을 아는 사람은 더더욱 그런 취급을 한다.

미도지마 경부라는 인물도 필시 그런 부류 아닐까 생각했기에 겐야가 암담한 기분을 느낀 것도 무리는 아니다.

"자, 따라와. 경부님께서 기다리신다."

반면 요시마쓰는 아주 흡족해 보인다. 자신이 겐야를 찾아내 어렵사리 체포하는 공을 세운 심정인 모양이다.

요시마쓰는 완전히 범인을 연행하다시피 겐야를 끌고 참배길을 나아갔다. 그러고는 가고무로 가 앞에서 파수를 서고 있는 경찰관에게 의기양양하게 경례하고 나서 겐야를 넓은 다다미방까지 데려갔다. 도중에 간키 신관을 비롯해 소후에 시노 등의 모습이 보이지 않은 것은 분명 어디 다른 방에서 대기하고 있기 때문이리라.

넓은 방에서는 양복 차림 남자들이 한참 무슨 이야기에 열중하고 있었다. 하지만 요시마쓰와 겐야 두 사람을 본 순간 하나같이 입을 딱 닫았다.

"미도지마 경부님, 요시마쓰 순사부장입니다. 명령하신 대로 도조 겐야를 체포했습니다."

집 앞에서 했던 경례와는 달리 요시마쓰의 얼굴에 긴장이 엿보였다. 물론 그보다 더 긴장한 것은 겐야 쪽이다.

찰나에 그는 자리에 있는 모든 사람을 재빨리 일별했다. 그리고 커다란 탁자 반대편에 앉은, 날카로운 눈초리에 용감하게 생긴 인물이 거의 틀림없이 미도지마 경부일 거라고 짐작했다. 하지만 그에게서 받은 첫인상 때문에 순식간에 절망감이 짙어졌다.

대단히 완고하고, 일단 화나면 엄청나게 무섭다.

이런 성격으로만 보인다. 그런 수사 책임자에게 찍히다니, 겐야의 향후 움직임에도 큰 지장이 초래될 것 같다. 아니, 그게 문제가 아니다. 그도 그럴 것이 체포됐으니까.

"오호."

그 인물은 겐야를 찬찬히 들여다보았다.

"자네가 **바로 그** 도조 겐야 선생?"

상대방이 이렇게 말한 순간 요시마쓰와 겐야는 "어?" 하는 반응을 보였다.

"현경 미도지마일세."

친절하게 목례로 인사하고 나서 미도지마는 엄격하고 차가운 시선으로 주재순사를 매섭게 노려보았다.

"언제까지 수갑을 채워둘 셈인가? 얼른 풀지 못해?"

요시마쓰도 겁을 집어먹은 모양이다. 하지만 거기서 한껏 용기를 짜낸 투로 말했다.

"체, 체포하라는 그…… 명령이……?"

"모리와키, 어떻게 된 건가?"

미도지마가 왼쪽 옆으로 얼굴을 돌려 모리와키라는 이름의 형사에게 물었다.

"무라타, 어떻게 된 건가?"

모리와키도 왼쪽 옆을 보고 자신보다 젊은 무라타라는 이름의 형사에게 물었다.

"아무도 체포하라고는 안 했잖아!"

무라타가 얼굴이 새빨개져서 요시마쓰에게 호통을 쳤다.

아무래도 미도지마가 명한 것은 도조 겐야라는 인물이 돌아오면 가장 먼저 그에게 데려오라는 내용뿐이었던 듯하다. 그 말이 믿을 수 없을 정도로 잘못 전해져서 '데려오라'가 '체포하라'가 돼버린 것 같다. 가장 큰 원인은 요시마쓰에게 있을 거라고 틀림없이 그 자리에 있던 모두가 생각했으리라.

"야아, 놀랐습니다."

그렇기는 하나 웃고 있는 사람은 겐야뿐이다. 모리와키와 무라타 그리고 누구보다도 요시마쓰는 만면이 창백한 상태였다.

"보, 보, 본관은……."

뭔가 변명을 입 밖에 내려는 요시마쓰를 무라타가 황급히 넓은 다다미방에서 내쫓았다.

"죄송합니다."

모리와키가 미도지마에게 머리를 깊숙이 숙이고 나서 서둘러 겐야의 수갑을 풀어주었다.

"그런데……."

모리와키에게 가볍게 고개를 숙인 뒤 겐야는 미도지마에게 뭐라 말할 수 없는 시선을 슬쩍 던졌다. 왜냐하면 그가 안도할 수 있는 것도 짧은 순간뿐이었기 때문이다.

미도지마가 '선생'이라 불렀다는 사실에서 적어도 겐야에 관한 지식이 있음을 알 수 있다. 그렇게 되면 다음은 도조 겐야를 어떻게 아느냐는 문제가 생긴다.

아버지의 신봉자인가?

그렇다면 다른 의미로 성가시다. 하지만 그 점을 확인하지 않고서는 어떻게 대응하면 좋을지 알 수 없다. 겐야는 단도직입적으로 물었다.

"미도지마 경부님은 저를 아십니까?"

"만나는 건 처음일세."

겐야가 역시 그렇구나 하고 있었더니 거꾸로 그쪽에서 물었다.

"오쿠타마 쓰이카이치 경찰서의 기나세 경부를 기억하나?"

그 순간 겐야의 뇌리에 귀와 같은 기나세의 용모가 확 떠올랐다.

"앗, 네. 물론입니다. 올해 4월에 고도 지방 구마도에서 그 지역에 전해지는 여섯 지장님의 노래에 빗댄 연쇄살인사건과 조우했을 때 큰 도움을 받았습니다."

"기나세와 내가 경찰학교 동기거든."

"그렇습니까?"

"선생에 대해서는 그 녀석에게 이미 들었네. 이번 발견자 중에 완전히 똑같은 이름이 있기에 어쩌면 도조 겐야 그 사람이 아닐까 생각한 거지."

겐야는 다시금 불안해졌다. 중요한 여섯 지장 사건에서 기나세에게 그리 좋은 인상을 준 기억이 없었기 때문이다.

그런데 미도지마의 다음 말을 듣고 눈이 휘둥그레졌다.

"기나세 녀석은 여간해선 남을 칭찬하지 않아. 수사와 관련된 일이면 더더욱 그러니 부하는 고생이겠다 싶지. 게다가 녀석은 탐정 부류를 아주 싫어해. 그럼에도 불구하고 자네에 대해서는 꽤 높이 평가하는 어투여서 나도 놀랐네."

"기나세 경부님이…… 말입니까?"

겐야의 반문에 미도지마는 처음으로 미소다운 미소를 아주 희미하게 지었다.

"그래. 기나세가 말이야. 좀 믿기 어렵지?"

"그러네요."

저도 모르게 맞장구를 친 겐야가 "아, 그게 아니라……"라고 황급히 취소하려는 것을 미도지마는 전혀 개의치 않았다.

"그래서 나는 도조 겐야라는 인물에 적잖은 흥미를 느끼고 있었네. 그리고 인연이 닿아서 이렇게 만난 셈이지."

그러고 나서 미도지마는 부하들에게 지시를 내린 다음 겐야를 대동하고 넓은 다다미방에서 나가 조금 떨어진 작은 방으로 장소를 옮겼다.

"터놓고 말하지."

이렇게 말하면서 미도지마는 다다미에 책상다리를 하고 앉았다.

"거두절미하고 자네 의견을 들려주었으면 해."

느닷없이 정면으로 이렇게 묻는 바람에 겐야도 당황했다.

"저, 저의……."

"그래, 자네 의견. 나는 기나세처럼 탐정 따위는 꺼지라고는 하지 않네. 사건에 관한 유익한 생각이 있다면 얼마든 귀를 기울이지."

"기나세 경부님도 꼭 그런 식으로 말씀하시지는 않았습니다만……. 게다가 저는 절대 탐정 같은 게 아니고……."

"차제에 자네 입장은 어떻든 상관없어. 사건에 관한 의견이 있나, 없나, 어느 쪽이지?"

미도지마가 밀어붙이는 바람에 겐야는 순간적으로 대답했다.

"이, 있습니다."

"그럼 그걸 들려주었으면 하네."

하는 수 없이 겐야는 순순히 대숲 신사 현장에서 시노와 검토한 해석뿐 아니라 도쿠간사에서 구루메 사부로나 신카이 주지와 주고받은 말부터 이소야에서 기지 마사루와 나눈 대화까지 숨김없이 죄다 털어놓았다.

미도지마도 놀란 듯했다.

"탐정이란 경찰에게서 정보를 캐내기만 할 뿐 자신의 조사 결과나 추리는 마지막 순간까지 꺼내놓지 않는 줄 알았는데, 자네는 다르군. 응, 기나세의 평가도 이제 수긍이 돼."

"경찰의 견해는 어떻습니까?"

상대방이 기분 좋은 틈을 타서 수사의 진전 상황을 들으려 했다. 하지만 미도지마는 그렇게 단순하지 않았다.

"그런 건 이야기할 수 없네."

"아아, 당연히 그렇겠죠."

겐야는 머리를 긁적이며 동의하면서도 이거 곤란하게 됐구나 싶어 어쩔 줄 몰랐다. 아마추어는 감당할 수 없는 감식 활동 등 수사 상황을 알지 못하면 노조키 렌야 변사 사건의 수수께끼를 풀기가 상당히 어려워지기 때문이다.

그런 겐야를 미도지마는 잠시 무표정하게 바라보았다.

"당분간은 사고와 타살, 양쪽으로 수사를 진행할 걸세."

그러더니 돌연히 이런 말을 입에 담는다. 겐야가 순간적으로 아무 말도 못 하고 있으니 한마디를 덧붙였다.

"자살 가능성은 제외해도 되겠지."

"……아, 네."

영문을 모르고 대답한 뒤에도 미도지마는 담담히 말을 이었다.

"상세한 사항은 해부 결과를 기다려야겠지만, 현장을 본 감식의 의견으로는 거의 아사라 단정해도 좋다더군. 시신에 눈에 띄는 외상은 현재로서는 발견되지 않았어. 사망 추정 시각은 어제저녁부터 심야. 노조키 렌야는 23일 아침에 도쿠간사를 나가서 돌아오지 않았어. 그때 피해자는 아침을 먹지 않았다는 것도 알고 있네."

만일 아침을 먹었다면 겐야 일행이 발견했을 때 아직 숨이 붙어 있었을지 모른다. 아니면 이미 때를 놓친 뒤였을까?

겐야가 감상에 젖는 것은 아랑곳 않고 미도지마는 이야기를 계속했다.

"자네 짐작대로 피해자는 대숲 신사의 중심 공간에서 미로를 통하지 않고 빠져나가려 했던 것 같아. 대숲을 억지로 통과하려고 한 흔적이 세 군데 있었네."

"미로 쪽은 어땠습니까?"

"초지에서 미로로 들어가는 입구 부근의 대나무에 약간 긁힌 자국이 있었어. 하지만 대숲의 세 군데에 비하면 매우 옅은 흔적이지."

"즉 노조키 씨는 일단은 미로를 지나 나가려고 했다. 하지만 어떤 장해가 있어 아무리 해도 미로로 갈 수 없었다. 그래서 대숲을 통과하려 했지만 역시나 무리가 있었다. 이렇게 되는 겁니까?"

미도지마가 말없이 고개를 끄덕이는 것을 보고 겐야가 물었다.

"우리가 그 초지에서 대숲을 통과해 똑같이 빠져나가려 해도 역시 무리일까요?"

"피해자와 체격이 비슷한 형사에게 실제로 시켜보았네. 그랬더니 피해자보다는 안으로 들어갔지만 금세 꿈쩍할 수 없어졌지. 미로의 벽에 막히기 때문이야. 그 벽도 대나무 군락인 셈이지만, 다른 곳보다 밀집 정도가 심하니까. 그렇다고 해서 미로 바깥쪽을 따라 나아갈 수 있느냐 하면 전혀 불가능했어."

"그렇다면 미로 안을 걷는 편이 훨씬 간단하겠군요. 어째서 노조키 씨는 그쪽을 고르지 않았을까요?"

겐야가 던진 공을 미도지마는 질문으로 되돌려주었다.

"〈대숲의 마〉 괴담이 본 사건과 어떻게 관련되나? 괴기 탐정 작가로서 선생의 견해를 꼭 들려주길 바라네."

"그 이야기를 알고 계시는군요."

"자네 비서가 가르쳐주었어."

비서가 아니라고 부정하고 싶었지만 쓸데없는 설명으로 시간을 허비할 수는 없기 때문에 겐야는 하는 수 없이 참았다.

"노조키 씨의 아사가 괴이한 일 때문이었을 경우 그의 시신이 초지에서 발견된 것이 아무래도 이해가 되지 않았습니다. 〈대숲의 마〉에서 다키가 하마터면 죽을 뻔한 것처럼 미로 도중에서 발견되는 것이 이치에 맞지 않을까 생각했기 때문입니다."

"괴이함의 이치라."

어조만으로는 미도지마가 재미있어하고 있는지 야유하고 있는지 통 짐작할 수 없었다.

"하지만 그가 무슨 조사를 위해 들어갔다면, 바로 도망치지는 않고 머물러 있다가 결과적으로 달아날 기회를 놓쳤을지 모른다는 해석도 가능합니다. 한쪽 대나무 도리이를 지면에서 뽑아 사당을 두들긴 흔적이 있는 것도 괴이한 일에서 벗어나려는 몸부림이었다고 보지 못할 것도 없고요."

"그렇군."

"다음으로 사고일 경우, 노조키 씨의 지각에 장해가 있어서 미로로 돌아가지 못한 것이 아닌가 하는 해석을 생각할 수 있습니다."

"그 추리도 자네 비서에게서 들었네. 피해자가 정신적으로나 육체적으로 무슨 장해가 있었는지 도쿄 쪽에 조사하게끔 수배해두었지."

"마지막으로는 타살일 경우인데 애석하게도 아직 아무런 해석도 떠오르지 않습니다. 다만 범인이 〈대숲의 마〉 괴담을 이용한 것은 일단 틀림없겠지요."

"피해자가 괴이한 일 때문에 아사했다고 믿게 할 수 있다. 설마 범인이 그렇게 되도록 획책했다느니 하는 이야기를 꺼내는 건 아니겠지?"

과연 미도지마도 얼마간 염려스러운 얼굴로 겐야를 가만히 보고 있다.

"아니요, 그건 아닙니다. 마을 사람들이라면 믿을지 몰라도 그래 봤자 다는 아니겠지요. 말도 안 된다고 의심하는 사람이 반드시 나옵니다. 하물며 경찰을 속일 수 있다고 생각하다니, 아무리 그래도 있을 수 없습니다."

"그 말을 들으니 안심이 되는군."

"그렇다고는 해도 그런 사연이 있는 장소에서 심지어 아사라는 변사를 당한 데다 타살이라고 보기에는 불가해한 점이 많다, 이렇게 되면 어떨까요? 꽤 특수한 사고라는 견해가 자연히 유력해지지 않겠습니까?"

"범인이 그런 계산을 했다?"

"타살일 경우에는 필시……. 그렇게 되면 노조키 렌야 씨 살해는 이른바 '괴담 살인사건'이라 부를 수 있을지 모릅니다."

"작가다운 명명이로군."

미도지마는 가볍게 흘려보냈다.

"처음에 말했다시피 경찰은 사고와 타살 양면에서 수사를 진행할 방침이네. 사고에 관해서는 우선 피해자의 장해 유무 조사. 이것이 우선이지. 타살에 관해서는 살해 방법 검토는 일단 차치하고 유력한 용의자를 추리는 데 전력을 기울일 거야."

자못 경찰다운 판단이라고 겐야는 생각했다. 대숲 신사의 기괴한 열린 밀실 수수께끼 따위, 용의자만 나오면 나머지는 신문해서 알아내면 그만이다. 이런 생각인 것이다.

"경찰이 지금 가장 의심하고 있는 사람은 누구입니까?"

여기서는 말을 맞출 수밖에 없겠다고 생각해서 겐야는 물었다.

"그런 건 이야기할 수 없네."

또다시 미도지마에게 거절당하고 상당히 황당했다. 맨 처음에 똑같은 대사를 들었지만 그 뒤에 경부는 이것저것 가르쳐주었다. 즉 원칙과 본심이라는 건가.

뭔가 복잡한 사람이군.

기나세 경부 쪽이 그나마 다루기 쉬웠을지 모른다. 이제 이야기를 어떻게 가져가면 좋을지 겐야는 갈피를 잡을 수 없었다.

"자네가 수상하다고 보는 건 누구지?"

역으로 물어와서 당황했다. 그때 떠오른 것이 간키 신관의 얼굴이었기 때문이다.

미도지마에게 전부 다 이야기하지는 않았다. 신카이 주지와 기지 마사루가 노조키 렌야 살해는 신관의 소행이라고 말한 것은 밝히지 않았다. 주지는 반쯤 농담 같았지만 마사루는 진지했다. 어찌 됐든 두 사람 다 범인은 신관이라고 말했다. 이것은 무시할 수 없지 않은가. 게다가 경찰이 도쿠간사와 다케야를 탐문하면 금방 알 수 있는 일이다.

그럼에도 불구하고 겐야는 이 건에 대해 떠들고 싶지 않았다. 신관에게 호의를 품었기 때문인가? 그가 범인이라는 생각은 들지 않기 때문인가? 용의자로 볼 만한 증거가 없기 때문인가?

……나도 모르겠다.

입을 닫아버린 겐야를 한동안 빤히 보고 나서 미도지마는 말했다.

"혹시 이곳 신관을 의심하고 있지 않나?"

갑자기 추궁해 들어오는 바람에 겐야도 순간적으로 되물었다.

"그러는 경찰은 신관님을 용의자로 보고 있습니까?"

하지만 거의 동시에 "이야기할 수 없네"라는 대답을 각오하고 있었다.

"피해자와 적잖은 갈등이 있었음이 판명됐으니까."

뜻밖에도 미도지마가 응했다. 단, 신관에게는 동기가 있다는 말이기 때문에 단순히 기뻐하고 있을 수도 없다.

"그 갈등 말입니다만……."

겐야는 당장 이소야에서 구루메 사부로가 한 이야기를 되풀이하며 혹 노조키가 신관을 협박하고 있었다 해도 전혀 살인 동기는 되지 않는다고 설명했다.

"신사나 마을이 간직하고 있는 과거의 비밀이라."

미도지마는 흥미를 보였다.

"그렇다 한들 닛쇼방적 임원이 말했듯 살인 동기가 되기는 어려운가."

뿐만 아니라 구루메의 의견에도 찬동했기 때문에 겐야는 마음을 놓을 뻔했다.

"그런데 선생, 그 신사나 마을의 비밀인지 뭔지는 대체 뭐라고 생각하나?"

돌연히 이렇게 묻는 바람에 말문이 딱 막히고 말았다.

"아직 정답에 도달하지는 못했다 해도 뭔가 의견은 있지 않나?"

"네……. 하지만 노조키 씨 사건과는 관계없다고 경부님도……."

"아직 단정하지는 않았어. 꽤 옛날 사건이라면 현대의 살인 동기가 되리라는 생각은 도통 들지 않는 건 확실하지. 그렇지만 중요한 비밀이 뭔지도 모르는데 그리 판단할 수도 없지 않겠나?"

"그건 그렇습니다만……."

"어떤 해석이 있는지, 괜찮으면 가르쳐주길 바라네."

"하지만 저도 아직 생각이……."

"정리되지 않았어도 좋으니 부탁하지."

가볍게 머리까지 숙이니 겐야도 대답하지 않을 수 없었다.

"구난도로 여기에 오는 도중에 봉화터와 조망고개를 지났습니다. 그리고 마을에서는 먼 발치에서나마 망루를 보았고요. 어째서 마을 사람들은 그렇게까지 하면서 난바다를 항해하는 배를 의식했을까요? 그 의문이 줄곧 머릿속에 있어서……."

"지당하군. 그래, 왜 난바다의 배를 신경 썼지?"

"습격하기 위해서가 아닐까 추측했습니다만……."

"해적인가."

미도지마도 꽤 놀란 모양이었다. 하지만 곧장 겐야를 지지하듯 말했다.

"그러고 보니 예전에 선배에게 도둑 마을 이야기를 들은 적 있어."

"마을 사람 전원이 도둑인 마을입니까?"

"그러니 결속이 단단해서 좀체 외부에 들키지 않았던 모양이야. 그런 구전으로 가면 해적 마을이라는 것도 있을지 모르지."

"하지만 결국 이 마을에서는 무리임을 알았습니다."

"왜지?"

"옛날부터 도쿠유 촌에서는 커다란 배를 갖지 못했기 때문입니다. 이래서야 해적 행위 같은 건 절대 불가능합니다."

그리고 나서 겐야는 예의 네 가지 괴담을 간략히 이야기했다.

"만일 도쿠유 촌이 해적 마을이었을 경우 〈창해의 목〉의 고스케 같은 어린아이라도 그 사실은 알고 있지 않았을까요?"

"그렇겠지만 어차피 옛날이야기 아닌가?"

"아니요, 그렇기 때문에 거기에는 진실의 일단이 포함돼 있을 터입니다. 하지만 〈창해의 목〉으로 전해지는 이야기는 어째서인지 괴담입니다."

"학문적인 건 모르겠지만 어쨌든 조상이 해적이었다는 비밀을 외지인을 죽여서까지 지키려 하지는 않겠지. 세토 내해라도 가면 해적의 자손 같은 건 드물지 않으니."

"네. 그리고 거듭 말씀드리지만 구루메 씨의 지적도 그것이 신관님을 협박할 동기가 되지 않음을 증명합니다."

"두 사람이 서로 반목하던 것은 사실이나 그렇다고 해서 동기 면에서 신관이 반드시 유력한 용의자는 아니라는 것은 우선 알겠네."

미도지마는 일단 겐야를 기쁘게 해주었다.

"하지만 애당초 대숲 신사라는 현장이 지나치게 특수하지 않나? 사사메 신사 관계자가 아니면 굳이 범행 장소로 선택할까."

"그건……."

겐야는 순간적으로 머뭇거렸지만 곧장 네 가지 괴담을 떠올렸다.

"〈대숲의 마〉 이야기만 알고 있으면 거꾸로 누구든지 생각이 미칠지도 모릅니다."

이 반론에 미도지마는 우선 고개를 끄덕였다. 그렇다 한들 범행 현장이 신관과 가장 가까운 장소라는 사실에는 변함이 없다는 말이라도 하고 싶은 얼굴이다.

"신관님의 알리바이는……."

겐야는 이렇게 물으려다가 노조키 렌야의 사인이 아사여서는 의미가 없음을 깨달았다.

"피해자가 도쿠간사를 나간 23일 하루 전체의 알리바이는 신관에게는 없어. 하지만 그건 누구라도 마찬가지겠지."

"그렇다면 역시 대숲 신사 밀실의 수수께끼를 풀 필요가 생기지 않습니까?"

"대체 범인은 어떻게 피해자를 아사시켰나. 그 방법만 판명되면 알리바이도 의미가 있다. 이런 말인가?"

"네. 용의자를 밝혀내는 데에도 분명 도움이 될 겁니다."

"그럼 밀실 수수께끼 풀이는 탐정 작가 선생에게 맡기기로 하지."

"앗……."

겐야는 깜짝 놀라면서도 이것으로 경찰의 수사 상황을 기탄없이 알려달라고 해도 되겠다 싶어 저도 모르게 헛된 기쁨을 느낄 뻔했다. 하지만 지금 그것을 확인하는 순간 "그런 건 이야기할 수 없네"라는 말이 돌아올 것 같아 두려워졌다.

결국은 아무런 약속도 받지 못하고 겐야는 대숲 신사의 밀실 수수께끼에 도전하는 꼴이 되고 말았다.

10장 다시 대숲 신사로

다음 날인 9월 29일, 예년보다 늦게 하에다마님 축제가 열렸다.

"용케 중지가 안 됐네요."

아침식사 자리에서 축제가 개최된다는 말을 듣고 도조 겐야는 솔직히 놀랐다. 하지만 가고무로 간키 신관의 이야기를 듣고 나니 과연 그렇구나 납득이 갔다.

"자꾸 밀렸으니까 이 이상 연기하는 건 마을로서도 피하고 싶지. 게다가 흉흉한 일만 계속되니 이쯤에서 액막이를 하는 편이 좋겠다, 어제저녁 긴급 마을의회에서도 이런 의견이 많았네."

"확실히 축제에는 그런 기능도 있네요."

"유리아게 촌에도 타진해봤는데 그쪽도 이의는 없다더군. 그래서 오늘 오후에 예정대로 거행하기로 했는데, 선생이랑 아가씨도 견학할 거지? 히데쓰구도 축제를 보는 건 오랜만 아니냐?"

말 나온 김에 덧붙이자면 신관은 소후에 시노를 줄곧 '아가씨'라 부르고 있다.

"경찰 쪽에서도 특별히 문제는 없습니까?"

겐야가 걱정돼서 묻자 신관은 반웃음을 지었다.

"옛날부터 계속하고 있는 축제라 설명했더니 간단히 허가가 떨어졌어. 그리고……."

아침식사 자리에는 겐야 일행밖에 없었지만 신관이 갑자기 목소리를 낮추었다.

"대숲 신사에서 죽은 게 만일 마을 사람이었다면 마을의회나 경찰도 축제 중지를 결정했을지 모르지만……."

외지인이었기 때문에 특별히 영향받지는 않았다는 듯하다.

아침식사 후에 겐야는 대숲 신사를 조사하기로 했다. 경찰의 허가는 어제 미도지마 경부에게 받아두었다. 확실히 하기 위해 오늘 아침에 신관의 양해도 얻었다.

미도지마 등 현경 수사관은 어젯밤에 마을회관에서 묵었다. 대숲 신사의 현장 검증은 끝났기 때문에 오늘은 마을에서 탐문 조사를 계속하다 저녁에는 일단 서_署로 돌아갈 예정이라고 한다. 이런 이야기를 겐야는 오늘 아침에 신관에게 들었다.

대숲 신사에 따라오면 방해가 되기 때문에, 시노에게는 노조키 렌야에 관한 정보를 (다케야의 기지 마사루와 닛쇼방적의 구루메 사부로도 포함해) 가고무로 스즈카케에게서 알아내라고, 히데쓰구에게는 이 사건에 관한 마을 사람들의 반응을 살펴보라고 부탁해두었다. 둘 다 의욕이 넘쳤으니 필시 정오까지는 돌아오지 않을 것이다. 다만 경찰을 방해하지 말라고, 또 찍힐 만한 행동은 삼가라고 단단히 주의를 주었다.

이제 적어도 오전에는 혼자 현장에 서서 곰곰이 생각할 수 있다.

가고무로 가 뒤편에 펼쳐진 대숲을 빠져나오면서 겐야는 생각했다. 시노가 옆에 있으면 시종일관 말을 걸어온다. 때로는 그녀가 하는 말이 무척 중요한 실마리가 되는 경우도 있다. 하지만 애석하게도 사고에 방해가 되는 경우가 그 이상으로 많은 것 같다. 반대로 히데쓰구는 너무 말이 없다. 그 점은 별로 상관없지만, 줄곧 입을 다문 채 옆에 있으면 그것도 집중력을 흐트러뜨렸다. 본인은 겐야에게 뭔가 도움이 되고 싶다는 생각으로 대기하고 있을 뿐이다. 그것이 느껴지는 만큼 너무 매정하게 굴 수도 없다. 어떤 의미에서 시노보다도 귀찮을지 몰랐다.

두 사람에게 탐문을 부탁한 것은 단지 성가신 존재를 따돌리기 위해서만은 아니다. 지방에서 일어난 사건에서는 무엇보다 그 지역 사람들이 가진 정보나 지식이 필요하다. 원래라면 겐야가 직접 하고 싶지만 이번에는 일석이조를 노린 셈이다.

대숲은 아침부터 어둑어둑하고 고요했다. 바로 곁에 사사메 신사나 도쿠유 촌이 있다고는 생각할 수 없을 정도로 어쩐지 기분 나쁜 정적에 휩싸여 있다. 그러다 보니 깊숙이 들어갈수록 사람 사는 마을에서 엄청나게 멀어지는 기분이 든다. 실제로는 뛰어서 돌아가면 금방 가고무로 가에 닿는다. 그럼에도 불구하고 부지불식간에 어디 다른 공간에라도 이동당하는 듯한, 그런 감각이 따라다닌다.

하지만 겐야는 이 이상한 분위기를 조금은 즐기고 있었다. 원래

성향이 그렇기도 하고 혼자 대숲 신사에 갈 수 있다는 사실이 역시 기뻤기 때문이리라.

그런데 이런 겐야의 유쾌한 기분도 대숲을 빠져나간 순간 싹 사라지고 말았다.

"……요시마쓰 씨."

대숲 신사의 미로 출입구 앞에서 요시마쓰 순사가 파수를 서고 있었던 것이다.

"수, 수고 많으십니다."

겐야는 가볍게 인사했지만 요시마쓰는 그를 희뜩 일별했을 뿐 아무 말도 하지 않는다.

"저기 그…… 말인데요."

아무리 생각해도 요시마쓰가 대숲 신사에 순순히 들여보내줄 것 같지는 않아 난처했다. 미도지마의 이름을 대면 끝날 일이지만 그렇게 권력을 앞세우는 태도는 가능하면 취하고 싶지 않았다. 그가 가장 싫어하는 방식이다.

어떻게 하나 오도 가도 못하고 있으니 요시마쓰가 마지못한 기색으로 옆으로 비켜서서 겐야는 깜짝 놀랐다.

"……들어가도 됩니까?"

요시마쓰는 외면한 채 희미하게 고개를 끄덕였다. 너 같은 건 통과시키기 싫지만…… 하는 감정이 노골적이었지만 그렇다고 훼방을 놓지는 않는다.

내가 오면 들여보내라고 미도지마 경부님이 말해놨나?

그렇게라도 생각하지 않으면 요시마쓰의 묘한 태도는 설명할 수 없다. 아무튼 지금의 겐야에게는 대단히 고마운 일이었다.

"실례하겠습니다."

다시 인사를 한 다음 겐야는 대숲 신사의 미로로 발을 들였다.

그 순간부터는 어쨌든 여기를 조사하러 온 노조키 렌야가 되기로 마음먹었다. 동반자 유무는 불분명하므로 우선 노조키 개인의 입장이 돼본다. 유별난 민속학자에 동화되는 기분으로 미로를 걸어보기로 했다.

하지만 실제로는 대단히 힘들었다. 아무래도 자신의 사고가 끼어들기 때문이다.

이렇게 나아가면서 설마 대숲 신사에서 나가지 못하게 되리라고는 분명 노조키 씨도 생각지 못했겠지.

무심결에 이렇게 생각하고 만다. 그러면 이번에는 똑같은 재앙이 제 몸에도 떨어지는 것 아닌가 하는 두려움을 느낀다. 어떻게 해도 중심의 초지에서 벗어나지 못하다가 머지않아 허기진 나머지 움직이지 못하게 되어 서서히 굶어 죽어간다.

얼핏 상상하기만 해도 두 팔에 오소소 닭살이 돋는다. 그대로 빙그르 돌아서 곧장 되돌아가고 싶어진다.

밖에는 요시마쓰 순사가 있으니까…….

이렇게 안심하려고 해봤자 반대로 불안해진다. 요시마쓰를 의지해도 정말 괜찮을까 하고 마음속 목소리가 속삭인다.

아니, 내가 대숲 신사에 들어온 것은 소후에 군이나 오가키 군도 알고 있다. 가고무로 간키 신관과 미도지마 경부도 마찬가지다. 시간이 지나도 돌아가지 않으면 누군가가 상태를 보러 올 터다. 정말이지 아무 걱정도 할 필요 없다.

스스로 이렇게 타이르며 겐야는 겨우겨우 미로를 나아갈 수 있었다. 다만 어제 아침과의 차이에 많이 당황하기도 했다.

노조키 씨의 시신이 발견됐으니까…….

그것이 가장 큰 요인이리라. 어제도 두려움은 있었지만 그 이상으로 호기심이 있어서 미로를 걸을 수 있었다. 하지만 오늘 아침은 아니다. 기괴한 횡사가 일어난 장소로 굳이 향하고 있는 것이다. 게다가 동행자 하나 없이 혼자서 걷고 있다.

……무섭지 않을 리 없나.

여기에 들어올 때 결심한, 완전히 노조키 렌야가 되겠다는 시도는 이미 한참 전에 무너졌다. 다름 아닌 도조 겐야인 채로 대숲 신사 중심에 도착하고 말았다.

"자, 노조키 씨는 우선 사당을 조사하지 않았을까?"

그래도 겐야는 피해자의 행동을 가능한 한 추측하려 했다. 짐짓 입 밖으로 낸 것은 스스로를 고무하기 위해서다.

시신이 있던 부근에는 현장 검증 흔적이 남아 있었기 때문에 초지를 빙 돌아서 사당까지 갔다. 거기에도 수사의 손길이 미쳤는지 좌우로 여닫는 격자문 한쪽이 애처롭게도 완전히 떨어져 있다. 노조키가 어중간하게 부수는 바람에 떼어낼 수밖에 없었을 것이다.

안을 살짝 들여다보자 어린아이 머리만 한 크기의 돌이 자리 잡고 있었다. 신체神體임이 틀림없다. 그 앞에는 조금 작은 제기가 놓였고, 적색으로 테두리를 두른 종이를 깔고 흰 낱알로 된 덩어리를 작은 산처럼 봉긋하게 쌓아 바쳐놓았다. 게다가 작은 흰 산 위에는 사사부네가 놓여 있지 않은가.

"뭐지, 이건?"

겐야는 오른손 집게손가락을 뻗으려다가 저도 모르게 손을 거두었다.

"실례했습니다."

서둘러 두 손을 모으고 머리를 숙여 한동안 기도했다. 그러고 나서 다시금 제기 위의 흰 낱알을 유심히 보았지만 이래서야 도무지 알 수 없다.

"무례를 용서하십시오."

겐야는 머리를 깊이 숙이고는 흰 낱알 덩어리의 일부를 집어 날름 핥아보았다. 시노가 있었다면 "선생님, 뭐 하시는 거예요!"라며 화를 냈을 참이다.

"……소금인가?"

혀가 느낀 짭짤함을 통해 작은 산을 이룬 덩어리는 소금임을 알았다. 시간이 경과하면서 응고돼버렸으리라.

신관이 시신을 발견했을 때 사당 격자문 한쪽은 떨어져 있지 않았다. 즉 노조키는 굶주림을 느낀 뒤에도 이 소금을 핥아먹지 않았다는 뜻이다. 이미 힘이 빠져서 격자문을 완전히 부술 수는 없었는지도 모른다.

"조금이라도 핥아먹었다면 조금은 더 오래 살아서, 어쩌면 구조됐을 가능성도 있었을까?"

답이 나오지 않는 물음을 자신에게 던지면서 겐야는 떼어진 격자문을 가급적 원래대로 되돌려놓았다. 그러고는 사당 자체와 주위를 꼼꼼히 확인한 다음 초지를 대강 둘러보았다.

하지만 어디에 눈을 주어도 이 이상 조사할 곳이 없었다. 떡 벌어진 미로 입구 외에는 그저 대숲이 초지를 에워싸고 있을 뿐이었다.

"노조키 씨는 별수 없이 그만 돌아가려고 했다."

다시금 초지에 막 들어온 본인이 되어 사당 앞에서 미로 입구를 똑바로 바라보았다. 피해자는 저기까지 평범하게 걸어갔음이 틀림없다.

겐야는 아사 현장을 재차 우회해서 미로 입구 앞에 서보았다.

"……"

그 찰나 뭔가가 떠오르려 했다. 동시에 바스락바스락 하는 소리를 듣고 저도 모르게 왼쪽으로 눈을 돌렸다.

미로 벽에 해당하는 왼쪽의 밀집한 대숲 안을 슬슬 기어서 사라지는 뱀 한 마리가 언뜻 보였다. 종류는 고사하고 길이나 둘레도 알 수 없었지만 겐야는 오싹한 한기를 느꼈다.

"……독사."

순간적으로 입에서 튀어나온 말로 노조키 렌야가 왜 미로를 통해 달아나지 않았는지 이유를 알아낸 것 같았다.

"만일 미로 안에 독사가 몇 마리나 있었다면……"

도저히 빠져나갈 수 없었으리라. 그래서 노조키는 사당까지 돌아가서 도리이로 보이는 대나무를 뽑은 다음 그걸로 뱀을 쫓으려 했다. 그 때문에 미도지마가 한 말처럼 약간 스친 듯한 흔적이 미로 입구 쪽의 대나무에 남아 있었던 것 아닌가?

하지만 대나무 하나만으로는 무리였다. 안심하고 미로로 돌아갈 만큼 뱀을 완전히 없애지는 못했다. 그래서 노조키는 초지 안에서 대나무와 대나무 사이에 틈이 있는 곳을 찾아 어떻게든 빠져나가보려 했다. 하지만 아무리 해도 걸리고 만다. 게다가 미로에서 벗어난 대숲에도 분명 뱀은 숨어 있었을 것이다. 호락호락 발을 들일 수 없는 상태다.

"대숲 신사 자체가 독사 둥지가 된 거야."

오싹한 상상을 한 뒤에 여기로 오는 대숲 안에서 시노가 뱀에 겁을 먹었던 사실을 떠올렸다.

"설마 그게……."

하지만 그것도 한순간이었다. 곧장 힘없이 고개를 가로저었다.

"아니, 있을 수 없는 일이야. 그게 진상이라면 그렇게 많던 독사가 대체 어디로 사라졌겠어? 어떻게 아사할 때까지 노조키 씨는 물리지 않았겠어?"

아무리 그래도 문제가 너무 많다. 설사 노조키의 죽음이 살인이고 독사에 범인의 간계가 있었다고 생각한다 해도 상당한 난제다. 애초에 범인은 어떻게 독사를 자유자재로 부릴 수 있었겠는가?

"휘파람인가?"

겐야는 해외의 모 유명 탐정소설을 떠올리고는 쓴웃음을 지었다.

만전을 기하기 위해 피해자가 초지에서 빠져나가려고 몸부림친 흔적이 있는 세 군데도 조사해보았다. 하나하나 직접 들어가보기까지 했다. 금세 꼼짝할 수 없어지더니 순식간에 오도 가도 못하게 됐다. 게다가 당장이라도 바스락바스락 하는 불온한 소리가 발밑에서 들려올 것만 같아 아무래도 진정이 되지 않는다.

"……독사 같은 건 없어."

부러 소리를 내면서까지 부정한다. 하지만 한 번이라도 머릿속을 스친 공포는 좀체 사라지지 않는다. 짙어질 뿐이었다.

그래도 겐야는 용기를 내서 어찌어찌 세 곳의 검사를 끝마쳤다. 그 결과는 애석하게도 어디나 똑같았다.

대숲을 빠져나가기는 불가능하다. 또 세 곳에서 새롭게 발견한 것도 없다.

그때부터 겐야는 미로를 되짚어가서 밖으로 나갔다가 다시 발길을 돌리는 행동을 반복했다. 물론 초지 안도 몇 번씩 둘러보았다. 사당도 예외는 아니었다.

아무런 수확도 없이 결국 정오가 되었다. 대숲 신사의 파수도 요시마쓰 순사에서 다른 사람으로 바뀌었다.

가고무로 가에 돌아가자 시노와 히데쓰구가 겐야를 기다리고 있었다. 두 사람에게 이야기를 듣기 전에 점심식사가 시작됐다. 식사를 한 다음에는 신관이 옷을 갈아입으러 갔다. 아무리 그래도 평소의 지저분한 승복 차림으로 축제에 나갈 생각은 없는 모양이다.

"이야, 오래 기다리게 했구먼."

옷을 갈아입은 신관을 보고 겐야 일행은 놀라 자빠질 뻔했다.

"……훌륭하네요."

"정말 성스러워요."

겐야와 시노뿐 아니라 히데쓰구도 눈을 크게 뜨고 있다. 어린 시절에 봤을 그조차 감탄할 정도니, 겐야와 시노가 놀라는 것도 수긍이 간다.

"하하하. 이거 나도 아직 쓸 만하구먼."

신관은 의식을 올릴 때 입는 조에종교의식 때 갖춰 입는 흰색 의복이다 하의 역시 하얀 하카마 차림이었다. 머리에는 에보시신관 등이 제를 올릴 때 쓰는 검정 모자를 쓰고 오른손에는 홀을 들었다. 지금까지 지저분한 승복을 입은 모습이었던 만큼 이때의 신관이 어찌나 번듯해 보였는지.

"봐, 똑똑히 들었지? 아가씨가 '성스럽다'고 하신다."

옷 갈아입는 것을 도운 듯한 옆의 스즈카케에게 신관이 연신 자랑을 한다. 하지만 당사자인 그녀는 그런 조부가 부끄러운지 고개를 숙이고 작은 목소리로 나무랐다.

"할아버지, 너무 들뜨지 마세요."

그렇다 한들 거기에는 조부에 대한 크나큰 애정이 있어서인지 전혀 화난 것처럼 보이지 않았다. 오히려 그 모습이 몹시 귀엽게 느껴진다.

"하에다마님 축제를 관장하는 사람은 역시 신관님이시군요."

겐야의 확인에 당사자는 히쭉 웃었다.

"아니, 아니, 우리는 명예직 같은 걸세."

"엇. 하지만……."

"옛날 옛적에는 하에다마님 축제도 사사메 신사의 신관이 관장했지. 하지만 배가 발달함에 따라 고즈 만에서 난파가 줄어드니까 아무리 해도 축제 자체가 형해화돼. 본래의 진혼이라는 역할도 자연히 흐려지고. 그리 되면 축제 내용도 조금씩 바뀔 수밖에 없어. 그 방면에 대해서는 신사에 남아 있는 일지를 읽어보면 잘 알 수 있을 게야. 그래 결국 나 같은 불량 신관도 대충 맡아볼 수 있을 만한 축제가 됐다, 이거지."

"겸손하십니다."

"아니, 아니, 무슨. 그래도 축제니까 나도 옷은 갈아입어야지."

신관은 현관에서 아사구쓰신관 등이 갖춰 신는 검은 신발까지 챙겨 신고 다소 불안정한 걸음걸이로 걷기 시작했다. 그러다 보니 계단을 내려갈 때는 본인보다도 겐야 일행이 꽤나 마음을 졸였다.

"어라, 스즈카케 씨는?"

"옛날부터 여인은 축제 관계자가 되지 못하네."

겐야의 의문에 신관이 간단히 대답했다.

"소후에 군이 견학해도 괜찮을까요?"

"마을 사람이 아니면 아무 문제도 없어."

못 알아볼 정도로 변신한 신관이 마을 안을 지나가자 여기저기서 인사를 건넨다. 그렇다고는 하나 마을 사람 누구와도 서서 이야기를 나누지 않은 것은 이제 축제가 시작되기 때문인가, 아니면 뒤에서 겐야 일행이 따라가고 있었기 때문인가.

마을을 빠져나가자 벌써 눈앞은 고즈 만이었다. 하얀 기모노 차림을 한 마을 사람들이 몇십 명이나 이미 바닷가에 나와 있다. 확실히 여성의 모습은 없었다. 뿐만 아니라 어린아이조차 하나 보이지 않는다. 전원이 성인 남성이다.

여인 금제인 축제는 다른 지방에도 있지만, 왜 아이들까지 제외되었는가?

겐야가 신기하게 여긴 것은 그 점만이 아니었다. 상당수의 남자들이 있는데 전혀 소란스럽지 않았다. 축제가 시작된다고는 생각할 수 없을 정도로 잠잠했다.

폭풍 전의 고요함일까?

그 이상한 광경을 바라보며 겐야는 이렇게 생각했다. 다만 그렇다고 하기에도 너무 활기가 없다. 왜 하나같이 침묵하고 있을까?

그 외에도 시선을 끈 것이 있었다. 크고 작은 돌로 만든 즉석 아궁이다. 거기에 불을 성대하게 지피고 가마솥을 올려놓았다. 그런 아궁이가 해변 서쪽에서 동쪽으로 여러 개 흩어져 있고, 그 앞에는 입을 다문 마을 사람이 한 사람씩 서 있었다. 게다가 아궁이 수가 기묘하게 고르지 않았다. 뭍위 쪽이 적고 뭍아래 쪽이 명백히 많았다.

"저건 소금을 굽고 있는 겁니까?"

"오호, 용케 아셨구먼."

겐야의 물음에 조금 감탄한 눈치로 신관이 대답했다.

"소금이라니 그 짠 소금이요? 왜 굽는 거예요?"

어리둥절한 얼굴의 시노에게 겐야가 설명했다.

"본격적인 자염과는 달리 작은 어촌에서는 간략화된 방식으로 직접 쓸 만큼만 소금을 만드는 경우가 있거든. 우선 여러 개의 평평한 상자에 해변의 모래를 넣어. 다음으로 통에 뜬 바닷물을 그 상자에 붓지. 그러고는 상자를 천일에 말려서 모래를 건조시켜. 건조된 모래는 바닷물로 씻어. 그렇게 해서 생긴 염분이 진한 물을 저렇게 가마솥에다 끓여. 그러면 소금을 얻을 수 있는 거지."

"헤, 재미있네요."

겐야는 시노 쪽을 보고 있던 얼굴을 다시 신관에게 돌렸다.

"자염도 하에다마 님 축제의 일부입니까?"

"그렇지. 저렇게 구운 소금은 나중에 신사에 봉납되네."

"대숲 신사 사당 안에 바쳐져 있던 소금이 혹시……."

"이 축제에서 구운 거야."

일단 바닷가로 나가서 이 같은 축제 준비를 견학했지만 겐야는 둘째 치고 시노와 히데쓰구도 기분이 들뜨는 일은 없었다. 애당초 축제 특유의 활기가 전무했으니 별수 없다. 둘 다 "신발에 모래가 들어가서……"라고 드물게 의견 일치를 보이며 곤혹스러워했을 정도다.

바닷가 견학을 마친 다음 신관이 향한 곳은 마을 서쪽에 위치한 뿔위곶 끄트머리였다. 곶의 시작 부분을 지나갈 때 겐야가 관심을 보인 것은 역시 암벽 아래에 세워진 호라이의 오두막이었다.

"아직 현존하는군요."

겐야가 놀라자 신관이 당연하다는 듯이 말했다.

"그야 호라이 씨가 아직 살고 있으니까."

"네? 대체 몇 살인데요?"

신관은 재미있다는 표정이었다.

"아니, 아니, 아무리 그래도 첫 번째 호라이 씨는 이미 돌아가셨지. 지금의 호라이 씨가 어디 보자, 몇 대째더라?"

"세습제인가요."

겐야의 표현에 신관은 너털웃음을 지었다.

"하하하. 선대가 세상을 떠나서 한동안 오두막이 무인이 되어도 또 어딘가에서 다음 호라이 씨가 나타나. 게다가 다들 바다에서 떠밀려 오지. 그러니 마을 사람들도 그리 박대하지를 못해. 뭐, 사람들도 일종의 길조라고 생각하는 거겠지. 더구나 마을에서 일어나는 일들을 희한하게 또 잘 알아. 그래서 누구나 좀 외포에 가까운 감정을 품고 있지 않나, 나는 그렇게 보네. 마을에 여유가 없을 때는 사사메 신사에서 돌보네. 지금 호라이 씨는 스즈카케가 세심하게 보살피고 있고."

거기서 신관은 느닷없이 겐야를 시험하는 어조로 말했다.

"말 나온 김에 초대 호라이 씨 말인데 선생은 그 정체가 짐작이 가시나?"

겐야는 조금 사이를 두고 대답했다.

"혹시 〈창해의 목〉의 고스케 군인가요?"

"이거, 미처 알아 모시지 못했구먼."

신관은 멈춰 서더니 짐짓 고개를 숙였다.

"선생님, 대단해요."

단순히 기뻐하는 시노에게 겐야는 어디까지나 냉정하게 말했다.

"신관님이 저렇게 물어보신다는 건 적어도 내가 그 인물을 알고 있는 거라고 볼 수 있어. 그러니까 맞히는 건 그렇게 어렵지는 않아. 다만……."

겐야는 신관을 향해 차분히 물었다.

"정말입니까?"

"어디까지나 소문이지만 나는 신빙성이 있다고 보네."

"이 대째부터는요?"

"글쎄, 그건 모르겠네. 참고로 지금의 호라이 씨는 여인일걸."

깜짝 놀란 겐야가 반사적으로 암벽 아래를 돌아보자, 허름한 오두막의 창문으로 눈 하나가 이쪽을 지그시 바라보고 있었다. 옆에서 시노가 숨을 삼키는 기척이 난 것을 보면 필시 그녀도 눈치챘으리라.
 그 눈은 흡사 외부에서 침입한 재앙을 감시하듯이 겐야 일행을 줄곧 주시하고 있었다.

11장 하에다마님 축제

 도조 겐야 일행이 뿔위곶 끝에 도착하자 망루 아래에 흰 옷차림을 한 젊은이가 서 있었다. 가고무로 간키 신관을 알아보고 공손히 인사를 했지만, 역시나 아무 말도 하지 않는다.

"아가씨와 히데쓰구는 여기서 구경하고 있게나. 해변에서 만에 걸쳐서, 그리고 다루미 동굴, 이렇게 양쪽을 보는 거니까 실은 망루에 올라가는 편이 빠르겠지만……."

신관의 말에 소후에 시노가 황급히 고개를 저었다.

"아뇨. 여기면 충분합니다."

"그래? 축제 동안에는 망루에 못 올라가니 실망하지나 않을까 하고……."

"전혀 아니에요. 정말로 여기가 좋아요."

당장이라도 신관의 권한으로 특별히 망루에 올라갈 수 있게 되면 큰일이라고 시노가 걱정하는 것이 손에 잡히듯 보였다.

"올라가고 싶었는데."

겐야가 미련이 남아 망루를 올려다보고 있었더니 쓸데없는 소리 하지 말라는 얼굴로 시노가 노려보았다.

"아니, 선생은 더 가까이서 볼 수 있으니까 아무 걱정 마시게."

신관의 한마디에 겐야는 뛸 듯이 기뻐했다.

"감사합니다."

"조각배를 타고 나와 같이 다루미 동굴로 가서……."

"그럼 저도 함께……."

가겠다고 말하려다가 시노는 입을 다물었다. 그녀의 시선 끝에는 해변에 올라온 조각배가 있었다. 그것이 자못 미덥지 못해 보였는지 꽤 불안한 표정을 짓고 있다.

"저 조각배로 바다에 나가면 흔들리겠지요?"

겐야가 신관에게 바로 확인했다.

"그렇지. 선생은 뱃멀미를 하시나?"

"아니요, 저는 괜찮습니다."

하지만 겐야는 거기서부터 시노의 끝없는 주의사항을 듣는 처지가 됐다.

"아시겠어요, 선생님? 명심하셔야 돼요. 첫 번째 주의사항은 누가 처음 듣는 요괴에 대해 이야기하더라도 흥분해서 배에서 일어서지 말 것. 두 번째 주의사항은 뭔가 신경 쓰이는 것을 보더라도 갑자기 배에서 일어서지 말 것. 세 번째 주의사항은 아무리 열중해서 본다 해도 정신을 놓고 배에서 일어서지 말 것. 네 번째 주의사항은……."

"소후에 군, 대체 뭐야?"

겐야는 어이가 없어서 말했다.

"어린아이가 아니니까……."

"아뇨, 어린아이면 잘 타이를 수나 있죠. 선생님은 전과가 한두 번이 아니니까요."

"그렇게 말하면 남들이 어떻게 생각하겠어?"

"최근에는 하미 지방 아오타 촌으로 가는 마차에서 벌어진 소동이 있고요."

"어디 보자, 그게 뭐였더라……."

"잘 들으세요, 애당초 선생님은……."

시치미를 떼는지 기억을 못 하는지 멍하니 있는 겐야에게 시노의 끝없는 설교가 시작되기 직전이었다.

"아가씨, 이 선생이라면 대충 괜찮을 게야."

신관이 옆에서 참견한 덕분에 어떻게 무사히 넘어갔다.

"감사합니다. 덕분에 살았어요."

신관과 함께 망루에서 멀어졌을 때 겐야는 감사인사를 했다.

"아니, 뭘. 하지만 선생, 저런 아가씨는 소중히 여겨야 돼."

"……네."

맥없는 겐야의 대답에 신관은 축제를 위해 준비된 두 척의 조각배에 도착할 때까지 내내 웃었다.

도중에 마을과 해변의 경계 부근에 설치된 집회용 천막 안에서 미도지마 경부를 알아보고 겐야는 꾸벅 인사했다. 그쪽도 가볍게 고개를 끄덕였지만, 혹여 대화를 나누었더라면 "축제에 참가한다고?

자네도 취향이 별나군"이라며 어이없어했을지도 모른다.

미도지마 옆에는 신관과 동년배로 보이는 남성 네 명이 신묘한 기색으로 앉아 있었다. 다들 엇비슷한 체구여서 시노라면 분명 "지장보살이 늘어선 것 같다"라고 표현했을 것이다. 그렇기는 하나 지장보살에서 떠올릴 만한 한가로운 인상은 아무에게서도 전혀 받을 수 없다. 오히려 연령치고는 정정해서 실로 신관과 똑같은 강인함이 느껴졌다.

저 사람들이 고라 오 인방 중 다른 네 명인가?

겐야는 일별했을 뿐이지만 마주 봤을 때 가장 오른쪽에 앉아 있는 인물이 히데쓰구의 조부인 오가키 히데토시겠거니 짐작했다. 두 사람의 용모가 어렴풋이 닮았기 때문이다.

신관은 계속 웃으면서도 뿔밑곶 시작 부분보다 조금 서쪽에 있는 해변으로 겐야를 데려갔다. 마침 정면에 하에다마님 암초가 보이는 부근이다. 바다에는 이미 두 척의 조각배가 나가 있고, 그 사이에는 대나무로 만든 한 아름쯤 되는 크기의 범선이 떠 있었다. 아마 다케야에서 만든 것이리라.

"이게 혹시 당식선일까요?"

겐야의 조심스러운 질문에 한쪽 조각배에 올라타려던 신관이 굳이 발길을 멈추고 대답했다.

"그렇긴 하지만 우리가 마중하는 건 망선亡船이네."

"……망선."

다음 순간 겐야는 몸을 내밀고 엄청난 기세로 떠들려고 했다. 하지만 그보다 빨리 신관이 뭔가 깨달았는지 재빨리 입을 열었다.

"망선의 '망'은 망령의 '망'이지. '선'은 물론 배 '선'이야. 난파 사고로 죽은 망것들이 타고 있는 게 망선이고. 그게 다루미 동굴에 있기 때문에 지금 우리가 가서 데려오는 거야."

"……과, 과연."

겐야는 납득하면서도 여전히 뭔가 이야기하려 했다.

"요컨대 유령선이나 배 유령 같은, 그런 거지."

신관은 딱 잘라 말했다. 아무래도 어젯밤의 죽마 관련 소동과 조금 전 소후에 시노가 주의 준 내용을 떠올리고는 순간적으로 대처한 듯하다.

"선생과 동행하는 동안에는 경솔하게 말하면 안 되겠어."

"네? 무슨 뜻이지요?"

"아니, 아니, 혼잣말이야."

신관은 조각배에 올라타서 겐야에게 손짓했다.

"같이 타도 됩니까?"

자신은 다른 한 척에 타고 신관의 조각배를 뒤쫓을 줄만 알았던 겐야는 조금 놀랐다.

"그래, 저쪽은 하에다마님까지 당식선을 끌고 갈 배거든."

이렇게 설명하면서도 신관은 해변에서 대기하고 있던 흰 기모노 차림의 노인에게 고개를 끄덕하여 신호를 보냈다. 그 노인이 또 다른 사내에게 지시를 했다. 그 직후.

콰과광, 펑펑펑.

불꽃이 엄청난 소리를 내며 구름 잔뜩 낀 대낮의 하늘로 쏘아 올려졌다.

"이 불꽃은 유리아게 촌에 보내는 신호야."

신관에 따르면 바로 지금 저쪽 마을에서 조각배 한 척이 도쿠유 촌보다 작은 당식선을 유도하며 출발했다고 한다. 다만 문제의 당식선은 너무 작은 데다 유리아게 촌에서 여기까지 거리가 있기 때문에 실제로는 조각배에 실어 이동한다.

그동안 신관은 다루미 동굴로 망선을 마중하러 갔다가 마찬가지로 신호와 함께 하에다마님을 향해 간다. 그와 동시에 이 해변에서 당식선을 끌고 조각배가 출발한다.

그리고 세 척의 조각배가 하에다마님 암초에서 합류한다. 이런 절차라고 한다.

"그럼, 가볼까."

신관의 재촉에 겐야는 조각배에 올라탔다.

"잘 부탁드립니다."

흰 옷차림 때문인지 볕에 탄 얼굴이 새까매 보이는 나이 지긋한 선장에게 겐야는 고개를 숙였지만, 상대방은 묵묵부답이었다.

"여기는 어부인 사바오 씨, 이분은 도조 겐야 선생이야."

신관의 소개를 받고 겐야는 다시금 꾸벅 인사했다. 하지만 사바오는 턱을 꾹 잡아당겼을 뿐이다.

조각배는 곧 해변을 떠나 잔잔한 고즈 만을 나아가기 시작했다. 배꼬리에는 엔진이 달렸지만 사바오는 익숙한 손놀림으로 노를 저었다.

"유리아게 촌의 배도 노를 저어서 오는 겁니까?"

호기심을 못 이긴 겐야가 뒤를 돌아보며 물었지만 사바오는 일언

반구도 없다. 험악한 시선을 말없이 바다에 던지고 있다.

"사바오 씨, 미리 주의를 주겠는데."

그러자 뱃머리에 앉아 있던 신관이 획 돌아보며 말했다.

"이 선생은 질문에 답할 때까지 절대 해방시켜주지 않아."

"그, 그렇지는……."

그러고는 부정하는 겐야를 달래듯이 웃음을 던지며 갑자기 불기 시작한 바닷바람에 질세라 큰 소리로 외쳤다.

"자네도 일찌감치 포기하고 얼른 대답하는 편이 나아."

신관의 이런 배려가 기뻐서 겐야가 머리를 숙이고 있는데 무뚝뚝한 목소리가 뒤에서 날아왔다.

"엔진을 써."

"그, 그렇군요."

겐야는 돌아보고 대답했지만 사바오의 시선은 변함없이 바다를 향해 있었고 입도 꾹 닫혀 있었다. 하지만 겐야도 지지 않았다. 갯바위 어업 방식부터 하에다마님 신앙까지 신이 나서 사바오에게 질문을 퍼부었다.

"당신, 그런 걸 물어서 뭐 하게?"

결국은 사바오도 끈기 싸움에 졌는지 아주 어처구니가 없다는 얼굴을 하면서도 뜨문뜨문 대답해주었다. 그런 두 사람의 대화를 신관은 등 뒤로 듣고 있는 듯했다.

이윽고 조각배가 뿔위곶으로 다가가기 시작하자 망루 아래에서 시노와 오가키 히데쓰구가 양손을 크게 흔들었다. 그뿐만이 아니다.

"선생니임, 이상한 질문만 계속하면, 안 돼요오."

시노가 고함치는 소리가 고즈 만에 울려 퍼져서 겐야는 꽤나 부끄러웠다.

"당신도 저 여인네가 하는 말을 조금은 듣는 편이 좋지 않을까?"

사바오까지 퍽 진지한 어조로 이렇게 말하는 판국이었다.

뿔위곶을 지나 만에서 나간 순간, 조각배가 휘청하고 크게 흔들렸다. 그때까지는 동서의 곶에 비호받는다는 감각이 있었지만, 느닷없이 드넓은 바다에 내던져진 것같이 뭐라 말할 수 없는 불안감이 들었다. 이곳이 삼도장이라 불리는 장소임을 알기 때문에 그런 기분에 사로잡혔는지도 모른다.

역시 소후에 군을 데려오지 않길 잘했다.

이렇게 생각한 것도 잠시, 겐야의 관심은 금세 전방의 높은 절벽 아랫부분에서 입을 떡 벌리고 있는 동굴로 향했다.

"저게 다루미 동굴일세."

신관의 외침에 겐야는 "네"라고 대답했다. 여기서 사바오에게 다루미 동굴에 대한 생각을 묻고 싶었지만, 조각배가 흔들려서 그럴 형편이 아니었다.

만의 안과 밖이 이렇게도 다른가?

민속 탐방으로 어선에 탄 경험은 몇 번 있다. 하지만 이렇게까지 불안정한 기분이 든 것은 처음 아닌가? 조각배가 안정적이지 않은 것은 결코 아니었다. 그보다는 겐야의 감정이 안쪽에서부터 흔들리고 있는 것 같았다.

……아니, 비슷한 경험을 한 적 있어.

올해 6월, 하미 지방의 진신 호에서 미즈치 님의 증의가 거행된 뒤 지금과 비슷한 조각배에 탔다. 게다가 노를 저은 것은 겐야 자신이었다. 그때도 호수 위를 나아가면서 발작적으로 호수에 뛰어들고 싶다는 믿을 수 없는 충동을 느꼈다.

그쪽은 미즈치 님이 사는 호수이고 이쪽은 망것을 모신 동굴 앞의 삼도장인가……

어느 쪽이나 심상한 장소가 아님은 분명하다. 그렇기에 겐야 역시 도저히 말로 할 수 없는 두려움을 느끼는지도 모른다.

몸이 굳어져 있는 동안에도 조각배는 넘실거리는 바다에 농락당하면서 착실히 다루미 동굴로 다가가고 있었다. 말할 필요도 없이 사바오 덕택이다. 신관도 전적으로 신뢰하는지 만에서 나오고부터 전부 맡겨두고 있다.

전방의 높은 단애절벽이 차츰 육박해 왔다. 저도 모르게 올려다봤더니 현기증이 날 것 같았다. 위가 아니라 아래에서 보고 있는데도 떨어지는 공포를 체감한다. 그 박력이 엄청나다.

조각배가 동굴에 들어간 순간 오싹한 냉기에 휩싸였다. 동시에 양쪽 눈이 심히 꺼물꺼물하다. 둘러보니 오른쪽 바위 밭에서 횃불이 맹렬하게 불타고 있었다.

횃불 옆에는 조각배 한 척이 올라가 있고, 흰 옷차림의 두 남자가 대기하고 있다가 신관을 정중히 맞이했다. 하지만 겐야의 존재는 예상 밖인지 둘 다 눈을 희뜩 부라렸다. 그래도 아무 말도 하지 않은 것은 신관이 태연했기 때문일 것이다.

겐야도 조각배에서 내려 신관의 뒤를 따르는 두 사람 뒤에서 반쯤 젖은 바위 밭을 걸어 안쪽으로 향했다. 아무래도 사바오는 조각배에 남는 모양이다.

바위 밭에는 처음에야 아무것도 없었지만 얼마 지나지 않아 크고 작은 돌이 발밑을 굴러다니기 시작했다. 중간부터는 무수한 자갈이 되더니 순식간에 삼도천 강가처럼 바위 밭을 뒤덮었다. 그 변화가 못 견디게 무섭다. 곳곳에서 타고 있는 횃불 때문에 희미하게 떠오른 자갈밭 양 옆에는 작은 돌을 쌓은 탑이 여기저기 보였다.

대체 누가······.

앞을 가는 사내에게 묻고 싶었지만 도저히 물을 수 있는 분위기가 아니다. 평소의 겐야라면 그래도 말을 걸었겠지만 이때만큼은 단념했다. 동굴 안에 떠도는 차디찬 공기가 자연히 그를 침묵시켰다.

굽이굽이 구부러진 삼도천 강가를 발밑을 조심하면서 따라가다 보니 모래땅으로 된 공간이 홀연히 나타났다. 자갈밭과 모래땅의 경계에는 큼직한 바위가 좌우로 길게 쌓여 있었다. 흡사 나지막한 성벽같이 쌓인 중앙 부분에는 바위가 없는 대신 모래땅 쪽에 키 큰 대나무가 두 그루 서 있고 그 사이에 금줄이 쳐져 있다. 대나무 봉 밑동에는 조릿대 잎 달린 가지가 꽂힌 것까지 대숲 신사의 사당과 판박이였다.

두 대나무 좌우에는 쓸모없어진 작살이며 갈고랑이장대, 그물, 우뭇가사리 긁개 등 풍어를 비는 일종의 공물 같은 갯바위 어업 도구가 줄줄이 늘어서 있다. 제법 오래됐는지 반쯤 부식된 물건도 드문드문 보였다.

모래땅으로 된 경내는 다다미 여섯 장쯤 넓이로, 안쪽 중앙에 난파선 사망자들의 공양비가 있었다. 석비 뒤는 높다란 암벽인데 뚫어져라 봐도 천장까지 뻗어 있는지는 알 수 없었다. 참고로 처음 바위 밭부터 삼도천 강가를 거쳐 모래땅까지 오는 길의 오른편은 곳곳에 작은 구멍이나 움푹 팬 곳이 있기는 하나 동굴 벽이고, 왼편에는 삼도장에서 흘러들어온 바닷물이 깊숙한 곳까지 강처럼 도도히 이어지고 있다.

지하수도는 겐야 일행이 걸어온 길보다 1미터쯤 아래쪽에 있는데 물론 울타리 같은 것은 없었다. 발이 미끄러져 떨어져도 곧장 기어 올라올 수는 있겠지만 그런 상상을 하는 것만으로도 오한이 들 정도로 검게 비치는 강줄기는 으스스했다. 이쪽 편에 삼도천 강가인가 싶은 장소가 있는 만큼 더더욱 삼도천처럼 보인다는 점도 필시 그 기분 나쁨에 박차를 가하고 있으리라.

폭 3미터 정도의 강 건너편은 캄캄해서 아무것도 보이지 않았다. 동굴이 더 이어지는 것 같지만 횃불의 빛이 닿지 않기 때문에 아무래도 알 수 없다. 그래도 뚫어져라 보고 있자니 뭔가 이쪽을 마주 바라보는 느낌이 든다. 완전한 어둠인데도 거기에 뭔가 있는 것 같은 느낌이 들어 견딜 수 없다. 눈을 돌리지 않고 그대로 있으면 그것이 어둠 속에서 나타나 강을 건너 이쪽으로 올 것만 같은 공포에 사로잡힌다.

……말도 안 돼.

겐야가 급히 얼굴을 돌리자 마침 신관이 대나무 도리이 앞에서 깊숙이 절을 했다가 고개를 드는 참이었다.

그러고 나서 신관은 깨끗하게 비질해 파도 같은 무늬를 그려둔 모래땅 경내에 신중히 발을 들였다. 자박, 자박…… 신관은 한걸음씩 공양비로 다가간다. 석비 앞에는 대나무로 만든 망선이 이미 모셔져 있었다. 신관은 바로 앞에서 멈추더니 천천히 축문을 읽기 시작했다. 겐야가 처음 들어보는, 참으로 기묘한 축문이었다. 말의 의미를 파악하려 해도 어쩐지 머리에 들어오지 않는다. 뇌리에서 스르르 빠져나가버린다.

어떻게든 알아들으려 고심하는 사이 축문이 끝났다. 신관은 대나무 망선을 손에 들더니 대나무 도리이까지 돌아왔다. 그러자 교대하듯이 모래 갈퀴를 든 남자가 모래땅으로 들어가 순식간에 원래 있던 것과 같은 고운 무늬를 그렸다. 겐야가 그 움직임에서 눈을 떼지 못했을 만큼, 남자는 모래땅에 훌륭한 무늬를 새겼다.

이제 신관을 선두로 왔던 길을 되돌아가면 끝이었다. 하지만 겐야는 몇 번 뒤돌아보았다. 불현듯 누군가가 부르는 느낌이 들었기 때문이다. 맨 끝에서 걷는 그의 뒤에는 물론 아무도 없다. 언제 돌아봐도 횃불 정도로는 결코 지울 수 없는 압도적인 어둠이 눈에 들어올 뿐이었다. 그럼에도 불구하고 누군가가 말을 거는 기척이 줄곧 따라다녔다. 삼도천 강가를 지나 바위 밭에 들어서기까지 그것이 따라온 건 틀림없다.

사바오는 이미 조각배에 타서 신관을 기다리고 있었다. 선장 역할을 하는 어부의 얼굴을 본 순간 겐야는 어쩐지 안심이 됐다.

조각배는 신관과 겐야를 태우고는 천천히 다루미 동굴에서 삼도장으로 나갔다. 동굴에서 완전히 나온 곳에서 조각배가 멈추더니 동시에 신관이 뿔위곶을 올려다보았다. 곶 끄트머리에는 흰 옷차림을 한 젊은 남자와 시노와 히데쓰구가 보였다.

마을 남자는 신관을 알아보자마자 발길을 돌려 모습을 감추었다. 망루 반대편으로 빙 돌아간 듯하다. 잠시 후.

쾅, 펑, 펑.

아까보다 작은 불꽃 소리가 뿔위곶 뒤쪽에서 들려왔다. 아무래도 그 남자가 누군가에게 신호를 보낸 모양이다.

기다렸다는 듯이 조각배가 움직이기 시작했다. 곶 위에서 손을 크게 흔드는 시노에게 겐야는 가볍게 한손을 들어 응답했다.

"선생, 이제부터가 하에다마님 축제의 본격적인 시작이야."

뱃머리에 앉아 똑바로 앞을 본 채 신관이 가르쳐주었다.

조각배는 뿔위곶을 돌아 고즈 만으로 들어갔다. 그때 오른편 외해에서 다가오는 한 척의 조각배와 왼편 만 안쪽을 나아가는, 해변에서 본 또 한 척의 조각배가 겐야의 시야에 들어왔다. 유리아게 촌에서 온 조각배는 고즈 만에 들어갈 때까지는 엔진을 사용했지만, 거기서부터는 노 젓기로 바뀌었다. 다른 두 척은 원래부터 노로만 조종한다.

시노와 히데쓰구에게는 파도를 가르며 달리는 세 척이 마치 경주라도 하는 것처럼 보이지 않았을까? 어느 조각배가 가장 먼저 하에다마님 암초에 도착할지 겨루는 것처럼 보였음이 틀림없다.

하지만 실제로는 세 척이 동시에 도착하게끔 각 배의 선장이 조정하는 듯하다. 사바오가 노를 젓는 방식만이 아니라 남은 두 척이 나아가는 정도를 비교해봐도 알 수 있었다. 세 어부의 솜씨를 뽐내는 자리인지도 모른다.

이윽고 세 조각배가 거의 동시에 하에다마님 가까이 왔다. 그때부터 세 척은 암초 주위를 빙빙 돌기 시작했다. 그리고 겐야를 제외한 남자 전원이 일제히 기묘한 소리를 냈다.

도우도토, 도우도토, 도우도토, 동동······.

배 속 깊은 곳에서 울리는 듯한, 몹시 으스스한 소리다. 게다가 구호 소리는 첫 번째 돌 때보다는 두 번째 돌 때, 두 번째 돌 때보다는 세 번째 돌 때 하는 식으로 점점 높아진다. 그러다가 미쳤다는 생각밖에 들지 않을 정도의 절규가 되더니 딱 그쳤다.

그런 뒤에는 해변에서 나온 조각배를 사이에 끼운 형태로 하에다 마님 입 앞에 세 척이 모였다. 그러고는 유리아게 촌에서 맞이한 작은 당식선과 다루미 동굴에 모셔져 있던 망선을 커다란 당식선 좌우에 새끼줄로 묶어서 새로운 배 한 척을 만들었다.

"저게 원래 당식선의 모습이네."

해변에서 온 조각배가 합체한 새 당식선을 끌고 고즈 만 바깥으로 나가는 모습을 눈으로 배웅하며 신관이 겐야에게 가르쳐주었다.

"저 당식선은 더 먼 바다에서 흘려보내나요?"

"그렇지. 원래 있던 곳으로 돌려보내는 거야."

겐야는 문득 떠오른 의문을 입에 담았다.

"만약 돌려보낸 배가 되돌아오면 어떻게 될까요?"

물론 아무런 악의도 없었지만, 신관의 대답에 그는 모골이 송연해졌다.

"그때는 반드시 마을이 멸망하겠지."

12장 당식선

조각배가 해변으로 돌아오자 소후에 시노와 오가키 히데쓰구가 맞이했다. 두 사람 다 아무리 해도 신발에 들어오는 모래 때문에 여전히 고생하는 눈치다.

"선생님, 멀미는 안 하셨어요?"

시노가 맨 먼저 물었지만 겐야는 고개를 옆으로 저으면서 우선 사바오에게 감사 인사를 했다. 원래대로라면 조각배에는 타지 않는 외지인이 있었다. 어지간히 불편했을 것이 틀림없다.

"댁이 이상한 걸 물어보니까."

그런데 나직이 한마디 하는 사바오의 어투는 뜻밖에도 부드러웠다. 마치 도조 겐야의 동승이 나름대로 재미있었다는 듯이.

여기에는 신관이 가장 놀란 모양이었다. 오호 하는 얼굴로 두 사람을 보고 나서 히쭉거리는 웃음을 지으며 겐야를 집회용 천막으로 데려갔다.

"선생이 각 지방에서 어떻게 민속 탐방이라는 놈을 하고 있는지 이걸로 잘 알겠어."

해변을 걸으면서 신관이 연신 감탄했다.

"네? 무슨 말씀이십니까?"

"저 무뚝뚝한 사바오 입에서 그런 말이 나오게 하다니, 그거참 대단해."

그러자 시노가 뒤에서 말했다.

"하여튼 선생님은 연배 있으신 분 가슴에 사르륵 들어가는 걸 잘해서 귀여움을 많이 받는다니까요. 도조 선생님의 대학 선배인 구로 선배님은 '늙은이 잡을 놈'이라며 칭찬하곤 하죠."

"소후에 군, 그건 전혀 칭찬이 아니니까……."

"하지만 선생님, 구로 선배님이라고요. 남을 깎아내리기는 해도 칭찬은 절대 하지 않는 사람인데. 선생님만큼은 인정한다는 증거예요."

전적으로 부정하고 싶었지만 이 세상에서 아부쿠마가와 가라스 건으로 언쟁하는 것만큼 보람 없는 일도 드물기 때문에 겐야는 입을 다물었다.

구로 선배라고 통칭되는 아부쿠마가와 가라스는 재야 민속학자다. 출신은 교토의 유서 깊은 신사지만 품행은 방정하지 않고 용렬했다. 무엇보다 식탐이 심해서 일본 다수 국민이 배를 곯던 전시 중에도, 패전 후 몇 년 간의 지독한 굶주림 시기에도 뻔뻔하게 살이 쪄 있었으니 믿기지 않는 노릇이다. 자기를 극단적으로 과대평가하며 타인을 철저하게 과소평가하는 것이 특기로, 겐야는 학생 시절부터 여러 번 피해를 보았다. 그래도 악연이 이어지는 이유는 아부쿠마가 와가 각 지방의 기괴한 의례나 제례 및 기이한 풍습이나 속신에 유난히 해박하여 정보를 부탁하지도 않았는데 겐야에게 보내오기 때문이었다.

한편으로 그는 겐야와 마찬가지로 각 지방을 돌며 민속 탐방을 했다. 단, 움직이기 싫어하는 성미 때문에(애초에 체형 때문에 불가능했지만) 교통편이 몹시 나쁜 벽촌 지역 방문은 아무래도 무리였다. 그래서 다분히 겐야를 자신의 수족 대신 써먹겠다는 생각에 후배의 관심을 끌 만한 정보를 부지런히 보내오는 듯하다.

이 사실은 겐야도 벌써부터 간파하고 있었지만, 선배의 정보망은 꽤나 아꼈기 때문에 지금까지 관계를 계속 유지하고 있다. 시노의 경우에는 "혹시 선생님은 구로 선배님한테는 마조히스트인 것 아닌가요"라는 터무니없는 견해를 가지고 있었다. 반론하기도 바보 같아서 그냥 내버려두었다.

"앗! 깜빡했어요."

시노가 느닷없이 얼빠진 소리를 냈다.

"구로 선배님한테 사사메 신사의 선생님 앞으로 전보가 왔어요."

"뭐, 언제?"

겐야가 놀라서 묻자 한창 축제중일 때라고 한다.

"대숲 신사 사건은 암만 구로 선배라도 아직 모르지 않아?"

아부쿠마가와 가라스는 자신이 '명탐정'이라는 큰 착각을 하고 있기 때문에 노조키 렌야가 불가해한 상황에서 변사했다는 소식이 귀에 들어갔다면 참견을 해올 것이 분명하다. 그래서 겐야는 우선 그 걱정을 했는데 아무래도 아닌 듯하다.

"음, 그 건이 아니에요."

시노는 왠지 꽤나 말하기 껄끄러운 눈치다.

"그럼 뭔데?"

"그…… 구로 선배님이 묵고 있는 헤이베이 정의 귀류정이라는 여관까지 뼈 없는 문어를 가져오도록……이라는 내용이에요."

"……이거야 원."

겐야가 진저리치고 있었더니 두 사람의 대화를 듣고 있던 신관이 말했다.

"아부쿠마가와라는 분은 식통이구먼."

"아니요, 그냥 식탐이 엄청나게 강할 뿐인 사람입니다."

"그다지 맛있지도 않은 뼈 없는 문어를 굳이 먹고 싶어할 정도니, 상당히 음식에 정통한 사람이겠지. 헤이베이 정의 여관에서도 분명 뼈 없는 문어의 악평은 귀에 들어올 텐데. 그래도 먹고 싶다고 하니 말이지."

하지만 겐야가 격하게 고개를 저었기 때문에 신관은 놀랐는지 그대로 목소리가 작아지다가 입을 다물고 말았다.

"아부쿠마가와 가라스라는 사람은 이 세상에 자기가 먹어본 적 없는 음식이 하나라도 있는 것을 용납하지 못하는 겁니다. 그런 음식 소문을 들으면 무슨 일이 있어도 가져오게 해요. 그게 안 되면 몸소 먹으러 갑니다. 누구 한 사람이라도 입에 넣어본 적이 있는 음식이면 자기도 기어이 먹으려고 드는 골치 아픈 사람이에요."

"독버섯이라도?"

"네. 다만 그런 위험한 음식은 사전에 반드시 누군가에게 독이 있는지 먼저 먹어보게 할 겁니다. 그렇게 안전을 확인하지 않는 한 안 먹을걸요."

"설마 그런 역할을 선생에게……."

불현듯 떠오른 의심을 신관은 반신반의하며 입에 담았으리라.

"대개는 저도 직전에 눈치채고 그런대로 무사히 넘겨왔지만 조만간 독살당할지도 모르겠네요."

겐야가 어디까지나 진지하게 대답했기 때문인지 신관은 조금 당황하면서 말했다.

"귀류정에는 내가 뼈 없는 문어를 보내두지."

"아닙니다, 하에다마님 축제로 바쁘신 때에……."

"이제 축제는 끝났고 마시기만 하면 되네."

"그래도 뒷정리라든지……."

"내일부터는 사흘간 고기잡이도 쉬니까 그런 건 신경 쓰지 않아도 돼."

그때 집회용 천막에 도착했기 때문인지 신관은 이야기를 갑자기 끝냈다.

"이분이 도조 겐야 선생이야."

신관이 다시 기운을 내서 활기차게 겐야를 소개하자 의자에 앉아 있던 네 노인이 자리에서 일어났다. 다들 술을 마시고 있었는지 불콰하게 물든 얼굴로 왼쪽부터 순서대로 간단히 자기소개를 했다.

"시아쿠 촌에서 의사를 하고 있는 요네타니야."

"이시노리 촌 촌장 이노우에입니다."

"이소미 촌의 로쿠조사라는 작은 절 주지를 맡고 있는 젠도야."

"유리아게 촌 오가키 히데토시요. 손주 히데쓰구가 신세를 많이 지고 있는 것 같던데 정말 고맙소이다."

하에다마님 축제가 시작되기 전에 겐야가 짐작했듯 가장 오른쪽 인물이 히데쓰구의 조부인 오가키 히데토시였다. 아무래도 네 사람은 천막 안에서도 고라 지방의 서쪽에서 동쪽으로 늘어선 마을과 똑같은 순서로 앉아 있었던 모양이다.

"저야말로 오가키 군에게 많은 도움을 받고 있습니다."

겐야는 각각에게 꾸벅 인사했지만 특히 히데토시에게는 깊숙이 고개를 숙였다. 그러자 맨 처음에 인사한 시아쿠 촌의 의사 요네타니가 말했다.

"무슨 또 민속학자라고 해서 어떤 사내인가 싶었는데 꽤 호남자에 괜찮은 청년 아닌가."

겐야를 정면으로 보며 말했기 때문에 본인은 어쩔 줄 몰랐다.

"같은 학자라 해도 노조키 렌야와는 아주 다르구먼."

이소미 촌의 젠도 주지가 내뱉듯이 이어받자 겐야도 수긍이 갔다. 즉 노조키 렌야에 대한 악평 때문에 처음부터 색안경을 끼고 겐야를 본 모양이다.

"이보게들, 그런 말을 본인 앞에서 하면 실례잖나."

이시노리 촌 이노우에 촌장이 나무랐지만 네 명 중에서도 취해 보이는 두 사람에게는 전혀 통하지 않는 듯했다.

"여기저기 엿보고 다니는 노조키 렌야와는 달라. 확실히 이 사람 얼굴 생김새에는 비루함이 없어."

"실수로라도 하에다마님의 벌이 떨어져서 아사하지는 않겠지."

"오히려 화족 같은데. 다다미에서 번듯하게 죽을 면상이야."

"그래도 탐정이라고 들었는데."

"그랬지. 이거 우리도 방심하면 안 되겠어."

변함없이 본인을 앞에 두고 제멋대로 떠든다.

"우리 손님한테 조금은 경의를 보이시게."

과연 신관도 언짢은 얼굴을 하면서 재차 나무랐다.

"게다가 방심하면 안 되겠다니, 무슨 뜻인가? 탐정 선생이 살펴봐서 뭐 곤란한 비밀이라도 있나?"

여기에는 당사자인 요네타니가 아니라 젠도가 오른쪽 새끼손가락을 세우며 대답했다.

"그야 당연 이거지."

"바, 바보 놈이."

요네타니가 기가 막힌다는 얼굴을 하자 젠도는 새끼손가락뿐 아니라 약지에서 엄지까지 남은 손가락을 하나씩 세우기 시작했다.

"그, 그만한 수는……."

처음에는 얼이 빠져 있던 요네타니도 삽시간에 취기가 달아난 모양이다.

대체 몇 사람과 바람을 피우고 있는지…….

겐야는 어처구니가 없으면서도 이 자리에 떠돌기 시작한 거북한 분위기는 어떻게 된 건가 생각했다. 실제로 요네타니뿐 아니라 이노우에도 안색이 그리 좋다고는 할 수 없었다. 도쿠간사의 신카이도 그랬지만 아무래도 고라 지방 절의 주지는 꽤 노골적으로 말하는 경향이 있는 듯하다.

"웃기지도 않은 농담은 그 정도만 해두게."

마지막에는 오가키 히데토시가 타일러서 어찌어찌 진정됐다.

"그런 소리나 하다가는 자기한테 되돌아올걸."

여기에는 젠도도 두 손 들었는지 갑자기 점잖아지고 말았다. 요네타니와 이노우에까지 작은 소리로 책망했더니 취기가 완전히 가신 얼굴로 열심히 사과한다.

"이거 참, 나잇값도 못하고 부끄러운 꼴을 보였구먼……."

"정말 미안하게 됐소이다."

머리를 조아리는 신관과 오가키 히데토시 옆에서, 믿을 수 없게도 젠도는 벌써 시노에게 집적거리기 시작했다.

결국 신관에게 이끌려 고라 오 인방은 한 발 앞서 사사메 신사로 가게 됐다. 평소 같으면 축제 뒤풀이에는 마을회관을 쓰지만, 지금은 현경이 대기하고 있다. 그래서 부득이하게 이소야를 비롯한 몇몇 가게로 분산해서 각자 모인다고 한다. 오 인방도 참가하지만 그 전에 신사에서 축제 반성회라는 명목의 술자리가 있다고 한다.

겐야 일행은 양쪽 다 참석하라는 권유를 받았지만 둘 다 정중히 거절했다.

"잠깐 괜찮은가?"

신관 무리가 집회용 천막에서 나가기를 기다렸다가 미도지마 경부가 손짓으로 겐야를 아무도 없는 장소에 불러냈다.

"축제에 참가해보니 어땠나? 노조키 렌야가 뭘 뒤지고 있었는지 약간의 실마리라도 찾았나?"

"아니요, 안타깝게도……."

겐야가 고개를 옆으로 저어도 미도지마는 별반 실망한 눈치도 없이 담담하게 말했다.

"괜한 헛수고였나."

"아닙니다, 개인적으로는 유의미했다고 생각합니다. 적어도 수첩에 적혀 있던 '모든 것은 반대였나'의 의미는 안 것 같은……."

"정말인가? 가르쳐주게."

미도지마로서는 드물게 다소 적극적인 눈치다.

"하에다마님 축제에는 세 척의 배가 등장합니다. 전부 대나무로 만들었고 진짜 배는 아닙니다. 도쿠유 촌 해변에서 뜨는 큰 당식선 한 척, 다음으로 다루미 동굴 안 사당에 바쳐진 작은 망선 한 척, 그리고 유리아게 촌에서 이쪽으로 오는 작은 당식선 한 척이지요."

"그 세 척이 하에다마님 암초를 목표로 각기 나아가는 거로군."

"네. 그리고 하나로 합쳐 바다 저편으로 흘려보냅니다. 이것이 하에다마님 축제인데, 원래는 반대였던 게 아닐까 하는 생각이 듭니다."

"무슨 뜻이에요?"

느닷없는 시노의 목소리에 겐야는 깜짝 놀랐다. 보니 옆에는 히데쓰구도 있지 않은가. 미도지마에게 눈길을 주자 두 사람을 별로 신경 쓰는 것 같지도 않아서 겐야는 이야기를 계속했다.

"이 경우 '원래'란 축제가 아니라 실제 사건을 가리켜."

"뭔데요?"

"배의 난파야. 암초 때문에 상선 따위가 좌초되면 도쿠유 촌 사람들은 구조해서 물가로 끌어 올려. 하지만 목숨을 잃는 뱃사람도 있으니 그런 사람들은 다루미 동굴에 모시지. 즉 사고 후에는 하에다 마님 암초를 기점으로 난파선은 도쿠유 촌 해변으로, 죽은 뱃사람은 다루미 동굴 안으로 각각 이동됐다고 볼 수 있는 셈이지."

"앗, 그게 축제에서는 반대 방향으로 움직이는 거네요."

시노는 손뼉을 치며 흥분하다가 금세 고개를 갸웃했다.

"하지만 유리아게閖揚 촌은 대체 무슨 관계가 있죠?"

"마을 이름에 들어가는 '아게루揚げる'는 원래 '상하'의 '상'을 가리키는 '아게루上げる'라고 썼을 거라고 생각해."

겐야는 유리아게를 '수상閖上'뿐 아니라 '도양淘揚'이나 '도상淘上'으로 표기했을 가능성도 있다고 세 사람에게 미리 일러둔 다음 이야기를 계속했다 한자 '淘'에는 물에 흔들어서 쓸 것과 못 쓸 것을 가려낸다는 의미가 있다.

"왜 유리아게라 불렸냐면 풍파에 모래나 표착물이 '떠밀려 올라왔기搖り上げる' 때문임이 분명해. 고라 지방의 경우, 도쿠유 촌의 삼도장에서 유리아게 촌 해변을 향해 그렇게 떠밀어 올리는 파도가 생기지 않을까? 그 때문에 난파선의 잔해나 하물이 유리아게 촌 해변으로 흘러갔다고 하면 어떨까? 도쿠유 촌 다음으로 개척된 곳이 동쪽 바로 옆인 시아쿠 촌이 아니라 이시노리 촌과 이소미 촌까지 건너뛴 곳에 있는 유리아게 촌이라는 사실에도 이와 관련된 사정이 있을지도 몰라."

"그것 때문 아닐까요?"

시노가 뭔가 번뜩 떠오른 사람처럼 말했다.

"왜, 제가 보고했다시피 도쿠유 촌 사사메 신사의 가고무로 가와 유리아게 촌 최대 지주였던 오가키 가의 대대에 걸친 불화가……."

"소후에 군."

겐야의 타이르는 음성에 시노는 한순간 눈이 동그래졌지만 옆에 있는 히데쓰구의 존재를 바로 깨달은 모양이다.

"아앗, 미안. 나……."

"괜찮습니다. 선배 말씀이 맞으니까요."

"그러니까 난 네 선배가 아니라고 하잖아."

이야기가 딴 데로 샐 것 같아서 겐야가 끼어들었다.

"그러면 오가키 군한테는 미안하지만 소후에 군의 의견을 계속 들어보지."

그러자 아무 일도 없었다는 듯이 시노가 곧장 이야기를 계속했다.

"그러니까 난파선의 하물 같은 게 원래는 배와 뱃사람을 구하려고 노력한 도쿠유 촌 소유가 돼야 맞는데, 유리아게 촌이 가로채는 일이 빈번하다 보니 각 마을을 대표하는 유력한 집안끼리 자연히 사이가 나빠진 거 아니에요?"

"그건 아니야."

겐야가 딱 잘라 부정했기 때문에 시노는 불만스러워 보였다.

"앗, 왜요?"

"아무리 배나 뱃사람을 구했다 한들 하물에 손대는 건 버젓한 범죄니까. 게다가 만에 하나 그 배가 번의 소유였을 경우 항로를 따라 해안선을 하여간 철저하게 수색했을 거야. 그러다 고즈 만에서 난파한 데다 하물까지 도난당한 사실이 밝혀지면 필시 마을 사람 전원에게 죄를 묻고 상당한 벌을 내렸을 테지."

"효수형이라든지……."

"마을 유력자들은 그 정도 처분을 받았을지도 모르지. 설사 진짜 사고라서 마을 사람들은 아무 죄도 저지르지 않았고 하물은 불행히도 떠내려갔을 뿐이었다 해도, 일단 관아에서 절도 혐의를 걸어버리면 끝장이었을 거야."

"무서워라."

부르르 떠는 시노 옆에서 히데쓰구가 연신 고개를 주억거렸다.

"그래서 이 마을 사람들에게는 봉화터나 조망고개나 망루가 필요했던 거군요."

"응. 난파사고만 일어나지 않으면 그런 재앙에 휘말릴 염려도 없어. 그래서 도쿠유 촌 사람들은 가능한 한 많은 예방 조치를 취하려고 했지."

"과연. 역시 선생님이야."

"옛날 도쿠유 촌은 여러모로 힘들었겠네요."

솔직하게 감탄하고 동정하는 시노나 히데쓰구와는 달리 미도지마는 험악한 표정으로 말했다.

"배 이야기로 돌아가주지 않겠나?"

"하에다마님 축제에서 난파사고를 반대로 재현하는 것은 배를 해난을 당하기 전 상태로 되돌리기 위해서가 아닐까요? 그렇게 해서 배에 타고 있던 사망자들을 원래 있던 장소로 돌려보내려고요. 저는 그게 하에다마님 축제의 정체가 아닐까 해석했습니다."

"보통은 공양제를 열 텐데, 제법 참신하군."

사건과는 무관한 이야기지만 과연 미도지마도 느끼는 바가 있었던 모양이다.

"하지만 선생님……."

시노가 이상하다는 듯 물었다.

"하에다마님도 그렇고 다루미 동굴도 그렇고 고인을 잘 공양하고 있잖아요? 그거랑 축제는 모순되지 않나요?"

"바, 바로 그거야, 소후에 군."

겐야의 반응에 시노와 히데쓰구는 움찔 경계했지만 미도지마는 아무렇지 않게 있었다.

"하에다마님 축제의 진정한 목적은 어디에 있을 것 같아?"

"어디 보자, 고인의 공양……."

"그거라면 소후에 군이 말했듯 하에다마님이나 다루미 동굴을 모시는 것으로 충분하지 않아?"

"……죽은 자의 부활."

히데쓰구의 나지막한 중얼거림에 겐야가 반응했다.

"어떤 의미에서는 그래. 단, 부활이라는 말에 있는 밝은 희망이 이 경우에는 없지. 도리어 그 반대인 어두운 절망이 들러붙어 있어."

"왜요?"

"다루미 동굴에 매장돼 거기서 공양받는 죽은 자들을 억지로 망선에 태워 바다 저편으로 내쫓으니까."

"원래 있던 장소로 돌려보내는 게 아니라……."

"완곡하게 표현하면 그렇지. 하지만 실제로 하는 일은 죽은 자의 영혼을 추방하는 것 아닐까?"

"왜 그런 일을?"

여기에는 미도지마도 흥미를 느낀 모양이다.

"괴이한 존재를 너무나 두려워한 나머지……가 아닐까요."

의아한 얼굴의 미도지마에게 겐야는 네 가지 괴담을 상기시켰다.

"이곳에는 옛날부터 하에다마님을 에비스님이라고 보는 견해가 있습니다. 이 에비스님은 사사메 신사의 제신이지요. 또 어부들이 바다에서 발견한 주검도 '에비스'라 불렸고요. 그런 '에비스'를 신으로 모심으로써 에비스님이 된다, 이렇게 볼 수도 있습니다. 하지만 이 '에비스'를 잘 모시지 못했을 경우에는 바다에 출몰하는 망것이 돼요. 망것이 오우 섬에 건너가면 밤중에 날아다니는 도깨비불로 바뀌지요. 도깨비불이 육지까지 날아와서 대숲에 들어가 죽마가 됩니다. 죽마가 구에 산에 올라가면 산귀로 둔갑하고요. 그런 전승이 이곳에서는 오랜 세월에 걸쳐 살아 있었습니다. 그리고 네 가지 괴담이 대표하듯, 그 괴이한 존재를 마을 사람들은 싫어도 피부로 느낄 수밖에 없었지요. 그러니까 거리낌의 근원인 다루미 동굴의 죽은 자들을 하에다마님 축제를 통해 바다 저편에 내다 버리려고 했어요. 그렇게 해서 괴이한 존재의 원흉 자체를 어떻게든 무화하려고 한 거지요. 그게 지금의 하에다마님 축제의 원래 기원이 아닌가, 저는 이렇게 해석한 겁니다."

시노와 히데쓰구만이 아니라 미도지마도 말이 없었다. 쉽게 입을 뗄 수 없는 분위기가 그 자리에 감돌고 있었다.

"그런 괴이한 존재의 전승이 존재하는 한편, 여기에는 마을에 기근이 닥쳤을 때 하에다마님이 당식선을 보내주신다는 구전도 있어요. 먹을 것을 가득 실은 당식선이 바다 저편에서 건너와 굶주림에 시달리는 마을 사람을 구해주신다. 이건 이미 어엿한 신앙이지요.

당식선의 '당唐'이란 옛날 중국에 있던 당나라를 가리킵니다. 즉 바다 건너 이국에서 도래했음을 한 글자로 표현하고 있어요. 당지唐紙나 곡괭이唐鍬, 옥수수를 뜻하는 당서唐黍, 서양인을 말할 때 쓰는 게 토毛唐 등도 같은 의미에서 그렇게 칭해온 셈입니다. 마을 사람에게는 보물선 같은 그 명칭을 하에다마님 축제에서는 망선을 제외한 두 척의 배에 붙이고 있지요. 보통은 죽은 자를 되돌려 보내는 배에 그렇게 소중한 이름을 붙이지는 않을 텐데요. 그런데도 당식선이라는 이름을 쓴 이유는 죽은 자들에게 최소한의 경의를 표하고 싶었거나, 길한 명칭을 통해 조금이라도 축제의 사위스러움을 불식하고 싶었거나……. 어찌 됐든 당식선이 가진 기능을 어찌어찌 이용해보려 한 거예요. 그건 거의 틀림없겠지요."

여전히 아무도 말을 하지 않는 가운데 미도지마가 돌연 입을 열었다.

"나는 일단 현경에 돌아가겠네."

그러고는 세 사람을 남겨두고 지체 없이 가버렸다.

"저 경부님, 어째 인상이 별로네요."

시노의 솔직한 감상에 겐야는 쓴웃음을 지었다.

"그렇게 보이지만 몰래 수사 정보를 가르쳐주기도 해."

"네? 정말요?"

시노는 꽤 놀란 모양이었다.

"뭐야, 좋은 사람이잖아요."

"그렇게 단순히 반길 일인지 아닌지 아직 모르겠지만……. 그건 그렇고, 신사에 돌아가는 길에 두 사람이 탐문한 성과를 들어볼까?"

결론부터 말하면 두 사람의 보고에서는 안타깝게도 거의 아무런 수확도 얻지 못했다. 시노에게는 가고무로 스즈카케에게서 노조카 렌야와 다케야 기지 마사루와 닛쇼방적 구루메 사부로의 정보를 알아내라고 부탁했고, 히데쓰구에게는 이 사건에 대한 마을 사람들의 반응을 알아보라고 부탁했다. 하지만 전자는 겐야가 이미 알고 있는 것밖에 모르고, 후자는 거의 무반응인 형편이었다.

그런데도 시노는 꽤 기분이 좋았다.

"그래서 스즈카케 씨가 그러는 거예요. 저도 소후에 씨처럼 미인에다 귀여운 샐러리 걸이 되고 싶어요……라나. 지가 그런 식으로 보이나 봐요?"

물론 겐야는 무시하고 히데쓰구에게 확인했다.

"마을 사람들은 아무 말도 안 해?"

"아무렇지 않게 인사해주고, 무시는 하지 않았습니다. 다만 대숲 신사의 변사를 언급하면 하나같이 입을 다물어버려서……."

"아무것도 몰라서일까? 아니면 관여하기를 꺼려서일까?"

"둘 다라고 생각합니다. 그런 주제에 저나 할아버지에 대해서는 외려 질문을 퍼부으니까요. 두 손 들었습니다."

"그거 참 고생 많았어."

세 사람이 가고무로 가에 도착하자 스즈카케가 현관에서 맞았다.

"할아버지가 괜찮으시면 선생님들도 오시래요."

아무래도 고라 오 인방의 연회가 이미 시작된 모양이다.

"고맙습니다. 하지만 저희는 아직 일 관련해서 의논할 것도 있고 해서 실례하겠습니다."

겐야가 무난한 핑계를 대며 거절하자 그녀도 더 강권하지는 않았다. 다만 돌연 감사 인사를 하는 바람에 겐야는 어리둥절했다.

"엇, 무슨 일일까요?"

"방금 전에 다케야의 다케가 왔다 갔어요."

스즈카케에 따르면 처음에는 숙부인 기지 마사루를 미행해서 가고무로 가에 들어왔다고 한다. 그러다 그녀와 알게 된 뒤로는 혼자서도 놀러오게 됐다고.

"그래서 걔가 어떻게 선생님이랑 만나서 이소야까지 모셔 갔는지 진짜 자세하게 가르쳐줍디더. 간식까지 얻어먹었다면서 되게 좋아하더라고예. ……앗, 사투리가 다 나와버렸네."

스즈카케는 하얀 두 뺨을 빨갛게 물들였다.

"그 애를 잘 보살펴주셔서 감사합니다."

정중히 고개를 숙이고 나서 부끄러운 듯 안으로 모습을 감췄다.

"저분이 말하니까 여기 사투리도 귀엽게 들리네요."

시노가 신관이 들으면 낙담할 대사를 아무렇지 않게 입에 담았다.

"그런데 선생님, 일 관련해서 의논한다는 건 어떤 문제일까요?"

옆에서 히데쓰구가 진지한 얼굴로 묻는 바람에 겐야는 휘청했다.

그러고 나서 세 사람은 욕탕을 먼저 썼다. 상쾌하게 저녁식사 자리에 앉았을 때 오 인방이 마을 뒤풀이에 참가하기 위해 벌써 가고무로 가를 나섰음을 알았다.

"스즈카케 씨도 같이 드시겠습니까?"

겐야의 제안에 그녀는 당치도 않다는 양 고사했다. 하지만 시노도 열심히 권한 덕분에 결국에는 수락했다.

저녁식사 자리는 겐야가 떠들고 시노가 말꼬리를 잡으면 스즈카케가 즐겁게 웃는 것의 반복이었다. 그런 가운데 시노는 스즈카케와 히데쓰구 사이에 다리를 놓으려 했던 모양이다. 하지만 그리 잘 되지 않은 것 같다. 가장 큰 원인은 히데쓰구가 분위기를 타지 못해서일까.

얘는 둔하고 과도하게 성실해요.

이 말을 하고 싶다는 얼굴로 시노는 몇 번이고 겐야를 보았다. 그녀가 번번이 던져주는 기회를 히데쓰구가 전혀 살리지 못했기 때문이다.

이런 건 당사자 사이의 문제니까.

겐야는 그런 마음을 담아 시노에게 시선을 되돌려주었지만 거의 통하지 않았으리라.

그래서 저녁식사 후 별채로 물러났을 때 시노의 연애 지침이 시작되나 했다.

"선배, 잠깐 실례하겠습니다."

하지만 보기 드물게 그녀 말을 가로막듯 히데쓰구가 입을 열었다.

"선생님, 당초 예정에는 여기서 시아쿠 촌과 이시노리 촌과 이소미 촌을 거쳐 유리아게 촌까지 간다는 계획도 있었는데, 어떻게 하시겠습니까?"

"그랬지."

가능하면 겐야도 고라 지방의 다섯 마을을 돌아보고 싶었다. 그러나 도쿠유 촌에서 기괴한 사건에 조우하고 말았다. 이대로 떠나기에는 조금 미련이 남는다.

그런 복잡한 심경을 솔직히 토로했다.

"알겠습니다. 그러면 먼저 할아버지를 비롯한 오 인방분들께 지금 하신 이야기만이라도 전하고 오겠습니다."

말을 끝내기가 무섭게 히데쓰구는 마을로 곧장 내려갔다.

"스즈카케 씨에 대해서도 저 정도 적극성이 있으면 좋을 텐데."

시노의 푸념을 겐야가 넌지시 나무랐다.

"소후에 군, 너무 참견하면 역효과야."

"연애 음치인 선생님한테 그런 말을 듣다니……."

그러고는 히데쓰구가 돌아올 때까지 겐야가 그를 대신해 시노의 연애 지침을 일일이 전수받는 처지가 되었다.

당사자인 히데쓰구는 얼마 지나 의기양양하게 돌아왔다.

"시아쿠 촌 요네타니 의사 선생님도, 이시노리 촌 이노우에 촌장 님도, 이소미 촌 로쿠조사의 젠도 주지스님도 다 당신들 집에 묵으시면 된다고 하셨습니다. 물론 제 할아버지도 마찬가지고요."

"그거 감사하군. 오가키 군도 고마워."

겐야가 히데쓰구를 치하하고 있었더니 옆에서 시노가 떨떠름한 얼굴로 말했다.

"확실히 감사한 일이지만 요네타니 의사나 젠도 주지 집에 묵는 건 가능하면 피하고 싶지 않아요?"

집회용 천막에서 두 사람이 나눈 대화를 떠올렸는지 그런 불안을 입에 담는다. 특히 젠도는 그녀에게 추근거렸기 때문에 로쿠조사에 신세를 지기는 싫은 것이리라.

그래서 겐야는 그녀를 안심시키듯 말했다.

"괜찮아. 시아쿠 촌에 하루 체재하고 그날 밤은 이시노리 촌 이노우에 촌장님 댁에 묵었다가, 그다음 날에는 이소미 촌에 하루 체재하고 그날 밤은 오가키 가에서 신세를 지면 별로 문제없잖아."

"역시 선생님!"

시노가 기뻐하는 사이에 겐야는 히데쓰구를 앉혀놓고 조금 전의 연애 지침이 다시 시작되지 않게끔 재빨리 화제를 바꾸었다.

"나는 오전에 대숲 신사에 한 번 더 다녀왔는데……."

여기에 시노는 곧장 넘어왔다. 말로만 도조 겐야의 비서를 자처하는 건 아니니 당연하다고 본인이라면 말할지도 모르지만.

하지만 아무리 셋이서 검토해도 대숲 신사의 밀실 수수께끼는 풀리지 않았다. 시노는 '독사설'이 가장 유력하다고 생각한 듯하다. 자신이 대숲 신사에 가는 도중에 대숲에서 실제로 비슷한 기척을 느꼈기 때문이리라. 하지만 겐야가 기각했듯 그 가설에는 난점이 너무 많다.

결국 노조키 렌야에게 어떠한 지각 장해가 있지 않았는지, 그 정보를 미도지마 경부에게서 얻을 때까지 기다릴 수밖에 없다는 결론에 도달했다.

다음 날 아침, 도조 겐야 일행이 세수를 마치고 아침식사 자리에 앉았더니 스즈카케가 미안해하는 눈치로 말했다.

"아무래도 할아버지는 명상을 하러 가신 것 같아요."

"아침 일찍부터요?"

"일출과 동시에 명상에 들기 위해 아마 동트기 전에 나가셨을 거예요."

망루 널빤지에 앉은 신관의 거룩한 모습을 곶 이쪽 끝에서라도 좋으니 보고 싶다고 겐야는 생각했지만, 스즈카케의 눈치가 조금 이상하다는 것을 깨달았다.

"무슨 일 있으십니까?"

"……아뇨."

스즈카케는 고개를 가로저었지만 역시 어딘지 묘하다. 겐야를 대신해 시노가 묻자 그제야 가냘픈 목소리로 말했다.

"할아버지 방을 본 순간 왠지 가슴이 조마조마해져서……."

"괜찮으시면 신관님 방을 잠깐 보고 싶은데요."

스즈카케는 놀란 듯했지만 고개를 끄덕이고는 겐야에게 정식으로 청했다.

"부탁드립니다."

안내를 받아 신관의 방으로 가보니 흐트러진 채 깔려 있는 이불과 그 옆에 벗어 던져놓은 승복이 우선 눈에 들어왔다.

"어제 밤중에 축제 뒤풀이에서 돌아와 잠자리에 드신 것 같군요."

"언제 돌아오셨는지는 모르지만 몇 시간이라도 수면을 취하셨으면 저도 안심할 수 있는데요……."

이렇게 말하면서도 스즈카케는 뭔가 마음에 걸리는 것이 있는 듯했다.

"무슨 문제라도?"

"할아버지는 늘 직접 이불을 깔고 개시거든요. 이런 식으로 팽개쳐두고 나가신 걸 보면 어지간히 서두르신 게 분명해요."

"그렇군요."

겐야는 맞장구를 치면서도 벗어 던져놓은 승복과 개지 않은 이불이 오히려 신관답다고 느꼈다.

"명상하러 가신 거라면 굳이 서두를 필요는 없었다고 생각해요."

하지만 스즈카케의 지당한 의견을 들으니 조금 신경이 쓰이기 시작했다.

"그 외에 이상한 점은 없습니까?"

스즈카케가 방 안을 얼추 훑어본 결과 서랍에서 흰 기모노와 물색 하카마가 한 벌 없어졌음을 알았다.

"……역시 할아버지는 명상하러 가셨나 봐요."

"망루를 보고 올까요?"

불안이 가시지 않아 보이는 스즈카케에게 겐야가 제안했다.

"감사합니다. 하지만 괜찮아요. 명상을 방해하고 싶지는 않고, 또 장소가 다를지도 몰라서요."

"대숲 신사와 또 한 곳이 있다고 들었습니다."

"네. 다만 대숲 신사라면 밖에서 확인할 방법이 없어요. 또 하나는 저도 어딘지 모르는 비밀 장소여서……."

"길 때는 하루 종일도 명상을 하신다고요."

"망루보다는 대숲 신사, 대숲 신사보다는 세 번째 비밀 장소. 이런 식으로 명상하는 곳에 따라 시간도 길어지는 것 같아요. 표현이 이상하지만 일상적인 명상은 망루에서 하시고 더 고도의 명상은 비밀 장소에서 하신다든지……. 또 좀처럼 없는 일이기는 한데, 장소를 이동하면서 연속으로 명상하실 때도 있는 모양이라서요. 그 경우는 큰 데서 작은 데로, 그러니까 비밀 장소에서 대숲 신사 그리고 신사에서 망루로 명상 장소를 바꿔 가거나 반대로 작은 데서 큰 데로 이동하거나 둘 중 하나인 것 같아요. 물론 다음으로 넘어가는 건 그 장소에서 명상을 끝내신 뒤고요."

스즈카케는 한숨 돌리듯이 일단 입을 다물었다.

"대숲 신사 사건이 있었으니 할아버지는 명상이라기보다 기도에 더 가까운 걸 하려고 하시는 게 아닌가 하는 느낌이 들어요. 그러려면 분명 비밀 장소가 적합하겠죠. 그렇지만 이제 연세가 많으시니까 비밀 장소에 가셨다 한들 그리 오래 명상하지는 못할지도 몰라요."

이렇게 대답하면서도 스즈카케는 꽤 걱정인 듯했다. 거기에 박차를 가하듯 오가키 가에서 당치도 않은 연락이 들어왔다.

"유리아게 촌에서 또 식중독이 일어난 모양이에요."

전화를 받은 스즈카케에 따르면 이번에도 원인은 버섯국이라고 한다. 단, 지난번 사건이 있었기 때문에 오가키 히데토시가 직접 버섯을 선별했다. 그럼에도 불구하고 피해자가 나왔다. 어제 축제에서 나눠준 버섯국을 먹은 사람 가운데 스물 몇 명이 구토와 설사 증상을 일으켰다는 것이다. 게다가 이번에는 그중 아이 세 명이 중태에 빠졌다는 이야기를 듣고 겐야 일행은 기분이 어두워졌다.

"누군가가 고의로 독버섯을 넣었다……."

시노가 중얼거린 말에 히데쓰구가 숨을 헉 들이켰다.

"앗, 아니야. 오가키 군의 할아버님이 그랬다는 뜻이 아니야."

그녀는 황급히 덧붙였다.

"할아버님은 물론 독버섯이 들어가지 않게 조심하셨어. 하지만 버섯 선별 작업을 한 뒤 누가 몰래 넣은 게 아닐까 생각한 거지."

"그렇다고 볼 수밖에 없어요."

히데쓰구는 확실히 단언했지만 그 어조는 묘하게 약했다.

"오가키 군, 본가에 가보는 편이 좋지 않겠어?"

겐야가 의중을 떠보았지만 그는 고개를 저었다.

"저는 일을 하러 온 겁니다. 그걸 내팽개치고 집에 돌아갈 수는 없어요."

"하지만……."

"그런 짓을 하면 할아버지를 돕는 건 고사하고 오히려 혼이 날 겁니다. 또 설사 제가 달려간다 한들 아무 도움도 안 되고요……."

그 뒤 시노와 스즈카케도 가세해 집에 얼굴을 보이는 편이 좋겠다고 말했지만, 히데쓰구는 고집을 피우며 듣지 않았다. 천성이 성실한 터라 이렇게 되면 성가시다. 신관이 있었다면 설득해달라고 할 수 있을지 모르지만, 그것도 바랄 수 없다.

아침식사 후 겐야는 혹시나 해서 망루의 전망널이 보이는 곳까지 가보았다. 하지만 신관의 모습은 없었다. 뒤이어 대숲 신사로 발길을 돌리려 했지만, 스즈카케 말대로 확인할 수 없으니 가봤자 허탕이겠다 싶어 단념했다. 세 번째 비밀 장소는 아예 방도가 없다.

뭐, 어린아이도 아니니까…….

하지만 이런 생각을 할 수 있었던 것도 오후부터 내린 가랑비가 겨우 그치기 시작한 저녁때까지였다. 벌써 해가 넘어가려 하는데도 신관은 돌아오지 않는다. 그래서 겐야는 대숲 신사로, 히데쓰구는 망루로 상황을 살피러 가고 시노는 마을회관에 남아 있는 현경 형사에게 알리기로 했다.

대숲 신사 밖에서 불러본 다음, 중심에 있는 초지까지 들어가봤지만, 신관은 어디에서도 보이지 않았다. 더구나 겐야가 두 번째로 갔을 때와 아무것도 달라지지 않은 것처럼 보였다.

망루도 밖에서 널빤지를 확인하고, 사닥다리계단을 올라가서 바닥에 난 구멍으로 오두막 내부까지 들여다봤지만 역시 신관은 없었다. 그냥 우산과 비옷만 펼쳐 말려놓았을 뿐이었다고 히데쓰구는 보고했다.

시노의 신고를 받은 현경 모리와키 형사는 미도지마 경부에게 전달은 하겠지만 당장 경찰이 움직일 일은 없다고 대답했다.

이렇게 해서 가고무로 가에 신관이 돌아오지 않은 채로 밤은 깊어갔다.

그리고 다음 날 아침, 본인만이 명상을 위해 올라갔으리라 여겨지고 그 외에는 아무도 없어야 할 망루 위에서 가고무로 간키 신관이 홀연히 사라지는, 터무니없는 이변이 일어난다.

13장 망루 위의 실종

 9월이 끝나고 10월을 맞은 날 아침, 기운 없는 가고무로 스즈카케를 배려해 도조 겐야와 오가키 히데쓰구도 소후에 시노의 지휘 아래 아침식사 준비에 가세하고 있는데 현관 쪽이 별안간 소란스러워졌다.
 스즈카케가 상황을 보러 갔다가 곧장 새파란 얼굴로 돌아오더니 그 자리에 풀썩 주저앉고 말았다.
 "왜 그러십니까? 괜찮으세요?"
 겐야가 황급히 곁으로 가자 시노도 뒤를 따랐다. 히데쓰구는 엉거주춤한 자세로 갈팡질팡하고 있을 뿐이다.
 거기에 모리와키와 무라타 두 형사가 느닷없이 얼굴을 내민 순간, 겐야는 불길한 예감이 들었다.
 "실은 오늘 아침에 이곳 신관님이 망루에서 떨어졌다……고 하는 사람이 있어서요."

놀라운 소식을 모리와키가 아무 감정도 섞지 않고 입에 담았다.

"……"

겐야 일행 세 명도 그저 말문이 막힐 따름이었다.

"봤다는 사람은 대체 누굽니까?"

이윽고 겐야가 물었지만 모리와키는 떨떠름한 얼굴을 했다.

"그게, 호라이라는 신원불명의 여자라서 이쪽도 어디까지 믿어야 좋을지 조금 망설였습니다만."

"그, 그 사람은……."

스즈카케가 고개를 숙인 상태에서 억지로 목소리를 쥐어짜내듯 말했다.

"할아버지가 망루에서 명상할 때 늘 오두막 창문으로 지켜봐주신다고 할아버지한테 들었어요."

"사바오라는 나이 지긋한 어부가 똑같은 이야기를 하더군요."

하에다마님 축제에서 신관과 겐야를 태운 조각배를 저은 그 노인이다.

"어제 신관의 행방을 모르겠다는 신고를 받기도 해서 혹시나 하고 이쪽으로 와본 겁니다."

"자세한 이야기를 들려주시겠습니까?"

겐야의 부탁에 모리와키는 일순 머뭇거리는 것처럼 보였다. 옆에 있던 무라타도 선배 형사에게 의미심장한 시선을 보내고 있다.

하지만 어쩌면 미도지마 경부에게서 도조 겐야라는 인물에게는 협력하라는 지시라도 받았는지 모른다. 모리와키는 마음을 바꾸는 기색을 보이더니 어디까지나 사무적으로 이야기하기 시작했다.

그에 따르면 오늘 아침 동트기 전, 예의 허름한 오두막에서 자고 있던 호라이는 뿔위곶을 지나가는 발소리를 알아차렸다고 한다. 신관이 명상을 위해 망루에 오르는 것은 늘 동트기 전후다. 그래서 오두막 창문으로 바깥을 올려다봤더니 물색 하카마가 언뜻 보인 다음 흰 기모노를 입은 인물이 곶 끝으로 걸어가는 모습이 눈에 들어와서 역시 신관이구나 하고 반가워했다고 한다.

그런데 평소에는 그리 기다리지 않아도 전망널에 나오는데 좀체 모습을 드러내지 않는다. 무슨 일이 있나 걱정하고 있었더니 신관이 겨우 모습을 보이고는 명상이 시작됐다. 그래서 안심하고 지켜보기 시작했으나 전망널을 계속 보고 있었던 것은 아니다. 아직 잠이 다 깨지 않아서 저도 모르게 깜빡깜빡 졸았다.

몇 번인가 꾸벅거리며 졸다가 호라이가 퍼뜩 정신을 차렸을 때다. 전망널에서 신관의 모습이 사라지고 없었다.

평소 같으면 명상이 끝나 망루로 돌아갔다고 생각했겠지만 이때의 호라이는 아니었다. 왜냐하면 선잠에서 깨어 망루에 눈을 돌렸을 때 곶 너머로 휙 떨어지는, 신관 같은 모습을 본 듯했기 때문이다.

신관은 헤엄을 잘 치지 못한다. 그 사실을 스즈카케에게 들어 알고 있는 호라이는 황급히 오두막에서 나가 뿔위곶에 기어 올라간 다음 곶 끝까지 달려갔다. 그러고는 삼도장을 들여다봤더니 마침 파도가 흰 기모노를 삼키는 것이 보였다고 한다.

거의 같은 시각, 사바오가 뿔위곶 근처 바닷가에 있었다. 어부 일은 은퇴했지만 옛날 버릇으로 동틀 녘 바다 상태를 확인하기 위해 이렇게 해변에 선다고 한다. 이때도 그랬다. 그러다 곶 끝에서 호라이가 양손을 휘저으며 묘한 춤을 추고 있음을 깨달았다. 그냥 내버려두면 바다에 빠질 것 같아 가까이 가서 데리고 오려 했더니 "신관님이 망루에서 떨어졌다"라며 손짓발짓으로 호소하기에 급히 요시마쓰 주재순사에게 알렸다. 그리고 요시마쓰가 마을회관에 묵고 있던 모리와키에게 바로 연락했다. 이렇게 된 사정인 듯하다.

"지금 마을 어부들의 협력하에 망루 아래 바다를 수색하고 있습니다."

모리와키는 이렇게 말했다.

"다만 호라이라는 자는 좀 예사롭지 않은 것 같아서 확인을 위해 이쪽으로도 이렇게 찾아온 겁니다."

그래서 겐야가 어제 아침 일을 모리와키에게 다시금 설명했다.

"신관님 방에는 잠잔 흔적이 있는 이불이 깔려 있고 그 옆에 벗어 던진 승복이 있었습니다. 그리고 스즈카케 씨가 확인해보니 서랍에서 흰 기모노와 물색 하카마 한 벌이 없어졌다고 합니다."

"즉 신관님은 마을에서 뒤풀이를 한 뒤 집에 돌아와서 취침했다. 그리고 동트기 전에 기상해 옷을 갈아입은 뒤 망루로 갔다……."

이렇게 말하다 모리와키는 대단히 놀란 표정을 지었다.

"그러면 신관님은 오늘 아침까지 하루 꼬박 명상을 한 겁니까?"

"아니요, 망루에는 가시지 않은 것 같습니다."

명상 장소는 세 군데 있고 그중 한 곳은 어딘지 모른다는 겐야의 말에 모리와키는 씁쓸한 얼굴을 했다. 이렇게 되면 신관의 어제 행적을 파악하는 데 애를 먹겠다고 생각했기 때문일 것이다.

"참고로, 그저께 밤 신관님이 귀가하신 건 몇 시쯤입니까?"

"……모, 몰라요. 평소부터 그런 건 별로 신경을 쓰지……."

스즈카케가 돌연 다시 주저앉았다. 게다가 이번에는 엉엉 울기 시작했기에 시노가 곧바로 옆에 붙어서 등을 쓸어주었다.

"우선 스즈카케 씨는 좀 누여도 되겠습니까?"

겐야가 허락을 구하자 모리와키가 대답했다.

"물론입니다. 미도지마 경부님이 오실 때까지 여기서 쉬고 계십시오."

"소후에 군, 부탁해도 될까?"

겐야가 부탁하기 전부터 시노는 이미 다정하게 스즈카케를 안아 일으키고 있었다. 그러고는 둘이서 곧장 부엌을 나갔다.

"형사님은 망루에 가실 겁니까?"

"네, 뭐."

겐야의 질문에 대답하는 모리와키의 말투는 대단히 불분명했다.

"저희도 같이 가도 괜찮겠습니까?"

필시 이런 물음이 뒤잇는 것을 경계했기 때문이리라.

"폐는 끼치지 않겠습니다. 아무쪼록 부탁드립니다."

철저히 저자세를 취하면서도 어딘지 강경한 겐야에게 밀리는 형태로 모리와키는 동의했다. 무라타는 여전히 그런 선배 형사를 걱정스럽게 바라보고 있었다.

마을을 통과해 해변으로 나가자 하에다마님 축제 때와는 비교가 되지 않을 정도로 인파가 엄청났다. 특히 심한 곳은 뿔위곳 위다.

이건…….

겐야는 어안이 벙벙했지만 여성과 아이들이 다수 섞여 있음을 알아차리고 과연 그렇구나 수긍이 갔다.

"썩 길을 열고 통과시켜드리지 못할까."

곶 시작 부분에서 모리와키와 무라타를 기다리고 있었던 듯한 요시마쓰 주재순사가 마을 사람들을 난폭하게 해산시키기 시작했지만, 겐야도 있는 것을 보고는 흠칫한 얼굴을 했다.

"상황은?"

요시마쓰의 반응이 눈에 들어왔을 텐데도 모리와키는 상관하지 않았다.

"그 뒤로 진전은 있었나?"

신관 수색에 대해 순사에게 냉담하게 묻는다.

"아니요, 아쉽지만 없습니다. 의복 등도 아직까지 발견되지 않았습니다."

겐야 일행은 마을 사람들을 헤치며 가까스로 망루까지 나아갔다.

곶 끄트머리에서 삼도장을 내려다보니 어부들의 조각배가 십수 척이나 떠 있고 남자 여러 명이 교대로 잠수하고 있었다. 하지만 해수면에 얼굴을 내민 이들은 하나같이 고개를 옆으로 젓는다. 그런 광경이 거듭 이어질 뿐이었다.

"올라가도 되겠습니까?"

겐야가 망루를 올려다보자 모리와키도 미간을 찌푸렸다.

"미도지마 경부님이 도착하실 때까지는 안 됩니다."

"역시 그렇겠지요."

그렇다고 해서 겐야는 실망한 기색도 보이지 않고 제안을 하나

했다.

"물론 모리와키 형사님도 이미 생각하셨겠지만, 경부님이 오실 때까지 그저께 밤부터 오늘 아침까지 신관님의 행적을 우리끼리 조사해놓으면 어떻겠습니까?"

"우리?"

모리와키의 어조가 달라진 것을 예민하게 눈치채고 겐야는 밀어붙이듯 말했다.

"그저께 밤, 신관님이 축제 뒤풀이에 참가하기 위해 가고무로 가에서 마을까지 내려가신 건 틀림없습니다. 다만 문제는 연회장이 여러 곳으로 나뉘어 있었다는 겁니다. 어쩌면 밤이 깊어지면서 장소가 더 늘어났을 가능성도 있습니다. 즉 신관님 행적을 조사하려면 나름의 인원이 필요해집니다. 하지만 경찰 여러분 다수는 어제 철수하셨지요. 그래서 미력하나마 저희도 힘을 보태드리고 싶다고 생각한 겁니다."

이 제안에는 모리와키도 꽤 고민한 듯하다. 어느 쪽이냐 하면 각하할 것 같은 느낌이었지만 "상대방의 기억이 흐려지기 전에"라는 겐야의 한마디에 아무래도 결심이 선 모양이다.

의논한 결과, 모리와키 일행은 축제 실행위원회에 협력을 구해 연회장마다 명부를 만들어 진술을 듣는다. 그리고 겐야 일행은 이미 귀가한 고라의 오 인방에게 전화를 걸어 가고무로 가를 나간 뒤 신관의 행적을 확인한다. 이렇게 분담하기로 정했다.

이 작업에만 오전 시간 거의 전부가 쓰였다. 일단 겐야는 히데쓰구와 함께 가고무로 가로 돌아가서 시노에게 스즈카케의 상태를 물었다. 그러고 나서 집안일 거드는 사람이 만들어준 아침 겸 점심을 먹고 히데쓰구와 같이 현경 형사들이 대기하고 있는 마을회관으로 향했다.

덧붙이자면 삼도장에서의 신관 수색은 오전에 일단 중지되었다. 어부들에 따르면 다루미 동굴 안으로 흘러 들어갔을 가능성이 높다고 한다. 그래서 오후부터는 다루미 동굴의 삼도천까지 조각배를 띄워 강을 샅샅이 뒤졌다.

마을회관에서 겐야는 모리와키 일행과 각자 얻어온 정보를 교환하고 정리했다. 그 결과 다음과 같은 참으로 기묘한 사실이 판명되기에 이르렀다. 단, 호라이는 시계가 없을뿐더러 시간 개념도 모호하기 때문에 그녀의 증언에 등장하는 시각은 추정에 근거한다.

그저께 오후 7시경, 신관을 포함한 고라 오 인방이 가고무로 가를 나와 마을로 향한다. 집에서는 아무렇지 않게 술을 마셨지만 어째서인지 신관은 중간부터 음주를 멈춘다.

같은 날 오후 7시 10분경, 오 인방은 여섯 군데로 나뉜 연회장으로 흩어진다. 이때 신관은 이소야에 들어갔다.

같은 날 오후 7시 20분경, 신관이 이소야를 빠져나온다. 거기서 술을 마신 기색은 전혀 없다.

같은 날 오후 7시 20분경부터 50분경까지, 신관이 이소야를 제외한 다섯 군데의 연회장에 얼굴을 내민다. 단 어디에서도 오래 있지는 않았고 음주도 하지 않았다.

같은 날 오후 7시 50분경 이후, 신관의 소재가 불분명해진다. 여섯 군데 연회장 어디에서도 목격되지 않았다. 오 인방을 포함한 마을 사람들 전원이 '신관은 다른 연회장에 있다'라고 믿었다.

　같은 날 오후 ?시경, 신관이 가고무로 가로 돌아온다. 그의 방에는 승복이 벗어 던져져 있고 잔 흔적이 있는 이부자리가 펴진 채였다.

　어제 오전 ?시경, 신관이 기상한다. 흰 기모노와 풀색 하카마로 갈아입고 집을 나간다.

　같은 날 오전부터 오후까지 하루 종일, 신관의 행방은 완전히 불명.

　오늘 오전 5시 30분경, 망루로 향하는 신관을 호라이가 목격한다.

　같은 날 오전 5시 35분에서 40분경, 신관이 전망널로 나온다.

　같은 날 오전 7시경, 신관이 전망널에서 떨어진다?

　같은 날 오전 7시 지나서 뿔위곶 끄트머리에서 춤추고 있는 듯한 호라이의 모습을 어부 사바오가 발견한다.

　수수께끼가 두 개 있었다. 첫 번째 수수께끼는 '그저께 오후 7시 50분경 이후부터 귀가하기까지 신관은 대체 어디에 있었는가'다. 거기서 무엇을 하고 있었나? 또는 누군가와 만나고 있었나? 연회장을 빠져나가면서까지 그렇게 할 필요가 있었나?

　신관이 술을 마시지 않았다는 사실에 근거해 누군가와 면담 약속이 있었을지도 모른다는 의견이 강해졌다. 그렇다면 대체 어디서 누구와 만났는가? 이렇게 큰 소동이 벌어졌는데 그 인물은 어째서 손을 들고 나오지 않는가?

　무라타 형사가 곧장 사사메 신사로 달려가서 스즈카케에게 짚이는 곳이 없는지 물었다. 그러자 그녀는 기지 마사루의 이름을 댔지만 무라타가 이유를 묻자 "모르겠어요"라며 고개를 저었다. 무라타는 집요하게 물었지만 시노가 "스즈카케 씨한테 치근거리지 마세요"라며 노려보았다고 한다. 이렇게 푸념하는 무라타에게 겐야가 시노 대신 사죄했다.

이 문제에 대해 겐야는 그저께 오후 7시 50분경 이후에 소재가 불분명한 사람이 또 없는지 확인하는 것도 중요하다는 점에서 모리와키와 의견이 일치했다. 미도지마 일행의 도착을 기다리며 탐문조사를 더 진행하기로 했다.

두 번째 수수께끼는 '어제 하루 종일 신관은 대체 어디에 있었는가'다. 단, 여기에는 '명상을 하고 있었다'라는 개연성 높은 해석이 있었다. 개연성을 더욱 높이기 위해서는 '아무도 모르는 세 번째 장소에서 명상을 하고 있었다'라고 표현해야 할지도 모른다.

참고로 겐야는 다음과 같이 생각했다.

"그저께 동틀 녘부터 저물녘까지 세 번째 장소에서, 어제 저물녘부터 오늘 아침까지 대숲 신사에서, 그리고 오늘 아침에는 망루에서 명상을 한다. 이게 신관님의 예정이었을지도 모릅니다."

이 말을 들은 모리와키는 이렇게 반응했다.

"그러니까 신관은 피로한 상태에서 실수로 망루에서 떨어진 건가."

이해했다는 듯이 대꾸한 것치고는 어쩐지 납득이 가지 않는다는 얼굴을 하고 있어 겐야는 묘한 불안을 느꼈다.

"혹 사고가 아니라고 생각하십니까?"

"경찰 입장에서도 시작부터 단정할 수는 없죠. 그저께 밤부터 신관님 행적이 불분명한 데다 노조키 렌야 건도 있으니까요."

그럼에도 불구하고 모리와키는 망루의 밀실 상황에 대해서는 거의 문제 삼지 않았다. 미도지마도 필시 모리와키에게 동조하지 않을까 하고 겐야는 일찌감치 우려했다. 왜냐하면 타살설을 검토할 경우 이 밀실의 수수께끼가 앞을 크게 가로막을 것이기 때문이다.

다음은 호라이와 사바오의 증언을 토대로 더 상세하게 재정리한 것이다. 이전과 마찬가지로 대부분의 시각은 추정에 근거한다.

> 오늘 동틀 무렵(후에 오전 5시 31분임이 확인되었다), 호라이는 망루를 향해 뽈위곶을 걸어가는 누군가의 기척을 알아차리고 잠에서 깬다. 오두막 창문으로 암벽 위를 내다보자 흰 기모노와 물색 하카마가 눈에 들어왔기 때문에 호라이는 신관이라고 인식한다.
>
> 같은 날 오전 5시 35분경, 신관이 망루에 오른다. 평소에는 바로 전망널에 모습을 드러내는데 좀처럼 오두막에서 나오지 않는다.
>
> 같은 날 오전 5시 35분에서 40분경, 신관이 마침내 전망널에 모습을 드러낸다. 고개를 세우고 등을 편 상태로 정좌 자세를 취하고 있다. 늘 그렇듯 양손은 앞에서 합장하고 있는 듯해 그대로 명상에 들어간 것처럼 보인다.
>
> 같은 날 오전 7시경, 호라이가 잠깐 눈을 뗀 사이에 전망널에서 신관의 모습이 갑자기 사라진다. 그 전부터 신관의 자세가 약간 무너졌음을 그녀는 인지하고 있었다. 그 때문에 몸 상태가 좋지 않은지 걱정했다. 호라이가 졸려서 저도 모르게 고개가 꺾인 것은 고작 몇 초였다. 절대 그보다 더 오래 신관에게서 눈을 떼지는 않았다고 증언한다.
>
> 여기서 문제는 신관이 전망널에서 낙하하는 순간을 호라이가 목격

한 것은 아니라는 점이다. 그녀가 본 것은 어디까지나 곶 너머로 사라지는 듯이 보인, 무언가의 그림자에 지나지 않는다. 단 그녀는 그것이 신관이라고 확신했다. 그래서 황급히 곶에 기어 올라가 망루까지 달려간 다음 그 자리에서 삼도장을 내려다보고 파도 사이로 사라지는 찰나의 흰 기모노를 목격한다.

같은 날 오전 7시가 지난 시각, 동이 트는 동시에 기상한 사바오가 마을 안을 둘러보는 산책 일과를 마친 뒤에 평소처럼 해변에서 바다를 바라보고 있다가 뿔위곶 끄트머리에서 춤을 추고 있는 듯한 호라이의 모습을 발견한다. 서둘러 달려갔더니 신관이 전망널에서 떨어졌다고 손짓발짓으로 호소한다. 삼도장을 내려다보며 얼추 찾아봤지만 그럴싸한 인영은 눈에 띄지 않는다. 만전을 기하기 위해 망루로 올라갔지만 아무도 없다. 그러고 나서 주재소에 알렸다고 한다.

여기서는 호라이가 망루로 향하는 신관을 보고 나서 뿔위곶 끝까지 달려가는 동안 아무도 보지 못했다는 사실이 문제가 된다. 즉 오전 5시 30분경부터 사바오가 상태를 보러 온 오전 7시 넘어까지 뿔위곶과 망루에는 신관밖에 없었다는 이야기다.

이 상황과 호라이의 목격 증언 즉 신관의 조금 무너진 자세를 감안하면, 추락은 사고였다고 간주하는 것이 타당하리라. 그것이 가장 이치에 맞는 해석이다. 하지만 대숲 신사에서 노조키 렌야가 불가해하게 아사한 사건과 그저께 밤부터 신관이 행방불명이었다는 사실을 더하는 순간 사고설이 수상쩍게 느껴진다. 그 점에서는 겐야와 모리와키가 거의 같은 의견이었다.

만약 노조키 렌야가 타살이었을 경우 신관도 같은 일을 당했을 가능성이 생기지 않는가? 물론 같은 범인의 손에…….

두 사람이 느낀 의혹도 완전히 같았다.

"하지만 호라이라는 여자의 증언이 얼마나 신빙성 있을지."

그러나 모리와키는 목격자인 호라이의 능력을 그다지 신용하지 않는 듯했다.

"뿔위곶 시작 부분의 암벽 밑에 세운 그 허름한 오두막에서 올려다보는 형태로 내다본 거예요. 그러면 시야도 제한되겠죠. 신관의 죽음이 타살이고 범인이 망루에 드나들었다고 해도 그 여자가 놓쳤을 가능성은 꽤 크지 않습니까?"

"맞는 말씀이지만, 만일 타살이라면 신관님은 전망널 위에서 범인에게 떠밀려 떨어진 게 되잖아요."

겐야의 확인에 모리와키가 말없이 고개를 끄덕였다.

"호라이 씨가 신관님의 낙하를 인지하고 황급히 판잣집에서 곶 위로 나갈 때까지 걸려봤자 십 몇 초일 겁니다. 그 사이 범인은 망루에서 내려와 곶 끄트머리에서 육지와 연결된 부분까지 달아날 필요가 있습니다. 아니지, 호라이 씨에게 모습을 보이지 않기 위해서는 곶 시작 부분은커녕 마을로 도망갈 수밖에 없습니다. 그걸 십 몇 초만에 하는 건 일단 무리예요. 아무리 서둘러도 일 분은 걸리지 않겠습니까?"

"으음."

뿔위곶의 모습을 뇌리에 그려보고 있었는지 조금 생각하는 듯하더니 모리와키가 툭 한마디 했다.

"······전속력으로 마을까지 달려갔다 해도 확실히 일 분은 필요할까요."

"호라이 씨의 시간 개념은 꽤 모호합니다. 그렇기는 해도 신관님이 낙하한 뒤 곶 위로 나가 망루 밑으로 달려가는 동안 달아나는 범인의 모습을 보지 못했다는 증언은 확실하지 않을까요?"

모리와키가 다시금 말없이 고개를 끄덕였다.

"사바오 씨가 달려갈 때까지 호라이 씨는 뿔위곶 끄트머리에 있었습니다. 범인이 아직 망루 위에 있었다고 해도 몰래 달아날 수는 없습니다. 그리고 사바오 씨는 망루 위를 조사해보고 아무도 없음을 확인했고요."

"범인이 신관을 해친 다음 자기도 바다에 뛰어들었다면? 호라이가 곶 위로 기어오르는 동안에는 그 장면을 목격당할 염려도 없고."

"범인이 전망널에서 신관님을 밀어 떨어뜨린 건 암초가 많고 얕은 여울인 삼도장으로 낙하하면 살아날 가망이 없다고 생각했기 때문이 아닐까요?"

"그건······."

"그렇다면 현장에서 달아나기 위해서라 한들 그렇게 위험한 행위를 할까요."

모리와키는 한동안 침묵했다.

"범인은 역시 평범하게 망루에 드나든 겁니다. 그 모습을 호라이가 깜빡 놓쳤음이 분명해요."

자못 경찰이 생각할 법한 결론에 결국은 도달한 모양이다.

"그런데······."

이 이상 그와 검토해봤자 그리 의미가 없다고 느낀 겐야는 줄곧 마음에 걸리던 의문을 입에 담았다.

"신관님 건이 타살일지도 모른다고 생각하신 건 노조키 렌야 씨 건과 신관님의 그저께 밤부터의 행방불명, 이 두 가지 문제가 있었기 때문입니까?"

"무슨 뜻이죠?"

거꾸로 되묻는 모리와키의 눈빛이 묘하게 날카롭다. 그 옆에서 무라타가 이상하게 긴장하고 있음을 알아채고 겐야는 역시 뭔가 있다고 확신했다.

"현장에 제삼자의 출입이 전혀 없었다고 판명된 단계에서 사고인지 자살인지 진단하는 것이 경찰의 방식 아닌가요?"

"그건 사건에 따라 다릅니다."

"더욱이 이번에는 범인이 피해자를 떠미는 순간을 목격자가 보고 있었던 것도 아닙니다. 호라이 씨가 본 건 신관님처럼 보이는 그림자가 떨어지는 듯한 장면이었어요."

"무슨 말씀을 하고 싶은 겁니까?"

"즉 두 가지 문제 외에도 타살을 의심할 만한 뭔가가 가령 망루 위 같은 곳에서 혹시 발견된 것 아닌가…… 문득 신경이 쓰여서요."

"오호."

모리와키는 겐야를 유심히 바라보고 나서 조금 망설이는 기색을 보였다.

"미도지마 경부님이 오실 때까지 답변을 드릴 수는 없습니다."

하지만 이렇게 똑똑히 고했다. 그 순간 무라타가 안도한 얼굴을 보였다. 선배 형사가 폭주하지 않을지 걱정하고 있었으리라.

문제의 미도지마가 도착한 것은 얼마 지나지 않아서였다. 모리와키의 보고에 귀를 기울일 때는 상당히 험악한 얼굴을 하고 있었으나 끝나고 나서는 원래 표정으로 돌아와 겐야에게 손짓했다.

"망루에 올라갈 텐데 자네도 가겠나?"

"그래도 됩니까?"

겐야는 기뻐하면서도 확인했다.

"감식은 이미 끝났어. 특별히 문제는 없네."

쌀쌀맞은 대답이 돌아왔다. 다만 동행할 수 있는 건 겐야뿐이고, 히데쓰구는 허락을 받지 못했기 때문에 가고무로 가에 돌아가기로 했다.

마을회관에서 망루까지 가는 길에 겐야는 미도지마에게 모리와키와 검토한 내용을 이야기했다.

"지금 단계에서 신관의 죽음을 단순히 사고라 단정하는 건 나도 반대야."

미도지마는 우선 이렇게 대답했다.

"하지만 선생이 지적하는 망루와 곳의 밀실성에 대해서는 모리와키의 견해에 찬성하고 싶군."

"즉 호라이 씨가 범인의 모습을 놓쳤다……고요?"

아무리 그래도 무리가 있지 않느냐는 어조였지만 미도지마는 전혀 동하는 눈치를 보이지 않았다.

"그보다 내가 마음에 걸리는 건 이게 타살이었을 경우 전망널 위에 있었을 범인의 모습을 목격자가 전혀 보지 못했다는 점이야."

"범인이 무슨 흥기로 전망널 끝에 앉은 신관님을 구타한 뒤 급히 망루로 돌아가는 동안 호라이 씨의 시선이 때마침 다른 곳을 향하고 있었다, 그리고 신관님이 전망널에서 추락한 직후 그녀가 다시 눈을 돌렸다고 생각하면 딱히 이상하진 않습니다만……."

"그렇게 범인에게 유리한 전개가 정말로 있었다고 생각하나?"

겐야는 장난꾸러기 같은 얼굴로 말했다.

"목격자인 호라이 씨가 달아나는 범인의 모습을 보지 못했다는 것도 똑같이 상대방에게 유리한 전개가 아닐까요?"

겐야는 미도지마가 화를 터뜨리지 않을까 대비했지만 그런 일은 벌어지지 않았다.

"곶 위를 달아나는 것과 전망널 위에서 피해자를 밀어 떨어뜨리는 것은 상황이 너무나 다르지 않은가?"

"그렇다고 해서 전자는 편하고 후자는 어렵다고도 할 수 없지요. 오히려 피해자를 밀어 떨어뜨리는 찰나의 행위를 우연히도 목격자가 보지 못했다고 생각하는 편이, 곶 위를 달려 망루에서 마을까지 도망가는 범인을 목격자가 놓쳤다고 해석하는 것보다는 꽤 자연스럽지 않나 싶습니다."

"잘 알았네."

미도지마는 상당히 사무적으로 동의했다.

"그렇다 한들 선생도 전망널 위에서 범인이 목격되지 않은 게 단순한 우연이라고 생각하지는 않는 것 아닌가?"

"네. 분명 무슨 이유가 있었다고 생각됩니다. 그게 범인의 트릭인지 아닌지는 아직 모르겠지만……."

두 사람이 이런 대화를 하는 사이에 망루 아래에 도착했다.

뿔위곶 끝에 세워진 망루는 네 개의 기둥이 지탱하는 높은 목조대 위에 작은 산막 같은 건물을 얹고 거기서 한 장의 전망널이 공중으로 튀어나오게 만든, 퍽 이상한 물건이었다.

이렇게 느껴지는 이유는 틀림없이 전망널 때문이겠군.

망을 보고 있던 주재순사 요시마쓰가 미도지마에게 퍼뜩 경례했다. 그 옆에서 겐야는 망루를 물끄러미 올려다보았다. 그런 그를 물론 요시마쓰는 무시하고 있다.

경부는 가볍게 답례하고 나서 곧장 사닥다리계단을 오르기 시작했다. 계단은 망루오두막 바로 밑 네 기둥의 정가운데 위치하고 있다.

끼익, 끼익…… 삐걱거리는 소리가 삽시간에 주위에 울려 퍼진다. 민가 이층집 정도의 높이지만, 저도 모르게 안전성이 의심스러워져 올라가기가 주저될 만큼 꽤 기분 나쁜 소리다.

미도지마가 다 올라가기를 기다렸다가 이쪽을 거들떠도 보지 않는 요시마쓰에게 가볍게 인사하고 나서 겐야는 사닥다리계단에 발을 올렸다.

……끼이익.

삐걱거리는 소리가 더 커져서 순간 철렁했다. 하지만 동시에 이 소리가 호라이에게 들렸는지 잊지 말고 확인할 필요가 있다고 생각했으니, 본인이 아무리 부정한들 탐정 활동이 제격이라는 증거일지도 모르겠다.

머리 위에 눈길을 주자 사닥다리계단 상부에는 사각형 구멍이 뻥 뚫려 있었다. 거기서 미도지마가 얼굴을 내밀고 있는 것은 겐야의

13장 | 망루 위의 실종 **369**

몸을 일단은 염려해서일까?

한 단씩 세면서 올라갔더니 계단은 전부 열세 단이었다. 서양 물건이었다면 불길할지도 모르지만, 여기서는 무의미하리라.

구멍 위로 얼굴을 내밀자 뜻밖에도 오두막 안은 좁게 느껴졌다. 남쪽 정면 벽이 바다 방향인데 문 한 짝 크기의 장방형 공간이 펼쳐져 있고 거기서 전망널이 튀어나와 있는 것이 보였다. 정면을 제외한 세 면은 판자를 댄 벽으로, 창문은 하나도 눈에 띄지 않는다. 맞배지붕 밑은 평범한 천장이다.

유일한 가구는 북쪽 벽의 동쪽에 놓인 옷장뿐이었다. 〈망루의 환영〉 이야기에 따르면 수건과 갈아입을 옷과 우산이 들어 있을 터다. 다만 옷장이 북동쪽 구석에 딱 맞춰 놓이지 않고 중앙에 있는 구멍 쪽으로 비껴나 있다는 점이 묘하게 신경 쓰였다.

어째서 이렇게 놔두었을까?

겐야는 의문스럽게 여기면서 옷장까지 가려다가, 전망널 출입구 왼편의 벽 가에 신관의 것으로 보이는 신발이 가지런하게 놓여 있음을 알아차렸다.

"앗……."

그 순간 그의 입에서 작은 외침이 새어나왔다.

왜냐하면 신발 위에 사사부네가 놓여 있었기 때문이다.

14장 사사부네

"이거였구나."

도조 겐야의 중얼거림에 미도지마 경부가 무슨 뜻이냐는 표정을 지었다.

"왜 모리와키 형사님이 신관님의 추락을 타살로 의심했는지가 제게는 수수께끼였습니다. 현장에 남겨진 사사부네에 근거가 있었다는 사실을 이제 겨우 깨달았어요."

이렇게 대답한 뒤 미도지마를 정면으로 바라보며 물었다.

"경부님은 이게 연쇄살인사건이라고 생각하십니까?"

"단 두 개의 사사부네로?"

꽤 부정적인 말투치고는 겐야의 지적을 완전히 배제하지는 않는 기색이 느껴졌다.

"노조키 씨가 입은 셔츠 앞주머니에 있던 사사부네는 본인이 넣었다고만 생각했습니다. 그 시점에서는 그 가능성이 가장 높았기 때문입니다. 하지만 신관님 신발 위의 사사부네는 아무리 그래도 아니겠지요. 확인할 필요는 있습니다만, 본인이 전망널로 나가기 전에 굳이 놓아두었다고 생각하기는 좀 어렵습니다. 그렇다면 노조키 씨의 사사부네도 충분히 의심할 여지가 생깁니다."

"둘 다 범인이 일부러 현장에 남겨두었다?"

"그렇다고 하면 일종의 범행 성명 聲明이겠지요."

그러자 미도지마는 사뭇 얄궂은 얼굴을 했다.

"어느 쪽 사건도 명백히 타살이라고 단정할 수는 없네. 오히려 사고설로 기울 법한, 그런 현장 상황이야. 범인이 의도해서 연출했는지 아닌지, 그건 아직 모르지. 하지만 그렇다고 생각하는 편이 이런 경우에는 자연스럽지 않나?"

"타살을 사고로 가장할 수 있다면 물론 그렇습니다."

"그런데도 현장에 범행 성명을 남길까?"

"모순되네요."

말은 이렇게 하면서도 겐야가 변함없이 사사부네가 범인의 범행 성명이라고 추측하고 있음을 미도지마는 아는 듯했다.

"그래도 그런 물건을 현장에 남겨둔다면 대체 뭐 때문이지?"

"사건이 사고로 처리되는 행운을 바라면서도, 하지만 실제로는 확실한 동기에 근거한 살인임을 남몰래 주장하고 싶다든지……. 범인의 복잡한 심리가 표출된 것이 사사부네일지 모릅니다."

"그 경우 사사부네 자체에 의미가 있다고 생각하나?"

"네. 우리는 알기 어렵지만 범인에게는 명확한 뭔가가 사사부네에 담겨 있는 것 같은 느낌이 듭니다."

겐야는 신발 위의 조릿대 잎으로 만든 배에 눈길을 주었다.

"그만큼 중요한 물건인데 겉보기에는 그냥 작은 사사부네예요. 마을의 곡식신이나 지장에도 예사로 바쳐져 있고요. 즉 피해자가 몸에 지니고 있든 현장에 남아 있든 거의 눈에 띄지 않습니다."

"그러면서도 생각하기에 따라서는 꽤 의미심장해 보이기도 해."

"이번 같은 사건에서 범행 성명을 위해 남기는 물건으로서는 실로 이상적일지 모릅니다."

그러자 미도지마가 오두막 안을 빙 둘러보고 나서 말했다.

"하지만 이 망루도 대숲 신사와 마찬가지로 선생이 말하는 밀실인 셈이야."

"둘러봐도 되겠습니까?"

경부의 허가를 얻어 겐야는 오두막 네 모서리를 얼추 돌면서 사방 벽을 조사했다. 그러고 나서 지붕 밑과 바닥을 확인했지만 아무것도 발견하지 못했다.

"옷장을 열어봐도 됩니까?"

다시 허가를 구하고는 네 칸짜리 서랍을 가장 아랫단부터 순서대로 열어봤다. 네 번째 칸에는 우산, 세 번째 칸에는 비옷, 두 번째 칸에는 수건 종류, 그리고 첫 번째 칸에는 승복이 들어 있을 뿐 특별히 수상쩍은 것은 보이지 않는다.

"네 번째 칸의 우산과 세 번째 칸의 비옷은 처음부터 옷장에 들어 있었습니까?"

"딱히 보고를 받지는 않았으니, 그렇겠지."

"어제저녁에 분담해서 신관님을 찾으러 다닐 때 오가키 군에게 이곳을 봐달라고 했습니다. 그때 그가 망루오두막 안에 우산과 비옷을 말려놓은 것을 보았고요."

"이쪽에 비는?"

"어제 오후에 가랑비가 내리기 시작해서 저희가 신관님을 찾기 시작한 저녁때는 마침 그친 참이었습니다."

"그러면 신관은 그 시간대 어느 지점에서 우산을 쓰고 망루로 온 건가."

"그리고 명상을 한 뒤 다른 장소로 이동했습니다. 그때 비는 그쳤기 때문에 우산을 말렸고요. 그리고 오늘 아침에 다시 망루로 와서 마른 우산을 옷장에 넣었습니다."

"앞뒤는 맞는군. 그래서 비옷은?"

"우산을 썼으니 비옷은 필요 없지요. 큰비라면 이해가 되지만 어제는 가랑비였습니다. 그렇다면 비옷을 입은 두 번째 인물이 명상중인 신관님을 찾아왔다, 이렇게 보는 편이 자연스럽지 않겠습니까?"

"범인인가……."

겐야가 고개를 끄덕거리면서도 더 생각하는 몸짓을 보이자 미도지마가 물었다.

"뭔가 걸리나?"

"대체 범인은 뭐 때문에 망루까지 왔을까요? 굳이 와놓고는 왜 그때 신관님을 해치지 않았을까요?"

"비옷도 말려놓은 걸 보면 외려 사이좋게 망루를 뒤로한 것 같군."

"게다가 명상 장소 말인데……."

스즈카케에게 들은 세 장소의 차이를 겐야는 이야기했다.

"신관님은 큰 곳에서 작은 곳으로, 즉 비밀 장소에서 대숲 신사로 그리고 다시 망루로 명상 장소를 바꾸어 갔거나 반대로 작은 곳에서 큰 곳으로 이동했거나 둘 중 하나인 셈입니다. 그런데 어제 오후부터 저녁 사이에 망루에 있었다고 생각할 경우에는 이 순서가 무너져 버려요."

"망루가 두 번째가 되기 때문인가."

재차 고개를 끄덕거리는 겐야를 미도지마는 무표정하게 바라보았다.

"무슨 말을 하려는지는 알겠으나 그리 중요하다는 생각은 들지 않는군. 그저께 밤부터 오늘 아침까지 신관의 모습을 본 자가 없다는 사실로 볼 때 거의 비밀 장소에 틀어박혀 있었다는 것은 일단 틀림없겠지. 단, 무슨 생각이 있어서 그 사이에 대숲 신사나 망루에도 이동한 것 아닌가?"

"한 장소에서 명상을 끝낸 다음이 아니면 다른 곳으로는 옮기지 않았다. 스즈카케 씨는 이렇게 말하고 있습니다."

"좋아. 이 건은 이제 됐겠지. 달리 신경 쓰이는 부분은?"

미도지마가 간단히 끊어버렸기 때문에 겐야도 다시 기분을 바꾸어 북동쪽 구석을 가리켰다.

"이 옷장 말인데요, 이곳 구석에 붙여두었던 것을 일부러 지금 위치로 움직였을까요?"

"감식의 견해로는 그렇다더군."

"범인이, 말입니까?"

"거기까지는 모르지만 신관이 그럴 이유가 있었을까."

겐야는 동쪽 벽과 옷장 사이에 생긴 틈에 들어가보았다.

"딱 성인이 혼자 설 수 있을 정도네요."

거기서 바닥에 앉자 옷장 그늘에 숨는 형태가 되었다.

"경부님, 죄송하지만 사닥다리계단을 조금 내려갔다가 다시 올라와주시겠습니까?"

뜻밖에도 미도지마는 아무런 불평도 하지 않고 겐야가 부탁한 대로 움직였다.

"어떻습니까?"

"선생이 있는 곳은 내 왼쪽 대각선 뒤니까 계단을 올라오는 것만으로는 전혀 보이지 않아. 하지만 몸을 숨기기 위해서라면 애초에 옷장을 움직일 필요도 없겠지. 구멍과 북쪽 벽 사이에 가만히 있으면 돼. 그러면 계단을 올라온 신관의 바로 뒤니까."

"그러네요. 신관님보다 먼저 와서 오두막에 숨어 있었다면 적어도 호라이 씨한테는 들키지 않고 망루로 들어올 수 있었던 것 아닌가. 이렇게 생각했습니다만……."

"즉 범인은 호라이가 목격자가 될 위험을 처음부터 계산에 넣고 있었던 셈인가?"

"그녀가 신관님의 명상을 지켜보는 건 마을 사람이라면 누구나 아는 사실 아닙니까."

"그런 것 같더군."

"그렇다면 범인도 호라이 씨의 존재를 무시할 수는 없지요."

겐야는 옷장 그늘에서 나와 바닥의 구멍과 북쪽 벽 사이에 섰다.

"이야기를 되돌리자면, 저 옷장 틈새에 숨는 것보다 경부님이 말씀하셨다시피 여기에 서 있는 편이 훨씬 좋을 것 같습니다."

"범인이 사전에 거기 숨어 있었다 치고, 신관이 온 다음에 어떻게 했나?"

"그, 그 부분입니다."

겐야는 갑자기 난처한 얼굴을 했다.

"여기 매복해 있던 범인이 올라온 신관님을 등 뒤에서 덮친다. 그때 죽이든 기절만 시키든, 보통은 전망널에서 삼도장으로 신관님을 떨어뜨렸을 거라고 생각할 겁니다."

"그렇겠지."

"그런데 신관님이 전망널에서 모습을 감추기 전에 거기 무릎 꿇고 정좌해 있는 모습을 호라이 씨는 똑똑히 목격했습니다."

"즉?"

"신관님을 덮치는 데까지는 똑같다 치고 그때 범인은 기절만 시켰습니다. 그리고 피해자를 떠메고 전망널로 옮겼지요. 얼마 지나 신관님은 의식이 돌아왔지만 아직 머리가 멍한 사이에 몸이 기울어 떨어집니다."

"말은 되는군."

"네. 단, 전망널에 앉아 있는 신관님을 봤다는 호라이 씨의 증언과 전혀 합치되지 않습니다."

"분명 고개를 똑바로 들고 등도 쭉 펴고 있었다고 증언했지."

"이 경우는 평범하게 정좌해 있었다고 생각해야겠지요."

"즉 전망널로 나간 건 어디까지나 신관의 의사였다. 습격당한 건 그 뒤였다. 이렇게 되나?"

거기서 미도지마는 호라이의 상세한 증언을 끄집어냈다.

"실은 신관이 전망널로 나오는 것을 호라이는 상당히 확실하게 목격했어."

"네?"

"정좌한 채로 널빤지 끝까지 이동했다더군."

"다실에서 정좌한 채로 두 팔로 바닥을 젓듯이 해서 움직이는 방식과 똑같을지도 모릅니다."

"젊은 시절에는 전망널 끝까지 걸어가서 앉았던 모양인데, 나이가 든 뒤로는 그만뒀다고 오 인방이 전부 증언하고 있어."

"그랬던 겁니까……. 아니, 경부님. 그런 중요한 정보를 가르쳐주시지 않다니 너, 너무하신 거 아닙니까?"

"선생의 추리를 듣는 건 제법 재미가 있거든."

겐야의 항의를 미도지마는 가볍게 받아쳤다.

"그런……."

"그건 그렇고, 전망널 끝에 앉은 신관을 범인은 어떻게 밀어 떨어뜨렸지?"

겐야는 계속해서 물고 늘어지려 했지만, 미도지마가 이렇게 던지자 머릿속이 금세 그 문제로 꽉 찼다.

"우선 떠오르는 건……."

겐야는 전망널 시작 부분까지 이동하고는 거기서 널빤지 끄트머리를 바라보았다.

"노조키 씨가 가지고 있었던 것 같은 기다란 대나무 봉으로 망루

안에서 신관님의 몸을 찌르는 방법입니다."

"명상중에 허를 찔리면 확실히 위험할지도 모르지."

"단, 피해자는 서 있는 상태가 아니라 똑바로 앉아 있었습니다. 대나무 봉으로 몸 어딘가를 찌르는 정도로 과연 떨어질지……."

"머리를 쳤다면?"

"떨어뜨릴 수 있는 가능성은 물론 커지겠지요. 하지만 전망널 길이가 2미터는 되겠네요."

겐야는 널빤지 앞부분에 서면서 말했다.

"여기서 대나무 봉으로 머리를 때린들 얼마나 충격을 가할 수 있을까요."

"각재목이라면 어때?"

"가능성은 커지지만 어디서 조달하지요?"

"조각배 노가 있지 않나."

미도지마의 지적에 겐야는 과연 그렇구나 싶었다.

"어찌 됐든 그런 기다란 흉기를 가지고 걷는 건 꽤 눈에 띄지 않습니까?"

"그렇기 때문에 범인은 선생 말대로 미리 여기에 숨어 있었어. 그리고 매복한 채 신관을 기다리고 있었던 것 아닌가?"

"그 경우 신관님이 오늘 아침에 여기서 명상하리라는 것을 범인은 알고 있었던 게 됩니다."

"아니면 범인이 신관을 불러냈거나."

"불러냈다고 하시니 말인데, 그저께 밤 신관님의 묘한 행동이 사실 그렇게 보입니다. 연회에서 사람들의 주의가 딴 곳을 향하고 있는 사이 누군가가 몇 시에 어디어디로 오라고 신관님을 불러냈다. 그런 생각이 들지 않습니까?"

"우리도 같은 관점으로 보고 있네. 하지만 그게 오늘 아침 사건과 대체 어떻게 연결될지."

"범인은 신관님을 불러내기 전에 오늘 아침의 명상에 대해 알고 있었습니다. 그래서 범인은 그저께 밤 신관님에게 약효가 늦게 듣는 약을 먹였어요. 수면제인지 독약인지는 모르겠지만, 명상 시간에 듣기 시작하는 약입니다. 이 지방에는 사안초나 유귀버섯 등 다른 곳에는 없는 약초가 있다고 하니, 그런 약을 만들 수 있을지도 모릅니다. 신관님이 떨어지기 전에 자세가 조금 무너져 있었다고 호라이 씨가 증언한 건 그런 약 때문이 아닐까요?"

"한나절 반 뒤에 효력이 생기는 약이라."

"혹은 약을 먹인 것이 어제일지도 모릅니다."

"여하간 조사해보지."

"그저께 밤이나 어제, 범인은 어쨌든 신관님께 약을 복용시켰습니다. 그리고 오늘 아침에 망루로 앞질러 와서 약이 효과를 발휘할 시간대를 노려 대나무 봉으로 신관님의 몸을 찔렀어요."

"그러면 약을 먹이기만 해도 되지 않나?"

"약이 듣기 시작만 하면 신관님이 알아서 떨어지기 때문이군요. 하지만 아무래도 확실성이 없습니다."

"그렇다 쳐도 참 번거로운 방식이군."

"이런 방법을 쓴 건 물론 호라이 씨가 목격하게 만들기 위해서입니다."

"길고 가느다란 대나무 봉이라면 호라이의 오두막에서는 보이지 않는다고 생각한 건가."

"그녀 입장에서는 신관님이 자세가 갑자기 무너지더니 전망널에서 떨어진 것처럼 보입니다. 즉 사고사지요."

"과연, 말은 되는군."

납득하면서도 미도지마는 대단히 언짢은 표정을 지었다.

"호라이는 동이 트는 동시에 기상해서 일몰과 함께 취침하기 때문인지 낮 동안의 일은 잘 아는 모양이지만, 공교롭게도 하필 전망널에서 떨어지기 직전의 신관을 보지 못했어. 범인에게도 오산이겠지만 우리에게도 큰 타격이야. 가장 중요한 부분을 전혀 보지 못했으니 말이지."

"그냥 느낌입니다만······."

겐야의 의미심장한 말에 미도지마가 의아한 얼굴을 했다.

"이 사건의 범인은 꽤 악운이 강한 것 같습니다."

"이봐, 약한 소리는 하지 말아줘."

미도지마는 의도해서인지 험악한 눈빛을 띠었다.

"범인이 어떻게 이 망루에서 호라이 눈에 띄지 않고 도망칠 수 있었나, 하는 중요한 수수께끼가 아직 남아 있으니까."

"그 말씀은 경부님도 망루의 밀실성을 인정하시는······."

"그건 전에도 말했지만 선생 담당이야."

지시하듯 잘라 말한 미도지마는 대놓고 물었다.

"타살일 경우 용의자는 누가 되리라 생각하지?"

"밀실이 제 담당이라면 범인 찾기는 경찰 주특기 분야 아닙니까."

겐야의 대꾸에 경부는 드물게 훗 하고 웃음을 지었다.

"기나세가 자네를 마음에 들어 한 것도 어째 이해가 되는군."

"그, 그렇습니까……?"

"가장 유력한 용의자는 다케야의 기지 마사루겠지."

미도지마가 느닷없이 이름을 꺼내는 바람에 겐야는 깜짝 놀랐다.

"다음은 영명관 편집자인 오가키 히데쓰구고."

"설마……."

"노조키 렌야 아사 사건의 탐문 조사에서 기지 마사루, 오가키 히데쓰구, 가고무로 스즈카케의 삼각관계가 이미 부상했어. 거기에 신관이 그늘을 드리우고 있었던 것도 포함해서 말이지. 다만 노조키 사건과는 관계없어 보였기 때문에 그 이상 파고들지는 않았지만……."

"잠깐만요. 확실히 기지 마사루 씨에게는 신관님을 없애고 싶다는 동기가 있었습니다. 하지만 이게 연쇄살인사건일 경우 그는 노조키 렌야 씨도 죽인 게 됩니다. 이상하지 않습니까?"

"맞아. 노조키 렌야 살해에 관해서는, 현재 기지 마사루에게 동기가 없지."

미도지마가 단박에 인정했기 때문에 겐야는 그대로 계속했다.

"오가키 히데쓰구 군 또한 아무 동기가 없지 않습니까."

"노조키 렌야 살해의 가장 유력한 용의자는 여전히 가고무로 신관이지만, 그것과 같은 동기를 오가키 히데쓰구도 가지고 있었다고 볼 수 있네. 다만 신관은 신사의 체면을 신경 썼을 테고, 오가키는 스즈카케를 지키고 싶다는 동기가 있었을 테지."

미도지마의 지적은 지당했기 때문에 겐야는 조금 애가 탔다.

"아니요, 오가키 군에게는 확실한 알리바이가 있습니다. 노조키 렌야 씨가 도쿠간사에서 나가 행방이 묘연해진 것은 9월 23일이에요. 인간이 아사하려면 너댓새가 필요합니다. 시신이 발견된 건 28일이니 23일부터 세면 딱 닷새입니다. 즉 노조키 씨는 23일 이른 시간에 대숲 신사의 밀실에 갇혔다고 볼 수 있어요. 하지만 문제의 23일에 오가키 군은 아직 도쿠유 촌에 도착하지 않았습니다. 노즈노의 다이료 정에 있는 여관에서 저와 소후에 군의 도착을 기다리고 있었으니까요. 즉 그는 노조키 렌야 씨 살해가 완전히 불가능했던 겁니다."

미도지마는 잠시 생각에 잠겼다.

"노조키 렌야 살해의 알리바이가 있는 건 도리어 오가키 히데쓰구뿐일지도 모르겠군."

이렇게 말해서 겐야는 안도했지만 다음 대사를 듣고 뒤로 넘어갈 뻔했다.

"그러면 가고무로 스즈카케인가."

"마, 말도 안 됩니다. 노조키 씨는 둘째 치고, 신관님이 친할아버지입니다."

겐야는 어이가 없다기보다 화가 났다.

"사랑에 빠진 남자를 위해 육친을 살해한 예는 얼마든지 있어."

하지만 미도지마가 차갑게 내뱉었기 때문에 황급히 덧붙였다.

"하지만 스즈카케 씨는 두 남성과 이렇다 할 연애 감정은 거의 없어 보였습니다. 이건 제 견해가 아니라 소후에 군 의견이니 꽤 신빙성이 있을 겁니다. 따라서 사랑에 빠진 남자를 위해서라는 동기는 있을 수 없어요."

미도지마는 아무 말도 하지 않았다.

"노조키 렌야 씨와 신관님, 두 사람에 대해 동기와 기회가 있는 자를 우선 찾아낼 필요가 있습니다."

그러자 미도지마가 불쑥 선언했다.

"두 사건의 동기와 기회 문제는 이제부터 우리가 밝히지. 선생은 두 밀실의 수수께끼에 마음껏 매달리면 돼."

그리고 겐야를 재촉해 망루에서 내려가려는 기색을 보였다.

"돌아가기 전에 전망널에 한번 나가봐도 됩니까?"

호소하는 눈빛으로 부탁했더니 미도지마가 눈을 부릅떴다.

"선생, 자네는 정말 호사가로군."

"후학을 위해서라도 꼭 부탁드립니다."

"사건 검토 때문이 아닌가."

미도지마가 불평하면서도 수락했기 때문에 겐야는 그 자리에서 네 발로 기어 슬금슬금 전망널로 나갔다.

이건…… 무섭군.

반을 지나기도 전부터 벌써 바로 밑이 삼도장이다. 대체 해수면까지 몇십 미터나 될까?

밑을 보면 안 돼.

겐야는 네 발로 엎드린 상태에서 천천히 책상다리를 하고 두 팔의 힘으로 조금씩 나아가기로 했다.

신관님도 이렇게 했나?

시선을 바다로 향하면서 전망널 끄트머리에 도착했을 때였다. 오른쪽 시야가 확 트이는 바람에 예상치 못한 느낌을 받았다. 무심코 서쪽을 보고는 과연 그렇구나 납득했다.

다루미 동굴이 있는 단애절벽이 끊기고 서쪽의 먼바다가 눈에 들어온다.

이 널빤지의 역할은 여기에 있었나.

널빤지 끝에 화톳불을 걸면 도쿠유 촌의 암초지대에 들어서기 전부터 먼바다를 항해하는 배에 불빛이 보일 것이 틀림없다. 뿔위곶 선단에서 그렇게 해봤자 빛이 전혀 닿지 않아서 헛수고일 것이다. 망루 위에서도 마찬가지다.

하지만 그렇다면 철로 된 봉을 뻗으면 되지 않나?

이런 널빤지를 사용할 필요는 없지 않았을까 하고 겐야는 고개를 갸웃했다.

"선생, 명상이라도 하나?"

미도지마가 말을 걸어서 그만 돌아가기로 했다. 뒤로 물러나면서 다루미 동굴을 내려다봤지만 조각배는 한 척도 눈에 띄지 않는다. 필시 동굴 안에 들어가 있으리라.

두 사람이 망루에서 멀어져 뿔위곶 시작 부분까지 왔을 때 겐야가 말했다.

"호라이 씨의 오두막에 잠깐 들러도 되겠습니까?"

겐야가 허락을 구하자 미도지마는 열심인 모습에 반쯤은 어이없으면서도 반쯤은 감탄한 표정이었다.

"그 여자는 귀가 들리기는 하지만 말을 전혀 못 한다더군. 게다가 괴짜라서 경찰 조사가 힘들었던 모양이야."

그의 부탁을 들어주면서도 이렇게 못을 박았다.

"그러면 경찰 조사는 전부 필담입니까?"

"글 쓰는 건 선생도 잘하잖아."

"호라이 씨한테 확인하고 싶은 게 실은 그리 많지 않습니다."

망루 사닥다리계단이 삐걱거리는 소리가 오두막에 있는 호라이에게 들렸는가 하는 의문은 이미 해결되었다. 곶의 시작 부분에서 이미 파도 소리 때문에 무리임이 분명해졌기 때문이다.

"그럼 무엇을?"

"오두막에서 망루가 어떻게 보이는지, 그걸 확인하고 싶습니다."

두 사람은 곶 시작 부분의 암벽을 내려가지 않고 일단 해변으로 나간 다음 호라이의 오두막으로 걸음을 옮겼다. 그편이 '정식 방문'처럼 보인다고 겐야가 주장했기 때문이다.

"안녕하세요, 실례합니다."

겐야가 밖에서 부르자 얼마간 사이를 두고 나서, 이윽고 허술한 나무문이 조용히 조금 열렸다. 그리고 한쪽 눈만 보이는 천주머니를 쓴 머리가 쑥 나왔다.

"……"

그 이상함에 천하의 겐야도 말문이 막혔지만 그것도 한순간이었다. 자기소개부터 신관 건까지 빈틈없이 이야기한다 싶더니 어느새 오두막에 들어가 있었다. 밖에는 어안이 벙벙한 미도지마만 우두커니 남겨졌다.

호라이에게 할 질문은 두 가지뿐이었다.

신관은 망루에서 명상할 때 사사부네가 필요한가?

어제 오후부터 저녁에 걸쳐 신관은 전망널에 있었는가?

둘 다 호라이의 대답은 '아니오'였다. 하긴 사사부네에 대해서는 그녀도 알 도리가 없다는 생각이 들었지만, 확실히 아니라고 표현했다. 신관에게 명상에 관한 이야기를 여러 번 들었고, "몸뚱이 하나로 하는" 것이 중요하다고 설명했다고 한다. 그렇기 때문에 비밀 장소에서는 분명 신관은 전라로 명상한다고 호라이는 믿고 있었다. 어쨌든 사사부네의 필요성은 전무하다고 한다. 그리고 어제 오후에 이곳에서 신관을 발견한 기억은 한 번도 없다고 단언했다.

오두막 안쪽, 미닫이 널문 옆에는 버팀목으로 쓰는 듯한 대나무 봉이 세워져 있었다. 안에서 확실히 문단속을 하는 것은 여성이라서 조심하기 위함이 틀림없다. 속세를 떠나려 해도 현실은 상당히 엄혹하다는 증좌를 이 대나무 봉 하나에서 찾을 수 있을 듯하다.

겐야는 창문에 얼굴을 대고 뿔위곶과 망루를 올려다보았다. 여러 각도에서 밖을 보려고 머리를 계속 움직였더니 호라이가 크게 웃었다. 퍽 우스꽝스러운 움직임으로 보였으리라.

덕분에 겐야가 오두막에서 나올 때쯤에는 호라이와 사이가 아주 좋아져 있었다. 그 모습을 미도지마가 대단히 흥미롭다는 표정으로 보고 있었다.

"오래 기다리셨습니다."

겐야가 말을 건네고 두 사람은 오두막을 떠났다. 누가 먼저랄 것도 없이 해변을 걷기 시작하자 미도지마가 재미있다는 듯 말했다.

"자네는 신기한 사람이군."

"갑자기 무슨 말씀입니까?"

겐야가 의아해하자 미도지마는 진지한 얼굴로 말했다.

"아니, 확실히 탐정이 적성에 맞을지도 모르겠단 생각이 들어서."

그러고는 이런 말을 한다.

"그래, 뭘 알게 됐는지 괜찮다면 가르쳐주겠나?"

겐야는 어떻게 반응해야 할지 망설였지만 여기서는 마지막 질문에만 답하면 되겠다고 나름대로 판단했다.

"오두막 창문에서 보이는 건 전망널의 앞쪽 반이라는 것을 일단 알았습니다. 따라서 범인이 있었을 경우 널빤지 시작 부분부터 절반까지는 신관님에게 다가갈 수 있었던 셈이지요."

"거기라면 가느다란 대나무 봉으로도 신관을 찔러서 떨어뜨리는 것이 가능한가."

"망루오두막 안에서 하는 것보다야…… 그렇지요. 다만 범인이 호라이 씨의 오두막에서 어디까지 보이는지를 사전에 알고 있었다는 조건이 붙습니다. 그런 인물이 신관님 외에 과연 있었을까요."

"조사해보지."

"다음으로 알게 된 것은 범인이 반드시 먼저 망루로 올라가서 신관님을 기다릴 필요는 없었다는 점입니다. 나중에라도 호라이 씨에게 모습을 보이지 않고 망루에 가까이 갈 수 있습니다."

"발소리를 죽이고 곶 위를 걷는 건가?"

"그것도 유효하지만 호라이 씨가 오두막 창문으로 밖을 내다보고 있으면 바로 들킵니다."

"특히 신관이 전망널에 나가 있을 때는 그렇게 되겠군."

"그녀는 오늘 아침 증언에서 '물색 하카마가 언뜻 보인 다음 흰 기모노를 입은 인물이 곶 끝으로 걸어가는 모습'을 보았다고 했습니다. 하반신인 하카마가 먼저고 상반신인 기모노가 나중입니다. 게다가 하카마는 일부밖에 보이지 않았고요. 오두막 창문으로 내다보고 알았는데, 거기서 곶 위를 걷는 사람을 볼 경우 거의 상반신밖에 시야에 들어오지 않는 것 같아요."

"네 발로 기어가면 호라이에게 들키지 않고 망루에 드나들 수 있겠군."

"물론 확인할 필요는 있지만 아마 틀림없을 겁니다. 단지……"

거기서 겐야가 말끝을 흐리자 미도지마는 이미 다음 대사를 예상하는 듯했지만 그래도 물었다.

"뭔가?"

"신관님이 망루에 올라가 전망널로 나가서 모습을 감춘 뒤에 호라이 씨는 곧장 곶으로 올라갔습니다. 그 상태에서 아직 망루에 있었을 범인이 어떻게 달아났는가? 이 수수께끼는 여전히 남아 있습니다. 범행 당시 뿔위곶과 망루는 역시 밀실 상태였던 셈이에요."

15장 다루미 동굴의 괴사

그날 해 질 녘까지 이루어진 다루미 동굴 삼도천 수색에서도 가고무로 간키 신관은 발견되지 않았다. 도조 겐야는 이곳 어부들을 조금 의심하고 있었다.

과연 얼마나 진심으로 그 강을 뒤졌을지…….

한 번밖에 본 적 없는 그도 다루미 동굴 삼도천에는 터무니없는 공포심을 느꼈다. 외지인도 무의식중에 두려워하는 강을 동네 어부들이 만족스럽게 뒤져볼 수 있을까? 설령 한다 해도 동굴 출입구 부근 정도지, 안쪽까지는 좀처럼 무리 아니겠는가. 신관은 분명 마을 사람들이 경모했겠지만, 그것과 이 일은 별개이리라.

미도지마 경부와는 마을회관 앞에서 헤어졌다. 그때 노조키 렌야의 지각 장해 건에 관해 물었지만, 현재는 해당하는 보고가 없다고 한다. 이제부터 하에다마님 축제가 열린 29일 밤 관계자의 행동을 자세히 알아보는 동시에 노조키 렌야와 가고무로 간키의 관계를 조사한다고 미도지마가 말했다. 겐야는 결과를 꼭 알려달라고 부탁했지만 긍정적인 대답은 듣지 못했다.

당연한가.

이렇게 생각하면서도 미도지마가 자신을 대하는 태도에 겐야는 고개를 갸웃거렸다. "그런 건 이야기하기 어렵네"라고 하면서도 경찰 수사로 판명된 사실을 지금까지 몇 번이나 알려주었다. 겐야에게 탐정의 재능이 있다고 인정하기 때문 아닌가?

……아니, 애당초 나는 탐정 같은 게 아니야.

그야말로 미도지마가 들으면 고개를 갸우뚱할 만한 독백을 가슴에 품은 채 겐야는 사사메 신사로 돌아갔다.

"스즈카케 씨는?"

가장 먼저 그녀의 상태를 묻자 소후에 시노가 조금 안심한 표정으로 말했다.

"내내 기운이 없고 하여튼 어두웠는데 좀 좋아졌어요. 다케야의 다케가 놀러 온 것도 기분전환이 된 것 같아 다행이에요."

"그렇군. 그 애한테는 또 달달한 거라도 사줘야겠어."

겐야가 마음을 놓은 것도 잠시, 시노가 불길한 소식을 꺼냈다.

"구로 선배님한테서 전보가 왔어요."

"또? 이번에는 뭘 보내달라고 해?"

"그게, 한 마디밖에 안 쓰여 있어요."

"뭐라고?"

"맛없다."

아무래도 뼈 없는 문어를 먹어본 감상을 보내온 모양이다. 물론 겐야는 무시하기로 했다. 평상시에도 아부쿠마가와 가라스를 상대하는 것은 큰일인데 지금은 그럴 여유 따위 없다.

가고무로 스즈카케의 방을 찾아가자 시노가 한 말처럼 그녀의 상태에 변화가 보였다. 원래의 의젓한 분위기에, 내가 정신을 단단히 차려야만 한다는 결의 같은 것이 근소하게나마 더해진 느낌이다.

이 정도면 괜찮겠다.

이렇게 생각한 겐야는 망루에 남아 있던 사사부네에 관해 물었다. 하지만 스즈카케는 아무 짚이는 구석도 없다고 한다.

"단지……."

스즈카케가 뭔가를 골똘히 고민하는 얼굴로 말했다.

"할아버지가 당신 신발 위에 사사부네를 뒀다고 생각하기는 좀 어려워요."

"어째서지요?"

"그랬다면 무슨 의미가 있었을 거거든요. 그 의미란 틀림없이 명상과 관련된 것이겠죠. 그럼 분명 제게 말씀하셨을 거라고 생각해요. 하지만 지금까지 한 번도 그런 이야기는 나오지 않았어요."

그러고 나서 겐야는 확인을 위해, 하에다마님 축제 뒤풀이 때 신관이 어딘가에서 누군가와 만나려는 기미가 없었는지 물어보았다.

"형사님도 물어보셨지만 저는 아무것도……."

모르겠다는 듯이 스즈카케는 고개를 저었지만, 그 동작에 겐야는 적지 않은 이질감을 느꼈다. 사사부네에는 짚이는 구석도 없다고 대답했을 때에 비해 어딘지 어색했기 때문이다.

실은 짐작 가는 것이 있다?

그럼 왜 솔직히 말하지 않는가? 신관의 안위를 걱정한다면 보통 그런 중요한 문제를 숨기지는 않을 것이다.

누군가를 감싸려고?

이 생각이 들었을 때 기지 마사루의 얼굴이 떠올랐지만, 겐야는 즉각 부정했다.

있을 수 없는 일이야.

시노의 말을 들을 필요도 없이 스즈카케가 다른 사람도 아닌 그를 감싸리라는 생각은 들지 않는다.

그렇다면 왜?

에둘러서 떠보려 했지만 그녀는 어디까지나 '모른다'로 일관했다. 이렇게 되면 겐야도 더는 할 수 있는 일이 없다.

스즈카케와 함께 저녁식사를 한 뒤 겐야는 별채에서 오늘 오후부터 있었던 일을 시노와 오가키 히데쓰구에게 전부 이야기했다.

"또 밀실 수수께끼예요? 게다가 연쇄살인이라니······."

시노는 경악하는 표정을 지었지만 금세 원래대로 돌아가더니 말했다.

"하지만 선생님과 함께 있는 걸 생각하면 이 정도는 당연했네요."

"네? 그렇습니까?"

히데쓰구가 엉겁결에 뒤집어질 만한 대사를 그녀는 태연하게 계속했다.

"이거야 원, 남들이 들으면 오해할 소리를······."

겐야가 타이르려 해도 아랑곳하지 않는다.

"하지만 진짜 그런걸요. 피가 콸콸 쏟아지는 사건이 아니라서 그나마 다행인지 몰라요."

"그런……."

히데쓰구는 반쯤 몸을 빼고 엉거주춤하게 있다.

"소후에 군, 여기 신관님이 행방불명되셨는데 말을 함부로 하면 안 되지."

"어머, 나 좀 봐……."

아무리 그래도 겐야가 강한 어조로 나무랐더니 시노는 갸륵하게 고개를 숙였다.

"스즈카케 씨한테도 죄송한 말을 해버렸네요."

순식간에 울 것 같은 얼굴이 되다니 자못 그녀답다.

"그 스즈카케 씨 말인데……."

겐야는 앞서 그녀와 대화를 나누었을 때 느낀 뭐라 말할 수 없는 불안을 전했다.

"거기에 대해서는 잘 모르겠지만, 저도 묘하다……라고 느낀 일이 있어요."

그랬더니 시노가 의미심장한 대꾸를 한다.

"어떤 일로?"

"조금 자고 먹고 나서 약간은 기운을 차린 건 확실해요. 단지 어디까지나 그나마 나아졌다 정도였는데, 이게 묘하게……."

그녀가 머뭇거려서 겐야가 뒷말을 대신 채웠다.

"달라졌다?"

"맞아요. 하지만 도저히 이유를 알 수 없는 데다, 털고 일어난 것과도 다른 것 같아서…….”

"소후에 군한테는 어떻게 보였어?"

"글쎄요. 뭔가 각오를 정한 듯하달까 결단한 듯하달까…….”

겐야는 즉시 히데쓰구에게 물었다.

"짚이는 데가 있을까?"

"……아뇨, 전혀 없습니다."

자신이 도움이 되지 않는 것이 분하다는 듯 얼굴이 일그러졌다.

"어쨌든 오늘 밤은 그만하는 편이 좋겠지. 내일 아침식사 후에 스즈카케 씨와 이야기해보자."

다음 날 아침이 되어 겐야 자신이 이 판단을 얼마나 후회하게 될지, 물론 본인도 알 턱이 없었다.

날이 밝아 10월 2일, 별채에서는 히데쓰구가 동트기 전에 일어나 옷을 갈아입기 시작해서 겐야는 깜짝 놀랐다.

"오늘 따라 빠르군."

"앗, 죄송합니다. 조용히 일어난 줄 알았는데…….”

"그건 상관없는데, 무슨 일이야?"

히데쓰구는 재빨리 옷을 다 갈아입더니 겐야 앞에 무릎 꿇었다.

"이런 상황일 때 선생님 곁을 떠나는 건 괴롭지만, 잠시 구난도에 다녀오겠습니다."

믿을 수 없는 대사를 입에 담아서 겐야를 놀라게 했다.

"……지금? 대체 왜?"

"도쿠유 촌에 도착했을 때 수첩을 두고 왔다고 말씀드렸는데, 그 뒤의 소동으로 까맣게 잊고 있었다는 게 어제 생각이 나서요. 가지러 갔다 오겠습니다."

"으음, 그랬지."

겐야는 "지금은 관둬"라고 주의를 주고 싶었다. 그랬다가 가령 "언제면 괜찮겠습니까?"라는 질문이 돌아온다면 도저히 대답할 수 없다. 구난도 어딘가에 두고 그냥 왔다는 수첩이 히데쓰구에게 중요한 물건임을 아는 만큼 억지로 만류하기도 망설여졌다.

"그렇다 쳐도 너무 일찍 일어난 것 아닌가?"

"일찍 나가면 그만큼 일찍 돌아올 수 있습니다. 선생님의 민속 탐방을 돕는 데 가능한 한 지장이 없게끔……."

"응, 고마워. 하지만 지금은 그럴 상황이 아니니까 이런 시간에 나가지 않아도 전혀 문제없어."

하다못해 아침식사라도 챙겨 먹이고 나서 동구 밖까지 배웅하자고 겐야는 생각했건만, 어제 집안일 거드는 아주머니에게 주먹밥을 부탁해뒀다는 말에 기가 막혔다.

"준비성 좋은 건 자못 오가키 군답지만……."

결국 겐야는 가고무로 가 현관에서 히데쓰구를 배웅하게 됐다.

"선생님, 무슨 일이에요?"

그 직후에 시노가 반쯤 잠이 덜 깬 얼굴로 나타났다. 아무래도 옆방에서 겐야와 히데쓰구가 이야기하는 소리에 잠이 깬 모양이다.

"실은 오가키 군이……."

겐야가 사정을 설명하자 그녀가 엄청난 비유를 했다.

"그 친구의 성실함을 볼 때마다 본가의 개가 생각나요."

"아니, 소후에 군……."

"바보 취급하는 게 아니고요. 이름이 카이인데, 진짜로 똑똑해요. 하지만 뭔가에 열중하면 다른 게 아예 안 보이는 거죠. 나뭇가지 하나를 물고 와서 그대로 개집에 들어가려다가 입구에서 몇 번이나 걸린 적이 있어요. 평소라면 그 정도는 식은 죽 먹기죠. 바로 해결요. 근데 그 나뭇가지가 어지간히 마음에 들었는지 절대로 입에서 놓지 않아서 끝까지 개집에는 못 들어가고 말았죠. 그 저돌적이고 굳센 면이 오가키 군의 지나치게 성실한 부분이랑 좀 닮았구나 하고 전부터 계속 생각했어요."

"하려는 이야기는 대충 알겠지만……."

"그렇죠?"

겐야가 일단은 동의했기 때문에 시노는 기뻐서 몸을 흔들었다.

"설마 본인에게 카이 이야기를 하지는 않았지?"

하지만 겐야가 의심스럽다는 듯이 묻자 겸연쩍은 표정을 지었다.

"……말했군."

"여기 오기 전이에요."

"시기가 문제가 아니잖아. 잘 들어, 소후에 군……."

"아 참, 아침식사 준비를 해야 하는데."

말이 끝나기 무섭게 시노는 자리에서 달아나버렸다.

"오가키 군이니까 별로 타격을 받지는 않았겠지만."

따라서 겐야가 이렇게 덧붙인 것은 듣지 못했다. 만일 귀에 들어갔다면 득의양양 기뻐했으리라.

"나도 돕지."

겐야도 곧장 부엌에 얼굴을 내밀었으나 집안일을 거드는 여성과

15장 | 다루미 동굴의 괴사　**397**

함께 요리하고 있던 시노에게 쫓겨났다. 하는 수 없이 준비가 될 때까지 객실에서 신문을 읽기로 했지만, 히데쓰구를 선선히 보내준 게 잘한 일인지 아무래도 신경이 쓰여서 집중이 되지 않았다.

이윽고 아침밥상이 차려져서 시노가 스즈카케를 부르러 갔다.

"선생님, 스즈카케 씨가 아무 데도 안 보여요."

하지만 그녀는 당황한 눈치로 돌아왔다.

"방의 이불은 잘 개어놓았어요. 화장실에도 없고, 다른 방에도 없고요. 한참 전에 집을 나가서 어딘가로 간 것 같은……."

"혹시 오가키 군도 수첩을 가지러 간 게 아니라 실은 스즈카케 씨와 어떤 장소에서 몰래 만날 약속을 했다든지……."

"아뇨, 그건 아니에요."

시노가 지체 없이 고개를 세차게 저었다.

"그 친구가 일방적으로 착각해 어딘가에서 스즈카케 씨를 기다릴 가능성은 있어도, 스즈카케 씨가 그리로 향했다고는 도저히, 전혀, 조금도 생각할 수 없어요."

"빡빡하군."

"애당초 그런 친구가 선생님 앞에서 그렇게 거짓말을 할 수 있을 것 같으세요?"

듣고 보니 실로 그 말이 맞기 때문에 겐야도 수긍했다. 그렇다면 스즈카케는 대체 어디로 간 걸까.

다만 신사 일로 외출했을 수도 있기 때문에 공연히 소란을 피우는 것은 좋지 않을지도 모른다. 이 점에서 겐야와 시노는 의견 일치를 보았다. 그렇다 한들 걱정스러운 것은 변함없다. 아침식사를 재빨리 끝낸 뒤에 어제 스즈카케의 상태를 한 번 더 처음부터 되짚어 보기로 했다.

그 결과 겐야는 어떤 직감을 얻었기 때문에 곧장 나가려고 했다. 당연하다는 듯이 시노가 동행하려 나섰다.

"소후에 군, 이건 나한테 맡기……."

"싫어요. 안 돼요. 저도 갈래요."

한발도 물러서지 않으려 해서 겐야는 난처한 어조로 말했다.

"이건 긴급한 동시에 신중을 요하는 일이야."

"저도 갈 거예요."

"둘이서 몰려가기보다는 나 혼자인 편이……."

"저도 가요."

"아마 더 잘……."

"지도 간다고요."

겐야는 망연자실할 뻔했다.

"그렇군. 어린아이란 예쁜 누나를 좋아하게 마련인가?"

하지만 이런 혼잣말을 중얼거려 시노를 놀라게 했다.

"네? 무슨 말씀이세요?"

"좋아, 가자."

어인이 벙벙한 그녀를 남겨두고 겐야는 당장 현관으로 향했다.

"소후에 군, 뭐 해? 빨리 오라고."

시노를 재촉해서 가고무로 가를 나선 뒤 곧장 마을로 내려갔다. 향한 곳은 죽세공을 하는 다케야였다.

"어린아이란 게 다케였어요?"

시노의 질문에 겐야가 대답하기 전, 당사자인 다케토시가 다케야 옆 골목에서 놀고 있는 모습이 두 사람의 눈에 들어왔다.

"얘, 다케."

겐야가 목소리를 낮추어 부르자 이쪽을 알아챈 다케토시의 얼굴이 확 밝아졌다. 하지만 곧 부끄러운 듯이 고개를 숙인 이유는 시노가 있기 때문이리라.

"선생님, 왜 그런 목소리로……."

"우리는 마을 사람들에게 환영받지 못하고 있어. 그런데도 마을 아이랑 몰래 이야기를 나누려 하는 중이니까. 아니, 그보다 소후에 군, 방긋 웃어. 더……."

이럴 때 시노는 금방 감이 좋아진다. 영문을 모르면서도 다케토시를 향해 웃으며 연신 손짓하기 시작했다. 그런 보람이 있어서 아이가 조금씩 가까이 왔다.

겐야는 두 사람을 남의 눈에 띄지 않는 장소까지 유도하면서 다케토시가 좋아할 만한 탐정 무용담을 재미있게 풀어놓았다. 늘 챙겨 다니는 '괴기소설가의 탐정 7도구' 주머니까지 꺼내 이야기했기 때문에 다케토시는 대단히 기뻐했다.

겐야는 반응을 확인하면서 이야기 속에서 전서구의 활약을 언급하고, 그게 얼마나 훌륭한 역할을 해냈는지를 시노가 고개를 갸웃할 만큼 뜨겁게 말했다. 그리고 다케토시가 전서구에 가히 충분한 흥미와 호의를 품은 시점에서 이렇게 물었다.

"혹시 너도 마사루 삼촌의 부탁으로 전서구가 된 거 아니니? 사사메 신사의 스즈카케 누나한테 편지를 전하려고."

옆에서 시노가 숨을 삼켰다. 그 갑작스러운 기색에 무의식중에 끄덕이려던 다케토시의 고개가 딱 멈췄다.

……틀렸나.

역시 시노를 데려오는 게 아니었다고 겐야가 후회하기 시작한 참이었다.

"굉장하다, 들켰어. 진짜 탐정이야."

다케토시의 감탄하는 목소리가 골목을 울렸다.

"그, 그 편지에는 뭐, 뭐라고 쓰여 있었을까?"

겐야는 흥분을 억누르면서 물었지만, 정확한 내용을 아는 데에는 예상치도 못한 시간이 걸렸다. 다케토시가 편지에 적힌 한자를 읽을 수 없었기 때문이다.

"일, 이, 삼, 사 숫자는 알지?"

"응. 십 넘는 것도 읽을 수 있어."

자신만만한 다케토시에게 크게 감탄하는 척하며 겐야는 편지에 숫자가 없었는지 물어보았다. 그러자 '칠'이라는 대답이 돌아왔다.

"오늘 아침 7시일까요?"

시노가 조그맣게 속삭였는데 목소리에서 초조함이 느껴졌다. 이미 8시가 다 되어가고 있었기 때문이다.

"문제는 장소야."

겐야는 늘 가지고 다니는 취재 노트에 도쿠유 촌 내 명칭을 한자로 쓰고, 차례차례 다케토시에게 보여주었다. 그 결과 '다루미 동굴'에 반응했다. 그렇다 한들 자신은 없어 보였다.

"고맙다. 큰 도움이 됐어."

겐야가 감사 인사를 하자 다케토시는 좋아하면서도 다소 불안한지 확인하듯 물었다.

"탐정님한테 도움이 된 거 맞지?"

그래서 시노가 웃으며 머리를 쓰다듬었다. 그때 다케토시의 얼굴에 떠오른 미소가 어찌나 사랑스러웠는지.

"하나만 더 도와줄 수 있어? 사바오 씨 집은 어디일까?"

다케토시의 안내로 사바오의 집까지 가는 도중에 시노가 작은 소리로 속삭였다.

"스즈카케 씨가 조금 회복한 것처럼 보인 건 이것 때문이었네요."

"아마 기지 마사루 씨는 주의를 끌기 위해 신관님이 있는 곳을 안다는 둥 그런 내용을 편지에 썼을 거야."

"지독한 놈이에요."

사바오의 집 앞에서 겐야는 시노에게 부탁했다.

"소후에 군, 다케를 다케야에 데려다줘. 나는 사바오 씨한테 조각배를 띄워달라고 부탁해서 다루미 동굴로 갈 테니까."

하지만 저도 가겠다면서 듣지 않는다.

"소후에 군한테는 다케를 데려다준 다음에 내가 노트에 쓴 다른 장소를 찾아보는 중요한 역할이 있어."

"그런 말로 저를 쫓아 보낼 생각이시죠?"

"물론 그것도 있지만……."

"아, 아니, 선생님!"

화를 낸다기보다는 어이가 없다는 목소리로 말하는 시노를 대충 달래면서 겐야는 말했다.

"소후에 군이 조각배에서 멀미를 할지, 사바오 씨가 여성의 동승을 어떻게 생각할지, 다루미 동굴에서 어떤 사태가 기다리고 있을지 모른다든지 등등 여러 이유가 있는 건 맞지만 다른 장소를 확인할 필요가 있는 것도 사실이야."

겐야가 이렇게 말하고 다케토시를 슬쩍 봤기 때문에 시노도 겨우 알아들은 모양이었다. 편지에 적힌 한자를 다케토시가 잘못 기억하고 있는 거라면 시노의 확인 작업은 보험이 된다. 그 사실을 겨우 깨달은 것이리라.

시노가 다케토시와 그 자리를 떠나고 나서 겐야는 사바오의 집 문을 두드렸다. 곧장 본인이 얼굴을 내밀기는 했지만 "다루미 동굴까지 조각배로 태워달라"라는 부탁은 일언지하에 거절했다. 그래서 하는 수 없이 겐야가 "기지 마사루 씨가 스즈카케 씨를 다루미 동굴로 불러냈을 우려가 있다" 하고 털어놓았더니 대번에 태도가 바뀌었다. 거꾸로 겐야를 재촉하다시피 하며 꽤 허둥지둥 해변으로 달려갔다.

아침의 고즈 만은 넓은 바다가 눈부시게 빛나서 형언할 수 없이 아름다웠다. 그냥 유람이라면 물론 겐야도 즐겼을지 모른다. 하지만 지금은 당연히 그런 기분은 조금도 들지 않았다.

빨리 다루미 동굴로······.

괜스레 마음이 조급해질 뿐이다. 그런 상황에도 불구하고 다행인 것은 사바오가 쓸데없는 말은 일절 하지 않았다는 점이다. 엔진으로 달리는 조각배를 열심히 조종하고 있다. 그 역시 겐야와 마찬가지로 한시바삐 다루미 동굴에 도착하고 싶은 모양이다.

이윽고 조각배는 뿔위곳을 넘어 삼도장으로 들어섰다. 전방의 단애절벽 아래쪽에 입을 떡 벌린 다루미 동굴이 느닷없이 눈앞에 나타났다. 하지만 거기서는 동굴 안에 조각배가 있는지 없는지 도통 알 수 없다.

조각배가 다루미 동굴로 더 가까이 갔을 때 겐야는 동굴 안의 묘한 변화를 알아차렸다. 뭔가 어른어른 움직이는 것 같았다.

그렇군, 횃불이야!

불가사의한 흔들림의 정체를 깨달은 순간 겐야는 확신했다.

두 사람은 여기에 있다.

조각배가 다루미 동굴 안으로 들어가자 예상대로 오른편 바위 밭에서 횃불이 타고 있었다. 게다가 거기에는 두 척의 조각배가 올라와 있었다.

"아무래도 두 사람은······."

동굴 안에 있는 것 같습니다, 하고 겐야가 말을 꺼내기도 전에 사바오가 두 척의 조각배를 가리켜서 보니 그늘에 누군가가 쓰러져 있지 않은가.

겐야는 다급히 조각배에서 내려 그 인물을 허둥지둥 확인했다.

"······스즈카케 씨입니다. 무사한 것 같아요."

그도 크게 안도했지만, 사바오도 마음이 놓인 모양이었다.

"어떻게 된 겁니까? 괜찮으세요?"

하지만 그녀는 축 늘어져 있었다. 잘 관찰해보니 반쯤 의식을 잃은 것 같기도 하다.

"다친 곳은 없습니까? 어디 아픈 곳은?"

겐야는 새삼 또 확인했지만 힘없이 희미하게 고개를 가로젓는 것이 고작인 듯한 상태였다.

"스즈카케 씨를 의사 선생님께 데려가주세요."

그녀를 안아 올려 사바오의 조각배에 태우고 이렇게 부탁한 다음 겐야는 홀로 다루미 동굴 안쪽으로 들어갔다.

"조심하게."

사바오의 나직한 목소리가 동굴 안에 울려서 순간 움찔했다. 과묵한 그가 구태여 주의를 준 것이 무척 불길하게 느껴졌다.

다행히 하에다마님 축제 때와 마찬가지로 횃불이 모두 켜져 있는지 동굴 안을 나아가기가 힘들지는 않았다. 바위 밭이 금세 끝나고 크고 작은 돌이 발에 밟히는가 했더니 그것이 무수한 자갈로 바뀐다. 삼도천 강가다. 양옆에는 잔돌을 쌓은 작은 탑이 횃불 불꽃을 받아 섬뜩하게 떠올랐다.

구불구불 굽이치는 삼도천 강가를 지나자 좌우로 뻗은 낮은 성벽 같은 돌무더기로 가로막힌, 공양비를 모신 모래땅 경내로 나왔다. 거기서 겐야는 저도 모르게 멈춰 섰다.

"……기지, 마사루 씨?"

그가 소리쳐 부른 앞쪽에는 남자 한 명이 쓰러져 있었다. 공양비와 삼도천 딱 중간에 해당하는 부근이다. 가까스로 닿는 횃불 불빛으로 보건대 기지 마사루였다. 단, 꿈쩍도 하지 않는다. 온몸의 힘이 다 빠져나간 것처럼 뻗어 있었다.

유심히 관찰해보니 두부와 양손이 피투성이였다. 게다가 왼쪽 옆구리에는 부러진 작살 촉이 박혀 있다. 그리고 배에는 핏물이 번진 사사부네 하나가 놓여 있었다.

"세 번째 희생자인가……."

노조키 렌야, 가고무로 간키에 이어 이번에는 기지 마사루가 죽었다. 앞선 두 사람과 다른 것은 이번에는 명백히 살인임을 알 수 있다는 점이리라.

"하지만……."

겐야가 곤혹스러운 목소리를 낸 데에는 커다란 이유가 있었다.

도리이 같은 두 대나무 사이에서 공양비까지 피해자의 발자국이 점점이 찍혀 있다. 공양비 앞에서 삼도천 쪽 바위 밭까지는 몇 번쯤 왕복한 듯한 자국이 보였다. 하지만 그곳을 제외하면 모래에는 깔끔한 무늬가 남아 있다. 그 외에는 어떤 흔적도 눈에 띄지 않는다.

대체 범인은 어떻게 발자국을 남기지 않고 피해자를 살해했는가?

겐야의 눈앞에 출현한 것은 또다시 열린 밀실의 수수께끼였다.

16장 일지와 과거장

 도조 겐야는 삼도천 강가와 모래땅 경내의 경계에 해당하는 돌담 앞을 말 그대로 우왕좌왕하면서 생각했다.
 역시 연쇄살인이고 사사부네는 범행 성명이었나?
 하지만 범인은 왜 이번에만 타살 흔적을 남겼는가?
 그럼에도 불구하고 현장이 일종의 밀실 상태인 것은 왜인가?
 갖가지 의문이 뇌리를 떠다녔다. 하지만 광명은 통 보이지 않는다. 동굴 안 어둠에 저항하는 횃불 불빛처럼 수수께끼의 어둠을 가를 지혜의 빛을 찾아 그는 오로지 걷기를 계속했다.
 ……자그락.
 그때 어딘가에서 희미한 소리가 들렸다. 움찔하면서 발을 멈춘 겐야는 가만히 귀를 기울였다.
 ……자그락자그락, 자그르르.

누군가 삼도천 강가를 걷고 있다. 기분 나쁜 소리는 그 발소리였다. 하지만 대체 누가…… 하고 생각한 순간 겐야는 소리를 지를 뻔했다.

……범인?

기지 마사루를 살해한 직후에 가고무로 스즈카케가 왔기 때문에 순간적으로 범인은 동굴 안 어둠에 숨은 것 아닌가? 그리고 달아날 기회를 엿보고 있었다.

……자그락, 자그르르.

하지만 추리가 틀렸음을 겐야는 금방 깨달았다. 왜냐하면 발소리가 이쪽으로 다가오고 있었기 때문이다.

설마, 망것…….

황급히 무기가 될 법한 물건을 찾아보지만 아무것도 없다. 돌담을 따라 부러진 작살이나 갈고랑이장대가 늘어서 있기는 하지만, 과연 쓸 만할지.

그래서 범인도 마지막에는 머리를 때려서 숨통을 끊은 건가?

겐야의 의식이 저도 모르게 사건 쪽으로 쏠렸을 때였다. 동굴 안 어둠 속에서 누군가가 불쑥 모습을 드러냈다.

"……"

필사적으로 비명을 참기를 잘했다고 겐야는 절실히 생각했다. 거기 서 있는 사람이 사바오였기 때문이다.

"……빠, 빨리 오셨네요."

하지만 그와 이야기하고 자신이 착각했음을 깨달았다. 예상 이상으로 시간이 흐른 뒤였다.

스즈카케의 상태를 묻고 나서 겐야는 기지 마사루가 살해당한 것 같다는 사실을 전했다. 사바오가 전혀 동요하지 않았기 때문에 안심하고 경찰에 연락해달라고 부탁할 수 있었다.

미도지마 경부 일행이 올 때까지 혼자 동굴에 남아 있어야만 했던 것은 솔직히 꽤 타격이 컸다. 사바오가 돌아오기 전에도 마찬가지였다고는 하나, 그때는 눈앞의 수많은 수수께끼에 어쨌든 흥분해 있었다. 그래서 사바오의 발소리가 들릴 때까지 별반 공포는 느끼지 않았다.

하지만 조금 냉정해진 지금은 다르다. 난파선에서 죽은 자들을 모신 다루미 동굴 깊숙한 곳에 홀로 있다. 〈창해의 목〉 이야기처럼 망것이 나오는 동굴 한복판에 혼자밖에 없는 것이다. 아무리 괴이한 현상에 익숙한 겐야라 해도 이 상황은 역시 무섭다.

……안 돼. 사건에 대해 생각하자.

이렇게 강하게 마음먹었다가 가장 중요한 문제를 깜빡하고 있었음을 깨닫고 아연했다.

기지 마사루 씨 살해의 가장 유력한 용의자는 스즈카케 씨가 되는 것 아닌가.

그녀는 피해자의 부름을 받고 다루미 동굴에 들어왔다. 그 뒤를 겐야가 쫓았다. 그리고 동굴 입구 부근에 쓰러져 있는 스즈카케와 모래땅 경내에서 죽어 있는 기지 마사루를 발견했다. 이 두 사람 외에 동굴에는 아무도 없었다…….

정말 그런가?

그런 의문이 떠오르자마자 겐야는 늘 몸에 지니는 기다란 천주머니에서 만년필형 손전등을 꺼내 불을 켰다. 이 천주머니는 그와 친한 편집자들이 '괴기소설가의 탐정 7도구'라 부르는 물건으로, 그 외에도 밀초와 유황성냥, 작은 나이프와 줄과 펜치, 노끈, 철사와 자석 등이 수납돼 있다.

겐야는 횃불 불빛이 닿지 않는 동굴 안 어둠을 만년필형 손전등으로 밝히면서 모래땅 경내 주변부터 조각배가 세워진 동굴 입구까지 천천히 돌아갔다. 아무리 어둠 속이라 한들 몰래 숨어 있는 듯한 사람은 없었다. 다루미 동굴 안에는 틀림없이 겐야뿐이었다.

그래도 여러 번 왕복하면서 놓친 곳이 없는지 확인했다. 그렇게 움직이고 있지 않으면 무시무시한 상상을 해버릴 것 같았다.

이윽고 다루미 동굴 입구가 시끌벅적해지더니 미도지마 경부와 부하들이 나타났다. 겐야가 사정을 설명하자 우선 현장 검증이 시행됐다. 감식이 도착하는 데에는 시간이 걸리기 때문에 가능한 일은 해둔다는 것이 경부의 방침이었다.

"기나세가 그러더군."

미도지마가 느닷없이 이야기를 꺼내서 겐야는 당황했다.

"도조 겐야가 가는 곳곳에서 불가해한 사건이 일어난다고."

"그런……."

"말도 안 되는 일은 있을 수 없다고? 하지만 선생이 이 마을에 오고 나서, 얼마든지 도망칠 수 있었을 대숲 신사에서 무슨 이유인지 노조키 렌야가 아사했어. 다른 사람은 아무도 없었을 망루에서 무슨 이유인지 신관이 추락해서 모습을 감췄고. 명백히 타살로 여겨지는 다루미 동굴 현장에 무슨 이유인지 범인의 발자국이 남아 있지 않

아. 이런 기묘한 사건만 잇따라 일어나다니, 내 긴 경찰 인생에서도 처음이야. 하지만 선생은 벌써 몇 번이나 이런 사건과 조우했지. 그렇지 않나?"

"그, 그렇습니다만……."

"게다가 보기 좋게 해결했어."

"아, 아니……."

"그런 선생에게 묻고 싶군. 이 현장은 대체 뭐지?"

미도지마의 표정은 극히 진지했지만, 그것을 믿으면 안 된다. 요 며칠 짧게 어울려본 것만으로도 충분히 알았다. 그래서 겐야도 안이하게 입을 열지는 않았지만, 상대는 잠자코 그를 계속 바라봤다.

"그 전에 여쭙고 싶은데요."

"뭐지?"

"스즈카케 씨에게 그…… 혐의는……."

"물론 걸려 있지. 현장에 있었으니 당연해. 다만……."

겐야가 항의의 목소리를 내기 전에 미도지마가 덧붙였다.

"스즈카케가 부름을 받은 7시 이전부터 선생이 다루미 동굴로 달려온 8시 이후까지 고즈 만에서 삼도장 일대에 나가 있던 조각배가 있었는지, 지금 목격자를 찾고 있네."

"하지만 공교롭게도 하에다마님 축제 다음 날부터 사흘간은 고기잡이를 쉬죠. 즉 내일이 되기 전에는 이른 아침부터 바다에 나갈 사람은 없다는 뜻입니다."

"그래서 피해자는 여기로 그녀를 불러낸 건가?"

"아마도……."

동의하면서도 겐야는 마음속으로 생각했다.

왜 축제 뒤에 사흘이나 일을 쉬지?

겐야의 어조에 뭔가 걸리는 것이 있는지 미도지마가 궁금하다는 표정을 지었다.

"지금이라면 누군가가 볼 걱정 없이 여기 올 수 있습니다. 일단 동굴에 들어오면 그야말로 남의 눈을 신경 쓸 필요도 없어지고요. 밀회 장소로 이만큼 적합한 곳도 없는 셈입니다. 단, 아무리 고기잡이를 쉰다 해도…… 아니, 그렇기 때문에 더더욱 휴어하는 사흘 동안 고즈 만에 조각배를 띄우면 거꾸로 눈에 띈다고 생각하지 않으십니까?"

"그렇군. 아무리 휴어중이라 해도 사바오처럼 이른 아침에 바다 상태를 보러 나오는 게 습관인 사람도 있겠고. 하지만 가령 거기서 누가 피해자나 그녀의 모습을 봤다고 한들 구태여 조각배를 띄워 쫓아갈까?"

"앞의 배에는 기지 마사루 씨가, 뒤의 배에는 스즈카케 씨가 탔고 두 사람이 다루미 동굴로 향하는 중임을 알면 혹 걱정하는 사람도 있을지 모릅니다."

"거기까지 목격 가능한 사람이 과연 있었을까. 그런 인물이 있다면 선생이 달려오기 전에 이미 여기 와 있었겠지."

"맞는 말씀입니다. 하지만 그런 우려를 피해자가 조금도 품지 않았다고 생각하는 건 좀 부자연스럽지 않습니까?"

"기지 마사루에게는 가고무로 스즈카케를 여기에 불러낸 이유가 따로 있었다는 말인가? 그렇게 되면 그녀의 혐의가 더욱……."

"짙어질지도 모릅니다. 그러나 만일 제삼의 조각배가 목격됐고, 또 다루미 동굴에 드나든 것이 확인된다면 스즈카케 씨의 혐의는 단번에 옅어지지요."

"그 목격자가 피해자와 스즈카케가 탄 조각배, 단 두 척밖에 보지 못했을 때는 역시 혐의가 짙어지지만 말이지."

"하지만……."

"애당초 현장 상황이 충동적인 살인임을 보여주고 있지 않나?"

"흉기 하나가 현장에 있던 부러진 작살이기 때문이겠지요."

"그래. 즉 피해자에게 불려 나온 그녀가 일시적 격정으로 상대를 죽여버렸다……. 이렇게 보인다는 사실에는 자네도 이견이 없겠지."

"그렇지만 스즈카케 씨에게 범행은 일단 불가능합니다."

겐야가 즉각 부정하자 미도지마가 말없이 뒤를 재촉했다.

"피해자가 쓰러져 있던 지점에서 가장 가까운 돌담까지는 3미터 좀 못 됩니다. 실은 현장을 봤을 때 대숲 신사에서 노조키 씨가 오른손에 쥐고 있던 대나무 봉이 퍼뜩 떠올랐어요. 여기에도 같은 대나무 도리이가 있으니 그걸 지면에서 뽑은 다음, 한끝 구멍에 공물인 부러진 작살을 끼워 만든 즉석 창으로 피해자를 찌른 것 아닌가……. 이렇게 생각했지만 유감스럽게도 길이가 아주 모자랍니다."

"부러진 작살을 주워서 그냥 피해자를 찔렀을 뿐인지도 모르지."

"하지만 그러면 발자국이……."

"모래땅 경내 안이 아니라 밖에서 찔렀다면?"

단순한 발상의 전환에 겐야는 순간 덜컹했다.

"그 뒤 피해자는 그녀에게서 달아나려고 순간적으로 경내에 들어갔다. 그래서 모래땅에는 피해자의 발자국만 남았다."

"그러면 발자국이 더 어지러웠을 텐데요."

겐야가 확인을 위해 눈길을 준 모래땅의 발자국은 아무리 봐도 대나무 도리이 사이에서 공양비 앞까지 지극히 평범하게 걸어간 것으로만 보였다.

"게다가 공양비에서 삼도천 앞까지 몇 번 왕복한 흔적도 남아 있습니다. 이 상황으로 알 수 있는 건 피해자는 혼자 모래땅 경내에 들어가서 그 안쪽에서 좌우로 왔다 갔다 하며 스즈카케 씨를 기다렸다는 사실입니다."

"그렇군."

미도지마가 선선히 인정해서 겐야는 우선 안도했다.

"담배 한 개비가 공양비 옆에서 발견된 것 같으니 그 예상은 아마 옳겠지."

겐야와 이야기를 하면서도 과연 미도지마는 부하들의 움직임을 잘 파악하고 있는 모양이다.

"다만 한 개비뿐인 건 그다지 기다리지 않았는데 스즈카케가 왔기 때문일지도……."

"그런 것치고는 공양비 앞 움직임이 조금 격하지 않습니까? 피해자는 몇 개비나 흡연을 했지만 꽁초는 전부 삼도천에 던져버렸어요. 마지막 한 개비가 공양비 옆에 떨어진 건 그때 범인이 덮쳤기 때문인지도 모릅니다."

"과연. 그래, 범인은 어떻게 피해자를 찔렀지?"

"부러진 작살만이 흉기라면 손으로 던진다, 뭔가 도구를 써서 날린다 같은 방법도 생각할 수 있지만······."

두부에 가해진 타격이 이것으로는 해결되지 않는다고 겐야는 생각했다.

"아까 말한 죽창 말인데, 굳이 도리이의 대나무를 쓸 필요는 없겠지. 처음부터 더 긴 대나무를 준비해 오면 그만이야."

그러자 미도지마가 스즈카케 범인설을 더 밀고 나갔기 때문에 황급히 반론했다.

"피해자가 모래땅 경내 안에서 기다리고 있음을 사전에 알았을 리 없습니다."

"그런 긴 대나무를 가지고 오면 애초에 상대가 경계할 뿐인가?"

"무엇보다, 그러면 처음부터 살의가 있었던 게 됩니다."

"왜 불러냈는지 스즈카케는 몰랐다는 말인가?"

"다케야의 다케토시 군이 스즈카케 씨에게 건넨 종잇조각에는 그렇게 긴 글이 없었던 것 같아서요."

"그래도 그녀에게는 짚이는 구석이 있었기 때문에 만전을 기하려 준비했다고도 생각할 수 있지 않나."

"경부님께서 직접 말씀하시지 않았습니까. 충동적인 살인으로 보인다고."

"이거 한 방 먹었군."

"계획적인 살인이라면 부러진 작살 같은 걸 흉기로 쓰지 않죠."

"확실히."

이제까지의 대화를 돌아봐도 알 수 있듯 미도지마는 명백히 도조 겐야의 추리력을 시험중이었다. 겐야 또한 그 사실은 이미 알고 있었다.

"하지만 그렇게 되면 점점 더 그녀에게는 불리한 상황이라 할 수 있지 않나?"

"어째서요?"

"왜 불러냈는지도 모르면서 여기로 왔네. 그리고 뭔가 중대한 이야기를 들었지. 혹은 구애를 받았을지도 모르고. 어쨌든 순간적으로 피해자에게 살의를 느꼈거나 신변의 위험을 느꼈을 만한 사건이 있었어. 그래서 충동적으로 부러진 작살을 쥐고 피해자를 찔렀지. 하지만 치명상은 입히지 못했기 때문에 쌓여 있는 돌 하나를 집어 들고 머리를 내려쳤어. 현장 상황을 감안하면 이게 가장 앞뒤가 맞는 판단일 거야."

"하지만 그녀는 피해자 가까이 가지 않았습니다."

이렇게 반응하면서도 겐야는 하에다마님 축제에서 사용된 모래 갈퀴가 떠올라 앗 하고 소리칠 뻔했다.

"발자국을 지우는 방법이 하나 있었습니다."

급히 미도지마에게 알리자 곧장 부근 수색이 이루어졌다. 하지만 어디에서도 모래 갈퀴는 발견되지 않았다. 게다가 현장인 모래땅에는 나중에 고른 것 같은 흔적이 없음을 알게 됐다. 축제 후 깔끔하게 무늬가 그려진 경내에 피해자만 발을 들인 것은 거의 틀림없었다.

"그녀는 역시 피해자에게 가까이 갈 수 없었던 겁니다."

겐야의 말에 미도지마가 반문했다.

"모래땅 위에서는 그렇지."

"무슨 뜻입니까?"

미도지마는 삼도천을 보며 말했다.

"이 강에 떨어져서 떠내려간 척하고 모래땅 경내 왼편의 바위 밭까지 간 다음 거기서 기어 올라오는 거야. 피해자가 놀라서 다가올 테니까 그것을 기다렸다가 부러진 작살로 찌르고 최후의 일격으로 옆에 굴러다니는 큼직한 돌로 두부를 때리지. 피해자는 얻어맞은 기세라는 물리적인 이유와 그녀에게서 달아나려고 하는 심리적인 원인으로 그 자리에서 뒷걸음질 치다 쓰러져. 그러면 딱 그가 절명한 장소가 되지 않나?"

"……훌륭합니다."

겐야는 순순히 찬사를 보내고 나서 반격을 개시했다.

"하지만 그녀는 어째서 평범하게 경내로 들어가지 않고 그런 묘한 범행 방법을 선택했을까요?"

"무녀라는 처지상 경내를 신성하게 생각했나……."

"거기서 살인을 저지르는데요?"

쓴웃음 짓는 미도지마를 겐야는 더욱더 추궁했다.

"게다가 경부님 방법으로는 의복이 완전히 젖어버립니다. 적어도 하반신은 흠뻑 젖겠지요. 하지만 그녀에게는 수상한 구석이 하나도 없었습니다. 아니면 사전에 갈아입을 옷과 수건을 준비해 왔다고 하실 겁니까?"

"그러면 처음부터 살의가 있었던 것이 돼서 추리가 원점으로 돌아가버리지."

"제삼자가 범인일 경우는 경부님 방법이 유효해집니다. 그 인물은 젖은 의복을 입은 채 잽싸게 도망치면 되니까요."

이렇게 말한 뒤 겐야는 아니, 아니 하고 고개를 크게 저으면서 말했다.

"경부님한테 완전히 넘어가버렸는데, 이 일련의 사건이 연쇄살인이었을 경우 애당초 스즈카케 씨가 범인일 리가 없어요."

"두 번째 피해자가 신관이라서?"

"네. 스즈카케 씨가 평소 경애하던 할아버지를 해치리라고는 생각할 수 없어요. 동기가 있으면 다르다고 하시겠지만, 그래도 마찬가지입니다."

"게다가 그녀에게는 문제의 동기가 전혀 없나. 전에 예로 든 사랑에 빠진 남자를 위해서라는 이유도 부정당했고."

"그, 그렇습니다."

기세를 얻은 겐야는 그대로 스즈카케 무죄설을 밀고 나가려 했다.

"피해자의 복부에 피가 번진 사사부네가 놓여 있었다는 사실로 봐도 이건 계획적인 범행 아닙니까."

"그렇다고 한다면 범인은 두 사람의 밀회를 알고 있었다는 이야기가 되지."

"그야말로 범인은 우연찮게 다루미 동굴로 향하는 피해자의 조각배를 목격했기 때문에 이건 범행할 절호의 기회라며 자기도 서둘렀어요. 그 뒤에 스즈카케 씨가 왔다······."

"그렇게 되면 오늘 아침나절에 다루미 동굴에 드나든 조각배의 목격 정보를 얻을 수 있는지가 점점 더 중요해지겠군."

때마침 모리와키 형사가 현장 검증 결과를 보고하러 와서 미도지마는 겐야와의 대화를 중단했다.

"좋아, 일단 여기서 나가지."

부하의 보고를 얼추 들은 뒤, 경부는 이렇게 말하며 겐야와 함께 되돌아가서 사바오의 조각배에 탔다.

다루미 동굴에서 나가자마자 뿔위곶에 북적거리는 마을 사람들의 모습이 눈에 들어왔다. 하나같이 호기심과 공포심이 뒤섞인 눈빛으로 조각배 위 겐야와 미도지마를 바라보고 있었다.

해변까지 돌아와 마을회관으로 가자 스즈카케 곁에 붙어 있는 시노의 모습이 눈에 들어왔다. 겐야는 마음이 놓였다. 하지만 무라타 형사에게 여자 편집자가 용의자 옆을 떠나지 않아 곤란하다는 말을 듣고 어떻게 설득하나 초조해하고 있었는데 미도지마가 순순히 받아들여줘 놀랐다.

"그보다 오늘 아침에 조각배를 본 자가 있었나?"

경부가 신경을 쓴 건 이쪽이었다.

"네. 있기는 있었습니다만……."

무라타는 인정하면서도 어쩐지 모호하게 말했다.

"뭔가? 분명히 말하게."

"네, 그게 예의 호라이라는 여자여서……."

무라타의 이야기에 따르면, 그녀는 가고무라 간키 신관이 망루에서 떨어지는 것을 목격한 일을 잊지 못하고 있었다. 그래서 오늘 아침에도 뿔위곶 끄트머리까지 가서 삼도장을 바라보고 있었다. 그러자 조각배에 탄 기지 마사루가 다루미 동굴로 들어가는 것이 아닌가. 단, 몇 시였는지는 모른다. 십 몇 분 뒤(이것도 불확실하다) 이번에는 조각배에 탄 스즈카케가 마찬가지로 동굴로 들어가는 모습을 목격하고 호라이는 불안을 느꼈다. 그래서 그 자리에서 움직이지 않고 줄곧 다루미 동굴을 감시했다. 상당한 시간이 지나고 난 다음에 온 것은 사바오의 조각배였다. 타고 있던 사람은 물론 도조 겐야다. 어제저녁에 오두막을 방문한 겐야를 그녀는 똑똑히 기억하고 있었다. 참고로 마사루도 스즈카케도 혼자였고, 그 외에는 아무도 타고 있지 않았다. 무슨 짐 같은 것이 실려 있지도 않았다고 한다.

"다루미 동굴에 드나든 건 그, 그 세 척뿐이었다는 겁니까?"

흥분한 겐야의 물음에 무라타는 곤혹스러운 얼굴로 미도지마를 보았지만 경부가 가볍게 고개를 끄덕였기 때문인지 "맞습니다"라고 인정했다.

"이것으로 그녀의 혐의가 더욱 굳어졌군."

미도지마의 시선 끝에는 아무리 봐도 아픈 사람으로만 보이는 스즈카케가 있다.

"하지만 그녀에게 그 범행은 불가능합니다."

"본인한테 따져 물어보면 알 수 있겠지."

애초부터 경찰은 발자국 없는 살인 같은 것은 검토하지 않는다. 가장 유력한 용의자가 있으면 그 인물을 추궁해서 직접 범행 방법을 알아내면 그만이다. 그런 방침인 것이리라.

"겨, 경부님."

따지려드는 겐야를 미도지마는 완곡하게 밀어내듯이 말했다.

"우리는 민주 경찰이야. 난폭한 취조 같은 것은 하지 않으니 부디 안심하시게."

그런 대사를 들으면 겐야로서는 어찌할 도리가 없다. 게다가 시노와 함께 보기 좋게 마을회관에서 쫓겨나는 꼴이 됐다. 문제의 시노는 스즈카케 옆에 있겠다며 듣지 않았지만, 설득해서 겨우겨우 데리고 나왔다.

"하지만 선생님, 스즈카케 씨를 저대로······."

예상대로 마을회관에서 나오자마자 시노는 대들었다.

"현 상황에서는 그녀가 취조를 받아도 어쩔 수 없어."

기지 마사루 살해 상황을 얼추 설명하자 바로 입을 다물었다.

"이제부터 어떻게 해요?"

"이미 점심때가 지났으니까 우선은 요기부터 하자고."

겐야가 향한 곳은 기지 마사루와 구루메 사부로가 '밀회'를 하던 이소야였다.

"여기, 맛은 있어요?"

시노가 작은 목소리로 물어봐서 겐야도 새삼스레 고개를 갸웃하면서 포렴을 젖히고 들어갔는데, 우려는 불행하게도 들어맞고 말았다. 맛이 없었던 것이다.

게다가 겐야가 일련의 사건에 관한 마을 사람들의 반응을 여주인에게 물어보려다가 거꾸로 질문 공세를 당하는 판국이었다. 아무래도 다케야의 다케토시가 도조 겐야에 대해 "그 선생님은 엄청 명탐정이야"라고 말한 모양이다. 그를 보는 주인의 눈이 완전히 달라졌다. 결국 그들은 아무 수확도 없이 이소야를 나왔다.

"사사메 신사에 돌아갈까요······."

시노는 이렇게 말하고 나서 약간 주저하는 기색을 보였다. 신관도 스즈카케도 없는 가고무로 가에 자신들이 돌아가도 되는지 고민한 듯하다.

"지금은 그 집에서 스즈카케 씨가 돌아오기를 기다리는 편이 좋겠어."

겐야가 대답하자 그녀는 자기 생각도 그랬다는 양 말했다.

"그렇죠. 돌아왔는데 아무도 맞아주지 않으면 그렇게 쓸쓸한 일이 없잖아요. 그럼 정해졌으니……."

"그 전에 나는 도쿠간샤에 갔다 올게."

"왜요?"

"늦었지만 노조키 렌야 씨가 무슨 조사를 하고 있었는지 알아내고 싶거든. 그러니까 사사메 신사에 돌아가서도 한동안 보물고에 틀어박힐 작정이야."

그러자 시노가 꽤 불만스러운 눈치로 말했다.

"하지만 선생님, 그런 있는지 없는지 모를 신사인지 마을의 비밀을 조사하기보다는 사건의 수수께끼를 푸는 일이 훨씬 중요한 거 아니에요?"

"개별 수수께끼는 조금씩 풀리고 있다는 느낌도 드는데……."

겐야가 아무렇지 않게 한 말에 시노는 민감히 반응했다.

"지, 진짜로요? 선생님!"

"아니, 그러니까 어디까지나 조금씩……."

"그러면 단숨에 끝까지 풀어버려요."

"얼토당토않은 소리 말고. 애초에 나는 시행착오를 거듭하지 않으면 추리를 밀고 나가지 못한다는 걸 소후에 군도 잘 알잖아."

"네? 그렇지만……."

"게다가 조만간 노조키 렌야 씨가 무슨 조사를 하고 있었는지 밝힐 필요가 생길 거야. 경찰이 스즈카케 씨를 취조하는 동안 그쪽에 착수해야 한다고 보는데."

시노를 간신히 설득한 뒤 겐야는 혼자 도쿠간사로 향했다.

"안녕하십니까. 도조 겐야입니다."

절 안채 현관에서 이름을 대자 전과는 달리 방에 들이더니 곧장 신카이 주지가 모습을 드러냈다.

"이거 참, 엄청난 일이 벌어졌어."

기지 마사루 살해 건과 유력 용의자로 스즈카케가 경찰의 의심을 받는다는 사실을 이미 아는 모양이다. 더구나 겐야가 새로운 정보를 제공해주기를 바라고 있다는 것이 빤히 보였다.

"닛쇼방적의 구루메 씨는요?"

나중에 같은 설명을 또 하는 상황이 되는 게 싫어서 주지에게 물었다.

"그게 말이지, 갑자기 감기에 걸렸지 뭔가. 어제까지만 해도 건강했는데 정말이지 사람 운이라는 건 알 수가 없어."

거창한 운명론이 돌아온다. 적어도 동석할 만큼 증상이 가볍지는 않은 듯해서 겐야는 이야기해도 지장 없는 사건 내용을 주지에게 우선 가르쳐주었다.

그러고는 절의 과거장을 보여달라고 부탁했더니 선뜻 허가해주었다.

"뭣하면 갖고 나가도 상관없어."

주지의 믿기지 않는 말에 겐야가 깜짝 놀라자 이렇게 말하며 웃는다.

"아사한 그 학자도 마음대로 갖고 나갔으니까."

아무래도 전혀 개의치 않는 모양이다. 과거장의 높은 자료적 가치를 이해하지 못하나 싶어 겐야는 크게 한탄했지만 물론 입 밖에 내지는 않았다.

절 보물고로 안내된 겐야는 에도시대 전기와 중기와 후기와 말기에서 적당히 몇 권의 과거장을 골랐다. 그리고 주지에게 양해를 구한 다음 전부 안고 사사메 신사로 돌아가 이번에는 신사의 보물고에 틀어박혔다. 그러자 대대의 신관이 남긴 고문서를 철한 일지 사이에 도쿠간사의 보물고에서 반출한 듯한 과거장이 몇 권 보여서 기가 막혔다. 틀림없이 노조키 렌야의 짓이리라.

정말로 고약한 사람이었군.

겐야는 같은 연구자로서 부끄러워졌지만, 기분을 다잡고 자세를 바로 한 다음 우선 일지에서 하에다마님 축제에 관한 부분만 훑어봤다. 그 결과 신관이 말했듯 에도시대에는 의례 내용이 다방면에 걸쳐 있던 축제가 메이지시대가 되면서 점차 간략해졌다는 사실을 손에 잡히듯 알 수 있었다. 그렇다고 옛날이 더 성대하고 화려했던 것은 결코 아니다. 단지 무턱대고 절차가 많았을 뿐이다.

거기서부터 겐야는 한 가지 확인 작업에 몰두했다. 먼저 과거장에서 이 마을 출신이 아닌 타지방 사망자를 찾는다. 다음으로 그 이름이 기록된 면의 일본식 연호와 월일을 확인한다. 그리고 나서 같은 연호의 일지를 찾아 같은 월일을 펼쳐보니 예상대로 "무슨 번의 범선이 난파했다"라는 요지의 기술이 있었다. 과거장에 적힌 출신지도 틀림없이 번이 있던 지역의 일부에 해당한다. 난파사고가 한 건도 없는 해도 당연히 있지만, 배가 가라앉는 달은 현재의 8월 하순부터 9월 하순에 거의 집중돼 있었다. 난파 원인의 대다수가 태풍이었기 때문이리라.

이렇게 조사해가던 중에 일지에서 '당식선'이라는 글자를 발견하자 가슴이 두근두근했다. 이처럼 현실적인 기술에서 이 단어를 보리라고는 생각도 하지 못했기 때문이다.

대체 이건…….

어떤 의미인지 깊은 흥미를 느꼈지만, 세 글자 외에는 아무것도 적혀 있지 않다. 황급히 과거장에서 같은 연호의 월일에 해당하는 쪽을 검사해봤으나 타지방 사람의 사망은 기록돼 있지 않았다.

즉 당식선이란 적어도 난파선은 아니라는 뜻이다.

그렇기는 하나 기적적으로 사망자가 나오지 않았을 뿐일지도 모른다고 생각을 바꾸고 일지의 다른 곳에도 당식선에 관한 기술이 없는지 뒤져보았다. 여러 개의 기록이 나와서 과거장에서 해당하는 쪽을 확인해봤지만, 역시 관련 있어 보이는 기술은 하나도 없다.

당식선이란 대체 뭐지?

한손에 과거장, 다른 한손에 일지를 들고 겐야는 생각에 잠겼다. 어둠침침한 보물고 안에서 오로지 고심을 거듭했다.

마을 사람들이 기아로 괴로워할 때 하에다마님이 당식선을 보내주신다.

당식선은 바다 저편에서 먹을 것을 가득 싣고 온다.

〈창해의 목〉에 등장하는 고스케의 말을 빌리면 이런 의미가 된다.

하지만 보물선과도 닮은 편리한 물건이 실존했으리라고는 도저히 생각할 수 없다.

당식선이라 불리는 건 사실은 배가 아닌가?

배도 아닌데 왜 당식선이라고 하는가?

그리고 배가 아니라면 대체 무엇인가?

겐야는 일지를 몇 권씩 넘겨봤지만 당식선이라는 글자가 몇 년에 한두 번쯤 보일 뿐 관련된 기술은 전혀 나오지 않았다. 같은 연월일에 해당하는 과거장 부분도 확인해봤지만 역시 아무런 기재도 없다.

일지 군데군데 그저 당식선이라고만 덩그러니 적혀 있을 뿐 나머지는 전혀 알 수 없었다.

배 아닌 배…….

……사사부네.

그건 물에 뜨지만 물론 배는 아니다. 어째서 사사부네를 길가 사당이나 지장에 바치는가 하는 의문이 다시금 뇌리에 떠올랐다.

공양을 위해…….

사사부네는 난파선을 본뜬 것인가? 하지만 옛날의 난파사고에 아직도 제사를 올릴까? 아니, 그런 일 자체는 별로 드물지 않다. 죽은 영혼에 대한 신앙 같은 것은 몇백 년도 더 이전의 원령을 두려워해서 생긴다. 그렇기는 해도 사람들에게는 앙화가 흔하고 가깝기 때문에 그런 신앙이 생긴다. 확실히 하에다마님은 도쿠유 촌 사람들에게는 가까운 존재일지 모른다. 하지만 유래를 따져보면 에도시대에 몇 년에 한 번 있을까 말까 한 난파선에 지나지 않는다. 게다가 죽은 자들은 마을 사람들이 공양했다. 사사부네로 일상적으로 공양해야만 하는 사건이라고는 역시 생각할 수 없다. 그럼에도 불구하고 하에다마님 축제라는 진혼의식이 오늘날까지 연면히 이어지고 있을 뿐더러 하에다마*라는 새로운 요괴가 되어 유리아게 촌을 위협하는 사태까지 벌어지는 것은 왜인가?

사사부네는 당식선인가?

당식선이란 대체 무엇인가?

정신이 들어 보니 겐야는 뭐라 설명할 수 없는 공포감을 느끼고 있었다. 그것은 정체 모를 존재에게 품는 인간의 본능적인 두려움이었을지 모른다. 이때 그의 뇌리에는 해상에 깔린 짙은 안개 속에서 나타나는 낡은 배 한 척의 모습이 어슴푸레하게 떠올랐다.

유령선…….

……말도 안 돼.

그야말로 영국 콘월 지방에 걸맞은 전설 아닌가.

"선생님."

그때 보물고 앞쪽에서 시노의 목소리가 들려왔다.

"무슨 일이야?"

스즈카케에게 무슨 일이 있나 하고 황급히 밖으로 뛰쳐나갔다.

"유리아게 촌 아이가 죽었대요. 지금 막, 일 거들어주는 분한테서 들었어요."

슬픔과 무서움을 동시에 느끼는 듯한 얼굴의 시노가 서 있었다.

"그 아이라 하면…….""

"하에다마님 축제에서 나눠준 버섯국을 먹고 식중독으로 중태였던 세 아이 중 한 명이요. 오늘 오전에 용태가 급변해서……."

이어서 그녀는 겁먹은 표정으로 말했다.

"고라 지방은 대체 어떻게 된 거예요? 도쿠유 촌의 괴담 살인사건은 유리아게 촌의 묘한 사건과도 무슨 관계가 있는 걸까요? 선생님, 가르쳐주세요."

안타깝게도 겐야는 아직 아무 대답도 할 수 없는 상태였다.

17장 수사 상황

 그날 저녁때가 되어 가고무로 스즈카케는 무사히 사사메 신사로 돌아왔다. 적잖이 초췌했기 때문에 소후에 시노가 곧장 이불을 펴고 누였다. 그래도 도조 겐야에게 할 이야기가 있다기에 방까지 가서 머리맡에 앉았더니 참으로 기묘한 말을 입에 담는다.
 "선생님이 다케랑 만나셨을 때 운명은 벌써 정해졌을지도 몰라요."
 "무슨 말씀입니까?"
 겐야는 놀라서 물었지만 스즈카케는 울며 잠들어버렸다.
 "소후에 군, 스즈카케 씨는……."
 시노는 집게손가락을 입술에 대고는 겐야를 복도로 데려갔다.
 "이불 덮어주고 진정시킬 때까지 꽤 신경이 곤두서 있었어요. 이대로 정신이 무너지는 건가 싶어서 좀 무서웠다고요."

"무리도 아니지. 신관님은 여전히 행방불명이고, 기지 마사루 씨에게 불려 나갔더니 당사자의 참살 사체를 발견하게 됐으니까."

"겨우 이불에 누워서 조금 진정됐나 했더니 선생님한테 꼭 말해야 하는 게 있다면서……."

"아까 그 말의 의미는?"

"그런 건 저도 몰라요."

시노도 아주 곤혹스러운 모양이다.

"다케의 전서구 역할을 내가 알아낸 걸 말하나?"

"아니면 처음 만났을 때 선생님을 이소야까지 안내한 일을 말할까요?"

"뭐가 됐든 운명이 정해질 만한 사건이 있었다는 생각은 도저히 안 드는데……."

"하지만 스즈카케 씨는 분명 느끼는 바가 있었던 거예요."

"뭐에서?"

"글쎄요……."

두 사람 다 침묵한 뒤에 겐야는 기분을 바꾼 듯이 말했다.

"나는 마을회관에 다녀올게."

"스즈카케 씨 혐의가 어떻게 됐는지 경부에게 물어보실 거죠?"

"이렇게 돌려보낸 이상 이제 중요 용의자는 아닐 거야. 다만……."

말하려다 말고 겐야는 갑자기 심각한 표정을 지었다.

"내가 돌아올 때까지 스즈카케 씨한테서 눈을 떼지 말아줘."

"그런 건 선생님이 말씀하시지 않아도 제가 잘 돌보……."

시노는 불만스러운 어조였다가 퍼뜩 놀란 얼굴이 되었다.

"설마 다음에는 스즈카케 씨를 노릴까요……?"

"확신이 있는 건 아니야."

"하지만 선생님은 그걸 우려하시죠?"

겐야는 잠깐 주저했다.

"노조키 렌야 씨의 아사 시신이 발견됐을 때 간키 신관이 의심을 받았어. 그 신관님이 망루에서 떨어져 기지 마사루 씨가 용의자가 됐고. 기지 마사루 씨가 살해당하자 스즈카케 씨가 경찰 신문을 받았지."

"범인은 각 사건 용의자를 차례로 없애고 있다는 거예요? 그 사람들은 용의자도 뭣도 아니고 진범은 나…… 이렇게 주장하듯이요?"

"그런 말도 안 되는 일은 있을 수 없다고 생각하지만……. 아니, 솔직히 잘 모르겠어. 하지만 지금은 그렇게 보인다는 게 영 무서워서 어쩔 수가 없네."

"현장에 남아 있던 사사부네는 그 때문인가요?"

"……응."

"용의자 연쇄살인사건이네요."

"역시 말도 안 되나……?"

겐야의 어깨가 힘없이 처지자 반대로 시노가 등을 꼿꼿이 폈다.

"선생님, 알았어요. 제가 책임지고 스즈카케 씨를 지켜볼게요."

"응, 부탁해. 그녀의 혐의가 어떻게 됐는가도 포함해서 새로운 정보를 알아낼 수 없을지 마을회관에서 좀 시험해볼 테니까."

"미도지마 경부라는 사람은 선생님한테 협조적이에요?"

당연히 그래야 한다는 듯한 어조에 겐야는 쓴웃음을 지었다.

"표면적으로는 아니지만 결국은 이것저것 가르쳐줘."

"경찰 체면이 있으니까 티 나게 협력을 구하지는 않는 주제에 뒤에서는 도와줬으면 하는 거죠. 곧잘 있는 그거네요."

"아니, 그 경부님은 아닐 거야. 사실은 나를 상대할 생각 같은 건 없어. 하지만 약간 흥미가 있으니 정말로 탐정 재능이 있는지 시험이나 좀 해볼까, 뭐 이런 거 아닐까."

"너무 무례하잖아요!"

격분하는 시노를 적당히 달래고 겐야는 마을회관으로 향했다.

"오, 왔군."

그의 방문을 미도지마는 예상하고 있었던 모양이다. 얼굴을 보자마자 말을 걸어오나 했더니 그대로 마을회관에서 나와 해변을 향해 걷기 시작했다.

"스즈카케 씨의 혐의는 풀렸습니까?"

겐야가 곧장 묻자 경부는 고개를 옆으로 저었다.

"그래도 옅어진 거지요? 그래서 집에 돌려보낸 거 아닙니까?"

거듭 물었더니 미도지마는 무겁게 입을 뗐다.

"스즈카케는 어제저녁 다케야의 다케토시라는 아이에게 기지 마사루의 메모를 전해 받았어. 신관 일로 할 이야기가 있으니 오늘 아침 7시에 다루미 동굴로 오라고 적혀 있었다더군. 선생은 그 사실을 추리로 밝혀낸 셈이지."

"그렇게 대단한 게 아닙니다."

부정하는 겐야를 미도지마는 힐끔 보았다.

"그리고 거의 시간에 맞춰 갔더니……."

"스즈카케 씨는 조각배를 저을 줄 아는군요."

"그래, 신사 전용 배도 있네. 물론 엔진은 달려 있지만, 소리를 내면 안 된다고 생각한 모양이야. 호라이가 본 것도 노를 젓는 기지 마사루와 스즈카케의 모습이었어."

"죄송합니다. 이야기 중간에 끼어들었습니다."

"그녀가 다루미 동굴에 도착하자 안쪽 모래땅 경내에 기지 마사루가 죽어 있었어. 하지만 호라이의 증언에 따르면 오늘 아침 동틀 녘부터 8시까지 기지 마사루와 스즈카케 외에 동굴에 들어간 것은 사바오의 조각배에 탄 선생뿐이었던 셈이야. 이 상황에도 불구하고 혐의가 옅어지기란 아무래도 무리겠지."

"그런 한편으로 그녀에게 범행은 불가능했다는 상황 증거가 있습니다."

발자국이 없는 살인 따위를 경찰은 진심으로 상대하지 않는다. 겐야는 그런 대답이 나올까 경계했다.

"확실히 그렇지. 그 점은 머리가 아파."

뜻밖에도 미도지마가 작게 중얼거렸다.

스즈카케를 신문해서 범행을 자백시키려 했지만 아무리 해도 인정하지 않는다. 동기와 기회 측면에서 몰아붙였으나 도통 넘어오지 않는다. 남은 것은 살해 방법인데 경찰은 그것을 모르기 때문에 그 이상 파고들어 취조할 수가 없었다.

겐야가 표현에 주의하면서 이런 예상을 입에 담았지만 미도지마는 무반응이었다.

"노조키 렌야의 지각 장해 말인데……."

그렇기는 해도 느닷없이 다른 화제를 끄집어낸 것을 보면 실은 아픈 곳을 찔렸는지도 모른다.

"그런 사실은 어디를 어떻게 뒤져봐도 나오지 않았네."

"……아니었습니까?"

"신관에게 먹였을지도 모르는 약은, 고라 지방에서 채취되는 사안초에 다른 식물을 섞으면 수면제를 만들 수 있더군. 배분에 따라 수면 시간도 조정 가능하다고 하니, 참 귀중한 약 아닌가."

"마을 사람 누구나 만들 수 있을까요?"

"아니, 아무래도 그렇지는 않은 것 같아. 다만 연배 있는 사람 중에는 제조법을 아는 이가 많다더군."

"기지 마사루 씨에게 한때 신관님 살해 혐의가 있었지만……."

그의 연령으로 보면 약을 만들기는 힘들겠네요 하고 지적하기 전에 미도지마가 간단히 각하했다.

"연장자에게서 훔치면 그만이야. 그의 부친도 그런 종류의 약을 가지고 있다는 사실은 이미 알고."

"하지만 마사루 씨 자신이 제삼의 피해자가 됐으니까……."

이 말에는 아무 대꾸도 없이 미도지마는 이야기를 계속했다.

"그 일과 전후하지만, 신관이 행방불명되기 전날 밤에 열린 축제 뒤풀이에서 똑같이 소재불명이던 자가 또 있지는 않았나. 그 문제는 조사하기 꽤 힘들었어."

"고생하셨습니다."

"아니, 확인 작업은 모리와키와 무라타가 했어. 내가 아니라. 그 결과 확실한 건 모르지만 기지 마사루와 구루메 사부로 두 사람이 좀 수상쩍다는 것을 알아냈지."

"구루메 씨도 뒤풀이에 참가했습니까?"

"그랬다더군. 본인에게 물었더니 '모임 장소에서 모임 장소로 옮겨 다녔기 때문에 잘 기억나지 않는다'라고 대답했네. 실제로 그런 사람이 여럿 있으니 이 이상 파고들어서 확인하는 건 무리겠지."

"그런 상황 속에서도 두 사람의 이름이 부상한 겁니다. 이 사실은 어쩌면 중요할지도 몰라요."

"다만 신관이 망루에서 떨어졌다고 여겨지는 당일 오전 7시 전후에 기지 마사루에게는 알리바이가 있어."

"앗……."

"그때 다케야에 있었다는군."

"증인은 가족입니까?"

"친지의 증언은 보통 같으면 믿을 수 없지. 하지만 변변히 가업을 돕지도 않던 놈이라 다케야에서도 배척당한 모양이야. 그런데 사건 당일 아침에 가게 청소를 한 데다 일까지 거들었다지 않나."

"묘하네요."

"축제 뒤풀이 때 유리아게 촌 오가키 히데토시에게 설교를 듣고는 다음 날 아침부터 다케야 작업장 청소와 심부름을 솔선해서 하게 됐다는군. 누구보다도 놈의 가족이 일단 눈이 휘둥그레졌다고 하니, 이건 신빙성이 있겠지."

"하지만 너무 냄새가 나지 않습니까?"

"확실히 그렇지. 그렇다 해도 타살 시체로 발견되기 전까지는 착실히 청소와 심부름을 계속했다니까 실제로 어떤지는 몰라. 틀림없는 건 망루 전망널에서 신관이 떨어진 것으로 보이는 당일 오전 7시가 되기 삼십 분도 더 전부터 기지 마사루는 줄곧 다케야에 있었다는 사실이야."

미도지마는 담담한 어조로 말을 이었다.

"가고무로 스즈카케의 알리바이도 확인됐네. 당일, 적어도 오전 6시 반부터 7시 사이에 가고무로 가 부엌에 있는 모습을 집안일 거드는 여성이 목격했거든."

"당연합니다."

겐야는 즉각 반응하고 나서 허둥지둥 덧붙였다.

"오가키 히데쓰구 군도 그 시간대에는 아직 제 옆에서 이불 속에 있었습니다."

"선생의 눈은 역시 못 속이겠군. 오 인방 중 남은 네 사람도 전부 같아. 각자 자기 마을 자택에 있었어."

"그 사람들까지 조사하셨습니까?"

감탄하는 겐야에게 미도지마는 당연하다는 얼굴로 말했다.

"신관과 가장 오래 알고 지낸 사람들이니까. 특히 유리아게 촌 오가키 히데쓰구와는 옛날부터 집안끼리 불화가 있었다고 들었네. 조사하지 않을 리 없지."

"그러면 관계자 가운데 알리바이가 없는 사람은요?"

"닛쇼방적의 구루메 사부로, 도쿠간사의 신카이 주지 정도인가."

"주지스님도 용의자입니까?"

겐야는 놀랐지만 미도지마는 표정 하나 바뀌지 않았다.

"노조키 렌야는 도쿠유 촌에서 신카이가 주지로 있는 도쿠간사에 묵었네. 아사 상태로 발견되기 전에 노조키 렌야와 급속히 친해진 사람이 기지 마사루였지. 그리고 사사메 신사와 도쿠간사는 같은 종교시설임에도 불구하고 마을 내에서 힘 차이가 커. 말할 필요도 없이 신사가 세고, 절이 약해. 긴 세월의 힘 관계를 주지는 과연 어떻게 느꼈을지."

"세 번째 이유는 아무리 그래도 억지 아닙니까? 어느 지방이건 신사와 절은 공존하게 마련입니다."

"여기서도 마찬가지다?"

미도지마가 의미심장하게 말했다.

"요전의 하에다마님 축제만 봐도, 외지인마저 알아차릴 만큼 마을에서 신사의 존재가 크다고 생각하지 않나?"

"그런 지방 축제를 관장하는 건 대개 신사니까요."

겐야는 일반론으로 대응하면서도 상대방이 하려는 말은 사실 충분히 이해하고 있었다. 그것이 경부에게도 전해졌는지 이 이야기를 더 하려고 들지는 않았다.

"호라이의 오두막에서 뿔위곳과 망루가 어떻게 보이는지를 누가 알고 있었나 하는 문제도 있었는데……."

"알아내셨습니까?"

"오두막에 들어간 적 있는 사람은 딱 한 명뿐이었네."

"누, 누군데요?"

"자네야."

"네?"

"선생 외에 아무도 호라이의 오두막에 들어간 적이 없어. 본인이 단언했다더군."

"으음."

저도 모르게 신음 소리를 내는 겐야를 미도지마는 잠시 동안 바라보았다.

"그 뒤로 나도 오두막에 한 번 더 가봤네."

"엇, 그러면……."

"아니, 안에 들어가지는 않았어. 단, 그 옆에 서기만 해도 호라이에게 창문에서 곶과 망루가 어떻게 보일지 예상하기는 어렵지 않다고 생각했지."

"작은 창문으로 내다보는 거니까 실제로는 그녀의 시야가 더 좁아진다는 걸 알 수 있었습니까?"

"범인도 분명 그렇게 생각했겠지."

즉 범인을 특정하기 위한 단서는 전혀 되지 않는 셈이다.

"그런데 유리아게 촌에서 어린아이가 죽은 사건은 이미 들었나?"

"네. 가슴 아픈 일입니다."

"식중독은 전에도 있었지만 사망자 발생은 이번이 처음이야. 우리 서의 다른 반에서 수사하고 있는데, 책임자가 도쿠유 촌에서 일어난 사건들과의 관련성을 물어서 나도 난감했네."

미도지마는 진지한 눈빛으로 겐야를 가만히 보고 나서 말했다.

"선생은 어떻게 보나?"

"……솔직히 잘 모르겠습니다."

하지만 경부는 겐야의 대답에 실망한 기색도 없었다.

"그렇겠지. 식중독에 작은 화재, 거기에 유리아게 촌에서 헤이베이 정으로 이어지는 산길의 괴이 현상까지, 도통 종잡을 수 없는 사건뿐이니."

"애당초 괴이 현상은 정말로 일어났는지조차 불분명하니까요."

"오호."

미도지마는 재미있다는 얼굴을 했다.

"선생은 가장 먼저 그런 현상을 인정할 줄로만 알았는데."

"초장부터 부정하지는 않지만, 그렇다고 해서 무조건적으로 받아들일 생각도 없습니다. 제가 서 있는 위치는 늘 중간이에요. 흑도 백도 아니고, 언제나 회색입니다."

"어려운 입장이로군."

미도지마는 뭔가 의견을 덧붙이려 했던 것 같지만 겐야가 그보다 먼저 입을 열었다.

"그런데 경부님, 유리아게 촌의 가키누마 도루라는 인물을 아십니까?"

"원래 오가키 가의 분가였는데 자기 대에서 집안을 몰락시킨 사내 말인가? 노조키 렌야가 접촉한 낌새가 있어서 물론 조사했네. 다만 반쯤 속세를 떠난 것이나 매한가지임을 알았기 때문에 그다지 깊이 파고들지는 않았지."

그래서 겐야는 이소야에서 기지 마사루와 구루메 사부로가 주고받은 대화를 한 번 더 정리해서 경부에게 상기시켰다.

"그때는 설사 노조키 씨가 합병 반대 모임을 만들기 위해 가키누마 씨를 끌어들였다고 해도, 그 효과는 대단히 의문스럽다는 구루메 씨의 지적에 납득했습니다. 하지만 가키누마 씨가 똑같이 생각했으리라는 법은 없어요. 오히려 노조키 씨의 부추김으로 그런 마음이 들었을 가능성도 있습니다. 두 번째 식중독 사건을 조사할 때 만전을 기하기 위해 가키누마 도루 씨와 고라 사 인방에 주목하는 것도 결코 헛일은 아니리라고 생각합니다."

"그렇군. 그쪽 책임자에게 단단히 일러두지."

걸으면서 이야기하는 사이 두 사람은 어느덧 뿔밑곶 끄트머리로 발길을 옮기고 있었다.

"이쪽 곶에 온 건 처음입니다."

"나도 그래."

한동안 말없이 각자 아래에 펼쳐진 바다를 바라보고 있었다.

"선생은 전에……."

바다에 얼굴을 향한 채 미도지마가 먼저 입을 열었다.

"노조키 렌야 살해를 '괴담 살인사건'이라 명명했지."

"네. 그의 아사에 제삼자가 관여했다면 그렇게 부르는 것이 적합하다고 느꼈습니다. 경찰은 그 사건을 이미 타살이라 간주하고 있습니까?"

"거의 타살설로 기울었지만, 그렇게 되면 이제는 '괴담 연쇄살인사건'이 되나?"

"혹은 '사사부네 연쇄살인사건'일까요."

"그 경우 네 번째 괴담은 어떻게 되지?"

미도지마의 지적에 겐야는 아무 대답도 하지 않았다.

"정말로 괴담 살인사건이 일어나고 있다면, 노조키 렌야 살해는 〈대숲의 마〉, 간키 신관 살해는 〈망루의 환영〉, 기지 마사루 살해는

〈창해의 목〉에 각각 호응하는 셈 아닌가?"

"그러네요."

맞장구치는 겐야에게 미도지마는 일깨우는 듯한 어조로 말했다.

"그러면 남은 건 〈뱀길의 요괴〉뿐이지."

"즉 경부님은 네 번째 살인이 일어날 거라고……."

"아니, 내가 아니라 선생의 관점으로는 그렇게 되지 않나?"

"실은……."

겐야는 일단 말을 끊었다.

"네 번째 피해자 후보로 스즈카케 씨를 걱정하고 있습니다."

"뭣?"

저도 모르게 겐야를 본 경부의 시선이 상당히 날카롭다.

"어째서 그녀라 생각하지?"

겐야는 예의 용의자 연쇄살인사건에 대해 이야기했다.

"으음. 듣고 보니 확실히 그렇게 보이는군. 하지만……."

"실제로는 역시 그런 일은 있을 수 없겠지요."

아주 잠깐 망설인 다음 힘주어 고개를 끄덕이는 미도지마를 보면서 겐야는 말을 이었다.

"그런 망상보다는 범인이 왜 괴담 살인사건에 집착하는가 하는 수수께끼 쪽이 훨씬 중요할지 모릅니다."

"선생도 전에 말했지만 노조키 렌야와 가고무로 간키 두 사람의 사건은 연막을 피우기 위해서라고 생각해도 좋지 않나? 둘 다 자살이나 사고일 가능성이 아무리 해도 남으니 말이지."

"그러면 기지 마사루 씨 살해로 그걸 버린 이유는요?"

"여유가 없어졌나? 연쇄살인의 계획도 후반에 접어들었기 때문인가?"

"거기서 알 수 없는 것이 연쇄살인의 동기입니다. 개개의 사건에서 개개의 이유가 발견됐어요. 하지만 피해자 세 사람에게 공통된 동기라 하면 어떨까요?"

"개개의 사건에서 동기가 있는 자가 애당초 다 다르니까. 이래서는 좀체 동일범의 연쇄살인사건이 되지 않아."

"그렇다고 해서 연쇄살인이 아니라 생각하기에는……."

"일련의 사건이 너무나 닮았지. 도쿠유 촌이라는 무대가 우선 똑같아. 그중에서도 대숲 신사, 망루, 다루미 동굴이라는 특징적인 장소가 선택됐고. 첫 번째 피해자인 노조키 렌야는 외지인이지만, 두 번째 가고무로 간키와 세 번째 기지 마사루는 그 외지인과 생전에 관계가 있었네. 더욱이 사사부네라는 범행 성명도 있으니 역시 동일범 소행이라 봐야겠지."

"하지만 그렇게 되면 용의자가 한 사람도 없는 셈이……."

"되나? 그야말로 제자리에서 빙빙 도는 꼴이군."

겐야가 일순 움찔했다.

"왜 그러나?"

"……아니요. 노조키 렌야 씨와 가고무로 간키 씨 사건에서도 제가 자살 혹은 사고설과 타살설 사이에서 빙글빙글 돌고 있었던 기분이 들어서요."

"경찰도 마찬가지야."

대답하고 나서 미도지마는 뭐라 말할 수 없는 표정을 지었다.

"즉 범인은 사건의 진상을 둘러싸고 경찰이 제자리에서 빙글빙글 돌기만 하다가 결국 미궁에 빠지기를 바라며 이런 괴담 살인사건을 연출했다, 그런 말이라도 하는 건가?"

"그쯤 되면 이제 광인의 논리네요."

"그 해석이 맞을 경우 왜 기지 마사루 살해에서 그만두었는가 하는 수수께끼로 돌아가는 꼴이 되지 않나?"

"역시 제자리에서 돌게 되는군요."

두 사람 사이에 다시 침묵이 드리웠을 때였다.

"경부니임!"

크게 외치는 소리가 들려서 돌아보니 무라타 형사가 필사적인 얼굴을 하고 이쪽으로 달려오고 있었다.

"왜 그러나?"

부하의 심상치 않은 모양에 미도지마가 뿔밑곶을 되돌아가면서 외쳤다. 무라타가 단숨에 달려와 두 사람 앞에 서더니 몹시 거친 숨을 내뱉으면서 말했다.

"……유, 유리아게 촌 오, 오가키 히데토시의 모, 모, 목매단 시체가 발견됐다고 지금 막 연락이 왔습니다."

게다가 그는 더더욱 믿을 수 없는 대사를 뱉었다.

"……현장인 헛간은 안쪽에서 빗장이 걸려 있어서 아, 아무도 들어갈 수 없는 상태였습니다. 그리고 시체 바로 밑에는 사, 사사부네가 하나 떠, 떨어져 있었다고 합니다."

18장 큰 헛간의 액사

도조 겐야는 미도지마 경부와 함께 일단 마을회관으로 돌아갔다. 모리와키 형사가 미도지마에게 자세한 이야기를 전했고, 겐야도 슬며시 서서 들었다. 모리와키는 명백히 신경을 썼지만, 미도지마가 아무 말도 하지 않았기 때문에 그대로 보고를 계속했다. 그의 이야기를 정리하면 다음과 같다.

유리아게 촌의 식중독 아동 사망 사건 수사는 현경 본부 겐자키 경부의 반에서 담당하게 됐다. 참고로 계급은 같지만 미도지마의 후배라고 한다.

경찰 조사는 축제 관계자(라고 해봤자 도쿠유 촌에 비하면 소수다)와 버섯국 조리에 관여한 몇 명을 중심으로 이루어졌는데, 양쪽에 다 속해 있던 사람이 오가키 히데토시였다. 게다가 그는 지난번 식중독 사건에 책임을 느껴 이번에 버섯국을 만들 때는 세심한 주의를 기울였다. 버섯 선별을 혼자서 한 것이다. 그럼에도 식중독이 일어난 데다 어린아이까지 죽고 말았다. 하지만 그는 "실수로 유귀버섯을 혼입하는 부주의는 결코 없었다. 전부 암귀버섯이었다"라고 주장했다. "버섯 구별에는 절대적으로 자신이 있다"라고 우겼다.

관계자 전원의 조사를 끝낸 겐자키는 "조리 단계에서는 독버섯이 들어 있지 않았을지도 모른다. 다만 버섯국이 냄비 가득 완성되어 마을 사람들에게 나눠주기 전까지 누군가가 잘게 썬 독버섯을 몰래 투입하는 것은 당일 조리장의 상황을 감안해도 충분히 가능했다"라고 보았다. 즉 지난번 식중독이 불의의 사고였다 한들 이번에는 인위적이라는 의심이 짙다고 판단한 것이다.

단, 범인 찾기는 난항을 겪었다. 조리장에는 아무나 들어갈 수 있다. 축제와 버섯국 조리 관계자만 의심해서 끝날 문제가 아니었다. 그러고 있는데 평화장 주민인 닛쇼방적 구보사키(〈뱀길의 요괴〉 체험자인 이지마 가쓰토시의 친구)에게서 "가키누마 도루가 축제 상황을 엿보고 있었다"라는 목격 정보가 들어왔다. 이를 토대로 탐문해보니 마을 사람 중에서도 가키누마 또는 합병에 반대하는 다른 사 인방을 봤다는 사람이 나왔다. 가키누마 등이 엿본 곳은 해변이고, 조리장에 드나드는 모습이 보인 것은 아니다. 그래도 평소 집에 틀어박혀 있는 그가 굳이 축제를 보러 온 것은 석연치 않다. 그래서 가키누마에게 사정을 들어봤으나 "외출한 기억이 없다"라는 말만 되풀이해서 진척이 없었다. 확실히 하기 위해 다른 사 인방도 떠봤지만 결과는 마찬가지였다.

이 시점에서 이미 저녁때가 됐다. 겐자키를 비롯해 수사반들이 마을회관에서 향후 일을 의논하고 있는데, 오카키 가에서 사람이 왔다. 그리고 "히데토시는 아직 못 돌아오는가"라고 물어서 "진작 방면했다"라고 대답하니 "집에 돌아오지 않았다"라고 했다. 중요 용의자는 아니지만 사건 관계자다. 제멋대로 행동하면 곤란하다. "짐작 가는 행선지는 없는가"라고 묻자 "쿠에 산에 외떨어져 있는 전답으로 갔을지도 모른다"라고 했다. 확인을 위해 겐자키는 사와다 형사를 오카키 가 사람에게 동행시켰다.

쿠에 산에 있는 외떨어진 땅에는 큰 헛간과 작은 헛간이 한 동씩 있다. 우선 큰 헛간이라 불리는 건물에 들어가려 했더니 안쪽에서 빗장이 걸렸는지 열리지 않는다. 안에 대고 불러보아도 아무 대꾸가 없다. 커다란 널문에 틈이 있어 사와다가 내부를 들여다보니 헛간 한가운데서 오가키 히데토시가 목을 매단 모습이 느닷없이 눈에 들어왔다.

사와다는 오카기 가 사람에게 작은 헛간에서 괭이나 가래를 가지고 오게 했다. 그것으로 널문에 구멍을 뚫고 한쪽 팔을 집어넣어 긴 빗장나무를 치운 다음 안으로 들어가 오가키 히데토시를 구하려 했다. 하지만 애석하게도 절명하고 시간이 지났음을 알 수 있었다. 그래서 사와다는 현장 널문을 닫고 자신은 파수를 서기 위해 남으면서 오가키 가 사람에게 서둘러 마을회관에 돌아가 겐자키에게 사건을 알려달라고 부탁했다.

보고를 들은 겐자키는 도쿠유 촌에서 일어나는 불가해한 연속 괴사와의 관련을 우려해 곧장 미도지마의 수사반에 새로운 사건이 발생했다고 연락했다.

모리와키에게 설명을 들은 뒤 미도지마는 "지금 당장 유리아게 촌으로 향한다"라고 즉석에서 판단을 내렸다. 게다가 겐야에게도 따라오라고 했기 때문에 누구보다 당사자가 놀랐다.

물론 겐야도 바라던 바였다. 단, 출발 전에 사사메 신사의 소후에 시노에게 연락해달라는 부탁은 잊지 않았다. 구난도에서 돌아온 오가키 히데쓰구에게 조부의 죽음을 알리기 위해서다.

도쿠유 촌에 체재하는 수사반 가운데 저쪽으로 가는 것이 미도지마뿐이고 외부인인 겐야가 동행한다는 데 그 자리에 있던 부하 전원이 소스라치게 놀란 듯했지만, 누구 하나 아무 말도 하지 않았다. 이쪽 사건의 수사가 진전되지 않아서 여분 인력을 할애할 수 없다는 판단에 따라 경부 혼자 가는 것임을 분명 이해했기 때문이리라. 다만 도조 겐야의 동행을 과연 몇 명이나 납득했을지는 알 수 없다. 당사자인 겐야조차 "같이 갈 수 있는 건가" 하고 마을회관을 나오기 전까지 믿지 못했을 정도다.

차로 산길을 달리면 시간이 너무 많이 걸리기 때문에 촌장에게 부탁해 어선을 빌렸다. 도쿠유 촌에 있는 배는 하나같이 작고 마력도 낮다. 옆 시아쿠 촌이나 그 옆의 이시노리 촌도 매한가지였다. 이소미 촌까지 가면 조금 더 큰 어선도 있지만, 그 옆은 유리아게 촌이다. 갈아타는 시간과 품을 생각하면 그냥 가는 편이 더 빠르다.

그런 설명을 들으며 두 사람은 고즈 만을 뒤로했다. 하에다마님 축제 때 겐야는 뿔위곳을 넘었지만, 이번에는 뿔밑곳 저편이다. 다루미 동굴이 보이는 삼도장과 달리 파도도 거친 완전한 외해로 나가게 된다.

18장 | 큰 헛간의 액사

실제로 뿔밑곶을 넘어 동쪽 방향으로 키를 돌린 순간 배가 크게 흔들렸다. 그때까지 대화를 나누던 두 사람이 저도 모르게 입을 닫았을 정도다. 유일한 구원은 사바오가 조종하던 조각배가 아니라 조금 더 큰 어선에 타고 있다는 점일지도 모른다.

오른쪽 대각선 방향에 아담한 섬이 보인다. 대부분이 암초지대인 고라 지방에서 그 섬만큼은 지형이 온화해 보였음에도 불구하고 엄청난 불길함이 느껴졌다. 독기가 느껴질 만큼 빨간 저녁 해가 섬 전체를 비추고 있기 때문인가, 아니면 무수한 까마귀가 섬 상공을 날고 있기 때문인가.

아니, 저곳이 오우 섬이기 때문이겠지.

묘지섬이라는 별명처럼 그곳은 매장지였다. 섬 일부에 묘지가 있는 것이 아니라 섬 자체가 묘지다. 도쿠유 촌뿐만 아니라 시아쿠 촌과 이시노리 촌의 고인도 섬에 잠들어 있다. 어마어마한 수의 묘석이 있음이 틀림없다.

여기에 체재하는 동안 한 번은 건너가보고 싶군.

크게 흔들리는 어선에서 섬을 바라보며 겐야는 강하게 바랐다. 민속학 중에서도 지방의 장송의례에는 특히 관심이 있었다. 섬 하나가 통째로 매장지라니 생각만 해도 묘한 흥분이 들끓었다.

기지 마사루의 장례식에 참석하면 섬에 건너가볼 수 있을지 모른다. 하지만 그의 시신은 현재 헤이베이 정의 대학병원에 가 있다. 사법해부가 끝나면 돌아오겠지만, 짧게 잡아도 이삼 일은 걸릴 터다.

남의 장례식에 의지하다니…….

겐야는 퍼뜩 정신을 차렸다. 자신의 야비함이 부끄러워서 무심결에 반대편 육지에 눈길을 준 찰나, 그는 다른 흥분에 사로잡혔다.

"엄청난 광경이네요."

순간적으로 말이 나왔을 정도로, 뿔밑곶을 지난 곳에는 높이 솟아오른 단애절벽이 동쪽으로 죽 이어져 있었다. 수평선에 가라앉고 있는 태양의 잔조를 받아 바위 표면이 적동색으로 둔탁하게 빛나는 모습이 마치 사냥감을 씹어 으깨는 거대한 짐승의 이빨 같아 참으로 무시무시한 광경이었다.

옆 마을인 시아쿠 촌과의 사이에 이 정도 규모의 낭떠러지가 가로막고 서 있었을 줄이야…….

그렇다고 육상으로 가려 해도 구에 산의 구불구불하고 좁은 산길을 끝없이 따라가야만 한다. 걸리는 시간을 생각하면 틀림없이 바다 쪽이 훨씬 빠르다.

겐야가 단애절벽을 홀린 듯이 보고 있으니 나라모토라는 오십대쯤 되는 어부가 바람과 엔진 소리에 질세라 큰 소리로 말했다.

"오래전에 시아쿠 촌 사람들은 저 절벽 안에서 신음 소리가 들린다고 했다더군."

"어떤 식으로요?"

겐야가 바로 되묻자 나라모토는 조금 난처한 표정을 지었다.

"요괴 같은 커다란 사내가 소리치는, 그런 느낌이라고 들었는데."

"그건 어느 시기에 들립니까?"

"가을쯤이라고는 하는데 그것도 옛날 옛적 이야기야."

"마침 하에다마님 축제 때네요."

겐야의 말에 나라모토는 반기는 눈치였다.

"아아, 그랬지. 축제 때 구호 소리가 그 재현이라는 이야기를 전에 신관님한테 들었어."

"'도우도토, 도우도토, 도우도토, 동동……' 하는 그거 말씀입니까?"

겐야는 정확히 재현하면서도 〈뱀길의 요괴〉 체험자인 이지마 가쓰토시가 오가키 히데토시 소유의 헛간에서 이것과 똑같은 소리를 들었다는 것이 불현듯 생각나 오싹해졌다. 히데토시의 목 매단 시체가 발견된 곳이 바로 그 헛간이기 때문이다.

나라모토에게 들리지 않도록 조심하면서, 겐야는 미도지마에게 이 건에 대해 귓속말했다. 도쿠유 촌 사람들은 이미 알고 있을지 모른다.

"이것으로 끝내 괴담 살인사건이 완결된 셈인가?"

이지마의 체험은 언급하지 않고 미도지마가 이렇게 대꾸했다.

"도쿠유 촌의 사건과 유리아게 촌의 괴이 현상도 마침내 이어졌다고 봐야 할까요?"

겐야도 역으로 되물었지만 두 사람 다 상대방 물음에 대답할 수는 없었던 모양이다.

시아쿠 촌을 지나 이시노리 촌에 들어설 즈음, 어슴푸레 남아 있던 태양빛이 바다에 삼켜지듯 슥 사라졌다. 조금 전까지만 해도 희미하게 밝았는데, 그 빛이 순식간에 없어지고 눈 깜짝할 사이에 밤의 어둠이 넓은 바다에 드리웠다.

그 순간 겐야는 왠지 섬뜩했다. 어선에 당연히 불은 켜져 있지만, 진행 방향 일부를 비출 뿐이다. 배 주변은 압도적인 어둠에 싸여 있어서 그야말로 망선에 쫓기고 있어도 전혀 모를 정도다. 하늘에 별은 하나도 보이지 않는다. 눈에 들어오는 유일한 빛은 북쪽에 위치한 이시노리 촌 인가의 불빛뿐이었다.

그런 희망의 빛도 마을 해안선을 지나고 나면 전혀 보이지 않는다. 다음 이소미 촌에 도착할 때까지 어선 주위는 완전한 어둠에 지배당한다.

대자연의 공포…….

산속에 있을 때도 이따금 문득 느낀 두려움과 똑같은 것이 별안간 겐야를 덮쳤다. 예부터 인간이 산과 바다에 품는 소름끼치는 공포심에 그 역시 사로잡힌 것이 틀림없다. 조금이나마 경감된 것은 왼편에 이소미 촌 인가의 불빛이 보이기 시작했을 때였다.

조금만 더 가면 된다.

스스로 타이르는 사이에 뜻밖에도 빠르게 이소미 촌을 통과했다. 다섯 마을 중 가구 수가 가장 적은 마을이었음을 뒤늦게 떠올렸을 무렵에는 벌써 유리아게 촌의 불빛이 눈에 들어오고 어선이 항구를 향해 방향을 전환한 뒤였다.

"누가 해변에서 회중전등을 흔들고 있는데."

나라모토가 지적한 대로 전방 어둠 속에서 빛이 빙글빙글 돌고 있었다. 옛날식 초롱 불빛도 있는 듯했다.

그 모습을 보니 겐야는 마음이 놓였다. 무사히 유리아게 촌에 도착했다고 마음속 깊이 안도되었기 때문이다.

동시에, 어쩐지 해변에서 움직이는 불빛이 일련의 사건을 해결로 이끄는 광명이라도 되는 것처럼 보였다. 아니, 실제로 이 순간 그의 뇌리에 확실히 뭔가 번뜩인 것은 틀림없다. 다만…….

……틀렸어.

단단히 붙잡기 전에 진상이 스르르 달아나버렸다. 그런 감각을 안고서 유리아게 촌에 내려섰다. 거기서 시간을 들였다면 다시 번뜩였을지도 모르지만 그럴 여유는 없었다. 기다리고 있던 사와다 형사의 안내를 받아 준비된 차에 올라타고 겐야와 미도지마는 단숨에 마을을 빠져나갔다. 그리고 등 뒤에 우뚝 솟은 쿠에 산 뱀길로 들어간 뒤로는 구불구불 이어지는 산길을 그저 달리기만 하는 형편이었다.

날이 저문 뒤의 뱀길은 하여간 으스스하고 위험해 보였다. 산길 폭이 별로 넓지 않은 데다 몹시 구불거렸다. 낮 동안에도 위험할 것 같건만 산속은 시커먼 어둠뿐이다. 헤드라이트 불빛이 없으면 정말 아무것도 보이지 않는다.

주위 수목이 점점 더 울창해지기 시작했을 때 겐야가 물었다.

"슬슬 어둠고개 아닙니까?"

하지만 운전석의 사와다는 고개를 저었다.

"어디가 거기인지는 저도 모릅니다. 오가키 가가 소유한 땅에 갈 때나 돌아올 때 그 근처에 이정표가 있는 것을 본 기억은 있습니다. 단지 그게 이 부근인지는……."

짐작도 가지 않는다고 그가 말하기 전에 산길이 급한 내리막이 되나 했더니 동시에 오른쪽 아래편으로 불빛이 보이기 시작했다.

"저곳이 현장입니다."

그 말인즉슨 조금 전 지점이 역시 어둠고개였던 모양이다.

차는 내리막을 다 내려가 조금 더 나아간 곳에서 거의 유턴하다시피 오른쪽으로 꺾더니 잡초가 무성한 샛길로 들어섰다. 그 좁은 길을 한동안 직진하다가 왼쪽으로 꺾자 초지 너머에 오가키 가의 커다란 헛간이 나타났다. 헛간 바로 앞에는 현경의 순찰차가 서 있고, 실내에서는 사람들이 떠드는 소리가 들려왔다.

큰 헛간은 보통 민가 이층 건물 정도의 크기에 정면 출입구는 양쪽으로 열리는 커다란 널문이었다. 닫혀 있지만 왼쪽 문 한복판에 뚫린 구멍으로 수사반이 움직이는 모습을 살짝 엿볼 수 있었다.

"겐자키 경부님, 미도지마 경부님을 모시고 왔습니다."

사와다가 안쪽에 대고 말하자 곧장 온화한 생김새의 남자가 헛간에서 나와 상냥하게 웃으며 미도지마에게 경례했다.

"이분이 그 선생님이시군요."

이어서 겐야에게 눈을 돌리며 인사를 해서 허둥지둥 마주 고개를 숙였다. 아무래도 도조 겐야가 누구이며 왜 미도지마와 동행중인지 전부 알고 있는 모양이다.

"어떤 상태인가?"

미도지마의 물음에 겐자키는 웃음을 거두었다.

"자살일 가능성이 높은 것 같습니다."

"발견되기까지의 경위는?"

"오가키 히데토시 씨의 조사를 끝낸 것이 오후 5시경입니다. 그 후 일단 집에 돌아갔다가 경트럭으로 곧장 큰 헛간으로 향했다고 하면 도착은 5시 20분경일까요. 가족에게서 문의가 들어온 것은 6시 지나서였습니다. 사와다가 시신을 발견한 것이 6시 20분경, 우리가 현장에 도착한 것이 6시 50분경입니다. 그 시점에서 대강의 사망 추정 시각이 약 한 시간 전이라고 하니 피해자가 조사 후 곧장 이리로 온 것은 거의 틀림없을 듯합니다."

"목맨 상태에 뭔가 부자연스러운 점은?"

"큰 헛간이라 불리는……."

겐자키는 뒤쪽에 눈길을 주었다.

"저 오두막의 앞쪽 반은 천장까지 뚫려 있고 뒤쪽 반에는 이층에 해당하는 바닥이 있습니다. 헛간 거의 중앙에 지붕까지 뻗은 기둥이 이층 바닥을 지탱하고요. 오가키 히데토시 씨는 그 기둥에 새끼줄을 매고 이층에서 늘어뜨린 다음 새끼줄 끝에 고리를 만들어 머리를 집어넣고 발받침으로 쓴 의자를 차서 목을 맨 것으로 추정됩니다."

"목을 맨 일련의 순서에 어떤 위장도 발견되지 않았다, 이 말인가?"

"네. 극히 자연스러워 보입니다."

"저……."

겐야가 송구해하면서 한손을 들자 겐자키가 다시 웃음을 띠고 말했다.

"말씀하시죠."

"예를 들어 오가키 히데쓰구 씨에게 수면제를 먹이고 의식이 몽롱해졌을 때 목을 맨 것처럼 꾸며서 살해했다…… 이런 가능성은 생각할 수 없습니까?"

"가능성은 물론 있습니다. 단, 그렇다고 판단하기 위해서는 사법 해부 결과 위에서 수면제 성분이 나오는 등 어떠한 증거가 필요해집니다. 게다가……."

겐자키는 갑자기 의미심장한 눈초리가 되었다.

"큰 헛간에 드나들려면 양쪽으로 열리는 정면 널문을 통과해야만 하는데, 거기에는 안쪽에서 빗장이 걸려 있었습니다."

"기다란 판자 같은 건가요?"

"맞습니다. 여기서도 보이는데, 양쪽으로 열리는 널문 각각의 바깥쪽 면에는 받침대 역할을 하는 꺾쇠장식이 두 개씩 붙어 있습니다. 'L' 자 모양입니다. 똑같은 장식이 널문 안쪽에도 있고요. 널문을 닫으면 L자 꺾쇠장식이 옆으로 나란해지므로 거기에 긴 빗장나무를 끼우는 거지요. 겨울에 헛간 안에서 작업할 때는 안쪽에 겁니다. 일을 마치고 귀가할 때는 그걸 바깥쪽에 겁니다. 그런 구조지요. 민가 부엌문 같은 데 있는 보잘것없는 걸쇠와 달리 이 빗장을 꺾쇠장식에 끼우기 위해서는 상당한 힘이 필요합니다."

"빗장이 안에서 걸려 있을 경우 실내에서 끼웠다고 생각할 수밖에 없다는 뜻인가."

미도지마는 고개를 끄덕이는 겐자키에게서 겐야에게로 시선을 옮겼다.

"즉 큰 헛간의 현장 또한 밀실이었던 셈이야."

"창문은 어떻습니까?"

겐야의 물음에 겐자키는 고개를 가로저었다.

"이층에 해당하는 부분에 채광용 창이 있습니다. 다만 앞쪽 반은 이층에 닿는 것보다 더 긴 사다리가 없으면 애초에 가까이 갈 수 없습니다. 뒤쪽 반은 이층에 오르면 되지만, 모든 창문에 나사식 잠금쇠가 단단히 걸려 있었습니다. 이 점은 앞쪽 창문도 마찬가지고요."

'새까만 얼굴이 엿보고 있었다'라고 〈뱀길의 요괴〉의 이지마 가쓰토시가 이야기한, 그 채광창이다. 요괴라면 손이 닿을지 모르나 인간에게는 무리일 것이다.

"큰 헛간 주변에서 굉장히 긴 사다리가 발견됐다든지……."

"없네요."

설사 발견됐다 해도 나사식 잠금쇠 문제가 남는다.

"자살 동기는 역시 어린아이의 죽음인가?"

미도지마의 질문에 겐자키의 표정이 어두워졌다.

"식중독 사건의 참고인 조사를 했을 때 오가키 히데쓰구는 무척 초췌했습니다. 자책하는 마음이 정말 엄청나게 강했어요. 그걸 생각하면 안이하게 집에 돌려보낸 것이 애석하기 짝이 없습니다."

미도지마는 아무 말도 하지 않았지만, 겐자키의 괴로운 상황은 충분히 이해하고 있는 듯했다.

"저, 잠깐만요."

무거운 분위기에도 불구하고 겐야는 다시 한손을 들었다.

"뭐지요?"

하지만 겐자키는 화도 내지 않았고 싫어하지도 않았다.

"조금이라도 불가해하게 여겨지는 부분이 현장에 없었을까요?"

"그게 말인데……."

겐자키는 난처한 얼굴로 미도지마와 겐야를 번갈아 보았다.

"연락드렸다시피 목을 맨 시신 바로 밑에는 사사부네가 하나 떨어져 있었습니다. 도쿠유 촌 사건의 세부 사항은 서에서도 들었기 때문에 혹시 관계가 있나 생각했습니다만……."

"그렇다 쳐도……."

미도지마가 지체 없이 응수했다.

"목을 맨 것에 위장한 흔적이 없고 현장이 안쪽에서 잠겨 있었으며 뚜렷한 동기도 없다면 역시 자살로 간주하는 것이 마땅하겠지."

"다른 불가해한 점은 없었습니까?"

겐야가 끼어들어도 미도지마는 동요하지 않고 오히려 겐자키에게 말해보라는 몸짓을 했기에 당사자는 주저하면서도 대답했다.

"하나 더 있습니다."

"뭡니까? 가르쳐주십시오."

"널문 안쪽에 대나무 봉이 굴러다니고 있었습니다."

겐야는 대숲 신사의 사당과 다루미 동굴의 모래땅 경내 앞에 각각 서 있던 도리이 같은 두 대나무 봉에 대해 천천히 설명하고 나서 겐자키에게 물었다.

"그런 느낌의 대나무였을까요?"

"딱 지금 말하신 것 같은 대나무 봉입니다. 길이가 2미터 조금 안 되는 것도 맞고요. 다른 점은 대나무 양 끝에 새끼줄이 묶여 있었다는 점이네요."

"새, 새끼줄이……."

그 순간 겐야는 몸을 앞으로 내밀더니 자세한 사항을 물었다.

"풀면 30센티미터쯤 되는 새끼줄이 대나무 양쪽 끝에 각각 묶여 있었습니다. 새끼줄 양 끝에는 날붙이로 자른 자국이 있었고요."

"새끼줄이 달린 대나무는 널문 안쪽에 어떤 식으로 있었습니까?"

"딱 빗장과 평행을 이룬 형태였죠. 널문에서 1미터도 떨어지지 않은 지점에 그대로 방치돼 있었습니다."

"빗장 길이는?"

"2미터 정도입니다."

"사와다 형사님이 시신을 발견하신 건 널문 틈으로 내부가 들여다보였기 때문이지요? 그리고 문제의 널문은 바깥쪽으로 열리고, 기묘한 새끼줄 달린 대나무가 안쪽에 떨어져 있었다······."

이렇게 말하고 겐야가 입을 다물어버려서 미도지마와 겐자키는 한동안 기다리는 듯했지만 얼마 안 있어 겐자키가 더는 못 참겠다는 듯이 물었다.

"뭐 생각나신 게 있습니까?"

"······아니요, 죄송합니다."

힘없이 고개를 가로젓는 겐야에게 겐자키는 어쩐지 미안한 눈치로 말했다.

"다시 말씀드리지만 저 빗장을 꺾쇠장식에 끼우기 위해서는 안쪽에서 상당히 힘을 줘야 합니다."

기계적 트릭 같은 것은 통용되지 않는다고 에둘러 말하는 듯했다.

"널문과 대나무 봉을 보여줄 수 있겠나?"

"현장 검증은 이미 끝났으니 가시죠."

겐자키는 미도지마의 바람에 응하는 동시에 겐야에게도 권하며 두 사람을 큰 헛간으로 안내했다.

우선 겐야는 널문 틈을 조사했다. 하지만 정말로 좁아서 가느다란 실이면 모를까 새끼줄 같은 것은 빠져나갈 수 없을 듯했다. 다른 틈은 없나 찾아보니 곳곳에 보이기는 했지만 하나같이 좁아서 쓸모없기는 매한가지였다.

……아니지, 낚싯줄이라면 가능한가?

새끼줄 끝에 낚싯줄을 묶고 그것을 널문 틈을 통해 밖으로 빼낸다. 이 정도는 충분히 가능할 것이다. 하지만 문제는 그렇게 해서 널문 안쪽에 매단 대나무 봉으로 어떻게 빗장을 내릴 수 있는지 그 간계를 도통 모르겠다는 점이다.

아니, 그 이전에 애당초 좌우 널문에서 거의 같은 위치에 틈이 벌어져 있는 곳은 아무래도 하나도 없어 보였다. 만일 헛간 안쪽에 대나무 봉을 매단다 해도 이래서야 비스듬하게 기울어져버린다. 그 상태로는 어떠한 장치를 작동시키는 것도 거의 어렵지 않을까?

아니면…….

기울어진 대나무 봉이기에 가능한 방법이 뭔가 있기라도 하단 말인가?

겐야는 널문 앞뒤와 빗장과 대나무 봉을 조사한 뒤에 채광용 창도 검사했지만 수상쩍은 점은 전혀 보이지 않았다. 오히려 오랜 세월에 걸쳐 모든 창문이 변변히 열린 적도 없음을 역으로 확인했을 정도다.

"완전한 밀실이네요."

세 사람이 함께 헛간에서 나왔을 때 겐야가 중얼거렸다.

"그래도 선생님은 오가키 히데토시가 네 번째 피해자라고 생각하십니까?"

겐자키의 물음에 겐야는 곤혹스러운 얼굴이 되었다.

"모든 현장이 밀실인 데다 사사부네가 놓여 있었습니다. 이 공통점은 역시 무시할 수 없다는 생각이 드는데요……."

"그렇다고 그 두 가지만으로 연쇄살인사건이라 단정하는 것 또한 무리가 있지 않나?"

미도지마가 바로 찌르고 들어왔지만, 겐야는 갑자기 흥분한 듯 말했다.

"그렇습니다, 문제는 연쇄살인입니다. 오가키 히데토시 씨가 목숨을 잃음으로써 네 명의 피해자가 정말 깔끔하게 딱 반으로 나뉜다고 생각하지 않으십니까?"

"대체 무슨 이야기인가?"

미도지마만이 아니라 겐자키도 의아한 표정을 짓고 있다.

"피해자 네 명의 속성을 생각하면 노조키 렌야 씨, 기지 마사루 씨 조와 가고무로 간키 씨, 오가키 히데토시 씨 조로 정확히 나뉘지 않습니까?"

"과연, 그런 의미군."

미도지마는 일단 수긍한 뒤 다음을 재촉했다.

"그래, 거기서 어떤 추리가 가능한가?"

"지금 막 떠오른 해석에 지나지 않습니다만……"

겐야는 우선 양해를 구했다.

"세 명의 피해자에 대해 동기와 기회가 있는 용의자가 아무도 없는 상태임에도 불구하고 네 번째 희생자가 나와버렸습니다. 피해자가 세 사람이어도 오리무중인데 네 번째가 더해지는 바람에 더더욱 알 수 없게 됐지요. 이것이 지금 상태입니다. 하지만 실은 네 명의 피해자는 두 조로 나뉘는 게 아닌가 깨달은 순간, 각 조에 별개의 범인이 있다…… 즉 본건은 두 사람의 범인이 저지른 비연쇄살인사건이었다는 해석이 가능해지지 않습니까?"

두 경부도 놀랐는지 아무 말 없이 겐야를 바라보았다.

"앞 조인 노조키 렌야 씨와 기지 마사루 씨 사건에 동기와 기회가 있는 범인은 반대로 뒤 조인 가고무로 간키 씨와 오가키 히데토시 씨 사건에는 동기도 기회도 없습니다. 뒤 조의 범인에 대해서도 물론 똑같이 말할 수 있고요."

"……요컨대 두 범인은 처음부터 다 짰던 겁니까?"

겐자키가 주저하면서 꺼낸 말에 겐야는 대답했다.

"사사부네의 존재를 생각하면 아마 그렇겠지요."

"구체적으로는 어떻게 되지?"

미도지마의 직설적인 질문에 겐야는 차근차근 설명했다.

"노조키 렌야 씨와 기지 마사루 씨를 살해한 범인은 가고무로 간키 씨와 오가키 히데토시 씨 사건에서는 아무 동기가 없을뿐더러 확실한 알리바이도 있습니다. 그러니까 만일 노조키 씨 살해와 기지 씨 살해로 의심을 받더라도 가고무로 씨 살해와 오가키 씨 살해를 통해 혐의가 풀리는 셈이지요. 다른 한 명의 범인에게도 완전히 똑같은 내용이 들어맞습니다. 이로 인해 두 명의 범인이 저지른 비연쇄살인사건이 성립했습니다. 이것이 사건의 진상 아닐까요?"

가만히 귀를 기울이고 있던 겐자키가 말했다.

"연쇄살인의 동기와 기회가 있는 사람이 아무도 없다……라는 문제는 그 추리로 확실히 해결되네요."

꽤 감탄한 눈치였지만, 미도지마는 아니었다.

"앞 조와 뒤 조에서 정말로 용의자가 부상할까. 그것을 모르는 다음에야 헛된 기쁨밖에 안 돼."

 엄격한 대사를 뱉었지만 그가 이미 빠른 속도로 머리를 굴리고 있음은 손에 잡히듯 알 수 있었다. 물론 겐야도 마찬가지다.

 한동안 침묵의 시간이 흐르고 맨 먼저 입을 연 사람은 미도지마였다.

 "앞 조의 노조키 렌야 살해에서 완전한 알리바이가 있는 사람은 오가키 히데쓰구뿐이야."

 "그러네요."

 겐야가 동의했다.

 "오가키 히데쓰구를 뒤 조의 범인이라 생각할 때, 가고무로 간키 살해는 둘째 치고 자기 조부를 살해할 동기가 있었을지……."

 미도지마의 의문에 겐자키가 조심스럽게 의견을 표명했다.

 "식중독 사건 취조에서 일단은 오가키 가 내부에 문제가 없었는가 하는 점도 고려해서 수사했습니다. 하지만 현재까지 특별한 것은 전혀 나오지 않았습니다."

 "당연합니다."

 겐야는 화를 누르는 어조로 말했다.

 "오가키 군이 자신의 조부를 해치다니, 결코 있을 수 없는 일이에요."

 "우리도 일이니만큼 이해해주시기 바랍니다."

 겐자키가 정직하게 대응했고, 미도지마는 개의치 않고 계속했다.

 "앞 조의 다른 한 사람, 기지 마사루 살해 알리바이에 대해서는 아직 조사중이니 놔둔다 치더라도, 뒤 조의 나머지 한 사람인 가고무로 간키 살해에 알리바이가 있는 자는 한둘이 아니야. 하지만 그들 모두가 앞 조 사건에 알리바이가 없지 않나."

"거기서 좁히지 못하는 한 앞 조의 범인은 모른다는 뜻이군요."

범인 하나가 뚜렷이 부상하리라고 기대했던 만큼 겐야는 금세 의기소침해졌다.

"앞 조의 용의자를 좁히는 것이 현재로서는 무리고 뒤 조의 유일한 용의자인 오가키 히데쓰구가 아무리 생각해도 범인이 아닌 이상, 괴담 살인사건은 두 명의 범인이 저지른 비연쇄살인이었다는 해석 자체가 무너지지 않나?"

"……네."

"게다가 계획적 살인일 텐데 기지 마사루 살해 현장이 충동적 살인으로 보이는 것도 그 해석과는 모순되지."

"……그러네요."

"그렇다면 전에 둘이서 검토했듯 제삼의 살인 실행 때는 이미 범인에게 여유가 없었기 때문이다…… 이렇게 생각하는 편이 그나마 자연스럽지 않은가?"

"오가키 히데토시 씨에게 한정할 경우인데……."

겐자키가 또다시 조심스럽게 옆에서 끼어들었다.

"그는 경찰 조사 후에 곧장 큰 헛간으로 향했습니다. 타살일 경우 범인은 어떻게 그의 움직임을 알 수 있었는가, 이런 수수께끼가 생기네요."

"……감시하던 사람이 있어서 즉시 범인에게 연락했을지도 모릅니다."

"예를 들면 누가요?"

"......가키누마 도루 씨라든지요. 또는 그를 제외한 사 인방 중 한 사람일지도 모르고요."

"과연. 하지만 시간 안에 올 수 있었을까요?"

"오가키 히데토시 씨가 조사를 끝낸 것이 5시경이고 액사한 것이 5시 50분경이니까 오십 분의 유예가 있습니다. 범인이 설사 도쿠유 촌에 있었다 해도 살해는 가능했다는 이야기가 되지 않습니까?"

"하지만."

두 사람의 대화를 듣고 있던 미도지마가 말했다.

"연쇄살인사건이라 생각할 경우, 여전히 모든 범행에 동기와 기회가 있는 용의자가 한 사람도 떠오르지 않는 상황이라는 것은 전혀 달라지지 않은 셈이야."

"......말씀하신 대로입니다."

겐야가 두 어깨를 늘어뜨리고 있는 동안 미도지마와 겐자키는 조금 떨어진 곳에서 앞으로의 일을 의논하는 듯했다.

그리고 나서 겐자키에게 인사를 건네고 겐야와 미도지마는 한발 앞서 유리아게 촌으로 돌아갔다. 거기서 겐야는 오가키 가에 들른 다음 미도지마와 다시 합류해 나라모토의 어선을 타고 도쿠유 촌으로 돌아갔다.

배 위에서 새까만 바다를 바라보며 겐야는 생각했다.

대숲 신사의 열린 공간에서 일어난 괴상한 아사.

망루의 시선으로 인한 밀실에서 일어난 수수께끼의 실종.

다루미 동굴의 모래땅 경내에서 일어난 발자국 없는 살인.

큰 헛간에서 일어난 위장 자살로밖에 보이지 않는 부자연스러운 액사.

이렇게 해서 괴담 살인사건 혹은 사사부네 살인사건은 마침내 당당히 완결되고 말았다고.

19장 사건을 둘러싼 무수한 수수께끼

　도조 겐야와 미도지마 경부는 그날 밤에 각각 사사메 신사의 가고무로 가와 현경이 대기중인 마을회관으로 돌아갈 수 있었다.

　덧붙여 오가키 히데쓰구가 가고무로 가로 돌아온 것은 오후 6시경이었다. 있을 줄 알았던 장소에서 수첩이 발견되지 않아 구난도를 꽤 되돌아갔다고 한다. 피곤해서 저녁식사 때까지 누워 있는데, 조부의 죽음을 알리는 기별이 도착했다. 황급히 겐야 일행을 뒤쫓는 형태로 어선을 타고 유리아게 촌으로 향했다. 다만 현장에 달려갈 수는 없다. 본가에서 부모님과 함께 조부의 갑작스러운 죽음을 슬퍼할 수밖에 없었다.

　겐야가 오가키 가를 방문했을 때 실내에는 상당히 무거운 공기가 떠돌고 있었다.

　"오가키 군, 마음 단단히 먹어야 해."

오가키 가 사람들을 얼추 조문한 다음 히데쓰구와 둘만 남았을 때 겐야는 이런 말을 건넸다.

"할아버지는 책임감이 강한 분이었습니다."

히데쓰구는 낙담하기보다 경찰이 오가키 히데토시의 죽음을 자살이라 보고 있다는 데 아무래도 분노를 느끼는 모양이다.

"그러니 만일 어린아이가 죽은 책임이 당신에게 있다고 판단했다면 죽음을 선택했을지도 모릅니다. 하지만 누군가가 버섯국에 독버섯을 넣었을 가능성이 있고 범인도 모르는 상황인데 자살이라니 절대 있을 수 없는 일이에요."

"살해당한 것이 틀림없다는 말이야?"

"그렇습니다. 선생님, 괴담 살인사건을 해결해주십시오."

유리아게 촌 오가키 가에서 물러나 다시 배를 타고 도쿠유 촌 가고무로 가로 돌아올 때까지 겐야의 두뇌는 정신없이 움직였다.

대체 연쇄살인을 관철하는 동기는 무엇인가?

네 군데 밀실은 어떻게 구성됐는가?

그리고 이 사건의 진범은 과연 누구인가?

이러한 수수께끼에 대한 무수한 해석이 뇌리를 돌아다녔던 것이다. 하지만 광명은 도통 보이지 않았다.

역시 수수께끼를 정리해야겠어.

과거에 사건에 휘말렸을 때도 무수한 수수께끼를 풀기 위해 그렇게 해왔다. 그래서 다음 날 아침부터 겐야는 별채에 틀어박혔다. 취재 노트에 기록한 네 가지 괴담을 다시금 훑어보는 동시에 이제까지 보고 들은 정보나 사건을 돌아보면서 이번 사건에 관한 수수께끼를 전부 써 내려가는 작업에 돌입했다.

그 결과, 수수께끼는 크게 두 가지로 분류할 수 있었다. '하에다마님에 얽힌 수수께끼'와 '괴담 살인사건에 얽힌 수수께끼'다. 그러자 이미 대답이 나왔다고 여겨지는 수수께끼까지 포함해 다음과 같이 합계 일흔 항목이나 됐다.

하에다마님에 얽힌 수수께끼에 관해

1. 하에다마님의 정체는 무엇인가? 고즈 만에 있는 하에다마님 암초에 모셔진 것은 정말로 에도시대 난파선의 사망자들인가?
2. 왜 도쿠유 촌에서는 사당이나 지장에 사사부네를 바치는가? 사사부네는 대체 무엇을 의미하는가?
3. 당시 도쿠유 촌 사람들은 어째서 봉화터나 조망고개나 망루를 쓰면서까지 필사적으로 범선의 난파를 막고자 했는가? 해난사고 사망자의 앙화를 두려워한 것 외에 무슨 이유가 있는가?
4. 왜 하에다마님 축제는 비정기적으로 열리는가?
5. 하에다마님 축제에서는 어째서 해변에서 공물이 될 소금을 굽는가? 또 뿔위 쪽 아궁이의 수가 적고 뿔밑 쪽이 많은 것은 왜인가?
6. 하에다마님 축제 참가자가 남성으로만 한정되고 여성과 아이들이 제외되는 것은 어떠한 이유 때문인가? 또 남자들 전원이 침묵하는 것은 왜인가?
7. 하에다마님 축제 때 왜 봉화터나 조망고개나 망루에서 봉화나 횃불이 준비되지 않았는가? 그런 재현을 하는 것이 축제 아닌가?
8. 하에다마님 축제 다음 날부터 어째서 사흘 동안이나 고기잡이를

쉬는가?

9. 도조 겐야가 조망고개에 섰을 때 영국의 콘월을 연상한 것은 어떠한 까닭이 있어서인가?

10. 노조키 렌야의 수첩에 적혀 있던 "모든 것은 반대였나"는 하에다마님 축제에 관한 기술인가? 그 의미는 도조 겐야가 한 해석이 옳은가?

11. 마찬가지로 노조키 렌야의 수첩에 적혀 있던 "하에다마님의 정체는 인어인가"는 어떤 의미인가?

12. 당식선의 정체는 무엇인가? 사사메 신사의 일지에 기록된 당식선이란 대체 무엇을 의미하는가?

13. 그 당식선을 부르는 것이 사사메 신사의 제신이기도 한 에비스님이라고 일컬어지는 것은 왜인가?

14. 〈창해의 목〉에서 당식선은 여름이 끝나가고 가을이 시작될 무렵, 추위와 굶주림이 닥치는 겨울 전에 오는데 같은 시기에 여자아이가 없어지는 경우도 있다고 여겨지는 것은 왜인가?

15. 〈창해의 목〉에서 고스케의 조부가 당식선 주위에는 망것이 우글우글 달라붙어서 헤엄치고 있다고 한 것은 어떤 의미인가?

16. 〈창해의 목〉에서 조부가 고스케에게 하에다마님의 진정한 무서움을 싫어도 알 때가 온다고 말한 것은 왜인가?

17. 〈창해의 목〉에서 고스케가 초가을부터 초겨울에 걸쳐 바람이 센 한밤중에 하에다마님 쪽에서 나는 끔찍한 포효 소리를 들었는데, 그것은 무엇이었는가?

18. 〈망루의 환영〉에서 도쿠간사 주지가 조넨에게 때가 되면 싫어도

알 수도 있고 모를 수도 있다고 일깨운 것은 16번 항목과 같은 이유 때문인가?

19. 〈망루의 환영〉에서 조넨이 신불분리와 폐불훼석이 널리 실시되었음에도 불구하고 도쿠유 촌 사사메 신사와 도쿠간사의 관계에는 아무런 문제가 없다고 느낀 것은 왜인가?

20. 〈망루의 환영〉에서 조넨이 도쿠유 촌에는 마의 장소가 지나치게 많다고 지적하고 있는데, 거기에는 무슨 이유가 있는가?

21. 사사메 신사의 제신인 에비스님은 실은 하에다마님이기도 하다. 어부들이 바다에서 발견한 주검이 '에비스'라 불렸던 것에서 에비스님과의 동일시를 생각할 수 있다. '에비스'가 성불하지 못하고 둔갑하면 바다에 출몰하는 망것이 된다. 망것이 오우 섬에 건너가면 밤중에 날아다니는 도깨비불로 화한다. 도깨비불이 육지까지 날아와 대숲에 들어가서 죽마가 된다. 죽마가 구에 산에 오르면 산귀로 변화한다. 즉 모든 괴이한 존재의 정체는 하에다마님이라 볼 수 있지 않은가? 이것들의 관계는 대체 무엇을 의미하는가?

22. 어부 나라모토에 따르면 옛날 시아쿠 촌 사람들은 가을쯤이 되면 도쿠유 촌과의 경계에 있는 절벽 안에서 요괴 같은 커다란 사내가 외치는 소리가 들린다며 두려워했다고 하는데, 이는 무엇인가? 17번 항목과 같은 것인가?

23. 〈뱀길의 요괴〉에서 이지마 가쓰토시가 오가키 가의 큰 헛간에서 들은 "도우도토, 도우도토, 도우도토, 동동......" 또한 17번, 22번 항목과 같은 것인가? 그렇다면 왜 그 소리가 큰 헛간에서 들렸는가?

24. 시대가 다른 네 가지 괴담을 합리적으로 해석하는 것은 가능한가?
25. 왜 〈뱀길의 요괴〉만 괴이함의 성질이 세 이야기와 다른가? 어째서 현재진행형인가?
26. 〈뱀길의 요괴〉의 하에다마*는 하에다마님을 가리키는가? 시대와 함께 괴이한 존재가 변화했기 때문에 무대 또한 도쿠유 촌에서 유리아게 촌(정확하게는 유리아게 촌과 헤이베이 정을 연결하는 뱀길의 요괴)으로 바뀌었는가?
27. 〈뱀길의 요괴〉의 유리아게 촌에서 일어난 사건(작은 화재나 식중독 등)도 하에다마*(하에다마님)와 관계있는가?
28. 노조키 렌야가 평화장의 마에카와에게 하에다마* 요괴는 존재하지 않지만 그것이 무서운 것은 사실이라고 말했는데, 이는 무슨 의미인가?
29. 도쿠유 촌 사사메 신사와 유리아게 촌 오가키 가 사이에 대대로 이어지는 불화에는 어떠한 원인이 있는가?

괴담 살인사건에 얽힌 수수께끼에 관해

노조키 렌야 살해에 대해

1. 노조키 렌야는 무엇을 조사하고 있었는가? 하에다마님에 관해서인가, 사사메 신사에 관해서인가, 도쿠간사에 관해서인가, 도쿠유 촌에 관해서인가, 그 외의 것인가?
2. 그가 도쿠간사 주지의 법의를 입고 있었던 것은 어떠한 이유 때문

인가?

3. 왜 그는 대숲 신사에서 나가지 않았는가? 또는 신사에서 나갈 수 없었는가? 어떠한 연유로 그 안에서 아사했는가? 범인은 어떠한 트릭을 썼는가?

4. 그는 조사를 했기 때문에 범인에게 살해당했는가? 그 동기는 무엇인가?

5. 어째서 그는 사당의 도리이 같은 대나무 두 그루 중 하나만 뽑았는가?

6. 그가 그 대나무 봉으로 사당을 두들긴 것은 왜인가? 그 타격 흔적이 약해 보인 것은 어째서인가?

7. 대숲 신사의 초지에서 미로로 들어가는 입구 부근의 대나무에 왜 긁힌 듯한 자국이 있는가?

8. 마찬가지로 초지 주위의 대숲 세 군데에 역시 긁힌 자국이 있는 것은 어째서인가?

가고무로 간키 살해에 대해

1. 하에다마님 축제 뒤풀이를 한 밤에 가고무로 간키는 연회에서 빠져나와 어디에 무엇을 하러 갔는가?

2. 일단 집에 돌아와 잠을 잔 뒤 다음 날 이른 아침에 나간 듯한 것은 정말로 명상 때문이었는가?

3. 사건 전날 신관은 하루 종일 어디서 무엇을 했는가? 전부 명상을 위해서였나?

4. 사건 전날 호라이가 망루에 온 신관의 모습을 보지 못했음에도 불

구하고 오가키 히데쓰구가 망루오두막에서 우산과 비옷을 본 것은 왜인가?

5. 사건 전날 비가 내리기 전후로 신관이 아닌 누군가가 망루에 왔는가? 그렇다고 한다면 목적은 무엇이었는가?

6. 사건 당일 망루에 오른 신관은 어째서 전망널에 나가기까지 시간이 걸렸는가?

7. 전망널에서 명상중인 신관의 모습이 조금 이상했던 것은 어떠한 이유 때문인가?

8. 신관을 전망널에서 삼도장으로 밀어 떨어뜨린 것은 범인인가? 그렇다고 한다면 범인은 호라이에게 목격되지 않기 위해 어떤 방법을 썼는가?

9. 범인의 동기는 무엇인가?

10. 범인은 범행 후 어떻게 호라이에게 들키지 않고 달아났는가?

11. 신관의 시신은 다루미 동굴로 흘러 들어갔는가? 삼도천 깊숙한 곳으로 흘러가버렸는가?

기지 마사루 살해에 대해

1. 어째서 기지 마사루는 가고무로 스즈카케를 다루미 동굴로 불러냈는가? 그 동굴이 아니면 안 되는 무슨 이유가 있었는가?

2. 그는 다루미 동굴에서 그녀를 기다리는 동안 왜 모래땅 경내로 들어갔는가?

3. 범인이 첫 번째 흉기로 공물인 부러진 작살을 선택한 것은 어떠한 이유 때문인가?

4. 범인은 어떻게 모래땅에 발자국을 남기지 않고 부러진 작살로 그를 찔렀는가?

5. 범인이 두 번째 흉기로 큼직한 돌을 선택한 것은 어떠한 이유 때문인가?

6. 범인은 어떻게 모래땅에 발자국을 남기지 않고 돌로 그의 두부를 가격했는가?

7. 어째서 범인은 두 가지 흉기를 사용했는가?

8. 범인의 동기는 무엇인가?

9. 어떻게 범인은 뿔위곶에 있던 호라이에게 목격되지 않고 다루미 동굴에 들어갔으며 또 빠져나왔는가?

10. 사건 후 스즈카케가 도조 겐야가 기지 다케토시와 만났을 때 운명은 이미 정해져 있었을지도 모른다고 말한 것은 무슨 의미인가?

오가키 히데토시 살해에 대해

1. 왜 오가키 히데토시는 경찰 조사 후에 큰 헛간으로 갔는가?

2. 그가 목을 맨 것은 범인의 위장인가?

3. 범인의 동기는 무엇인가?

4. 안쪽에서 빗장을 걸어놓았던 큰 헛간에서 범인은 어떻게 달아났는가?

5. 널문 안쪽에 떨어져 있던, 양끝에 새끼줄이 묶인 대나무 봉은 무엇에 쓰였는가?

네 개의 사건에 대해

1. 괴담 살인사건의 범인은 누구인가?
2. 어째서 네 가지 괴담에 얽힌 듯한 사건을 굳이 일으켰는가?
3. 네 명의 피해자에 대한 공통된 동기는 있는가? 있다면 무엇인가?
4. 범인은 네 사건 각각에서 알리바이가 있는가? 그렇다고 한다면 어떠한 트릭이 있는가?
5. 왜 범인은 현장에 사사부네를 남겨 놓았는가? 사사부네에 어떠한 의미가 있는가?
6. 첫 번째, 두 번째, 네 번째 사건은 사고나 자살로 위장할 수 있을 것 같은데 왜 세 번째 사건만 명백히 타살임을 알 수 있는 방법을 썼는가?
7. 괴담 살인사건과 〈뱀길의 요괴〉에 등장하는 일련의 괴이한 현상은 과연 관계가 있는가?

이 작업에 겐야는 오전 시간을 다 썼다. 그러고는 점심을 먹고 가고무로 스즈카케의 상태를 본 다음 소후에 시노를 별채로 불렀다.

"부탁이 있어."

진지한 말투에 시노는 저도 모르게 앉은 자세를 바로잡았다.

"지금부터 나와 함께 봐주었으면 하는데."

하지만 이 말을 듣고 갑자기 거동이 수상해졌다. 아무래도 '봐주었으면'을 '해주었으면'이라고 착각한 듯하다. 물론 겐야는 모른다.

"왜 그래? 소후에 군, 괜찮아?"

"그, 그런 말씀을 느닷없이, 갑자기 하시면 지는……"

"뭐 다른 일이 있어?"

"아, 아뇨."

"그러면 사건을 해결하기 위해서라도 꼭 같이 봐주었으면 해."

"……네?"

시노의 얼빠진 얼굴에 그는 어리둥절해하며 말했다.

"아니, 아니, 그럴 때가 아니야. 정신 차려, 소후에 군."

겐야는 사건에 얽힌 수수께끼를 열거한 취재 노트의 해당 쪽을 펼쳤다.

"이걸 참조하면서 사건의 해석을 시도할 테니까 상대가 돼줘. 무슨 말인지 알겠어?"

시노는 잠시 입을 떡 벌리고 있었다.

"아, 당연하죠!"

그러고는 왠지 난데없이 화를 내며 뾰로통해졌기 때문에 겐야는 고개를 갸웃했다.

그래도 겐야에게 이제까지 보고 들은 정보나 사건을 다시금 전부 들은 뒤 노트까지 읽기 시작하자 그녀의 상태는 금세 원래대로 돌아왔다. 그 진지한 눈빛은 실로 원고를 훑어볼 때 편집자의 그것과 똑같았을지도 모른다.

"잘 정리된 것 같아요."

말없이 단숨에 끝까지 읽고 나서 시노가 감탄한 듯 말했다.

"경칭은 생략했는데 뭐 빠진 항목은 없을까?"

"으음, 저는 눈치채지 못했어요. 오히려 이런 것까지 수수께끼에 넣는구나 싶은 항목은 있었지만요."

"신경 쓰이는 문제를 모조리 끄집어냈기 때문이겠지."

"하지만 선생님, 이걸 다 푸실 수 있나요?"

"아니, 무리야."

그 자리에서 부정하는 겐야를 시노는 어이없다는 얼굴로 보았다.

"저기……."

그러고는 이렇게 말을 꺼내다가 느닷없이 화난 투로 말했다.

"시작하기 전부터 포기하시면 어떡해요? 정신 차리세요, 선생님."

"말은 그렇게 해도, 가령 괴담을 푸는 건 애당초 의미가 없잖아."

"사건과 관계된 경우에는요?"

"물론 별개고, 거기에 간계가 있다면 풀 수 있는 가능성도 생기지. 요는 처음부터 전부 다 푼다고 단정하는 건 무리라는 뜻이야."

"알겠어요."

시노도 일단은 납득한 듯했지만 이내 다시 의문을 느낀 모양이다.

"하지만 어째서 미도지마 경부님을 부르시지 않죠? 사건 검토라면 처음부터 경찰에 와달라고 하시는 편이 여러모로 편리하지 않을까요?"

겐야는 숨을 크게 들이쉬고 뱉었다.

"소후에 군도 잘 알겠지만 내 추리는 시행착오를 몇 번이나 거치면서 어디로 향할지 본인도 모르는 상태에서 전개돼."

"그렇죠."

"그러니 나도 과연 어떤 해답이 나올지 전혀 예측할 수 없어."

"……네."

시노는 대답하면서도 무척 불안한 표정을 지었다.

"즉 최종적으로 도달한 해답이 당치도 않은 진상을 파헤치고 있어서 가능하면 경찰에는 알리고 싶지 않을 수도 있다…… 그런 걱정을 처음부터 해둬야 한다는 말이야."

20장 귀환

1

"그렇다 쳐도 대체 어디서부터 손을 대면 좋을지……."

소후에 시노는 어찌할 바를 모르겠다는 듯이 두 사람 사이에 놓인 취재 노트를 보고 있다.

"모든 일의 근원이라고 할 수 있는 것은 하에다마님이겠지."

도조 겐야가 대답하자 그녀는 기대가 담긴 눈빛으로 말했다.

"노조키 렌야는 역시 하에다마님에 관해 조사했군요. 그 비밀을 선생님도 드디어 밝혀내신 건가요?"

"더 정확하게는 당식선에 관해서겠지. 그렇긴 해도 당식선의 정체를 알면 하에다마님에 얽힌 수수께끼도 거의 풀릴 거라 생각해."

"대체 뭐예요, 당식선이란 게?"

"나는 최종적으로 배이자 배 아닌 것……이라는 인상을 받았어.

어디까지나 인상이라 의지는 안 되지만, 이 선에서 사고를 전개해보지."

"알겠어요."

"전부터 도쿠유 촌에서 배라고 하면 현실적으로는 갯바위 어업에 쓰는 조각배와 난바다를 지나는 범선, 비현실적으로는 전설의 당식선이 돼. 그 중간에 위치하는 것이 하에다마님 축제의 당식선과 망선, 그리고 마을 사당이나 지장에 올리는 사사부네겠지."

"중간이라는 건 실재하지만 진짜 배는 아니라는 의미로군요."

겐야는 고개를 끄덕이면서도 머릿속으로는 전혀 다른 생각을 하고 있는 얼굴로 말했다.

"지금 이렇게 열거하면서 또 하나의 배를 잊고 있었다는 걸 깨달았어."

"네? 또 뭔가 있었나요?"

"마을과 직접적인 관계는 없다고 해야 하려나. 실제로 나온 배는 아니라서."

"그럼 어디에 나오나요?"

"조넨의 이야기 속이야. 그는 〈망루의 환영〉에서 이 배를 언급하고 있어."

"어떤 배인데요?"

"보타락도해의 작은 목조선……."

"아아, 있었죠."

생각난 듯한 시노를 겐야는 가만히 보고 있었다.

"뭐, 뭐예요."

"도쿠유 촌에 들어가기 전의 마지막 난관을 기억해?"

"네?"

시노는 영문을 모르겠다는 표정을 지었지만 한순간이었다.

"아, 그 출렁다리요."

"응. 나는 세 사람이 건널 수 있을지 없을지 불안해서 소후에 군을 먼저 보내려고 했지."

"그걸 저는 또……."

"뭐라고 생각했어?"

"그 이야기를 지금 여기서 다시 꺼내시는 거예요?"

기가 막힌다는 표정의 시노에게 겐야가 거듭 따져 물었다.

"뭐라고 생각했어?"

"저 먼저 보내서 시험하나…… 했죠."

"그걸 뭐라고 표현했지?"

"어디 보자, 분명…… 지를 인신공양하다니, 뭐 이런……."

"보타락도해는 수행자가 자기 몸을 버리는 수행이라고 여겨지는데, 개중에는 자신의 의사가 아니라 강제적으로 목조선에 태워져 바다 저편으로 보내진 사람도 있었다…… 하는 이야기도 전해져."

"일종의 인신공양이에요?"

"일찍이 도쿠유 촌에서는 하에다마님 축제가 열리는 것과 같은 시기에 여자아이가 없어지는 일이 있었어."

"어, 설마……."

그 뒤는 듣고 싶지 않다는 듯한 반응이었지만, 겐야는 담담하게 계속했다.

"당식선이란 인신공양 할 여자아이를 태운, 보타락도해의 목조선이 아니었을까? 어업을 만족스럽게 할 수 없어서 너무나 가난했던 도쿠유 촌 사람들이 조금이라도 풍어를 기원하는 의식으로서 그런 소름끼치는 풍습을 자행했다고 한다면······."

그녀는 황급히 노트에 눈을 떨구었다.

"그럼 봉화터나 조망고개나 망루는 대체 뭘 위해 있었나요?"

"목조선을 띄워 보내는 것을 외지인에게 목격당하지 않기 위해 조심했겠지. 특히 난바다를 지나는 것이 번의 범선일 경우는 관리가 탔을 가능성이 높아. 아무리 다른 번 사람이라 해도 상대는 관리야. 온 마을이 작당해서 인신공양 하는 것이 들켰다가는 무사히 넘어가지 못했을 거라고 생각해."

"하에다마님 축제가 열리는 시기가 비정기적인 이유는요?"

"태풍을 기다렸기 때문이야. 완전히 와버리면 곤란하지만 바다가 조금은 거친 편이 목조선을 띄워 보내기 쉬우니까."

"바닷가에서 소금을 구운 건 어째서일까요?"

"혼백을 보내기 위한 불의 일종 아닐까? 아궁이 수가 뿔위보다 뿔밑곶 쪽이 많은 건 거기에 하에다마님 암초가 있기 때문이야. 그곳을 목표로 해변에서 목조선을 띄웠겠지."

"축제에서 신관님과 선생님의 조각배가 출발한 곳도 바로 그 위치였죠."

"하에다마님 축제의 참가자가 남자뿐인 것도 이걸로 이해할 수 있어. 어머니들에게는 너무 괴로우니까."

같은 여성으로서 생각하는 바가 있는지 시노는 말이 없었다.

"고스케가 들은 포효도, 시아쿠 촌 사람들에게 들렸다는 큰 사내가 외치는 소리도, 축제 때 '도우도토, 도우도토, 도우도토, 동동……' 하고 내뱉는 절규도, 전부 목조선을 띄워 보내는 남자들의 구호였어."

"그런 것치고는 너무 크지 않나요?"

"억지로 태웠기 때문에 목조선 안에서 내내 울부짖는 여자아이의 비명을 지우는 역할도 있었다고 한다면……."

"……너무해요."

시노는 표정이 계속 어두워졌지만 그래도 의문으로 느낀 점은 입 밖에 냈다.

"시아쿠 촌에서는 한 번도 눈치채지 못했을까요?"

"폭이 어마어마하게 넓은 단애절벽이 두 마을을 가로막고 있으니까. 그래서 시아쿠 촌 사람들도 낭떠러지 안에서 목소리가 들린다고 착각했어. 당시 도쿠유 촌은 완전히 육지의 고도 상태였어. 그렇기 때문에 세간에는 숨기고 싶은 인신공양 의례를 완전히 비밀리에 거행할 수 있었지."

"실제로는 그렇게 법석을 피웠으면서 축제 때 남자들이 말을 전혀 하지 않은 건 대체 왜죠?"

"노조키 렌야 씨가 수첩에 쓴 '모든 것은 반대였나?'는 내 해석이 맞았어. 단, 그 이상으로 축제 전체에 대해 말하고 있었던 거야. 그래서 남자들은 침묵했어. 봉화터나 조망고개나 망루에서는 봉화도 횃불도 준비되지 않았어. 과거의 보타락도해 의식과는 완전히 반대되는 행위를 하에다마님 축제에서 실시함으로써 모든 앙화를 씻으려는 거지. 축제 다음 날부터 사흘이나 고기잡이를 쉬는 것도 같은 의미라 생각해. 원래대로라면 대어를 기대하고 당장이라도 고기를 잡으러 나가지 않겠어? 그러기 위한 인신공양이니까."

"······진짜 너무하네요."

"고스케의 조부가 당식선 주위에는 망것이 우글우글 달라붙어 있다고 한 것도 무리는 아니지."

"하에다마님의 진정한 무서움을 싫어도 알 날이 온다고 할아버지가 말한 건 고스케도 어른이 되면 목조선을 띄워 보내는 남자들이 될 수밖에 없기 때문이군요······."

"조넨이 도쿠간사 주지에게 들은 '조만간 때가 되면 싫어도 알 수도 있다'라는 말도 마을에 녹아 들어가면 조만간 절로 알게 될지도 모른다는 의미겠지."

"아직 마을 사람들의 기억에 이 소름끼치는 풍습이 남아 있었기 때문인가요?"

"혹은 도쿠간사에 있으면 사사메 신사와 어울리면서 조만간 알게 되겠지 하는 의미였을지도 몰라."

"그쪽일까요?"

"옛날부터 여인은 축제 관계자가 될 수 없다고 신관님이 말한 것도 이렇게 보면 의미심장했던 셈이야. 관계자가 아니라 당사자였으니까."

시노는 부르르 몸을 떨었다.

"그럼 하에다마님은······."

"표면적으로는 난파선에서 죽은 사람들을 모신 곳이지만 정말로 잠재우고 싶었던 것은 산제물이 된 여자아이들이었어. 애당초 일 년에 한 번이나 몇 년에 한 번밖에 없는 난파선 사망자들을 그렇게까지 정성껏 모실까? 아니, 공양하는 것은 자연스럽지만 그걸 무서워하는 것은 다르지 않나?"

"그래도 죄의식이 있었던 거군요."

"노조키 렌야 씨는 평화장의 마에카와 씨에게 하에다마* 요괴 같은 건 존재하지 않지만 그것이 무서운 것은 사실이라고 말했지. 하에다마님의 정체를 알았기 때문이야."

"그야 그런 표현이 되겠네요."

"신불분리, 폐불훼석에도 사사메 신사와 도쿠간사가 흔들리지 않은 것은 공통의 커다란 비밀을 안고 있었기 때문이겠지. 그리고 도쿠유 촌에 마의 장소가 너무 많은 것도, 모든 괴이 현상의 근원에 하에다마님이 있는 듯한 것도 이 소름끼치는 풍습 때문이야."

"그럼 네 가지 괴담 중에 〈뱀길의 요괴〉만 성질이 다른 건 장소가 유리아게 촌이기 때문인가요?"

"아니, 그 괴담만 인위적이기 때문이야."

시노는 설명을 요구하는 눈빛이었다.

"조금 이따가."

겐야가 이렇게 거절하자 그녀는 다른 질문을 던졌다.

"선생님이 조망고개에서 영국의 콘월을 떠올리신 이유는요?"

"가장 큰 이유는 절벽 많은 지형을 봤기 때문이겠지. 하지만 어쩌면 〈창해의 목〉에서 여자아이들이 없어진다고 했던 이야기를 무의식중에 떠올리고 거기서 인간을 유괴하는 콘월의 인어 전설을 연상했기 때문일지도 몰라."

"설마 노조키 렌야도 선생님과 똑같이……."

마치 두 사람이 같은 발상을 했다는 것을 용납할 수 없다는 듯이 시노가 말했다.

"실제로는 모르겠지만 노조키 렌야 씨가 알아차리는 계기가 된 건 스즈카케 씨일 수도 있어."

"앗, 왜요?"

"스즈카케 씨는 돌고래처럼 헤엄을 잘 친다고 해. 그리고 무녀지. 그런 그녀에게서 인어를 연상하고, 그것이 당식선과 연결돼서 이윽고 보타락도해를 이용한 인신공양으로 발상이 전개된 게 아닌가 하고 난 느꼈거든."

"즉 사사부네는 당식선을 표현한 거군요."

"그 당식선을 불러오는 것이 사사메 신사의 제신인 에비스님이야. 에비스님은 해난사고 사망자들의 '에비스'이기도 하다는 사실을 생각하면, 참 얄궂지."

"먹을 것이 가득 실려 있어야 할 당식선이 실은 산제물인 여자아이 외에는 아무것도 싣지 않은 무시무시한 보타락도해의 목조선이니까요……."

"자신들이 살기 위해 산제물을 바친다. 하지만 정말로 당식선이 찾아오는 일은 없어. 그저 풍어를 기원할 뿐, 변함없이 가난하지. 비통한 노릇이야."

"그런 아픈 현실을 도쿠유 촌 사람들은 언제 깨달았을까요?"

두 사람 사이에 침묵이 드리웠다.

"차를 끓여 올게요."

한동안 고개를 숙이고 있던 시노가 벌떡 일어나더니 이렇게 말하고는 별채에서 나갔다.

이윽고 시노는 차와 함께 다과자도 빠뜨리지 않고 쟁반에 챙겨 돌아왔다. 대체 어디서 조달했는지 겐야도 굳이 묻지 않았다. 두 사람은 한동안 차를 마시고 과자를 먹었다. 그러고 나서 겐야가 천천히 이야기를 재개했다.

"당식선의 비밀을 노조키 렌야 씨는 필시 밝혀냈을 거야."

"그래서 살해당했다……. 하지만 선생님, 동기가 가장 확실할 신관님도 두 번째 피해자가 됐어요."

시노의 어조가 불안스러웠던 것은 겐야의 다음 지적을 예상했기 때문일까.

"그러면 아무리 해도 스즈카케 씨가 차점 용의자로 부상해."

"하지만 자기 할아버지인 신관님을……."

"해칠 리가 없지."

"그렇죠."

시노는 안심했다.

"그럼 남는 건 도쿠간사의 신카이 주지 정도인가? 단, 그에게도 신관님 살해 동기가 없어."

"당식선의 비밀을 지킨다는 의미에서는 신관님 측이니까요."

"아니, 애당초 주지가 당식선의 진정한 의미를 알고 있었을까. 옛날 같으면 몰라도 메이지, 다이쇼, 쇼와로 시대가 흘러옴에 따라 비밀을 아는 사람은 자꾸 줄어들었을 거야. 그리고 마지막으로 남은 것이 사사메 신사 사람들이었을지도 몰라."

"그렇군요. 그게 자연스럽겠죠."

"어찌 됐든 주지는 용의자에서 벗어나게 돼."

"그럼 이제 범인 후보가 없어요."

다시금 불안한 눈치를 보이는 시노에게 겐야는 미도지마와 겐자키 경부에게 이야기한 두 사람의 범인이 저지른 비연쇄살인사건 가설에 대해 말했다.

"그 해석은 틀렸지만 용의자가 아닌 피해자에게 시선을 돌리는 것은 헛일이 아니었을지 몰라."

"어떤 의미인가요?"

"잘 생각해보면 네 명의 피해자 가운데 실은 이상한 사람이 하나 있지 않아?"

"이상하다고요?"

"표현을 바꾸자면, 동류가 아닌 사람."

"그럼 노조키 렌야죠. 혼자 외지인이잖아요."

"그러면 살인사건 피해자로서 봤을 때 혼자 동류가 아닌 사람은 누구지?"

"노조키 렌야, 신관님, 기지 마사루, 오가키 히데토시 씨……."

시노는 머릿속에서 피해자를 한 사람씩 곱씹었다.

"혹시 신관님이에요?"

"왜?"

"망루에서 삼도장으로 밀려 떨어졌기 때문에 다루미 동굴 안쪽으로 떠내려가버려서 시신이 발견되지 않았으니까……."

"즉 그의 죽음만 확인되지 않은 셈이야."

"……."

"신관님이 진범일 경우 세 사람에 대한 동기는 확실히 있지."

"아……."

말문이 막힌 시노를 앞에 두고 겐야는 자신의 추리를 펼쳤다.

"하에다마님의 비밀을 알고 있다며 노조키 렌야 씨는 신관님을 협박했어. 돈을 요구했는지 어쨌는지 이제 와서는 알 수 없지만, 보나 마나 변변치 못한 이야기였겠지."

"최악이에요."

"그렇지만 평범한 협박은 상대가 얼버무리면 그만이야. 뭔가 물적 증거가 있는 건 아니니까. 그래서 더 효과적으로 협박하기 위해 유리아게 촌 가키누마 도루 씨를 비롯한 사 인방에게 〈뱀길의 요괴〉에 나오는 괴이 현상을 일으키도록 유도했어."

"왜요?"

"마을 합병 이야기의 중심인 유리아게 촌에서 하에다마님을 연상하게 하는 하에다마* 소동을 일으키면, 신관님도 자신의 협박을 무시할 수는 없을 것이다. 노조키 씨의 노림수는 거기에 있었어."

"악랄하네요."

"혼자서는 무리여도 가키누마 씨를 비롯해 사 인방을 이용하면 불가사의해 보이는 현상 같은 건 무난히 일으킬 수 있으니까."

"그러고 보니 〈뱀길의 요괴〉에서 이지마 가쓰토시 씨가 만난 요괴는 네 번이나 모습을 드러냈어요. 그건 사 인방이 연기한 거군요. 그럼 다른 요괴도 전부 네 사람이 분장한 걸까요?"

"아니, 유리아게 촌에서 일어난 괴이 현상이 전부 사 인방 짓이라고 단정하는 건 아무리 그래도 무리겠지. 개중에는 오해나 착각이나 지어낸 이야기 등도 분명 포함돼 있었으리라고 생각해. 그 외의 다양한 요괴들은 틀림없이 괴담 이야기가 퍼져나가면서 점점 부풀려진 거지."

"그렇게 된 거군요."

"이대로 괴이한 현상이 계속 일어나면 마을 합병에 재를 뿌릴 수도 있다. 하에다마˚란 하에다마님이고 그 정체는 이러저러하다…… 라고 폭로해도 되는가? 이렇게 말하며 노조키 씨는 신관님에게 덤벼들었지."

"하지만 닛쇼방적 구루메 씨가, 그런다고 합병이 흔들리지는 않는다고……."

"그건 상관없어. 노조키 씨의 목적은 딱히 마을 합병 저지가 아니야. 어디까지나 신관님을 협박하는 데 있었거든."

"앗, 그렇구나."

"설사 돈을 지불한들 노조키 렌야 같은 인물은 결코 쫓아버릴 수 없다. 이렇게 생각한 신관님은 그를 세상에서 없앨 결의를 했어."

"그리고 대숲 신사에 노조키 렌야를 안내했죠."

"그때 피해자는 도쿠간사 주지의 낡은 법의를 입고 있었거나, 아니면 신관님이 절에서 슬쩍해서 준비했거나 둘 중 하나겠지."

"법의의 존재가 중요하군요."

"신관님은 대숲 신사 중심부로 유인하면서 피해자에게 하에다마님이나 당식선 이야기를 했어. 그렇게 경계심을 푼 다음에 사안초를 바탕으로 만들어 수면 효과가 있는 약을 술에 타서 먹였겠지. 둘째가라면 서러워할 애주가였으니 분명 아무 저항도 하지 않았을 거라 생각해."

"그리고 신관님은 잠든 노조키를 대숲 신사 한복판에 버려두고 떠났다……."

"그뿐이었다면 눈을 뜬 피해자가 그 길로 대숲 신사에서 나가버리겠지. 그래서 신관님은 그의 자유를 빼앗았어."

"하지만 노조키의 몸은 전혀 묶여 있지 않았어요. 그러기는커녕 자유롭게 초지를 돌아다녔잖아요."

"확실히 두 다리만큼은 완전히 자유였어. 하지만 양팔은 예수 그리스도의 십자가형과 똑같은 상태였음이 분명해."

"어떻게요?"

"피해자가 오른손에 들고 있었다고 여겨지는, 원래 사당 앞에 있던 도리이 같은 대나무 두 그루 중 하나로."

"그걸 뽑은 사람은……."

"피해자가 아니라 신관님이었어. 법의를 입힌 피해자의 양팔을 우선 좌우로 뻗게 해. 그러고 나서 소매에서 소매로 대나무 봉을 통과시키지. 그 뒤에는 원래대로라면 늘어지는 소매 부분을 팔에 친친 감은 다음 가늘게 찢은 수건으로 위를 묶어. 손목과 팔꿈치와 겨드랑이 세 군데만 묶으면 스스로 푸는 것은 절대 불가능할 거야. 법의 덕분에 양팔에 묶은 자국이 남지도 않고."

"상반신만 십자로 매단 건가요."

그 모습을 상상했는지 시노는 뭐라 말할 수 없는 표정을 지었다.

"이윽고 피해자는 눈을 뜨지만 양팔은 전혀 자유롭게 쓸 수 없지. 그래도 두 다리는 아무렇지 않기 때문에 일어설 수는 있었어. 분명 대숲 신사에서 나가려고 했겠지. 하지만 참배길인 미로는 폭이 좁고, 초지에서 들어간 통로는 바로 직각으로 꺾여 있지. 양팔을 좌우로 쭉 뻗은 상태로는 아무리 발버둥 쳐도 지나갈 수가 없어. 양팔을 비스듬히 해도 안 됐지. 피해자는 조금 살이 찐 체형이기 때문에 더욱 어려웠을 거야. 그래도 억지로 빠져나가려 했기 때문에 그 부근 대나무에 긁힌 자국이 남았어."

"어, 그 상태는……."

"소후에 군의 본가에서 키우는 카이 군이랑 똑같아."

"아앗, 나뭇가지를 물고 개집에 들어가려고 했던……."

"그 이야기가 도움이 됐어."

평소 같으면 시노는 여기서 기분이 아주 좋아져서 뻐기기 시작했겠지만 이때는 아니었다. 그보다도 뒷내용을 알고 싶었던 모양이다.

"초지 주위에서 발견된 세 군데의 흔적도……."

"미로가 안 되면 대숲 자체를 통과하자고 생각했어. 하지만 역시 무리였지. 그래서 분풀이로 자신이 묶인 대나무 봉으로 사당을 쳤어. 하지만 자유롭지 않은 자세이기 때문에 그렇게 세게 치지는 못했지. 그런 거라고 생각해."

"설마……."

엄청난 사실을 깨달았다는 얼굴로 시노가 말했다.

"신관님이 노조키를 풀어준 건……."

"우리를 대숲 신사로 안내한 그때였다고 생각해. 피해자가 아사할 때까지 네댓새쯤 걸리는 걸 신관님은 알고 있었어. 그래서 닷새가 지날 때까지 가능하면 방치해두고 싶었지. 말하자면 우리는 이용당한 셈이야."

"하지만 자칫하다가는 우리가 볼 위험이 있잖아요."

"아니, 없어. 대숲 신사는 대나무 군락의 밀도가 높아서 미로에서 초지가 전혀 보이지 않았어. 그때 신관님은 대열의 선두였고, 익숙지 않은 우리가 참배길에서 헤매는 사이에 먼저 초지에 도착해서 십자가형의 흔적을 없애는 것이 충분히 가능하다고 계산했을 거야."

"듣고 보니……."

"게다가 신관님은 아주 대담했어."

"네? 뭐가 더 있어요?

"피해자를 묶고 있던 수건 조각을 우리에게 일부러 보여줬잖아."

"그런 일이…… 앗, 제가 댓잎에 손바닥을 베어서……."

"피가 나는 것을 보고 신관님이 지저분하고 낡은 수건을 꺼냈지. 그건 피해자를 묶었던 수건 중 하나였어. 그 증거로, 더 있다는 기색을 보였으니까."

"하지만 어째서……."

"순수하게 소후에 군의 상처를 위해서라는 이유도 있었을 거야. 그런 것치고는 너무 지저분했지만 그런 데 개의치 않는 건 자못 그 신관님답지 않아?"

"네, 확실히요. 지금 좀 느꼈는데, 거기서 수건을 꺼냄으로써 실은 선생님에게 단서를 주고 싶었던 건 아닐까요?"

겐야는 조금 머뭇거리다 말했다.

"있을 법한 일인지도 몰라. 마을의 비밀을 지키기 위해, 노조키 렌야 씨 죽음의 진상을 유야무야로 만들어 사건을 미궁에 빠뜨릴 목적으로 십자가형의 트릭을 생각해냈어. 거기에 후회는 없지만 사람을 해친 것은 사실이야. 아무래도 죄의식을 느끼지. 그렇다고 해서 자신이 잡히면 스즈카케 씨의 장래가 엉망이 돼. 그 사이에서 괴로워하다가 외지인인 내게 무심코 단서를 줄 뻔한 것 아닐까?"

"뭔가 알 것 같아요……."

"피해자의 셔츠 앞주머니에 부러 사사부네를 넣은 것도 마을과 신사를 지키기 위해서라는 의사 표시였어."

"둘 다 신관님답다는 느낌이 들어요."

숙연하게 말한 뒤 시노는 기분을 바꾼 듯이 말했다.

"그럼 망루의 사건은요?"

"자작극이지. 신관님은 아무것도 하지 않았어. 호라이 씨에게 거짓말을 해달라고 부탁했을 뿐이겠지."

"그런 일이 가능한 건 사사메 신사의 신관님 정도겠죠."

그녀는 충분히 납득한 뒤에 물었다.

"기지 마사루 살해는 어떻게 되나요?"

"신관님이 자기 자신을 말살한 것은 이 기회에 기지 마사루 씨도 제거하자고 생각했기 때문이야. 그리고 그는 사사메 신사에 몸을 숨겼지. 단, 스즈카케 씨에게는 알리지 않고. 물론 손녀딸이 걱정이기는 했어. 바로 그렇기 때문에 신관님은 다케의 전서구를 눈치챈 거야. 그래서 다루미 동굴에 앞질러 가기로 했어."

"기지 마사루보다 먼저 들어가는 것을 목격해놓고 호라이 씨는 못 본 척했고요."

"호라이 씨는 다시 거짓말을 해서 신관님을 도운 셈이지만……."

겐야의 목소리가 왠지 갑자기 약해졌다.

"왜 그러세요, 선생님?"

"신관님이 다루미 동굴에 들어갈 때까지는 확실히 이거면 돼."

"네."

"단지……."

"뭔데요?"

"그 뒤에 신관님이 기지 마사루 씨를 살해할 수 있었다고는 생각할 수가 없어."

2

"무, 무슨 말씀을 하시는 거예요?"

시노가 어이없다는 투로 말했다.

"스즈카케 씨가 발자국이 없는 살인을 할 수 없었던 것과 마찬가지로 신관님에게도 그건 불가능했어……."

"자, 잠깐만요……."

"이거 곤란하게 됐군."

시노는 농담을 하는 줄 알았던 모양이지만 겐야는 지극히 진지한 표정이었다.

"하지만 선생님, 대숲 신사의 수수께끼 풀이는……."

"신관님이 아니면 실행할 수 없는 방법은 아니야. 그 간계를 생각해내기만 하면 누구든지 가능하지. 그보다 문제는 노조키 렌야 씨 살해의 동기야."

"신관님도 아니고, 물론 스즈카케 씨도 아니라고 한다면 이제 아무도 없어요."

"……그런가? 스즈카케 씨인가?"

겐야의 중얼거림에 시노가 강하게 반발했다.

"그럴 리 없잖아요."

"아아, 그래, 범인이 아니야. 하지만 동기가 되기는 해."

"네……?"

"노조키 씨가 신관님을 협박한다는 걸 알고 도쿠유 촌이나 사사메 신사가 아니라 스즈카케 씨를 지키고 싶어했다면……."

"누가요?"

"오가키 히데쓰구 군이야."

잠깐 정적이 있었다.

"그, 그가 진범이라니……."

시노는 약하게 절레절레 고개를 저었다.

"역시 말도 안 돼요."

그러더니 돌연 확고한 어조로 부정했다.

"왜냐면 노조키 렌야 살해에서 유일하게 알리바이가 있는 사람이잖아요. 게다가 자기 조부를 제 손으로 죽일 리 없잖아요."

"하나씩 정리해볼까."

겐야가 전적인 부정을 정면으로 받아들이자 시노는 말했다.

"노조키 렌야가 대숲 신사에 들어갔다고 여겨지는 날, 오가키 군은 노즈노의 다이료 정에서 선생님과 저를 기다리고 있었어요."

"하지만 그는 구난도를 살피기 위해 그 산길에 들어갔어."

"아무리 남성이라도 일 박도 하지 않고 다이료 정과 도쿠유 촌을 왕복하는 건 절대 무리 아니에요?"

"짐 운반이 전문인 짐꾼이라면 어쩌면 가능할지도 몰라. 하지만 오가키 군에게는 불가능하겠지."

"그렇다고 해서 숙소에 돌아가지 않으면 수상쩍어 보이겠죠. 매일 밤 그날 탐색한 결과를 여관 주인 부부에게 이야기했으니까요. 주인 분에게 우리도 그 이야기를 들었잖아요. 만일 그가 돌아오지 않은 날이 있었다면 분명 주인분도 언급했을걸요."

"즉 오가키 군은 하루 만에 갔다가 돌아왔다."

"무리예요."

"구난도를 이용했을 경우에는 그렇지."

"네……?"

"다키 씨가 지나간 구렁이길을 통하면 충분히 가능해."

"……앗, 〈대숲의 마〉 이야기의 해독제 장수 다키 씨요?"

"구렁이길은 위험하기 때문에 진작 통행이 금지됐어. 그렇다고 해서 지나가지 못하는 건 아니겠지. 남자 하나가 왕복하는 것쯤은 별로 문제없지 않을까?"

"……그럴지도 모르겠네요."

"단, 엄청나게 힘들었을 거야."

"그야 그렇죠."

"그래서 별채에 묵은 이틀째 날 아침에 좀체 일어나지 못했어. 나는 그걸 구난도 예비 조사 때문이라고 생각해버렸지."

"하지만 오가키 군은 대숲 신사를 모르는 게……?"

"신관님이 대숲 신사 앞에서 '히데쓰구도 어릴 때 오고 처음이지'라고 했어. 즉 안에 들어가본 경험이 있는 거야."

"그렇다고 해서 그가 십자가형 간계를 생각해냈을까……."

시노의 안색이 대번에 파랗게 질렸다.

"설마……."

"응. 여기 오기 전에 소후에 군은 본가에서 키우는 개 카이 이야기를 오가키 군에게 했어. 거기서 발상을 얻어서 십자가형 방법을 생각해낸 거지."

"……."

몹시 침울해진 시노에게 겐야는 구태여 담담하게 계속 말했다.

"피해자의 십자가형을 푼 건 필시 당일 동트기 전일 거야. 나도 그때는 아직 꿈속이었으니까 눈치채지 못했고."

"무리도 아니지만요……."

"현장에 사사부네를 남겨둔 건 신관님과 같은 심정이라고 생각해. 오가키 군의 경우 스즈카케 씨를 지키고 싶다는 마음뿐이었던 셈이지만."

"하, 하지만……."

시노가 필사적으로 반론하듯 말했다.

"스즈카케 씨를 지키기 위해 노조키 렌야를 살해했다면, 왜 신관님까지요? 당연히 슬퍼할 걸 알 텐데요."

"살인은 버릇이 된다는 말이 있지."

겐야의 중얼거림에 시노는 등골이 오싹했다.

"스즈카케 씨와의 관계를 생각했을 때 신관님은 방해가 돼. 노조키 씨 살해로 도를 벗어난 그는 그 길로 가고무로 간키 씨 살해를 꾀했어."

"어떻게요?"

"하에다마님 축제 뒤풀이 밤에 오가키 군은 외출했지. 시아쿠 촌에서 유리아게 촌까지의 고라 오 인방과 만나 우리가 체재할 곳을 확보하기 위해서."

"그랬죠."

"그때 그는 신관님을 망루로 불러냈어. 너도나도 연회장을 오가고 있었으니 그런 귀엣말 정도는 간단히 가능했겠지. 호라이 씨는 일몰과 함께 취침하기 때문에 목격당할 걱정도 없어."

"대체 망루에서 뭘 하려고요?"

"살인이야."

"네……? 신관님이 망루널에서 떨어진 건 다음다음 날 이른 아침이잖아요."

"아니, 신관님은 축제날 밤에 이미 살해됐어."

"영문을 모르겠어요."

혼란스러워하는 시노에게 겐야는 차근차근 설명했다.

"살해 방법은 솔직히 전혀 모르겠어. 현장에 혈흔 등이 없었던 것으로 볼 때 해변의 모래를 채운 양말로 두부를 가격해 움직이지 못하게 만든 다음 교살했을지도 몰라."

"그러고 보니 해변에서 축제 준비를 견학할 때 저나 그 친구나 신발에 모래가 들어가서 고생하긴 했는데…….."

"그때의 경험으로 생각해낸 거라면 대단하군."

"감탄할 일이 아니에요."

화를 내는 시노를 보고 겐야는 되레 안도한 눈치였다.

"망루에서 신관님을 살해하고 나서 시신은 옷장과 벽 사이에 두었어. 어떻게 두었냐면 등은 바닥에, 두 다리는 무릎 꿇어 앉힌 상태에서 벽에 붙인 형태였지."

"무슨 뜻이에요?"

"옷장이 원래 있던 곳은 망루의 북동쪽 모서리야. 먼저 북쪽 벽에 앉힌 상태의 두 다리를 붙이고, 그 자세가 무너지지 않게끔 동쪽 벽과 옷장 측면 사이에 시신을 끼운 거지. 양손은 배 앞에서 깍지를 끼워뒀고. 만일 바닥에 누워서 옷장 너머로 시신을 본다면 흡사 북쪽 벽 위에서 무릎 꿇어 정좌하는 형태로 만든 거야."

"……사후경직."

"역시 소후에 군이군. 그러니까 신관님은 하루 이상 모습을 감출 필요가 있었어. 시신 온몸에 걸친 사후경직이 풀리는 건 사후 서른 시간에서 마흔 시간이라고들 하지. 오가키 군은 내 편집 담당이 되어 그런 지식을 배웠겠지."

"공부에 열심이니까요."

시노의 표정과 말투는 매우 복잡해 보였다.

"축제 당일 밤부터 오가키 군의 움직임을 쫓으면 필시 이렇게 될 거야. 망루에서 신관님과 만나 거기서 살인을 저질러. 그러고 나서 시신에 잔꾀를 부려놓고 서둘러 가고무라 가로 돌아온 뒤 내게 오 인방과 이야기한 내용을 보고해. 그리고 자기 전이나 다음 날 동트기 전에 신관님 방에 들어가 이부자리를 위장하고, 흰 기모노와 물색 하카마를 몰래 슬쩍하지."

"스즈카케 씨가 신관님 방에서 이질감을 느낀 이유는 본인이 정말로 이불에서 자지 않았기 때문이군요."

"이불을 개지 않은 것도 마음에 걸렸겠지. 그러고 나서 오가키 군은 사건 당일 동트기 전까지 딱히 아무것도 하지 않았어. 아니지, 행방을 알 수 없는 신관님을 찾아 망루에 갔군."

"그때 본, 말려놓은 우산이랑 비옷은요?"

"망루에는 아무도 올라가지 않겠지만 만일을 대비해 옷장 그늘에 숨겨놓은 시신을 우산과 비옷으로 가리려 한 거겠지. 설사 그날 망루로 신관님을 찾으러 간 사람이 나였다 해도, 사닥다리계단을 올라 구멍으로 오두막 내부를 들여다보고 아무도 없다면 전혀 수상하게 여기지 않고 되돌아왔을 거야. 하지만 그는 신중에 신중을 기했어."

"설마 신관님이 살해돼서 그 시신이 옷장과 비옷에 감춰져 있으리라고는 보통 생각 못 하죠."

"그렇지."

"하지만 오가키 군이 굳이 우산과 비옷을 언급한 건 왜일까요?"

"만에 하나 내가 망루에 갔을 때를 대비했겠지. 말려놓았더라고 말해두면 그걸 확인하지는 않으리라고 생각한 거야."

"성실한 데다 머리도 돌아가네요."

"이야기를 되돌리지. 사건 당일 동트기 전에 오가키 군은 아직 자고 있는 내가 깨지 않게 별채에서 빠져나와 망루로 향했어. 뿔위곶에 들어서기 전에 흰 기모노와 물색 하카마로 갈아입고 일부러 발소리를 내면서 걸어 호라이 씨에게 목격됐지."

"그녀가 본 건 하카마와 기모노 일부였죠."

"망루에 올라간 신관님이 전망널로 좀체 나오지 않은 건 물론 오가키 군이 사후경직으로 굳은 시신을 끙끙대며 옮기고 있었기 때문이야. 호라이 씨의 오두막 창문에서 전망널은 앞쪽 반밖에 보이지 않아. 그렇기 때문에 오가키 군은 널빤지에 배를 대고 엎드린 채 시신을 밀어 옮길 수가 있었던 거지."

"신관님이 양손을 써서 널빤지 위를 이동하지 않았다는 걸 호라이 씨는 몰랐을까요?"

"유심히 봤다면 눈치챘을지 모르지만 그렇게까지 바라는 건 좀 가혹하겠지. 그런 범행이 눈앞에서 펼쳐지고 있으리라고는 보통 상상도 못할 테니까."

"그러네요."

"시신을 전망널에 내놓은 오가키 군은 호라이 씨 눈에 띄지 않게 뿔위곳을 기어서 내려왔어. 그리고 내가 잠에서 깨기 전에 가고무로가의 별채로 돌아왔고."

"하지만 그러면 신관님 시신이 언제 떨어질지 모르잖아요."

시노는 고개를 갸우뚱했지만 겐야는 아무 문제도 없다는 눈치다.

"호라이 씨라는 목격자가 있는 이상 시신이 언제 전망널에서 떨어진들 전혀 상관없어. 왜냐하면 명상은 짧은 시간에 끝날 때도 있지만 하루 종일 걸리는 경우도 있으니까. 게다가 시신이 떨어지는 데 시간이 걸림으로써 혹시라도 호라이 씨 외 다른 목격자도 얻을 수 있을지 몰라. 그럼 사고사로 간주될 확률이 더더욱 높아지지. 오가키 군은 시신이 떨어지기 전까지 반드시 누구 곁에 있든가, 적어도 망루에는 가지 않았다는 인상을 주는 데만 신경 쓰면 되지."

"완벽한 알리바이네요."

결코 감탄하고 싶지 않은데도 오가키 히데쓰구의 계획을 인정할 수밖에 없다는 감정이 시노의 어조에 드러났다.

"호라이 씨 눈에 명상중인 신관님 자세가 조금 무너진 것처럼 보인 이유는 사후경직이 풀리기 시작했기 때문이에요?"

"응. 만일 시신이 낙하하는 순간을 목격했다면 분명 신관님은 혼자서 떨어졌다고 증언했겠지."

"그 경우는 틀림없이 사고사로 취급돼서 노조키 렌야에 이은 연쇄살인이라고는 아무도 생각 못 했겠네요."

"정말이지 훌륭한 트릭이야. 훌륭하다는 말이 나왔으니, 사후경직된 시신에 신관님의 흰 기모노를 걸쳐놓아서 삼도장에 떨어지면 벗겨진 옷이 바다에 떠오르게끔 의도한 것도 대단한 착상이고. 호라이 씨가 살아 있는 신관님이라고 오인하게 하고, 바다에 떠다니게 함으로써 떨어졌다는 사실을 보강한 거지."

"하지만 선생님, 아무리 그래도 다루미 동굴에서 기지 마사루를 살해하는 건 오가키 군도 불가능하지 않아요?"

기대와 불안이 반반인 듯한 시노에게 겐야는 조용히 고개를 가로저었다.

"아니, 그 범행은 다름 아닌 오가키 군이라서 가능했어."

"대체 어떤 방법으로요?"

"구난도의 극락수 지옥수 동굴로 들어가 다루미 동굴 안으로 빠져나오는 수법으로."

"……."

시노는 두 눈을 크게 뜨고 입을 우물거렸지만 말은 전혀 나오지 않았다.

"거기 도착하기 전에 오가키 군은 극락수 지옥수와 산을 사이에 둔 바다 쪽에 딱 다루미 동굴이 있는 느낌이라고 말했어. 담수인 극락수가 아니라 해수인 지옥수가 나오는 건 그 굴이 다루미 동굴과 이어져 있다는 증거 아닐까?"

"중요한 수첩을 어디 두고 왔다는 구실로 극락수 지옥수까지 돌아간 거예요?"

"수첩은 정말로 잊어버렸을 거야. 그는 필시 스즈카케 씨를 은연중에 염려하던 차에 다케의 전서구를 알아차리고 말았겠지. 그래서 수첩을 구실로 구난도로 돌아가, 앞질리시 기시 마사루 씨를 살해했어. 방법은 미도지마 경부님이 스즈카케 씨 범인설을 주장했을 때와 똑같다고 봐. 다른 건 진범이 다루미 동굴 안쪽에서 왔다는 점이지."

"삼도천 쪽에서 기지 마사루를 찌르고 그 뒤에 때려 죽였다……."

"피해자가 눈치채지 않게끔 우선 부러진 작살을 손에 들었다고 생각해. 그러고 나서 찔렀지만 치명상을 입히지 못했기 때문에 급히 가까이 있던 바위로 때렸지."

"모래땅 경내에 들어가지 않은 건 젖은 몸이 모래투성이가 되기 때문인가요?"

"그것도 있었겠지만 가장 큰 이유는 아마 스즈카케 씨일 거야."

"스즈카케 씨요?"

"피해자를 살해한 뒤에 스즈카케 씨가 왔어. 아무리 생각해도 그녀가 의심을 받지. 그래서 발자국 없는 살인을 연출함으로써 혐의가 가지 않게 한 거야."

"……일그러지기는 했지만 그것도 사랑이네요."

시노는 크게 한숨을 쉬었다.

"그날 저녁에 오가키 군이 돌아왔을 때는 아무 데도 젖어 있지 않았는데, 미리 갈아입을 옷과 수건을 들고 나갔을까요?"

"응. 그런 준비만 해두면 돌아오는 길에 얼마든 꾸밀 수 있지."

거기서 시노는 갑자기 혼이 나간 듯이 말했다.

"즉 오가키 군은 어떤 사건의 범행도 가능했다는 거네요."

여전히 믿을 수 없다는 표정으로 힘없이 중얼거린다.

"다만……."

하지만 겐야가 이렇게 말을 잇자마자 얼굴이 곧장 긴장됐다.

"뭐예요, 선생님?"

"피해자의 배에 사사부네를 올려두는 건 오가키 군에게 무리였어. 그야말로 모래땅 경내에 발자국이 남으니까."

"네?"

"또 신관님 시신을 전망널까지 이동시키기 위해 그날 동트기 전에 내게 들키지 않고 일어나는 것도 잘 생각해보면 무리야. 수첩을 가지러 간다고 한 날도 오가키 군은 동트기 전에 일어났어. 하지만 나는 그때 그냥 잠에서 깨어버렸으니까."

"잠깐만요……."

"게다가 오가키 군에게 조부인 오가키 히데토시 씨를 죽일 동기가 있었다고는 역시 생각되지 않아."

"무슨······."

"정말로 극락수 지옥수를 이용해 다루미 동굴의 살인을 저질렀다고 한다면 거기서 쿠에 산까지 이동해 오가키 히데토시 씨를 해치는 건 절대 불가능했을 테지."

"무, 무슨 말씀을······."

"즉 그에게는 오가키 히데토시 씨 살해의 동기도 기회도 없었던 셈이야."

3

"무슨 말씀을 하시는 거예요?"

시노가 진심으로 어이가 없다는 목소리로 말했다.

"오가키 군은 어릴 때 바다에 빠졌다가 스즈카케 씨한테 구조됐어. 이후로 수영이 늘었다고 생각할 수도 있지만, 그런 그가 과연 극락수 지옥수와 다루미 동굴을 왕복할 수 있었을까."

당사자인 겐야는 개의치 않고 그대로 이야기를 계속했다.

"대숲 신사는 그렇다 쳐도, 오가키 군이 망루의 현장에 사사부네를 둘 이유가 아무것도 없어."

"······확실히 그렇죠."

"대숲 신사 사건에서, 거기 들어간 날 아침에 소후에 군과 오가키 군은 참배길에서 거미줄을 덮어썼지."

"맞아요."

"즉 거미줄이 생길 만한 기간 동안 미로 참배길에는 아무도 들어가지 않았다는 증거 아닐까?"

"그렇게 되면 진범은 역시 신관님이 되지 않나요?"

시노의 두 눈동자가 갑자기 빛나기 시작했다.

"극락수 지옥수를 이용해 다루미 동굴에 드나드는 방법은 물론 신관님한테도 가능하죠?"

"두 동굴이 통해 있다는 사실을 알 만한 위치라는 의미에서는 오가키 군보다 신관님 쪽이 적합하지."

"대숲 신사, 망루, 다루미 동굴 모두 신관님이라면 범행 가능했어요. 더욱이 오가키 히데토시 씨와는 오랜 세월에 걸친 집안 간 불화가 있고요."

"죽었다고 생각되는 신관님에게는 오가키 히데토시 씨 살해의 알리바이도 필요 없어."

"모든 사건에 동기와 기회가 있는 셈이에요."

"그렇지."

"즉 진범은 역시 신관님……."

"……은 아니라고 생각해."

겐야의 부정에 시노가 비명을 질렀다.

"뭐, 뭐 때문에요?"

"신관님은 헤엄을 잘 치지 못한다고 스즈카케 씨가 호라이 씨에게 알려줬어. 그런 사람이 극락수 지옥수와 다루미 동굴 왕복 같은 걸 할 수 있을 리 없어."

"……."

시노가 입을 닫아버렸다. 겐야 또한 아무 말도 하지 않은 채 시간만 흘러갔다.

"하지만 선생님……."

이윽고 시노가 갈피를 못 잡겠다는 듯이 입을 열었다.

"이제 혐의를 둘 만한 범인 후보가 진짜 없어요."

"고도 지방 구마도에서 휘말린, 여섯 지장님의 동요에 맞춘 연쇄살인사건도 똑같았어. 용의자가 한 사람도 남지 않아서……."

"그래도 선생님은 멋지게 해결하셨잖아요."

격려하는 듯한 시노의 말이 겐야의 귀에는 닿지 않았다

"어쩌면……."

"뭐예요?"

"어쩌면 우리의 완전한 맹점이랄 수 있는 인물이……."

"설마요."

시노는 전혀 받아들일 수 없다는 양 말했다.

"그런 사람이 대체 어디에 있어요?"

"……."

"선생님?"

고개를 숙이고 있던 겐야가 별안간 얼굴을 퍼뜩 들었다.

"……호라이 씨."

"네?"

시노는 일순 감이 오지 않았던 듯하다. 하지만 곧장 누구인가를 알았는지 말했다.

"터, 터무니없어요."

"그녀는 누구보다 스즈카케 씨에게 큰 도움을 받고 있었어. 그렇기 때문에 노조키 렌야 씨의 불온한 움직임을 알았을 때 스즈카케 씨를 지켜야만 한다고 생각했지. 오가키 군의 동기와 똑같아."

"속세를 버린 것 같은 사람이 노조키의 동향을 알 수 있나요?"

"신관님이 말씀하셨어. 호라이 씨는 마을 안에서 일어나는 일을 희한하게도 잘 안다고."

"……확실히 그랬죠."

시노도 생각이 난 모양이었다.

"하지만 호라이 씨가 대나무 봉 간계를 생각해낼 수 있을까요?"

"오두막에 들어갔을 때 옆으로 열리는 널문의 버팀목으로 쓰기 위한 대나무 봉 하나가 서 있었어."

"버팀목이라니, 안쪽에서 문에 괴어서 밖에서 못 열게 하는 긴 봉 말씀이세요?"

"그래. 거기서 발상을 얻었는지도 몰라."

"호라이 씨가 같은 동기로 기지 마사루를 죽인 건 이해할 수 있지만……."

시노는 고개를 갸우뚱했다.

"신관님은 어떻게 되고요? 애초에 동기가 없고, 무엇보다 스즈카케 씨가 슬퍼하잖아요."

"그건 호라이 씨의 정체와 깊은 관련이 있다고 생각해."

"네? 하지만 신원은 아무도 모르지 않나요?"

"응. 하지만 추측은 할 수 있지."

"대체 정체가 뭔데요?"

"다키 씨."

"네?"

반문하려 들던 시노의 표정이 대번에 바뀌었다.

"서, 설마 〈대숲의 마〉의 다키 씨요……?"

"초대 호라이 씨가 〈창해의 목〉의 고스케 씨였다면 지금이 〈대숲의 마〉의 다키 씨라 해도 이상할 건 없어."

"그, 그렇지만……."

"호라이 씨의 정체가 다키 씨라면, 그녀는 대숲 신사와 사사메 신사에 상당한 원한을 품었다고 볼 수 있지 않을까? 그래서 노조키 렌야 씨 살해 현장으로 우선 대숲 신사를 골랐어."

"앞뒤는 맞네요."

일단은 수긍하면서도 시노는 말했다.

"하지만 거미줄은요?"

"다키 씨라면 여유롭게 피할 수 있었겠지. 우리가 대숲 신사에 간 날 이른 아침에 남몰래 숨어드는 것도 예사로 가능했을 거야."

거기서 겐야는 강조하듯 말했다.

"진범이 호라이 씨일 경우, 무엇보다 두 번째와 세 번째 사건에 대한 설명이 아주 간단해져. 이건 중요해."

"어디 보자……."

"둘 다 '그녀가 거짓말을 했다'로 보기 좋게 해결할 수 있으니까."

"……듣고 보니 확실히 그러네요."

"스즈카케 씨의 의미심장한 발언도, 내가 다케야의 다케와 만났을 때 그 애가 까마귀 친구 가면을 쓰고 있었던 것을 암암리에 가리킨 것 아닐까?"

"스즈카케 씨는 가면에서 호라이 씨가 머리에 쓰고 있는 포대를 연상했고, 그 사실을 선생님에게 에둘러 전하려 한 거라고요?"

"평소 호라이 씨를 보살피는 스즈카케 씨는 사건의 범인이 그녀임을 언젠가부터 알아차렸다 해도 그리 부자연스럽지는 않아."

"과연."

시노는 무심코 고개를 끄덕였지만 뒤이어 갑자기 불안한 얼굴이 되었다. 왜냐하면 겐야의 다음 말을 예상했기 때문이다.

"다만……."

"선생님, 역시 '다만……'이라고 하시네요."

이제 겐야를 전혀 신용하지 않는 표정이다.

"그렇잖아, 소후에 군. 호라이 씨가 진범이면 오가키 히데토시 씨 살해에 대한 설명이 조금도 안 되잖아."

"저기요, 선생님, '그렇잖아'라고 하셔도 지는 몰라요. 지금 막 호라이 씨 진범설을 주장하신 건 선생님이니까요."

"……응. 하지만 호라이 씨는 역시 범인이 아니야."

"그러면 정말로 용의자가 한 사람도 안 남아요."

"……."

"범인 후보로 생각할 수 있는 인물이 이제 아무도 없어요."

"……."

"선생님, 괴담 살인사건은 합리적으로 해결 가능한 거예요?"

4

 심사묵고하는 겐야를 시노는 조용히 바라보았다. 아까까지 짓고 있던 '전혀 신용할 수 없다'라는 표정도 사라졌다. 오히려 이제는 그녀의 얼굴에서 '선생님이라면 반드시 수수께끼를 풀 거야'라고 강하게 믿는 마음을 똑똑히 읽어낼 수 있었다.

 그런데 당사자인 겐야는 줄곧 잠자코만 있었다. 그저 심사묵고를 계속하고 있다. 어쩌면 옆에 시노가 있다는 사실조차 잠깐이라고는 하나 잊었는지 모른다.

 이윽고…….

 겐야가 뭐라고 중얼거리기 시작했다.

 "선생님, 뭐라고 하셨어요?"

 그런 그의 모습을 신중히 확인하면서 시노가 상냥하게 물었다.

 "대숲 신사에서 아사 사건이 일어났을 때 나는 괴담 살인사건이라 명명했어."

 "네."

 "뒤이어 망루에서 추락 사건이 일어났을 때는 현장에 사사부네가 남아 있는 것을 보고 순간적으로 사사부네 살인사건이라는 새로운 이름을 붙였고."

 "말하자면 개명한 셈이죠."

 "그리고 다루미 동굴 살인이 일어나서 이건 용의자 살인사건이 아닐까 생각했어."

 "하지만 네 번째는 스즈카케 씨가 아니라 오가키 히데토시 씨가 피해자가……."

"그래서 나는 이 사건은 범인이 두 명 있는 비연쇄살인사건이 아닌가 생각했지."

"하지만 그 해석은 틀렸죠."

겐야는 시노의 얼굴을 본인이 부끄러워질 때까지 지그시 바라보다가 말했다.

"거기서부터 나는 진범을 지적하기 시작했어. 하지만 모조리 다 틀렸지. 문득 정신이 들어 보니 이제 용의자가 남아 있지 않아."

"……."

그의 말에 시노는 아무 대꾸도 할 수 없었다.

"어쩌면 나는 이제껏 해오던 대로 이 사건의 진정한 명칭을 생각해야 했던 게 아닐까?"

"무, 무슨……."

"그 단서가 스즈카케 씨의 수수께끼 같은 말에 있었다고 한다면……."

"……뜻인데요?"

불안 반, 기대 반인 얼굴의 시노에게 겐야가 말했다.

"다케야의 다케와 처음 만났을 때 그 아이는 분명히 까마귀 친구 가면을 쓰고 있었어. 하지만 동시에 대나무 통으로 놀고 있기도 했지."

"언덕을 굴러 내려온 통을 선생님이 손으로 잡으셨죠."

"응. 스즈카케 씨가 하고 싶었던 말은 그게 아닐까?"

"역시 의미를 모르겠어요."

"즉 일련의 사건의 진정한 명칭은 '바람이 불면 통장수가 돈을 버는 살인사건'인 게 아닐까?"

"네에?"

"바람이 불면 통장수가 돈을 번다는 속담의 의미는 소후에 군도 알지?"

"그야 뭐……."

"바람이 세게 분다 → 모래 먼지가 일어난다 → 눈이 아픈 사람이 속출한다 → 세세한 작업을 못하게 된 직인들이 나온다 → 그들이 먹고살기 위해 생계도구를 샤미센으로 바꾼다 → 샤미센용으로 고양이가 잡힌다 → 천적이 없어진 쥐가 대번식한다 → 쥐가 마음껏 통을 갉아먹는다 → 그 결과, 통장수가 돈을 번다. 이런 흐름이야."

"그, 그렇게까지 자세히는……."

"노조키 렌야 씨를 대숲 신사에서 가고무로 간키 씨가 아사시키고, 대숲 신사 사건의 범인인 가고무로 간키 씨를 망루에서 기지 마사루 씨가 살해하고, 망루 사건의 범인인 기지 마사루 씨를 다루미 동굴에서 가고무로 스즈카케 씨가 죽였다…… 사건이 이런 식으로 연쇄되었다고 생각하면 전부 앞뒤가 맞아."

"……거, 거짓말."

시노는 이렇게 말한 채 완전히 말문이 막혔다.

"이 사건의 진정한 명칭은 '연쇄적' 살인사건이었어."

"바람이 불면 통장수가 돈을 버는 살인사건보다는 그 이름이 확실히 더 낫기는 한데요……."

그렇지만 시노는 회복도 빠르기 때문에 겐야는 안심하고 이야기를 계속했다.

"대숲 신사의 아사 사건은 가고무로 간키 씨 범인설대로 이루어졌어. 그래서 참배길에는 거미줄이 쳐져 있었고. 피해자를 끌어들여 대나무로 십자가형 장치를 하고 나서 범인이 다시 현장으로 향할 때까지 아무도 대숲 신사에 들어가지 않았기 때문이야."

"그 거미줄을 저와 오가키 군이 뒤집어썼다……."

"노조키 렌야 씨의 셔츠 앞주머니에 있었던 사사부네는 분명 피해자가 손수 넣은 거였어."

"그걸 기지 마사루가 이용했고요?"

겐야는 고개를 끄덕였다.

"대숲 신사의 아사 사건을 알자마자 기지 마사루 씨는 범인이 누구인지 알아차렸어. 그래서 친해진 지 얼마 안 됐다고는 해도 그와는 죽이 맞았던 노조키 렌야 씨의 복수 겸 스즈카케 씨를 손에 넣기 위해 방해꾼을 없앤다는 일석이조를 노려 신관님 살해 계획을 세웠지."

"진짜 잔인하고 기분 나쁜 놈이에요."

"망루 안에 남아 있던 신관님 신발에 사사부네를 의미심장하게 놓아둠으로써 그는 비연쇄살인사건을 연쇄살인사건으로 꾸미는 데 성공했어. 노조키 렌야 씨 살해 동기가 전혀 없기 때문에 설사 가고무로 간키 씨 살해를 의심받더라도 조만간 혐의를 벗겠다는 계산이 있었던 거야."

"그렇다면 사후경직 간계를 생각한 것도 기지 마사루였어요?"

"그는 탐정소설 애독자였어. 게다가 하마오 시로의 《박사 저택의 괴사건》을 읽었고. 그 작품에는 말 그대로 사후경직 이야기가 나오니까 관심을 갖고 더 조사했을지도 몰라."

"기지 마사루는 언제 어떻게 신관님을 망루로 불러냈을까요?"

"마을에서 한창 뒤풀이를 할 때라기보다는 오 인방이 가고무로 가에 있는 사이에 어떤 연락을 했다고 생각해야 할지도 몰라. 왜냐하면 집에서는 술을 마시던 신관님이 마을에 내려가자마자 딱 마시지 않았거든."

"설마, 다케가……."

"응, 그럴 가능성이 대단히 높다고 생각해. 가고무로 가에 빈번히 드나들어도 그 애라면 전혀 의심을 사지 않으니까."

"기지 마사루가 갑자기 다케야 작업장 청소와 심부름을 하기 시작한 건 알리바이를 만들기 위해서였군요."

"사건 전후에 계속한 건 아무리 그래도 하루만으로는 부자연스럽기 때문이겠지."

"가당치도 않게 계산적인 놈이네요."

시노는 내뱉듯이 말했지만 그러고 나서 돌연 애처로워하는 표정이 됐다.

"신관님의 시신은……."

"다루미 동굴로 흘러들어간 뒤에 삼도천 깊은 곳으로 떠내려갔다고 봐야겠지."

시노는 한층 비장한 표정으로 말했다.

"그리고 다루미 동굴에서 기지 마사루를 이번에는 스즈카케 씨가……."

"그가 불러낸 목적은 신관님이 노조키 렌야 씨 살해의 범인임을 알리고 입을 다물기를 원하면 자신과 혼인하자, 이런 요구를 들이밀기 위해서였다고 생각해."

"어쩜 그렇게 비열하고 비겁할 수가 있죠?"

"다루미 동굴을 고른 건 방해받지 않을 곳인 데다 공양비가 있었기 때문이야. 노조키 씨가 도쿠유 촌과 사사메 신사의 비밀을 뒤진 탓에 신관님에게 살해당했다고 스즈카케 씨에게 설명하는 데 그만큼 어울리는 장소도 없으니까."

"그래서 기지 마사루는 공양비 앞에서 스즈카케 씨를 기다렸군요."

시노는 납득하는 눈치였다가 일변하더니 의심쩍은 얼굴을 했다.

"하지만 스즈카케 씨는 범행이 불가능했던 거 아니에요? 선생님은 또 그렇게 말씀해놓고 연쇄적 살인사건도 아니었다면서 싹 뒤집으시는 거……."

"이제는 뒤집지 않아. 나는 스즈카케 씨에게 전혀 혐의를 두지 않았어. 그래서 생각도 하지 않았을 뿐, 그녀가 범인임을 알면 방법도 간단히 짐작이 가."

"어떻게 했는데요?"

"이건 상상이지만, 기지 마사루 씨와 이야기하다가 알아차리지 않았을까? 그가 조부를 죽였다는 걸."

"충분히 가능하죠. 망루 사건 후 무라타 형사가 축제날 밤 신관님이 누군가 만나지 않았는지 물어보러 가고무로 가에 왔을 때, 스즈카케 씨는 기지 마사루의 이름을 댔어요."

"그때부터 이미 의심하고 있었다는 증거일지도 몰라."

"기지 마사루처럼 계산적인 인간은 그런 만큼 자기과시욕도 꽤 강하다고 생각해요. 아무리 그래도 스즈카케 씨 앞에서 신관님을 살해했다고 떠들지는 않았겠지만, 그 남자라면 살짝 암시하는 정도는 하지 않았겠어요?"

"이미 의심하던 중이기도 해서 스즈카케 씨는 사건의 진상을 알아차렸어. 그래서 충동적으로 눈앞의 그를 죽이려 했지."

"……가엾어요."

"살인은 어디까지나 충동적이었다고 봐. 그렇다 해도 찰나에 엄청나게 많은 생각을 하지 않았을까?"

"무엇을요?"

"대숲 신사와 망루 사건이 해결되지 않는 건 불가해한 상황에서 사람이 죽었기 때문이야. 그렇다면 자신이 모래땅 경내에 들어가지 않고 그를 살해할 수 있다면 이 현장도 똑같이 여겨지는 것 아닌가…… 하고."

"머리가 좋네요."

기지 마사루는 잔인하고 기분 나쁜 계획을 세운 가당치도 않게 계산적인 놈인데, 스즈카케가 되는 순간 표현이 바뀐다는 것을 시노는 전혀 깨닫지 못했다.

겐야도 그것을 언급하지는 않았다.

"하지만 당장 손에 들어오는 흉기는 부러진 작살 정도밖에 없어. 그래서 도리이의 대나무 봉으로 즉석에서 죽창을 만들었지."

"하지만 선생님, 그걸로는 피해자에게 닿지 않아요."

"하나로는 그렇지. 하지만 대나무는 두 그루 있었어. 더군다나 두 대나무를 연결하는 금줄도 있지."

"그렇군요."

"그런데 너무 긴 죽창으로는 불안정해서 치명상을 입히지 못했어. 게다가 옆구리를 찌른 순간 부러진 작살이 대나무 끝에서 빠져버렸고."

"그래서 돌을 사용했군요. 어떻게 한 거예요?"

"긴 대나무 끝에 역시 공물로 놓여 있던 망가진 그물을 묶고 그 안에 적당한 돌을 넣어. 그다음은 대나무를 기대 세웠다가 피해자 두부를 노려 단숨에 내려쳐. 설사 실패해도 이거라면 몇 번이고 다시 할 수 있어."

"찔린 충격으로 기지 마사루의 움직임도 곧 둔해질 테니까 머리를 내려치는 건 의외로 간단할지 모르겠네요."

시노는 납득하려다가 퍼뜩 떠올랐다는 듯이 말했다.

"하지만 선생님, 기지 마사루 살해가 충동적인 행위라면 사사부네는 어떻게 된 걸까요? 사전에 준비했을 리 없잖아요."

"현장의 불가해한 상황과 마찬가지로, 거기서 사사부네가 발견된 것 역시 눈속임이 됐다고 스즈카케 씨는 생각했어. 그래서 그 자리에서 만들었지."

"에이, 무리예요. 재료인 조릿대 잎은요?"

"대숲 신사 사당 앞과 마찬가지로 다루미 동굴 도리이의 대나무 밑동에도 조릿대 잎이 달린 가지가 각각 꽂혀 있었어. 순간적으로 그걸로 사사부네를 만든 거야. 그리고 흉기로 사용한 긴 대나무 끝에 얹어 피해자 배에 놓았고. 부러진 작살을 단 대나무 끝에는 필시 혈흔이 있었겠지. 그래서 사사부네도 피에 물들어 있었어. 나머지는 금줄을 풀어 대나무를 원래대로 둘로 만든 다음 다시 도리이 형태로 되돌리면 돼. 그때 피로 얼룩진 대나무 끝을 밑으로 해서 그대로 모래땅에 꽂았을 거라고 생각해. 아무리 경찰이라도 금줄이 쳐진 도리이처럼 보이는 대나무를 굳이 빼서 조사하지는 않으리라고 내다본 거지."

"참 대단하네요."

"그렇기는 해도 스즈카케 씨에겐 예상 이상으로 힘든 행위였어. 그래서 동굴 입구까지 돌아오긴 했지만 거기서 쓰러지고 말았지."

"경찰 조사 후 가고무로 가에 돌아오고 나서도 쉽사리 회복되지 않은 건 조부의 원수를 갚기 위해서였기는 해도 사람을 해쳤기 때문에……."

시노는 저도 모르게 고개를 숙이고 중얼거렸다.

"진짜 불쌍해……."

하지만 그것도 잠깐이었다. 곧장 퍼뜩 고개를 들고 말했다.

"그런데 선생님, 이번 사건의 진상이 연쇄적 살인사건이라면 오가키 히데토시 씨의 죽음은 대체 어떻게 되는데요?"

이렇게 말하면서도 또다시 의심스러운 표정을 짓고 있다.

"설마 또 전부 뒤집으시는 건 아니겠죠?"

"아니, 그런 일은 없어. 괴담 살인사건의 진정한 모습은 연쇄적 살인사건이었어. 그건 흔들리지 않아. 다만 오가키 히데토시 씨의 죽음만이 거기서 벗어나 있었지."

"왜요?"

"자살이니까."

"네? 하지만 오가키 군이 분명히 말했잖아요."

시노는 반론하려 했다.

"다만……."

하지만 겐야의 중얼거림을 듣자마자 말했다.

"잠깐만요. 역시 '다만……'이에요?"

"응. 경찰이 견해를 표명한 그런 자살은 아니었어."

"네?"

"그런 의미에서는 오가키 히데토시 씨의 죽음도 괴담 살인사건의 일부였던 거야."

5

"무슨 말씀이세요?"

시노의 물음에 겐야는 대답했다.

"오가키 군이 말했지. 할아버지는 책임감이 강한 분이기 때문에 누군가가 버섯국에 독버섯을 넣었을 가능성이 있고 범인도 모르는데 자살하는 건 절대 있을 수 없는 일이라고."

"그럼 역시 살해당한 게 아닐까요……?"

"그렇게 생각하면 연쇄적 살인사건 해석도 또 무너지게 돼. 나는 네 명의 피해자 가운데 한 사람만 동류가 아니라고 말했는데 그건 옳았어. 단, 그 사람은 가고무로 간키 신관님이 아니라 오가키 히데토시 씨였지."

"게다가 진범이라는 진상 때문이 아니라 혼자만 자살이어서……."

"아니, 둘 다야."

"네?"

"버섯국에 독버섯을 넣은 범인은 오가키 히데토시 씨야. 사람의 목숨을 빼앗기 위해서가 아니라 어디까지나 식중독을 일으킬 목적이었지. 그럼에도 불구하고 어린아이가 죽었어. 바로 그렇기 때문에 자책하는 마음에 목을 맨 거야."

"뭐, 뭐 때문에……."

"그런 짓을 했는가? 작은 화재 소동이나 일련의 괴이한 사건도 포함해 오 인방에게는 어떤 동기가 있었는가?"

"사, 사 인방의 소행이 아니예요?"

시노의 얼빠진 목소리에도 겐야는 동요하지 않았다.

"하에다마님 축제날에 가키누마 도루 씨를 비롯한 사 인방이 조금 모습을 보인 것만으로도 평화장 주민인 닛쇼방적 구보사키 씨나 마을 사람들의 목격담이 나왔어. 그런 상황에서 그들이 뭘 할 수 있었을까? 평소에는 틀어박혀 있는 만큼 조금이라도 수상쩍은 거동을 하면 꽤 눈에 띄는 건 분명해. 금세 발견되고 말지 않겠어?"

"……그러네요."

"게다가 이지마 가쓰토시 씨가 요괴와 마주친 건 분명 네 번이지만, 사 인방은 절대 이 속임수를 쓸 수 없어."

"음…… 아, 운전기사가 필요하구나."

"심지어 노조키 렌야 씨가 죽은 뒤에도 괴이한 현상은 계속되고 있어. 이상하지 않아?"

"확실히 이상하네요."

"실제로는 이랬다고 생각해. 오가키 히데토시 씨가 운전하는 경트럭 짐칸에 사사메 신사의 가고무로 간키 씨, 시아쿠 촌의 요네타니 의사, 이시노리 촌의 이노우에 촌장, 이소미 촌 로쿠조사의 젠도 주지 네 사람이 요괴로 분장해 올라타고, 유리아게 촌에서 헤이베이 정까지 뱀길을 달려. 맞은편에서 차가 오거나 하면 거적 같은 것을 덮어써서 속여. 그리고 마주 오는 차를 기다리기 위한 대피소에서 한 사람씩 내려준 뒤 오가키 씨는 차에 탄 채로 헤이베이 정 근처 산길 어딘가에 숨어 있어."

"그러고는 닛쇼방적 사원이 귀가할 때까지 가만히 기다리는 거로군요."

"개인별로 귀가하는 시간이 정해져 있던 모양이니까, 특정한 누군가를 골랐을 가능성은 있어. 그날은 이지마 씨였던 거지. 대피소에서 기다리던 사람이 그를 위협한 다음 오가키 씨의 경트럭이 동료를 태우며 큰 헛간까지 돌아와. 그런 수순이었어. 헛간에 빗장이 걸려 있지 않고 불도 켜져 있었던 것을 보면 틀림없이 마을로 돌아가기 전 큰 헛간에 들를 작정이었어. 큰 헛간에서 요괴 분장을 풀 속셈이었을 거야."

"그런데 이지마 씨가 큰 헛간에 도움을 청하러 가버렸군요."

"이지마 씨의 차를 쫓아가는 꼴이 된 오가키 씨는 당연히 그 사실을 깨달았어. 그래서 더 확실하게 하기 위해 큰 헛간에 들어간 이지마 씨를 재차 위협했지."

"채광창에서 들여다보던 새까만 얼굴 말이죠."

"분명 셋이서 목마를 탔겠지."

"그런 노인들이요?"

놀라는 시노에게 겐야는 아무것도 아니라는 듯이 말했다.

"축제 때 전부 봤잖아. 연령에 비해 다들 정정했어. 그 정도는 여유롭게 했을걸."

"갑자기 들려왔다던 기분 나쁜 목소리는요?"

"가장 밑에 있던 인물이 효과를 배가하기 위해 순간적으로 생각해내고 입으로 냈어. 그러니까 얼굴은 창문에서 보이는데 목소리는 아래쪽에서 들린다…… 이런 연출을 할 수 있었지. 이 사건 후에 평화장 집주인이 이지마 씨 방을 찾아가 과거 축제 사진을 보여주었을 때, 굳이 오가키 가에서 축제 상황을 녹음한 테이프를 빌려와 들려준 것도 분명 오가키 씨가 뒤에서 손을 쓴 거라고 생각해."

"이지마 씨가 들은 기분 나쁜 목소리와 어쩐지 똑같은 구호 소리를 들려주기 위해……."

"더욱더 굳히려고 한 거지. 집주인에게는 당신들 오 인방의 진의를 덮어두었을 거야."

"정성스럽다고 해야 할까요……."

"고라 오 인방에게 더 빨리 주목해야 했어."

"그런 건 무리예요."

"아니. 적어도 그중 한 사람에게는 노골적으로 도발을 당했으니 말이야."

"언제요? 누구에게요?"

"하에다마님 축제날 가설 천막에서 오 인방과 만났을 때, 취해서 시비를 거는 시아쿠 촌 요네타니 의사와 이소미 촌 로쿠조사의 젠도 주지에게 신관님은 탐정 선생이 살펴보면 곤란한 일이라도 있느냐고 하셨지. 그러자 젠도 주지가 의미심장하게 우선 오른쪽 새끼손가락을 세웠어. 그래서 나는 요네타니 의사의 여성 문제를 야유하고 있겠거니 했고."

"저도 그랬는데, 아니었어요?"

"그 전에 신관님이 내게 도쿠간사의 신카이 주지는 여자를 좋아한다고 가르쳐줬어. 다만 오 인방의 땡중도 마찬가지라고 하셨지."

"젠도 주지요. 저한테도 추근거렸으니까……."

"응. 그때 신관님이 말한 건 젠도 주지지, 결코 요네타니가 아니었어. 그렇다면 젠도가 처음에 새끼손가락을, 그러고 나서 남은 네 손가락을 전부 세운 행위에는 대체 어떤 의미가 있을까?"

"설마 자기들 오 인방을 가리킨 거예요?"

"그래서 그때 다른 네 사람의 안색이 바뀐 거야. 신관님과 오가키 히데토시 씨가 무마해 넘겼지만, 자칫하다가는 내게 불필요한 의심을 샀을지 몰라. '그런 소리나 하다가는 자기한테 되돌아올걸'이라는 오가키 히데토시 씨의 말은 오 인방이 무슨 짓을 하고 있었는지가 판명되고 나니 참 의미심장하지 않아?"

"대체 오 인방은 무슨 생각으로 그런 괴이한 일을 계속 일으킨 건데요?"

시노는 도무지 영문을 모르겠다는 얼굴이다.

"물론 마을 합병을 저지하기 위해서지."

"마을과 신사의 비밀을 지키고 싶으니까요?"

겐야가 즉각 고개를 끄덕이자 시노는 이해가 되지 않는다는 표정으로 말했다.

"하지만 선생님, 마을과 신사의 비밀이 밝혀진다고 해서 합병이 무산될 걱정은 없다고 닛쇼방적 구루메 씨도 단언했잖아요."

"응. 나도 그건 틀림없다고 생각해."

"그러면……."

"다만……."

겐야의 중얼거림에 시노가 하늘을 쳐다봤다.

"또요?"

"내가 묘하다고 느끼는 건 그렇게까지 해서 지킬 만한 비밀일까 하는 의문 때문이야."

"그거야 뭐……. 인신공양 풍습이 있었다고 하면 남들 듣기에도 과히……."

"좋지 않은 건 확실하지만, 비슷한 전승은 일본 각지에 남아 있어. 게다가 그 진실 여부는 거의 모르고 있지. 오히려 전설에 지나지 않는다는 관점을 취하는 민속학자가 많을 정도야. 그걸 노조키 렌야 씨가 몰랐다고는 도저히 생각할 수 없어."

"즉……?"

"노조키 씨의 수첩에 적혀 있던 '모든 것은 반대였나'에 대한 내 해석도 잘 생각해보면 이상하지 않아?"

"어떤 부분이요?"

"가장 중요한 부분이. 처음 해석에서 나는, 난파선인 당식선을 바다에 되돌려줌으로써 해난사고로 죽은 망것의 앙화를 씻으려 했다고 생각했어. 현실에서 일어난 사건과 전부 반대로 만들어서 죽은 자들을 바다로 돌려보내려 한 거라고."

"그랬죠."

"하지만 당식선이 난파선이 아니라 보타락도해의 목조선이었다고 할 때, 전부 반대로 만들려면 어떻게 해야 하지?"

"목조선은 마을 해변에서 출발하니까 반대로 하면 당식선이 바다에서 와야 한다…… 어, 반대로 되지 않았는데요."

"그럼 축제의 핵심이라고 할 만한 부분이 이상해져."

"그렇다는 말씀은……?"

"역시 당식선의 정체는 난파선이었던 거야."

"그러면 인어는요? 노조키의 수첩에 있던 '하에다마님의 정체는 인어인가'는요?"

시노의 의문에는 답하지 않고 겐야는 한 가지에 집중한 눈치로 말했다.

"당식선은 역시 난파선이었다. 다시금 그렇게 인식했을 때 당치도 않은 사실을 간과하고 있었다는 데 겨우 생각이 미쳤어."

"뭐, 뭔데요?"

"도쿠간사 과거장에 외지인 사망자가 기록된 연월일과 똑같은 날짜의 사사메 신사 일지를 보면, 당시 어디어디 번의 범선이 난파했다는 사실이 쓰여 있었어."

"그건 뭐, 맞겠죠."

"응, 아무 문제도 없어. 하지만 난파한 게 번의 범선뿐일까?"

"아뇨, 그야 보통 상선도……"

여기까지 말하고 시노는 숨을 삼켰다.

"그거야. 과거장에는 일반 상선 사망자 기재가, 일지에는 그것이 난파한 사실의 기재가 전혀 없었어."

"……."

"번의 범선만 난파하고 일반 상선은 전부 무사하다니, 그런 건 아무리 생각해도 불가능해."

"……."

"그럼 어째서 일반 상선에 대한 기록이 일절 없을까?"

"……."

"왜냐하면 당식선이란, 고즈 만의 암초지대와 계절의 폭풍우를 이용해 도쿠유 촌 난바다를 지나는 상선을 좌초시키고 승무원을 전부 죽인 다음 선적됐던 값어치 있는 짐을 빼앗아 극빈한 자신들의 양식으로 삼기 위한 배를 가리켰으니까."

"……."

시노는 말문이 막혀서 더는 아무 말도 할 수 없는 듯했다.

"봉화터나 조망고개나 망루의 진정한 역할은 사냥감을 찾는 거였어. 동시에 실수로라도 번의 범선에는 손을 대지 않기 위한 조심도 겸했지. 해변에서 공물로 올리는 소금을 구운 건 물론 아궁이 불꽃으로 상선을 꾀어들이기 위해서야. 나라모토 씨의 어선을 타고 유리아게 촌에 가서 해변에서 휘두르는 회중전등 신호와 초롱 불빛을 봤을 때 내게는 그게 사건을 해결로 이끄는 광명처럼 보였는데 실로 그랬던 거지. 고의로 난파당한 상선 사람들에게는 완전히 악마의 빛이었던 셈이야. 그냥 횃불을 피우지 않고 소금을 구운 건 혹시라도 잘못해서 번의 범선을 좌초시켰을 때 핑계를 댈 수 있기 때문이겠지. 아궁이 수가 뿔위보다 뿔밑곶이 더 많았던 건 하에다마님 암초로 배를 유도한다는 목적이 있어서야. 고즈 만에 있는 하에다마님 암초야말로 가난한 도쿠유 촌 사람들이 대외적으로 써먹을 수 있었던, 말하자면 유일한 무기이자 **흉기**였던 거지."

시노의 반응은 아랑곳 않고 겐야는 이야기를 계속했다.

"습격은 물론 밤에 이루어졌어. 그러니까 하에다마님 축제는 '반대'로 낮에 열렸지. 축제 참가자가 남자뿐인 건 실제 살인과 약탈에는 성인으로 간주되는 남자들밖에 참가할 수 없었기 때문이고, 〈창해의 목〉의 고스케가 아무것도 몰랐던 이유는 아직 어린아이였기 때문일 거야. 고스케나 시아쿠 촌 사람들이 가을 즈음 또는 초겨울에 들은 요괴의 외침이란 상선을 덮치는 도쿠유 촌 남자들이 부르짖는 함성이었고, 바람 강한 밤이 많았던 건 물론 폭풍우가 불지 않으면 배를 습격할 수 없으니까. 그래서 하에다마님 축제는 비정기적으로 거행됐어. 언제 당식선이 될 배가 올지는 아무도 예측할 수 없으니까. 고스케의 조부가 말한, 당식선 주위에는 망것이 우글우글 들러붙어서 헤엄치고 있다는 말의 의미는 설명할 필요도 없겠지. 당식선을 불러오는 것이 에비스님이라는 의미도 마찬가지야. 말하자면 죽은 자들이 다음 희생자를 부르고 있었던 셈이지. 축제 다음 날부터 고기잡이를 쉬는 사흘은 습격 이후의 휴양 겸 전리품을 공평하게 분배하기 위한 기간이었던 것 아닐까?"

"⋯⋯이, 인어는요?"

시노가 겨우 한마디를 꺼냈다.

"분명 인어의 노랫소리를 들으면 배가 난파한다는 전승을 가리킨 거라고 생각해. 내가 조망고개에 섰을 때 영국의 콘월을 연상한 건 무의식적으로 도쿠유 촌의 비밀을 알아차렸기 때문일지도 모르지. 아니, 아니, 아무리 그래도 그런 일은 있을 수 없나?"

"선생님이라면……."

"지금 문득 생각났는데, 학창시절에 읽은 서양 아동문학 중에 콘월이 무대인 작품이 있어. 마을 사람들이 벼랑 위에서 석유등을 흔들어서 마찬가지로 난바다를 지나는 배를 유인한 다음 좌초시킨다는 범죄가 그려진 이야기였지. 그 책이 머리 한구석에 남아 있다가 이 지방의 지형을 보자 불현듯 떠오르려 했는지도 몰라."

"그때 생각이 났더라면 당식선의 수수께끼를 더 빨리 푸실 수 있었을까요?"

"……글쎄. 르네상스기의 덴마크에서 정부가 한자동맹 도시들과 안전하게 교역하기 위해 석탄을 태우는 등대를 요소에 설치했더니, 일부러 위험한 장소에 등불을 켜서 지나가는 배를 난파시키고 화물을 약탈하던 해적들이 '등대 때문에 우리 생활이 위협받는다'라며 반대했다는 일화가 있었다는 게 이제야 떠오를 정도니까."

낯빛이 조금 원래대로 돌아가기 시작한 시노에게 겐야는 자신 없다는 투로 대꾸했다.

"당식선과 인어에 대한 해석이 그거라면, 마을에서 여자아이가 없어지는 건 대체 어떤 이유죠?"

"마을이 극빈했다는 사실을 생각할 때, 팔려간 거 아닐까? 어린아이인 고스케는 아직 그걸 이해하지 못했고."

"……그런 건가요."

"도쿠유 촌 다음으로 유리아게 촌이 개척된 건 약탈하려고 난파시킨 상선에서 흘러나온 짐이 지금의 유리아게 촌의 해변에 표착하는 일이 누차 일어났기 때문이겠지. 그래서 오가키 가의 조상에 해당하는 인물이 도쿠유 촌에서 이주했어. 그 뒤 두 마을 사이에 시아쿠 촌, 이시노리 촌, 이소미 촌 등 새로운 마을이 개척됐는데, 어디보다 유리아게 촌이 발전하고 또 오가키 가가 번성한 건 지리적인 조건도 있지만 이 어부지리라고 할 만한 수익 덕이었어."

"그게 사사메 신사 가고무로 가와 불화의 원인이 돼서……."

"오늘날까지 이어져왔는지도 몰라."

"그렇다면 참 마음이 아프네요."

"이 마을의 비밀은 대대로 오 인방의 가계에만 전해져왔어. 각각 근원을 더듬어가면 도쿠유 촌 출신이기 때문이야. 그래서 그들은 가문의 후계자 한 사람에게만 무시무시한 마을 전체의 범죄를 가르쳐주고 절대 세상에 알려지지 않게 하라고 일렀지."

"그 비밀이란 역시……."

"미도지마 경부님이 도둑 마을 이야기를 해주었는데, 의도적으로 상선을 좌초시켜 약탈과 살인을 거듭한 마을이 존재한다면 이미 격이 다르다고 할 수밖에 없지."

"도저히 외부에는 그런 사실을 누설하지 못하겠죠."

시노는 크게 한숨을 내쉬었지만 도무지 영문을 모르겠다는 눈치였다.

"그렇다 쳐도 신관님과 오 인방은 대체 뭘 하고 싶었던 걸까요?"

"그들 모두가 마을 합병 이야기에 찬성이었던 건 틀림없어. 고라 지방의 발전을 생각해서 다들 찬성했지. 게다가 마을을 연결하는 지금보다 편리한 길이 생기면 정부가 마을 뒷산을 사들여서 그들의 집에는 어쨌든 이익이 생기니까."

"앗, 알겠어요."

시노가 손뼉을 쳤다.

"하지만 그것만으로는 끝나지 않았어요. 닛쇼방적 구루메 씨가 관광계획까지 생각했기 때문이죠. 거기에는 고즈 만에서 다루미 동굴까지 유람선을 띄우는 안도 있어요. 그렇게 되면 당식선의 비밀이 외부로 새어나갈 우려가 생겨요. 당장은 아니더라도 제이, 제삼의 노조키 렌야 같은 인물이 나타나면 그렇게 안심하고 있을 수도 없고요. 그래서……."

그녀가 말하려다 말고 입을 다물었기 때문에 곧장 겐야가 뒤를 이었다.

"합병을 방해하기 위해 괴이 현상을 일으켰다고 보는 건 몇 번이나 검토했듯 무리가 있어. 가키누마 도루 씨를 비롯한 사 인방이 평소의 울분을 풀기 위해 그랬다고 생각하는 편이 그나마 앞뒤가 맞을지도 몰라."

"닛쇼방적 구루메 씨는 유리아게 촌에서 일어난 사건 정도로 합병이 무산되지는 않는다고 했잖아요. 신관님도 국가 정책이니까 자신들이 아무리 발버둥 쳐도 소용없다고 분명히 말씀하셨고요."

"그러니까 오 인방은 뱀길에서 괴이 현상을 일으켰어. 그것만으로는 효과가 약하다는 걸 알고 이번에는 유리아게 촌 내에서도 움직였고. 그렇기는 해도 당연히 누군가를 다치게 할 생각은 추호도 없었어. 식중독 사건은 심하지 않나 싶어 나 역시도 분노를 느꼈지만, 그건 일종의 폭주였을지 몰라. 더 효과적인 협박으로 그런 방법을 선택한 거야. 그런데도 두 번째는 하필이면 버섯 선별을 잘못해서 끝내 어린아이를 죽이고 말았지. 오가키 히데토시 씨가 자살한 것도 이해가 돼."

"말씀하시는 의미가……."

시노는 완전히 당혹스러워하고 있었다.

"신관님이 말씀하셨듯 마을 합병은 국책이야. 그렇기 때문에 어떤 이유가 있든 다섯 마을 인구가 팔천 명에 달하지 않을 경우에는 합병이 무산되고 말아."

"앗……."

"오 인방의 목적은 딱 하나. 유리아게 촌의 **인구를 늘리지 않는 것**이었어. 그러기 위해 닛쇼방적 사원을 위협했지. 마을에서 작은 화재나 식중독 소동을 일으킨 것도 이주를 고려중인 사람들에게 나쁜 인상을 주기 위해서였어. 특히 가족이 있는 사람이나 결혼을 생각하는 사람들이 도저히 안심하고 살 수 없는 곳이라고 여기게 하려 했지."

"그 결과 유리아게 촌 인구가 늘지 않으면……."

"다섯 마을의 인구를 합해도 결코 팔천 명에 달하지 못해."

"그러면 합병은 자동적으로 무산되고요."

"도쿠유 촌의 끔찍한 비밀이 새어나갈 염려도 그것으로 사라져."

"오가키 히데토시 씨는 자신의 죽음을 타살로 위장하고 싶었던 거군요."

"자살임을 알면 동기를 캐내려 할 테니까. 식중독 사건으로 어린 아이가 죽었다고는 해도, 아니 그것이 진정한 동기지만 어쨌든 더 파헤칠 경우 오 인방의 계획에까지 미칠지도 몰라."

"그래서 의미심장해 보이는 대나무 봉이랑 사사부네를 큰 헛간에 일부러 남겨두었다……."

"괴담 살인사건의 네 번째 피해자로 보이기 위해서."

"그렇게 생각하면 뭔가 비장한 느낌이네요."

가라앉은 시노와는 달리 겐야는 복잡한 얼굴이었다.

"즉 괴담 살인사건 같은 건 처음부터 존재하지 않았던 셈이야."

"하지만 선생님, 결과적으로 그렇게 보인 건 엄연한 사실이에요."

"그게 나는 되레 무시무시하게만 느껴져."

이렇게 말하면서도 겐야는 여전히 어딘가 눈치가 이상했다.

"왜 그러세요, 선생님? 신경 쓰이시는 일이 더 있으세요?"

그것을 눈치챈 시노가 묻자 그는 주저하면서 대답했다.

"오가키 히데토시 씨에게 살의가 없었던 것은 확실하지만 결과적으로 아이를 죽게 한 것은 틀림없어."

"네. 그 죄는 사라지지 않으리라고 생각해요."

"그렇게 생각하면 식중독 사건은 한 마을의 **인구를 줄이기 위해 일으킨 살인**이었다는 이야기가 되지 않아?"

"……."

"이건 범죄사상 보기 드문, 정신 나간 동기라고 할 수밖에 없어."

두 사람이 다시 입을 뗄 때까지 한동안 시간이 흘렀다.

"선생님, 지금 하신 추리를 경찰에게는 어떻게 설명하실 생각이에요?"

가까스로 시노가 꽤 근심스러운 어조로 물었지만, 겐야는 이렇게 대답했을 뿐이었다.

"……소후에 군, 돌아갈까."

종장

 도조 겐야가 가고무로 가의 별채에서 소후에 시노를 상대로 괴담 살인사건을 해석한 다음 날 아침, 두 사람은 도쿠유 촌에 작별을 고했다.
 그 전에 스즈카케를 병문안하고 마을회관에서 미도지마 경부에게 인사한 다음, 다케야의 기지 다케토시와 잠깐 놀고 어부 사바오에게 신세 졌다는 감사를 전했으며 호라이의 오두막에도 얼굴을 내밀었다.
 미도지마의 수사반은 오전중에 유리아게 촌의 겐자키 경부 반에 합류한 뒤 절반은 일단 현경 본부로 돌아간다고 한다.
 "아무리 선생이라도 이번 사건은 속수무책이었나?"
 미도지마의 발언에 겐야가 순순히 고개를 끄덕였을 때 시노는 무심결에 뭐라고 반박할 것 같은 기색을 보였다.

"경찰이 맨 처음에 내린 판단이 역시 옳았다는 결론일지도 모르겠습니다."

겐야는 이렇게 말해 그녀를 제지했다.

실제로 대숲 신사 사건의 범인은 가고무로 간키, 망루 사건의 범인은 기지 마사루, 다루미 동굴 사건의 범인은 가고무로 스즈카케, 큰 헛간 사건은 오가키 히데토시의 자살로, 전부 경찰의 판단대로였기 때문에 겐야는 결코 틀린 말을 하지 않았다.

"그런가?"

미도지마는 짧게 응수했을 뿐이었다. 하지만 경부의 눈빛은 겐야를 꿰뚫을 것처럼 보고 있었다. 나를 속일 수 있다고 생각하느냐는 듯이.

겐야와 시노는 나라모토의 어선을 빌려 타고 고즈 만을 떠났다. 시노는 벌써부터 속이 울렁거리는지 웅크리고 앉았지만, 겐야는 멀어지는 도쿠유 촌을 일심으로 바라보았다. 그리고 깊숙이 고개를 숙였다.

진혼하는 마음에서였는지 어떤지는 본인도 모른다……

유리아게 촌에서는 오가키 가에 들러 오가키 히데쓰구를 비롯해 집안사람들을 다시금 조문했다. 그러고 나서 겐야는 히데쓰구에게만 괴담 살인사건의 해석을 전했다.

"그런…… 설마……"

히데쓰구는 상당한 충격을 받았는지 낯빛이 창백해졌다.

"부디 스즈카케 씨에게 힘이 돼주게."

하지만 겐야의 부탁에 퍼뜩 정신을 차린 것 같았다.

"우선 오 인방 중 하나인 이시노리 촌 이노우에 촌장님과 상의하는 편이 좋을 거야."

덕분에 히데쓰구는 겐야의 조언도 순순히 받아들인 듯이 보였다.

오가키 가에서는 숙박을 권했지만, 겐야와 시노는 정중히 거절하고 집안에서 준비해준 차량으로 헤이베이 정의 귀류정까지 갔다.

"그런 맛없는 문어를 잘도 보내왔겠다?"

여관에 도착해 방으로 안내되자마자 아부쿠마가와 가라스가 큰 소리로 맞아주는 바람에 역시 오가키 가에서 신세 질 걸 그랬다며 벌써부터 겐야는 일말의 후회를 느꼈다.

"그래서 사건 경위는 대체 어떻게 됐어?"

그래도 아부쿠마가와의 요청에 응해 대강 설명한 것은 두 사람의 악연 때문이리라.

"뭐야, 결국 너는 해결 못 한 거냐?"

"네, 저한테는 무리였습니다."

겐야의 패배 선언을 듣고 아부쿠마가와가 아이처럼 기뻐했음은 물론이다. 그 옆에서 시노가 불만스러운 얼굴을 하고 있다는 사실은 전혀 눈치채지 못했다.

"역시 명탐정 아부쿠마가와 가라스가 나서야 했군."

어지간히 기분이 좋아 보였지만 그 뒤로 본인이 속속 내놓는 기묘하고 진묘한 추리에 겐야가 모조리 논리정연하게 반론을 계속했더니 "거기까지 알고 있으면 네가 냉큼 해결해"라며 결국에는 짜증을 터뜨리고 말았다.

목욕과 저녁식사를 끝낸 뒤 아부쿠마가와 가라스에게 모 지방에 전해지는 '갈라진 여자'라 불리는 기괴한 여자에 대한 괴담을 듣고 슬슬 자려고 했을 때였다. 시노가 겐야의 방에서 나가기를 기다렸다는 듯이 아부쿠마가와는 자기 방으로 돌아가기 전에 나직이 중얼거렸다.

"실은 너, 수수께끼를 다 푼 거 아냐?"

겐야는 덜컥했지만 아무 말도 하지 않았다. 아부쿠마가와도 그의 대답은 기대하지 않았음이 분명하다.

다음 날 아침, "더 있다가 가"라고 떼를 쓰는 아부쿠마가와와 "그만 돌아가겠습니다"라고 하는 겐야 사이에서 한바탕 소동이 벌어진 덕분에 출발은 점심 전이 되고 말았다. 그리고 이번에는 "점심 먹고 가"라고 주장하는 아부쿠마가와에게 애먹는 중에 오가키 히데쓰구에게서 전화가 걸려 왔다.

"여보세요, 도조입니다."

겐야가 받았더니 히데쓰구는 평정심을 완전히 잃은 상태였다. 겨우겨우 달래서 이야기를 들어보자 다음과 같은 믿을 수 없는 체험을 이야기했다.

오늘 아침 히데쓰구는 유리아게 촌에서 어선을 빌려 도쿠유 촌으로 향했다. 조부의 시신은 사법해부를 위해 대학병원으로 옮겨져서 아직 돌아오지 않았다. 장례식이 시작되면 정신없기 때문에 그 전에 스즈카케의 상태를 보러 갈 생각이었다.

그런데 어선이 고즈 만에 들어가 마을 해변에 가까이 가기 시작한 순간, 어부가 막무가내로 접안을 거부하는 게 아닌가. 간신히 설득해서 히데쓰구 혼자만 해변에 내린 다음 부리나케 사사메 신사 가고무로 가로 달려갔다.

하지만 스즈카케는 고사하고 일 거드는 여성도 포함해 아무도 없었다. 집 안은 깨끗이 청소돼 있고 흐트러진 구석이 하나도 없다. 마치 짐은 하나도 들지 않고 장기 여행이라도 떠난 듯한, 모순된 기색이 느껴졌다.

히데쓰구는 마을로 돌아와 아는 사람 집을 몇 군데 찾아갔다. 하지만 어디나 가고무로 가와 마찬가지였다. 기분 나쁠 정도로 정돈된 집 안에 사람이라고는 없었다.

마을 전체가 고요했다. 어느 집에도 아무도 없었다. 그럼에도 불구하고 모든 집이 깔끔하게 정리정돈돼 있다. 그런데 마을에는 사람 그림자 하나 없다.

해변으로 돌아오니 어선이 사라지고 없었다. 아무래도 히데쓰구를 버리고 도망간 듯했다. 그럴 만도 했다. 그는 주위를 둘러보고 새삼스럽게 몸서리를 쳤다.

하에다마님 축제에서 띄워 보냈던 대나무 당식선이 해변에 무참한 모습으로 밀려와 있었다.

올해 것만이 아니었다. 과거에 떠내려 보냈음직한 이미 너덜너덜한 당식선이 몇 척이나, 아니 몇십 척이나 해변에 우글댔다.

그 대신 마을 배가 한 척도 없었다. 엔진 달린 어선부터 노를 젓는 조각배까지 완전히 사라졌다.

마을 사람들이 모두 배를 타고 나갔는가?

하지만 짐도 들지 않고 대체 어디로······.

애당초 무슨 이유가 있어서······.

등줄기가 오싹한 공포를 느낀 히데쓰구는 그 자리에서 갈팡질팡했다. 움직일 수 있는 차를 황급히 찾아 오 인방 중 하나인 시아쿠 촌 요네타니의 의원에 서둘러 달려간 다음 도쿠유 촌의 이상한 상태를 알리고 나서 겐야에게 전화를 걸었다고 한다.

"이렇게 이야기하는 동안에도 네 마을의 유력자들과 유리아게 촌에 남아 있던 현경 사람들이 도쿠유 촌으로 향하고 있을 거라고 생각합니다."

이 말을 들으면서도 이때 겐야의 뇌리에 떠오른 건 간키 신관과 나눈 대화였다.

"만약 돌려보낸 배가 되돌아오면 어떻게 될까요?"

"그때는 반드시 마을이 멸망하겠지."

도쿠유 촌의 불가해한 집단 실종 사건이, 같은 곳에서 일어난 괴담 살인사건과 함께 이윽고 미궁에 빠질 것이라고는 아무리 도조 겐야라도 예상하지 못했다.

전후 최대의 미해결 사건으로서 후세까지 기분 나쁜 수수께끼를 남기리라고는 아무도 상상조차 못 했던 것이다.

참고문헌

- 요코이 유이치·스기오카 세키오·우치다 호시미, 《방적: 일본의 면업》, 이와나미쇼텐(1956)
- 라프카디오 헌, 다시로 미치토시 옮김, 《일본의 모습》, 가도카와문고(1958)
- 야나기타 구니오, 《일본의 옛날이야기》, 가도카와문고(1960)
- 《일본의 민담》, 전남대학교출판부(2018)
- 미야모토 쓰네이치, 《바다에 사는 사람들》, 미라이샤(1964)
- 마키타 시게루, 《민속민예총서11: 바다의 민속학》, 이와사키비주츠샤(1966)
- 무로이 히로시, 《대나무: 사물과 인간의 문화사10》, 호세이대학출판국(1973)
- 마쓰타니 미요코, 《민화의 세계》, 고단샤현대신서(1974)
- 니시오카 가즈오, 《샘을 든다》, 주코문고(1977)
- 미야모토 쓰네이치, 《잊힌 일본인》, 이와나미문고(1984)
- 나가오카 히데오, 《일본의 등대》, 교통연구협회(1993)
- 이무라 기미에, 《콘월: 요정과 아더왕 전설의 나라》, 도쿄쇼세키(1997)
- 사토 야스유키, 《해독제 장수의 사회사: 여성·집·마을》, 니혼케이자이효론샤(2002)
- 이케다 데쓰오, 《근대의 어로기술과 민속》, 요시카와코분칸(2004)
- 후지이 미쓰루, 《사라지는 마을 살아남는 마을: 시정촌 합병으로 흔들리는 산촌》, 앳워크스(2006)

- 야스무로 사토루·노지 쓰네아리·고지마 다카오, 《일본의 민속1: 바다와 마을》, 요시카와코분칸(2008)
- 다나카 쇼조 감수, 《세계유산 구마노 고도를 걷다: 기이산지의 영장과 참배길》, JTB퍼블리싱(2008)
- 가이자키 게이, 《또 하나의 구마노 고도 <이세길> 이야기》, 소겐샤(2009)
- 쓰쓰이 이사오, 《일본의 지명: 60가지 수수께끼의 지명을 좇아》, 가와데쇼보신샤(2011)
- 쓰쓰이 이사오, 《신新 잊힌 일본인: 변경의 사람과 토지》, 가와데쇼보신샤(2011)
- 다나카 센이치, 《이름 짓기의 민속학: 지명·인명은 어떻게 명명돼왔는가》, 요시카와코분칸(2014)
- 하쿠지쓰샤 편집부 편, 오니쿠보 젠이치로 구술, 《신편 구로베의 산사람: 산적 오니사와 짐승들》, 산과계곡사(2016)
- 쓰쓰이 이사오, 《잊힌 일본의 마을》, 가와데쇼보신샤(2016)
- 히리이 겐타로·혼다 쇼이치·오치아이 다카유키·하마다 유스케·곤도 요코, 《괴인: 에도가와 란포의 컬렉션》, 신초샤(2018)

하에다마처럼 모시는 것

1판 1쇄 발행 2025년 8월 25일 **1판 2쇄 발행** 2025년 9월 26일
지은이 미쓰다 신조 **옮긴이** 심정명
펴낸이 박강휘
편집 박정선 **디자인** 송윤형
마케팅 박유진 **홍보** 박상연 이수빈

발행처 김영사
주소 경기도 파주시 문발로197(문발동) 우편번호10881
등록 1979년 5월 17일(제406-2003-036호)
주문 및 문의 전화 031)955-3200 팩스 031)955-3111
편집부 전화 02)3668-3291 팩스 02)745-4827 전자우편 literature@gimmyoung.com
비채 블로그 blog.naver.com/viche_books
인스타그램 @drviche @viche_editors 트위터 @vichebook
ISBN 979-11-7332-212-9 03830
책값은 뒤표지에 있습니다.

비채는 김영사의 문학 브랜드입니다.